本书为中央高校基本科研业务费专项资金资助项目"历代文学经典的传承与中华人文精神的塑造"（SKZZB2015030）阶段性成果。

弦诵·集

马 东 瑶 主编

中国社会科学出版社

图书在版编目（CIP）数据

弦诵集/马东瑶主编. —北京：中国社会科学出版社，
2017.6
ISBN 978 - 7 - 5203 - 0525 - 9

Ⅰ.①弦…　Ⅱ.①马…　Ⅲ.①中国文学—古典文学研究—文集
Ⅳ.①I206.2 - 53

中国版本图书馆 CIP 数据核字（2017）第 134051 号

出 版 人	赵剑英
责任编辑	郭晓鸿
特约编辑	席建海
责任校对	韩海超
责任印制	戴　宽

出　　版	中国社会科学出版社
社　　址	北京鼓楼西大街甲 158 号
邮　　编	100720
网　　址	http://www.csspw.cn
发 行 部	010 - 84083685
门 市 部	010 - 84029450
经　　销	新华书店及其他书店

印刷装订	北京君升印刷有限公司
版　　次	2017 年 6 月第 1 版
印　　次	2017 年 6 月第 1 次印刷

开　　本	710 × 1000　1/16
印　　张	28.75
插　　页	2
字　　数	363 千字
定　　价	118.00 元

前　言

关于经典的研究，是古代文学研究领域的重中之重。何谓文学经典？一般而言，《诗经》《楚辞》"四大名著"等我们耳熟能详的作品便是经典，但从学理来说则远不止这么简单。文学经典，意味着文学形态的典范性、文学影响的广泛性以及文学魅力的持久性。经典可以是具体的作家作品，也可以是一种主题、一种意象乃至一种书写的范式。经典既非一开始就有的，也并非一成不变的。哪些文学作品或文学现象属于经典？经典有无明晰的边界？经典如何形成？经典又如何演变？……与经典相关的种种问题，可以说牵连着古代文学的整体脉络，必须对这些问题进行深入的思索，并在文学发展的历史语境中作动态的考察，才有可能真正深入文学经典的内部，也才能对古典文学以至传统文化的神髓有透彻的理解，进而实现传统文化的延续、弘扬及当代转化。

因此，理想的文学经典研究，应包括这样几个层面：第一层面，对既有文学经典的重新解读。一个时代有一个时代的思想和眼光，立足我们所处的时代来重读经典，必然能看到与前人眼中不同的风景，进而从新的角度开掘经典的丰厚内蕴。第二层面，对经典化过程的考察，也就是思考经典生成的原因、路径与机制。很少有作品甫一诞生便为经典，经典的生成总有一个历史过程，且这一过程常常是曲折复杂的。对经典化过程的考察需要精研作品自身的形态与内蕴，更需要探究后人对作品的解释方式，以及形成特定解释的历史文化因素。第三层面，是对新经典的发现与塑造。既然经典不是凝固不变的，那么应新时代的需要而从古代文学中提取资源，发掘新的经典，进而拓展文学经典的边界，也是经典研究的题中应有之义。

本书收录的论文，尽管视角有别，题目各异，但都不同程度地体现了作者们对经典研究诸层面的思考。

不少论文属于经典研究的第一层面。作者们以新的眼光，对欧阳修、梅尧臣、苏轼、杨万里等一批经典作家展开了视角独特的观照，提出了不少颇具新意的观点。张蕴爽的《由〈孙子兵法〉注家身份浅析梅尧臣》，从梅尧臣《孙子》注家这一较少为人所注意的身份切入，分析其知识结构、热衷论兵的心理及相关诗歌表达，从而为理解梅尧臣的诗歌艺术提供了一个新的角度。王启玮的《洛阳少年与少年洛阳：梅尧臣、欧阳修西京书写的历时考察》则聚焦城市书写，认为梅、欧的洛阳书写是一个典范性的城市书写现象，体现着城市与文人间的互动，从而对梅、欧二人的文学创作进行了更为深入的解析。宁雯的《苏轼诗中的自嘲：举重若轻的自我表达》关注苏轼诗中频频可见的自嘲，认为这种含有戏谑意味的自我表达，不仅体现了诗人对自我的独特认知，亦传达着诗人幽微的人生体验，从而丰富了关于苏轼个体的认识。岳娜的《"因地兴感"与"以诗纪行"——以诚斋诗为中心谈宦游对宋代人文景观与诗歌观念的影响》则在宦游背景下考察杨万里诗歌，认为因"宦"而"游"的特殊性，影响了杨万里看待风物的眼光和诗歌写作的姿态，而杨万里的吟咏也在塑造并影响着后人对一方风物的观照方式。此外，王振华的《阴阳学说对〈毛传〉解〈诗〉的影响》、毛锦旖的《论欧阳修之不朽观及其对人生实践的影响》、李恩周的《论柳永、周邦彦羁旅词的时空结构》、李真雅的《论周邦彦词中的"倦客"形象》、陈冰清的《刷尽文章色相的诗心雅韵——论苏轼黄州文》、袁苗苗的《宋元话本小说“酒楼茶肆”叙事简论》等，亦从各自的角度对经典作家作品进行了相应的探析。

经典研究的第二层面，亦即经典化的问题，也是书中众多作者的关注重心。经典化是一个动态的过程，这一过程中的复杂变化及丰厚内涵，常常深具学术探讨的价值。而对经典化过程的廓清与阐释，也往往能让我们对历史产生生动鲜活的新认识。马东瑶的《“九龄风度”与张九龄的经典化》以欧阳修、宋祁所著《新唐书》对刘昫《旧唐书》的改写为考察中心，揭示了“九龄风度”内涵的演变，并指出正是在宋人的接受、阐发和体认中，“九龄风度”的内涵才得以真正确立。王建生的《张耒诗典范化的启示》以吕本中、周紫芝对张耒诗的接受为中心，探讨这一过程中的批评标准、动机、影响等相关问题。姜西良的《略论田锡对文学经典的传承和士人精神的塑造》则考察了宋初文人田锡如何传承斯文、复兴古道，从而成为范仲淹振作士风之先导。马建平的《真德秀文章选本体例的变革及深层诱因》考察真德秀《文章正宗》《续文章正宗》的编选宗旨、编选体例及其文学趣向，揭示了真德秀在古文经典化过程中的地位与影响。邹颖的《崔徽事迹的文学呈现及其演变》不仅清晰勾勒出崔徽故事的演变轨迹，而且认为这一轨迹体现了有关女性与情爱的浪漫文化在不同阶段的走向。陈琳琳的《杜甫草堂诗的绘画呈现》以“柴门送客”与“江深草阁”的诗意画为中心，考察后世画家如何用画笔还原诗歌情境，并在画中传达对诗歌的独特见解与感悟，为我们展示了绘画在杜诗经典化过程中的独特意义。

作家作品之外，“文学事件”也可以成为一种经典。所谓“文学事件”，是指与名著名篇的创作密切相关的文人活动或文学创作情境。王琰琰的《论元明杂剧对前代“文学事件”的阐释和演绎》以及柳素真的《朝鲜文人重演“赤壁船游”考论》都探讨了后代文人对前代"文学事件"的接受。王文以元明杂剧为研究对象，探讨了描写王粲登楼、渊明赏菊、兰亭会、游赤壁等"文学事件"的诸多剧作；柳文则从"他者"视角出发，对汉文化影响下的朝鲜文人重演"赤壁船游"现象进行考论。"文学事件"的经典化，意味着它们作为一种原型持续不断地得到后世文人模仿、描绘与追思，体现了古代文化和古典文学中崇古怀昔、"往事再现"的特色和传统。

书中关于经典研究第三层面亦即对新经典的发掘，也为我们提供了别样的风景。所谓"新经典的发掘"，从狭义的角度说，主要针对作家作品而言；但着眼于文学史的发展与演变，则亦可涵盖文体、题材、意象、书写范式乃至批评方式等方面。发现历史上的优秀作品并对其展开论述，固然属于新经典的发掘；而对一种新题材、新意象的兴起过程与演变趋势进行梳理、对一种新书写范式的敏锐发现与细致阐释，同样属于发掘新经典。

罗旻的《地方祠祀规范化背景中的文人化写作》即讨论了"祠祀乐歌"这样一种在宋代广泛存在却没有得到充分关注的诗歌类型，将一批具有独特功能及艺术特色的作品带入了我们的视野。姚华的《市声：范成大诗歌声音描写的新开拓》聚焦范成大笔下的声音描写，疏理了范成大对"市声"这一与宋代城市形态及商业文明密切相关的新型意象的诗歌书写，同时勾勒出围绕"市声"而展开的新的书写范式。周剑之的《论古典诗学中的"事境说"》则在诗学领域发掘出"事境"这一概念，试图以此为基础建构"事境说"这一并行于"意境说"的批评体系，以对古典诗歌的艺术境界做出更为全面的揭示。此外，刘杰的《论王禹偁骈文的"古意"与"独步"》讨论的是以往关注甚少的骈文写作，王萧依的《中国古代自传文学在北宋政治语境下的变异》从自传书写的视域出发对苏辙的《颍滨遗老传》作出了深刻细致的解读，谭清洋的《由私人空间到公共话题的文学途径：〈雪巢记〉与雪巢书写》探讨南宋中兴文坛的雪巢书写，姜华的《〈豆棚闲话〉与话本小说的革新》从题材内容、艺术风格和叙事方法等方面揭示《豆棚闲话》的革新意义，林惠彬的《基督教小说在近代韩国的历史演进》考察韩国出版、流传的基督教汉文和韩文小说，都可视为发掘新经典的努力。

除了以上提及的论文，其余论文虽然未必直接触及经典问题，但深究其主旨，仍与文学经典研究存在千丝万缕的关联。李飞跃《张枢倚声改字考论》通过对宋代文人倚声改字案例的探讨分析，为倚声变法、律词形成及诗词曲辨体等问题提供了新的认知。王黛薇的《宋太宗朝士大夫文化人格、精神风貌以及诗歌创作的新因素》从创作主体的身份气质切入，认为宋太宗建立的文官政治局面深刻地影响了新朝士人的精神风貌，从而引发了诗风中的新因素。黄柯柯的《不断被讲述的"进奏院狱"》对"进奏院狱"事件的多种记载进行比较细读，追索其背后的政治风向。董岑仕的《王安石诗李壁注引朱熹说小考》对李壁注暗引朱熹《四书章句集注》《朱子语类》的情况进行了考证，由此管窥南宋印刷书籍的流通与理学思想传播之间的关系。程海伦的《杨万里〈锦绣策〉考》以杨万里所撰的《锦绣策》为考察对象，论证了《锦绣策》作为时文范本的文学价值与历史意义。这些论文对古代文学生态有着多角度、多层面的生动呈现，与文学经典的研究密切呼应。

还需郑重说明的是，本论文集的所有作者，都是张鸣师的及门弟子。张师 1977 年考入北京大学中文系，1984 年研究生毕业后留系任教，1995 年开始招收第一届研究生，到 2016 年已有 22 届硕博士研究生共 50 人。二十多年时间里，对于每位及门弟子，张师莫不悉心指导、倾囊相授。张门师徒，以学术成就终生之谊。2017 年 7 月，敬爱的张鸣师即将荣休。我们希望能以学术探讨的形式，奉上最诚挚的祝贺。这些论文，许多都得到了张师的直接指导，其他即便并非张师指导，也植根于张师的培养与训练。在这些文字的背后，贯注着张师的谆谆教诲，凝结着张师的无数心血。综观这些论文，作者兴趣有别，题旨各异，可见张师的因材施教；多维的观照视角，独到的文本解读，则可见张师一以贯之的学术训练。

《礼记》曰："春诵，夏弦。"苏子曰："古之为学者四，其大者则取士、论政，而其小者则弦、诵也。"弟子们不敢自期为"大"，且以其"小"敬贺张师之荣休，故名之曰《弦诵集》。

目　　录

阴阳学说对《毛传》解《诗》的影响

王振华*

关于阴阳学说对《毛传》解《诗》的影响，罕有学者专门论及。因为一般认为，阴阳五行说在汉武帝时经董仲舒倡导，之后成为汉代的官方哲学，今文三家《诗》受其影响较大，尤其是《齐诗》与之关系更为密切，而《毛诗》作为古文学，多承古说，且长期在民间流传，受阴阳五行说的影响很少。①这一观点大体不差，但司马迁在《史记·太史公自序》中引其父司马谈"论六家之要旨"，将阴阳家列于儒、墨、名、法、道德之上，为六家之首，可知最晚从战国后期到西汉初阴阳学说非常盛行。这正是《毛传》形成的时期，《毛传》解《诗》受到阴阳五行说的影响势所难免。②据笔者考察，《毛传》中涉及阴阳说的言论有十余处，已构成一种学术现象，值得专门研

---

　* 王振华，女，北京大学中文系 2010 届博士毕业生，现在北京大学《儒藏》编纂与研究中心工作。

　① 参见赵茂林《两汉三家〈诗〉研究》（巴蜀书社 2006 年版）第三章第二节之"四家《诗》与阴阳五行、谶纬的关系"及第三节之"《齐诗》以地理、风俗说《诗》的特点"。

　② 三家《诗》派的学者以阴阳灾异说《诗》固然是汉朝一代风气所致，但韩婴文帝时为博士，今存《韩诗外传》成书于董仲舒倡导阴阳五行说之前，赵茂林指出其中"不乏以阴阳灾异来说《诗》者"，这应当也是受战国后期以来阴阳说的影响，由此也可见当时其说之盛行。

究。"战国时，大概是阴阳家首先把五行和阴阳混合统一起来。"① 而《毛传》中几乎没有五行说的痕迹，所以本文主要讨论阴阳学说对《毛传》解《诗》的影响。

《毛传》受阴阳学说的影响有些很明显，如：《齐风·南山》"南山崔崔，雄狐绥绥"，《传》"国君尊严如南山崔崔然，雄狐相随绥绥然无别，失阴阳之匹"，《小雅·无羊》"众维鱼矣，实维丰年"，《传》："阴阳和则鱼众多矣"，《小雅·十月之交》："彼月而微，此日而微"，《传》："月，臣道；日，君道"等；有些却隐藏较深，如果不了解阴阳学说的理论，很难发现它们是这一思维模式影响下的产物，进而妨碍了我们深入彻底地理解《毛诗》。本文就试以对"讹言"一词的解释为引子，讨论阴阳学说对《毛传》解《诗》的影响。

一 《诗经》"讹言"解

"讹言"一词在《诗经》中共出现过三次，分别是：

> 民之讹言，宁莫之惩。我友敬矣，谗言其兴。（《小雅·沔水》）
> 正月繁霜，我心忧伤。民之讹言，亦孔之将。（《小雅·正月》）
> 谓山盖卑，为冈为陵。民之讹言，宁莫之惩。（《小雅·正月》）

---

① 李泽厚：《中国古代思想史论》，天津社会科学院出版社 2004 年版，第 151 页。

它的意思是什么？《毛传》没有解释，《郑笺》："讹，伪也。"《说文》无"讹"字，只有"譌"，其下云："譌言也。从言，为声。《诗》曰：'民之譌言。'"讹、譌、伪，上古都是歌部疑母字，意思相通，所以郑玄释"讹"为"伪"应当不错。但他进一步解释道："言时不令，小人好诈伪，为交易之言，使见怨咎，安然无禁止。""人以伪言相陷入，使王行酷暴之刑，致此灾异。故言亦甚大也。""小人在位，曾无欲止众民之为伪言相陷害也。"问题就出现了。郑玄认为"讹言"是陷害他人的诈伪之言，历代旧注几乎都沿用此说；清代一些学者则将它进一步指认为"谗言"，如"讹言"初见于《小雅·沔水》，马瑞辰《毛诗传笺通释》："而民之譌言乃莫之审，疾王不能察谗也。"① 胡承珙《毛诗后笺》："是'讹言'即下文之'谗言'。……则'讹言'与'谗言'本无二义。"② 但是，我们注意到《诗经》中"讹言"都与"民"连用，也就是说"讹言"的施事者是"民"。关于"民"在上古的含义，晁福林曾总结古文字学家们的研究成果道：

> "民"字最初见于西周前期彝铭，郭沫若《甲骨文字研究》说，金文民字"象以刃物刺一左目形"，"周人初以敌囚为民时，乃盲其左目以为奴征"。这个说法受到古文字学家们的普遍赞同，可以视为现今学术界的通识。由此可见，"民"开始就是下层民众的称谓。现在尚未见到以刺盲一目为贵族身份标志的例证，所以说它只能是下层民众的称谓。③

"民"既指下层民众，它与"诈伪之言"，尤其是"谗言"就很难匹配。郑玄将"民"解释成"小人""人""众民"，前后不一致，

---

① （清）马瑞辰：《毛诗传笺通释》，中华书局1989年版，第570页。
② （清）胡承珙：《毛诗后笺》，黄山书社1999年版，第955页。
③ 晁福林：《谈先秦的"民"与"俗"》，《民俗研究》2002年第1期。

正反映了这一矛盾。

那么，"讹言"的确切意思是什么？《史记》中有两则关于讹言的记载，分别见于《赵世家》和《封禅书》：

　　五年，代地大动，自乐徐以西，北至平阴，台屋墙垣大兴坏，地坼东西百三十步。六年，大饥，民讹言曰："赵为号，秦为笑。以为不信，视地之生毛。"

　　始皇封禅之后十二岁，秦亡。诸儒生疾秦焚《诗》《书》，诛僇文学，百姓怨其法。天下畔之，皆讹曰："始皇上泰山，为暴风雨所击，不得封禅。"此岂所谓无其德而用事者邪？

《汉书》《后汉书》中关于讹言的记载较多，如下面三则讹言在《汉书》中常被提及：

　　建始三年秋，京师民无故相惊，言大水至，百姓奔走相蹂躏，老弱号呼，长安中大乱。天子亲御前殿，召公卿议。大将军凤以为太后与上及后宫可御船，令吏民上长安城以避水。群臣皆从凤议。左将军商独曰："自古无道之国，水犹不冒城郭。今政治和平，世无兵革，上下相安，何因当有大水一日暴至？此必讹言也，不宜令上城，重惊百姓。"上乃止。有顷，长安中稍定，问之，果讹言。（《王商传》）

　　成帝建始三年十月丁未，京师相惊，言大水至。渭水虒上小女年九岁，走入横城门，入未央宫尚方掖门，殿门门卫户者莫见，至句盾禁中而觉得。（《五行志》）

　　哀帝建平四年正月，民惊走，持稾或棷一枚，传相付与，曰行诏筹。道中相过逢多至千数，或被发徒践，或夜折关，或逾墙入，或乘车骑奔驰，以置驿传行，经历郡国二十六，至京师。其夏，京师郡国民聚会里巷仟佰，设张搏具，歌舞祠西王母。又传书曰："母告百姓，佩此书者不死。不信我言，视门枢下，当有白发。"（《五行志》）

史书中"讹言"的施事者都是民众，与"民之讹言"的说法一致，我们可以由此推知《诗经》中"讹言"的内涵。

从史书记载看，讹言是一种与灾异有关的谣言，如上述各例中的地生毛①、暴风雨、大水、女童入宫、西王母行筹等。诗歌的抒情性决定了它叙事不及史书详备，但我们仍能从《正月》一诗中窥及讹言的这一特点。首先，"正月繁霜，我心忧伤"。《毛传》："正月，夏之四月。繁，多也。"《郑笺》："夏之四月，建巳之月。纯阳用事而霜多，'急恒寒若'之异，伤害万物。"夏历四月已是孟夏时节，但还有霜降，属于灾异。所以，诗人紧接着写道："民之讹言，亦孔之将。"意思是说关于夏霜的讹言流传炽盛。其次，"谓山盖卑，为冈为陵"。《毛传》："在位非君子，乃小人也。"《郑笺》："此喻为君子贤者之道，人尚谓之卑。况谓凡庸小人之行？"关于这两句的意思，后世争议非常大。如胡承珙《毛诗后笺》认为《郑笺》佶屈难通，"《传》义本自贯通，如云谓之为山而其实则卑，乃为冈为陵而已，犹谓之为君子，其实乃小人而已"，以"冈""陵"为"卑"；马瑞辰《毛诗传笺通释》："诗意盖谓讹言以山为卑，而其实乃为高冈，为高陵，以证其言不实。"又以"冈""陵"为"高"。陈奂《诗毛氏注疏》提出"盖"应作"盍"解，黄焯《毛诗郑笺平议》同意此说，但释义又与陈氏不同……真可谓各执一词，莫衷一是。近人杨树达曾作《〈诗〉

---

① 据现代学者研究，"地生毛"是地震前后静电作用在特殊条件下所引起的现象，参见陈智勇《电磁辐射与地震》，地震出版社1998年版，第5页。

"谓山盖卑"解》一文专门讨论该问题，云："时人谓山言：汝高高在上之山何不降卑而为冈为陵乎？以喻无德小人在公卿之位，何不降居卑位，或尚不大为害于民乎？"① 杨先生和古人一样，始终没有摆脱《毛传》君子、小人之说的圈子，所以很难得出令人信服的结论。但如果我们对紧接其后的"民之讹言"有所了解，就不难想到这两句说的就是由地震引起的地理大变迁。高亨《诗经今注》即将此二句指为"幽王二年，岐山崩"一事，② 允为灼见。但高先生尚未将"山崩"与"讹言"联系起来解释。我们认为"谓山盖卑，为冈为陵"就是"讹言"的内容，这样理解无疑使诗意更明畅。

讹言的另一个特点是，具有强烈的政治寓意。从史书记载看，讹言多发生在末世，其中一些显然是始作俑者用来制造舆论，煽动民众，以期达到某种政治目的。如上引哀帝时西王母行筹事，"西王母，妇人之称。博弈，男子之事"③。就是影射外戚当权的时局。古人对自然界缺乏科学认识，很容易被以灾异为依托的"讹言"所蛊惑。但灾异只是讹言产生的由头，其根本原因是社会动荡，人心惶乱。有些讹言带有明显的政治意图，有些可能只是某种集体意识的反映，如上引"赵为号，秦为笑。以为不信，视地之生毛"。就反映了六国末人们对秦吞灭赵国的一种政治预感。总之，讹言从心理层面迎合了人们对时政的普遍忧虑和不满，所以才会在民间迅速传播。它的出现通常意味着国家濒临灭亡，所以历代有识之士常以讹言为依据劝告统治者革除时弊。如《诗经》"民之讹言"后两次出现"宁莫之惩"句。桂馥《说文解字义证》："改革前失曰惩也。"④ 朱熹《诗集传》："惩，有

① 杨树达：《积微居小学述林》，中华书局 1983 年版，第 220 页。
② 参见高亨《诗经今注》，上海古籍出版社 1980 年版，第 278 页。
③ 《汉书》卷 27《五行志》，中华书局 1962 年标点本，第 1476 页。
④ （清）桂馥：《说文解字义证》卷 32，齐鲁书社 1987 年影印本，第 914 页。

所伤而知戒也。"① 这两句的意思是，希望统治者看到讹言背后所隐藏的深刻的社会危机进而终止暴政，表达了诗人忧国忧民的心情。汉代阴阳五行学说盛行，灾异被看作上天对人君政令有亏发出的警告，所谓"国家将有失道之败，而天乃先出灾害以谴告之，不知自省，又出怪异以警惧之，尚不知变，而伤败乃至。以此见天心之仁爱人君而欲止其乱也。"②《汉书》《后汉书》中因此记载了大量大臣以灾异为由劝谏皇帝的言论。讹言的内容与灾异有关，汉儒甚至认为讹言本身就是一种"言论形式的灾异"。③"讹言"一词在两《汉书》中频频出现，也便不足为奇了。

至此，我们明白了"讹言"是一种以灾异为内容的谣言，而不是简单的"诈伪之言"，更与"谗言"无涉。它多发生在乱世，反映了人民对时政的忧虑和不满，具有很强的政治寓意。这一现象的出现及《毛传》对相关内容的解释，与阴阳学说有关，关于这些我们将在下面论述到。

二 阴阳学说的思维模式及其对《毛传》解《诗》的影响

李泽厚说："文化人类学的材料证明，在任何原始社会的神话里，都可以分析出其中主要结构是以正负两种因素、力量作为基本动力、方面或面貌。中国远古关于昼夜、日月、男女等原始对立观念，大概

① （宋）朱熹：《诗集传》，中华书局 1958 年标点本，第 233 页。
② 《汉书》卷 56《董仲舒传》，中华书局 1962 年标点本，第 2498 页。
③ 吕宗力：《汉代的流言与讹言》，《历史研究》2003 年第 2 期。

是在最后阶段才概括为阴阳范畴的。"① 这种二元对立结构在中国古代几乎被阐发到极致，人们用它解释宇宙、人世间事物的关系及变化，形成一种独特的思维模式，具体表现为阴阳学说。下面我们就分析一下该模式的形成特点及其对《毛传》解《诗》的影响。

阴阳，本作侌昜。② 徐复观曾从文字学的角度考察阴阳的原始意义，结论为："侌昜二字，与'日'有密切的关系，原意是有无日光的两种天气。"③ 后来的阴阳二字从阜，分别指山水背阴和向阳的方面，即从侌昜滋乳而来。无论是有无日光，还是背阴向阳，都应该包含了人类感官对外部世界的两种基本体验——冷热，后世阴阳学说正是立足于此，进而将自然与人事联系起来的。学者们都注意到了《国语·周语上》中的这则材料：

> 幽王二年，西周三川皆震。伯阳父曰："周将亡矣！夫天地之气，不失其序；若过其序，民乱之也。阳伏而不能出，阴迫而不能烝，于是有地震。今三川实震，是阳失其所而镇阴也。阳失而在阴，川源必塞；源塞，国必亡。夫水，土演而民用也。水土无所演，民乏财用，不亡待何？昔伊、洛竭而夏亡，河竭而商亡。今周德若二代之季矣，其川源又塞。塞必竭。夫国必依山川，山崩川竭，亡之征也。川竭，山必崩。若国亡不过十年，数之纪也。夫天之所弃，不过其纪。"是岁也，三川竭。十一年幽亡乃灭，周乃东迁。

指出伯阳父用阴阳之气的运动解释地震的原因，是阴阳学说的一

---

① 参见李泽厚《中国古代思想史论》，第 152 页。
② （清）段玉裁《说文解字注》"昜"字："此阴阳正字也，阴阳行而侌昜废矣。"上海古籍出版社 1988 年版，第 454 页。
③ 徐复观：《中国人性论史》（先秦篇），上海三联书店 2001 年版，第 452 页。

个重要起源。① 伯阳父以阴阳为天地之气，赋予了这对概念抽象的意味，并强调它们之间的对立关系，这些都是阴阳学说的应有之义。其中阴阳之气有其次序的观念，应该是自然界寒暑更替的投影，与阴阳冷热的含义相关。另《左传》昭公元年记载了秦国医和的一段话：

> 天有六气，降生五味，发为五色，征为五声，淫生六疾。六气，曰阴阳风雨晦明也。分为四时，序为五节，过则为灾。阴淫寒疾，阳淫热疾，风淫末疾，雨淫腹疾，晦淫惑疾，明淫心疾。女阳物而晦时，淫则生内热惑蛊之疾。

这里的阴阳之气仍与冷热有关，虽然它们还没有从六气中独立出来，但已被看作降生四时、五节的两种元素，抽象性进一步加强。另外，阴阳与寒疾、热疾对应，女子与阳物、晦时对应，不仅强调阴阳之间的对立，而且分别将它们同其他二元对立概念中的同类事物联系起来，阴阳学说的思维模式已初步显现。不过，值得注意的是，医和以女性为阳，与后世阴阳学说不同。和说洵非孤例，如《周语上》载周宣王时虢文公语："阳瘅愤盈，土气震发。……阳气俱蒸，土膏其动。"《周语下》载周灵王时太子晋语"天无伏阴，地无散阳"，都以地为阳，天为阴。《左传》昭公九年裨竈曰："火，水妃也。"十七年梓慎曰："水，火之牡也。"则以水为男性，火为女性。可见，在西周、春秋时期，人们以土地、女性为阳，这大概是因为她们孕育生命，与阳气的温热有相通之处。杜预注："女常随男，故言阳物。"显然是将后人的观点强加给前人了。

一个成熟的阴阳二元对立结构大约是在战国时才正式形成，现在我

---

① 如徐复观《中国人性论史》（先秦篇），第 459 页；杨宽：《西周史》，上海人民出版社 2003 年版，第 690 页；李泽厚：《中国古代思想史论》，第 151 页。

们所能见到的一个较早的典型例子出自《黄帝四经》之一——《称》：

> 凡论必以阴阳明大义。天阳地阴。春阳秋阴。夏阳冬阴。昼阳夜阴。大国阳，小国阴。重国阳，轻国阴。有事阳而无事阴。信者阳而屈者阴。主阳臣阴。上阳下阴。男阳女阴。父阳子阴。兄阳弟阴。长阳少阴。贵阳贱阴。达阳穷阴。娶妇生子阳，有丧阴。制人者阳，制于人者阴。客阳主人阴。师阳役阴。言阳默阴。予阳受阴。诸阳者法天，天贵正，过正曰诡□□□祭乃反。诸阴者法地，地之德安徐正静，柔节先定，善予不争。此地之度而雌之节也。①

从中我们可以看到一个非常发达的二元对立的链条：

> 阳天春夏昼大国重国有事信者主上男父兄长贵达……
> 阴地秋冬夜小国轻国无事屈者臣下女子弟少贱穷……

它表现出这样一种思维模式：把所有事物分成对立的两面，然后将它们分别归属于阴阳两系，阳尊阴卑，反映了中国古人认识和处理世界的方式。《黄帝四经》学者多认为成书于战国中期，② 可知，最晚在战国中期阴阳学说已经基本确立了。《毛传》一些对《诗》的解释，显然是阴阳学说这一思维模式下的产物，如《齐风·东方之日》："东方之日兮。"《传》："兴也。日出东方，人君明盛，无不照察也。""东方之月兮。"《传》："月盛于东方。君明于上，若日也；臣察于下，若月也。"《小雅·十月之交》："彼月而微，此日而微。"《传》："月，臣道。日，君道。"《小弁》："靡瞻匪父，靡依匪母。不属于

---

① 《经法》马王堆汉墓帛书整理小组编，文物出版社1976年版，第94—95页。
② 详参金春峰《汉代思想史》第一章第七节"帛书产生的时代"，中国社会科学出版社2006年版，第36—41页。

毛，不离于里。"《传》："毛在外，阳以言父；里在内，阴以言母。"
《裳裳者华》："左之左之，君子宜之；右之右之，君子有之。"《传》：
"左，阳道，朝祀之事；右，阴道，丧戎之事。"其中的：

> 阳日君父外毛左朝祀
> 阴月臣母内里右丧戎

不正是上述链条中的一节吗？

上述阴阳二元对立结构并非静态的罗列，而是在对立、同类事物
间分别存在着互动关系，以此解释事物的消长及其关联，这是阴阳学
说思维模式的另一重要特点。这些动态关系的核心是"天人感应"
说，即把自然界中的某些特殊现象归因于人事政治。它在西周末伯阳
父那里已初见端倪，到汉代阴阳学说盛行时更是达到顶峰。如《毛
传》虽然没有正面解释"讹言"，却解释了它所依托的灾异——"谓
山盖卑，为冈为陵"，云："在位非君子，乃小人也。"诗句与《毛
传》之间，不仅形成了两组分别隶属于阴阳二系的二元对立结构：

> （阳）高山君子
> （阴）冈陵小人

而且高山、冈陵的变迁与君子、小人的易位之间存在着对应关
系。这堪称上述阴阳学说思维特点的一个生动的例子。同样，《小
雅·十月之交》："高岸为谷，深谷为陵。"《毛传》："言易位也。"也
不是指简单的地理易位，而是如《郑笺》所云："易位者，君子居下，
小人处上之谓也。"第三个例子是，《正月》："燎之方扬，宁或灭之。
赫赫宗周，褒姒灭之。"《毛传》："灭之以水也。"诗人说褒姒灭周就
像熊熊的烈火被扑灭了一样，而《毛传》特别强调灭之以水，仍是受
阴阳学说这一思维模式的影响，即褒姒和水同属阴，宗周、火燎同属

阳，以水灭火象征褒姒灭周。以上几个例子，《毛传》并没有直接提到"阴阳"，如果我们不了解阴阳学说的这一思维模式，就很难准确把握《毛传》的意思。

明确了阴阳学说思维模式的两个基本特点及其在《毛传》中的体现，下面我们讨论一下《毛传》用阴阳学说解《诗》的得失。首先，由于《诗经》写成的时代，阴阳学说还没有正式形成，《毛传》用阴阳学说解《诗》是一种后人的附会。其中一些解释不符合诗本义，如《齐风·东方之日》：

> 东方之日兮。彼姝者子，在我室兮。在我室兮，履我即兮。
> 东方之月兮。彼姝者子，在我闼兮。在我闼兮，履我发兮。

这应该是一首情诗，"东方之日""东方之月"形容女子的美艳，①《毛传》"君明于上""臣察于下"的说法，不免牵强附会。同样，《小雅·十月之交》"彼月而微，此日而微"应当就是客观地记叙月食、日食，《毛传》从中引发出"臣道""君道"，也是将阴阳学说强加于诗。但如前所述，阴阳学说虽在战国时才正式形成，有关阴阳的意识却早就存在了，它们未必不在《诗经》中留下痕迹。《毛传》以阴阳学说解之，因此与古人思想有暗合之处，对揭示诗义有一定的积极意义。如讹言将灾异与政治联系起来的思想，就是"天人感应"说的早期形式。《毛传》用君子、小人易位解释地震，虽然不一定是《诗经》时代这则讹言的确切内容，但对我们寻绎"讹言"的意义，还是颇具启发性的。再如《裳裳者华》："左之左之，君子宜之；右之右之，君子有之。"《毛传》："左，阳道，朝祀之事；右，

---

① 《文选》李善《注》引《韩诗》薛君《章句》曰："诗人所说者，颜色盛也。言美如东方之日出也。"马瑞辰同意此说。朱熹也认为这是一首写男女之情的诗。

阴道，丧戎之事。"认为左指朝祀之事，右指丧戎之事。朝祀属于吉礼，丧戎属于凶礼。据彭美玲考察，在古礼中确实存在吉礼尚左、凶礼尚右的现象，这"与人类的生理机制有关"。① 《裳》诗主旨是歌颂前来朝见周王的诸侯，左宜右有，可能正是赞美诸侯善礼。至于"阴道""阳道"之说，"古人习惯的建物方位既是'坐北朝南、左东右西'，自然形成'左阳右阴'的态势"。② 我们不能确定这一说法正式形成于何时，很可能是在《裳》诗写成之后，《毛传》的说法又属附会，但我们不能因此否认它以朝祀、丧戎之事解释左、右的合理性。

总之，阴阳学说将宇宙、人世间的各种现象都归入阴阳两系的对立，使自然与政治的联系成为可能。我们注意到，《毛传》中凡以阴阳学说附会诗句之处，无非利用阴阳学说的这一思维模式，将诗中的客观描写与政治对应起来，以便将诗歌纳入政教的轨道。可见，《毛传》用阴阳学说解《诗》，固然是一时风气所致，但究其深层的原因应与《毛诗》的政教观有关，即把每首诗都放在一定的政治背景下解读，借机阐发儒家的政治、人伦思想，从而达到《诗序》中所说的"经夫妇、成孝敬、厚人伦、美教化、移风俗"的目的。

阴阳学说还有一个重要内涵，即以阴阳言造化，将其看作宇宙创生万物的两个基本元素，阴阳和谐，万物才能生长。这在《毛传》中也多有体现，如它解释《大雅·旱麓》："言阴阳和，山薮殖，君子得以干禄乐易。"《小雅·无羊》："阴阳和则鱼众多矣。"以及《六月·序》："《由庚》废，则阴阳失其道理矣。"由于这点比较容易理解，且不在本文重点讨论的思维模式的范围之内，这里就不赘言了。

---

① 参见彭美玲《古代礼俗左右之辨研究——以三礼为中心》，台北大学文史丛刊，1997 年，第 97—99 页。

② 同上书，第 238 页。

"九龄风度"与张九龄的经典化

马东瑶[*]

经典的出现，总是与接受者的参与有着莫大关系，文学作品也好，文人典范也罢，大体如此。宋代以后，在文人作品中作为熟典而常常出现的"九龄风度"一词，正体现着接受与典范化的问题。张九龄，韶州曲江（今广东韶关）人，被称为唐代玄宗朝最后一位贤相。《御览经史讲义》称："唐之贤臣，姚宋房杜。开元之际，九龄风度。建中克复，浑瑊马燧……"[①]开元时期，政治清明，群英荟萃，而张九龄为何独能以"风度"称誉当朝与后世，以致成为开元的符号？所谓"九龄风度"，到底所指何意？

事实上，"九龄风度"的内涵并非一成不变，而是有着颇具意味的演变过程，其中又以宋人与力最多，可以说，正是在宋人的接受、阐发和体认中，其内涵才得以真正确立。本文以宋代欧阳修、宋祁所著《新唐书》对后晋刘昫《旧唐书》的改写为考察中心，试图对这一接受过程中的相关问题加以探讨。

---

* 马东瑶，女，北京大学中文系 2002 届博士毕业生，现为北京师范大学文学院教授。

① 《御览经史讲义》卷 10，文渊阁《四库全书》本。

一 从《旧唐书》到《新唐书》："九龄风度"内涵的变化

有关张九龄"风度"的记载，最早出于《旧唐书》本传，开元二十四年（736），张九龄罢相，"后宰执每荐引公卿，上必问：'风度得如九龄否？'故事，皆搢笏于带而后乘马，九龄体羸，常使人持之，因设笏囊，笏囊之设，自九龄始也。"① 这一段记载夹杂在张九龄的仕途履历当中，似乎只是对其为相时"风度"出众的一个补充性说明，其"风度"的内涵，也似着眼于其"体羸"而来的病态之美。

到了《新唐书》本传中，在叙述完九龄生平后，始有关于"风度"之记载："九龄体弱，有酝藉。故事，公卿皆搢笏于带而后乘马，九龄独常使人持之，因设笏囊，自九龄始。后帝每用人，必曰：'风度能若九龄乎？'"② 作者所添"酝藉"二字颇有意味。古人用到此词，多具宽容含蓄的褒扬之意，如《汉书·薛广德传》："广德为人温雅有蕴藉。"③ 又，黄生《义府》"酝藉"条："《汉书·匡张孔马传》赞：'服儒衣冠，传先王语，其酝藉可也。'酝谓醇，藉谓厚，言不露锋棱也。"④ 这就将《旧唐书》对张九龄"风度"仅指外在仪容的含义改造成兼有内外之美：发于外者为仪容、气度、风采，涵于内者则是修为、学养、品性。这样，作者不仅以"风度"概括和评价了本传

---

① 《旧唐书》卷99《张九龄传》，中华书局2000年标点本，第3096页。
② 《新唐书》卷126《张九龄传》，中华书局2000年标点本，第4424页。
③ 《汉书》卷71，中华书局2005年标点本，第3047页。
④ 黄生：《义府》卷下，中华书局1985年标点本，第65页。

前半部分所载九龄诸事，其后特别载录的张九龄上《千秋金鉴录》、安太子瑛、请诛安禄山等最能体现其品节之事，更可谓是对九龄"风度"的进一步强调。围绕着对"九龄风度"的这一界定，在本传中，《新唐书》对《旧唐书》进行了多处取舍与改造。

首先，《新唐书》沿用了《旧唐书》对张九龄幼聪敏而善属文、恪尽谏臣之责、受知于张说而不徇私、进《金鉴录》、劝斩安禄山等事的记载，初步树立起一个躬行直道的贤臣形象。

其次，《新唐书》增补了张九龄关于选士的大段议论，并详述了谏用牛仙客事与安太子瑛事。在《旧唐书》中只字未提的张九龄关于选士的思考，《新唐书》则以大量篇幅加以载录。在这一问题上，张九龄不仅对"方以一诗一判，定其是非"的选才方式提出反思，认为这造成"贤人遗逸"，实为"明代之阙政"；尤其强调用人当"第其高下"，如此，天下之士才会注重自身修为，不妄求干谒。张九龄指出，"古之选士，唯取称职，是以士修素行而不为侥幸，奸伪自止，流品不杂"，今天下则"不正其本而设巧于末也。所谓末者，吏部条章举赢千百刀笔之人，溺于文墨，巧史猾徒，缘奸而奋"，对于当时选士不重修身而为奸猾投机者大开方便之门深为不满。

德才并重本是汉代"独尊儒术"以来选士的基本标准，然自汉至唐，其间多历变动，儒学中衰，选士之法亦多变，张九龄对修身的重视，正体现了在科举取士的制度下，以儒为本的文士不唯重才、尤重德行之思想。事实上，张九龄谏用牛仙客也正是其选士思想的体现。《旧唐书》称："李林甫自无学术，以九龄文行为上所知，心颇忌之，乃引牛仙客知政事，九龄屡言不可，帝不悦。"这段记载颇易引人误解，似乎张九龄谏用牛仙客是出于他与李林甫政治斗争的私心，而牛氏成为这种争斗的牺牲品。而从《新唐书》对这一事件的详细叙述中可以看出，其中确实有着张、李不两立的政治斗争的因素，① 但张九龄的反对重用牛仙客，并非意气用事，他对尚书一职"德望"的强调、对牛仙客"目不知书"的鄙夷，正体现着以"文学"为安身立命之所的张九龄，所重者乃文才与修身，故对出身使典胥吏的李、牛之流不学无术、无才无品深表反感。在《新唐书·牛仙客传》中，作者称其"为相谨身无它，与时沉浮，唯唯恭愿"；并引高力士之语曰："仙客本胥吏，非宰相器。"② 对仙客无相才的批评，也正间接体现出对九龄的一种认可。苏轼更以九龄不用牛仙客事论及士大夫之"名节"，极力称誉九龄能"守正不回"。③

新、旧《唐书》对张九龄卷入周子谅事的叙述与态度也颇不相同。《旧唐书》称："初，九龄为相，荐长安尉周子谅为监察御史，至是，子谅以妄陈休咎，上亲加诘问，令于朝决杀之。九龄坐引非其人，左迁荆州大都督府长史。"这一叙述对周子谅的得罪被杀语焉不详，但《旧唐书·牛仙客传》有所说明："时有监察御史周子谅，窃言于御史大夫李适之曰：'牛仙客不才，滥登相位，大夫国之懿亲，岂得坐观其事？'适之遽奏子谅之言，上大怒，廷诘之，子谅辞穷于朝堂，决配流瀼州，行至蓝田而死。"牛仙客是无所作为的庸才宰相，身为监察御史的周子谅称其"不才"而有所褒贬，本是出于职责和正义，以此身死实为冤案，《旧唐书》却称其"辞穷""妄陈休咎"，似颇有贬斥之意；则张九龄的"坐引非其人"似乎也是择人不善、咎由自取。而《新唐书》的记载体现出截然不同的态度："尝荐长安尉周子谅为监察御史，子谅劾奏仙客，其语援谶书，帝怒，杖子谅于朝

---

① 学界多认为这体现了文学与吏治的派别斗争，如汪篯《唐玄宗时期吏治与文学之争》，《隋唐史论稿》，中国社会科学出版社 1981 年版，第 196—208 页。

② 《新唐书》卷 133《牛仙客传》，第 4554 页。

③ 苏轼：《张九龄不用张守珪牛仙客》，《苏轼文集》卷 7，中华书局 1986 年整理本，第 197 页。

堂，流瀼州，死于道。九龄坐举非其人，贬荆州长史。虽以直道黜，不戚戚婴望，唯文史自娱。"这一叙述有两点显著不同于《旧唐书》。首先，将《旧唐书》分置于牛仙客和张九龄本传中的周子谅事合并于"张九龄传"中，这就清晰地指出周子谅之死源于对牛仙客的弹劾，说明这其实仍是张九龄、周子谅的文士派与李林甫、牛仙客的胥吏派之间的政治斗争；其次，尽管张九龄、周子谅以一贬一死惨败于李、牛集团，《新唐书》却以"直道"之语鲜明地表达了称扬之意。此后，宋人对这一事件中的周、张有着众口一词的称誉。范祖禹认为语援谶书的责任完全不在子谅，他从"求长生，悦機祥"而"陷溺其心"的角度，将批判的矛头直指玄宗，认为"古之杀谏臣者，必亡其国"；张唐英强调子谅"能抗言朝廷之失，是不负其职"，杀子谅只能使此后之谏臣噤若寒蝉、不敢直言；郑獬更将杀子谅视为开元治乱之分歧。① 周子谅既为贤臣，"能知人"（张唐英语）却反受牵累的张九龄自然也是值得同情的；尤其是，无罪遭贬却"不戚戚婴望"就更令人钦敬了。在这一事件的叙述中，《新唐书》的最后不仅对张九龄的处贬谪之境而平淡自若、从容坦荡表示赞赏，更以"文史自娱"再次凸显了张九龄的文士身份。

安太子瑛事是《新唐书》详述之而为《旧唐书》所缺者："武惠妃谋陷太子瑛，九龄执不可。妃密遣宦奴牛贵儿告之曰：'废必有兴，公为援宰相，可长处。'九龄叱曰：'房幄安有外言哉。'遽奏之，帝为动色，故卒九龄相而太子无患。"与谏用牛仙客事的记载相同，《新唐书》再次用到"执不可"三字，这既是张九龄耿直个性的表现，而安太子瑛事所体现的符合封建道德规范的特色，较之谏用牛仙客事更具为人广泛认同的正义性；九龄对宦官牛贵儿亦即对武惠妃之"叱"，

---

① 《历代名贤确论》卷76，文渊阁《四库全书》本。

则进一步凸显了其义正词严的刚劲形象。安太子瑛事后来成为体现"九龄风度"中士大夫之志不可夺的政治风节的重要事迹，对于《旧唐书》的只字未提，沈德潜便认为："武惠妃陷太子事，此玄宗治乱之关，九龄、林甫忠奸之分也，旧书不载，不及新书之识。"①

《新唐书》在张九龄的性格气质上对《旧唐书》的增删修改进一步确立了"九龄风度"儒雅醇厚而立朝謇谔的特色。《旧唐书》称："（九龄）性颇躁急，动辄忿詈，议者以此少之。"《新唐书》则绝口不提张九龄的"躁急"与"忿詈"，与此相关的是两处颇有意味的增补修订。增补的内容是："及为相，謇谔有大臣节。当是时，帝在位久，稍息于政，故九龄议论必极言得失，所推引皆正人。""謇谔"一词，意为"直言"，与"直道"类似，有着对张九龄敢于议论得失、褒贬朝政的明确的赞扬之意，"所推引皆正人"，则是对张九龄实践其选士思想的肯定，同时也是再次肯定张九龄、周子谅的"直道"。修订的内容是，将《旧唐书》"李林甫自无学术，以九龄文行为上所知，心颇忌之"的"文行"改为"文雅"。仅一字之别，却颇值得回味。"文行"，为文章德行之意，"文雅"，则指"艺文礼乐"，二者大体都包含了儒家所推崇的"作文"与"修身"的双重意蕴，但"雅"又常含"风雅""美好"之意，更具一种文人雅士高洁淡泊的意味。于是，《新唐书》有意删去九龄性急躁的一段评价也就不难理解了。在《新唐书》的描绘中，岭南民风轻悍、质直、勇敢、尚信的特色体现在张九龄身上，是躬行直道、直气鲠词、忠直刚劲，是儒家所推崇的"临大节而不可夺"；而另一方面，张九龄又有着儒士的文采风华、翩翩雅意。"九龄风度"，正于此体现。

---

① 《旧唐书》卷99后附《考证》，文渊阁《四库全书》本。

二　改写策略的背后：欧阳修、宋祁对
　　新型文士的期待

历史，在常人看来自然都是客观的"事实"，但实际上，被历史学家所叙述的历史，"恐怕找不到不具有意图的叙述"。① 历史叙述早已将历史事实剪裁过了，所以它并非事实，"而是告诉我们对这些事实应当向哪个方向去思考，并在我们思想里充入不同的感情价值"。② 也因此，相同的历史人物和事件，由于叙述者的不同，可能呈现出大不相同的面貌。新、旧《唐书》便是如此，而二者的差异背后极有深意。

《旧唐书》成书于五代后晋，由宰相刘昫领衔撰写，而五代在宋人看来，是时局混乱、道德沦丧的时期，不足以担当写史之重任。欧阳修起草、曾公亮奏呈的《新唐书·进表》便认为："（五代）衰世之士，气力卑弱，言浅意陋，不足以起其文，而使明君贤臣、隽功伟烈，与夫昏虐贼乱、祸根罪首，皆不得暴其善恶，以动人耳目，诚不可以垂劝戒示久远，甚可叹也。"③ 宋人要重修唐史，其意也正在于"垂劝戒示"，表现他们不同于五代的历史观与道德观。

《新唐书》由欧阳修、宋祁主笔，另有梅尧臣、宋敏求、张方平、范镇等知名于文学和文化史上的庆历士人共同参与编修，历时十七载

---

① ［日］沟口雄三：《关于历史叙述的意图与客观性问题》，孙歌译，贺照田编：《学术思想评论》第 11 辑，吉林人民出版社 2004 年版，第 320—336 页。

② ［美］H. 怀特：《叙述的热门话题》，转引自葛兆光《汉字的魔方：中国古典诗歌语言学札记》，复旦大学出版社 2008 年版，第 13 页。

③ 《新唐书》卷首。

完成。在宋代"以文治国"的政策下，文人已非单纯的文学之士，而身负治国之任，士风问题因此受到特别的关注。五代时期，政权更迭频繁，导致士风凋敝、论卑气弱，宋人有感于此，力图重振士风。范仲淹首倡"先天下之忧而忧，后天下之乐而乐"（《岳阳楼记》），以振作士人品格；而庆历诗文革新的领袖欧阳修，正是范仲淹的同道，他在文学改革中要首先致力于塑造新型文士也就不难理解了。欧阳修不仅主持修撰《新唐书》，此前更独力撰写了《新五代史》，其中对于不少历史人物的褒贬都鲜明地体现着他重塑士风的思考与追求。如对"事四朝，相六帝"的五代丞相冯道的贬斥。宋初薛居正领衔撰写的《旧五代史》称"道之履行，郁有古人之风；道之宇量，深得大臣之体"，① 本颇符事实，《新五代史》则直斥冯道为"无廉耻者"，② 其意正在砥砺"被服儒者"之士节。同样，《新唐书》对张九龄的叙述颇异于《旧唐书》，亦体现着欧阳修、宋祁这批庆历士人力图振作士风的目的。

《新唐书》列传部分由宋祁主笔，但这并不意味着对人物的褒贬与欧阳修无关。宋祁年岁稍长于欧阳修，声望却不及后者，无论作文还是撰史，欧阳修都体现出领袖与主导的地位，宋祁则与其保持着一致。由于欧阳修后期才进入书局，而宋祁长期外任，两人并没有机会就书的编撰进行面对面的讨论，但他们在写史的诸多问题上却不谋而合，或者说，在共同的庆历文化背景下体现出较为一致的历史观、道德观及文学观。如暴恶扬善，垂劝戒示；尊奉《春秋》，推崇韩愈；力排佛老，以明王道。③ 欧阳修《论尹师鲁墓志》中的一句话正可概

---

① 《旧五代史》卷126《冯道传》，中华书局1975年标点本，第1655页。
② 《新五代史》卷54，中华书局1975年标点本，第611页。
③ 谢保成：《关于〈新唐书〉思想倾向的考察》，《社会科学战线》1993年第4期。

括他们在治史写人上的共同特色："用意特深而语简。"① 二人皆反骈尊古，语尚简严，体现着尊崇韩柳之文的古文家的写史特色。②《新唐书·张九龄传》大段载录张九龄《上封事书》关于选士的议论，既与欧、宋对新士风的思考有关，亦当与他们赞赏九龄之文古朴通达不无关系。而在欧、宋写史的简语之中，又常常暗含褒贬深意。欧阳修善用《春秋》笔法乃众所周知的特点，如赵翼便说："欧史不唯文笔洁净，直追《史记》，而以《春秋》书法寓褒贬于纪传之中，则虽《史记》亦不及也。"③ 而这一点同样体现在宋祁的写作当中。《新唐书》成，朝廷要求欧阳修"删为一体"，欧阳修却对宋祁所撰列传"一无所易"，④ 这恐怕不仅仅如欧阳发《先公事迹》所称尊重宋祁为前辈，而当与列传同样具有"语简"而"用意特深"之特色有关。

"九龄风度"正是欧、宋增删改写《旧唐书》、又常暗寓褒贬而清晰起来的。《新唐书》除了从九龄文集、《明皇实录》《国史》等增补了部分内容外，在基本史实上与《旧唐书》是颇为一致的，然褒贬态度则大有不同：这种态度有时直接体现在语词评价上，有时则通过行文的变化、笔墨的轻重、内容的调配等多种方式呈现出来。例如《新唐书》对李林甫的态度便可称是暗藏着对张九龄褒扬之意的"春秋书法"。《新唐书》在史著撰写中首列"奸臣传"，表现出一种鲜明的道德批判，李林甫即名列其中。《旧唐书》本传对李林甫的诸多劣迹虽也直笔书来，但最后述其为杨国忠所诬构，仍然指出"天下以为

---

① 欧阳修：《论尹师鲁墓志》，《欧阳修全集》卷72，中华书局2001年整理本，第1046页。

② 宋祁修《新唐书》，"未尝得唐人一诏一令，可载于传者。唯舍对偶之文，近高古者乃可著于篇"（《宋景文笔记》）；又，不载诏、疏，而全文载录韩愈《平淮西碑》、柳宗元《贞符》。

③ 王树民：《廿二史札记校证》卷21，中华书局1984年版，第460页。

④ 《欧阳修全集》附录卷2《先公事迹》，第2629页。

冤"①。《新唐书》则只列恶行，全盘批判，对李林甫的贬斥一目了然。这种简单化、脸谱化的写史方式，从尊重客观事实的层面来说可谓是一种倒退，不要说不及将人物写得相当立体、丰满的《史记》，就连《旧唐书》也有所不如，然而，这正强烈地体现着宋人要通过写史来"垂劝戒示"的目的。李林甫一生有两个最重要的政敌，前期为张九龄，后期为杨国忠。杨国忠与李林甫一样被视作是导致"安史之乱"的罪魁祸首，《新唐书》将之列入"外戚传"，对其也并无好感；② 而李林甫处心积虑对付的张九龄，正是忠、奸斗争中的另一面，《新唐书》将李林甫列入"奸臣传"，本身便暗含着对张九龄的褒扬。

相比《旧唐书》称张九龄为"一代辞宗"，欧、宋看似不重张九龄的文学之事，其实同样暗寓深意。据《宋史·欧阳修传》："学者求见，所与言未尝及文章，唯谈吏事，谓文章止于润身，政事可以及物。"③ 欧阳修与张九龄同样身为文坛领袖，却似乎有意淡化文学的价值，目的并非自轻文人身份，而是反对文人仅以文章之事自任。欧阳修曾在给后学的信中，批评时人只知沉浸于文辞之美，提出当关心百事，由此强调了文人的文学责任和社会责任。④ 所以，欧、宋并非不看重张九龄的文人身份，恰恰相反，这是他们要改写《旧唐书》、重塑"九龄风度"的基石——张九龄是作为一个文章政事皆有所称的文人典范、同时也正是欧阳修所着力塑造的新型文士的典范出现在欧、

---

① 《旧唐书》卷106《李林甫传》，第3241页。

② 新、旧《唐书》皆于《外戚传·序》中指出，外戚之盛，缘于内宠，而非功业，鲜有能以德礼进退、全宗保名者，因此立《外戚传》"以存鉴诚"。在新、旧《唐书》中，长孙无忌等以勋贤任职者皆不入《外戚传》，而杨国忠则由《旧唐书》的大臣列传被转入《新唐书》的《外戚传》，这本身即已体现作者的态度。

③ 《宋史》卷319，中华书局1977年标点本，第10381页。

④ 马东瑶：《欧阳修的文学教育与宋代文学的发展》，《学术研究》2009年第7期。

宋笔下的。而《新唐书》浓墨表现的张九龄对选士的重视、对使典胥吏的不齿，以及他的儒雅醇厚、立朝謇谔、处穷自若、文史自娱，无不体现着以兼济天下为己任、注重名节修为而以文士身份自重的宋代文人士大夫最为推崇的风范特征。

值得一提的是，《新唐书》所增补的张九龄献《赐白羽扇赋》事正透出作者浓厚的文人趣味："九龄既戾帝旨，固内惧，恐遂为林甫所危，因帝赐白羽扇，乃献赋自况，其末曰：'苟效用之得所，虽杀身而何忌?'又曰：'纵秋气之移夺，终感恩于箧中。'帝虽优答，然卒以尚书右丞相罢政事，而用仙客。自是，朝廷士大夫持禄养恩矣。"在新、旧《唐书》的叙述中，张九龄的罢相都与谏用牛仙客、终为李林甫所谗有着直接关系，所不同的是，《旧唐书》丝毫不提白羽扇之事，《新唐书》则叙述颇详。张九龄以《白羽扇赋》表达了为君效命、杀身不悔的决心和纵然被弃也绝不背君的忠贞。其中用到班婕妤秋扇见捐之意，或许还隐含了陈皇后的长门献赋之情，在这以男女之情隐喻君臣关系的文学传统背后，正体现着张九龄的文人士大夫的特色；而在《新唐书》的诗意叙述中，不难看出同样身为文人士大夫的欧、宋的情感倾向和同情的理解。最后，"朝廷士大夫持禄养恩矣"一句，则又将文学的诗意引向政治的深意。张九龄的献赋没能感动玄宗，于是，九龄罢相，清政结束，政治自此转向。这一叙述当中，同样暗含着作者的褒贬态度。叶梦得则明确指出，张九龄的以赋致意，体现的是其"君子大节进退"。[①]这种热情的褒扬，正表明随着《新唐书》的流播，张九龄已逐步确立其新型文士的典范地位。

---

① 叶梦得：《避暑录话》卷上，中华书局1985年标点本，第26页。

三 典范的确立：宋人对"九龄风度"的集体性接受

张九龄以外在儒雅、内蕴刚劲的"九龄风度"成为文人士大夫的理想楷模，这一形象的形成，既是以真实的张九龄为蓝本，无疑又与接受者的选择密切相关。在中晚唐一百多年的时间里，尽管张九龄是作为开元盛世最后一位贤相而为人所追慕，但他的独特意义并没有引起众人过多的关注，有时甚至不乏微词。如中唐刘禹锡有《吊张曲江》并引，对张九龄建言放臣不宜与善地愤愤不平，认为其"忮心失恕"，而终致无后。① 刘禹锡的批评，与他自身被贬岭南的经历有关，尽管他也提到张九龄有"识胡雏有反相，羞凡器与同列"之美，但对张的怨愤之气更是溢于言表。其后，杜甫有《八哀诗》，叹怀他所推崇的八位唐贤。与《八哀诗》咏王思礼、李光弼等多叙政治功业不同，杜甫对张九龄文才与政事的并重，奠定了宋以后文人士大夫所推崇的"九龄风度"的基本内涵。到了宋代，在振作士风的时代氛围之中，"九龄风度"获得充分阐发。欧阳修、宋祁通过对《旧唐书》的改写，在《新唐书》中确立了"九龄风度"的内涵，从此得到广泛认同。而张九龄遭受过的非议，也得到宋人的全力维护而一一为之辩解、修正。如刘禹锡称张九龄"忮心失恕"而导致无后，宋人便多有质疑和反驳。赵明诚从考辨的角度论证九龄并非无后，晁补之则从更主观的道德批判的角度直接称刘禹锡之说为"小人诋君子"。②

---

① 参见刘禹锡《刘梦得文集》卷2，四部丛刊本。
② 赵明诚：《金石录》卷28，清顺治刻本；晁补之：《鸡肋集》卷48，四部丛刊本。

　　"小人"与"君子"这一对出自《论语》当中带有强烈的儒家道德评判的指称,恰恰也指出了宋人所接受的"九龄风度"的一个核心意思:以儒为本。唐代儒学中衰,在韩愈"文起八代之衰,道济天下之溺"以前,张九龄以一个复古的儒者形象出现,可谓是儒学复兴的先行者了。据王仁裕《开元天宝遗事·七宝山座》:"明皇于勤政楼以七宝装成山,座高七尺,召诸学士讲议经旨及时务,胜者得升焉。唯张九龄论辩风生,升此座,余人不可阶也,时论美之。"① 在唐代讲究"书、判、身、言"的选官制度下,时论所美可能更多的是张九龄的善论辩,正如《开元天宝遗事·走丸之辩》所载,"张九龄善谈论,每与宾客议论经旨,滔滔不竭,如下坂走丸也,时人服其俊辩",② 这"俊辩"正是唐人眼中"风度"的体现;但在致力于儒学中兴的宋代,九龄的擅长"经旨及时务"更为他们所关注,九龄又素来以文名世,且其文中一再强调"君子"之贞、节、义、德,——这正提供了一个欧阳修们所推崇的能够承担国家与社会责任、体现儒家之"道"的新型文士的雏形。

　　玄宗当年也曾为张九龄既是"儒学之士"、又有"王佐之才"而兴奋不已(《开元天宝遗事·七宝山座》),然而他对李林甫、牛仙客的重用,使以儒为本的文士最终在与法家和胥吏的斗争中败北。李林甫以法家思想为理论依据,联合胥吏出身的牛仙客,力图推行以法治国,以取代儒家的"人治",③ 从今人的眼光来看,其实自有其可取之处,但在重儒轻法的宋人眼中,却是极令他们反感的。在宋人王栐《燕翼诒谋录》所记录的轰动一时的"张审素子复仇案"的裁定中,④

---

　　① 王仁裕:《开元天宝遗事》卷1"七宝山座"条,中华书局2006年标点本,第13页。
　　② 同上书卷4"走丸之辩"条,第56页。
　　③ 参见赵剑敏《唐代一场被历史湮没的法制运动——李林甫执政性质新探》,《学术月刊》2004年第2期。
　　④ 参见王栐《燕翼诒谋录》卷4,中华书局1981年版,第32页。

张九龄以儒家忠孝之说，认为应宽免为父报仇而杀人的两个少年，李林甫则认为，法律应直接定罪量刑，不当用人情来解释；最后玄宗支持了李林甫，称"杀人而赦之，此途不可启"① 而将二子付有司杖杀。张九龄与李林甫的这次斗争实际上体现了儒家和法家的冲突，是秉持不同治国理念者之间的交锋，但在王栐看来，却是具有不同道德品性的"君子"与"小人"的斗争；而他作为对照所举本朝相似案例"诏决杖遣之"的裁定，不仅批判了支持李林甫的唐玄宗不是"圣时明君"，同时正说明宋代早已重回儒家"人治"的轨道。而李林甫的奸邪小人、张九龄的儒家君子形象也早已深入人心。两宋之际的张纲便明确表示："呜呼！九龄文章风度见称一时，而林甫奸邪无学术，仙客起于胥吏，则三人贤不肖明甚，而明皇用舍如此，惜哉！"②

正是在"以儒为本的文士"这一基本形象之上，宋人强调和放大了他们眼中的九龄之贤，修订甚至改写了他们所认为的"瑕疵"，从而树立了以"九龄风度"为核心要义的一类新型文士的典范。"风度"一词，常被用来形容特重气度、仪容的魏晋时人，如周必大称"晋人风度不凡"，方孝孺称"晋宋间人以风度相高"③，而刘义庆在《世说新语》中所记载的魏晋人的种种言谈举止，由个性、情感、才藻构成了魏晋时期最被推崇的风度气质，这种风度给我们留下了才情外露、潇洒飘逸、狂放不羁的深刻印象。入唐以后，新时代下的"盛唐气象"取而代之，然唐人对魏晋风度仍有不少追慕效仿，体现之一便是并不以露才扬己和恃才傲物为耻。④ 如史载王勃"倚才陵籍"，

① 司马光：《资治通鉴》卷214，唐玄宗开元二十三年，中华书局1956年标点本，第6811页。

② 张纲：《华阳集》卷20，文渊阁《四库全书》本。

③ 《宋周必大论书》《明方孝孺论书》，《御定佩文斋书画谱》卷7，文渊阁《四库全书》本。

④ 林继中：《魏晋风度与盛唐气象的转换》，《人文杂志》1995年第2期。

杨炯"恃才凭傲"，杜审言"恃高才傲世"，陈子昂"貌柔雅，为性褊躁"，王翰"恃才不羁"，杜甫"性褊躁傲诞"。① 这也就能理解《旧唐书》对张九龄"性颇躁急，动辄忿詈"的记载。或许在《旧唐书》作者看来，这并非对张九龄的贬斥之语，只不过是当时才子的普遍习气而已；但在宋代，这种风气却是不受欢迎的。宋人转向内敛，讲求克制、含蓄、中正和平，不喜露才扬己、放达不羁。庆历时期，梅尧臣等七人曾聚会，互冠以"某老"之名，并称呼缺席的欧阳修为"逸老"，欧阳修在给梅尧臣的信中以孔孟、《诗》《易》等儒家思想解释七老之名，并表示不愿他人以"轻逸"视己而坚持改为"达老"。② 又，欧阳修曾为同样出身韶州曲江并参与《新唐书》编撰的好友余靖撰写神道碑，称其"为人资重刚劲，而言语恂恂，不见喜怒"。③ 所谓"恂恂"，典出《论语》，指恭顺之貌。欧阳修对余靖性情气质的描绘，正如《新唐书》对张九龄的刻画，是宋人所赞许的内蕴刚劲而外在儒雅的文人士大夫形象。正是在改写的基础上，宋人完成了砥砺名节、守正不回、处穷自若、儒雅醇厚的"九龄风度"的刻画，从而树立了他们理想中的新型文士之典范。

据欧、宋的行状、墓志铭等，"以文章道德为一世学者宗师"（吴充《行状》）的欧阳修，性格也如张九龄一样"刚正质直"（吴充《行状》），英宗尝面称修曰"性直不避众怨"（《神宗实录本传》）；又"见义敢为，襟怀洞然，无有城府，常以平心为难，故未尝挟私以为喜怒。奖进人物，乐善不倦，一长之得，力为称荐，故赏识之下率为闻人。唯视奸邪，嫉若仇敌，直前奋击，不问权贵。后虽阴被谗

---

① 傅璇琮编：《唐才子传校笺》卷1，中华书局1987年版。
② 欧阳修：《与梅圣俞四十六通》，《欧阳修全集》卷149，第2444页。
③ 同上书，卷23，《赠刑部尚书余襄公神道碑铭》，第366页。

逐，公以道自处，怡怡如也"（韩琦《墓志铭》）。① 其立身处世的刚正不阿与宦途贬逐中的泰然自若，与宋祁的"炳焉彬彬，昌焉谔谔"（范镇《宋景文公祁神道碑》）②，都与"九龄风度"的内涵颇为吻合。欧、宋是以自身践履和宋人赞赏的个性气质"塑造"了九龄，还是服膺于九龄而使自己亦颇具其"风度"呢？这是耐人寻味的。

《新唐书》成书二十四年后，元丰七年（1084），宋代另一部皇皇史著《资治通鉴》由司马光等完成。司马光深受庆历学风和士风影响，他对张九龄事迹的编撰以及褒贬的态度也正与欧、宋一脉相承。《资治通鉴》曰："二十八年春……二月，荆州长史张九龄卒。上虽以九龄忤旨逐之，然终爱重其人。每宰相荐士，辄问曰：'风度得如九龄不？'"③ 其中全不提笏囊、风姿之事，所谓"爱重其人"之语，正说明在作者看来"风度"着重体现的是其内蕴。李纲《次韵顾子美见示题曲江画像》可谓是一篇以长诗写就的九龄传记，从其孤起荒陬，到推挽正人，识禄山仙客，破房帷阴谋，上千秋金鉴，赋扇陈情，直道忘怀，历数九龄一生"忠说"之行迹与"赡蔚"之文词，最后落实到本诗所咏之"曲江画像"，称其"风度严凝见颜色"，较之王俦《谒张文献公祠》着重赞赏相业之功的"九龄风度"，做了更为精当而详尽的描述。④ 同样位至宰辅、功业彪炳而诗文"雄深雅健"（四库提要语）的李纲，对于"九龄风度"自是最有深契其心的"同情之理解"。

"九龄风度"正是在宋人的接受中成为一个赞誉文章政事两相能

---

① 《神宗实录本传》、吴充《行状》、韩琦《墓志铭》，《欧阳修全集·附录》，第2656、2690、2699 页。

② 杜大珪：《名臣碑传琬琰集》上卷7，台北文海出版社 1969 年影印本。

③ 司马光：《资治通鉴》卷214，唐玄宗开元二十八年，第6840 页。

④ 李纲：《次韵顾子美见示题曲江画像》，《全宋诗》卷1554，北京大学出版社1998年版，第17648 页；王俦：《谒张文献公祠》，《全宋诗》卷2651，第31067 页。

者的熟典。王之道《追和贾明叔侯陟明二侍郎瑞香二首》其一曰："深院重帘数尺墙,对花何必竟烧香。九龄风度高难挹,举世纷纷漫笏囊。"① 作者称"九龄风度"自有其深意蕴藉之处,而并非体现在身佩笏囊一类的表面功夫,可谓与欧阳、司马等史家遥相呼应;"九龄风度"之内涵也相对固定下来成为作家创作时用来称扬他人的、其意不言自明的喻体。如彭汝砺《和执中寄师厚同年》其二:"啸吟久不过诸葛,丰度今谁似九龄",以"九龄风度"赞誉宰辅陈执中;王洋《贺张参启》称美所贺者"靖以有容,刚而不犯。九龄风度,表在缙绅"②;陆游以"诗骚湘水客,风度曲江公"③ 为王成之作挽词;楼钥亦以"九龄风度"赞扬南宋身登二府的著名文人范成大,又在《尚书张公挽词》中以"文靖饶风度,高皇记曲江"褒扬这位张尚书,至于其《次韵章枢密赋吴彩鸾玉篇》以"九龄美风度"赞赏章枢密之书法,则是因书见人,还是将章枢密与九龄进行类比而称扬之。④ 另如"九龄风度照岹台"(释德洪《代夏均甫宴人致语一首》)、"岩廊风度待张龄"(项安世《又代作》其二)、"曲江风度乃不名"(敖陶孙《次韵张长公宠赐初度致祷之语》),⑤ 此类表述不胜枚举。"九龄风度"已经成为熟典,这在宋人对同样身为开元贤相的宋璟、房琯和本朝宰相李沆之"风度"的对照性接受中,可更清晰地体现出来。据《白孔六帖》"宋璟风度凝远,人莫涯其量",⑥《新唐书》则称"房琯风度沉整"⑦,然而人们并没有因此总结出"宋璟风度""房琯风

---

① 王之道:《相山集》卷14,文渊阁《四库全书》本。
② 王洋:《贺张参启》,《东牟集》卷11,文渊阁《四库全书》本。
③ 陆游:《王成之给事挽歌辞》,《剑南诗稿》卷36,四部丛刊本。
④ 楼钥:《范成大赠五官》,《攻媿集》卷38,四部丛刊本。其诗分见《全宋诗》卷2546、卷2540,第29498、29400页。
⑤ 分见《全宋诗》卷1339、2380、2710,第15267、27432、31882页。
⑥《白孔六帖》卷27,文渊阁《四库全书》本。
⑦《新唐书》卷139《房琯传》,第4625页。

度"，是因为这种内涵单一、浅显的评价在各类史书笔记中并不鲜见，并不能引起人们特别的注意。又，据《宋史·李沆传》："（沆）尝侍曲宴，太宗目送之，曰：'李沆风度端凝，真贵人也。'"① 同样是皇帝评价宰相，不过宋人对本朝君臣也并不买账，李沆虽为宋初名相，却无多少可资流传的功勋伟绩，其"端凝"之风度，不过是外在的风采气度而已，自是远不及"九龄风度"之内涵丰赡、引人回想。

随着门阀贵族的消灭和科举制度的日益成熟，自宋以后，以寒士庶族为主体的文人士大夫阶层成为最具影响力的政治势力，正是在这样的背景之下，"九龄风度"获得了宋人特别的关注。张九龄的意义不仅在于成为第一位出自岭南的名臣贤相，更重要的是，其出身寒微、科举入仕以及"九龄风度"，使他颇具象征性地成为此后文人士大夫的典范。门阀制度随着唐帝国的结束而烟消云散，宋代以对科举取士的大力推行而使庶族寒士成为历史舞台上的主角，——这是预示着寒族崛起的张九龄成为典范的客观因素;② 而其主观因素在于，他的文章政事咸有所称、蕴藉文雅的"九龄风度"，正体现着在儒学复兴的新时代背景下对于文士的要求，从而为宋以后的文人士大夫所称赏。在宋人的接受中，"九龄风度"逐渐内化为文人士大夫的理想底色，从此烛照后世，历久弥新。

（原文发表于《文学遗产》2010 年第 5 期，有删改）

---

① 《宋史》卷 282《李沆传》，第 9538 页。

② 此前科举入仕的张说的为相已经体现出这一趋势，不过，张说虽属不入"百家"之数的"近代新门"（孔至《百家类例》），然"其先范阳人，代居河东，近又徙家河南之洛阳"（《旧唐书》），为世居北方中土之人；而出身于"岭海孤贱"（《资治通鉴》）的张九龄，由于两宋以后南方经济、文化的迅速崛起，更具象征意义。

杜甫草堂诗的绘画呈现

——以"柴门送客"与"江深草阁"为中心

陈琳琳*

作为中国古典诗歌创作的"集大成"者，杜甫在各式诗歌题材上多有创造，其题画诗的艺术成就尤为突出，历来备受关注，论者多从题画的角度出发分析杜甫对画作内容的再现、对画作思想情感的阐发，以及对画家精神气质的揭示等，兼及对杜甫绘画理论的探讨，确认杜甫在中国画论史上的独特地位。然而，杜甫诗歌的绘画性，因其在杜诗整体风格中并不明显，加之前有王维的巨大光环，甚少受人关注，已有论著多将其纳入杜诗摹物、写景、造境等创作技巧的讨论之中。实际上，杜甫诗歌的绘画性是显著的。除了细读诗歌文本可以获知以外，还可以引入另一个观察视角，即诗意画的视角，对杜甫诗歌的绘画性加以重新审视。以诗意画的视角探究杜诗的视觉转换问题，可以发掘杜诗中容易被人忽视的绘画因子，更全面地考察杜甫在诗歌与绘画这两门艺术上的精深造诣。

杜甫在绘画鉴赏方面显示出高超的水准，他未必能画，但对绘画的艺术属性与创作规律皆有着深刻的理解。杜甫山水田园诗的"取景入诗"，鲜明地体现出如画家般敏锐的眼光，他总是以斑斓的色彩意

---

* 陈琳琳，女，北京大学中文系 2014 级博士研究生。

象、错落的构图布局、秀美阔远的画境，呈示诗歌的绘画之美。这一类型的诗作集中涌现于草堂时期。富有绘画意境的草堂诗，成为最受历代画家青睐的文学素材，尤其明清时期，以草堂诗为表现对象的诗意画集中涌现。画家以草堂诗为文本基础，用生动的画笔还原诗歌情境，传达对草堂诗的独特见解与感悟，丰富杜甫草堂诗的文学意义。

寓居草堂期间，杜甫创作了一批抒写个人闲适心情的诗篇，有的叙写营建草堂的情状，有的勾画天真烂漫的春光，有的展现邻里来往的乡间人情，有的抒发一时的漫兴情趣。在一系列描写山水田园景色的草堂小诗中，杜甫在意象的组合、排布以及提炼上，总在不经意间显示出独到的绘画眼光，深深地吸引了历代画家的眼球。杜甫从不同的角度观照自然山水，并将自身的审美体验投注于诗歌创作之中，勾起了不同画家的共鸣，为诗意画的创作提供了直接的情感导向。

在诸多杜甫草堂诗中，以诗意画的创作数量来看，最受画家关注的是《南邻》一诗。周臣、陆治、程嘉燧、沈颢、王时敏、石涛、王翚等画家都曾经依此诗作画。平心而论，《南邻》的艺术水准上并不能代表老杜诗歌的巅峰，历代评价虽不少见，却从未有将其奉为杜诗之典范者。那么，《南邻》缘何受到了画家的格外青睐？先从诗歌文本看起：

> 锦里先生乌角巾，园收芋栗不全贫。
>
> 惯看宾客儿童喜，得食阶除鸟雀驯。
>
> 秋水才深四五尺，野航恰受两三人。
>
> 白沙翠竹江村暮，相对柴门月色新。①

此诗脱去老杜惯有的沉郁顿挫之风，以优美的诗笔描绘了村居的

---

① （唐）杜甫著，（清）仇兆鳌注：《杜诗详注》，中华书局 1979 年标点本，第 760 页。

自然风光与乡土人情，极力渲染草堂生活的天真淳朴与生机野趣，情韵悠长。诗人的意象选择构思独特，天真烂漫的儿童、阶前觅食的小鸟、浅浅的秋水、小小的野航，以及白沙、翠竹、柴门、月色，无不营造着宁静的画面感，折射出村居生活的清幽闲适。相反，"具鸡黍""话桑麻"的热闹场景被诗人有意回避，这与画家的构思可谓如出一辙。浦起龙评曰"此诗前半《山庄访隐图》，后半《江村送客图》"①，杨伦《杜诗镜铨》云"画意最幽，总在自然入妙"②，皆注意到了此诗的绘画性。杜甫将访邻的情绪体验融入诗境，在疏落有致的文字之间，访隐的闲适恬淡与乡间的清幽静谧交相映衬，不仅意象入画，更是神理入画。就绘画的表现特长而言，此诗最易入画的是尾联，前半幅《山庄访隐图》需要再现诗人访隐的动态过程，这对于擅长描摹静态情状的绘画艺术而言，挑战性很大，而《江村送客图》则定格于一个充满情感张力的具体情境，既充分凝结了村野情趣，又彰显了绘画的直观冲击力，具备天然的绘画质素。因而历代画家对《南邻》诗意的图现，多以尾联作为表现中心。

对《南邻》的视觉再现，现存画迹中较早的是明代周臣的《柴门送客图》（图1）。周臣截取《南邻》尾联的诗意入画，描绘诗人与邻人依依惜别的场景。画幅中的主人公正向邻人作揖告别，身后有一童子携琴，隐约透露此次访隐的文人雅兴。柴门外的孤灯发出微弱的光亮，门前停泊的木舟上有一船翁，已然倒头熟睡，诗人欲归家，船翁却迟迟未醒来，诗人亦未催促，可推知主客送别时间之长，仿佛邻人的热情好客让诗人忘却归意，可见诗人对村居生活的无限眷恋。在景色的描摹上，画家基本忠实于诗意：茅屋前有小溪，潺潺流水尚未没

---

① （清）浦起龙：《读杜心解》卷4，中华书局1961年标点本，第618页。
② （唐）杜甫著，（清）杨伦笺注：《杜诗镜铨》卷7，上海古籍出版社1998年标点本，第330页。

过石头，足见秋水之"浅"。土坡上，柴篱环绕着茅屋，室内陈设简陋，暗示村居生活的淳朴。诗中的翠竹意象被置换为一株蜷曲扭结的古松，苍劲有力，年代久远，更显山居生活的与世隔绝。一轮满满的圆月挂在繁茂的树梢间，呼应诗歌文本"相对柴门月色新"。周臣还别有意味地增设屋中的人物形象，一位满头银发的老妇正在收拾家什，应是邻人之山妻，为画面增添了浓浓的生活气息。周臣沿用南宋画家马远的"一角式"构

图1　周臣《柴门送客图》①

图，将观者的视线凝聚在"柴门相送"这个典型的场面之中。不过，画家显然有更深远的意图，通过片段式的送别场景，以蕴含深意的画面细节布置，提示整个访隐的活动过程，从而完成对诗意的勾连呈现。

另一位绘制"柴门送客"诗意画的明代画家是吴门画家陆治，他的《唐人诗意图》有一开画《南邻》诗意（图2）。画面仍以诗歌尾联为表现中心，并沿用周臣的边角式构图，在画幅的右下方集中勾画村居景象。翠竹意象在图文转换中得到了重点表现，画家在茅屋前面勾绘了一围翠竹，在风中摇曳生姿。为了避免画面的单调，除了竹子以外，画家还增加了古松与绿树等意象，用以烘托村居生活的静谧优美。柴门前，有二人正相对作揖送别，这是对文本的直接再现，画家刻意以朱砂色渲染邻人衣袍，形成与翠竹的映照关系，既突出了画面色彩的鲜艳明丽，也暗示了邻人性格的真诚热烈。相应地，诗人杜甫

———————————————

① （明）周臣：《柴门送客图》，轴，纸本，设色，120.1×56.9cm，南京博物院藏。

图 2　陆治《唐人诗意图》(其六)①

则以一个白袍背影出镜，暗示其作为儒士的含蓄风雅。柴门草屋之外是浩瀚无边的秋水，一直延伸到天际，渲染了迷茫朦胧的画境。一轮新月半挂高空，提示诗歌文本的发生时间。陆治有意识地选择改造诗歌的颈联，浩渺的水面更能显示深秋的荒凉，而作为催促分别的道具——"野航"亦被排除在画面之外。文本的发生时间仿佛就定格在分别的场景上，唯有画面左下角的木桥提示着村居之处与外界的联系，既暗合村居避世的桃源意境，亦委婉地揭示文本的访隐主题。

　　明人程嘉燧亦有一幅扇面图，题为《柴门送客图》（图 3）。"柴门送客"主题的绘画创作由卷轴画扩展到扇面，既反映了画作载体的变更，又折射出这一题材流播普及的深化。扇子作为文人交际之物，历来被赋予特定的文化意涵。在扇面上绘"柴门送客"的主题，很有可能作为临别礼物赠予友人，表示惜别之情。杜甫用诗笔勾画的场景，

---

① （明）陆治：《唐人诗意图》，册，纸本，设色，26.1×27.3cm，苏州博物馆藏。

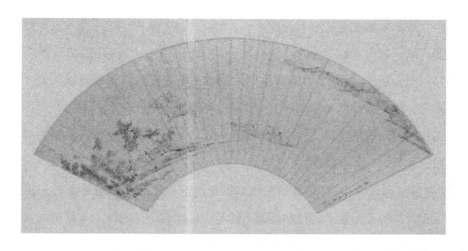

图3　程嘉燧《柴门送客图》①

经由画家的艺术转换，逐渐成为一个固定的具有特定意涵的文化意象，渗透到文人的日常交际之中。程嘉燧对《南邻》诗意作出一定的调整，不同于文本的"秋水才深四五尺"，画家以大幅的留白画烟波浩渺的江水，两岸杂树沙汀，远山如黛。在如此空阔的背景之中，原诗僻静深幽的意境不复存在。此图更像是画家的一种阅读想象。画家将事件的发生节点由分别时刻推移至别后的想象，以泛舟情境作为画面中心，仅在扇面左下角描画杂树掩映中的草堂柴扉，用以呈示对诗歌文本的呼应。画家从分别之际的悲伤情绪暂时跳脱开来，直接遥想杜甫与锦里先生泛舟江上的情景：一叶扁舟之上，主客对坐，似在畅谈，或是邻人江上送客，或是异日二人相携出游，皆是诗歌文本意义的延伸。画家的笔墨简率疏朗，画面隐含的情致由浓郁的村野气息转变为风雅的文士情调。程嘉燧不仅善画，亦能诗，有《浪淘集》存世，他借助杜甫诗意，或者记录下自己与诗友游赏唱和的生活体验，或者表达一种潇洒闲散的文士生活理想，总之是对杜甫诗意的一种"再创造"。

———————————

① （明）程嘉燧：《柴门送客图》，扇页，金笺，设色，故宫博物院藏。

明末画家沈颢的《设色山水图》（其二）（图4）亦截《南邻》尾联入画，题为"白沙翠竹江村岸，相对柴门月色新"，画面呈现即以"岸"作为中心场景。画家汲取前人画意，以分别场景作为画面的表现重心，但在人物的动作刻画上，沈颢的创新意识更为彻底，他抛弃了作揖相送的风雅场景，直接以执手相送入画，从而带来画作内在情感的增殖，作揖送别是儒雅的、克制的，而"执手相看泪眼，竟无语凝噎"（柳永《雨霖铃》）却将离别的情绪推至高潮。岸前"野航"上的船夫似乎等待得不耐烦了，已然撑起了船竿，催促着岸上的诗人。其他的景物描写一如诗意，尤以清冷的设色渲染着萧疏静寂的秋日氛围。

图4 沈颢《设色山水图》（其二）①

清人王翚的《杜陵诗意》（图5）不再沿袭一角构图，而是采用俯瞰的视角，画山野生活的整体面貌。近景处，山石姿态各异，高树林立；中景部分，丛树中错落地掩映数间屋阁；宽阔的江面向天际延展，

---

① （明）沈颢：《设色山水图》，册，纸本，设色，15.2×23.6cm，上海博物馆藏。

远处山色苍茫，俱笼罩于朦胧的月色之中。此图虽然直接题写"白沙翠竹江村暮，相对柴门月色新"，但在画轴上却不见翠竹、白沙、江村茅屋等山野景象，俨然被置换为文人雅居的幽谧环境。杜诗中重点展现的"柴门相送"情景，则被缩小为点景人物，文本极力渲染的村野气息与淳朴民风俱被删简。王翚仅沿用诗意图的主题，却无意于对文本内容进行逼真再现，他更想传达的则是文人的笔墨趣味，故此画的图文关系较为松散。据此，我们可知，在杜甫诗意画的创作中，诗意能否得到完整的复原，似乎并没有那么重要。换言之，杜诗在明清之际的绘画呈现，有时候未必是诗、画这两种不同门类的艺术样式之间的对等转换，画家仅需借助诗意画的形式传达文人的审美趣味，而在这一时期，杜甫已然是这种文人趣味的典范性代表。

图 5　王翚《杜陵诗意》①　　　图 6　王时敏《杜甫诗意图》（其二）②

　　清人王时敏的《杜甫诗意图》（图 6）是历代杜甫诗意画中名气

---

　　①　（清）王翚：《杜陵诗意》，轴，绢本，设色，130×68cm，中国嘉德 2002 年春季拍卖会，上有启功、徐邦达二人边跋。

　　②　（清）王时敏：《杜甫诗意图》，册，纸本，设色，39×25.5cm，故宫博物院藏。

最大的一种。这一图册作于康熙四年（1665）腊月，此时王时敏已七十四岁，被视为其晚年画风的典型代表。王时敏亦以俯瞰的视角收束村野全景。在新月朦胧之间，画一座高山挺立，上有云雾缭绕，树木丛生，山路若隐若现。山脚处有一草屋，屋前正有二人作话别状，人物的眉目已不大清楚，但动作似有牵连不舍之感。房屋前后溪流蜿蜒，有一木桥连接着外面的世界，坡上数株垂柳新绿，江枫初红，一派静谧雅致的景象，文本的活动事件亦被压缩为极小篇幅。画面整体行布平稳，意境冲淡，似是王时敏晚年平和清赏的生活态度的集中显现，与杜诗所展示的村野生机及隐含的融融人情，相距已远。

清人石涛的《山水图》有二开以杜甫《南邻》诗为主题，足见他对此诗的喜欢。在表现颈联的诗意画（图7）中，石涛以三人泛舟江上作为表现中心，细致刻画水畔的石头，似在凸显秋水之"浅"，又以简淡的画笔写村居的茅屋，以及环绕屋子的丛丛树木。此图用笔

图7　石涛《山水图》（其六）①

---

　　①（清）石涛：《山水图》，又作《写杜诗册》《杜甫诗意册》，十开，纸本，淡墨设色，13.7×20.0cm，据［日］铃木敬《中国绘画综合图录》著录，此图曾藏于赵从衍家族基金会。现为旅美华人收藏家邓仕勋涤砚草堂所藏。

疏放，晕染的笔墨似乎无意于对诗意作逼真的还原。画家似更注重对诗歌内在情调的张扬，于是，画面在一片阔远苍茫之中生出一种荒远萧疏之感，既暗合萦回杜甫毕生的孤独感，又抒写了石涛作为明代遗民的苍凉心境。对诗歌尾联（图8）的视觉呈现出于类似的构思，画家以草草几笔带出山色掩映中的村落，屋前柴扉之外似有两个相对的人影，仿佛在相对告别。屋前有树木几丛，枝叶萧条，充满秋天的萧索荒冷之意。显然，这与原诗所描写的热烈温情的柴门相送场景相去甚远。石涛以此种画法再现杜诗，恰是一种时代心境的具体显现，他不是简单地图写杜诗，而是借诗意图传达一种生命体认。石涛的诗意画着重表现江山飘摇之中的归隐幻想，在那淡漠的笔触之下，似乎处处流露疲惫感伤的时代心情。至此，对《南邻》一诗的绘画呈现走向了个性化的极点，充分彰显出杜甫《南邻》诗阐释空间的开放性。

图8 石涛《山水图》（其八）①

---

① （清）石涛：《山水图》，又作《写杜诗册》《杜甫诗意册》，十开，纸本，淡墨设色，13.7×20.0cm，据［日］铃木敬《中国绘画综合图录》著录，此图曾藏于赵从衍家族基金会。现为旅美华人收藏家邓仕勋涤砚草堂所藏。

　　除了《南邻》一诗及其形成的"柴门送客"题材，"江深草阁"是草堂诗中又一广为画家所接受的题材。现存的画迹中，较早的是明代唐寅的《江深草阁图》，据《珊瑚网》著录可知，唐寅《江深草阁图》以焦墨作江干石壁，图中有二松虬结，根梢不可辨，松下一茅亭，有幽人凭栏清坐，画幅上另有沈周题诗一首。[①] 台北故宫博物院现存另一幅唐寅的《江深草阁》扇面，图绘江岩瀑布飞流直下，有一草阁建于水中，岩岸有古松杂树盘曲交接，一高士凭栏而坐，似在读书之余凝望波光粼粼的江水，一副怡然自得的神情。两幅图的构图元素如出一辙，古松、江流、草阁、凭栏高士，俱在描绘山间生活的幽静闲适，对照《严公仲夏枉驾草堂兼携酒馔（得寒字）》的诗歌文本，基本是画家截断诗篇的一种自我发挥。杜诗文本如下：

　　　　竹里行厨洗玉盘，花边立马簇金鞍。

　　　　非关使者征求急，自识将军礼数宽。

　　　　百年地僻柴门迥，五月江深草阁寒。

　　　　看弄渔舟移白日，老农何有罄交欢。[②]

　　杜甫寓居草堂时，与严武结下了深厚的友谊，严武多次携酒食出访草堂，与杜甫饮酒赋诗，此诗所叙即是杜甫与严武聚饮之事，杜甫拈得"寒"韵。全诗纪友人宴饮之乐事，却透出幽意，如黄生所云："极喧闹事，叙来转极幽适，非止妙笔，亦有襟旷。"[③] 将此诗与唐寅的两幅《江深草阁图》作对比，首联热闹的聚饮场面并未形诸画笔，颔联感怀之意亦无从转换为视觉意象，尾联"看弄扁舟"的闲情意趣

---

　　① （明）汪珂玉：《珊瑚网》卷40"伯虎江深草阁图"，商务印书馆1936年标点本，第1106页。

　　② 《杜诗详注》，第903—904页。

　　③ （清）黄生撰，徐定祥点校：《杜诗说》卷8，黄山书社1994年标点本，第319页。

则被嫁接到凭栏眺望的情境设置之中。可见，唐寅无意于忠实文本地图现杜甫与严武的欢聚画面，而仅仅被"百年地僻柴门迥，五月江深草阁寒"的意境所吸引。这两句交叠了错综的时空，超越具体物象，传达出杜甫特殊的审美体验与心理感知，构筑了高深浑厚的艺术境界。唐寅截取这两句诗入画，乃是基于对杜甫心理状态的准确体认，陡峭的石壁、虬曲的古松、简陋的茅亭等具有象征意味的意象，在烘染荒寒萧索的环境之余，俱在指向杜甫内心之"寒"。只不过，唐寅又以高士凭栏的闲趣加以中和，使得画面的情感表达更趋向温和典正。

自唐寅以后，"江深草阁"成为较流行的山水画主题，画家大体上继承了唐寅《江深草阁图》的精神内涵，但在具体的画面呈现和艺术技巧上稍有变化。明人吴彬的《江深草阁图》（图9），画面中心仍然是山峰耸峙，弥漫的烟色之下景物若隐若现。近景两株老松，枝叶繁茂，姿态蜷曲，远处空山一抹，一望无际。较之唐寅，吴彬并没有完全搁置诗意，他极富巧思地在山间布置若干叙事性场景，例如近景乌篷船中闲游的文士，中景渔艇屋舍的生活情境，半山的楼阁中有文人远眺。在同一画卷中并置多重空间的叙事性场景，是对诗歌文本的勾连呼应。不过，就画面整体而言，这几个细小的片段仍然充当着点景人物的功能，画家的创作重心是高耸深峭的山势，以及这种陡峭厚重的大山背后隐含的"寒"意。明人赵左的《寒江草阁图》（图10）采用类似的构思，竹篱柴扉提示着山间烟火气息，只是草阁中的人影淡不可见，远景山峰矗立、云雾缭绕，为画面添加了缥缈的气息。相对而言，赵左的画面风格更加温润浑厚，寒意有所淡化。

图 9　吴彬《江深草阁图》①　　　　图 10　赵左《寒江草阁图》②

　　①　（明）吴彬：《江深草阁图》，轴，绢本，水墨淡彩，307.3×98.4cm，美国旧金山亚洲艺术馆藏。
　　②　（明）赵左：《寒江草阁图》，轴，绢本，浅设色，160×51.6cm，台北故宫博物院藏。

在一系列"江深草阁"的诗意画中，以清代傅山的《五月江深图》（图11）最富表现力。傅山继承前人以"山高"表现"江深"的方式，着重刻画陡峭的山石。画幅近景为耸立入云的巨石，石上杂树丛生，中景写陡峭山崖的小路，林木掩映下的茅舍简陋而局促，远处群山延绵，一望无际。作为书法家，傅山用笔极为粗犷，在山峰逼仄之下，屋舍显得更为孤寂萧条，仿佛是傅山真实隐居之所的写照，暗合杜诗粗朴萧散的风致。杜诗文本描绘草堂的偏僻景象，因无故人往来，仲夏五月仍然寒意滋生。这种寒意，表面上看是杜甫得"寒"韵，遂在诗篇中描绘草堂荒僻之"寒"，实质上透露了杜甫内心之"寒"。宝应年间，朝廷政局稍安，各方潜伏的危机又陆续暴露，杜甫历尽人生之颠沛流离，长年战乱的时代气氛使其不得不倍感内心之寒。尽管诗歌主旨在于表现与严武的深厚情谊，诗歌尾联亦将景色收束到宁静的田家生活场景之

图11　傅山《五月江深图》①

上，但短暂的安乐并不能掩盖杜甫的真正心绪。傅山此画写尽苦涩荒寒之意，应是在战乱流离之中对杜甫境遇有切肤体验。可以说，傅山

① （清）傅山：《五月江深图》，轴，绫本，水墨，176.5×49.8cm，故宫博物院藏。

创作这一诗意画，不仅在于图解阐释杜诗，更是在与杜甫进行一番异代精神交流。从这个角度而言，《江深草阁图》见证了两位艺术家跨越历史的界限，跨越艺术门类的隔阂，所达成的心灵共鸣与精神交会。

由此可知，画家在对杜诗进行艺术转换时，多建立在对杜诗文本的透彻理解之上，他们不仅以画笔传达对杜诗文本独特的阅读感受，往往还融入了自我的人生遭际与审美体验。傅山等明末清初的文人画家在图现杜诗时，更融入了遗民之悲与离乱之叹，以图绘杜诗透露自身苍凉的心境，这也使得杜诗文本意义的诠释空间获得了又一次的延宕。在进行诗画转换时，画家较好地把握了绘画的艺术本质，以直观的意象激发观者的联想与想象，特别是在"柴门相送"这一主题中，画家们大多抓住了将别而未别的场面进行创作，充分发挥了绘画的表现特长。绘画是一种空间性的艺术，一般只能通过笔墨线条表现凝固的时空，故绘画最宜选择"最富于孕育性的那一顷刻"[①]，最大限度地调动观者的联想。将别未别的场景恰恰是最富包孕性的顷刻，画面的情感即将达到顶峰，为观者留下了广阔的想象余地。

当然，杜甫诗意画并非都是尽善尽美的，其缺陷或者出于画家自身，又或者出于绘画本身的艺术局限。譬如《野老》一诗，在明末清初的杜甫诗意画中多被表现，画家们多以"渔人网集澄潭下，贾客船随返照来"一句入画，如王翚逼真再现了"渔人网""贾客船"等意象，渲染草木萧瑟的秋日气氛。然此诗的艺术成就，远不在此，黄生评曰："前半写景，真是诗中之画；后半写情，则又纸上之泪矣。"[②]杜甫感伤自己像浮云一般四处漂泊，滞留成都，想起洛阳再度失陷之

---

① ［德］莱辛：《拉奥孔》，朱光潜译，人民文学出版社1979年版，第83页。
② 《杜诗说》卷8，第313页。

后仍未光复，蜀中潜伏着重重的战乱危机，正因此，秋风中传来的画角声才显得尤为肃杀。绘画无法写声，故而画角声的凄凉无从表现，画家虽写秋意之凄怆，却无法直观地呈现杜诗在平静的秋色之下奔涌的沉痛情绪，这既受到绘画表现能力的限制，亦是王翚人生经历的缺失所致。又如王时敏《杜甫诗意图》虽在艺术造诣上达到巅峰，但杜诗在平淡的山水情调之下深隐的孤独荒凉，却未获得足够充分的揭示。这些诗歌创作基于杜甫长年战乱流离的生活、艰难潦倒的境遇，以及对家国忧患与人生悲叹，与王时敏的实际生活相去甚远，与其温润雅正的绘画理论极为疏离，从而导致了诗意画表现上的偏差。可见，诗意画的表现技艺并不是万能的，由于绘画自身的艺术属性所限，一部分杜诗的视觉转换受到多重限制，不过种种在画面上无以呈现的情感意绪，恰恰正体现了杜甫诗歌这一语言艺术的独特卓绝。

（原文发表于《杜甫研究学刊》2016 年第 3 期，有删改）

崔徽事迹的文学呈现及其演变

邹颖[*]

崔徽事迹最早见于元稹的《崔徽歌》及其序言，写蒲中歌妓崔徽与情人裴敬中分离不得相见，于是托人写真赠予情人，最后发狂而卒：

> 崔徽，河中府娼也。裴敬中以兴元幕府使蒲州，与徽相从累月，敬中便还。崔以不得从为恨，因而成疾。有丘夏，善写人形。徽托写真，寄敬中曰：崔徽一旦不为画中人，且为郎死。发狂卒。
>
> 崔徽本不是娼家，教歌按舞娼家长。使君知有不自由，坐在头时立在掌。有客有客名丘夏，善写仪容得恣把。为徽持此谢敬中，以死报郎为□□。[①]

北宋初年张君房的《丽情集》又加以敷衍，并重申"崔徽一旦不及卷中人，徽且为郎死"的誓言。[②]崔徽故事中所昭示的那种追随恋人

---

　　* 邹颖，女，北京大学中文系 2001 届硕士毕业，2010 年斯坦福大学文学博士，现为中国人民大学文学院讲师。

① 《全唐诗》卷 143，中华书局 1960 年标点本，第 4652 页。

② 《丽情集》在流传过程中散佚，目前可见保存其内容较多的是南宋曾慥所编类书《类说》。《类说》所载较《崔徽歌》序略有不同，写崔徽请白行简托人画像，并转交裴敬中。敬中密友东川白知退至蒲，有丘夏善写真，知退为徽致意于夏，果得绝笔。徽持画谓知退曰："为妾谢敬中：'崔徽一旦不及卷中人，徽且为郎死矣。'"（见《类说》卷 29，影印文渊阁《四库全书》，台北商务印书馆 1986 年版，第 873 册，第 488 页。）皇都风月主人所编《绿窗新话》也节录了一部分《丽情集》的内容，包括《崔徽私会裴敬中》一篇，情节与《类说》载基本相同，文字稍有改动（见《绿窗新话》上卷，周楞伽笺注，上海古籍出版社 1991 年版，第 80 页）。

的激情，追求理想自我的决绝，以及对抗时间的激切呼喊，使之在后代诗人们反复吟咏的过程中成为一个独具特色的文学事象，并在不断形塑中经历着微妙的演变。从托人写真到自写真容，从忠情义娟的形象塑造到对人物内在心理的强调，这些演变的轨迹从不同角度体现了有关女性与情爱的浪漫文化在不同阶段的走向，揭示了主体抒写与传统、性别以及文化环境之间的动态关系。

一　唐宋诗词中风流忠情的崔徽形象与文人情趣的表现

中唐时期出现了为数不少的与《崔徽歌》（及序）内容相似的作品，即围绕着某个浪漫事件而创作的诗歌（常附带诗序）、传奇和其他轶闻记事。特别是在以元稹和白居易为中心的社交圈，包括杨巨源、李绅、白行简等，他们热衷于讨论和记录此类事件，而且他们的作品之间存在着明显的相互呼应和影响。比如白行简有《李娃传》，元稹有《李娃行》（已佚）、《莺莺传》，杨巨源有《崔娘诗》，李绅有《莺莺歌》等。① 虽然崔徽的故事似乎没有像李娃、莺莺那样留下更丰富和广泛的影响，但把它放在相似的文化语境中考察是合乎情理的。关于这类故事真实性的讨论由来已久，不管结论如何，可以确定的是诗人在展现一种浪漫情怀，同时也借此表现其卓越的诗才。② 在

---

① 关于是否另有一篇传奇《崔徽传》以及其作者是白行简还是元稹的争议，参见苏兴、苏铁戈《以白居易、元稹为核心的中唐小说集团述论》，《明清小说研究》1997 年第 3 期。

② 参见陈寅恪《读莺莺传》，《元白诗笺证稿》，上海古籍出版社 1978 年版；吴伟斌《三论张生非元稹自寓——兼答尹占华、程国斌两位先生的商榷》，《福州大学学报》2003 年第 2 期。

《崔徽歌》里，元稹以简练的语句描绘了崔徽事迹的原委，凸显了故事的悲剧气氛，并表现了崔徽的才艺、受到的宠爱，以及对爱人以死相随的真情。

宋代诗人们更是留下了不少有关崔徽故事和崔徽画像的篇章。首先是出现在苏轼及苏门弟子的诗作中。苏轼在《和赵郎中见戏二首》中提及崔徽事：

> 燕子人亡三百秋，卷帘那复似扬州。
>
> 西行未必能胜此，空唱崔徽上白楼。①

这是熙宁十年苏轼初至徐州任上所作。当时他在密州的友人赵庚寄诗相赠，戏称徐州的歌妓不如密州的好。苏诗接续其意，不过在末尾转说蒲州的歌妓也未必比徐州更好。这里是借歌妓之事表达对贬谪迁徙之苦的自嘲和排遣。苏门六君子之一的陈师道在《送晁无咎守蒲中》诗中宽解被弹劾而出守蒲中的晁补之道："解榻坐谈无我辈，铺筵踏舞欠崔徽"，用意亦相似。②

苏轼的另一首与崔徽相关的诗作是《章质夫寄惠崔徽真》：

> 玉钗半脱云垂耳，亭亭芙蓉在秋水。
>
> 当时薄命一酸辛，千古华堂奉君子。
>
> 水边何处无丽人，近前试看丞相嗔。
>
> 不如丹青不解语，世间言语元非真。
>
> 知君被恼更愁绝，卷赠老夫惊老拙。

---

① 苏轼撰，王文诰辑注，孔凡礼点校：《苏轼诗集》卷15，中华书局1982年标点本，第731页。

② 陈师道撰，任渊注，冒广生补笺：《后山诗注补笺》卷12，中华书局1995年标点本，第453页。

为君援笔赋梅花，未害广平心似铁。①

同僚好友章质夫给身在徐州贬所的苏轼寄来崔徽画像，苏轼作诗以谢，颇具相谑之意。② 苏轼自嘲"老拙"，并笑称章质夫如宋广平一般资质刚健，却吐辞婉妙。他还戏解画意，说崔徽画像也许比本人更真实，更可亲近，因为她不需借助语言表达，而语言本身也未必真实。这样的说法可以从两方面来理解：一则是在戏谑中传达出对文字媒介的反思，因为语言也不过是一种表现手段，未必比绘画更真实；二则是苏轼以敢言著称，也因敢言屡遭诬奏诽谤，因而道出"世间言语元非真"的无奈和讽刺。总体而言，这首诗呈现的哲思意味、崔徽事迹所代表的歌妓文化以及以游戏笔墨表现性情的态度都体现了宋代文人文化独特的趣味。

事实上，崔徽画像在当时的文人圈内很可能流传较广。清代书画著录《平生壮观》里记录了这幅画的情形："崔徽像，纸本立轴，半身人物。参画上苏文忠题诗一首，字甚精。"③ 除了提到苏轼的题诗外，这里还注明了这幅画是半身人物像，这与秦观《南乡子》词所咏崔徽像相吻合：

妙手写徽真，水剪双眸点绛唇。疑是昔年窥宋玉，
东邻。只露墙头一半身。
往事已酸辛，谁记当年翠黛颦？尽道有些堪恨处，
无情。任是无情也动人。④

---

① 《苏轼诗集》卷16，第798页。
② 章质夫寄送崔徽画像与苏轼，可能是因苏轼为其作《思堂记》而表达谢意。一说此诗作于元祐年间，王文诰已作考辨，仍编在徐州卷。参见《苏轼诗集》卷16，第798页。
③ 顾复：《平生壮观》卷7，上海古籍出版社2011年标点本，第262页。
④ 秦观撰，周义敢等编注：《秦观集编年校注》卷37，人民文学出版社2001年版，第785页。

苏诗拟写了崔徽的妩媚情态，此词则较为具体地描摹了崔徽的面貌，并指明所画为半身像。他用"东邻女子"的典故，既说明崔徽无以复加的美丽，也是表明崔徽对裴敬中执着的爱恋就如东邻女子对宋玉的痴迷与大胆追求。事实上，这首词是秦观在徐州拜访苏轼时，看到苏轼所藏崔徽画像而作的。"往事已酸辛"呼应了苏诗"当时薄命一酸辛"之句对崔徽悲剧命运的感慨。此词也进一步谈及苏诗中提到的艺术表现与真实的问题。因为画技精妙而表现出动人的韵味，或许比真人更具情致。唐代罗隐的《牡丹花》诗有言："若教解语应倾国，任是无情也动人。"很显然，秦观词直接引用了末句，而这同时也是对苏轼的呼应，因为苏诗有"解语"一说，秦观便用"无情"句相和。

同时期咏崔徽画像的还有诗僧惠洪次韵秦观《千秋岁》的一首词作：

> 半身屏外，睡觉唇红退。春思乱，芳心碎。空余簪髻玉，不见流苏带。试与问，今人秀整谁宜对？湘浦曾同会，手弄青罗盖。疑是梦中犹在。十分春易尽，一点情难改。多少事，却随恨远连云海。①

秦观的《千秋岁》（水边沙外）是他的名作，当时和韵者甚多。惠洪赏赞秦观词奇丽神清，当其兄思禹邀他作词歌咏崔徽画像时，他便选定次韵秦观的这首名作《千秋岁》，因而有在词艺上追步秦观的意思。这首词没有像苏轼和秦观的作品那样言及绘画本身的议题，而是通过画作还原崔徽事迹，设置了她春睡醒觉，情牵梦绕的场景，并揣想她对往事的追怀和绵绵遗恨。秦观原词是自抒怀抱、自写身世，

---

① 胡仔：《苕溪渔隐丛话前集》卷50，人民文学出版社1962年标点本，第342页。

特别是"飞红万点愁如海"句被看作是其早逝的自谶之语。① 惠洪的和作则极写闺怨，身为僧人而作如此绮艳之语，又有与秦观一较词技的意味，多少带些游戏的味道。

另一类吟咏崔徽事迹的词作是调笑转踏歌词，在宴饮场合作劝酒之用，采用一诗一词咏一故事的形式。② 秦观、毛滂都有歌咏崔徽故事的《调笑令》：

> 蒲中有女号崔徽。轻似南山翡翠儿。使君当日最宠爱，坐中对客常拥持。一见裴郎心似醉。夜解罗衣与门吏。西门寺里乐未央，乐府至今歌翡翠。
>
> 翡翠。好容止。谁使庸奴轻点缀。裴郎一见心如醉。笑里偷传深意。罗衣中夜与门吏。暗结城西幽会。③
>
> 珠树阴中翡翠儿，莫论生小被鸡欺。鹡鸰楼高荡春思，秋瓶盼碧双琉璃。御酥写肌花作骨，燕钗横玉云堆发。使梁年少断肠人，凌波袜冷重城月。
>
> 城月。冷罗袜。郎睡不知鸾帐揭。香凄翠被灯明灭。花困钗横时节。河桥杨柳催行色。秋黛有人描得。④

第一首是秦观的作品，当是元祐年间所作，其时苏轼重被起用，与弟子友朋诗文酬唱，盛极一时。秦观的《调笑令》大致是在这样的背景下，为宴饮佐欢而作。⑤ 诗和词的部分内容上接近，都写到崔徽

---

① 曾季狸：《艇斋诗话》，《丛书集成初编》，中华书局1985年版，第2558册，第19页。
② 参见刘永济《宋代歌舞剧曲论要》，古典文学出版社1957年版，第28页；张鸣《宋代"转踏"歌舞与歌词》，《立雪集》，人民文学出版社2005年版，第527—553页。
③ 秦观：《调笑令》，《宋代歌舞剧曲论要》，第90页。
④ 毛滂：《调笑令》，《宋代歌舞剧曲论要》，第99页。
⑤ 参见《秦观集编年校注》卷38，第821页，注（一）。

姣好的容貌和轻盈的身段，与裴敬中互生情愫，最后定格于二人在城外西门寺幽会缠绵的场景。毛滂的作品所写也大致如此，与其创作的环境相应，用词典丽而笔调含有几分轻快调笑之意。

从以上的这些材料来看，对于崔徽的诗歌表现主要是置于伎乐文化中的，在这些作品中，崔徽的歌妓身份凸显出来。崔徽的形象是妩媚而大胆的，颇具主动性，这与她的歌妓身份相一致。在宋代文人的社交生活中，歌妓是个轻松但可表达性情的话题，对崔徽的文学呈现也因此具有娱乐性，或者作为锻炼和表现诗歌技巧的方式。当然，在元稹的《崔徽歌》和其他传写浪漫故事的唐代诗歌里，歌妓文化也是重要的背景，但唐宋文人在表现浪漫想象和建构浪漫话语的方式上却略显不同。以崔徽事迹为例，元稹诗歌表现出强烈的悲剧情调，而在苏门作家群中多体现超然的游戏意味，可以说是从"以死报郎"的激情转变为一种性情或情趣的展现，而这也是借浪漫话语建构文人自我身份的不同方式与特质。

另外，值得一提的是，上文所引诗词对于崔徽事迹的呈现重点多在故事的前半段，即崔、裴二人相识相恋的欢愉，抑或是离别后的感恨思怀，但较少深入到崔徽托人写真以及发狂而卒的情节。这样的情形在南宋（包括金代）似乎也没有太多改变。比如史达祖的《三姝媚》追悼旧交，为其画像留念"记取崔徽模样，归来暗写"[1]；元好问《点绛唇》中写道"红袖凭栏，画图曾见崔徽半。吹箫谁伴，白地肝肠断"[2]；吴文英《倦寻芳》写友人与吴妓李怜事"坠瓶恨井，分镜迷楼，空闭孤燕。寄别崔徽，清瘦画图春面"[3]。这些都提及崔徽写真，但仍是从男性视角抒写相思离恨，怀恋如梦境般的短暂相遇。至

---

① 史达祖：《梅溪词》，上海古籍出版社 1988 年标点本，第 40 页。
② 元好问：《元好问全集》，山西古籍出版社 2004 年标点本，第 241 页。
③ 吴文英：《梦窗词》，上海古籍出版社 1988 年标点本，第 156 页。

于从女性视角诠释崔徽写真的场面及其自我感受，这方面的内容则在明清戏曲中得到了深刻而有力的铺展。

二 明清作品中崔徽故事"向内转"的趋向

从元代开始，对崔徽事迹的呈现开始偏向于写真的部分，并在情节上出现了一些微妙的变化。原故事中崔徽是托画师丘夏为其画像，然后再寄予裴敬中的。但在元代的一些作品中，开始出现了"崔徽自写真"的说法。元末明初诗人王沂《蒲坂道中》诗写道："清波摇荡东风影，疑是崔徽自写真。"① 但是关于"崔徽自写真"的说法此时似乎还未广泛流传。比如杨维桢《续奁集》二十首之七《照画》云："画得崔徽卷里人，菱花秋水脱真真。只今颜色浑非旧，烧药幧头过一春。"② "画得崔徽卷里人"句，出自"崔徽一旦不及卷中人"之语，但并未指明是自写真还是他人所写。关于"崔徽自写真"的说法实际要到明代中后期才流行开来，几成定论。

在唐寅的诗词中，我们已经可以看到"对镜写真"成为崔徽故事呈现的重点，"镜"的意象被凸显。与之相应的，时间意识和自我观照的主题也浮现出来。他的《和沈石田落花诗三十首》（其十）把崔徽故事和落花时节联系起来，强化了时间流逝的伤感：

> 崔徽自写镜中真，洛水谁传赋里神。
>
> 节序推移比弹指，铅华狼藉又辞春。

---

① 王沂：《伊滨集》卷11，《影印文渊阁四库全书》，第1208册，第484页。
② 杨维桢：《复古诗集》卷6，《影印文渊阁四库全书》，第1222册，第141—142页。

红颜光蜕三生骨，紫陌香消一丈尘。

绕树百回心语口，明年勾管是何人。①

　　这首诗设想崔徽在落花时节对镜写真，她在镜中自怜红颜如春，又在落花中看到自己的命运，因而自问如何在画像里表现出如洛神般飘忽的神韵。这里的抒情视角是模糊不定的，它既可能是源于旁观者的第三人称的描绘，也可能是出自女性视角的第一人称的自抒情怀。诗人对崔徽写真时的心境进行了细致的推敲，衬托出她对红颜易老的忧惧。对于唐寅来说，崔徽故事最动人之处乃是与"镜"的意象息息相关。他的《集贤宾》词有"鸾镜里，只怕道崔徽憔悴"②；他还有首咏镜的诗，更是直接用到崔徽的典故："海马葡萄月满围，就中曾忆睹崔徽。"③

　　到万历年间，崔徽对镜自写真容的说法已经为大家普遍接受。梅鼎祚的《青泥莲花记》直接将《丽情集》中"敬中密友东川白知退至蒲，有丘夏善写真，知退为徽致意于夏，果得绝笔"的叙述改为"后东川幕府白知退归，徽对镜写真，谓知退曰"云云。④ 一些书画类的著作里也有崔徽自写真的记载。李日华《六研斋二笔》的"书画题跋笔记"卷评谢时臣（号樗仙）的画作据个人体验而作，因而淋漓尽致："此如崔徽自临镜写真，岂有毫发遗恨乎？"⑤ 在这里，"崔徽自写真"指向一种有力的自我表达。在另一处李日华记载友人家姬名李因者善画，在他歌咏李因画作的诗句中也将之与崔徽相提并论："脂轻粉薄重重晕，恰似崔徽自写真。"⑥ 在这些记载中，崔徽渐渐被

---

① 唐寅：《唐伯虎先生集》外编卷1，《续修四库全书》，上海古籍出版社2003年版，第1334册，第642页。

② 同上书，外编续刻卷5，《续修四库全书》，第1335册，第22页。

③ 同上书，外编续刻卷9，《续修四库全书》，第1335册，第43页。

④ 梅鼎祚：《青泥莲花记》卷4，明万历刻本。

⑤ 李日华：《六研斋二笔》卷2，《影印文渊阁四库全书》，第867册，第602页。

⑥ 同上书，第686页。

塑造成一位以画传世的才女，其艺术创作的能力增添了她自身的魅力。甚至她的歌妓身份也渐渐被忽略，而代之以对其才情及写真情态的渲染。正如钱谦益在与柳如是的唱和之作《杂忆诗十首次韵》其九中所写，"紫茎绿叶想横陈，淡墨幽窗自写真。题扇寄郎还借问，崔徽可是卷中人"，钱谦益把多才多艺的柳如是比作崔徽，其自写真容的情态深深刻印在钱谦益的记忆或想象中，时时唤起他对这位才女的爱恋之情。① 晚明歌妓是与当时的文人文化紧密相关的，她们与文人的浪漫情事被赋予某种特别的文化意蕴。晚明歌妓的魅力很大部分来自她们高雅的趣味和诗画创作的才能，这与唐宋时对歌妓歌舞技能的强调大不相同。同时，晚明是一个自我意识很强的时代，不仅文人如此，许多歌妓也很认真地看待自己的才艺，比如柳如是就是享有盛誉的诗人、画家，她把诗画创作当作内在自我的一部分。②

在清初的一些作品中，我们还能看到在"崔徽自临镜写真"形象的基础上生发出来的更内在化的诗歌表达。著有《珂雪词》的著名词家曹贞吉有首《双双燕》咏镜中美人影，描绘深闺女子如崔徽一般临镜写真："一泓秋水，谁移向深闺，偷近蛾绿，空明不定，绰约伴人幽独。临就崔徽别幅，又浅笑轻颦相嘱，何人解识倾城，自赏容辉金屋。"③ 这阕词对崔徽故事的运用重点在对镜自思这个点上。面对空明不定的镜中影像，静寂孤独之感袭来，这位女子似在与镜中的自己对话。紧接着，为了缓解这种孤独感和自我的不确定感，她开始像崔徽

---

① 钱谦益撰，钱曾笺注，钱仲联标注：《牧斋初学集》卷17，上海古籍出版社1985年版，第589页。

② 关于柳如是的创作、歌妓文化与明清易代之际文人的心路历程，参见陈寅恪《柳如是别传》，生活·读书·新知三联书店2001年版；孙康宜《陈子龙柳如是诗词情缘》，李奭学译，陕西师范大学出版社1998年版；刘克敌《从〈柳如是别传〉看明清易代之际江南文人风貌》，《中国文学研究》2008年第2期。

③ 曹贞吉：《珂雪词》卷上，《影印文渊阁四库全书》，第1488册，第702页。

一样自写真容，然后和自画像中的自己交谈起来，进入一种自我观照的状态。这样，崔徽故事的意义并不直接指向"以死报郎"的痴情和悲剧结局，而是延搁在一个相对自足的内在化的时刻。

然而，对于崔徽临镜写真的情境进行最细致而深刻拓展的还是晚明传奇剧《牡丹亭》。《牡丹亭》对崔徽故事的运用凸显了女性视角和对内在自我的强调，这主要体现在对女主人公杜丽娘的塑造上。杜丽娘对镜写真这一情节对崔徽故事的借鉴显而易见，杜丽娘在写真时直言"崔徽不似卷中人"。① 事实上，在《牡丹亭》之前，还有元代乔梦符的杂剧《两世姻缘》采用了女主人公自写真容的情节构架。另外，《牡丹亭》的材料来源之一即明代的话本小说《杜丽娘慕色还魂》里，也已经有了杜丽娘自写真容的内容。但是，《牡丹亭》对此主题的处理是更加精妙而有创意的。它的不同之处在于它将女主人公置于主体的位置上，反复歌咏了其对镜写真时的内在真实，深入到其丰富复杂的心理活动的内部。

首先，《牡丹亭》强化了杜丽娘在对镜自视时的焦虑感。当她感叹"恰三春好处无人见"时，我们可以感受到她的时间焦虑、自我展示的欲望和莫名的缺失感。这种缺失感为"惊梦"和"寻梦"两出做了铺垫。这两出唱词的幽微精妙传达出一种不可言传的主体性深度和一种包含强烈自我意识的激情。其次，《牡丹亭》使自画像成为女主人公自我表达的方式。对她来说，最深刻的焦虑在于"若不趁此时自行描画，流在人间，一旦无常，谁知西蜀杜丽娘有如此之美貌乎！"② 所以在画像的过程中，她强调了"传神"的重要性："精神留于后人标。"③ 她临

---

① 汤显祖撰，徐朔方、杨笑梅校注：《牡丹亭》，人民文学出版社 1998 年标点本，第十四出，第 78 页。
② 汤显祖：《牡丹亭》第十四出，第 76 页。
③ 同上书，第 78 页。

终前唱道："有心灵翰墨春容，倘直那人知重。"① 杜丽娘认为她的画作传达出她的本质，她渴望着那位梦中人能够将它解读。在这里，重要的也许不是那个爱人，而是她自身的"情"的力量，它源自主体自身。可以说，杜丽娘故事中最摄人心魄的是其对镜自写真的动人场景，那种细腻深刻的自我呈现。她的自画像也成为一种极致的自我表达，她因之死而复生，坚持不懈地追求所爱。杜丽娘的自我意识和强烈的意愿将崔徽故事中的执着与决绝、自我宣示与对抗时间的努力发展到一个新的高度。它并不是对晚明情教思想简单的文学再现。通过对丰富的主体世界的展现，它表现出深刻的内在性。

《牡丹亭》对明清戏曲创作的影响毋庸赘言。自画像情节在《牡丹亭》的续作、仿作等相关作品中非常普遍地被运用。吴炳的《疗妒羹记》讲述的是与《牡丹亭》关系密切的小青故事，它保留了原崔徽故事中请画工为之留影的情节，画工眼中小青的韵致虽然反复皴染，但始终是外在的视角，缺乏女主人公对镜自写时那种反观自身的深度。因此，《疗妒羹记》毕竟没有像《牡丹亭》一样将女主人公置于主体的位置上，而是更多地把她看作失意文人的象征，一种对"翰林风韵"的文人气质和身份的喻指。② 其他相关主题的作品如吴炳的《画中人》和范文若的《梦花酣》都有写真的情节，但都是男主人公根据自己的想象或梦境画了一幅美人图，并真心呼唤画中人，赋予其生命，所谓"以意会情，以情现相"③。这样的情节安排也赋予主体潜在的无限感和内在的自足，正如《梦花酣》题词中所述"从无名无

---

① 汤显祖：《牡丹亭》第二十出，第 111 页。
② 吴炳：《疗妒羹记》（上），《古本戏曲丛刊三集》，文学古籍刊行社 1955 年版，第 15 页。
③ 吴炳：《画中人》（上），《古本戏曲丛刊三集》，第 3 页。

象中结就幻缘布下情种"①。但是显然，它们更多地受到《牡丹亭》中柳梦梅玩画、叫画段落的影响，而这一情节实际上来源于另一个故事传统，即以唐人小说《画工》为代表的"真真"故事。② 这两部作品虽然也传达"至情"的主题，但其中的写真场景却停留在对情欲对象的外在描绘，即美人的形貌特征，而没有发展《牡丹亭》中的女性视角及其充分的内在性，因此只停留在情欲的简单书写，而未探索情欲的缘起。而《牡丹亭》的女性视角和内在化特征却在一些女作家的笔下以另一种方式呈现出来。

三 女作家对"崔徽写真"场景的改写及其自我表达

崔徽故事由"托人写真"到"自写真容"的改变引发了另一个议题，即关于女性的自我觉识、自我呈现与创作的关系。自晚明以来，女性才情得到推崇，这与晚明重情写真的文化立场有关。"崔徽写真"也被看作女性创作的典范。晚明笔记《五杂俎》中载："妇人以色举者也，而慧次之，文采不举，几于木偶矣……自汉以降，则文君白头之吟，婕好团扇之咏，乌孙黄鹄之歌，徐淑宝钗之札。道韫咏雪，崔徽写真……花蕊宫词，易安金石，小丛雁门，容华宿鸟……谁

---

① 范文若：《梦花酣》（上），《古本戏曲丛刊二集》，文学古籍刊行社 1955 年版，第 1 页。

② "真真"故事见李昉《太平广记》卷 286，《影印文渊阁四库全书》，第 1045 册，第 151—152 页。关于这一"画中人"故事传统，参见张静二《"画中人"故事系列中的"画"与"情"——从美人画说起》，华玮、王瑷玲编《明清戏曲国际研讨会论文集》，"中研院"中国文哲研究所 1998 年版，第 487—512 页。

谓红粉中无人乎？"① 在这里，"崔徽写真"被置于类似"女性文学小史"的归类下，突出了其与女性创作的关联。而在一些女作家的笔下，"自写真容"的隐喻确实为她们的自我表达提供了一个出口，使她们根据女性独特的生命体验为"崔徽自写真"的故事增添了别样的图景。

清代女词人浦梦珠存世的九首《临江仙》词中有一首向我们呈现了自画小像的抒情场景。浦梦珠身世堪怜，她出身贫家，自幼为绣花女，后嫁为富家姜室，又为丈夫所弃。她在《临江仙》词小序中写道，她是从芙蓉山馆得到兰村先生（即袁枚之子袁通）《临江仙》词十二阕而依数和成的。② 芙蓉山馆是杨芳灿的室名和别号，杨芳灿曾师从袁枚，可见浦梦珠与当时以袁枚为中心的推举女子才情的文人圈有往来，并且是在这样的文化氛围下进行创作的。她的这组词历数其身世遭际，娓娓道来，情真意切，细腻动人，有如一篇自传。她的经历其实与《疗妒羹记》中的冯小青相似，但与吴炳笔下冯小青的自述相比，浦梦珠的表达更贴近现实人生，更渴望追求现世的幸福，而非文人式的自伤才高命薄。其中一首写道：

> 记得伤春初病起，日长慵下妆楼。慧因悔向隔生修。草偏栽独活，花未折忘忧。
>
> 一幅生绡窗下展，亲将小影双钩。画成未肯寄牵牛，只缘描不出，心上一痕秋。③

这首词传达出词人的孤单意绪以及对人生的不确定感。春日迟迟，引发词人独居的愁思。虽然遭际坎坷，但词人对人生仍然抱有微

---

① 谢肇淛：《五杂俎》，上海书店出版社 2001 年标点本，第 152 页。
② 徐乃昌：《小檀栾室闺秀词钞》卷 14，宣统元年刻本。
③ 同上。

妙的希望，无法真正地彻悟。她试图自绘小影，寄予丈夫，以这样的方式发出一丝微弱的抗争。但最终亦未果，因为内心的忧郁难以尽言。在她辗转缱绻的抒写中，表现出生命的力量与执念。末句"只缘描不出，心上一痕秋"，既是对丈夫所言，也是一种自我审视。明明是春日，却说内心似秋迹般沉寂凄凉，通过对季节错乱的微妙体会呈现出一种自我表达的张力。正如丁绍仪在《听秋声馆词话》中所论："视崔徽写真寄裴，更进一意，倍觉凄艳动人。"① 凭借女性特有的生命经验，作者深化了"崔徽写真"这一事象的诗歌表现。

当然，女作家对崔徽故事的运用大部分还是从《牡丹亭》那里接受的影响。清代女作家陈端生的弹词作品《再生缘》就是个有趣的例子。《再生缘》讲述才貌双全的女子孟丽君女扮男装离家出走，后入京赴试，登科及第，官居极品的故事。《再生缘》也巧妙地模仿《牡丹亭》设置了女主人公孟丽君自画真容的情节，但在《再生缘》里，这个主题得到了进一步发展，它显示了性别角色的复杂性。

像《牡丹亭》一样，《再生缘》极尽笔墨描绘了女主人公自写真容的场景和辗转沉吟的内在心理状态。不过孟丽君是在女扮男装离家出走之前为自己画的像，她的志向与杜丽娘有所不同——不是在浪漫私情中完成自我，她说"正室王妃岂我怀"，她渴望的是"做一个赤胆忠心保国臣"，在社会公众领域实现自我。因此，她在描摹自己的女性颜貌时总有种潜在的质疑。孟丽君为自己画了三次像才庶几得之，她不断地试图寻找表达自我的恰当方式，一再地问自己："何事真容描不就？"② 此处，模糊和不确定充满了整个场景，在她的女性身份和内在真实之间存在着某种不协调，因此喻示了她自我表达的困境

---

① 丁绍仪：《听秋声馆词话》卷11，唐圭璋编：《词话丛编》，中华书局1986年版，第3册，第2717页。

② 陈端生：《再生缘》（上），第151页。

和易装之后命运未卜的惶惑。杜丽娘最终在画像中创造了一个理想的、传达出其精神本质的自我形象，因而当柳梦梅拾得此画后，不仅使她的肉体得到重生，也使她的内在自我和主体精神得以彰显。而孟丽君在画出自己的鲜妍丰姿后，却表达了对男性功业的渴望——"今日壁间留片影，愿教螺髻换乌纱"①——杜丽娘为自己画像是为了永远保存她的美貌，而对孟丽君而言，其自画像反而是对自己女性形象的一场告别式。《再生缘》的自画像情节显然是对《牡丹亭》的借用和戏仿，但是它又以独特的女性经验和意识改写了此主题。

清代女作家吴藻创作的独幕杂剧《乔影》也同样在"自写真容"的场景中进行了复杂的性别书写。在这部作品中，女主人公自绘男装小影，命名为"饮酒读骚图"，并亲身演绎了图中情形，身着男装，一边饮酒读骚，一边赏玩自己的男装画像。她将画中小影看作她的唯一知己，与之倾诉，以长篇独白的方式抒发了怀才不遇的愤懑，自比屈原，表达了对生命的焦虑与执着，以及渴望在历史和文化传统中被铭记的想法。②只是作为女性，她却不如屈原幸运，可以"神归天上，名落人间，更有个招魂弟子，泪洒江南"，最后只能湮没于无闻，"这点小魂灵，飘飘渺渺，究不知作何光景。"③这里提出了女性在文化传统中自我观照和定义的问题。她把自画像看作自己灵魂的展现，在自画像中对理想自我的宣誓，以及充满激情的语调和自我表白——"长依卷里人，永作迦陵鸟，分不出影和形同化了"，都令人想起崔徽故

---

①　陈端生：《再生缘》（上），第 135 页。
②　对《乔影》的讨论，参见华玮《明清妇女之戏曲创作与批评》，第 119—127 页。《乔影》也很可能受到尤侗杂剧《读离骚》（邹式金辑：《杂剧三集》卷 3，《续修四库全书》，第 1765 册，第 316—327 页）的影响，但《乔影》加入了画像情节，且二者创作的背景和动机因性别的差异而有很大的差别。关于《读离骚》的创作背景，参见《曲海总目提要》卷 20，人民文学出版社 1959 年版，第 948—954 页。
③　《乔影》，《续修四库全书》，第 1768 册，第 135 页。

事。① 不过，《乔影》从性别角度呼吁女性的主体建构又显然是对崔徽自写真的极大改写。

四　余论

崔徽事迹所促成的浪漫想象折射了文人生活的独特景观及其文化身份的表达，而文人群体也分享着崔徽故事所构筑的浪漫抒情的文化空间。唐宋文人对崔徽形象的塑造凸显了她主动追寻恋人的忠情和大胆。这种表现方式主要是将之置于伎乐文化中，因而具有较强的娱乐性和社交性。这一时期崔徽故事主要以歌词、画像、诗歌酬唱等方式在文人社交圈广泛流传、对文人社交生活及诗歌交流具有特别的意义。不过，唐、宋文人在构建浪漫文化和表达文人情怀的方式上也存在着区别，我们看到一种从悲剧式的激情向游戏化的情趣转变的迹象。但是到明代，随着崔徽"自写真容"情节的出现，对崔徽故事的表现则存在着一种内在化的趋向。崔徽对镜写真时内在的情绪和心理活动成为主要的描写对象。这与明代中后期探求个体的内在真实、张扬感性自我的文化立场和风尚是一致的，但同时也与作家个人的境遇和创造力有关，因此出现了一些对"崔徽写真"场景极具创造性的呈现。在这个向内转的过程中，女性视角的出现和女作家的参与丰富和深化了崔徽形象及其事迹的文学呈现。对于内在自我的建构和主体性的确认通过女性视角、生命情境的呈现得以阐发，而女性的自我塑造也得益于这个内在化的过程。女性之作分享了同一个浪漫文化，与男

---

① 《乔影》，《续修四库全书》，第 1768 册，第 136 页。

性文人同处于时代与文化的潮流之中，但同时也创造出了对自身经验（特别是女性经验）的个性化表达，因而二者是既同构又异质的对话关系。对崔徽事迹的文学再现很好地说明了这一点。可以说，崔徽故事在不同历史时期、不同士风和文化环境中的接受和创变向我们展示了文学形象的构造与迁移的轨迹，也是考察文学传统与个性化的表达、自我/性别身份与浪漫话语之间关系的生动案例。在此意义上，崔徽故事的文学呈现是一次跨越时间、文类和性别边界的文本之旅。

（原文发表于《文学遗产》2015 年第 5 期，有删改）

宋太宗朝士大夫文化人格、
精神风貌以及诗歌创作的新因素

王黛薇*

太宗朝主流诗歌在价值观、情感、风格上有着千篇一律的弊病；然而在这样的主流中，亦产生了新的因素。太宗所建立的文官政治局面，深刻地影响了以"三直臣"（田锡、张咏、王禹偁）为代表的部分新朝士人的精神风貌；后者以儒家思想为根基，表现出建功立业的抱负、忧国忧民的情怀、独立不阿的人格、高雅脱俗的情趣，这些反映在诗歌中，引起了承五代之余的主流诗风中新因素的出现。

一 言志诗："康民致尧舜"的抱负与
慷慨、磊落的气质

对于社会上的文化精英来说，太宗所建立起的文官政治局面令他们激动。太宗朝著名的直臣田锡在新朝第一位状元吕蒙正及第之后，自己及第之前，给同年胡旦写过这样一封信：

---

* 王黛薇，女，北京大学中文系 2006 级硕士毕业，现为北京四中语文教师。

余尝读西汉书，见高祖以英武取天下，而文帝以道德化海内，措刑不用几四十年。于时最称俊才而年少者有贾谊，观其所上书，真卿相才也。然当宣室受釐之际，思鬼神事，诏谊问之，不觉膝之前席，然终不能大用，惜哉！迨至有唐贞元、长庆间，儒雅大备，洋洋乎可以兼周、汉也。帝王好文，士君子以名节文藻相乐于升平之世，斯实天地会通之运也。自数百载罕遇盛事，今锡与君偶斯时焉。①

由此信可看出，经太平兴国二年科举之改革，太宗崇文之名已播于天下。宋太宗所创建的文官政治局面，使得汉唐以来文人一直难以实现的"致君尧舜"政治理想有了实现的可能性，这对士人的参政热情是莫大的激励。

文官政治局面的建立激发了士人的参政热情，而科举考试以儒家经典为基础，使部分士人在研读的过程中受到深刻的启迪，进而以儒家思想为自己立身行事之根基。这样的政治热情和儒家思想，投射到诗歌中，便出现了一批主要以古体诗为题材的言志诗。

从内容上看，这一时期的言志诗所抒发的人生志向，大致如下：绝不满足于专事笔墨的文士之职，而期望能够出将入相，建功立业。

不妨先看田锡所写的言志诗：《拟古》（共有十六首，此为其九）

> 萱花不须折，安足忘君忧。青铜莫频揽，适令惊鬓秋。
> 谢安壮未仕，定远晚封侯。功名俱磊落，时来岂自由。②

这首诗写自己年岁已大，功名未就，心中忧愁，可是继而以谢安

---

① 田锡：《与胡旦书》，《全宋文》卷 89，上海辞书出版社、安徽教育出版社 2006 年版，第 5 册，第 129 页。

② 《全宋诗》卷 43，北京大学出版社 1998 年版，第 1 册，第 476 页。以下凡引《全宋诗》内容，皆出此本。

和班超的经历来安慰自己。谢安和班超都是文才卓著的人，却又都在当时政治中有巨大的成就。大器晚成的前代人物那么多，田锡却以谢安、班超激励自己，正可见其志向——绝不满足于从事文字工作，更期待能够在现实中为国家建功立业。那么，他想建立什么样的功业？我们可以看《拟古》诗中的这样两首：

> 余闻灵凤胶，可以续断弦。又闻返魂香，招魂以其烟。
>
> 因念三季时，人为世态迁。迁之不自觉，纯信成险艰。
>
> 中含妒与忌，外即怡温颜。覆人如覆舟，先示其甘言。
>
> 中夜蹈虎尾，雾海生波澜。投彼机会时，倾亡果忽然。
>
> 愿得灵凤胶，续之于仁贤。愿得返魂香，返其淳化源。
>
> （其三）

> 峄阳生孤桐，擢干八尺高。风雨萌枝叶，鸾皇栖羽毛。
>
> 天质自含响，众木非其曹。斫为绿绮琴，古人贞金刀。
>
> 所制有法象，不敢差釐毫。重详旧谱录，试抚观均调。
>
> 其声清以廉，闻者不贪饕。其音安以乐，令人消郁陶。
>
> 弹宫听于君，君德如轩尧。弹商听于臣，臣道如夔皋。
>
> 不觉起蹈舞，形逸同翔翱。愿以七宝妆，荐之于天朝。
>
> 玉轸朱丝弦，辉华近赭袍。一弹南薰曲，解愠成歌谣。
>
> （其十六）①

田锡用断弩、死人来比喻败坏的世风，而以"灵凤胶""返魂香"比喻儒家思想，从而表达出自己希望以儒家思想使世风还淳的志向。后一首诗则以"峄阳孤桐"所做之琴为比喻儒家思想。因为峄山

---

① 《全宋诗》卷43，第1册，第476—477页。

在今山东邹城市，即孟子故乡；而峄山之阳的孤桐是制琴的最佳材料，最早以其制琴的是伏羲氏；大禹治水之后，天下清平，当地人以峄阳孤桐进献。田锡在诗中说，要"弹宫听于君""谈商听于臣"，并且要以此弹虞舜当年的《南风》诗，"南风之薰兮，可以解吾民之愠兮"。由上可见，田锡的志向，是要以儒家思想辅佐君王，致君尧舜，使世风还淳。

再看另一位直臣张咏的：

> 我本高阳徒，平生意气凌清虚。词锋即日未见试，壮年束手来穷途。蛟龙岂是池中物，风雨不来狂不得。五都年少莫相猜。鸾凤鸡犬非朋侪。志士抱全节，愚下焉复知。宁作鸾凤饥，不为鸡犬肥。君不见淮阴汉将未逢时，市人颇解相轻欺。又不闻宣尼孜孜救乱治，厄宋围陈亦何已。往者尚有然，余生勿多耻。休夸捷给饶声光，莫以柔滑胜刚方。我爱前贤似松柏，肯随秋草凋寒霜。道在康民致尧禹，岂要常徒论可否。兴来转脚上青云，何必羸驴苦相侮。①

同样是写自己"壮年束手来穷途"，张咏表现出更为强烈的自信心——"蛟龙岂是池中物"；他以"抱全节"的"志士"自居，不肯随波逐流。在诗中他也像田锡一样，以前代人物来自我激励。韩信是战功赫赫的军事家，孔子是著书立说的思想家，张咏以他们激励自己，同样表达了自己不仅要著书立言，也要建立现实功业的志向。他所言的志向与田锡一样，也是辅佐君主、抚育万民。

由田锡、张咏的言志诗能发现，他们的志向都以儒家思想为根基；他们都不满足于徒事笔墨，渴望建立"康民致尧舜"的现实功

---

① 《全宋诗》卷48，第1册，第523页。

业。而从体裁上来看，出于尽情抒发志向的需要，诗人们大多选择了长篇古体，且诗中以直抒胸臆的，更近乎文的议论性语句为主。

言志诗的出现，打破了诗坛主流——近体写景抒情诗那种千篇一律的套路，为诗坛带来了崭新的因素：对儒家思想的真诚的热情，慷慨、磊落、洒脱的气质，"以文为诗""以议论为诗"的表现手法。

二 讽喻诗：关注民生、行以践言

在太宗朝的诗歌作品中，出现了少量反映民生疾苦、时政缺失的讽喻诗。这类诗的数量大概不到当时诗歌总量的十分之一，绝大多数出自宋初"三直臣"之手。这类诗歌数量虽然不多，但放在整个太宗朝诗坛来看，却有着格外重要的意义。本节就将探讨它们的具体内容、表现手法、价值。

早在太平兴国八年，田锡便以《苦寒行》一诗歌反映民生疾苦，打破了诗坛一片风花雪月的景象：

昨日北风高，霏霏满天雪。千里六出花，六日飞不歇。深山深一丈，树木冻欲折。平地盈数尺，布肆不成列。覆物生辉光，照人清皎洁。紫塞群玉峰，沧溟白银阙。篁竹为琅玕，松风筛玉屑。官吏来参贺，物情亦感悦。瘴疠已消除，丰穰及时节。

长吏因疾患，请假来一月。病眼为寒昏，风头因冷发。汤药厌服饵，酒肉愁罢辍。夹幕映重帘，炉茵与衾褐。禄粟不忧饥，帑俸无乏绝。江海主恩深，素餐心激切。儿童温且饱，当风沂凛冽。朝索暖寒酒，暮须汤饼设。不知有饥寒，灯火夜暖热。

越人轻活计，春税供膏血。及至风雪时，日给多空竭。樵苏与网捕，负薪冰路滑。口噤无言语，股栗衣疏葛。藜藿不充饥，冻饿多不活。惭惶褚夸恩，彷徨空殒越。因作苦寒行，聊与儿童说。①

此诗为太平兴国八年，田锡知睦州时所作。这首诗的特别之处，在于它所展现出来的三幅画面的鲜明对比。

这首诗的第一部分，是按照当时主流诗歌的歌咏方式来描写雪，着力表现出大雪的皎洁光辉、不染尘埃，以及官吏们前来参贺赏雪的场景；第二部分从艺术性很强的歌咏落到实处，开始讲在这样美好的雪景中现实的生活，诗人自己在病中，雪落时的寒冷更增添了头晕眼花，汤药懒进，酒肉愁罢，然而毕竟是身处在温暖、饱足的环境之中；第三部分则落到了更为现实、更不风花雪月的层面，即那些底层的人民在此时的生活——已经被春税榨干"膏血"，到这时候衣食无着，只能上山打柴取暖，下水打鱼充饥；他们穿着薄衫背着柴火行走在严冰的路上，冻得浑身颤抖，口不能言。冬天哪里有什么可以充饥的呢？很多人就这样饿死了。这种写法，从艺术的角度写到现实的角度，反映出活生生的百姓疾苦。

为什么底层百姓会如此不堪严寒呢？田锡给出的解释是"越人轻活计，春税供膏血。及至风雪时，日给多空竭"；是因为交税太多无法自给以至于冬天冻饿而死。整首诗构成了两种生存环境的鲜明对比——官员的饱暖富足与百姓的贫苦至极。这揭示出一个危险的社会现象：如果一个社会官富民穷的现象不能得到改善，这个政权还能长治久安吗？

① 《全宋诗》卷46，第1册，第490页。

　　身为"长吏"，田锡已经上疏向太宗反映这个问题。太平兴国八年十二月，权知相州、右补阙、直史馆田锡上疏中特别提出了"网利太密"的问题：

　　　　所谓网利太密者，酒曲之利，但要增盈，商税之利，但求出剩。或偶有出剩，不询出剩之由，或偶有亏悬，必责亏悬之过。递年比扑，只管增加，递月较量，不管欠折。然国家军兵数广，支用处多，课利不得不如此征收，筦榷不得不如此比较。穷尽取财之路，莫甚于兹，疏通货殖之源，未闻适变，似不知止，殊无定期。今乞国家以关市之征，定其常数；酒曲之利，授以常规。或偶有增加，不可于增加上更求出剩，或偶有亏折，即可令于出剩时补填。且如州县征科农桑税赋，年丰则未闻加纳，岁歉则许之倚征，自然理得其中，民知所措。①

　　遗憾的是，"疏入，不报"。这可以使我们更深地理解田锡诗中所说的"惭愧""彷徨"：这并不是空洞的消极情绪，而是为百姓利益进言却没有得到反馈时的真实感触。《苦寒行》表现出与太宗朝主流诗歌一片升平气象不同的强烈的现实主义精神。田锡表现民间疾苦，都是以白描手法，直接在诗歌中展现惨淡的、艰难的民生画面，以期唤起读者的认同感。这与当时诗歌以对生活高度艺术化的提炼手法有着根本的不同。

　　再看王禹偁边事主题的《对雪》：

　　　　帝乡岁云暮，衡门昼长闭。五日免常参，三馆无公事。读书夜卧迟，多成日高睡。睡起毛骨寒，窗牖琼花坠。披衣出户看，

---

　　① （宋）李焘：《续资治通鉴长编》卷24，太平兴国八年十二月，上海古籍出版社1986年标点本。以下凡引《长编》内容，皆出此本。

飘飘满天地。岂敢患贫居，聊将贺丰岁。月俸虽无余，晨炊且相继。薪刍未阙供，酒肴亦能备。数杯奉亲老，一酌均兄弟。妻子不饥寒，相聚歌时瑞。

因思河朔民，输税供边鄙。车重数十斛，路遥几百里。羸蹄冻不行，死辙冰难曳。夜来何处宿，阒寂荒陂里。又思边塞兵，荷戈御胡骑。城上卓旌旗，楼中望烽燧。弓劲添气力，甲寒侵骨髓。今日何处行，牢落穷沙际。

自念亦何人，偷安得如是。深为苍生蠹，仍尸谏官位。謇谔无一言，岂得为直士。褒贬无一词，岂得为良史。不耕一亩田，不持一只矢。多惭富人术，且乏安边议。空作对雪吟，勤勤谢知己。①

这首诗先从自己平实的生活处境讲起，在京城的冬天，公余无事，多日高睡，一日晨起觉寒，发现下雪了。作者并没有从高度艺术化的角度去描述雪的形态，而是写自己虽然没有多余的俸禄，可是有饭吃，有柴烧，有酒喝，亲老兄弟妻子相聚无饥寒。生活是平实而尚属温馨安逸的。写完了自己的雪中处境，接着写想象中"河朔民"和"边塞兵"在下雪时的处境："河朔民"因为要向边疆运送物资，在风雪中赶路，寒冷的冬夜只在荒坡上睡着；"边塞兵"忍受寒冷，防御着胡骑，正行进在荒凉的沙漠中。完成这样想象中的描写后，他深深感慨自己尸位素餐，不出力而受到周全的供养，希望能有"富人术"和"安边议"。

此诗作于王禹偁第一次任知制诰的端拱元年十二月。他为什么在大雪中单单想起了"河朔民"和"边塞兵"呢？

---

① 《全宋诗》卷60，第2册，第668页。

据《宋史》，太宗雍熙五年北伐契丹失利，端拱元年契丹再度入侵，端拱二年正月太宗有再度北伐之意，故边塞问题成为此时主要的政治议题之一。王禹偁身处禁中，任清要之职，不像遭贬谪时能目睹人间疾苦，只是思朝廷之所思，想朝廷之所想。"北伐"这样的议题，放在朝廷中只是较为抽象的讨论，但对于生活在边境上的居民、士兵来说，就是真实的苦难。从此诗的语气中可读出，王禹偁是在想象中努力地去体会、接近边境居民和士兵的艰苦。在这首讽喻诗里，他并没有宏观地讨论御边之策，而是以微观的、形象的手法展现出边境"边塞兵"和"河朔民"的辛苦，从而提醒人们对战争的讨论不应当是纸上空谈，更应体谅真正经历战争之苦的人的处境。

战争既然给人民带来这样深重的苦难，是否还应当进行下去呢？什么样的方法可以令边塞之人从这种苦难中解脱呢？端拱二年正月，王禹偁上了著名的《御戎十策》，提出以"外任其人，内修其德"的十条方案，以求达到安宁边境，国家和平的目的。其中论边事的五条中，两条都是特别提到了对"边民"的苦难要充分地了解和体谅：第二条说来回报告边疆情况的"小臣""边疆涂炭而不尽奏，边民哀苦而不尽言"，让朝廷无法了解到边疆百姓真实的情况，应当"用老成大僚，往来宣抚，使尽情无隐，则边事济矣"；第五条说应当"下哀痛之诏以感激边民"。①

由此可见，王禹偁这首《对雪》并不是对景谈空，而是有其真实的思虑所在，那就是关心重大政治事件中普通百姓的命运，并将之作为思考问题的出发点。诗中呈现的画面，体现出王禹偁这种思考现实政治问题时的民本思想。

这一时期讽喻诗的另一个重要主题，就是对君臣之间信任问题的

---

① 《长编》卷30，端拱二年正月癸巳条，第672页。

思考。唐五代以来，臣下篡权司空见惯，因此赵宋建立后，太祖、太宗最为关注的问题就是保证政权不被颠覆，太祖为此设计了整套"曲为之防，事为之制"的制度，太宗更收文武大权集于君主一人之手，同时加强对官员彼此之间的监督。在这样的政治背景下，便有诗歌以君主对臣下的信任为主题进行讽喻，代表作是田锡《投杼词》：

> 孝为百行本，至性由天资。曾参善事母，母氏贤且慈。馨膳唯馈进，承意唯欢怡。高堂既自乐，织室闲鸣机。飞语忽来告，明识潜深思。盖念事吾孝，安得杀人为。亟闻宁不信，投杼遂生疑。乃知君臣际，反以交朋推。道德难结固，恩情有合离。毁誉苟不入，谗间无以施。景慕魏文侯，满箧留谤词。乐羊在中山，委遇终不衰。①

这首讽喻诗借古讽今，以曾参之母投杼下机、魏文侯信任乐羊的典故，反映出臣下对君主给予信任的渴望。诗意虽简单，却有其深刻的政治背景。

雍熙元年，知睦州田锡上疏请太宗给予臣下必要的信任。他在上疏中说，太宗对宰相"置之为具臣，而疑之若众人"，对百官"置之为备员，而待之若冗秩"，这样"任而疑之"，会导致"君臣之际或变成于怨仇"。他举魏文侯焚谤书的例子，证明君主信任臣下的重要性。

端拱二年，正任知制诰的田锡再次就此问题上疏，他先指出太宗对边将的不信任，"今委任将帅，而每事欲从中降诏，授以方略，或赐以阵图"，导致"依从则有未合宜，专断则是违上旨"，"以此制胜，未见其长"。继而指出太宗对宰相的不信任：

---

① 《全宋诗》卷43，第1册，第474页。

臣闻前年出师向北，命曹彬以下欲取幽州，是侯利用、贺令图之辈荧惑圣聪，陈谋画策，而宰臣昉等不知。又去年招置义军，札配军分，宰相普等亦不知之。岂有议边陲，发师旅，而宰相不与闻！若宰相非才，何不罢免？宰相可任，何不询谋？①

同年王禹偁的上疏中，对内政的建议其中一条就是："信用大臣，参决机务。"② 可见，太宗独揽大权，对臣下置而不用，缺乏信任已经是显而易见的事实，这才引起了官员们的关注和担忧。

这一年，田锡在另一封上疏中第三次提到太宗不信任宰相，指出"此实阴阳失和，调燮倒置，上侵下至职而烛理未尽，下知上之失而规过未能"，并且直接地批评太宗"嘉言纳忠，或见破于横议；任贤待下，或鲜终于至诚"。③ 疏上，田锡被贬为户部郎中、知陈州。

太宗作为宋初君主，对臣下存有疑心、加意防范可以理解；然而田锡敢于再三提出"任贤待下，或鲜终于至诚"这样的声音，在当时是振聋发聩的声音。

综上所述，太宗朝这一时期为数不多的讽喻诗歌都是针对当时重大的社会政治问题发表。作者的思考角度都是以民生为出发点，诗作反映出强烈的民本思想。从艺术形式上看，这些讽喻诗也极具开拓性，他们摒弃了对生活过度艺术化的加工，以白描的手法直接展现惨淡的、真实的民生，使诗意更加丰富、更引人深思。

---

① 《长编》卷30，端拱二年正月癸巳条，第676页。
② 同上书，第673页。
③ 同上书，第690页。

三　写景抒情诗：独立人格的投射

前文谈道，这一时期的诗歌创作较为繁荣，但大都千篇一律地描写自然景物，抒发个人的林泉之趣、归隐之思，从而展现高雅情趣。但就在这样的诗坛主流中，有一些诗人将自己与众不同的性格气质投射到诗中，令诗歌在精神内涵层面出现了新因素，这使得他们的诗歌与时流迥异，并对后世产生了深远的影响。

寇准常常被看作宋初学习晚唐诗风的代表性诗人，他的诗歌中，大多数是写景抒情诗。可是笔者认为，他的作品与晚唐诗人的作品在精神实质上有所不同。

寇准中进士很早（太平兴国五年，当时他十九岁），在太宗朝已经官至副宰相，并就立储等问题为太宗提供了关键意见。而他最为人熟知的是在真宗朝契丹攻宋时，力谏真宗亲征，促成"澶渊之盟"。寇准为人雷厉风行，极有魄力，但也因为性格过于执拗，"少包荒之量"①，遭到多次贬谪，最终卒于衡州贬所。

寇准曾在《春日书怀》一诗中写道：

> 曾读前书笑古今，耻随流俗信浮沉。
>
> 终期直道扶元化，敢为虚名役片心。
>
> 默坐野禽啼昼景，闭门官柳长春阴。
>
> 世间事了须先退，不待霜毛渐满簪。②

---

① 《宋史》卷281《寇准传》，中华书局1975年标点本，第9535页。
② 《全宋诗》卷90，第2册，第1008页。

在寇准的诗中，他反复表达的人生志向，就是期望"直道扶元化"；他性格刚直，因此不为博取虚名压抑自己的性格。此前的宰相多因循备位，只有他提拔官员"不以次"，认为宰相就是应该选贤任能，摒退不肖之徒。

大概只有意志如此坚定、用心如此专注的人，才能在书写自然景物的时候，领悟到他人所不能领悟的地方。换言之，正因为他刚直有性格，不是老好人，所以即使是以写景为主的诗读起来也自有味道。"默坐""闭门"，把自己封闭起来，令外界有无法触及之感。寇准诗中的景物，有一种只有他自己才能了解的封闭感。他写诗的时候，人与景自成一体，却是与读者距离遥远的。

寇准诗似是晚唐体，实则有另一种况味。他把自己作为意象之一，投入自然之中，构成一幅苍茫封闭、回味悠长的画面，在其中隐藏一种力度感。而这个被投入到画面中的形象，又是"独"的。这个"独"少有"孤寂"，更多的是与世寡合的耿介。如：

> 还愁别后巴东馆，独听空江半夜潮。(《归州留别傅君》)①
>
> 故人今底处，危坐独凝愁。(《月夜怀故人》)②
>
> 蝉鸣日正树阴浓，避暑行吟独杖笻。(《书河上亭壁》)③
>
> 独坐水亭风满袖，世间清景是微凉。(《微凉》)④
>
> 朝回内省中，默坐对西风。(《禁中偶书所怀呈内翰同年同院二学士》)⑤

寇准说自己"幽趣在烟波"，其实透露出一种与世无亲的姿态：

---

① 《全宋诗》卷90，第2册，第1011页。
② 同上书，第1011页。
③ 同上书，第1013页。
④ 同上书，第1019页。
⑤ 同上。

因为在人世少有知己，故在自然中获得"幽趣"。他与自然风景的关系，比与人亲近得多。相对于其他几人，寇准的应酬、赠答诗在作品中占的比例最少，而写景的诗所占比例是最多的。这样的一种姿态，其实质是一个怀抱儒家思想、高昂政治热情的士大夫，在因循环境中的耿介无群。这里面看似幽独消极，实则有一种人格上的坚持与自足，这与晚唐体怎么会相同呢？这样再来看他所说的自己的怀抱"会待酬恩了，烟蓑伴钓舟"（《禁中偶书所怀呈内翰同年同院二学士》），就明白这不是一句俗套，而是有其真实的寄托在。

另一位被看作晚唐体代表的诗人赵湘，同样在写景抒情诗中表现出了独立的人格，从而有别于晚唐诗风。

赵湘的生平在《宋史》中没有记载，据学者考证，他应当生于后周显德六年（959），在太宗淳化三年（992）春中进士，授庐江尉；然而仕途才刚刚开始一年，他就病逝了，享年三十六岁。赵湘虽然在朝时间短，却早以诗名闻名朝野。端拱二年（989），著名文臣罗处约奉命赴两浙按狱，经过衢州时，在家守父丧的赵湘向他献上了自己的诗作。罗处约读完之后大为叹赏，说："当垂名尔，岂止博一第换一官而已！余当力荐子之善于公卿大夫之前也。"罗离开衢州后，"过苏、杭、扬、泗之间，逢知识之士，往往不语他事，而腾口振齿，首鼓其名"，并把赵湘的诗篇题公卿屋壁间。[①] 赵湘诗名由是播于朝野，后来更被欧阳修称赞为"清淑粹美"。[②]

先看赵湘的《登高》一诗：

> 天晴九月九，秋思搅腾腾。大醉无人会，高山独自登。

---

① （宋）赵湘：《后感知赋并序》，《全宋文》，第 8 册，第 350 页。
② （宋）欧阳修：《〈南阳集〉跋》，《全宋文》，第 34 册，第 343 页。

看鸿时背水，采菊阻寻僧。往事还堪忆，狂吟罢未能。①

这首诗中同样将自己作为主要意象而非旁观者，投入到画面中；而这个自己的形象，又与寇准相似，都是一个人，无人为伴。一个人在重阳节登高大醉，仰望远天中的飞鸿；采菊寻僧，远离俗世；追思往事，狂吟难罢。这样的画面使读者感受到作者高远的情怀、高洁的志趣，以及对这种情怀志趣的坚持。

又如《答徐本》一诗：

天远草离离，秋霖寄信迟。相思逢叶尽，独坐听蝉悲。
岳色寒前见，松心雪后知。频招犹未至，时复检清辞。②

这首诗也是一样，将孑然一身的自己置于画面中。远天之下，芳草离离；秋雨来临，而友人书信未至。"我"独自坐在这样秋阴漠漠的天地间，听着落完叶子的树上知了的悲歌。山岳的颜色可以在降雪前看到，而松树的志向高洁不变只有在雪后才能看到。"我"多次邀请朋友，朋友却未能成行，"我"只能再看看他那些好文章。这首诗的画面，是秋阴漠漠的远天芳草中，独坐独吟的一个身影。诗中的"我"，友朋不来，与世无亲，却有着如同"松心"一样独立不阿的人格；对这种人格的默默坚持，赋予了诗歌力度感。

再如这首《郊居言事》：

断径危桥积藓痕，闭关终与俗尘分。
深秋鹤影临池见，静夜棋声隔水闻。
山榻病来谁寄药，石床僧去独看云。

---

① 《全宋诗》卷76，第2册，第877页。
② 同上书，第874页。

闲吟闲醉慵开眼，门外寒虫叫日曛。①

这首诗写自己居住的地方路断桥危，因许久不曾有人前来而积满苔藓痕迹；自己就闭关于此，远离俗尘。深秋的池边，能见到水中仙鹤飞去的影子；安静的夜晚，自己跟自己下棋的声音隔着水声犹清朗可闻。卧病在床，有谁寄药？偶尔来访的僧人离去后，"我"独自仰头看云。这样的独处，闲吟闲醉，懒得睁开眼睛，只听见门外寒虫因为黄昏的寒意发出的叫声。这首诗中作者传达出的，不仅有孤高绝尘的志趣人格，更有对这种人格的坚守。

仅从以上三例可见，赵湘以普通读书人而诗名远播朝野，自有其原因。他的诗虽然也是以近体的写景抒情诗为主，却因为将独立不阿的人格投射到诗歌中，造就了孤高绝尘的诗境、独特的精神内涵。

综上所述，寇准、赵湘虽然被视为晚唐体诗风的代表，其作品却有着与晚唐诗歌迥异的精神内涵——他们将各自独立不阿的人格投射在诗歌中，创造出孤高清绝的诗境，表达了对自我道德理想、高洁情趣的坚持。

---

① 《全宋诗》卷77，第2册，第882页。

略论田锡对文学经典的
传承和士人精神的塑造

姜西良*

田锡（940—1003）是宋初著名的直臣和文学家，其诗文赋疏上承前代文学经典价值，其方正行迹下启有宋一代士人精神。田锡的同代人王禹偁称其"未有金谐征贾谊，可无章疏雪微之"[1]，比之于贾谊、元稹，宋真宗称其"得净臣之体"[2]，杨亿赞其"盖斯文之先觉，实吾道之悬衡"[3]。韩琦称范仲淹"天下正人之路，始公辟之"[4]，而范仲淹称田锡为"天下之正人"[5]，可见田锡确实为后世士人树立了一个极好的榜样。其后司马光、苏轼等名臣大家先后为其作神道碑、序其奏议，都对田锡其人、其文及其对有宋一代文学文化的巨大影响赞誉有加，声誉甚隆。

田锡，原名田继冲，字表圣，嘉州洪雅（今四川洪雅县）人，太平兴国三年（978）进士及第，历官宣州、相州、睦州、陈州、泰州

* 姜西良，男，北京大学中文系 2014 级博士研究生，北京语言大学校长办公室行政项目负责人。

① 王禹偁：《寄田舍人》，《小畜集》卷 7，四部丛刊影印本，第 41 页下栏。

② 《推恩田锡诏》，《宋大诏令集》卷 220，中华书局 1962 年版，第 844 页。

③ 《上田谏议书》，曾枣庄、刘琳主编：《全宋文》卷 293，上海辞书出版社、安徽教育出版社 2006 年版，第 14 册，第 356—357 页。

④ 韩琦：《范文正公奏议序》，范仲淹著，李勇先、王蓉贵校点：《范仲淹全集》，四川大学出版社 2007 年标点本，第 963 页。

⑤ 范仲淹：《赠兵部尚书田公墓志铭》，同上书，第 321 页。

等地，并为直史馆、起居舍人、知制诰、侍御史知杂事、史馆修撰等朝官。咸平六年（1003）十二月终于私第，享年六十四岁。生平事迹具见范仲淹《赠兵部尚书田公墓志铭》及《宋史》卷二百九十三《田锡传》。①

田锡一生进谏忠直之言，倡树君子之党，以儒术为己任，以古道为事业，辨明文道，转益多师，觉有宋斯文之先。从宋初三朝来看，他是对唐末五代衰颓之气最早提出批评和变革主张的宋初士大夫之一，也是对其主张最忠实、最真切的实践者。田锡一生耿介刚直，忠义方正，其回向三代之心，昭然以并世，其彬彬君子之行，景行于异代。天水赵氏一统海内，重开太平，文人儒士始论以诗书礼乐，再探于性命道德，郁郁乎斯文起，坦荡荡君子行，田锡之功盖不可使黯然淹没。

一　谏忠直之言

五代离乱，世风不古。欧阳修取旨《春秋》，法严词约，自撰《五代史记》②，尝曰："呜呼，五代之乱极矣！……当此之时，臣弑其君，子弑其父，而缙绅之士安其禄而立其朝，充然无复廉耻之色者皆是也。"③《宋史》总论五代赵宋士大夫忠义名节曰："士大夫忠义之气，至于五季，变化殆尽。宋之初兴，范质、王溥，犹有余憾，况

---

① 范仲淹《赠兵部尚书田公墓志铭》亦名《田司徒墓志铭》，载《四库全书》影印本《咸平集》卷首，两者文字小异。《宋史》卷293《田锡传》，中华书局1977年标点本，第9787—9792页。

② 《宋史》卷319《欧阳修传》，第10381页。

③ 《新五代史》卷34《一行传》，中华书局1974年标点本，第369页。

其他哉! ……真、仁之世,田锡、王禹偁、范仲淹、欧阳修、唐介诸贤,以直言谠论倡于朝,于是中外搢绅知以名节相高,廉耻相尚,尽去五季之陋矣。"① 史臣以范质、王溥不能始终于后周,犹有余憾,而田锡、王禹偁以下,其直言谠论、名节廉耻,发宋人忠节耿直相尚之韧,肇后世汲汲性命道德之始,盖为定论矣。

　　田锡"幼聪悟,好读书属文"。② 其父田懿善教于家,尝命田锡曰:"汝读圣人之书,而其道慎无速,为期二十年,可以从政矣。"③又曰:"观尔之性,必光大吾门也,当立身扬名,勉副吾望乎!"④ 田锡服其训拳拳然,博通群书,又东游长安,学于骊山白鹿观数年,器志大成。《宋史》载其"好言时务,既居谏官,即上疏献军国要机者一、朝廷大体者四。……疏奏,优诏褒答,赐钱五十万。僚友谓锡曰:'今日之事鲜矣,宜少晦以远谗忌。'锡曰:'事君之诚,唯恐不竭,矧天植其性,岂为一赏夺邪?'"⑤《宋大诏令集》卷一百八十七所载太宗《答田锡上疏玺书》有言:"田锡所上书言事,陈古讽今,有犯无隐。居责言之地,不为从谀;得争臣之风,深所嘉尚。……自今有所见闻,无辞献替之任,盖出于朕意,进思尽忠,勿旷于汝职,故兹诏示,式嘉乃诚。"⑥ 田锡上疏时为太宗太平兴国六年(981),年四十二,进士及第凡三年,卢多逊为相。《续资治通鉴长编》卷二十二"太平兴国六年九月壬寅"条载"按:锡为谏官几一年,盖未尝言事,诣阁门一再所献,皆歌颂盛德耳。至是始敢直言,故其升平感

---

　　① 《宋史》卷 446《忠义》,第 13149 页。
　　② 《宋史》卷 293《田锡传》,第 9787 页。
　　③ 范仲淹:《赠兵部尚书田公墓志铭》,《范仲淹全集》,第 318 页。
　　④ 田锡:《先君赠工部郎中墓碣》,罗国威校点:《咸平集》,四川出版集团、巴蜀书社 2008 年标点本,第 368 页。
　　⑤ 《宋史》卷 293《田锡传》,第 9788 页。
　　⑥ 《宋大诏令集》卷 187《答田锡上疏玺书》,中华书局 1962 年版,第 683 页。

遇诗云'皁囊初上聊供职'也。为谏官几一年，事之可言者固多矣，而多逊逆闭其途，虽有章疏亦不得通，非因出使入辞，实封直进御座，则虽太宗之圣，终亦不闻此也。呜呼，奸臣之蠹国，岂不甚哉!"可想当时奸相蔽明主之深、良臣进忠言之难，亦可见田锡诤臣事君之诚，开忠谏之风而不失谏臣之体，田锡因此而得褒奖。

自此至咸平六年（1003）田锡卒，凡二十余年，田锡出入迁徙，宦海浮沉，始终不改其直言忠谏之心。《续资治通鉴长编》卷五十五"咸平六年十二月辛未"条载："辛未，右谏议大夫、史馆修撰田锡卒。锡耿介寡合，严恭好礼。居公庭，必危坐终日，未尝懈容。慕魏征、李绛之为人。及居谏署，连上八疏，皆直言时政得失。……临终，自作《遗表》，犹劝上'以慈俭守位，以清静化人，居安思危，居理思乱'。"今《咸平集》卷二十五《遗表》曰："伏望陛下以慈俭守位，以清净化人，居安思危，居理思乱，与宗庙社稷为福，与天下亿兆为主。"其念国忘家、有公无私，当世或唯有王禹偁可得其仿佛。① 苏轼撰《田表圣奏议叙》比之汉臣贾谊，曰："方汉文时，刑措不用，兵革不试，而贾谊之言曰：'天下有可长太息者，有可流涕者，有可痛哭者。'后世不以是少汉文，亦不以是甚贾谊。由此观之，君子之忧治世而危明主，法当如是也。……今公之言十未用五六也，安知来世不有若偓者举而行之欤？愿广其书于世，必有与公合者，此亦忠臣孝子之志也。"② 东坡之生距田锡之生几近百年，而犹惜其言之未尽行，而叹其忠臣孝子之志。东坡谥文忠，宋世之忠臣也，以东坡之忠而仰慕田锡之忠直君子若此，则田锡果何人哉？

---

① 徐规《王禹偁事迹著作编年》"咸平三年十二月"条按曰："禹偁《小畜集》内不收直谏之疏，殆与其友人田锡用心相似。"参见徐规《仰素集》，杭州大学出版社 1999 年版，第 231 页。

② 苏轼：《田表圣奏议叙》，孔凡礼点校：《苏轼文集》卷 10，中华书局 1986 年标点本，第 317 页。

二 树君子之党

在历经唐季五代荡乱之后，士大夫文人重新开始思考如何可为正直君子，如何建立不朽功业。田锡《咸平集》卷十一《直论》曰：

> 《春秋》曰："子好直言，必不免于难。"又曰："子好直，必思自免于难也。"……以是知不独直于言辞，以构祸难，直于为道、直于为仁，虽圣人犹不免疑，况他人乎？

认为《春秋》之旨在于使人直言，同时自免于难。那么如何才能做到呢？《直论》又曰："夫君子之直，以智济之。"田锡所以能始终持耿介之节，谏忠直之言，在于其"直以守道于内，智以济直乎外"。

由此，田锡便提出了"树君子之党"的主张。《咸平集》卷四有田锡《贻青城小著书》，为其未出蜀时，希慕当时青城小著①之德风，相投以求定交之书。其言曰：

> 弘农杨公徽之、安定梁公周翰、广平宋公白，皆博我以雅道，勉我以大来矣。今窃聆高义，欲伸于足下……足下登进士第，升拔萃科，出为青城佐，将来为达官享大位，岂不从今日树君子之党，济他日之志乎？……锡已定交于向者三君子矣，今又伸志于足下，庶使我忠壮朋党久大，器业得全矣。

---

① 张胜海认为"青城小著"当为宋珰，参见张胜海《宋初直臣田锡研究》，硕士学位论文，暨南大学，2006年，第6页。

杨徽之、梁周翰、宋白皆宋初闻人，以文名知于当时。既田锡受知于时贤，又伸志于宋珰，欲"树君子之党"，"使我忠壮朋党久大，器业得全"，可见田锡同声相应、同气相求志行之笃。

君子无党既不可，而党非其人亦不可。《咸平集》卷十八《辨惑篇》曰：

> 春树桃与李，美果终得尝。莫树枳与棘，芒刺还相伤。君子所树党，在择贤与良。其党苟非人，为祸亦自殃。蓄者本铅刀，用欲如干将。豢者本款段，骋欲侔骓骊。辨之胡不早，坚冰自履霜。

所谓"其党苟非人"，非人即非君子，则其党即非君子之党，而为小人之党。虽未明言，意在其中矣。其后，王禹偁作《朋党论》①，继田锡"君子之党"立论，辨君子小人朋党之异，其嗟问"又谁咎哉？又谁咎哉"，与田锡《贻青城小著书》所言"岂独臣之过也？抑亦君心之怠也"恰似一问一答，君主天子若闻此直言，若纳此忠谏，则不负良臣之心矣。

田锡"君子之党"之意义不唯如此。范仲淹为有宋一代名臣，高风亮节，然亦被后人如王安石等指责结党坏俗："好广名誉，结游士以为党助，甚坏风俗。"② 范仲淹与梅尧臣曾为好友，梅尝劝其勿树党以自高，范回应曰："宁鸣而死，不默而生！"③ 其志趣口吻均颇近田

---

① 据徐规《王禹偁事迹著作编年》，王禹偁作《朋党论》在端拱元年（988），在田锡作《贻青城小著书》言欲"树君子之党"之后二十余年。参见徐规《仰素集》，第132页。

② 李焘：《续资治通鉴长编》卷275，第6732页。

③ 范仲淹：《灵乌赋》，《范仲淹全集》，第9页。参见刘子健《梅尧臣〈碧云騢〉与庆历政争中的士风》，《两宋史研究汇编》，联经出版事业股份有限公司2005年版，第103—116页。

锡。欧阳修亦撰《朋党论》，谓"小人无朋，唯君子则有之"①，认为君子之朋当如韩信将兵，多多益善。欧阳修"朋党论"可谓直承田锡"树君子之党"，愈发挥愈酣畅，此后仁宗、神宗两朝士人君子结党，蔚成风尚，有宋士风亦因此而渐成气候。

田锡虽数言欲"树君子之党"，终因当时士风浮薄，未得遂愿，又因其生性耿介刚直，志在古道，故而终其一生，仕途浮沉，而少有结党之迹。② 真宗圣旨尝评田锡曰"其人介然，别无朋党"，令"有可奏之事，但上实封，以广朕之闻见"，可见真宗对田锡言辞之器重。③ 亦可知田锡虽希冀"君子之党"，却未能逃离宋初"虑朋党之刺"之政治现实。

三　复儒术古道

田锡在提出"树君子之党"之际，又提出士大夫应以儒术为己任，以古道为事业，树君子之党，使天下复归古道。《贻青城小著书》描述其交友之准则、展其志向曰：

> 锡每读圣人之书，慕君子之行，正直自守，耿介独立。非有好古博雅之道，纯信英特之气，锡则视之蔑如，非吾侪也。……且士大夫所贵者树德而亲仁，博学以师古，师得古道以为己任，

---

① 欧阳修：《朋党论》，《欧阳修全集》，中华书局 2001 年标点本，第 297 页。
② 何冠环《宋初朋党与太平兴国三年进士》（中华书局 1994 年版）考述以胡旦、田锡、赵昌言、冯拯等人为代表的太平兴国三年进士与宋初朋党政治的关系，力图描述田锡在太宗、真宗两朝的政治活动，可参看。
③ 田锡：《谢圣旨许谏事》，《咸平集》，第 307 页。

亲乎仁人以结至交。至交立则君子之道胜，胜则可以倡道和德，同心为谋，上翼圣君，下振逸民，使天下穆穆然复归于古道。

士大夫所贵者德仁，君子之交以道义，皆为儒术。《咸平集》卷三《贻杜舍人书》曰：

> 锡天付直性，非苟图名利者也，窃尝以儒术为己任，以古道为事业。……锡谓进贤为道也，诛谗邪为道也，济天下使一物不失所，为道也。

田锡居处必以道，进贤诛谗邪，乃至济天下万物，胸怀宽广、复道恒久，其有之矣。

历经五代之乱，宋初君臣别有思复古道者。宋太祖尝问赵普"吾欲息天下之兵，为国家长久计，其道何如"①，此乱世初平、天下未一之时，故只问太平长久之计。太宗一朝，四海平定，天下一统，始思复古道。《咸平集》卷二十八《户部员外郎充史馆修撰胡旦可知制诰》敕云："朕以王道致时雍，人文化天下……俾朕约束言语，与三代同风。"《续资治通鉴长编》卷二十二"太平兴国六年九月壬寅"条引田锡《上太宗论军国要机朝廷大体》曰："伏读去年九月丁未诏书，戒励百官，并于朝堂习仪及委宪司纠察。斯盖复古道，振朝纲，然但见习仪，未见举职，若职业各举，则威仪自严。"盖太宗之世君臣即有复行古道之共识。

皇王古道博深渊茂，非明主良臣，志坚行笃，非循序渐进，萌微累巨，殆不可成功。田锡未及第时，即上《请复乡饮礼书》言事，请复古礼古道。《咸平集》卷二《请修籍田书》又言：

---

① 《续资治通鉴长编》卷2，"建隆二年七月庚午"条，中华书局2004年版，第49页。

愿陛下宪章周官之礼，沿革唐朝之制，躬亲黛耜，勉励黔首也。

政教行于上，风俗化于下，务农之本，希古之道。端拱元年（988）春正月，太宗于东郊亲飨先农，以后稷配，行籍田礼，田锡即作《籍田颂》而颂之。①

欲复古道，天子必高其圣明之德，士大夫必修其君子之行。欲明古圣人高德懿行，必精熟于经史。太宗之世，诏修《太平御览》《文苑英华》，其意当及此。真宗之初，田锡又屡献书上言，恳请撰史著书，资以为鉴。《咸平集》卷二十七《进撰述文字草本》详叙君臣问答切磋，欲于经史之中寻觅治理天下之皇王大道。同卷又有《奏乞不差出》《谢传宣》，此三篇文字，同为请修《御览》《御屏风》之奏。田锡之良苦用心，具述于《御览》《御屏风》二序。《宋史》本传载"真宗善其言，诏史馆以群书借之，每成书数卷，即先进内。锡乃先上《御览》三十卷、《御屏风》五卷"。

士大夫欲修其君子之行，必善于自省。今本《咸平集》存田锡铭箴各一卷，卷十三存《相箴》《将箴》等凡九篇，卷十四存《汤盘后铭》等凡十七篇。二十六篇中，长则千余字，短仅十数言。虽多寡悬殊，然旨归同趣。士大夫居处造次，皆须不离戒慎，如临深渊，如履薄冰，庶几仅可免过，倘更欲侔偕于君子，望项于圣贤，其难甚矣。唯其不易，一旦而企及，则其文必斯文之先觉，而其人必为天下之正人。

---

① 太宗耕籍田事见《续资治通鉴长编》卷29，"端拱元年正月乙亥"条，第646页。《籍田颂》见《咸平集》，第201—203页。

四　斯文之先觉

北宋著名文人杨亿（974—1020）尝作《上田谏议书》，评田锡"盖斯文之先觉，实吾道之悬衡"，有助于我们认识田锡在宋初文学和古道复兴中的地位和作用。《上田谏议书》曰：

> 某伏承谏议学士特以雄文，曲垂嘉惠。启缄滕而郑重，窥刀尺以再三。耽味不忘，佩服无斁。切以谏议学士钟岷峨之间气，袭淹稷之素风，秉笔擅作者之称，穷经得圣人之旨。……盖斯文之先觉，实吾道之悬衡。……庶芬馨之俱化，谅钻仰之弥坚，感愧之诚，造次于是。其盛制，谨留缮写。①

考证史料，杨亿此书当作于咸平六年（1003）五月至十二月间，时田锡为谏议大夫，年已六十四，杨亿年方三十。② 杨亿赞田锡"穷经得圣人之旨""实吾道之悬衡"，约略可知前文所述田锡始终以谏忠直之言、树君子之党及复儒术古道为己任为事业不诬；而其称田锡"秉笔擅作者之称""盖斯文之先觉"则未为论者瞩目。③

田锡自言"幼好读书，慕扬雄、相如为文"④，《贻陈季和书》亦可见其推赞倾慕扬雄、司马相如之情。《咸平集》卷七《杨花赋》即

---

① 《上田谏议书》，《全宋文》卷293，第14册，第356—357页。
② 参见姜西良《田锡年谱》，北京语言大学出版社2015年版，第109页。
③ 关于田锡文学成就的研究，以祝尚书最为全面。他认为田锡诗主通变、自然、"出入众贤"，文求雅正、"转益多师"，在宋初可谓空谷足音。参见祝尚书《试论宋初西蜀作家田锡》，《四川大学学报》1990年第2期。评价虽较客观，但仍有可深掘之处。
④ 田锡：《先君赠工部郎中墓碣》，《咸平集》，第368页。

写相如作赋独高于众人。田锡生于五代乱离，长于孟昶西蜀，幼承先父庭训，志学儒术，蜀地唐前文化之丰厚传统及五代文学之相对繁盛，必定影响于田锡①，故前引杨亿《上田谏议书》称田锡"钟岷峨之间气，袭淹稷之素风"。田锡之长于赋作，或可谓其勤学于司马相如、扬雄二子之成果。今四库全书影印本《咸平集》存田锡古赋三卷，凡十三篇，律赋二卷，凡十一篇。清李调元《赋话》卷五《新话》论唐宋律赋曰："唐人篇幅谨严，字有定限。宋初作者，步武前贤，犹不敢失尺寸。田司谏、文潞公，其尤雅者也。"又曰："宋朝律赋当以表圣、宽夫为正则，元之、希文次之，永叔而降皆横骛别趋，而偭唐人之规矩者矣。"② 可谓不易之论。

田锡之文最负盛名者为其奏疏，田锡"尝曰：'吾立朝以来，封疏五十二奏，皆谏臣任职之常也。言苟获从，吾幸大矣，岂可藏副示后，谤时卖直耶？'悉取焚之。"③ 然自其殁后不久即有重辑者，北宋中后期有集行世，苏轼为其作序称"故谏议大夫赠司徒田公表圣奏议十篇"④，《四库全书总目提要》称"《宋史·艺文志》载锡《奏议》二卷"，可知宋世田锡奏疏之流传不绝。之所以能够如此，在于田锡对于往哲前贤经典妙文之钻研琢磨。由《咸平集》卷三《贻梁补阙周翰书》可知，田锡引为己助之文者，杜牧、李华、李翱、高迈诸家之作皆为名篇，且赋文碑颂，体各不同，田锡皆拈来以学，取长掩短，而统驭以六经之旨。

---

① 田锡：《贻青城小著书》曰："泊吾皇平定中区，蜀为内地，锡滞若匏系，介在一隅，约《国风》以伸辞，玩大《易》以知命，栖息环堵，服膺大道。"（《咸平集》，第48页）
② 李调元：《赋话》卷五《新话》，《丛书集成初编》本。曾枣庄《论宋代律赋》（《文学遗产》2003年第5期）认为宋代律赋创作总体上分"步武前贤"和"横骛别趋"两种，而以田锡、王禹偁、文彦博和范仲淹为"步武前贤"、以唐代为则的律赋的代表，亦可参。
③ 《续资治通鉴长编》卷55，咸平六年十二月辛未，第1220页。
④ 苏轼：《田表圣奏议叙》，《苏轼文集》卷10，第317页。

　　田锡诗名虽不及其文名博盛，要不失为宋初一家。田锡著作多有散佚①，仅取传世《咸平集》观之，卷十五、十六为律诗，凡七十余首，卷十七至二十为古风歌行，凡六十余首。其所主要赠答唱和之人有如宋白、梁周翰、杨徽之、王禹偁、宋准、温仲舒、张咏、刁衎、宋湜、贾黄中、句中正、苏易简等近二十人，多为宋初文人名士，出入三馆两制者不乏其人。刁衎、张咏后来名列西昆体诗人中，王禹偁则为所谓"白体"之砥柱，或称其开宋诗革新之先声。② 田锡亦尝出入馆阁、掌制文衡，与此等文士之交往唱和对繁荣宋初诗坛文苑当有潜移默化之作用。

　　大体而言，田锡的诗学渊源，主要是谢灵运、白居易，此外他还遍学晋唐诸家。田锡学谢灵运的主要是清奇之风，诗作如《咸平集》卷十六《中夜闻泉》《桐江咏》等；学习白居易的主要是顺熟之意，诗作如《咸平集》卷十五《览韩偓、郑谷诗，因呈太素》、卷十七《寄宋白拾遗》及卷十九《李谟吹笛歌》等。田锡转益多师的对象有杜牧、李白、杜甫、韩愈、陶渊明等。如其仿陶渊明《归去来兮辞》的句法和词意作《归去来》，由赏菊而慕陶，由咏陶而效陶，田锡可谓有宋效陶第一人。③

　　田锡文学成就，当代论者稍显言之不足，且人言言殊，不若求之于田锡时人。张咏《送田锡韩丕之任序》称"文采纯正，争走造化，嘻可畏也"④，王禹偁《酬赠田舍人》诗云："忆昔逢君在邹鲁，翰林

---

　　① 田锡《冬夕书事》曰："堪嗟栖屑客长安，风雪加添近腊寒。冻笔呵来书字淡，孤灯挑尽向窗残。十年苦思诗千首，一夕回肠事万端。家住天涯归未得，岭梅江蓼自辛酸。"（《咸平集》，第140页）此诗作于田锡客居长安准备科考之时，诗已千首，可知其作品佚失之巨。

　　② 参徐规《仰素集》，第72、166—168页。

　　③ 关于田锡的诗歌渊源和成就，参见姜西良《田锡年谱》前言，第23—27页。

　　④ 张咏：《送田锡韩丕之任序》，《张乖崖集》，中华书局2000年标点本，第86页。

丈人东道主。一言得意便定交，数日论文暗相许。迩来倏忽十余年，共上赤霄连步武。禁中更直承明庐，深喜兼葭依玉树。两制唯君最清慎，笔力辞锋有余刃。"① 又有《寄田舍人》，比田锡为贾谊、元稹，尽显其推羡之意。是故杨亿《上田谏议书》方称"特以雄文，曲垂嘉惠。启缄縢而郑重，窥刀尺以再三。耽味不忘，佩服无斁"。杨亿上书田锡时早已名倾朝野，而对田锡尚如此推崇，由此观之，其谓田锡"盖斯文之先觉，实吾道之悬衡"，允为宋代文学儒道复兴中田锡地位之不易之论。

五　天下之正人

范仲淹《赠兵部尚书田公墓志铭》评田锡曰："呜呼田公！天下之正人也，言甚危，命甚奇，尽心而弗疑，终身而无违。呜呼贤哉！吾不得而见之。"确为知人之评。田锡固为天下之正人，故方能得范仲淹之慨叹仰慕。

五代宋初士风浮薄，文风靡弱，田锡所秉"天下之正人"之德行懿文乃于其时大放异彩。《咸平集》卷三《答何士宗书》曰：

> 在君子以道为心，以信为体，文采为貌，声称为言……方俟凤仆夫之驾，赴同人之期，岂唯一咏一觞，为文章之乐，一名一第，阶云霄之高？余欲以六经为寰区，以史籍为藩翰，聚诸子为

---

① 王禹偁：《酬赠田舍人》，《小畜集》卷12，四部丛刊影印本，第85页下栏。"丈人"，徐规《王禹偁事迹著作编年》注曰："明钞本作'丈人'，别本误作'文人'。翰林丈人乃指宋白。"（中国社会科学出版社1982年版，第74页）是，今从之。

职方之贡，疏众集为云梦之游。然后左属忠信之櫜鞬，右执文章之鞭弭，以与韩柳元白相周旋于中原，未喻此旨于君何如尔？

则君子为文，非为觞咏之乐，非求科举名第，所务求者必反经合道，修身济民。

田锡因文擢进，因谏受贬，在此浮沉之中，更因其终始忠正，谨守其道，故得天下君臣士庶之推赞。咸平中，田锡被举贤良方正，可谓是名副其实，众望所归。① 《续资治通鉴长编》卷五十五"咸平六年十二月辛未"条载田锡终前作《遗表》，及殁，真宗"览之恻然，谓宰相李沆曰：'田锡，直臣也，天何夺之速乎！……尽心匪懈，始终如一，若此谏官，诚不易得。朝廷小有阙失，方在思虑，锡之章奏已至矣。不顾其身，唯国家是忧，孰肯如此？'"《宋史》本传亦载真宗尝"对宰相称锡'得争臣之体'"。士君子伟人叹慕田锡者如范仲淹、司马光、苏轼，范仲淹评田锡为"天下之正人"，司马光《书田谏议碑阴》曰："余自始学未冠，闻故谏议大夫田公，当真宗践祚之初，求治方急，公稽古以鉴今，日有献、月有纳，以赞成咸平盛隆之治，私心慕仰，想见其为人。……其墓铭乃故参知政事范文正公所为也，范公大贤，其言固无所苟，今其铭曰：'呜呼田公！天下之正人也。'虽复他人，竭其慕仰之心，颂公之美，累千万言，其有过于此乎？"② 苏轼为作《田表圣奏议叙》曰："呜呼！田公，古之遗直也，其尽言不讳，盖自敌以下受之有不能堪者，而况于人主乎？吾是以知二宗之圣也。"比之于汉初贾谊，且曰"愿广其书于世，必有与公合者，此亦忠臣孝子之志也"。③ 故《四库全书总目提要》"咸平集提

---

① 参见姜西良《田锡年谱》前言，第 32 页。
② 司马光：《书田谏议碑阴》，《温国文正司马公文集》卷 79，四部丛刊影印本，第 3 册，第 573 页。
③ 苏轼：《田表圣奏议叙》，《苏轼文集》卷 10，第 317 页。

要"有言："故其没也，范仲淹作墓志，司马光作神道碑，而苏轼序其奏议，亦比之贾谊。为之操笔者，皆天下伟人，则锡之平生可知也。诗文乃其余事，然亦具有典型。其气体光明磊落，如其为人，固终非澳涩者所得仿佛焉。"田锡在当时及两宋声誉之隆，由此可见一斑。

六 余论

《咸平集》卷三《贻杜舍人书》曰："夫有君子之行，不有君子之文者，汉申屠嘉、周勃也。有君子之文，不有君子之行者，唐元稹、陆贽也。"叹前人或无君子之行，或无君子之文。观田锡生平之文行，览前贤君子之评赞，则知田锡既善君子之文，又富君子之行。田锡之文行，概言以谏忠直之言、树君子之党、觉有宋斯文、复儒术古道，当不失其要。田锡所以如此，盖不谏忠直之言，无以规君主之失，不树君子之党，无以斥小人之奸，先觉斯文以反经合道，首复儒道以修身济民。杨亿称其"盖斯文之先觉，实吾道之悬衡"，范仲淹叹为"天下之正人"，皆为谙时知人、公允不易之论。故欲论唐宋政治学术之变，究汴洛文学文化之盛，田锡之文之行不可不考，田锡之学之道不敢不论也。

（本文根据《田锡之政治与文学》一文删改而成，原文见拙著《田锡年谱》前言，北京语言大学出版社2015年版，第7—34页）

论王禹偁骈文的"古意"与"独步"

——兼谈对宋初"五代派"的再认识

刘杰 *

作为一代词臣，王禹偁的骈文①创作在其生前和身后都备受推崇。太宗云其文章"独步当世"②，即就其应制骈文而论；清代《四库全书总目》亦赞其"应制骈偶之文"为"宏丽典赡""不愧一时作手"③。但限于对骈文文体的偏见，近世有关宋代骈文的研究略显薄弱，对王禹偁的研究也多集中在诗歌和古文方面，专门的骈文史著作则将研究重点放在欧阳修、苏轼的"宋四六"创作上，对宋初的骈文几乎一笔带过。近年虽出现了施懿超《"独开有宋风气"的王禹偁骈文》④这样的专题论文，但也只是根据前人的评论分析了一下其风格而已，对王禹偁骈文的文体特点以及其在文学史上的地位并没有具体论

---

　* 刘杰，女，北京大学中文系 2014 级研究生。

　① 按宋代的骈文多以"四六"为称。"四六"之名出自唐人，晚唐李商隐《樊南四六》始以"四六"名集，但尚未普及开来，一般的骈文也不一定都遵循四六句式。直到杨刘西昆体出，"必谨四字六字律令"，"四六"才成为一种普遍的名称。故严格来说，只有杨刘以后的骈文方可称"四六"。不过后人一般不作细致区分，各种四六话亦将各种骈文统称为"四六"。为了表达方便，本文一般用"骈文"这个概念来统称这类文体，有时也根据引文需要称为"四六"，不做细致区分。

　② （宋）李焘：《续资治通鉴长编》卷 34，"淳化四年八月丙辰条"，中华书局 1995 年版，第 752 页。

　③ 《四库全书总目》卷 152《集部·别集类五·小畜集提要》，中华书局 1965 年影印本，第 1307 页上栏。

　④ 施懿超：《"独开有宋风气"的王禹偁骈文》，《井冈山大学学报》2011 年第 5 期。

述。本文拟从文章体式和内容两方面入手，力求对王禹偁的骈文形成整体的把握。此外，宋初是骈文独领风骚的时代，对王禹偁及同时代的骈文的研究也有助于我们对当时文坛上所谓"五代派"等概念有进一步的认识。

宋人的四六话以及相关的笔记杂著中保留了不少有关王禹偁骈文的具体评论，但这些评论皆是就一两联精彩的对句（所谓"缀缉工致者"①）而发，或赞赏其用典的精当②，或称赏其镕裁琢句的工致③，这种"摘句"式的批评对后世影响很大，以至于今天的研究者看王禹偁的骈文也难以脱其窠臼，基本上只是引述这些评论再加以发挥，最后结论认为王禹偁的骈文长于"遣词造句、征典用事之巧"④。但问题是，仅按以上评论多出自北宋中期以后人之口，彼时宋四六已经发展成熟，其一大特色就是对语言的锻炼，包括用典的精审和句法的镕裁，在此基础上发展起来的四六话著作也格外重视这方面的成就，例如王铚《四六话》就提出时人作四六"一字不肯妄下，必求警策以过人"⑤，上文所引的这些评论，无不带有这种观念的印记。但王禹偁处在国初宋四六尚未出现的时候，以评论宋四六的眼光来评价其文章未

---

① （宋）洪迈撰，孔凡礼点校：《容斋随笔》之"容斋三笔"卷8，中华书局2005年版，第517页。按洪迈所举出的十数联中起首便是："王元之《拟李靖平突厥露布》其叙颉利求降且复谋窜曰：'穽中饿虎，暂为掉尾之求；鞲上饥鹰，终有背人之意。'《蕲州谢上表》曰：'宣室鬼神之间，敢望生还；茂陵封禅之书，已期身后。'"

② 《四六话》："元之自黄移蕲州，临终作遗表曰：岂期游岱之魂，遂协生桑之梦。盖昔人梦生桑而占者云：桑字乃四十八。果以是岁终。元之亦以四十八而殁也。临殁用事精当如此，足以见其安于死生之际矣。"见（宋）王铚撰《四六话》卷下，王水照编《历代文话》，复旦大学出版社2007年版，第17页。

③ 《青箱杂记》："王禹偁犹精四六，有同时与之在翰林而大拜者，王以启贺之曰：三神山上，曾陪驾之游；六学士中，独有渔翁之叹。白乐天尝有诗云'元和六学士，五相一渔翁'故也。"见（宋）吴处厚撰，李裕民点校《青箱杂记》卷6，中华书局1985年版，第59页。

④ 姜书阁：《骈文史论》，第487页。

⑤ （宋）王铚撰：《四六话》卷上，《历代文话》，第13页。

免削足适履。真正了解王禹偁的骈文，还是应该从其文章本身以及当时的文坛的情况入手。

一 "犹古意也"

元人陈绎曾《文筌》中尝从声律和对偶的角度将四六文分为"唐体"和"宋体"两种，唐体"四六不俱粘，段中用对偶，而段尾多以散语衬贴之，犹古意也"，宋体则"拘粘，拘对偶，格律益精，而去古亦远矣"。① 以这几个标准论，王禹偁的骈文更接近于"唐体"，虽然也有一些警策精切之处，但整体来看还是体现了一种较为浑朴的风格，远远没有达到后来宋四六那种富丽精工的标准。

首先，从句式上讲，王禹偁的制诰表启大体上都遵循了骈偶的要求，也以四六句式为多（宋人四六话中所标举的"警策"之句皆是四六句式），但也不乏非四字六字的对句以及散句。即以《云州节度使加使相麻》一文为例，短短二百余字中就出现了多处非四字六字的对句：

> 禀气而全钟太白，论兵而自着金韬。（七字相对）
>
> 念劳而阁列，丹青已图奇表；効节而门开，朱白屡奏边功。（五六相对）
>
> 虽匈奴畏惮，已知域外之雷霆；而黔首燋熬，更作人间之霖雨。（五七相对）②

---

① （元）陈绎曾：《文章欧冶〈文筌〉》，《历代文话》，第 1269—1270 页。
② 《小畜集》卷 26，商务印书馆 1936 年影印四部丛刊二次印本，第 179 页下栏。

由此可见，尽管全文是以四六句式为主，但并没有形成统一的标准，五字、七字的句式仍然很常见。而且从所举例证来看，其五字、七字句皆是四字、六字句加上虚词而得，显然作者是有意使用虚字使得句式错落有致，并没有形成对四六句式的自觉追求。此外，王禹偁的骈文中还时见散语，最典型的例子是《滁州谢上表》① 中"然而翰林学士"以下至"因兹谢表，敢达危诚"一大段悲愤之语，几乎全用散句出之。但这一类成段的散语并不常见，大部分的散句还是间见于文中。这和陈绎曾所言唐体四六多在段尾以散语衬托的情况略有出入，但其与后世"必谨四字六字律令"② 的宋四六还是有很大的不同的。

其次看声律。按骈体文讲究平仄声律始自齐梁，而定型于唐代。其要求与律诗格律相似，即一句之中，平仄交替；一联之中，平仄相对；且上联的对句和下联的出句之最末一字的平仄要相"粘"。③ 但这种要求在唐代并不十分严格，明代徐师曾《文体明辨》在"表"类序中即指出："唐人声律，时有出入，而不失雄浑之风；宋人声律，极其精切，而有得乎明畅之旨。"④ 其所言的"宋人"，应该是指北宋中期以后的宋四六作家，早期的王禹偁还保留了唐人的"雄浑之风"，在声律上"时有出入"，例如：

　　　臣等闻陈蕃之荐五处士，名动邦家；田歆之举六孝廉，事光

---

① 《小畜集》卷21，第148页下栏—149页上栏。

② 《邵氏闻见后录》云："本朝四六，以刘筠、杨大年为体，必谨四字六字律令，故曰四六。"见（宋）邵博撰，刘德权、李剑雄点校《邵氏闻见后录》卷16，中华书局1983年版，第124页。

③ 参见莫道才《骈文通论（修订本）》第五章第二节，齐鲁书社2010年版，第102—115页。

④ （明）徐师曾著，罗根泽校点：《文体明辨序说》（与《文章辨体序说》合订），人民文学出版社1962年版，第122页。

平仄　仄　仄平　平仄　平　平仄　　仄

简册。唯两汉之制理，于三代而同风。（《乞赐终南山人种放孝

　　　　　仄　　　　　　仄　　平

赠表》）①

　　……扬历尽迍难之任，周旋居求理之朝。腾骧而龙驾，乾纲

　　　　　　　　　仄　　　　　平　　　　　仄

俱呈步骤；雍穆而凤吹，律本共洽和平。（《授六尚书节度使麻》）②

　　仄　　　平仄　　平

引文中的加粗部分即为一联之中的平仄节点，所注平仄画圈处即声律不谐的地方。前一则的问题是同一联中平仄失对，后一则则是上下失粘。这一类"出入"在王禹偁的骈文里还能找到很多，几乎每一篇都会有一两处，可见其于声律不甚谨严。

再次，就语言风格而论，王禹偁的骈文也是较为质朴的。尽管后世的四六话中对王禹偁的几句"警策"之语交口称赞，但正如笔者上文所论，这是在用读看宋四六的眼光来读王禹偁的骈文，故而只注意发掘其"警策"的一面。抛开这种主观预设，会发现在王禹偁的骈文创作中，用典精当、镕裁精工的警策语只是偶一为之，文章整体还是呈现出一种通顺平易的风格，并没有刻意地雕琢每一句话，这也和王禹偁一贯追求的文通字顺原则相符③。其文虽使用骈偶句式，读来却如散语一般流畅平顺。在一些用于个人陈情的表启类文章中表现得尤为明显，例如《单州谢上表》中"十一年前，始为成武主簿；九重天上，曾是制诰舍人"④ 一联，完全是散文句法，只是剪裁为骈句而已，

---

① 《小畜集》卷22，第153页下栏。
② 《小畜集》卷26，第180页下栏。
③ 参见《答张扶书》《再答张扶书》，《小畜集》卷18，第122页下栏—124页上栏。
④ 《小畜集》卷21，第147页下栏。

甚至还直接出现了"成武主簿""制诰舍人"这样的具体职名,并没有用一些古语雅称来替换,这在后世的宋四六作者看来,未免显得过于简陋。①

要之,总体来看,王禹偁的骈文使用骈偶的句式,但并不拘泥于四六,并不时兼以散句;对声律有自觉的追求,但并不十分严谨,以至于失粘失对的现象时有出现;出现了一些警策之语,但少用典故,不刻意雕琢,在骈俪的体式下呈现出一种平易自然的文风。

二 "贞元、长庆风格"

王禹偁的骈文之所以呈现出这种风格,是其在当时文坛的影响下自觉追求的结果。至道三年,在第三次任知制诰的谢表中,王禹偁就明确指出其制诰文辞"敢不考三代、两汉之典章,取贞元、长庆之风格"(《谢除刑部郎中知制诰启》)②。三代、两汉云云,皆是虚指,取贞元、长庆风格应是事实。所谓贞元、长庆风格,当是指经过中唐复古思想改造的骈文,贞元时的代表人物是陆贽,长庆前后则是元稹、白居易。相较而言,王禹偁等对元稹所代表的元和、长庆之体更为重视,《丁晋公谈录》中记载了其论"元和、长庆中名贤所行诏诰有胜于《尚书》者"的轶事③,可见其对元稹等人制诰的重视。事实上,

---

① 王铚《四六话》云:"廖友明略作四六最为高奇,尝谓仆言须要古人好语换却陈言。如职名,便不可入四六。"《历代文话》,第12页。
② 《小畜集》卷25,第176页上栏。
③ (宋)潘汝士撰,杨倩描、徐立群点校:《丁晋公谈录》,中华书局2012年版,第21页。

这种对元和、长庆制诰文风的推崇正是宋初文坛的风尚。按在元和、长庆前后，元稹、白居易利用其知制诰的身份，发起了一场针对制诰等"公式文字"的革新运动，"芟繁词、划弊句"，少用典故，语言质朴，并大量使用散文化的句式，使制诰文体从"苟务刊饰，不根事实""拘以属对，局以圆方"一变为"纯厚明切""文格高古"。① 陈绎曾所谓的"唐体"四六，正是指这种风格的骈文。由五代入宋的词臣如徐铉、李沆等，其骈文创作都呈现出这种骈偶为体而质实自然的风格。徐铉为文以淹博雄丽著称，但实际上其淹博也主要体现在典雅的辞藻上，在具体行文中他很少使用典故，句式也是骈散兼用，声律时有出入，整体风格倾向于遵古尚质。李昉称其"为文智思敏速，或求其文，不乐豫作，令其临事见白，立为草之，云速则意壮敏，缓则体势疏慢"②，可见其为文并不以雕琢为事，其传世的文章也颇能体现这种一气呵成的畅达，郭预衡先生即评价其文风是"偶俪为文而一出自然"③。李沆是著名的白体诗人，与诗歌一样，其制诰文风也取法元白，后来杨亿在为他所作的墓志铭中称赞其书命"考三代之质文，取两汉之标格，使国朝谟训，与元和、长庆同风者"④。由此可见，贞元以来的中唐制诏风格是宋初诸公的普遍效法对象，王禹偁骈文的特点也正是时代的特点，其较为灵活自由的体式和自然质朴的文风都与徐铉、李沆等一脉相承，是宋初文坛"承五代余绪"的反映。

---

① 有关元稹对制诰的革新，参见郭自虎《元稹与元和文体新变》，安徽大学出版社2010年版，第35—59页。

② 李昉：《大宋故静难军节度行军司马检校工部尚书东海徐公墓志铭》，《全宋文》，巴蜀书社1988年版，第2册，第32页。

③ 郭预衡：《中国散文史》，上海古籍出版社1993年版，第353页。

④ 《宋故推忠协谋佐理功臣光禄大夫尚书右仆射兼门下侍郎同中书门下平章事监修国史上柱国陇西郡开国公食邑三千八百户食实封一千二百户赠太尉中书令谥曰文靖李公墓志铭》，《全宋文》，第15册，第64页。

但这样一来问题也就出现了，王禹偁本人多次表达过对五代文风的不满，后人也往往把他视为扭转宋初复古革新、力振斯文的代表人物，可他的骈文创作却与五代派诸人相近，岂不是自相矛盾？而这正揭示了这一时期文坛的复杂性，同时也启迪笔者重新审视宋初的"五代体"文章。

三　再论"五代体"

北宋开国之初，活跃在文坛上的主要是一批由五代入宋的文人，其创作也沿袭了五代风尚。后人在梳理这一段文学史时称为"五代体"或"五代派"。这一派的文风自宋代起便成为众矢之的，备受非议。王禹偁本人对晚唐五代的文风就极其不满，多次提到"咸通以来，斯文不竞"（《送孙何序》）[1]，"咸通以下，不足征者"（《东观集序》）[2]，而近世的文章"因仍历五代，秉笔多艳冶"（《五哀诗·高公锡》）[3]，亦为可叹；范仲淹在梳理近代文章的发展情况时也指出"懿、僖以降，寝及五代，其体薄弱"（《尹师鲁河南集序》）[4]。可见直到北宋后期，主流文坛上提到国初的五代文风时都是一致的声讨。后人在梳理文学史时也基本上遵从了北宋士大夫的观点，对宋初的文风采取否定态度。综合来看，宋人对五代体的批评主要集中在"艳冶""鄙俚""卑弱"等三个方面。

---

① 《小畜集》卷19，第129页。
② 同上书，第127页。
③ 《小畜集》卷4，第19页。
④ （宋）范仲淹著，李勇先、王蓉贵点校：《范仲淹全集》，四川大学出版社2007年版，第183页。

其中"艳冶"主要是就骈文当道而言，所谓"宋兴且百年，而文章体裁，犹仍五季余习，锼刻骈偶，溲涩弗振"①。与古文相比，骈文讲究骈偶声律，琢句用典，在以复古为高的古文家看来，自然是"艳冶""丽靡"的。

"鄙俚"看似与"艳冶"相矛盾，但是二者是就不同层面而论的。"艳冶"针对的是骈文当道、古文不振的这种局面，而"鄙俚"则是对当时骈文文风的批评。上文已经提到，由五代入宋的徐铉、李沆诸人的文章虽用骈偶，但四六不严，间用散句，且少用典故，词句平易，行文中尚有质朴之气。作者在当时也是文坛的普遍风气，王禹偁的创作也大体不脱此体。但后来昆体四六出，讲究辞采声韵，北宋中期以后形成的"宋四六"虽对此有所反驳，但大体上还是格律谨严，用典精切。经过这些发展，后人再看国初辞章，难免产生"芜鄙"之叹。例如田况《儒林公议》就赞扬刘文章一出，"五代以来芜鄙之气，由兹尽矣"②。

而"卑弱"则是就文章的辞气风骨而言的。而这与当时的士风有关。五代动荡，武人当权，"往往凌虐文人，或至非理戕害"③，在这种时代背景下，五代文人在文章中常常流露出一种穷愁之态。入宋后文臣境遇虽有所改观，但文坛上的这种衰飒之风一时难以消除。《四六话》中就举出了卢多逊被贬谪后谢表、遗表的例子，叹其"有五代衰气"④，这种自叹自怜的口吻在庆历以后"先天下之忧而忧，后天下之乐而乐"的士大夫看来，无疑显得委琐卑下。卢多逊曾官至宰

① 《宋史》，中华书局1977年版，第10376页。这一论断针对的是宋初一百年内的情况，也包括了西昆体，不单就五代体而发。

② （宋）田况：《儒林公议》卷上，中华书局1985年重印"丛书集成初编"本，第2页。

③ （清）赵翼著，王树民校证：《廿二史札记校证》卷22"五代幕僚之祸"条，中华书局1984年版，第476页。

④ （宋）王铚：《四六话》卷上，《历代文话》，第14页。

相，为文尚且如此，当时普通士人的作品语气恐怕更加孱弱可怜，故后人每每以"卑弱""衰陋"目之。

不过有一点值得注意，五代宋初文献散佚严重，今天所能看到的宋初文章并不能反映当时的文坛全貌。五代入宋的词臣中，有别集传世的仅有徐铉一家（《骑省集》），其他如陶毂、张泊、宋白、李沆、李昉等都只存有从史传中辑得的少量制诰、奏疏以及碑志等文，而更多的中下层文人则湮没无闻。这就给今人了解当时的文坛造成了一定的困难。徐铉等人代表的是当时文坛的最高水平，而非"五代派"的一般面貌。《宋史·和峤传》云和峤"虽幼能属文，殊少警策。每草制，必精思讨索，而后成拘于引类偶对，颇失典诰之体"①，《长编》亦载太宗朝翰林学士杨砺"在翰林，制诰迂怪，大为人所传笑"②。按和峤为官至宰相的花间词人和凝之子，杨砺则是建隆初年的科举榜首，一为世家子弟而能文者的典型，一是孤寒士子的佼佼者，其文章都不过如此，颇能想见当时文坛的平庸之态。此外，由于大多数篇章都是辑自史传、方志，故以制诏奏疏类应用文居多，类似《飨庙郊天行誓诫》《大驾仪仗议》《士庶丧葬制度议》等，在风格上也偏于庄重质实，这和后世所批评的"丽靡""纤丽"也不甚相符。然王铚《四六话序》批评晚唐以来的四六文"但山川草木、雪风花月……犹杂五代衰陋之气，似未能革"③，王铚此序作于宣和年间，能见的文献资料肯定比现在要全，故可以推想宋初文人写作最多的其实是风花雪月的闲情文字，但因为时迁世异，这一类文章绝大多数都已散佚。换言之，传世文献所反映的只是宋初文坛的一个比较偏的侧面，其文辞的典雅代表了当时的最高水平，而行文的质实平易则只是一部分高层

---

① 《宋史》卷439，第13016页。
② 《续资治通鉴长编》卷43，"咸平元年春正月丙寅条"，第907页。
③ （宋）王铚：《四六话序》，《历代文话》，第5页。

文人的制诰文风。而"五代体"的主体应该是一些普通文人所作的风花雪月类的文字，文体用骈偶，但文辞鄙俗，格调不高，且时露穷愁之态，故给后人留下了"艳冶""鄙俚""卑弱"等印象。说王禹偁的骈文文风与五代派一脉相承，是就徐铉等所代表的五代派的最高水平而言，并非指宋初文坛的一般风貌。

四 论王禹偁的"独步当世"

严格算来，王禹偁与徐铉等五代旧臣并不是一代人。按北宋建国时王禹偁方六岁，其成长并没有经历五代动乱；王禹偁登科在太平兴国八年，是太宗朝右文政策的最早受益者之一。可以说，王禹偁完全是在北宋的环境中成长起来的，这也使他的骈文创作与徐铉等五代旧臣相比有了一些新的面貌。

首先是在文采方面。王禹偁的骈文即承继了徐铉等人带来的辞采丰赡的南方文风①，同时又有所突破。上文提到，徐铉等的文章虽然淹博雄丽，但偶俪中犹有质朴之气，前面已经引述了徐铉为文文不加点、一气呵成的习惯，自然不会刻意雕琢某联某句，故其文章呈现出的是一种整体性的雄浑之美，很难找到一两联极其精妙的文字。而王禹偁的骈文中则出现了很多"警策"语，这也是后世四六话著作喜欢对王禹偁骈文进行"摘句"赏析的原因（现存的四六话几乎没有提及徐铉等人）。尽管这种批评不足以反映王禹偁骈文创作的整体面貌，

---

① 有关宋初文坛的南北融合问题，参见沈松勤《从南北对峙到南北融合——宋初百年文坛演变历程》，《文学评论》2008 年第 4 期。

但也说明王禹偁骈文确实已经开始注意精择典故，锻炼语言，在这一点上已经开昆体四六以及后来宋四六的先河。

其次是文章的风骨。这是王禹偁骈文与五代体最大的不同。五代体备受诟病的一点即辞气的"卑弱""衰飒"，穷愁潦倒的普通士人自不待言，即便是位高权重的徐铉等人，其降臣的身份也使他们在面对新政权时或多或少地有一种避嫌心理，其文章创作也以颂圣、酬唱为主，少有发自内心的声音。而成长在新朝的王禹偁则完全没有这种顾虑，加上秉性耿直，遇事敢言，王禹偁的文章也往往是随心而发，直言不讳，即使是表启这种应用性的文字也不例外。最典型的例子莫过于《滁州谢上表》，王禹偁对太宗横加的"轻肆"罪名做出了反驳①，这样的姿态对徐铉那一辈人来说是不可想象的。可以说，王禹偁身上已经体现出宋代士大夫所特有的锐气，后来苏轼以"雄文直道"② 称之，诚为公允。正是这种高昂的人格力量使王禹偁的骈文从同时人中脱颖而出，仍觉凛凛有生气。

综上所述，作为一代词臣，骈体公文的写作在王禹偁的文学生涯中占据了重要的地位。就句式、声律等文体特征而论，王禹偁的骈文近乎唐体四六，其本人也对元稹、白居易所倡导的贞元、长庆风格有着自觉的追求。这种文风由宋初的五代旧臣引入，王禹偁虽对五代派多有不屑，但在制造文体上并没有大的突破，可谓仍带"古意"。但作为在宋代成长起来的新一代士大夫，王禹偁在骈文写作中已经开始自觉地锻炼"警策"，且洗脱了五代文人常有的衰飒乞怜之态，呈现出"独步"于当世的一面。可以说，王禹偁既脱胎于他的时代，又超越了他的时代，这也是他的真正伟大之处。

---

① 《小畜集》卷21，第149页。
② 苏轼：《王元之画像赞并叙》，孔凡礼点校：《苏诗文集》，中华书局1986年版，第603页。

论柳永、周邦彦羁旅词的时空结构

［韩］ 李恩周*

一　前言

柳永和周邦彦分别是北宋前期与后期词坛上的代表词人。柳、周都写过相当多的羁旅词。如刘永济所言："（柳词）多写羁旅离别之苦及节序风物之丽，后世唯周美成可以并美，故有周、柳之目。"①他们在宋词发展史上做出卓越的贡献，对后代词人影响颇深。夏敬观作过如下的评价："耆卿写景无不工，造句不事雕琢。清真效之。故学清真词者，不可不读柳词。"②这段话简要概括了柳、周慢词的写作特点，肯定了周邦彦在写作上对柳永的继承和发展，并从北宋慢词发展史的角度，高度评价了柳、周二人的独特贡献。

＊　李恩周，女，北京大学中文系 2011 级博士研究生。

①　刘永济：《唐五代两宋词简析》，中华书局 2007 年版，第 56 页。

②　夏敬观：《手评乐章集》，转引自龙榆生编撰《唐宋名家词选》，上海古籍出版社 2009 年版，第 87 页。

　　柳、周的慢词，都有大量表现羁旅行役题材的作品，和唐五代宋初小令相比，这是柳、周慢词在表现范围上最引人注目的重大开拓。就词的内容境界而言，柳、周的羁旅词，不仅篇幅加长，容纳了更为丰富复杂的内容，而且表现的空间也拓展到行旅之中的广阔山川和乡村市镇。山程水驿的辽阔，取代了唐五代小令词小楼深院和花前月下的局促；无论水路船行还是陆路骑马，旅途奔波的辛苦，客舍驿站的孤寂，都在词中构成了重要情境，为歌词的写作带来新的艺术风格，并为词体文学的革新发展，带来新的活力。因此，在宋词发展史上，无论就表现范围的拓展还是词的境界的扩大而言，柳、周羁旅词都有重要的贡献，值得深入研究。

　　羁旅行为以空间移动和时间流逝为基础，因此羁旅词往往通过时间和空间的变化来展开词的内容。词的时空不但提供具体背景，而且在表达抒情上起到至关重要的作用。具体的时空安排形成特定的时空结构，不同的时空结构带来相异的艺术效果。因此，本文将柳、周羁旅词作为研究对象，尤其着重对羁旅词的时空及时空结构进行讨论。

　　所谓"词的时空"，指的是词作的"抒情主人公所依存、生活的时空环境"。① 那么，本文的时空结构意味着在词作的时空安排及词作内时空变化的全过程。

　　关于柳、周的先行研究为数不少。就与本论提的关系最为密切的研究而言，② 这些研究均是重点放在或柳永或周邦彦的个案研究上。

---

① 参见王兆鹏《唐宋词史论》，人民文学出版社 2000 年版，第 56—57 页。
② 譬如，顾伟列：《论清真词的抒情结构》，《文学遗产》1987 年第 1 期；杨新^平：《虚实相生话羁旅——柳永羁旅行役词的结构分析》，《社科纵横》2004 年第 6 期；汪洋、孔哲：《论清真词的"时空转换"》，《东方论坛》2012 年第 5 期等文章。

但相对来说，把两个人词作结构并列进行比较的研究却并不多。①

以上研究基本上都认为，柳词结构平铺直叙，周词结构婉转曲折。这是学界一般认可的观点，并与历代对柳、周的评价一脉相承。如周曾锦认为柳词"大率前遍铺叙景物，或写羁旅行役，后遍则追忆旧欢，伤离惜别，几于千篇一律，绝少变换"②，而周济则认为周词"勾勒之妙，无如清真。他人一勾勒便薄，清真愈勾勒愈浑厚"③。面对学界一般认为的评价，笔者有了疑问，柳词结构到底是怎样地平铺直叙？周词又怎样地婉转曲折？而且，关于柳永词结构"千篇一律"的评价，这是否过于严重？为了解决这一疑问，本文拟在前人研究的基础上，探讨柳、周羁旅词的时空结构艺术，并探讨其对词作艺术表现和艺术风格的意义。

本文以《乐章集校注》《清真集校注》④为参阅版本，所引词作都依此两本。关于柳、周羁旅词具体界定及范围，本文参考先行研究成果。［日］宇野直人在《柳永论稿》中指出，柳永全部词作213首中有41首羁旅词，⑤并用图来概括柳词的主题特点。⑥［韩］李钟振教授《柳永和周邦彦词修辞特征比较研究——以羁旅词为中心》一

---

① 就笔者所见，袁行霈：《以赋为词——试论清真词的艺术特色》［《北京大学学报》（哲学社会科学版）1985 年第 5 期］、易勤华：《线型美与环型美——柳永、周邦彦词结构形态比较》（《怀化师专学报》1994 年第 3 期）等文章进行比较论述柳永和周邦彦的词作。

② 周曾锦：《卧庐词话》，唐圭璋编：《词话丛编》，中华书局 2005 年版，第五册，第 4648 页。

③ 周济：《介存斋论词杂著》，唐圭璋编：《词话丛编》，中华书局 2005 年版，第五册，第 1632 页。

④ （宋）柳永：《乐章集校注》，中华书局 2013 年点校本（增订本）；（宋）周邦彦：《清真集校注》，中华书局 2007 年点校本。

⑤ ［日］宇野直人：《柳永论稿》，张海鸥、羊昭红译，上海古籍出版社 1998 年版。

⑥ ［日］宇野直人在图表上（第 202 页）将《卜算子慢》（江枫渐老）分析为羁旅词，但陈述特点时（第 249—250 页），却没有收入此词。笔者认为此词属于羁旅范围，故将其纳入本文的研究范围内。

文，① 从修辞学角度分析柳、周羁旅词，认为柳永全部词作 206 首中有 37 首羁旅词，周邦彦全部词作 185 首中有 34 首羁旅词。另外，［韩］金钟培教授发表过分析周邦彦全部词作主题内容的一系列文章，其中《周邦彦词研究——（五）周邦彦词主题分析（乙）》② 专门讨论羁旅主题，认为周邦彦全部词作 187 首中有 36 首羁旅词。本文参考诸位研究者对柳、周羁旅词范围的意见，所定的羁旅词作至少跟一两位研究者意见一致。但这并不表明本文不加批判地接受已有的研究成果。当笔者意见与主要参考的宇野直人、李钟振先生的观点不一致时，笔者采纳了更恰当的前人观点。譬如，周邦彦《尉迟杯》（隋堤路）一词，两位先生都不认为是羁旅词作，而唐圭璋先生认为"此首夜宿舟中之作"③，本文以唐先生意见为根据，把《尉迟杯》看作羁旅词作。本文通过原文细读分析比较，并得出研究对象：柳永今存 207 首全部词作中有 42 首羁旅词（20.2%）；周邦彦今存 185 首全部词作中有 34 首羁旅词（18.3%）。

二　柳永、周邦彦羁旅词的时空

（一）柳永、周邦彦羁旅词的时空分类

这里以季节、具体时间点和词人所处的空间为标准，分析柳、周羁旅词的时空环境。因羁旅词经常出现道途场景，同时多描写乘骑或

① ［韩］李钟振：《柳永和周邦彦词修辞特征比较研究——以羁旅词为中心》，《中国语文学志》2007 年 12 月第 25 辑。
② ［韩］金钟培：《周邦彦词研究——（五）周邦彦词主题分析（乙）》，《人文科学研究论丛》1993 年 1 月第 10 辑。
③ 唐圭璋：《唐宋词简释》，人民文学出版社 2010 年版，第 156 页。

舟行等移动方式，因此移动方式也包括在空间分析标准内。为了便于识别，下面用图表来表示结果。

（1）柳永、周邦彦羁旅词季节分析。

柳　永

季节	数量	比率
春	10	23.8
夏	1	2.3
秋	19	45.2
冬	2	4.7
秋—春	1	2.3
无	9	21.4
42 首		

周邦彦

季节	数量	比率
春	12	35.2
夏	3	8.8
秋	9	26.4
冬	3	8.8
无	7	20.5
34 首		

由表可知，柳永羁旅词表示对秋天的偏好倾向。柳永笔下的秋色，有"一望关河萧索千里清秋"（《曲玉管》）的清秋，也有"楚客登临，正是暮秋天气"（《卜算子慢》）的暮秋。而周邦彦羁旅词多写春季，如"几日轻阴寒测测。东风急处花成积。醉踏阳春怀故国"（《渔家傲》）是用春游踏春的场景来表示思乡之感。伤春悲秋是中国古典诗词上常见的抒情主旨，柳、周承袭其传统，以秋、春的风景来搭建整个词作的时间环境。

（2）柳永、周邦彦羁旅词时间分析。

柳　永				周邦彦		
时间	数量	比率		时间	数量	比率
早晨	5	11.9		早晨	5	14.7
白天	—	—		白天	4	11.7
黄昏	21	50		黄昏	8	23.5
夜晚	4	9.5		夜晚	9	26.4
白天—黄昏	2	4.7		早晨—夜晚	2	5.8
白天—夜晚	2	4.7		黄昏—夜晚	5	14.7
黄昏—夜晚	4	9.5		黄昏—夜晚—早晨	1	2.9
夜晚—早晨	2	4.7				
黄昏—夜晚—早晨	2	—				
	42 首				34 首	

　　由柳、周羁旅词具体时间情况而言，柳永对黄昏的偏爱十分明显。柳永羁旅词中一半的词作以黄昏作为具体的时间背景。周邦彦也多写黄昏，但写得最多的是夜晚。另外，有些词作表现白天到黄昏、早晨到夜晚等时间的流逝。其中，时间跨度最大的是黄昏到夜晚再到次日早晨的词。① 柳、周羁旅词的黄昏或夜晚，与季节融合在一起，

---

　　① 柳永《戚氏》（晚秋天）、《轮台子》（雾敛澄江），周邦彦《点绛唇》（孤馆迢迢）属于这一类。

营造出一个完整的时间环境。

（3）柳永、周邦彦羁旅词空间分析。

<table>
<tr><td colspan="3" align="center">柳　永</td><td colspan="3" align="center">周邦彦</td></tr>
<tr><td>移动手段·空间</td><td>数量</td><td>比率</td><td>移动手段·空间</td><td>数量</td><td>比率</td></tr>
<tr><td>骑马</td><td>7</td><td>16.2</td><td>骑马</td><td>7</td><td>20</td></tr>
<tr><td>舟行</td><td>13</td><td>30.2</td><td>舟行</td><td>5</td><td>14.2</td></tr>
<tr><td>登高</td><td>12</td><td>27.9</td><td>登高</td><td>3</td><td>8.5</td></tr>
<tr><td>其他</td><td>11</td><td>25.5</td><td>其他</td><td>20</td><td>51.4</td></tr>
<tr><td></td><td colspan="2">43 首（重复1）</td><td></td><td colspan="2">35 首（重复1）</td></tr>
</table>

注：＊柳永《临江仙引》（渡口、向晚）出现骑马和登高的两种场景。

＊周邦彦《兰陵王》（柳阴直）出现舟旅和登高的两种场景。

柳、周主要描写的移动手段有差异，柳永写水路船行为多，周邦彦写陆路骑马为多。如，柳永"数幅轻帆旋落，舣棹兼葭浦。避畏景，两两舟人夜深语"（《过涧歇》）、"乘兴，闲泛兰舟，渺渺烟波东去"（《洞仙歌》）等词句写出行船移动过程，而周邦彦"花扑鞭梢，风吹衫袖，马蹄初趁轻装"（《锁阳台》）、"轻镳相逐。冲泥策马"（《六么令》）等词句描绘了有关骑马的行为。

从柳、周在羁旅空间上的描写倾向看，柳永多写登高场景。"楚客登临，正是暮秋天气"（《卜算子慢》）是柳永羁旅词里多见的空间。登临远望是中国古典诗词中常见的题材之一，而柳词的登高与词人所设定的季节和具体时间融合，制造出柳永羁旅词的典型时空。周邦彦羁旅词在空间环境上最引人注目的是，较多描写词人故地重游的场景。这不仅成为周词空间结构的突出特点，也和柳词形成有趣的对照。具体而言，周邦彦羁旅词34首中，以故地作为空间背景的词作有7首（20.5%）。

（二）柳永、周邦彦羁旅词的时空结构

本节立足于柳、周词的时空结构，探讨柳、周羁旅词的时空转换模式。关于柳、周词的结构，吴世昌①、施议对②、钱鸿瑛③等先生曾经论述过柳、周词章法结构特征。本节将进一步讨论柳、周羁旅词时空转换模式及柳、周各自的特点。此外，笔者将针对序言部分提到的关于柳永词"千篇一律"的评价，以柳永羁旅词时空结构为据，考察此评价的合理性问题。

发生时空转换的词作，在柳永的42首羁旅词中有17首（40.4%），周邦彦的34首羁旅词中有18首（52.9%）。可见，时空转换是柳、周羁旅词中非常突出的写作手法。笔者具体分析了柳、周羁旅词的时空转换情况，得出的结构模式如下：

首	柳永羁旅词	时空转换模式	周邦彦羁旅词	首
一	—	昔—今（顺）	《华胥引》（川原澄映）、《瑞鹤仙》（悄郊原带郭）	2
1	《六么令》（淡烟残照）	今—昔（倒）	《隔浦莲近拍》（新篁摇动翠葆）、《渡江云》（晴岚低楚甸）	2

① 参见吴世昌《论词的读法》，《吴世昌全集》第四册第四卷《词学论丛》，河北教育出版社2003年版，第6—40页。
② 参见施议对《宋词正体》，澳门大学出版社1996年版，第45—164页。
③ 参见钱鸿瑛《周邦彦研究》，广东人民出版社1990年版，第256—301页。

首	柳永羁旅词	时空转换模式	周邦彦羁旅词	首
7	《梦还京》（夜来匆匆饮散）、《玉蝴蝶》（望处雨收云断）、《木兰花慢》（倚危楼伫立）、《古倾杯》（冻水消痕）、《曲玉管》（陇首云飞）、《戚氏》（晚秋天）、《雪梅香》（景萧索）	今—昔—今	《兰陵王》（柳阴直）、《锁窗寒》（暗柳啼鸦）、《齐天乐》（绿芜雕尽台城路）、《绮寮怨》（上马人扶残醉）、《解语花》（风销绛蜡）、《解蹀躞》（候馆丹枫吹尽）、《蕙兰芳引》（寒莹晚空）、《尉迟杯》（隋堤路）、《绕佛阁》（暗尘四敛）、《浪淘沙慢》（万叶战）、《西平乐》（稚柳苏晴）	11
1	《塞孤》（一声鸡）	今—将	《锁阳台》（花扑鞭梢）	1
4	《尾犯》（夜雨滴空阶）、《浪淘沙慢》（梦觉、透窗风一线）、《引驾行》（红尘紫陌）、《宣清》（残月朦胧）	今—昔—今—将	《锁阳台》（山崦笼春）	1
4	《满江红》（匹马驱驱）、《八声甘州》（对潇潇）、《倾杯乐》（鹜落霜洲）、《彩云归》（蘅皋向晚舣轻航）	我方—对方	《还京乐》（禁烟近）	1
17	40.4%	总数（比率）	52.9%	18

柳、周羁旅词的时空结构转换，从时间角度看有两类，一类包含今、昔两个层次，另一类是以今、昔、将来三个层次结构全篇。在空间角度看有一类，即词人所处空间与对方所处空间之间的转换。

"今—昔"转换模式的词作，多使用顺叙、倒叙、今昔交叉等的写法，尤其周邦彦善用逆入手法，创造了相当出奇的艺术效果。如《隔浦莲近拍》（新篁摇动翠葆）通过梦中回家的行为来呈现出词人对"吴山"的追念。此词末三句"屏里吴山梦自到。惊觉。依然身在江表"写出词人的惊觉。原来他依然在他乡客居，正在眼前的是初夏的美景。① 读到末句，我们才明白前面的描述原来是梦里所见的情状。

"今—昔—今"结构模式，是柳、周羁旅词最常用的模式，柳永有7首，周邦彦有11首属于这一类。首先要分析这类词作的结构特点及时空跨度。柳永《戚氏》以"今—昔—今"交叉，表达羁旅生活中的思念。

> 晚秋天。一霎微雨洒庭轩。槛菊萧疏，井梧零乱惹残烟。凄然。望乡关。飞云黯淡夕阳间。当时宋玉悲感，向此临水与登山。远道迢递，行人凄楚，倦听陇水潺湲。正蝉吟败叶，蛩响衰草，相应喧喧。

> 孤馆度日如年。风露渐变，悄悄至更阑。长天净，绛河清浅，皓月婵娟。思绵绵。夜永对景，那堪屈指，暗想从前。未名未禄，绮陌红楼，往往经岁迁延。

> 帝里风光好，当年少日，暮宴朝欢。况有狂朋怪侣，遇当歌对酒竞留连。别来迅景如梭，旧游似梦，烟水程何限。念名利、

---

① 陈洵《抄本海绡说词》："自起句至换头第三句，皆惊觉后所见。纶巾、困卧，却用逆叙。"吴熊和主编：《唐宋词汇评》（两宋词卷）卷二，浙江教育出版社2004年版，第938页。

憔悴长萦绊。追往事、空惨愁颜。漏箭移、稍觉轻寒。渐呜咽、画角数声残。对闲窗畔，停灯向晚，抱影无眠。

从时空角度来看，此词的时间跨度为从晚秋傍晚到夜晚再到次日清晨。词人所处的实际空间为庭轩到孤馆再到窗畔。第一片眼前景色让词人联想到宋玉的悲秋之感。第二片从黄昏到夜晚的时间段中，词人在孤馆回忆当时的"绮陌红楼，往往经岁迁延"。第三片词人接着回想在京城时的放浪生活，最后感慨人生的无奈。这时已到"停灯向晓"的拂晓时刻，词人的目光再转到眼前。此词的时间流逝很明显，柳永把自从过去离别后"迅景如梭"到目前孤馆"度日如年"的无形的时间视觉化地呈现出来。就空间移动而言，其范围不算太大，限制在一个羁旅行客正常夜宿的生活空间内。但是，在实际的时空变化中，柳永插入了一段对往事的回想，时间前推至少年时代，空间则跃到都城空间之中。用表来表示此词时空跨度，结果如下。

	时间	词人所处的实际空间	想象的艺术空间	内容
第一叠	黄昏	庭轩	—	（今）晚秋景色
第二叠	黄昏 ↓ 夜晚	客舍孤馆	—	（今）夜晚景色
		—	"绮陌红楼"	（昔）回想往日少年时的经验
第三叠	深夜 ↓ 黎明	—	京城"帝里"	（昔）回想当年宴会场景
		窗畔	—	（今）眼前景色

下面以周邦彦《兰陵王》"今—昔—今"结构模式为例，分析周词的时空结构。

柳阴直。烟里丝丝弄碧。隋堤上、曾见几番，拂水飘绵送行色。登临望故国。谁识。京华倦客。长亭路，年去岁来，应折柔条过千尺。

闲寻旧踪迹。又酒趁哀弦，灯照离席。梨花榆火催寒食。愁一箭风快，半篙波暖，回头迢递便数驿。望人在天北。

凄恻。恨堆积。渐别浦萦迥，津堠岑寂。斜阳冉冉春无极。念月榭携手，露桥闻笛。沉思前事，似梦里，泪暗滴。

第一片写词人在隋堤上所见的离别场景，第二片写送别情景，词人回想上次饯别的"酒趁哀弦，灯照离席"，下句"梨花榆火催寒食"词人的眼光转到现在。第三片写别后黄昏时的伤心感。此词空间移动从隋堤上起，之后登临，又到旧地，再到船上。离别场景、送别前后情景、词人眼前和回想场景的交叉，是此词结构上的特点。此词跳跃极快，时空交叉曲折。用图来表示时空跨度，如下：

	时间	词人所处的实际空间	想象的艺术空间	内容
第一叠	—	隋堤上 ↓ 登临	—	（今）所见的离别场景
第二叠	寒食节	旧地 ↓ 船上而未发	"离席"	（昔）回想上次饯别夜晚景色
			—	（今）眼前寒食节。临别
第三叠	黄昏	船上	—	（今）临别
			"月榭携手，露桥闻笛"之处	（昔）回想往日
			—	（今）别后伤心感

　　从以上两首的时空分析，可以了解到柳、周羁旅词时空转换带来的艺术效果。随着时空变化，柳、周所见所想也在变化。眼前景色、联想的回忆、词人感情之变，这些因素的交叉复叠是柳、周这些词作结构上的特点。

　　柳、周羁旅词时空转换中，涉及将来时间的模式有两种："今—将""今—昔—今—将"模式。柳永《塞孤》（一声鸡）、周邦彦《锁阳台》（花扑鞭梢）是属于"今—将"模式，这两首都通过设想将来的时间来表现对佳人的怀念。另一种转换是在"今—将"模式中插入"今—昔"转换，成为"今—昔—今—将"模式。柳永《引驾行》、周邦彦《锁阳台》是属于这一类的词作。另外，"我方—对方"转换模式也是柳、周羁旅词结构上的特征。柳、周所运用的我方空间和对方空间的交织、复叠，扩展了此词的表现空间。

　　关于前述的柳词结构"千篇一律"评价，笔者认为不应如此断言。前文已分析了柳永羁旅词的多种结构模式。同样的抒情主题，柳词通过不同结构模式加以呈现。柳词的时空表现范围及多种时空转换模式提醒我们，柳词的结构模式不能一概而论，"千篇一律"这个评价不符合柳词时空结构较显丰富的实际情况。

　　综上所论，柳、周羁旅词的时空结构，以"今—昔""今—昔—今—将""我方—对方"等几个模式来呈现。往昔、现在、将来的时间以及我方所处的空间、对方所处的空间、眼前的实像、想象的虚像等几块时空因素不断交叉，是柳、周羁旅词结构上的最大特点。柳、周都通过这些时空转换，使词的结构更加曲折严谨，由此制造的艺术效果也大大增加。

三　结语

作为词作的环境背景，时空营造作品整体气氛。柳、周将"客观存在"的时空环境带入词作，创造出一个充满个性特征的"主观空间"。

就时空结构而言，柳、周都怀念着往昔的美好时光，在时空转换上经常今昔跳跃。柳、周的时空结构以往日、今日、未来的时间及词人所处的空间、对方所处的空间的交叉复叠来形成转换模式。具体转换模式上，柳词转换一层层地展开，层次分明；而周词转换跳跃较快，层次模糊。

吴世昌先生强调读词的时候时间把握的必要性。[①] 我们读词时必须注意词的时空。把握好词作的过去、现在、未来，以及词句的现实情景、想象意境，才能说"读词"。时空与生活的关系特别密切，因此我们常将其视为理所当然的存在，自以为熟谙时空，很容易忽略了文学时空的复杂形态。然而词的时空是实像和虚像、现实和想象跳跃交叉的结果，极为立体复杂。正如人生的酸甜苦辣以及我们由此生发的感受难以用直接的文字来表达一样，为了抒发这复杂奥妙的感情，需要一个能够表达其情绪的时空环境，这就是词的时间和空间。而且，人生的所有故事由此开始。

［原文《论柳永、周邦彦羁旅词的时空结构及抒情模式》刊于《韩中语言文化研究》（首尔：韩国中国语言文化研究会）2015 年 2 月第 38 集，第 201—227 页，有删改］

---

① 参见吴世昌《论词的读法》，第 31 页。

由《孙子兵法》注家身份浅析梅尧臣

张蕴爽*

注《孙子兵法》者，自魏曹操始，其后不乏其人。流传至今的宋代编刻之《十一家注孙子》，就收录有曹操、杜牧等十一家元明以前的《孙子》旧注。有关《十一家注孙子》的研究颇多，如李零《现存宋代〈孙子〉版本的形成及其优劣》①、杨丙安《宋本十一家注孙子及其流变》②、谢祥皓《〈孙子十家注〉考辨》③、褚良才《宋刻本〈十一家注孙子〉汇考》④、魏鸿《〈十一家注孙子〉宋代注家成书考》⑤等，均是从整体上考察辨正《十一家注孙子》的版本、注家、体例诸重要问题。值得关注的是，这些《孙子》注家所处时代不同，身份、经历亦各异，若由其各自身份出发来考察注家，当可获得一新

　＊张蕴爽，女，北京大学中文系 2010 届硕士毕业，现为加州大学洛杉矶分校（UCLA）博士候选人。
　① 李零：《现存宋代〈孙子〉版本的形成及其优劣》，《〈孙子〉十三篇综合研究》，中华书局 2006 年版，第 392—400 页。
　② 杨丙安：《宋本十一家注孙子及其流变》（代序），《十一家注孙子校理》，中华书局 1999 年版，第 1—24 页。
　③ 谢祥皓：《〈孙子十家注〉考辨》，《管子学刊》1996 年第 1 期，第 65—73 页；《〈孙子十家注〉考辨》（续），《管子学刊》1996 年第 2 期，第 32—37 页。
　④ 褚良才：《宋刻本〈十一家注孙子〉汇考》，《浙江大学学报》（人文社会科学版）第 30 卷第 4 期，2000 年 8 月，第 94—99 页。
　⑤ 魏鸿：《〈十一家注孙子〉宋代注家成书考》，《滨州学院学报》第 23 卷第 5 期，2007 年 10 月，第 68—73 页。

视野。就梅尧臣而言，世所共知的是其为宋诗之"开山祖师"①，是
北宋庆历诗风新变的主将，而诗人梅尧臣竟曾逐句为兵书《孙子》作
注，其注文较之其他旧注，当显示出与众不同之处；另一方面，探讨
梅尧臣的诗歌创作，也不能忽视其用心注释《孙子》之经历，可以说
《孙子兵法》是梅尧臣知识结构的一个重要组成部分。因此，本文即
兼顾梅尧臣之《孙子》注与其诗作，由热心于论兵的《孙子》注家
身份切入来浅析梅尧臣。

一 "知兵心自许，见谓百夫雄"②

梅尧臣之热心论兵，可以由其友刘敞《圣俞坠马伤臂以其好言兵
调之》一诗得见：

> 知兵心自许，见谓百夫雄。上马常慷慨，堕车宁困穷。
>
> 诚非代大匠，疑欲作三公。匹似陈汤病，犹成绝域功。③

梅尧臣偶然坠马摔伤臂膀，与其关系亲密的诗友刘敞不由得要调
笑他一番。值得关注的是，刘敞调侃梅尧臣的切入点竟是"以其好言
兵"。此律前两联就直接议论梅尧臣"知兵心自许""上马常慷慨"，
可见梅尧臣爱好慨然论兵已是一种贯穿于日常生活中的常态，且梅尧
臣对自己的军事见解还十分自信。随后，刘敞又连用三个典故来调侃

---

① （宋）刘克庄：《后村诗话》，中华书局1983年版，第22页。
② （宋）刘敞：《圣俞坠马伤臂以其好言兵调之》，《公是集》卷22，《丛书集成初
编》，商务印书馆1935年版，第253页。
③ 同上。

梅尧臣："堕车宁困穷"可追溯至梁朝谚语"上车不落则著作，体中何如则秘书"①。此谚本是用来讽刺贵游子弟不学无术、身体羸弱却官运亨通。刘敞戏用此典，言梅尧臣既然不能做到"上车不落"，自然无法担任清要之职。二是"代大匠"，出自《老子》第七十六章"夫代司杀者杀，是代大匠斲也。夫代大匠斲者，则希不伤其手矣"②。刘敞取其外行人代替大匠砍削木材，很少有不把手弄伤之义。三是"陈汤病"，据《汉书》，陈汤为西汉元帝时人，任西域副校尉，与西域都护甘延寿发兵至康居，攻杀郅支单于，立奇功，但在"击郅支时中寒病，两臂不诎申"③。后两个典故都涉及主人公有伤于手臂。刘敞肯定梅尧臣之"好言兵"确非如"代大匠"般的外行行为，又调笑梅尧臣如此热衷于论兵是否有欲位列三公的企望。末句中刘敞在调侃梅尧臣的手臂与"陈汤病"一样的同时，也包含着对梅尧臣有朝一日能建立边疆奇功的激励。北宋年间，文人之间日常唱和颇多，这些交流之作大多轻松随意，很能展现当时士人的生活场景。刘敞此诗亦不例外，作为好友，他在对梅尧臣坠马的调谑中突出了梅尧臣的"好言兵"，对梅尧臣论兵激情、抱负与其军事能力的矛盾进行调侃，而调侃中又包含有赞扬与肯定，实在是很真实贴切的。

最能够直接体现梅尧臣军事才能的当属梅尧臣注《孙子兵法》（下文简称"梅注《孙子》"）。《宋史·梅尧臣传》载，梅尧臣于"宝元、嘉祐中……尝上书言兵。注《孙子十三篇》"④。梅注《孙子》现今仍可见于《十一家注孙子》之中。

自宋真宗景德二年（1005）"澶渊之盟"至仁宗宝元元年

① 王利器：《颜氏家训集解》，中华书局1993年版，第148页。
② 高明：《帛书老子校注》，中华书局1996年版，第190页。
③ 《汉书》卷70《傅常郑甘陈段传》，中华书局1962年版，第3022页。
④ 《宋史》卷443《梅尧臣传》，中华书局1999年版，第10191页。

（1038）的三十余年中，"天下安于无事，武备废而不修，庙堂无谋臣，边鄙无勇将，将愚不识干戈，兵骄不识战阵，器械朽腐，城郭隳颓"①，苏舜钦在景祐元年（1034）有感于宋军战败所作《庆州败》中亦指出"无战王者师，有备军之志。天下承平数十年，此语虽存人所弃"②，可见当时久不用兵，朝廷也不谈兵事。直到宝元年间西夏元昊称帝，反叛宋朝后，朝廷才逐渐开始关注作战部署。康定元年（1040），仁宗命修大型军事专著《武经总要》，庆历三年（1043）又建立武学，在一定程度上反映了官方对兵学态度的转变。自此，社会上对兵书的研究也渐趋热烈，军事思想极为成熟、活跃。就《孙子兵法》而言，宋代成了《孙子》的"武经首位确立时期"③。但是，"宋朝前期的《孙子兵法》研究，以官方组织为主。到了后期（北宋末至南宋亡），则以私人著述为主"④，而梅尧臣以一己之力，在宝元二年战事刚刚爆发之时，就向朝廷奏上自注《孙子》，实在是开风气之先，堪称创举。正如刘敞《送梅圣俞序》所言，"昔者，边鄙无事，士大夫耻言兵，圣俞独先注《孙子》十三篇献之，可谓知权矣。及其有事，士大夫争言兵，或因以取富贵，圣俞更闭匿不省利害，可谓知道矣"⑤。

　　较之骑马作战而言，著书献策显然是文人展现军事才能、为国效力更有效的途径。梅注《孙子》的质量是很高的。欧阳修为梅注《孙子》作序，称其"凡胶于偏见者皆抉去，傅以己意而发之，然后武之说不汩而明"。宋代当时流行的《孙武》十三篇，多用曹操、杜牧、

---

① （宋）欧阳修：《言西边事宜第一状》，《欧阳修全集》卷114，中华书局2001年标点本，第1721页。

② （宋）苏舜钦：《庆州败》，傅平骧、胡问涛校注《苏舜钦集编年校注》卷1，巴蜀书社1991年版，第34页。

③ 于汝波主编：《孙子兵法研究史》，军事科学出版社2001年版，第112页。

④ 同上书，第5页。

⑤ （宋）刘敞：《送梅圣俞序》，《公是集》卷35，《丛书集成初编》，第419页。

陈皞注，而欧阳修却相当肯定地评价梅注《孙子》"当与三家并传，而后世取其说者，往往于吾圣俞多焉"①。嘉祐元年（1056），胡瑗上仁宗书中亦提及"今国子监直讲内梅尧臣曾注《孙子》，大明深义……若使尧臣等兼莅武学，每日只讲《论语》使知忠孝仁义之道；讲孙、吴使知制胜御敌之术……则一二十年之间，必有成效"②，胡瑗本人曾参与西夏战争，"颇知武事"，他对梅注的评价，是值得参考的。

梅尧臣本人对此书亦期望很高。他在宋夏战争刚刚开始时便立即向朝廷献书，既体现出他对军事问题的极度关心，也定有借书自荐之意。其康定元年所作《依韵和李君读余注孙子》一诗便集中表现了他注《孙子》时的意图：

    我世本儒术，所谈圣人篇。圣篇辟乎道，信谓天地根。众贤发蕴奥，授业称专门。传笺与注解，璨璨今犹存。始欲沿其学，陈迹不可言。唯余兵家说，自昔罕所论。因暇聊发箧，故读尚可温。将为文者备，岂必握武贲。终资仁义师，焉愧道德藩。挥毫试析理，已厌前辈繁。信有一日长，可压千载魂。未涉勿言浅，寻流方见源。庙谋盛夔离，正议灭乌孙。吾徒诚合进，尚念有新尊。③

"将为文者备，岂必握武贲。终资仁义师，焉愧道德藩"是梅尧臣注《孙子》之目的。而梅尧臣对其注颇为自负，认为"信有一日长，可压千载魂。未涉勿言浅，寻流方见源"，他于此注挥毫析理、

---

① （宋）欧阳修：《孙子后序》，《欧阳修全集》卷42，第606页。
② 《五朝名臣言行录》卷10，《四部丛刊初编》本。
③ （宋）梅尧臣：《依韵和李君读余注孙子》，朱东润编年校注：《梅尧臣集编年校注》卷10，上海古籍出版社1980年版，第159—160页。

删繁就简，将自己的军事才能贯注其中。正值"庙谋盛夔离，正议灭乌孙"之时，梅尧臣怀着强烈的责任感，表达了自己的追求——"吾徒诚合进"。但是，他所注《孙子》在当时并未被重视，而从军亦无门，梅诗之末句"尚念有新尊"只是诗人请缨无路之悲的委婉表达罢了。

梅尧臣这时还存有一丝被重用的希望，但是到了庆历元年，战事紧张进行之中，他注《孙子》的军事才能仍旧未被理会，反而被派往南方任湖州监税。梅尧臣此时的心情无比沉痛和愤激不平，他将感受写在了《醉中留别永叔子履》一诗中：

> 新霜未落汴水浅，轻舸唯恐东下迟。绕城假得老病马，一步一跛饮人疲。到君官舍欲取别，君惜我去频增嘻。便步髯奴呼子履，又令开席罗酒卮。逡巡陈子果亦至，共坐小室聊伸眉。烹鸡庖兔下箸美，盘实饤饾栗与梨。萧萧细雨作寒色，厌厌尽醉安可辞。门前有客莫许报，我方剧饮冠帻欹。文章或论到渊奥，轻重曾不遗毫厘。间以辨谲每绝倒，岂顾明日无晨炊。六街禁夜犹未去，童仆窃讶吾侪痴。谈兵究弊又何益，万口不谓儒者知。酒酣耳热试发泄，二子尚乃惊我为。露才扬己古来恶，卷舌噤口南方驰。江湖秋老鳜鲈熟，归奉甘旨诚其宜。但愿音尘寄鸟翼，慎勿却效儿女悲。①

这是梅尧臣离开汴京赴任前夕，在欧阳修连同陆经（字子履）为其饯别的宴会上所作。此诗可与欧阳修在宴席上同时所作《圣俞会饮》对照来读，两诗所写内容呈互文式，相互印证补充，而悲愤无奈之心情则相融为一体。梅尧臣先于诗中描摹出他落拓之处境和宴会之

---

① （宋）梅尧臣：《醉中留别永叔子履》，《梅尧臣集编年校注》卷11，第186页。

欢愉，此时诗句语调还较为平缓。但梅尧臣是时的心情已不能用"吾徒诚合进，尚念有新尊"这委婉的诗句来表达了，他自负的军事才能与不被重用的事实相冲击，使诗人终于无法抑制自己的悲愤，爆发出"谈兵究弊又何益，万口不谓儒者知"之句。"又何益"这疾痛惨淡的询问注定要被"万口"一律否定，可以想象诗人此时的激愤状态，连诗人的好友都惊讶于他这巨大的痛苦了。"露才扬己古来恶，卷舌噤口南方驰"两句形成鲜明的对比，诗人"谈兵究弊"的壮志等来的竟是"卷舌噤口"的回应，怀才不遇之感溢于言表。欧阳修对梅尧臣在诗中所发泄的情感给予了更详细的说明，"关西幕府不能辟，陇山败将死可惭。嗟余身贱不敢荐，四十白发犹青衫"，道出了梅尧臣的辛酸与无奈。欧阳修不愧为梅尧臣一生的知己，他对梅尧臣的评价才是全面的，《圣俞会饮》中"诗工镵刻露天骨，将论纵横轻玉钤"①将梅尧臣的"诗工"与"将论"并提，字字铿锵有力地肯定梅尧臣是兼具诗才与将才的天下豪俊。然而，面对现实，欧阳修也只能以去湖州可大展诗才来安慰梅尧臣了。

二 "遗编最爱孙武说，往往曹杜遭夷芟"②

"谈兵究弊又何益，万口不谓儒者知"，梅尧臣勾勒出了一条"兵"与"儒"之间的鸿沟，也凸显着二者间的强大张力。梅尧臣既身为儒者，又热心于谈兵，就势必要受控于这种张力。欧阳修《孙子

---

① （宋）欧阳修：《圣俞会饮》，《欧阳修全集》卷1，第18页。
② 同上。

后序》即言道，梅尧臣"尝评武之书曰：此战国相倾之说也，三代王者之师，司马九伐之法，武不及也。然亦爱其文略而意深，其行师用兵料敌制胜亦皆有法，其言甚有次序，而注者汩之，或失其意，乃自为注"①。欧阳修首先要声明的，就是对于《孙子》的定位。标举三代师、《司马法》，可以说是宋代文人用来压制《孙子》的常用手段。在明确定位以后，欧阳修方才论及梅尧臣对于《孙子》的欣赏所在。那么，梅尧臣的《孙子》注文，是否回应了这"兵"与"儒"之间的张力呢？

兵者，尚诡诈，行动以"利"为准则；儒者，崇仁义，行动以"礼"为衡量。其实二者亦很难截然区分，在事实上总是相互渗透的。但作为二家的基本观点，"诈"与"仁"的不同侧重还是体现得相当明显。兵以诈立，被视为儒者的梅尧臣对此当作何回应？

举数例如下表：

《孙子》篇目	《孙子》原文	梅尧臣注
《计》	兵者，诡道也。	非谲不可以行权，非权不可以制敌。②
《军争》	兵以诈立，/ 以利动。/	非诡道不能立事。 非利不可动。③
《九变》	军有所不击。	往无利也。④
《九地》	合于利而动，不合于利而止。	然能使敌若此，当须有利则动，无利则止。⑤

① （宋）欧阳修：《孙子后序》，《欧阳修全集》，第606页。
② 杨丙安：《十一家注孙子校理》，中华书局1999年版，第12页。
③ 同上书，第142页。梅尧臣注《孙子》为句中注，表中"/"表示梅注在此插入。下表同。
④ 同上书，第169—170页。
⑤ 同上书，第244页。

以上数例皆为《孙子》直指"诈""利"之句，而梅尧臣的注文一如《孙子》，阐明诡诈作为手段、利益作为目的在军事中的重要意义。结合全部梅注来看，可发现梅尧臣无论是注解在兵书中处于高层次的权谋篇章，如《谋攻》，还是低层次的技巧问题，如《用间》，甚至到具体诈谋的使用，都毫不讳言"诈"与"利"，极切于《孙子》所论。譬如《九地》中"重地则掠"的注文，唐代李筌注为"深入敌境，不可非义失人心也。汉高祖入秦，无犯妇女，无取宝货，得人心如此"，甚至"以'掠'字为'无掠'字"，梅尧臣却释之为"去国既远，多背城邑，粮道必绝，则掠蓄积以继食"①，明显承继了《孙子》因粮于敌的战略思想，并未有所规避。而且，梅尧臣在注解中还喜用"非……不……"的句式，为《孙子》陈述之语更添强调力度。即使《孙子》并未明言"诈""利"，梅尧臣也可体悟二者在军事行动中的衡量作用，如上表就"军有所不击"句仅有四字的注文即是如此。

若将《孙子》置于北宋时代背景之下，则梅注《孙子》中潜在的张力尚不止于"兵"与"儒"。比如《孙子》中多次论及中御之患，而"将从中御"却恰恰为北宋军事的主要特点之一。北宋政府秉承"事为之防，曲为之制"的祖宗家法，出于对领兵将帅的防范和猜疑，会授予前线将帅作战方略与阵图，以钳制将帅的机动指挥。梅尧臣面对着当时的千里节制，在注《孙子》时仍可做到直言其弊：

---

① 杨丙安：《十一家注孙子校理》，中华书局1999年版，第242页。

《孙子》篇目	《孙子》原文	梅尧臣注
《谋攻》	故君之所以患于军者三：/ 不知军之不可以进，而谓之进；不知军之不可以退，而谓之退，是谓縻军。/ 不知三军之事，而同三军之政者，则军士惑矣。/ 不知三军之权，而同三军之任，则军士疑矣。/ 三军既惑且疑，则诸侯之难至矣，是谓乱军引胜。/	患君之所不知。 君不知进退之宜，而专进退，是縻系其军，《六韬》所谓军不可以从中御。 不知治军之务，而参其政，则众惑乱也。曹公引《司马法》曰："军容不入国，国容不入军"是也。 不知权谋之道，而参其任用，则众疑贰也。 君徒知制其将，不能用其人，而乃同其政任，俾众疑惑，故诸侯之难作。是自乱其军，自去其胜。①
《谋攻》	将能而君不御者胜。	自阃以外，将军制之。②
《九变》	君命有所不受。	从宜而行也。③

　　除却将《谋攻》那句"君之所以患于军者"婉转地解释成"患君之所不知"，而非直译为"国君对军队的患害"外，其他注文都显得十分果断，直指中御之患。

　　以经史战例资兵法，当为文人之所擅。与梅尧臣同为著名诗人的《孙子》注家杜牧即长于引述历史战事。梅注却与之风格迥异，几乎不引战例，也不作拓展式阐述。比如《用间》分述五种间谍，诸注家多举数例铺陈，梅尧臣却依然保持其简明风格。其注文多用排比、对句等齐整句式，往往以数语概括要点，这无疑有着注重兵法实用性的考虑。

———————

① 杨丙安：《十一家注孙子校理》，中华书局 1999 年版，第 57—59 页。
② 同上书，第 61 页。
③ 同上书，第 171 页。

"遗编最爱孙武说，往往曹杜遭夷芟"，梅注确如欧阳修所评，不踵袭前人，而是下以己意。诸如对于《行军》"先暴而后畏其众者，不精之至也"的解释，梅注之前诸家注，皆以"众"为敌众，因而将此句释为将领先轻敌，后又因敌军众多而害怕，梅注则曰，"先行乎严暴，后畏其众离，训罚不精之极也"，①"众"指我军战士，结合上下文来看，确实更为恰当。

根据以上论述，似乎"谈兵究弊又何益，万口不谓儒者知"尚不能充分解释为何梅尧臣的军事才能在当时未被重视。一则梅注《孙子》于兵家甚为贴切，未有如一些士大夫以儒释兵、颇显迂腐之论；二则，就当时实际情况而言，宋代士人以政治主体的身份自居，并得到统治者的认同，实是掌握朝廷大权的群体，"以儒者奉武事"②可谓当时常态。因此，梅尧臣的"儒者"身份应当不是其不得一展武略的主要原因。

《宋史》中对梅尧臣的评价是，"宋兴，以诗名家为世所传如尧臣者，盖少也"③。《邵氏闻见后录》记载，嘉祐中侍从官荐国子博士梅尧臣宜在馆阁时，仁宗对梅尧臣的印象是"能赋'一见天颜万人喜，却回宫路乐声长'者也"④，而非曾为《孙子》作注者。仁宗虽爱梅尧臣的颂诗，召试赐等，但梅尧臣终究不登馆阁以死。而皇亲则会投梅尧臣所好，送"非常人家所有"的好酒或"以钱数千"，都是为了得到"梅诗一篇"⑤，由此便知，梅尧臣名闻宫禁、名重于时都是因

---

① 杨丙安：《十一家注孙子校理》，中华书局 1999 年版，第 201 页。
② （宋）富弼：《范文正公墓志铭》，范能浚集，薛正兴校点：《范仲淹全集》，凤凰出版社 2004 年版，第 948 页。
③ 《宋史》卷 443《梅尧臣传》，第 10191 页。
④ 丁传靖辑：《宋人轶事汇编》，中华书局 1981 年版，第 409 页。
⑤ （宋）欧阳修：《归田录》，《欧阳修全集》卷 127，第 1931 页。

为他诗人的身份。然而"士当以器识为先，一号为文人，无足观矣"①，可见梅尧臣虽享盛誉于诗坛，其政治才能却被淹没，未尝被人们所重视。

梅尧臣终身未尝中举可能是影响其政治才能发挥的重要原因。在北宋，考中进士是文人进入仕途并迅速成为政治主体的必经之路。梅尧臣参加过多次科举考试，但一直未中，只得由叔父梅询的门荫入仕，一生沉居下僚，宦途偃蹇。因此，他的军事才能与政治企盼始终未能得以发挥。

但是，梅尧臣生活在以"不得杀士大夫及上书言事人"② 作为祖宗家法、给予文臣极高尊崇与礼遇的北宋，又与当时的政治核心人物如范仲淹、欧阳修、谢绛、尹洙等人关系密切，因此，他始终融入政治领域之中，且势必具备宋代士大夫"每感激论天下事，奋不顾身"③ 的担当精神和使命感。慷慨论兵就是身居下僚的梅尧臣得以履行其士人职责的一种重要方式。

欧阳修在《孙子后序》中对梅尧臣形象的描述是"谨质温恭，仁厚而明，衣冠进趋，眇然儒者也"，连欧阳修都担心"后世之视其书（梅注《孙子》）者，与太史公疑张子房为壮夫，何异"④。此句典出《史记·留侯世家》，司马迁在为张良作传时，"以为其人计魁梧奇伟，至见其图，状貌如妇人好女"⑤，大出意料。梅尧臣与其所注《孙子》之间形成的反差亦是如此。当时之人却不因梅注《孙子》而视梅尧臣为"壮夫"，反而因梅尧臣的大量诗作而忽略了其军事才能。从欧阳修的担忧、刘敞的调侃中，可以看出梅尧臣"诗人""儒生"的身份

① 《宋史》卷 340《刘挚传》，第 8678 页。
② 丁传靖辑：《宋人轶事汇编》，中华书局 1981 年版，第 7—8 页。
③ 《宋史》卷 314《范仲淹传》，第 8277 页。
④ （宋）欧阳修：《孙子后序》，《欧阳修全集》卷 42，第 606 页。
⑤ 《史记》卷 55，中华书局 1959 年版，第 2049 页。

在当时已根深蒂固，只有他的好友能理解其志向之所在。梅尧臣在此状况下，也只能"穷者而后工"，寓壮志于精彩的论兵诗之中，以寄托他满腔的军事热情和强烈的社会责任感。

三 "诗工镵刻露天骨，将论纵横轻玉钤"

纵观梅尧臣《宛陵集》，会发现论兵诗贯穿于梅诗之始终。《宛陵集》所收诗作始自天圣九年（1031），这年便有梅尧臣送给即将赴边的张亢之《环州通判张殿丞》，诗中已有"自有从军乐，应无去国嗟"之句，初步表露出梅尧臣的论兵情结。而在梅尧臣去世的当年（嘉祐五年，1060），其诗中仍有《送李阁使知冀州》《和介甫明妃曲》等与兵事相关之作，可谓终生身在江湖而心居边关。梅尧臣的"诗工"与"将论"在这些论兵诗中完美地融为一体。

每当朝臣或友人得以前赴战场或担任军职为国效命时，梅尧臣大都会在论兵诗中热烈激励友人一番，同时不忘表达自己的从戎志向。如《寄永兴招讨夏太尉》是送给陕西经略安抚招讨使判永兴军夏竦之诗，由"朝廷又选益经略，三幕贤俊务所长"等句，可以判断此诗作于康定元年五月宋廷任命夏竦为陕西经略安抚使，韩琦、范仲淹为经略副使，三人赴边之时。虽为代人而作，但"我愿助画迹且远，侧身西望空凄凉"等句分明描述着梅尧臣自己对军旅生活的强烈渴望。

在这些送别、勉励诗中，梅尧臣写得最为动情、用力的是为其好友尹洙赴边所作《闻尹师鲁赴泾州幕》：

> 胡骑犯边来，汉兵皆死战。昨闻卫将军，贤俊多所荐。知君

虑不浅，求对未央殿。天子喜有言，轺车因召见。筹画当冕旒，
袍鱼赐银茜。曰臣岂身谋，而邀阶下眄。青衫出二崤，白马如飞
电。关山冒风露，儿女泣霜霰。军客壮士多，剑艺匹夫衒。贾谊
非俗儒，慎无轻寡变。①

尹洙于康定元年三月被泾原路副都部署、兼泾原秦凤两路经略安
抚副使葛怀敏所荐，以太子中允、知长水县权签书秦凤经略安抚司判
官事。从内容上说，此诗面面俱到，既记录了尹洙辟经略府的背景、
过程，又描述了尹洙被仁宗召见时的荣辉、忠勇及驰马边塞时的英雄
气概。然而，此诗并不显得叙事繁冗，原因有二：一是叙事角度不断
变化，伴随而来的是叙事方式运用的多样性；二是梅尧臣在通篇诗作
中蕴含了浓厚的感情，他对师鲁极为信任，为友人应辟而欢欣鼓舞，
他似乎是在向师鲁倾诉着自己的喜悦，而自勉与向往之情又流露其
间，跃跃欲试的激情渗透在字里行间。

从上述分析中，可以深切体会到梅尧臣之"好言兵"。在其论兵
诗中，除了那割舍不断的军事热情和壮志难酬的悲愤外，也反映着梅
尧臣的军事见解。

以梅尧臣在宋夏战争期间所作诗为例。宝元元年十月，西夏元昊
称帝，建元天授；宝元二年宋廷下诏削夺元昊官爵，绝互市，七月在
沿边进行布置，西北战局开始紧张。此时的梅尧臣仍辗转于知襄城县
和监湖州盐税任上，但是却时刻关注着战事的进展。不能像范仲淹等
朝臣将御敌之策写在奏疏中呈给仁宗，梅尧臣便在诗中提出自己的御
敌策略，为国筹划。三川口一役失败后，在《寄永兴招讨夏太尉》中
梅尧臣写道，"庶几一言可裨益，临风欲寄鸟翼翔。所宜畜锐保城壁，

---

① （宋）梅尧臣：《闻尹师鲁赴泾州幕》，《梅尧臣集编年校注》卷10，第156—157页。

转馈先在通行商。守而勿追彼自困，境上未免小夺攘。譬如蚊虻嘬肤体，实于肌血无大伤。此言虽小可喻远，幸公采用不我忘""况今鹰犬乏雄勇，便拟驰骋徒苍惶。且缓须时励犀卒，终期拉朽功莫当"①，主张坚守城池，不贪小利，不急立战，训练久弛的军队，待敌自困，再行出击。这种作战观点与范仲淹的积极防御战略是极为一致的。范仲淹在其对夏作战方略《再议攻守疏》中即指出"攻宜取其近而兵势不危，守宜图其久而民力不匮"②，是鉴于北宋长期边政不修、军队战斗力不强的状况，通过主守以求掌握战争的主动权。再如将惨烈战事高度凝缩的《故原战》一诗：

> 落日探兵至，黄尘钞骑多。邀勋轻赴敌，转战背长河。
> 大将中流矢，残兵空负戈。散亡归不得，掩抑泣山阿。③

梅尧臣字字饱含战争失利之痛，勾画出一幅幅悲壮画面，而"邀勋轻赴敌，转战背长河"一句则概括了好水川之战的失利原因：轻敌冒进。事实确是如此，主将任福正因此使军队陷入了西夏军的包围之中，任福及将佐军士六千余人皆战死。梅尧臣在诗中所突出的失利原因也是在总结战争的经验，因为宋军三川口和此次好水川的战败都是因为进入了敌军预先设置的包围圈而被围歼。虽然宋军轻敌战败，但任福牺牲前力战，"身披十余矢"仍"挺身决斗"，并表示"吾为大将，兵败，以死报国耳"④，对此，梅尧臣"大将中流矢，残兵空负戈"的形容带给了读者强烈的悲壮感。由以上两诗可见，梅尧臣直接论及战争的诗作在抒发抗敌报国的激情、感叹之外，还偏重于呈现自

---

① （宋）梅尧臣：《寄永兴招讨夏太尉》，《梅尧臣集编年校注》，第179页。
② （宋）范仲淹：《再议攻守疏》，《范仲淹全集》，第655页。
③ （宋）梅尧臣：《故原战》，《梅尧臣集编年校注》卷11，第182页。
④ 《续资治通鉴长编》卷一百三十一，中华书局1979年版，第3101页。

己的战争策略，对整个时局进行分析。再借助于诗歌所具有的独特表现力，梅尧臣谈论战事之诗便有着透视社会的力度，体现出他对军事问题的深切体察与关怀。

梅尧臣甚至会直接将其对《孙子兵法》的熟稔应用于诗作之中。例如《送河北转运使陈修撰学士》一诗通篇谈论军队补给问题，这本就是《孙子》中反复计算之事，而"古兴十万师，七十万家辍耕锄"之诗句，更是直接化用了《用间》篇"凡兴师十万，出征千里，百姓之费，公家之奉，日费千金，内外骚动，怠于道路不得操事者，七十万家"的论断。又如其嘉祐四年所作《送周介之学士通判定州》诗，甚至可以将诗句与《孙子》原文对应起来，诗中善待兵士、勿轻敌、戒贪等主张，皆为《孙子》所申述者。如下表所示。

《送周介之学士通判定州》诗句	《孙子》原文
相公秉文武，视卒如婴儿。	《地形》："视卒如婴儿，故可与之赴深溪。"
我师无不勇，将吏实易之。	《行军》："夫唯无虑而易敌者，必擒于人。"
兵家尤戒贪，持重养以威。	《九地》："将军之事，静以幽，正以治。"
朔朝及旨望，大校饫酒厄。未若投单醪，共饮河水湄。古人维其均，今人意参差。临事欲之死，身往心已移。上能同甘苦，下必同安危。①	《地形》："视卒如爱子，故可与之俱死。"

论兵诗作为梅尧臣慨然言兵的主要媒介，不仅仅涉及与战事相关

① （宋）梅尧臣：《送周介之学士通判定州》，《梅尧臣集编年校注》卷131，第1121—1122页。

的题材。梅尧臣立足于战争，对军事进行全方位多角度的表现。其对军事的体验方式可谓多样，即使在与战争无直接关联时，梅尧臣亦能联系到论兵，并在诗歌中抒写自己的感慨。例如，北宋士大夫多对考古金石之学颇有研究，在聚会、饮宴中，士大夫常常会展示收藏的古物珍品，以供赏鉴、劝酒之用。而梅尧臣在鉴赏古物之时，其"好言兵"的兴趣往往又会被触发。如皇祐四年一天夜晚，蔡襄向梅尧臣、刘敞、裴煜等展示一制作精工的出土弩牙，按照刘敞《和阎都官九月十三日夜对月是夕某与子华圣俞如晦会饮君谟所》一诗的描述，这次聚会就是蔡襄邀请友人的一次普通宴饮，而梅尧臣面对着蔡襄所示弩牙，想到的却是"愿侯拟之起新法，勿使边兵死似麻"（《蔡君谟示古大弩牙》），恳切地表达着加强军队战斗力以减少士兵死亡的愿望。在《钱君倚学士日本刀》中亦是如此，欣赏了钱公辅的日本刀后，梅尧臣急于表达的，是"古者文事必武备，今人褒衣何足道"的加强武备的想法。还有梅尧臣《田家语》《汝坟贫女》等关注民生疾苦之作，实也是在自己身为县令的低微职权内向朝廷反映着战争年代百姓生活之艰难，正所谓"以俟采诗者"（《田家语》小序）。在这些诗中，梅尧臣对战事并无指责，他代录田家、贫女之言，指斥的是战争期间征弓箭手时官吏残暴的行为，目的即在于提醒朝廷不要注目于前线战事而忽视了后方的百姓。

综观梅尧臣的论兵诗，其展现的是以战争为中心的社会全方位图景，既有围绕金戈铁马、关山风露展开的对从戎效力的向往与谋划言兵的热情，又将目光投向社会日常生活，这样，在极为广泛的与军事相关的表现范围中，梅尧臣通过论兵诗传达给读者的，是思考社会问题的空间。战争只有数年的时间，但所涉及的社会问题却是开放性的，留待执政者思考与解决。

梅尧臣无法在战场上发挥军事才能，便立志要"愿执戈与戟，生死事将坛"(《读邵不疑学士诗卷杜挺之忽来因出示之且伏高致辄书一时之语以奉呈》),将雄才与勇气寄托于诗坛之上。梅注《孙子》及其论兵诗作,既是梅尧臣忧思感愤之郁积,又是其为国效力热烈感情的投射,包含着对军事相关问题的强烈兴趣与深刻思考。时人大多不能全面了解梅尧臣,而司马光的一首《梅圣俞挽歌》则可推为对梅尧臣论兵、史学、诗艺的全面体察:

> 兵形穷胜负,史法贯兴衰。
>
> 落落虽殊众,恂恂不近时。
>
> 位卑名自重,才大命须奇。
>
> 世俗那能识,伤嗟止为诗。①

---

① (宋)司马光:《梅圣俞挽歌二首》之一,《司马光集》卷 10,四川大学出版社 2010 年标点本,第 330 页。

洛阳少年与少年洛阳：梅尧臣、欧阳修西京书写的历时考察

王启玮*

城市书写往往是城与人之间的一次投契和协作。城市在以她所给予的生活经历、城市景观、文化传统强烈影响居住其间的书写者，激发创作灵感的同时，书写者也在依据自我的人生体悟和审美趣味重新诠释、择汰乃至想象城市。在土石垒就的现实城池与文字构筑的诗意之城当中，始终悬亘着私人性体验的透镜。因此可以说，文学文本呈示的城市形象不独是诸地域性特征的集合，实则还附着了书写者的温热情感与个性印迹——这是属于人的城，不但因地而异，亦且人人言殊。本文以梅尧臣、欧阳修的洛阳书写为研究对象，即是为了揭示城市与诗人的这种双向互动关系。而正如"洛阳少年与少年洛阳"回文式的标题所显示的，梅、欧（少年）与洛阳之间确实存在着相互需要、相互依倚、相互驯化的深刻联结。

作为梅、欧个人创作及北宋诗文革新的起点，他们的洛阳书写早已为学界所瞩目。[①]不过现有研究就洛阳的地域书写史来看，一般强调北宋洛阳文人集团对中唐白居易等人洛下交游唱和的继承，并未重视

---

* 王启玮，男，北京大学中文系 2013 级博士研究生。

① 相关研究参见陈湘琳《欧阳修的文学与情感世界》，复旦大学出版社 2012 年版，第 90—112 页。

这些少壮士人描绘城市的特异性和创造力；就洛阳追忆观之，则表现出重欧轻梅的倾向，对梅尧臣那些指向相同而面目稍异的文本群显然关注不足。可见，这一论题尚存进一步研究的空间。因此，本文将一方面从城市书写史的长时段考察入手，阐述梅、欧等人如何在洛阳深厚的文化传统中创造带有个性特征的群体文化，进而在创作上催生出新的城市印象；另一方面将梅、欧中晚年的洛阳书写还原为基于交游网络和集体记忆的群体性文学现象，探讨洛中少年生涯对个体与群体的重要意义。

一 唐宋"洛之士大夫"的传统与变格

唐宋时期（唐至北宋）的洛阳主要作为仅次于长安、开封的陪都存在，这赋予洛阳相对统一且具延续性的地域文化、士人群体和城市景观。此一阶段各以白居易、司马光为中心的异代相承的诗人团体正是承载这一城市文化的典型群体。这些年老身闲的分司或致仕官员们多"中隐"于精心营建的自家宅园，以诗酒酬唱传达闲适自足的精神体验和创作意趣。

北宋洛阳文人集团的幕主钱惟演正是这样一个从开封政坛退下来的老年达宦，年幼失国兼垂暮失势的经历令他对"西洛故都""荒台废沼，遗迹依然"的城市风貌有着至为深刻的把握，有"日上故陵烟漠漠，春归空苑水潺潺"一联最为警绝。[①] 不过该文人集团的主体实是自通判河南府谢绛以下的西京留守府属僚群体，这些中下层官员与由首都退至洛阳的年老达官们截然相异，大多"绿发方少年，青衫喜

---

① （宋）欧阳修：《六一诗话》，《欧阳修全集》卷 128，中华书局 2009 年标点本，第1955 页。

为吏"①，洛阳僚佐的履历构成他们仕宦生涯重要的上升阶梯。朝向未来仕途的美好愿景让他们有了自许"当世贤材知名士"②"仕宦忘其卑"③的自豪感。欧阳修就说："士之仕于州郡者，必视其地大小高下之望以为轻重。河南，大府也，参军虽卑，以望而高下之，固与他州郡异矣。"④ 洛阳处于首都与一般州郡之间的居中地位，固然能为从首都下行的高官提供便利的退老之地，同时也能让企望接近权力中心的中下层僚佐们产生地望崇隆之感。是故，在西京洛阳这个"搢绅仕宦杂然而处"的"珠玉之渊海"中⑤，以梅、欧为代表的洛阳文人集团虽是异于"将相、名臣、达官"⑥之惯常居者的士人群体。他们对自己结成的这个年少而官卑的小团体却颇自矜，乃至沿袭汉晋名士事数标榜的形式，以"七交""八老"之名目相互品题。欧阳修《七交》组诗毫不讳言各自河南吏属的身份。而他们自称"八老"，则有意造成一种年龄上的反差。欧阳修起初闻此尚疑惑年少不当称老，后来不但自名"达老"，还故作老成以自嘲，才人狡狯之言内中究是"英英少年子"的傲兀与朝气⑦。同时，他们在"八老"总名下又各执美名，强调"虽同执一龠，吹曲各异音"⑧的个体差异，与白居易"九老会"一味尚齿的同质化倾向大相径庭。

正是在上述群体意识的引导下，这一士人集团开始自觉标举唐宋洛阳鲜有的位卑而有为的士大夫形象。明道二年（1033）欧阳修在写

---

① 《闻梅二授德兴令戏书》，《欧阳修全集》卷52，第731页。

② 《河南府司录张君墓表》，同上书，卷25，第386页。

③ （宋）梅尧臣：《依韵和答王安之因石榴诗见赠》，《梅尧臣集编年校注》卷28，上海古籍出版社2006年标点本，第1049页。

④ 《送杨子聪户曹序》，同上书，卷66，第964页。

⑤ 《送梅圣俞归河阳序》，同上书，卷66，第963页。

⑥ 《送杨子聪户曹序》，同上书，卷66，第964页。

⑦ 《雨中独酌二首》其一，同上书，卷51，第723页。

⑧ 《依韵和张应之见赠》，《梅尧臣集编年校注》卷15，第282页。

给时任右司谏的范仲淹的信中替"洛之士大夫"代言，敦促他"直辞正色，面诤庭论"，"使天下知朝廷有正士，而彰吾君有纳谏之明"。① 这里的洛阳士人群体自然不再是中晚唐那类全身远害的老年达官，而成为期望在朝正议谠言的少壮派，实则就是以欧、梅为代表的士人集团之夫子自道。当时谢绛"虽在外，犹数论事"②，尹洙、欧阳修、富弼等"洛之士大夫"其后在景祐党争、庆历新政期间更与范仲淹同进退，无怪梅尧臣在欧阳修遭贬后寄诗："共在西都日，居常慷慨言。今婴明主怒，直雪谏臣冤。"③ 正是人生经历和仕宦体验的歧义，促使这批偶然汇聚的少年俊彦开始重新寻找与洛城的契合点，试图以群体的力量从垂暮古都的旧有文化中突围。

二　少年洛阳的空间生成

在少壮士人们跃上洛阳诗坛的天圣、明道之际，这座古都显久已"唯觅少年心不得"④。欧阳修彼时见证的是这样一个老弱的城市：一则这座"自古天子之都"满目皆是时势变动后的遗迹，"及汴建庙社，称京师，河南空而不都，贵人、大贾废散，浮图之奉养亦衰。岁坏月隳，其居多不克完，与夫游台、钓池并为榛芜者，十有八九"⑤；二则当地"人稀，土不膏腴"，故"河南虽赤县，然征赋之民户才七八千，

---

① 《上范司谏书》，《欧阳修全集》卷67，第974页。
② 《宋史》卷295，中华书局1985年标点本，第9845页。
③ 《闻欧阳永叔谪夷陵》，《梅尧臣集编年校注》卷5，第94页。
④ （唐）白居易：《洛阳春》，《白居易诗集校注》卷28，中华书局2009年标点本，第2179页。
⑤ 《河南府重修净垢院记》，《欧阳修全集》卷64，第925页。

田利之人率无一钟之亩"①。这样一个昔盛今衰所在，本易触起诗人的怀古幽情。然而这些少年名士频繁地结伴宴集、游赏改变了他们体验和书写城市的方式，他们不是独自静观或欲客观描述古都，而是在动态的喧闹生活中尽情唱和酬赠，以热烈的群体活动展开人与城之间的互动。当然，这并不意味着他们就此放弃对洛阳历史、现状的全面把握，他们实际是在深沉凝视、深刻理解之后希图经由狭深的创作赋予这座古城以强烈的个性。在梅、欧彼时的诗歌世界里，这座由万户风烟、荒凉宫阙、表里河山、触处名园四类地标构筑起来的"古郡邑"时常隐去整体②。青年诗人们只在独行时偶一慨叹"依依半荒苑"③，面对雄伟京邑则常"恨乏登高赋"④。他们意不在回溯历史，亦非表现市井，而是在一次次集于名园、登彼嵩少的经历中描画独属于少年们的洛城印象。

先看园林这一层空间。与暮年达官们喜在洛谋筑私家园林以为归老之地不同，梅、欧等人并没有时间和财力经之营之，只能改建公共的官署郡斋。郡斋中人亦非栖心释氏、适于诗酒的醉吟先生一流人物，像欧阳修葺"非非堂"，寄寓"宁讪无谄"的处世准则，就透现出骨鲠磊落的少年志尚。又如他《绿竹堂独饮》直言"予生本是少年气，瑳磨牙角争雄豪"，独自悼亡的经历使青年欧阳修的生命意识在举酒欲饮之际忽然萌发。他先是失望地发现原本自命文可评骘古贤、武能射虎斩蛟的少年雄气，竟无从抵御那由哀悼引发的更为深广的忧愁。同时执着于情感与现世的姿态又彻底断绝了他向老庄求取慰藉的希望。最后诗人在樽酒间注定无法回归平静，因为他对待负面情感之态度是刚性的对抗而非柔性的含茹，而这恰需要中晚唐白居易等人那

---

① 《东斋记》，《欧阳修全集》卷64，第935页。
② 《书怀感事寄梅尧臣》，同上书，卷52，第730页。
③ 《雨后独行洛北》，同上书，卷10，第152页。
④ 《徽安门晓望》，同上书，卷10，第150页。

份久经世事的阅历与人到暮年的旷达。① 少年士人们亦常去大字院一类的"前代公侯宅"雅集，洛阳这些旧园废宅于是重新响起久违的喧笑吟咏之声。他们甚少关心园中荒芜的景象，当下"唯适情"的文酒诗会才占据他们兴趣的中心位置。②

洛城周边的山水更为少年诗人提供了另一层结伴"探险慕幽赏"③的空间。他们穷幽探奇的不竭热情不仅大为拓展了游赏范围，也令他们得以整个身心贴近自然，成为真正的"爱山者"④。欧阳修非常清楚遨游山川的高卑老少之异，他曾论："洛阳西都，来此者多达官尊重，不可辄轻出。幸时一往，则驺奴从骑，吏属遮道，唱呵后先，前偾旁扶，登览未周，意已怠矣。故非有激流上下，与鱼鸟相愓然徙倚之适也。然能得此者，唯卑且闲者宜之。"⑤ 正是在洛阳，少年们特有的矫健之身手、壮旺之神思与雄山激流相应和，一改白居易等老年达官们游山那"一路凉风十八里，卧乘篮舆睡中归"⑥ 式的慵懒姿态。

洛阳少年们分别有三次嵩山之行，尤值得一说的是明道元年秋谢绛、欧阳修、杨愈因公务前往嵩山，偶遇尹洙、王复，乘便登嵩山泛伊川。谢绛在寄给梅尧臣的信中详叙这数日的旅程，梅于怅恨无以与会之余将谢绛来信改为五百言的叙事长诗。梅尧臣这首以文为诗的力作重心显在记游而非写景，着力表出谢绛信中强调的"正当人力清壮之际，加有朋簪谈燕之适，升高蹑险，气豪心果"⑦ 的风概。在这次

---

① 《欧阳修全集》卷64，第724页。
② 《永叔内翰见索谢公游嵩书感叹希深师鲁子聪几道皆为异物独公与余二人在因作五言以叙之》，《梅尧臣集编年校注》卷28，第1018页。
③ 《游龙门分题十五首·上山》，《欧阳修全集》卷1，第5页。
④ 《登绛州富公嵩巫亭示同行者》，同上书，卷2，第28页。
⑤ 《送陈经秀才序》，同上书，卷66，第962页。
⑥ 《香山避暑二绝》其二，《白居易诗集校注》卷33，第2512页。
⑦ 《游嵩山寄梅殿丞》，《全宋文》卷411，上海辞书出版社、安徽教育出版社2006年版，第426页。

寻山胜游中，少壮与自然之间始终彼此争竞而又和谐相与，强健的体魄、群体的协同、诙谐的个性以及年轻人特出的征服欲与好奇心使他们连续多日"穷极四百里，宁惮疲左右"，将常人不敢为不可堪的境地化作"穷极胜览"的难忘旅行。① 经由持续探险求奇的少年之游，嵩山的自然景观与历史传统得以完整呈现，"九州皆有名山以为镇，而洛阳天下中，周营、汉都，自古常以王者制度临四方，宜其山川之势雄深伟丽，以壮万邦之所瞻"②，占据中原形胜之地的洛阳，无疑有着地理、文化上天然的正统性，其无关盛衰，永是引人赞叹的王者之都。

洛阳少年们的雅集游赏活动使得他们诗作尤其侧重表现洛阳之园林与山川，而在这两层空间上建构起来的诗中之城，不但活跃着刚健有为的"洛之士大夫"，充盈着久违的蓬勃朝气，且以雄深伟丽的山川之势昭示其不朽的都城资格，这与以老迈官员与历史遗存为代表的古都洛阳大异其趣。这座古都的心脏与这些少年们发生过短暂而激烈的共鸣，少年洛阳于是从逐渐步入衰老的城市躯壳中挺立起来，开启了唐宋洛城书写的另一种可能性。

三　作为集体记忆的洛中生涯

正是经由上述交游活动，钱幕士人们结成一个情谊深厚的团体，"七交""八老"之品题便是他们群体意识自觉的标志。然而在洛欢

① 《希深惠书言与师鲁永叔子聪儿道游嵩因诵而韵之》，《梅尧臣集编年校注》卷2，第37页。
② 《丛翠亭记》，《欧阳修全集》卷64，第929页。

聚的日子终是短暂的，这些由于属僚职任偶然会合的少年们，不数年间亦因各自的仕宦吏责而星散离处。早在明道元年的嵩山之行，谢绛就于信中反复强调核心成员的缺席使这次胜游显得不那么完满。等到明道二年杨愈、梅尧臣、尹氏兄弟先后离洛，欧阳修颇有"山阳人半在，洛社客无聊"①的离索之叹。可见对于欧、梅来说，完整的洛阳经历必须是特定时空下群体与城市的结合。

在后来的日子里，对洛阳少年生涯的追忆更成为梅、欧创作中维持终身的人生主题。基于洛阳经历的双重属性，触发回忆的媒介既可是洛阳的城市意象，亦可是洛阳文人集团不同成员间的交流。他们之间的诗歌唱赠并未随个体的离散而终结，文学承载的情感往来与洛阳记忆始终构成维系群体的纽带。自洛阳时期至晚年，梅、欧一直在诗中使用诸如"故府""洛阳人""洛中俊""洛中旧（寮）""洛社（友）""洛阳（旧）友""洛中诸友""洛阳交旧"一类特称，足见这一群体认同的持久性。

扬·阿斯曼指出集体认同与记忆的空间化关系甚密，任何一个集体要想作为群体稳定下来，都必须为自己创造一些这样的地点并加以保护，因为这些地点不仅为群体成员间的各种交流提供场所，而且是他们身份与认同的象征，是他们回忆的象征。②少年洛阳便是象征"洛中诸友"之青春和交谊的"母城"。他们共享的洛阳记忆在后期交际诗作中不可或缺，是迅速唤起、强化友情与群体认同的核心要素。在梅《依韵和子聪见寄》、欧《送楚建中颍州法曹》中"洛阳"无疑是两个由无数回忆场景堆叠起的分量极重的字眼。又如欧《送张屯田归洛歌》直接表出曾与张谷少年时共同见证的洛花开落时节。同

---

① 《寄圣俞》，《欧阳修全集》卷56，第797页。
② ［德］扬·阿斯曼：《文化记忆：早期高级文化中的文字、回忆和政治身份》，金寿福、黄晓晨译，北京大学出版社2015年版，第31—32页。

时唱和、寄赠的诗作虽往往在两人之间展开，却总会归结到整个洛中旧交，显示出个体与群体间极强的关联度。如欧《酬孙延仲龙图》、梅《和应之还邑道中见寄》《送杨子充知资阳县》均以逝者反衬幸存者交契的可贵。上述类聚式的联想同样表现在梅的悼友诗中，如《哭尹师鲁》《张尧夫寺丞改葬挽词》（其一）均由一人之亡殁进而忧虑整个洛社群体的消亡，欧阳修为洛阳友所作墓志《尚书屯田员外郎张君墓表》《河南府司录张君墓表》《张子野墓志铭》等亦常在抒情部分采用此种构思。

即便是后半生拥有许多交往经历的欧、梅，洛阳作为少年情谊的象征，在他们对话的语境里依旧占据异常重要的位置。尤其值得注意的是，欧、梅唱和诗极为注重对洛阳记忆之场景细节的还原。早在景祐元年（1034）欧阳修的《书怀感事寄梅圣俞》就以长诗的体量极为详细地记述了他在洛阳的生活，此诗以初逢梅尧臣于伊水畔始，以送别梅尧臣终，中则先描摹钱幕文人之各异而神肖的群像，再概述洛阳的城市形象，进而以群体性的游园、登嵩和歌宴完成人与城的互动，可做一篇欧洛中体验的总结看。而在林林总总的人物和活动中，欧与梅无疑是贯穿始终的中心角色。嘉祐三年（1058）欧向梅索取谢绛多年前写的那封《游嵩书》，梅答之以《永叔内翰见索谢公游嵩书感叹希深师鲁子聪几道皆为异物独公与余二人在因作五言以叙之》，同样完整叙述了他们昔日游园登山的场景，以及梅体文作诗的经历。这些极具画面感的怀旧文字之于欧、梅这样的亲历者而言是为饱含温情的记忆片段，他们对彼此身份的定义底层终是洛中旧交。因此，欧《祭梅圣俞文》会反复追述洛阳交游的场面，在毕生记忆中，他最珍惜的还是和梅尧臣们一起度过的洛阳少年生涯。

不过集体记忆虽为群体所共享，毕竟由不同个体承担，由于性情之别，更因后半生穷达遭际的不同，他们对共有记忆中自我形象的塑造亦有差异。对欧阳修来说，洛阳记忆更多意味着往日绝去羁牵的适意生活。由于幕主钱惟演"善待士，未尝责以吏职"①，欧阳修在洛阳与"魁杰贤豪"们度过了一段"日相往来，饮酒歌呼，上下角逐，争相先后以为笑乐"②的豪纵生活，这让他"谓言仕宦，所至皆然，但当行乐，何有忧患"③。然而随着欧离开洛阳和旧友，沉浮宦海，他渐晓"世之贤豪不常聚，而交游之难得为可惜"④，因此时常心生深重的孤独感。刚直说言的政治性格则让他在政争中饱尝政敌的攻讦，在忧患中过早地衰老。而官场上吏责和人事的长久消磨，亦令少年"达老"不得不收敛性格中"性锐，性本真率"的因子，尝试"于世俗间，渐似耐烦"。⑤当一个不断走向老练成熟的官僚欧阳修在仁、英两朝崛起，他也付出了失去原初之理想生活、少壮年华和真实性情的代价。欧在离洛后立刻便陷入了悲观的境地，他于《书怀感事寄梅圣俞》开篇即叹："相别始一岁，幽忧有百端。乃知一世中，少乐多悲患。每忆少年日，未知人事艰。颠狂无所阂，落魄去羁牵。"⑥有一种顿悟后的苦闷。因此，洛阳记忆之于欧是引发其后半生之失落感的源头，亦是他得以暂时回归青春和本性的憩息之所。是故不难理解欧会在《答梅圣俞寺丞见寄》里将自己刻画成一位在京洛交游里意气风发、谈辩勇锐的少年官僚，如何于五六年间持续遭受人事凄怆与友朋暌乖，先是因移书切责高若讷，遭贬夷陵，宦游千里，等到量移乾德令时，他已是一个"举足畏逢仇，低头唯避谤"的衰翁，幸能在与洛

① 欧阳修：《河南府司录张君墓表》，《欧阳修全集》卷25，第386页。
② 《张子野墓志铭》，同上书，卷27，第410页。
③ 《祭梅圣俞文》，同上书，卷50，第701页。
④ 《张子野墓志铭》，同上书，卷50，第411页。
⑤ 《与尹师鲁第五书》，同上书，卷69，第1002页。
⑥ 同上书，卷52，第730页。

阳人的重逢中感受暂脱囚累的轻松。① 在这段自传性质的诗篇里，洛阳记忆与洛阳故交承担起解脱现实生活之负累的作用，其重要性不言而喻。又《谢观文王尚书惠西京牡丹》则以观花串起了老少的人生片段，外在的无情草木永新，内在的爱花识花之心亦未歇，然而那多难人生摧拉下衰颓而索寞的老翁，终与洛阳少年时呈现出鲜明的勇怯之异。

梅尧臣则不然。他任河南、河阳主簿时，就凭诗才引得钱惟演"特嗟赏之，为忘年交，引与酬唱，一府尽倾"②，在钱幕当中颇有声名。但他很快就遭到了屡举进士不第的打击，当洛阳旧友如欧阳修、富弼、尹洙等人或为朝中大员或为封疆帅臣时，他却因出身的短板官位始终不显，全德之"懿老"终成欧太息的"穷诗老"。与故交愈发悬隔的地位促使梅在洛阳记忆中寻找与昔日豪杰平等交游的瞬间。如他在为范仲淹所写的挽词中经由回望京洛逃酒的融洽场景，梅最终消弭了两人中年因身份悬殊带来的龃龉。又如他晚年追忆洛阳时连举四组"昔日""今且"领头的对比句，反复强调他与欧这两个仕宦起点相类的士人后半生穷达、卑高、贱贵、贫富的殊绝，最后托出贫存但比死优的绝望感（《永叔内翰见索谢公游嵩书感叹希深师鲁子聪几道皆为异物独公与余二人在因作五言以叙之》）。三十年的时间跨度，不仅表现在洛中旧僚们个体的少老生死，更造成个体间的极大差异。这种昔同今异的牢骚笔调在梅尧臣后期诗作如《送侯孝杰殿丞签判潞州》《依韵和答王安之因石榴诗见赠》中均能见到。

欧、梅洛阳生涯的幸运之处在于，让他们在仕宦初期体验到宽松优裕的官场氛围、真挚友谊、青春的体魄和无忧而放旷的生活；他们

---

① 参见《欧阳修全集》卷25，第745页。
② 《宋史》卷443，第13091页。

也是不幸的，过于美好的少年经历和过于稳固的友谊迫使他们在后半生常生活在与往昔、与同伴比较的重负之中。正是这种落差感激发了两人洛阳追忆诗的创作。同时现实也是形塑记忆的重要变量，欧、梅诗中洛阳青春的某些特性由于他们当下的缺憾而被放大，那曾是契合他们本性生活的另一种可能性。由同样是少壮和友情的底层回忆出发，构建起他们各自需要因而面目各异的往日景象，呈示出集体记忆合与分两种属性间的张力。

欧、梅这种欣悦兼感伤的怀旧情绪，亦唯有共同经历往日生涯的洛阳故交方能体会。如梅尧臣追忆洛中生活就绘出一段彼时"同吾永叔"共有的豪快不顾俗的洛阳才子生涯。他又在回应欧追忆洛阳的诗作《依韵和永叔见寄》中宽慰：昔日京洛豪侠般的生涯虽不复返，然挚友相扶归颍的生活尚能期待，人生常有得失，因此不必哀叹。这样处处设身处地的口吻，非与欧共享记忆者如梅尧臣则不能道。欧阳修后来则以《哭圣俞》回报知己，他想起洛阳初见时那个毕生难忘的场面，那个"青衫白马渡伊流"而来的少年，欧并将他牢牢置于钱幕唱酬圈的最中心，遂使下半段痛惜两人乖离会合与诗老才高命塞有了着落。① 可见他这首哭友之作不是泛泛慨叹，而是以亲身经历的细节作骨，对梅一生荣光和遗憾抱有至深的同情和理解。

梅、欧的洛阳书写自他们少年为宦西京起，几乎贯穿他们后半生的各个阶段。洛阳书写的文学特质首先关乎空间，是通过特定空间的选择和描摹建构出独属于创作者的诗中之城。其次关乎时间，在诗人们回望的视线里，洛阳又成为安顿群体认同与个体需求的记忆之城。正是在这样的相感相忆中，城与人方显出之于彼此的唯一性。

---

① 参见《欧阳修全集》卷8，第133—134页。

不断被讲述的"进奏院狱"

黄柯柯[*]

宋仁宗庆历四年（1044），景祐中进士苏舜钦（1008—1048）以参知政事范仲淹的推荐，召试集贤院校理、监进奏院。是年十一月，因用卖旧纸钱会客宴饮被台官劾奏入狱，以"监主自盗罪"被废除名，当时与会者十余人皆遭贬黜，史称"进奏院狱"或"邸狱"。这一事件看似是涉及金额很小的经济案件，然而因牵涉多位青年才俊，轻罪重罚，在当时就已成为一场舆论事件，此后更是被反复述说。

本文拟从三个方面对该事件进行解读，首先厘清元丰改制前进奏院沿革及其制度，进而细读"进奏院狱"当事人的表述、时人的议论以及史书记载等诸多文字；最后，从宋仁宗对该案的态度看北宋朝廷拟对士风整饬规范的意图。

一　元丰改制前都进奏院及其制度

进奏院，全称"都进奏院"，源于唐初藩镇和诸道州在京师设院，《朝野类要》卷一《大朝会》："盖进奏官乃唐制藩镇质子留司京都承

　＊　黄柯柯，女，北京大学中文系 2015 届硕士毕业。

发文字，如今之机宜，故谓之侯邸。"① 唐代到五代的进奏院从职责所属上对藩镇和诸道州负责，人员经费都由地方提供。

宋初延续五代旧制，各路分置进奏院，造成京城进奏官人员众多、鱼龙混杂，而事情颇多延误泄露，据《续资治通鉴长编》（后简称《长编》）卷二三记载，宋太宗首次在大内侧近置都进奏院，归并缩编诸州进奏院，由原先二百多人整合为一百五十人集中办公，后逐渐稳定到一百二十人。②

进奏院由此成为宋代中央一大机构，沟通上下，发布新闻，专门负责中央与地方之间的文书传递，"掌受诏敕及诸司符牒，辨其州府军监颁下之，并受天下章奏、案牍、状牒以进御，分授诸司"③，此外，还负责发行政府的官报——进奏院报，又称"邸报"。

整合之后的进奏院主要由以下人员组成：监进奏院或勾当进奏院；进奏官，负责具体工作，通常掌一到三州军；私名副知，主抄写文书；守阙副知，进奏官的候补人；拣中副知，在都进奏院执役；等等。庆历四年，苏舜钦正式担任监进奏院一职，作为长官主持进奏院。

进奏院的位置，一开始设在大内侧近，后迁至石熙载旧居，具体位置据《东京梦华录》记载："自大内西廊南去。即景灵西宫。南曲对即报慈寺街。都进奏院。百钟圆药铺。至浚仪桥大街。"④

随着收发文书的重要性得到提升，进奏院在朝廷的地位也在上

---

① （宋）赵升：《朝野类要》卷 1，中华书局 1985 年版，第 7 页。

② 参见《续资治通鉴长编》卷 23："太平兴国七年十月……始令供奉官张文璨等简阅进奏官、知后官、副知等，凡二百余人，得一百五十人，并补进奏官，每人掌二州或三州、军、监事……置都进奏院于大内侧近，文璨等领之。"中华书局 1985 年版，第 529 页。（清）徐松辑，《宋会要辑稿·职官》二之 44："九年七月诏进奏官李楚等于崇政殿择三十一人补殿前承旨，始定进奏官，以百二十人为额，其逐州府各令均掌之。"中华书局 1957 年影印本，第 2393 页。

③ 《宋会要辑稿·职官》二之 44，第 2393 页。

④ （宋）孟元老撰，邓之诚注：《东京梦华录注》卷 2 "宣德楼前省府宫宇"条，中华书局 1982 年版，第 52 页。

升。太平兴国九年十二月,"张文粲等言准中书发敕院、枢密承旨院告报,进奏官日赴院承受宣敕,虑多妨滞……许送至臣处给付诏,本院专遣进奏官入内承受文字"①。这次调整后,除了皇帝批发的文书仍由进奏官亲自领旨外,其他部门需将文书送至进奏院。

宋仁宗时,朝廷对进奏院进行了一系列制度规范。例如对实封文字机密传递的强调。进奏院所进呈和发放的文书,依据机密程度有不同的封装规格,分为"实封文字"和"通封奏状"。"实封"文件必须由进奏院长官亲自验收:

> 诏都进奏院告报诸州府军监,自今所奏文字,凡系实封者,并令依常式封书毕,更用纸折角重封,准前题字,及两折角处并令用印,无印者细书名字,候到阙,令都进奏院监官躬亲点检,无折动即依例进纳,或有损动者,具收接人姓名以闻。②

对进奏院人员的行为也做了一定规范,只能在进奏院内承发文字,严禁将官方文书带至私人家中,以免泄露信息,严禁拆封机密文件。仁宗天圣六年(1028)下诏规定:

> 诏都进奏院自今承受宣敕、中书密院札子、省牒并内外诸般文字,并须昼时勾唤进奏院于当面,与保头等同共点检封角,并开折分明上历、印题、关防、发遣,其逐州手分进奏官等,即不得于外面取便封折,别致去失文字,其进奏官合用随身朱记,只令于本院内行使,不得将出外取用。③

处理多如牛毛的文书材料,构成了进奏院日常例行的基本工

---

① 《宋会要辑稿·职官》二之44,第2393页。
② 《宋会要辑稿·职官》二之46,第2394页。
③ 同上。

作，进奏院由此积攒了许多旧废纸也就不足为奇了。而从宋仁宗朝对于进奏院制度的进一步完善，也可以看出朝廷对于进奏院机构的逐步重视。

二 不断被讲述的"进奏院狱"

庆历四年十一月苏舜钦会客宴饮，正值京城各机构一年一度祭拜"行业神"，进奏院亦然，据叶梦得《石林燕语》卷五载：

> 京师百司胥吏，每至秋，必醵钱为赛神会，往往因剧饮终日。苏子美进奏院，会正坐此。余尝问其何神？曰"苍王"，盖以仓颉造字，故胥吏祖之，固可笑也。①

而这场宴饮的后果导致苏舜钦仕途的急转直下，遭御史弹劾以监守自盗罪论处，被废为民，从士大夫行列中除名。声名狼藉，顿觉人世险恶，之后他挈家离京南下，居于苏州沧浪亭直到逝世。

政治理想在一夜之间化为泡影，"进奏院狱"成了他内心难以平复的伤痛，他将其看作是一场政治陷害，屡次借诗文以抒愤慨。在狱中时，作《诏狱中怀蓝田高先生》："自嗟疏野性，不晓世途艰。仰首羡飞鸟，冥心思故山。刚来投密网，谁复为鞶颜？寄语高安素，今思日往还。"把自己比作投入密网的飞鸟，因不谙世事而遇祸。南下途中更是写下不少语词极激烈的诗篇，如《过濠梁别王原叔》："谤气惨

---

① （宋）叶梦得撰，字文绍奕考异，侯忠义点校：《石林诗话》卷5，中华书局1984年整理本，第68页。

不开，中者若病疫。遂令老成人，坐是亦见斥。"《夏热昼寝感咏》"捽首下牢狱，殗殗入孤豚。法吏使除籍，其过只一飧"，《舟至崔桥士人张生抱琴携酒见访》"失足落坑窜，所向逢戈矛"，《淮中风浪》"难息人间险，临流涕一挥"等。

庆历四年冬天，他致书好友欧阳修《与欧阳公书》，详细回忆事件的来龙去脉，对自己所遭受的冤屈进行了一番全面的辩白：

> 且进邸神会，比年皆然，亦尝上闻，盖是公宴。台中谓去端闱不远，以榷货务较之孰近？榷务后，邸中两日作会甚盛。若谓费用过当，以商税院比之孰多？舜钦或非时为会，聚集不肖，则是可责也。原叔、济叔辈，皆当世雅才，朝廷尊用之人，因事燕集，安足为过？卖故纸钱，旧已奏闻，本院自来支使，判署文记，前后甚明。况都下他局亦然，不系诸处帐管。比之外郡杂收钱，岂有异也。外郡于官地种物收利之类甚多，下至粪土柴蒿之物，往往取之以助筵会。当时本恶于胥吏辈率醵过多，遂与同官各出俸钱外，更于其钱中支与相兼，皆是祠祭燕会上下饮食共费之。今以监主自盗定罪，减死一等科断，使除名为民，与贪吏掊官入己者一同。始府中敕断，追两官罚铜二十斤。后六日，府中复遣吏来取出身文字，殊不晓。阁下观其事，察其情，岂当然乎？舜钦虽不足惜，为国计者，岂不惜法乎？自有他条不用，私贷官物有文记准盗论，不至除名，判署者五匹，杖九十，其法甚轻。审刑者自为轻重，不由二府，苟务快意，坏乱典刑。丁度怒京兆不逐之翰也。二相恐栗畏缩，自保其位，心知非是，不肯开言。上有怒意，皆不敢承当。①

---

① （宋）苏舜钦著，傅平骧、胡问陶校注：《苏舜钦集编年校注》，巴蜀书社1991年版，第609页。

　　这封书信还原了事件的诸多细节，包括卖纸钱的使用与归属，判处罪名的条款。从他的陈述，可以看出，此次祀神会在对公共钱财的使用上与往年并无很大差异，而审刑者为报私仇按照最重的法条判处，并借机激发皇帝怒意，致使其他人皆不敢为之开脱。

　　庆历五年写给范仲淹《答范资政书》中也说："其谤皆出人情之外，而往往信而传之，自念非远引深潜，则不能快仇者之意。……况某性疏且拙，疏则多触时忌，不能防闲小人；拙则临事不敏，无所施为；因此遂得退藏。"① 认为是自己性格疏拙，不擅官场人际，因而触犯时忌，与人结仇而不察，才导致引祸上身。

　　在这封答信中，他也写到因议论时政，与台臣发生不愉快而导致诽谤：

　　　　九月末间，尝与子渐、胜之邸中小饮，之翰、君谟见过，胜之言论之间，时有高处，二谏因与之辨析。本皆戏谑，皆无过言，此亦吾曹常事。不一二日，朝中喧然，以谓谤及时政，吁！可骇也！故台中奏疏，天子辨其诬，不下其削。台中郁然不快，无所些愤，因本院神会，又意君谟预焉，于是再削，其削亦留中不出。诸台益愤，重以秽渎之语上闻，列章墙进，取必于君。②

　　除名四年后，庆历八年闰正月文彦博拜相，苏舜钦写《上集贤文枢书》鸣冤自荐，更谈及御史与宰执之间的矛盾是进奏院狱的政治背景：

　　　　始者，御史府与杜少师、范南阳有语言之隙，其势相轧，内不自平，遂煽造诡说，上惑天听，全台墙进，取必于君，逆施罔

① （宋）苏舜钦著，傅平骧、胡问陶校注：《苏舜钦集编年校注》，巴蜀书社 1991 年版，第 622 页。
② 同上。

罗，预立机械，既起大狱，不关执政，使狡吏穷鞫，榜掠以求滥，事亦既无状，遂用深文。①

在被重新起用后在《上执政启》中，苏舜钦又再次对"进奏院狱"作了比较完整的叙述。不幸，庆历八年冬十二月某日，苏舜钦以疾卒于苏州。

苏舜钦去世后，欧阳修为作《湖州长史苏君墓志铭并序》，将"进奏院狱"定义为"君子""小人"之争，认为庆历新政触犯到权贵利益，而台臣借此以倾宰相，庆历新政随之失败：

> 范文正公荐君，召试，得集贤校理。自元昊反，兵出无功，而天下殆于久安，尤困兵事。天子奋然用三四大臣，欲尽革众弊以纾民。于是时，范文正公与今富丞相多所设施，而小人不便。顾人主方信用，思有以撼动，未得其根。以君文正公之所荐而宰相杜公壻也，乃以事中君，坐监进奏院祀神奏用市故纸会客为自盗除名。君名重天下，所会客皆一时贤俊，悉坐贬逐。然后中君者喜曰："吾一举网尽之矣！"其后三四大臣继罢去，天下事卒不复施为。②

除了散见在文人诗文中的表述，《长编》卷一五三详细记载了参与宴会的人员和他们遭到贬黜的情况：

> 庆历四年十一月甲子，监进奏院右班殿直刘巽、大理评事集贤校理苏舜钦，并除名勒停。工部员外郎、直龙图阁兼天章阁侍

---

① （宋）苏舜钦著，傅平骧、胡问陶校注：《苏舜钦集编年校注》，巴蜀书社1991年版，第675页。

② （宋）欧阳修撰，李逸安点校：《欧阳修全集》卷30，中华书局2001年整理本，第455页。

讲、史馆检讨王洙落侍讲、检讨，知濠州。太常博士、集贤校理
刁约通判海州。殿中丞、集贤校理江休复监蔡州税，殿中丞、集
贤校理王益柔监复州税，并落校理。太常博士周延隽为秘书丞，
太常丞、集贤校理章岷通判江州，著作郎、直集贤院、同修起居
注吕溱知楚州，殿中丞周延让监宿州税，校书郎、馆阁校勘宋敏
求签书集庆军节度判官事，将作监丞徐绶监汝州叶县税。①

同会刘巽、苏舜钦、王洙、刁约、江休复、王益柔、周延隽、章
岷、吕溱、周延让、宋敏求、徐绶等十二人皆遭贬黜，他们多数都是
馆阁文臣。《宋史·苏舜钦传》《宋史·王拱辰传》都有关于此事的
记载。

王益柔也是"进奏院狱"的主要涉案者，因醉作《傲歌》被御
史弹劾，《宋史》卷二八六《王益柔传》：

> 预苏舜钦奏邸会，醉作《傲歌》。时诸人欲遂倾正党，宰相
> 章得象、晏殊不可否，参政贾昌朝阴主之，张方平、宋祁、王拱
> 辰攻排不遗力，至列状言益柔罪当诛。②

杜衍与苏舜钦，是翁婿关系；与王益柔，是举主与被举者的关
系。杜衍庆历四年九月拜相，十一月进奏院狱起杜衍在相位，庆历五
年正月罢相，中间短短拜相百日。欧阳修所作《太子太师致仕杜祁公
墓志铭》，认为杜衍被罢是由于为庆历新政倡导者范仲淹、富弼辩白，
被指为朋党，"二公皆世俗指公与为朋党者，其论议之际盖如此。及
三人者将罢去，公独以为不可，遂亦罢，以尚书左丞知兖州。岁余，

---

① 《长编》卷153，第11册，第3715页。
② 《宋史》卷286《王曙子益柔传》，第9634页。

乃致仕"①。

然而值得玩味的是，范仲淹《再奏乞召试前所举馆职王益柔章岷苏舜钦等》中写道："大理评事苏舜钦，亦有王拱辰举奏。"② 宋代举主与被举官员有同罪连坐之责，此时竭力弹劾苏舜钦的恰是最先举荐他的王拱辰。《东都事略》卷七十四《王拱辰传》则从另一个角度出发，认为御史弹劾苏舜钦等，主要是由于后者行为放肆，妨碍政教："苏舜钦监进奏院，因祠神燕集，客有因酒放言，为御史弹击，以舜钦易故纸得钱为会，请属吏如法。拱辰遂言其放肆狂率，实为害教。由是皆坐重贬。"③

苏舜钦坐事除名，杜衍不久罢相，庆历新政宣告失败，党争议论纷起，在纷繁复杂的历史语境中，进奏院狱笼罩着台臣与宰执、庆历改革派与保守派相争的阴影。

三　宋仁宗与士风整饬

以往阐述多从党争角度来解读"进奏院狱"，对宋仁宗在这件事上扮演的角色作用重视不够。而从决策的角度来讲，皇帝的意见则是至关重要的因素，并不能以简单的蒙惑上听视之。

据韩琦《韩忠献公琦行状》记载狱兴之后，韩琦为苏舜钦和王益柔在皇帝面前求情：

---

① 《欧阳修全集》卷31，第469页。

② （宋）范仲淹撰，（清）范能濬编集，薛正兴校点：《范仲淹全集》，凤凰出版社2004年整理本，第563页。

③ （宋）王称撰，孙言诚、崔国光点校：《东都事略》卷74，齐鲁书社2000年版，第620页。

苏舜钦坐会饮奏邸，言者欲因舜钦事以累一二执政，弹劾甚急。宦者操文符捕人送狱，士人为之纷骇。公从容奏曰："舜钦一醉饱之过，止可付有司治之，何至若是？陛下圣德素仁厚，何尝为此耶？"上悔见于色。又近臣奏王益柔为《傲歌》，乞诛。公因奏曰："益柔少年狂语，何足深治？天下大事固不少，近臣同国休戚，置此不言，而攻一王益柔，此其意有所在，不特为《傲歌》可见也。"上悟，稍宽之。（《安阳集编年笺注》附录二）①

《忠献韩魏王家传》更是明确地说：

事下开封府劾治，上夜遣宦官散捕同饮者送狱。翌日，公对曰："夜来闻遣内臣绕京师捕馆职，甚骇物听。此事但付有司，自有行遣。陛下自即位，未尝为此等事，今日何至如此？"上悔见于色。……公徐进曰："易柔狂语，何足深较？方平等皆陛下近臣，今西方用兵，大事固不少，不闻略有论列，而同状攻一王益柔，此亦其意可见也。"上意释然。②

仁宗皇帝连夜派宦官抓捕与会诸人，这在当时已经耸人听闻。苏舜钦在《上欧阳公书》小注中提及此事，以为"陶翼本宪长所举，中人追押席客，皆翼之请也"。

魏泰《东轩笔录》卷四中点明了宋仁宗的态度："苏舜钦奏邸之会，预坐者多馆阁同舍，一时被责十余人。仁宗临朝，叹以轻薄少年，不足为台阁之重。宰相探其旨，自是务引用老成，往往不惬人望。甚者，语言文章，为世所笑，彭乘之在翰林，杨安国之在经

---

① （宋）韩琦撰，李之亮、徐正英笺注：《安阳集编年笺注》附录二，巴蜀书社2000年版，第1735页。

② 同上书，第1792页。

筵是也。"①

"进奏院狱"的发生，是当局对这批新进士人行事轻薄不满的体现。北宋士人政治空间的扩展，得益于刘太后朝的涵养，一是女主治国，二是祖宗家法，宋代士人以国家为己任的政治意识正是在此时得到了唤醒，并培养起来。苏舜钦等人的疏放不羁，慷慨有大志，敢于直谏，议论时政，也与此前风气有关。宋仁宗亲政后，对于高涨的士风有所警惕，对由此带来的潜在的朋党之争更是小心翼翼。从皇权的角度而言，"进奏院狱"无疑是朝廷散发出的一个信号，即对趋于自由化士风的一种约束和限制。

李焘《长编》"宋神宗元丰五年五月"条下，载放翁《家世旧闻》一则材料：

> 楚公为太学直讲累年，既去而太学狱起，学官多坐废。元丰中，侍经筵，神宗从容曰："卿在太学久，经行为士人所服。卿去后，学官乃狼藉如此！"公曰："学官与诸生乃师弟子，今坐以受所监临赃，四方实不以为允。龚原、王沈之等皆知名士，以受乡人纸百番、笔十管斥废，可惜，愿陛下终哀怜之。且臣为直讲时，有亲故来，亦不免与通问。使未去职，亦岂能独免？昔苏舜钦监进奏院，以卖故纸钱置酒召客，坐自盗赃除名。当时言者固以为真犯赃矣，今孰不称其屈？臣恐后人视原、沈之等，亦如今之视舜钦也。"虽不见听，然上由是益知公长者。②

我们从中可以看到，宋神宗在相似问题上，也是坚持己见，陆佃的意见没有被采纳。

---

① （宋）魏泰撰，李玉民点校：《东轩笔录》，中华书局1997年整理本，第42页。
② 《长编》卷326，第7839页。

到了南宋，朱熹对"进奏院狱"的评价，重点从"然亦只这几个轻薄做得不是"① 议论，有云：

> 此事缘范文正招引一时才俊之士，聚在馆阁。如苏子美梅圣俞之徒，此辈虽有才望，虽皆是君子党，然轻儇戏谑，又多分流品。一时许公为相，张安道为御史中丞，王拱辰之徒，皆深恶之，求去之未有策。而苏子美又杜祁公壻，杜是时为相，苏为馆职，监进奏院。……仁宗大怒，即令中官捕捉，诸公皆已散走逃匿。而上怒甚，捕捉甚峻，城中喧然。于是韩魏公言于上曰"陛下即位以来，未尝为此等事，一旦遽如此，惊骇物听。"②

并且批判苏舜钦诸人"纵有时名，然所为如此，终亦何补于天下国家邪？仁宗于是惩才士轻薄之弊"③。

宋仁宗此次以重法责于诸人，实际上，也是要求文人士大夫重新规范起自己的行为，整饬过于放肆轻薄的士风。

总而言之，"进奏院狱"是由偶然因素引起的一场政治风波，由于涉案人员皆"一时贤俊"，又伴随着庆历新政的失败，加深了这件狱案的复杂性。此外，它与北宋士风的演变发展有着紧密的联系，从当事人、时人的叙述中可以嗅到事件背后新旧党争的火药味，也应看到皇权在这一场政治博弈中所起到的作用。

---

① （宋）黎靖德编，王星贤点校：《朱子语类》卷129，中华书局1986年整理本，第3089页。

② 同上书，第3088—3089页。

③ 同上书，第3089页。

论欧阳修之不朽观及其对人生实践的影响

毛锦旖*

一 未来之观众

如果我们回到明道元年（1032）的生活现场，会看到西京留守府中的一位青年推官，正经历着可能是进入士人交游圈之后的第一次"严重的苦恼"。这一天，他因故未能参加文士们的聚会。其余好友提出了"八老"之号，并将"逸老"赠予他。然而，青年欧阳修对此颇为不满，认为"逸"向他人提示的是一个言行轻佻、缺乏约束的形象。因此，他接连写信表达抗议，不仅针对"素行少岸检"的日常表现进行了辩白，更提出了以"达"代"逸"的办法。我们从"苦求"二字不难推演出一个艰难的谈判过程。好友们相当坚持自己的看法，欧阳修也表现出了非常的执着，他甚至郑重地引出儒家经典中的说法"夫《大雅》之称老成人重于典刑，而仲尼谓'三十而立'"来为自己的拒绝提供立场，将问题上升到"诸君待我

* 毛锦旖，女，北京大学 2015 级硕士研究生。

素浅"的高度。① 考虑到事件最初只是兴之所至而取的谑称，双方意外表现出的认真就很有意思了。朋友间略带游戏性质的称号何以竟引发了如此严重的感情危机？

在《与梅圣俞书》中，欧阳修不经意泄露了其中的关窍之处——"后之人"。与会诸君多是为人所重的当时名流，他们的评价必然会有着更加广泛和长远的影响。当关注的目光最终落在后世声名这一对象上，严肃性便趁机潜入了。诸君无法置生活的真实于不顾，放弃"逸"这一带有婉讽性质的评价；而欧阳修更无法接受后世评议中的轻逸形象，因而"不能无言"。在谈判的最后，欧阳修还提出了一个耐人寻味的请求——"尽焚往来问答之简，使后之人以诸君自以'达'名我，而非苦求而得也。"② 这一极具掩饰意味的提议，恰恰提供了一窥"后之人"在整个事件中的重要存在的难得窗口。尽管重视个人声名是古代士子的普遍心态，但欧阳修在这里所表现出的微妙不同仍然值得关注。他的声名自觉，一方面面向同时之人，更为核心的则是面向未来的评议者。这些未来的观众幽灵般漂浮在他的生活现实中，并且真切地影响着他的个体生命。无论在人生选择还是文学实践上，我们都能感受到他为自己塑造理想后世形象的自觉性。

同样作为个人称号，醉翁和六一居士的选取显然更加自觉。尽管与"逸老"呈现出类似的放浪形骸，但它们更凸显文人的风流潇洒。称号甫一产生，欧阳修便以《醉翁亭记》和《六一居士传》对二者进行了生动而深入的阐释，它们不再留待后来人进行意义的添补和确立，而是直接被赋予了更为丰富完整的形象意义。《醉翁亭

---

① 欧阳修：《与梅圣俞书》，《全宋文》卷710，巴蜀书社1991年整理本，第17册，第293—294页。

② 同上。

记》名为记亭，实际上在山水亭泉之间颓然而醉、与民共乐的太守才是真正的主角，"醉翁"的意趣也就此在文学史上固定下来。《六一居士传》更直接地借助于主客问答的形式，对"六一"的含义及不累于世事、乐适于素志的人生选择进行了详细阐释。这一策略不得不说是十分理想的，当今天我们提及欧阳修，首先浮现于脑海的，十有八九便是醉乐于山水之间的醉翁，或者与五为六、逍遥于颍上的六一居士了。

这样一种自我解释的冲动贯穿在欧阳修的整个人生实践之中。艾朗诺在讨论《集古录》时，就发现他不断为自己的金石收藏和书法鉴赏寻求合理性支撑。① "余于《集录》屡志此言，盖虑后世以余为惑于邪说者也。"② 未知的"后世"往往是他焦虑的最大源头和辩说对象。即使是针对名字写法这样一个小细节，他也会特地致信苏唐卿："'脩'字望从'月'。虽通用，恐后人疑惑也。"③ 后人在欧阳修的文字之中如此频繁地出现，以至于我们不得不提出作为后人的疑惑：为何后之人在他的评判标准中占有如此显著的位置？这种意识对他的人生实践和文学史叙述中经典的"欧阳修"形象产生了什么影响？这是欧阳修个体的独特现象，还是北宋文人士大夫群体的普遍心态？

---

① ［美］艾朗诺：《美的焦虑：北宋士大夫的审美思想与追求》，杜斐然等译，上海古籍出版社2013年版。

② 《唐徐浩玄隐塔碑》，欧阳修著，邓宝剑、王怡琳笺注：《集古录跋尾》，人民美术出版社2010年版，第151页。

③ 参见刘德清《欧阳修纪年录》，上海古籍出版社2006年版，第366页。

二 唯文字可以著其不朽

立功、立德、立言是传统不朽论的三大基石。到了宋代，"言著于文，行著于事，材著于用"① 仍然是士大夫实现人生价值的理想状态。但是，文人政治逐渐走向其黄金时期，来自普通士人阶层、以文行为立身之本的文人主政开始成为政治的主体格局，就必然意味着立功地位的弱化。正如欧阳修对"颜回高卧于陋巷，而名与舜、禹同荣"② 这一事例的百说不厌，依靠立德来达至不朽已经成了被士人群体广泛认可的途径。

然而，相对于立功的显著可见，立德的反馈机制显然漫长得多。尽管"以德者愈迟而终显"③，但短暂脆弱的人生往往等不及迟到的"终显"便已经飞快逝去，这是依托于立德者必须直面的现实问题。在这一难题上，欧阳修从《周易》中创造性地借用了"君子蓄德"的观点④，将不朽的实现主体从个体延展至子孙后代，为当下的焦虑寻求来自遥远未来的慰藉。他为曾致尧撰写神道碑铭时，以晦显为脉络梳理了曾氏自商周至曾致尧的反复变化，并以"夫晦显常相反覆，而世德之积者久，则其发也，宜非一二世而止，矧公之有，不得尽施，而有以遗其后世乎"⑤ 来说明曾致尧不够显达并非缺乏德行，而

---

① 《祭谢希深文》，欧阳修著，洪本健校笺：《欧阳修诗文集校笺》，上海古籍出版社2009年版，第1219页。

② 《后汉郎中王君碑》，《集古录跋尾》，第69页。

③ 《尚书屯田外郎赠兵部员外郎钱君墓表》，《欧阳修诗文集校笺》，第689页。

④ 《与乐秀才第一书》，同上书，第1849页。

⑤ 《尚书户部郎中赠右谏议大夫曾公神道碑铭》，同上书，第600—601页。

是积德以遗后世。他清楚地意识到，三不朽并不是人人都可以实现的理想，更确切地说，这是历代绝大多数士人（包括他自己）都必须面对的人生焦虑。但"德蓄而发，显于后世"这一途径则将不朽的状态分为了可见之显与后发之蓄两类，因而一段时期内的困顿并不意味着失败。"士之为善者，虽埋没幽郁，其潜德隐行必有时而发，而迟速显晦在其子孙。"① 这一观点的提出，既是他对"曾致尧们"的开解，也是对自己内心隐忧的安抚。由此出发，我们便能理解欧阳修对后世之名的极度关注，以及对未来观众的殷切期待。

那么，个体的当下实践如何完整而真实地向后人传达呢？以欧阳修为代表的宋代文人，一方面对金石有时而弊深信不疑；另一方面又无法找到更坚实的物质，只能继续在金石上投置更多的期待和精力。如何应对"虽金石之坚不能以自久"② 与金石是实现不朽的唯一可能物质之间的矛盾？欧阳修找到了二者的连接物：文字。文字必须依存于载体，因此是具有物质性的存在。同时它又能轻易地从固有载体上脱离出来，进入新的流通和传播之中，达到对物质性的超越。"藏之深，固之密。石可朽，铭不灭。"③ 看上去最为无力的文字，却以其成本低、速度快、可复制性强等特点，在后人的不断刻写和抄录中获得新生，成为最接近不朽的途径。因而，欧阳修对文字既充满热情，又很是认真谨慎。晚年编次《居士集》时，"往往一篇至数十过，有累日去取不能决者"，原因是"不畏先生嗔，却怕后生笑"④。文字是后世得以窥探前人的重要窗口，想要传之不朽就必须在文字上获得后人的肯定。他不仅将对自己作品的修改贯穿一生，为他人撰写墓志铭时

① 《右班殿直赠右羽林军将军唐君墓表》，《欧阳修诗文集校笺》，第 695 页。
② 《唐孔子庙堂碑》，同上书，第 114 页。
③ 《尹师鲁墓志铭》，同上书，第 769 页。
④ 参见《欧阳修纪年录》，第 474 页。

也坚持一字一句的严肃性："然须慎重，要传久远，不斗速也。苟粗能传述于后，亦不必行，况治命不用邪？"① 墓志铭可说是对其人最早的后世评议，因此绝不可敷衍或随意为之。作尹洙墓志铭时，他为"简而有法"四字与孔嗣宗论辩长达半月之久；而为范仲淹所作的神道碑铭，也因为坚持写作原则遭到了范纯仁和富弼的强烈抗议，至今成为一桩公案。不虚美，不溢恶，因为当个体的短暂生命湮灭在历史之中，一切物质性的努力也化为烟云，只有文字通过不断复制重生来述说作文之人试图表达的话语，承载后人回复到历史的真实场景。以不朽的文字代替必然逝去的自我来完成与后世的沟通，向未来之观众进行阐释，这是欧阳修文字不朽论中极为关键的一点。"有如不信考斯铭。"② "铭，盖所以使后世之有考也。"③ 如果说蓄德是后世之名长存的充分条件，那么铭则是对抗时间与湮灭的最后武器。欧阳修对"以铭传名"有着自信的期许。因为后之人的存在，他坚信历史的真实会在时间洗刷中得到公正评价，这一信念赋予了他坚持写作原则、对自己的文字认真负责的勇气。

欧阳修在写作中频繁显现的自我辩白，正是基于文字跨越历史的沟通力量。在《归田录序》和《六一居士传》中，他都设置了一个与主体进行对话的客来完成行为意义的阐释。客正是未来之观众的具体外化，客的疑惑正是未来之观众可能产生的疑惑，他向客进行解释和辩说正是试图完成与未来之观众的沟通。文字的这一力量对欧阳修来说有重要的意义。在一个"开口揽时事，论议争煌煌"④ 的时代，如何超越当事各方的局限性而获得自我立场的合理性和坚持自我的精

---

① 《与杜䜣论祁公墓志书》，《欧阳修诗文集校笺》，第 1842 页。
② 《集贤院学士刘公墓志铭》，同上书，第 930 页。
③ 《谏议大夫杨公墓志铭》，同上书，第 1620 页。
④ 《镇阳读书》，同上书，第 57 页。

神支撑是一个重大的问题。英宗年间，一场"濮议"持续十八个月，"儒学奋笔而论，台谏廷立而争，间巷族谈而议"，欧阳修等宰执派的立场更承受了巨大压力。"事固有难明于一时而有待于后世者"，他从伯夷、叔齐不见明于当时，赖孔子之文而道显的事例中找到了超越朝堂纷争的方式："夫以甚易知之事，二子为之至艰如此，犹须五百年得圣人而后明。然则濮园之议，其可与庸人以口舌一日争邪？此臣不得不述其事以示后世也。"不须在意当下的纷纭，更不能因此改变自己的坚守，只要述其详者，时间自然会通过文字来向后世进行证明。①

更进一步，这也能为欧阳修如何处理仕宦生涯中诸多的谗毁和流言寻求一种心理解释。庆历六年的一个夜晚，他想到石介因谗言而险遭斫棺之厄，不免陷入极度愤懑之中，挥笔写下一首长诗来表达自己的理解和敬慕："唯彼不可朽，名声文行然。谗诬不须辨，亦止百年间。百年后来者，憎爱不相缘。公议然后出，自然见媸妍。孔孟困一生，毁逐遭百端。后世苟不公，至今无圣贤。所以忠义士，恃此死不难。"②由于性格过于刚直和朝局反复动荡，欧阳修后半生连续遭受了张甥案、长媳案等数次谗言的抨击。但他自始至终坚持了自己的节义和操守，甚至在对政治灰心之后依然保持着对生活的高昂激情。或许在庆历六年的这个晚上，他从后世公议中汲取面对现实不堪之力量的信念就已然成熟。他已经预见到忠义之士的自我期待所将带来的艰辛苦楚，但现实的一切失望都将从未来获得弥补，后世之名为犯颜直谏提供了最为坚实的精神保障，那么哪怕恃此以死，也将不成为一件难以接受的事情了。

---

① 《濮议序》，《全宋文》卷717，第17册，第447—448页。
② 《重读徂徕集》，《欧阳修诗文集校笺》，第75—76页。

三　善善恶恶之志

欧阳修对于文字不朽论的认识，除继承自三不朽理论中的立言以外，还有一个重要的现实来源，那便是他明确的史官意识。庆历三年参修《起居注》，他请求修改修注制度，史官所注不再进本呈给皇帝，并要求注官站在御座之前，以便记录下皇帝的表情和真正的语义。提出这一建议，正是因为他意识到后世对于皇帝个人和整个历史的认识很大程度上基于史官当下的文字记载。保证历史的真实，极为关键的一点便是保证史书文字的尽量真实。从《新唐书》《三朝典故》等官修史书，到《新五代史》《归田录》等私人著述，欧阳修一生有着丰富而广泛的修史实践。对前人事迹的评述和对前代历史的记叙，本身便是一个"后之人"凝视此前生活世界和思想世界的行动，被文字所固定下来的认知，最终会成为未来观众理解中的历史真实。

因此，在修史过程中，欧阳修往往体现出强烈的评判冲动。《野老纪闻》记载了一次有趣的对话。苏轼提出了一个十分平常的问题："《五代史》可传后也乎？"但欧阳修并没有直接回答，而是告诉苏轼："修于此，有善善恶恶之志。"看似跑题的回答反映的恰是欧阳修的深层理解：善善恶恶是传于后世的关键。因此，五代的人与事不是以时间推移或政治兴变的顺序纳入历史讲述，而是被重新排列组合，以善与恶的内在逻辑一一评判。王彦章、裴约、刘仁赡都因临大事之死节而成为列传中最受到欧阳修推崇的人。苏轼正是理解了这一点，才会提出"擐甲誓师，出抗而死"的韩通却无传来表达质疑与批评，使得欧阳修默然无言。①

五代是一个政治乱世，更是一个道德乱世，士人"充然无复廉耻之色"②，立德几乎完全失去了赖以存在的根基。因此欧阳修痛切地感受到在史书中点醒这一问题的严重性。将对军功政绩的记述置于一旁，《新五代史》对未被时人重视的有德之人进行了充分挖掘："自古天下未尝无人也，吾意必有洁身自负之士，嫉世远去而不可见者。自古材贤有韫于中而不见于外，或穷居陋巷，委身草莽，虽颜子之行，不遇仲尼而名不彰，况世变多故，而君子道消之时乎！吾又以谓必有负材能，修节义，而沉沦于下，泯没而无闻者。"③ 上文中曾提及伯夷和叔齐因孔子而见明后世，在这段序言中，欧阳修又提到颜回幸遇孔子而名彰。对孔子这一功绩的认同，实际上是对文字不但可以记录历史，还可以修补历史遗漏之作用的肯定。他像孔子传下春秋乱世的有德之人一样，为五代这个乱世中的道德节义修碑立传。天下未尝无人，但是世变多故常常使得他们湮没无闻，拨开历史的尘灰而使大道彰显于世，这是史家不可推卸的责任，也是对于立德者的来自后世的弥补和交代。

在对历史叙述的体味和亲自修史的实践中，欧阳修无疑培养了对文字的重视及对文字意义的信心。他一生著述极其丰富，涉及面也前所未有地广泛，从诗词文赋、表奏书启这些传统体裁，到《于役志》《归田录》和《诗话》等导引后世创作方向的作品；从诗酒游宴、喜怒哀乐的生活细节，到洛阳牡丹、金石碑刻等物的记录；无论是从形式还是内容上来看，欧阳修都成就了文字书写史上一个难以匹敌的高峰。他将自己生活的方方面面都付诸文字，期待着后世到来的"可惜之人"。

---

① 王栐：《野老纪闻》，上海古籍出版社1992年版，第802页。
② 《新五代史》卷34，汉语大词典出版社2004年版，第291页。
③ 同上。

四 别来几度春风

"平山阑槛倚晴空。山色有无中。手种堂前垂柳，别来几度春风。"① 离开扬州之后的第六个春天，身处汴京的欧阳修突然怀念起了他在南方种下的那一树垂柳。生命是如此迅疾，而今与酒樽相伴的已是一介衰翁了。他不曾料到的是，他的潇洒意气还留存在平山堂前的那一株垂柳里，生长在扬州百姓的感念中，历久弥新。就在这无心插下的一片柳荫中，他对于后世之名的苦求、对于不朽的深沉渴望，竟然这般自然地实现了。扬州人年复一年在欧公柳前传说着文章太守的故事，滁地百姓也将醉翁亭当成游赏春光的佳胜之处，两州都为他建立了生祠，一个风流不羁、宽和爱民的欧阳修从民间流传开来，被历史和后人牢牢铭记。即使到了南宋高宗甚至光宗年间，他在入仕之后并不曾治理过的家乡吉州，也不甘心于在纪念欧阳修这件事情上的落后，先后自发修筑了六一祠和六一堂。正如杨万里在《吉州新建六一堂记》中那两个可爱的自问自答："先生之贤，天下敬之，而其乡里不敬之，可乎？不可也。当时敬之，而后世不敬之，可乎？不可也。"②

然而，翻开欧阳修最看重的史官记载，会发现其形象与民间形象并不十分重合。《宋史》对他仕宦历程中的滁、扬一段仅一笔带过，醉翁更仅仅作为普通称号而被例行提及。主流政治记住的是"论事切

---

① 《朝中措·送刘仲原甫出守淮扬》，欧阳修著，黄畬笺注：《欧阳修词笺注》，中华书局1986年版，第12页。

② 杨万里著，王琦珍整理：《杨万里诗文集》，江西人民出版社2006年整理本，第1181页。

直""知无不言"的刚烈言臣，以及"挽百川之颓波，息千古之邪说，使斯文之正气，可以羽翼大道，扶持人心"的文坛领袖。① 这正是朝堂和文士两个群体对欧阳修的最终定位。在朝堂政治中，他几乎可说抵达了普通士子所能获得的最高尊崇。虽然其政治生涯中的数次挫折基本都源于谏诤，但史官们代表的超越具体纷争的评判标准，最终还是对他的能言、敢言作出了积极的肯定。"如欧阳修者，何处得来？"② 这可以说是仁宗的政治识见，也反映出宋代士人面对根本问题时的难得气度。熙宁五年，听闻其去世的消息，神宗皇帝辍朝一日以志哀念。朝廷给予他的谥号是"文忠"，以向后世彰扬其道德博闻、廉方公正。尽管一生历经谗毁，但仅次于"文正"的这一崇高等级，无疑是朝堂政治对他盖棺定论式的褒扬。

在士大夫群体中，欧阳修也以道德与文章在不朽之名册上留下了浓墨重彩的一笔。"独步文章世孰先，直声孤节亦无前。"③ 无论是同代士人还是门生后辈，对他的颂扬都集中在文与德两个方面。在其致仕的往来诗文和为其去世所作的挽词中，这样的评价出现了两次集中爆发。士大夫们以饱满的激情一次次讲述着他文冠天下、振起八代斯文之弊，以及救时行道、濯磨天下之士的"英雄"事迹。④ 王安石的《祭欧阳文忠公文》更以无限的赞颂和沉痛的哀伤总结了欧阳修的文德之不朽。⑤ 人类无法掌控盛衰兴废的物理，但欧阳修的坚守和文章却能在一代代士人的临风想望中薪火相传。尤其当苏轼将其置入孔孟

① 《宋史》卷319，中华书局1977年版，第30册，第10375—10381页。
② 同上书，第10376—10377页。
③ 韩琦：《寄致政欧阳少师》，韩琦著，李之亮、徐正英笺注：《安阳集编年笺注》，巴蜀书社2000年版，第554页。
④ 如郑侠《上致仕欧阳少师书》、曾巩《寄致仕欧阳少师》、苏轼《贺欧阳少师致仕启》、范镇《祭欧阳文忠公文》、苏颂《欧阳文忠公挽词》、毕仲游《挽欧阳文忠公三首》等。
⑤ 《祭欧阳文忠公文》，王安石著，李之亮笺注：《王荆公文集笺注》，巴蜀书社2005年版，第1668—1669页。

韩之后的学统和道统，"天下翕然师尊之"的局面便在士大夫传统中自然地形成了。①

在欧阳修之后，扬州太守薛嗣昌也仿照他种下了一株薛公柳。然而直爽的扬州人"莫不嗤之"，并且在他离开之后毫不留情地"伐之"。② 这个画虎不成的小插曲恰好让我们窥见了欧阳修在士大夫和百姓群体中的深远影响，还有那春风中自在生长的欧公柳托寓着的不可复制的政治、道德、文章上的复杂意蕴。

五　结语

对欧阳修的不朽思想进行整体观照之后，就更能理解他在病笃之时特意嘱托韩琦为自己作墓志铭的举动。当预见到生命即将消逝，他格外珍惜这最后一个向后人表达自己的机会。这篇墓志，作为对自己的第一次整体讲述和评价，将极大地影响那些不曾谋面的未来观众对他的理解和想象。而在纷纭变幻的政治局势中，如何以一个优秀史官的态度和标准，来真实地记录他一生的起落沉浮，评说他的成败得失，更是一个不可敷衍的任务。"窃唯当世能文之士，比比出公门下，不属于彼。而独以见属，岂公素谅其愚，谓能直笔，足信后世邪?"③韩琦没有辜负他的重托，以正直的立场和信实的叙述，在这篇铭文中还原了一个在功业、道德、文学上都足以垂于不朽的欧阳修。

---

① 《六一居士集叙》，苏轼著，孔凡礼点校：《苏轼文集》，中华书局 1986 年整理本，第 316 页。

② 张邦基：《墨庄漫录》，中华书局 2002 年版，第 74 页。

③ 《欧阳公墓志铭》，《全宋文》卷 859，第 20 册，第 421 页。

　　自春秋以来，"不朽"已成为士人人生历程中永恒的底色。但欧阳修的"不朽之激情"是如此强烈，未来之观众已经切实地在他的当下生命中发挥作用，影响着他的生活选择和文学实践。立德漫长的反馈机制无法满足欧阳修及宋代士人解决现实问题的需求，只有文字成为最简易又广泛可行的不朽保障。当欧阳修们抵达这一步的时候，不朽的含义事实上已经发生了微妙变化，它由一个极庄重的、以圣贤为目标的遥远理想转化成了每一个士大夫都能够身体力行、在日常生活和文学实践中追求的身后之"闻"。永恒不朽只是一个绝望的理想，他们更加重视对"历史的不朽"的把握，重视在历史中的名声与世论。因而即使是在困顿失意的人生阶段，或处于远离朝廷的僻远之地，也不能放松对自己的道德磨砺。时间无法打败，但历史的不朽可以追求，以怎样的形象来面对未来观众才是最有价值的部分。这可以说是一种更加积极的不朽观，也为宋代士风之高举提供了一个有趣的注脚。

刷尽文章色相的诗心雅韵

——论苏轼黄州文

（中国香港）陈冰清[*]

苏轼黄州时的散文创作主要有文 164 篇（包括赋三篇），书信约 270 篇[①]，其中杂文小品文占了约 90 篇。这些文章题材广泛，巨细并存。同前期相比，公文（表、状、制等）和政论性的文章明显地减少或没有了。文章多为描写日常生活或表现自己一时的心绪。且因为此时是个"闲人"，能把大量的精力投入创作中，故此时的文能体现他独特的风神个性。

我们把黄州时的文章作一统计[②]：此时共有文 164 篇（不包括书信），其中少于 100 字的极短篇文章有 84 篇，占总数的 51.2%；少于 200 字的文章有 51 篇，占总数的 31.1%；超过 500 字的文章只有 6 篇，占总数的 3.7%，若我们稍加归纳，如下表：

	≤ 100 字	101—200 字	201—300 字	301—400 字	401—500 字	501—600 字
篇数	84	51	8	12	3	6
所占比例	51.2%	31.1%	4.9%	7.3%	1.8%	3.7%

---

[*] （中国香港）陈冰清，女，北京大学中文系 1998 届硕士毕业，现为美国八达科技企业亚太区总监。

[①] 根据《苏东坡黄州作品全编》统计，丁永淮、梅大圣、张社教编注，武汉出版社 1996 年版。

[②] 同上。

虽然如此分法可能不太科学，但我们从此表中大致可看到苏轼黄州时期是偏向极短小篇幅文章的写作的——少于二百字的文章占了全部文章的82.3%。这种"小"的特色的形成，很大程度上是因为文章功用的改变。苏轼此时的作品多为一时心绪的展露，是一瞬间意境心灵的真实记录，非为作文而作的，因此它们都相当短小，而同时亦相当真挚，相当感人，充满了怡然、悠然、超然的情调。

一　黄州散文的丰厚内涵

在黄州期最主要的记游和闲居生活感受两类文中，处处皆见苏轼的真我性情。作品中的内容极为丰富，如《前赤壁赋》中的睿智哲思，《后赤壁赋》中的旷逸情怀，读之令人情思渺渺；《书清泉寺词》直是一首生命的赞歌，一句"门前流水尚能西"充分体现了一种乐观向上的精神；而《记游定惠院》则可看出作者的怡然情怀；再如《书雪》中的民胞物与的胸襟；《二红饭》中不屈于生活压力的人格自信；《书田》中的知命达观的心胸；《书赠何圣可》中的诙谐、幽默，在这些文章中，苏轼的襟怀得到了全面的披露。

虽说此时的文并非高文大册，但其蕴含的丰厚内涵，是他黄州时期的思想从矛盾、冲突到解脱过程的很好体现，并在精神思想的发展之中展示了他文章诗化的特点。

《前赤壁赋》① 作于元丰五年，这一年他作了很多出名的作品，如

---

① 《前赤壁赋》，（宋）苏轼著，孔凡礼点校：《苏轼文集》卷1，中华书局1986年整理本，第5页。

诗中的《寒食雨二首》，词中的《念奴娇·大江东去》《定风波·莫听穿林打叶声》《浣溪沙·山下兰芽短浸溪》，文中的前、后《赤壁赋》《雪堂记》《书清泉寺词》等。这些作品有的沉痛，有的超旷，充分表现了他此期思想的矛盾性，此赋就是基于这种矛盾和解脱而写的。

此赋一开始便写乐，因"饮酒乐甚"，遂"扣舷而歌之"。

> 歌曰：桂棹兮兰桨，击空明兮溯流光。渺渺兮予怀，望美人兮天一方。

这段"歌"的意思比较复杂，所谓"望美人兮天一方"并不单指美人，其中蕴含着颇深的感慨，"美人"自屈原以来，就有指君、指朝廷的意思，是用世之心不忘的表现。抑或指作者理想中可望而不可即的澄明而清冷的世界。总之"渺渺兮予怀"的"怀"极深沉，用世的理想惨遭没顶，而理想世界又是那么遥远，欲出世寻求却又舍不下世间红尘。

接着以客的箫声引出悲：

> 哀吾生之须臾，羡长江之无穷。……知不可乎骤得，托遗响于悲风。

哀叹人生苦短，欢乐难得。

接着作者便从"变与不变"的角度加以开解：

> 逝者如斯，而未尝往也；盈虚者如彼，而卒莫消长也。盖将自其变者而观之，则天地曾不能以一瞬；自其不变者而观之，则物与我皆无尽也，而又何羡乎？

又指出山间明月、江上清风皆是可永享不尽的宝藏，不要强求得不到的：

> 且夫天地之间，物各有主。苟非吾之所有，虽一毫而莫取。唯江上之清风，与山间之明月，耳得之而为声，目遇之而成色，取之无禁，用之不竭，是造物者之无尽藏也，而吾与子之所共适。

这个"适"字相当重要。此是从一个高层次转换角度来看事物，以求达至内心平衡安适，有了这一层的精神境界，便可无往而不乐了。最后：

> 客喜而笑，洗盏更酌。肴核既尽，杯盘狼藉。相与枕藉乎舟中，不知东方之既白。

又归结到乐。

在这首赋中，苏轼既表达了他那旷达的出世情怀，又表现了他对人生"乐"的追求，还有在"望美人兮天一方"一句中透露出他诗中的那种入世心理。这种复杂的心理一直贯穿于他黄州时期的作品中，如《书雪》① 一文中所展现的民胞物与的情怀就表现了他的这种入世心理：

> 黄州今年大雪盈尺，吾方种麦东坡，得此，固我所喜。但舍外无薪米者，亦为之耿耿不寐，悲夫！

此外，苏轼还善于把深刻的人生哲理毫无痕迹地融入创作之中，用富有诗意的形式表现出来，这是苏轼此时期创作的一大特色。他的许多文中都有这种哲理的韵味。如《书田》②：

---

① （宋）苏轼著，孔凡礼点校：《苏轼文集》卷1，中华书局1986年整理本，第2258页。

② 同上书，卷71，第2259页。

　　吾无求于世矣。所须二顷稻田，以充粥耳，而所至访问，终不可得。岂吾道方艰难时无适而可耶？抑人生自有定分，虽一饱，亦如功名富贵不可轻得也耶？

就表达了一种潇洒、不强求的哲理韵味。

又如《饮酒说》①一文：

　　予虽饮酒不多，然而日欲把盏为乐，殆不可一日无此君。州酿既少，官酤又恶而贵，遂不免闭户自酝。曲既不佳，手诀亦疏谬，不甜而败，则苦硬不可向口，慨然而叹，知穷人之所为无一成者。然甜酸甘苦，忽然过口，何足追计，取能醉人，则吾酒何以佳为，但客不喜尔。然客之喜怒，亦何与吾事哉！元丰四年十月二十一日书。

文中记叙自己酿酒，只是酿出的酒既苦且涩，"苦硬不可向口"，遂起慨叹。这是第一节。但转念一想，甜酸甘苦，只是色相，酒能醉人便可，这是第二节，是洒脱语。"但客不喜尔"，又是一转，是由内转向外，自己可以不在乎酒之苦硬，可外来的压力又如何？"然客之喜怒，亦何与吾事哉！"这是再递进的一层意思，只要不以外加之力为意，又何压力之有！既表现出自己傲岸的人格，又是人生智慧的展露。

《雪堂记》②一文若同《前赤壁赋》一起看，则更能掌握苏轼思想的丰富内涵。《雪堂记》虽说是记，但却以赋的手法，铺排开来，层层推进，是苏轼内心的极佳表白。其中内心矛盾的展示，以主客对

---

　　①　（宋）苏轼著，孔凡礼点校：《苏轼文集》卷73，中华书局1986年整理本，第2369页。

　　②　同上书，卷12，第410页。

话带出，与《前赤壁赋》有异曲同工之妙。

苏子隐几而昼暝，栩栩然若有所适而方兴也。

以"适"开始，接着以客之口展开矛盾、冲突。

子世之散人耶？拘人耶？散人也而天机浅，拘人也而嗜欲深。

而以"予能散也，物固不能缚；不能散也，物固不能释"为解脱。

接着客再以"缚、释"说明雪堂之巩，是身心自缚之表示：

人之为患以有身，身之为患以有心。是圃之构堂，将以佚子之身也？是堂之绘雪，将以佚子之心也？

苏子则在此强调以"适"来开脱：

予之所为，适然而已，岂有心哉，殆也奈何。

又进一步说明"适"的意境：

游以适意也，望以寓情也。意适于游，情寓于望，则意畅情出，而忘其本矣。

然后归结到：

吾非逃世之事，而逃世之机。

最后还是以"适"收住全篇：

性之便，意之适，不在于他，在于群息已动，大明既升，吾方辗转，一观晓隙之尘飞。

同《前赤壁赋》通篇的"乐"一脉相连，这个"适"就是诗意人生的一种外在表现。两篇同看，对苏轼当时心情的矛盾、冲突及解脱之轨迹会更清楚。

总而言之，苏轼黄州时期的散文创作内涵深厚，且极富哲理性。

二 黄州散文的艺术特色

苏轼黄州时期的散文在艺术表现上亦极具特色。苏轼很善于在景中寓情，并营造出一种富有感情色彩情景交融的意境，此种意境往往能给人以诗一般的感受。从作品中看到，苏轼笔下的景物描写都极为漂亮，极有韵味，把景色描绘得如诗如画。例如，我们知道，苏轼被贬黄州时，是戴罪之身，心受屈辱，且极困顿，环境不可能很好，但在他笔下，他的住处却极优美，风景绝佳：

> 时去中秋不十日，秋潦方涨，水面千里，月出房、心间，风露浩然。(《秦太虚题名记》①)
>
> 寓居去江干无十步，风涛烟雨，晓夕百变。江南诸山，在几席上，此幸未始有也。(《与司马温公》其三②)
>
> 寓居官亭，俯迫大江，几席之下，云涛接天，扁舟草履，放浪

---

① （宋）苏轼著，孔凡礼点校：《苏轼文集》卷12，中华书局1986年整理本，第398页。
② 同上书，卷50，第1442页。

山水间。……此味甚佳,生来未尝有此适。(《与王庆源》其五①)

已迁居江上临皋亭,甚清旷,风晨月夕,杖履野步,酌江水饮之……(《与朱康叔》其五②)

所居江上,俯临断岸,几席之下,风涛掀天。(《答吴子野》其四③)

雪斋清境,发于梦想,此间但有荒山大江,修竹古木。每饮村酒,醉后曳杖放脚,不知远近,亦旷然天真。(《与言上人》④)

所居临大江,望武昌诸山咫尺,时复叶舟纵游其间,风雨雪月,阴晴早暮,态状千万,恨无一语略写其仿佛耳。(《与上官彝》其三⑤)

被贬之所变成了图画一般的游憩之所,且景物描写如"月出房、心间,风露浩然""风涛烟雨,晓夕百变""风晨月夕,杖履野步""几席之下,风涛掀天""荒山大江,修竹古木""时复叶舟纵游其间,风雨雪月,阴晴早暮,态状千万",又都是诗的语言,且多为四字片语,或排比或对仗,构成如诗如画的效果。这种诗意的营造,是苏轼能用心去感受自然,并能把心和自然有机地融合的结果。他使自然之景带上了浓厚的感情色彩,成为诗人的自我之境,因此给人极强烈的诗意感受。

这种手法在《记游定惠院》⑥中就很明显:

---

① 《赤壁赋》,(宋)苏轼著,孔凡礼点校:《苏轼文集》卷59,中华书局1986年整理本,第1813页。

② 同上书,卷59,第1786页。

③ 同上书,卷57,第1736页。

④ 同上书,卷61,第1892页。

⑤ 同上书,卷57,第1713页。

⑥ 同上书,卷71,第2257页。

> 有海棠一株，特繁茂。每岁盛开，必携客置酒，已五醉其下矣。……竹林花圃皆可喜。醉卧小板阁上，稍醒，闻坐客崔成老弹雷氏琴，作悲风晓月，铮铮然，意非人间也。

携酒醉卧海棠花下，已是极具诗意。听琴则寥寥几句就把人带入一个澄然仙境，而听琴之处却又在尚氏居所，且"竹林花圃皆可喜"，苏轼自己亦"醉卧小板阁上，稍醒"，分明又在人间，这种意境就是景和情的融合，成为自己感悟的"情"景，而浓浓的诗意亦自然而然地流露出来。

至于《记承天寺夜游》[①] 这篇仅仅八十多字的小文，则直如一首清丽脱俗的小诗：

> 元丰六年十月十二日，夜，解衣欲睡，月色入户，欣然起行。念无与为乐者，遂至承天寺，寻张怀民。怀民亦未寝，相与步于中庭。庭下如积水空明，水中藻、荇交横，盖竹、柏影也。何夜无月，何处无竹、柏，但少闲人如吾两人者耳。

此文的意境营造极富诗意。文中只有月和树（竹、柏）这两种物象，但却以月色、月光，和竹、柏之影营造了一个似幻似真的意境。似幻：以色、光、影这些并不是很真实的景象，营造出一个清澈澄明得不似人间的景；似真：月色入屋，月光如水，连竹、柏的影都是那么清晰，又极为真实。这种以月光，竹、柏织成的一片澄澈空明的物境，如诗如画，令人沉醉。最后，一句"但少闲人如吾两人者耳"是作者的内心独白。所谓"闲人"是点睛的一笔，在不经意中透露了谪居的身份下无所事事的不平，同时又表现出他能以一颗"闲"心去看

---

① 《赤壁赋》，（宋）苏轼著，孔凡礼点校：《苏轼文集》卷71，中华书局1986年整理本，第2260页。

世界，去体悟生活。这和苏轼在《临皋闲题》中说："江山风月，本无常主，闲者便是主人"中的"闲者"是同一理，皆是能用心去领略"江山风月"的人。要做得到这种"闲人"，才能做风月之主，才能把自然之景囊括于胸中，使其成为自己心思情韵的一部分，而后成为主人。那么，"何夜无月，何处无竹、柏"？夜夜皆是清景，皆是可供人享受不尽的，而生活在这个"闲"字下便显得更有韵致、更富情味。

这篇诗一般的小品，历来为人们所称颂。文中所描绘的月下清景，极为空明澄静，使我们觉得感受到的不只是景，而更多的是诗人那颗毫无渣滓的心。储欣《唐宋十大家全集录》中《东坡先生全集录》卷九①赞此篇为：

> 仙笔也。读之觉玉宇琼楼、高寒澄澈。

这些作品都是坡"仙"的很好诠释，既飘然出尘，又深情倾注。是作者诗的心灵的外露。

又如《前赤壁赋》中直接描写景色的字句虽并不多，但"清风徐来，水波不兴……白露横江，水光接天"几句的描写，便带出水的澄静，月的清亮，而水与月却又那么自然地融合一起，构成了一个何等美妙的清景、良辰！接着的"纵一苇之所如，凌万顷之茫然"，则是作者傲然于天地游的个性精神与气度的表现，但其中又透露出"茫茫乎不知所终"的婉曲消息，顿使人神同情合，情与景会，意与境融，浑涵一体，不可分辨。谢枋得在《文章轨范》卷七②中评此赋：

> 潇洒神奇，出尘绝俗，如乘云御风，而立乎九霄之上。

---

① 四川大学中文系唐宋文学研究室编：《苏轼资料汇编》，中华书局1994年版，第1142页。

② 同上书，第762页。

而这种意境的营造在《后赤壁赋》① 中更是出神入化。

> 霜露既降,木叶尽脱……月白风清,如此良夜何?

简直就像一首诗。又以一句"如此良夜何"点出人的情感,使得前面的形容有了着落,有了意味。

> 江流有声,断岸千尺,山高月小,水落石出。

全是深秋之景,泠泠然,萧萧然,形容空灵,极为后代所称颂。

> 曾日月之几何,而江山不可复识矣。

是情、是理,是点题的一笔。在感叹深沉中表现出人生的无常和短暂。这样就把空灵的景致,情感化了,理性化了,不只有时间的差别,亦有了空间上的差异,这样内涵也随之丰厚了。后赋中还有一段景的描写亦极富诗意。

> 划然长啸,草木震动。山鸣谷应,风起水涌,予亦悄然而悲,肃然而恐,凛乎其不可久留也。

前段写景,后段写情,把一种萧瑟的景象,透过人的长啸,引发成一种凄清的意境。至于见鹤而梦道士一段,则如天外之笔,似幻似真,而所营造的意境,更见情味。清人浦起龙在《古文眉诠》② 中赞道:

> 后赋并刷尽文章色相矣。来不相期,游仍孤往。向后空空,人境俱夺。迁谪旷抱,远过贾傅白傅。

---

① 《苏轼文集》卷1,第8页。
② 《苏轼资料汇编》,第1237页。

平淡的风格，是苏轼黄州时散文创作的另一个特色。但此平淡并非枯槁无味，而是如他评陶渊明的两句话："质而实绮，臞而实腴。"（《与子由书》①）我们知道，苏轼前期因写了大量议论文，包括政论、史论等，故其文章的风格多为气势磅礴，纵横恣逸。被贬黄州后，"落尽骄气浮"（《子由自南都来陈三日而别》），文风一变，转而为平淡超远、意态从容的风格。因为此时的文章多为讲述自己心境、情绪的小文章，并不需要雄辩博引或紧切时弊，所以这时期的文章多是用极经济的语言去表现作者生活中一瞬间的感受。在点点滴滴的生活片段中表露出作者的风神个性。即使是加插的议论，也多是以一两笔带出，引人遐想，惹人深思，使人在遐想深思中感受文章背后的含义。就如他自己所说的"萧然有意于笔墨之外者也"（《书陈怀立传神》②）。如《二红饭》③一文：

> 今年东坡收大麦二十余石，卖之价甚贱，而粳米适尽，乃课奴婢舂以为饭，嚼之啧啧有声。小儿女相调，云是嚼虱子。日中饥，用浆水淘食之，自然甘酸浮滑，有西北村落气味，今日复令庖人，杂小豆作饭，尤有味，老妻大笑曰："此新样二红饭也。"

写的不过是一件生活上的小事，但我们在王夫人的大笑声中，不仅看到了作者不屈服生活压力的骨气，亦可体悟到作者人格中的自信与自负。

又如《与子安兄》④一文：

> 老兄嫂围坐火炉头，环列儿女，坟墓咫尺，亲眷满目，便是

---

① 《苏轼佚文汇编》卷4，《苏轼文集》，第2515页。
② 《苏轼文集》卷70，第2214页。
③ 同上书，卷73，第2380页。
④ 《苏轼文集》卷60，第1829页。

人间第一等好事，更何所羡。

于家常中，包含了一个万里游子对家乡的怀念，对有乡归不得的隐痛，语似平淡，却意蕴深沉。

再如《与王元直》①一文：

> 但尤有少望，或圣恩许归田里，得款段一仆，与子众丈杨宗文之流，往来瑞草桥，夜还何村，与君对坐庄门吃瓜子炒豆，不知当复有此日否？存道奄忽，使我至今酸辛，其家亦安在？人还，详示数字。

王元直是苏轼妻舅，元丰三年九月特地从蜀地派人到黄州看望苏轼，苏轼写此信以答。信写得相当质朴平实，却深挚感人。先说自己归乡之念，接着说自己所念之事：只想与众友好白天往来山水间，晚上与王元直对坐吃瓜子炒豆。这些日常小事，读之令人备觉温馨。可就是这些小到几乎不被人留意的小事，苏轼却是念兹在兹，但一句"不知当复有此日否"令人不禁悲从中来。忽又念到已故的友人，更显苏轼的深情。这一段侃侃而谈的家常琐碎小事，看似平淡，但其中蕴蓄的真挚而深厚的感情，却如波涛般，在读者的心底回荡不已。这种并无前因后果，而只以一个场景、一个片段的眼前景致来表达作者情感的写法，在苏轼黄州的文中，处处可见。如《题与崔诚老诗》②：

> 夜来一笑之欢，岂可多得，今日雪堂得无少寂寞耶？往安州玉泉一酌，果子少许，夜琴一弄，谁与者，莫是木上座否？小诗漫往。

---

① 《苏轼文集》卷53，第1587页。
② 《苏轼佚文汇编》卷5，《苏轼文集》，第2566页。

虽只用寥寥数笔，写一件极平常的小事，却是意趣盎然，确是诗家的绝妙好辞。又如《书赠何圣可》① 一文，是写一时的情趣：

> 岁云暮矣，风雨凄然，纸窗竹室，灯火青荧，辄于此间得少佳趣。今分一半，寄与黄冈何圣可。若欲同享，须择佳客，若非其人，当立遣人去追索也。

日常小事的一时感悟，却写得情、景、趣兼备，是"质而实绮，臞而实腴"的最佳例证，亦是文的诗化的精彩表现。

《书临皋亭》② 文章很短小，亦很平淡，讲的不过是饭后悠然的片刻心绪：

> 东坡居士酒醉饭饱，倚于几上，白云左绕，清江右洄，重门洞开，林峦坌入。当是时，若有思而无所思，以受万物之备。惭愧！惭愧！

但文中却有一种对生命的感悟，一种不生不灭的境界。试想在"酒醉饭饱"之时，以一颗似醉似醒的心去感悟世间万物，是多么地富有诗意。而"白云左绕，清江右洄，重门洞开，林峦坌入"这几句景物的描写，两两相对，便直是诗的语言。这一篇仅有五十多字的短文，是文的诗化的极好例证。

黄州时期是苏轼散文创作的重要阶段。其主要特点就是篇幅短小，风格平淡。但这并不妨碍此期作品的深度和广度。其平淡的风格中蕴含丰厚内涵，同他黄州时期诗表现复杂的心路历程，而用语平淡的风格是相当一致的。而文中营造的悠远意境，亦处处流露出苏轼的诗心雅韵。

---

① 《苏轼文集》卷71，第2258页。
② 同上书，卷71，第2278页。

苏轼诗中的自嘲：举重若轻的自我表达

宁雯*

苏轼天性的开朗幽默，在其文学作品中常外化为戏谑姿态。诗歌中大量的游戏之作，正是承担此类表达需求的载体。而他笔下不吝笔墨的自嘲也是含有戏谑意味的现象，它们未必出现在精心巧构的戏作中，或许只是普通诗歌中兴之所至的一笔。自嘲显然不同于严肃的自我判断，而是在对自我的夸张变形、戏谑调侃间制造趣味，或用以消解尴尬，或用以婉曲表达不愿明言的思想情感。

苏诗中屡屡可见的自嘲现象实已引起学者的关注。与此相关的既有研究，大抵着力于分析苏轼自嘲的动因及其表达功能，揭示自嘲之举承载的丰富情绪。①而若从苏轼主体的角度视之，"自嘲"则隐含着"反观自我"的视角，甚至展示出某种自我评价的姿态。专以自己为嘲谑对象，使那些看似非正式的表达，具有了包含自我认识的可能性。这一既往探讨中较少涉及的方面，或许正可提供审视苏轼形象、亲近其个人体验的另一种角度和思路。

---

* 宁雯，女，北京大学中国语言文学系 2013 级博士研究生。

① 关于苏轼作品中自嘲现象的既有研究，主要可参见黎烈南《从王禹偁、苏轼等人的诗歌看宋人自我批判的思想闪光》(《中国诗歌研究动态》2009 年第 1 期)、李永平《苏轼与俳优传统》[《陕西师范大学学报》(哲学社会科学版) 2009 年第 5 期]、陶文鹏《自嘲的丰富情味》(《古典文学知识》2001 年第 1 期)等。

一　自嘲：举重若轻的体验传达

当人们怀着戏谑的意图反观自身时，"形象"往往首先成为自嘲的好素材，因为它直观外现，富有夸张变形的空间，最易从嘲谑中发掘出趣味。苏轼便曾嘲谑过自己的形象："七尺顽躯走世尘，十围便腹贮天真。此中空洞浑无物，何止容君数百人。"① 七尺之躯而有十围之腹，便便之态一旦由文字转而浮现脑海，已觉敦厚可亲。"走世尘"的潇洒利落，遭遇"十围便腹"的重负，严肃姿态又在具有张力的场景中被解构。但这大腹便便丝毫不显累赘感，因为诗人将其戏称为一个巨大的容器，其中贮存的却是不染"世尘"的天真，举重若轻地道出自己度量的宽广。身在杭州通守任上的苏轼，正处于为朝政抑郁牢骚、诗笔锋芒毕露的时期，坚守自我人格的态度异常鲜明。在此基础上回顾"顽躯"一语道破的倔强气质、"天真"的自我形容，便知作者在看似不严肃的形象自嘲中，其实蕴含着自我性情的评判，肯定着不为政治处境屈服、不为功利之心填充的自己。末两句用《世说新语·排调》典："王丞相枕周伯仁膝，指其腹曰：'卿此中何所有？'答曰：'此中空洞无物，然容卿辈数百人。'"② 这一自带调笑色彩的典故，因其调笑对象王导的高名而具有了自誉的意味。此诗本题于钱塘宝山僧舍壁上，苏轼曾特意作《记宝山题诗》一文辨清本事、驳斥

---

① 《宝山昼睡》，（宋）苏轼著，王文诰辑注：《苏轼诗集》卷9，中华书局1982年标点本，第451页。

② （南朝宋）刘义庆著，余嘉锡笺疏：《世说新语笺疏》卷下之下，中华书局1983年版，第937页。

妄传:"其后有数小子亦题名壁上,见者乃谓予诮之也。周伯仁所谓君者,乃王茂弘之流,岂此等辈哉!"① 他的"容人之量"原是有所特指的,只有"王茂弘之流"才能与他的自嘲相配。透过此诗,一个笑抚便腹、耿介自尊的苏轼如在目前。显然,作者对性情的自我认识并未因对形象的嘲谑而有损其认真。

同样,这份天真性情也在各种生活化的情境中被自我揭示出来:面对美味的螃蟹,苏轼是不惜笔墨描写自己食指大动之态的贪嘴太守,为获得美食馈赠兴高采烈之余,才意识到为不加掩饰的饕餮形象略感羞涩,于是以"堪笑"自我解嘲:"堪笑吴兴馋太守,一诗换得两尖团。"② 登山临水之间,苏轼是童心未泯的老使君,于明丽景色中放浪形骸:"使君年老尚儿戏,绿棹红船舞澎湃。一笑翻杯水溅裙,余欢濯足波生隘。"③ 打翻杯子、濯足水中,毫不老成持重的使君在"儿戏"中开心尽兴。元祐还朝时常言老病依然欲归不能,无奈的苏轼自嘲为"强镊霜须簪彩胜,苍颜得酒尚能韶"④,坦言自己看起来气色尚佳,其实不过是一番精心"伪装"后的假象。直至暮年远谪海南,白发萧散的他还不忘用这个老玩笑纠正孩子们对自己精神状态的误判:"小儿误喜朱颜在,一笑那知是酒红。"⑤ 身份限制、世事沧桑不能扭曲苏轼的赤子之心,也没能磨灭他处处生趣的眼光。他的自嘲总流露出与年龄无关的一派天真,这种性情被诗人自己从那些充满善意的着眼点、那些明知可笑却不得不为之的举动中揭示出来。苏轼曾赞赏陶渊明:"欲仕则仕,不以求之为嫌,欲隐则隐,不以去之为高,

---

① (宋)苏轼:《记宝山题诗》,《苏轼文集》卷 68,中华书局 1986 年标点本,第 2149 页。

② 《丁公默送蝤蛑》,《苏轼诗集》卷 19,第 973 页。

③ 《与胡祠部游法华山》《苏轼诗集》卷 19,第 988 页。

④ 《叶公秉、王仲至见和,次韵答之》,《苏轼诗集》卷 30,第 1622 页。

⑤ 《纵笔三首》其一,《苏轼诗集》卷 42,第 2327 页。

饥则叩门而乞食，饱则鸡黍以延客，古今贤之，贵其真也。"① 实则也流露出自己的好尚。不为多变的际遇斫伤天真，是苏轼的自我期许和一生的实践。

可是人生岂止这些单纯的快乐，平凡生活中尚有的不顺心，置于仕宦人生中，更被放大为不自由的痛苦。冗长无聊的拜谒，因言获罪的惶恐，欲归不能的无奈，这些"折磨"以自嘲的口吻道出，婉曲传达出仕宦中的心态。对苏轼而言，自嘲带来解颐一笑，是消解仕宦困苦的奇妙思路。同时，他把真正的自己藏在嘲谑的语气中，交由读者去分析认识。

嘉祐七年任凤翔府判官时，年轻的苏轼就初尝了仕宦之苦：

> 谒入不得去，兀坐如枯株。岂唯主忘客，今我亦忘吾。同僚不解事，愠色见髯须。虽无性命忧，且复忍须臾。②

这首题作《客位假寐》的诗，活现了谒见上级的沉闷尴尬。苏轼自注曰："因谒凤翔府守陈公弼。"简短的背景提示，透露出这位与苏轼颇不投缘的上司给下属们造成的压力。但王文诰对坐实陈、苏不合的注家不以为然，他认为："此诗仅系解嘲之作，盖同僚有愠色者，故以是为戏耳。"③ 严格说来，诗中的嘲谑并非典型的自嘲，而是意图对这一尴尬处境赋予调侃意味，以此安抚同僚的愠怒。但由于作者自身毕竟参与了这一情境，也不免被纳入解嘲对象中。在"有去无回"的拜谒中，面对主人的忽视，客人们枯坐久等，无聊困倦。苏轼借《庄子》典故，自称已入"忘我"之境，显然是对处境的自嘲。而久坐之苦居然联系上"性命之忧"，更在小题大做中戏谑了拜谒长官的

---

① 《书李简夫诗集后》，《苏轼文集》卷68，第2148页。
② 《客位假寐》，《苏轼诗集》卷4，第163页。
③ 同上。

折磨。看似真诚的劝慰同僚之举，其背后却隐隐可见一个同样牢骚不满的苏轼，这正是自嘲对作者真实感受的趣味性揭示。

遭遇严厉刻板的上司毕竟只是仕宦经历中的小烦恼，而"出处"才是困扰终生的大节。无论在郡或在朝，苏轼的反复言归是身处仕宦中的自我提醒，并主要用以明志，他似乎有强烈的意愿来解释这种欲归不得的无奈。然而衷肠反复剖白，却始终无法转化为行动力时，作者的情绪便不由转向惭愧。元祐九年，苏轼曾在与李之仪等人共览陶渊明诗时，感叹"以夕露沾衣之故而犯所愧者多矣"①，正是出于自愧的反思。因此，诗人索性承认自己的贪禄逐利，这样具有贬义的自嘲，仿佛比无力的辩解显得更加真诚一些。对"不归"作此解释，显然并非实情，这"放弃辩解"的行为实则含有自谦、自嘲、自责、无奈的混合意味。初入仕途时，苏轼为官凤翔，思乡之情正盛，曾自怨"谁使爱官轻去国，此身无计老渔樵"②。所谓爱官，其实明知是为抱负，故意作此语，乃为凸显故园之思、归老之念。"小人营糇粮，堕网不知羞。我亦恋薄禄，因循失归休。"③ 倅杭时，除夕夜因值班不能回家的苏轼，深深感到自己为稻粱谋所受的羁绊，与狱中失去自由的囚犯并无二致。"孤舟转岩曲，古寺出云坳。岸迫鸟声合，水平山影交。堂虚泉漱玉，砌静笋遗苞。我为图名利，无因此结茅。"④ 山野清净，林泉幽美，而自己为图名利只能奔波于仕途，无缘在喜欢的地方结庐而居。面对如此多低姿态的自我贬抑，任何贪恋荣禄的指责恐怕都不忍再对其雪上加霜。在这一点上，自嘲收获了与自辩同样的效

① 《书渊明诗》，《苏轼文集》卷67，第2112页。
② 《题宝鸡县斯飞阁》，《苏轼诗集》卷4，第168页。
③ 《熙宁中，轼通守此郡。除夜，直都厅，囚系皆满，日暮不得返舍，因题一诗于壁，今二十年矣。衰病之余，复忝郡寄，再经除夜，庭事萧然，三圄皆空，盖同僚之力，非拙朽所致。因和前篇，呈公济、子侔二通守》，《苏轼诗集》卷32，第1722页。
④ 《和张均题峡山》，《苏轼诗集》卷48，第2599页。

果，即通过自明心志，很大程度上减轻了出处选择的焦虑。当然，爱官、贪禄一类自嘲的反复出现，也恰恰透露了作者焦虑的心事。苏轼通过非真实的自我评价，表明了真实的自我评价：自己是报国未毕而非恋栈荣禄之人，了解其为人的读者，自然能拨开自嘲的迷雾看到这一点。

及至暮年，在一首著名的自题画像诗中，苏轼又做出了自嘲式的剖析："心似已灰之木，身如不系之舟。问汝平生功业，黄州、惠州、儋州。"① 建功立业的严肃用意被联系上三次贬谪的人生低谷，其间的落差与张力制造出自嘲效果。这自嘲带着历练尽头的五味杂陈，并不轻快。他并不真以贬谪为人生理想的达成，因为那毕竟意味着政治抱负无法实现，但也显然不以贬谪为耻，因为那是为坚持独立人格所付出的代价。在三个地名的依次吐露中，苏轼举重若轻地概括了一生。正是一处处荒僻的贬所断送了他的功业，同时熔铸出至高的文学成就，丰富了他的人生。这于严肃的功业自然是"失"，于戏谑的功业却未尝不是"得"。自嘲汇聚起的一层豪情掩盖了自伤的感慨，苏轼并未以仕宦成就定位自己，而将定位角度指向人生低谷，从中勾勒自己的身心磨难与不悔心志。

要之，自嘲可以视为诗人以自我为观照对象的分析和表达。但其特有的嘲谑意味打破了严肃外壳，使苏轼更多自揭出如普通人一般鲜活真实的一面。在戏谑的目光下，自己性情的天真可亲、境遇的坎坷可叹，都被表达得生动有趣而余味婉转。在表达面对仕宦生涯的态度时，自嘲与自我贬抑之间的联系，透露出苏轼低回沉潜的心绪。与此同时，自嘲又以其特有的举重若轻之感，揭示出嘲谑意味背后苏轼那一以贯之的严肃之处，即对自我人格的坚守。

---

① 《自题金山画像》，《苏轼诗集》卷48，第2641页。

二 "吏民笑我"：自我认识的印证与
自我定位的低姿态

文人的自嘲，终究可视为一种雅谑，由自己所掌握的分寸感保证了戏谑的无伤大雅。而以他人对自我之"笑"为题材，屡屡写入诗中，却是苏轼笔下有趣的现象。"被笑"本体现他人的态度，作者是被动接受的，而乐于将其入诗，便反客为主，体现出一种自嘲心态。借他人之笑印证自己的可笑之处，未尝不是种特别的自嘲思路。

被苏轼自己屡屡调侃的天真性情，自然也会是他者眼中有趣的现象。熙宁八年，密州知州任上的苏轼因见风雨摧花，回忆起了前年杭州赏花的盛况，作《惜花》一诗，其中就描述了自己行为狂放而引人发笑之事："沙河塘上插花回，醉倒不觉吴儿哈。"① 陶醉于花团锦簇中、插花满头、醉态可掬的苏轼，曾引得杭州百姓欢哗一片。他显然不认为此举不合身份或有辱斯文，反而在两年后仍津津乐道，并不介意将自己变为引百姓一乐的"笑点"。尽管这欢乐不免引发"岂知如今双鬓摧"② 的伤感，但从极富感情的描述中不难看出，官员百姓亲密无间、滑稽戏谑的场景是他喜闻乐见的，而醉酒插花的狂放性情也让他无限眷恋。此后三年，苏轼再次以不胜酒力之态，为徐州百姓留下了难忘的笑柄：

> 醉中走上黄茅冈，满冈乱石如群羊。冈头醉倒石作床，仰看̄

---

① 《惜花》，《苏轼诗集》卷13，第625页。
② 同上。

云天茫茫。歌声落谷秋风长，路人举首东南望，拍手大笑使君狂。①

近千年后重读此诗，依然可见高朗景致中，醉得步履蹒跚的知州倒卧冈头，在开阔天地间自由放歌，响彻山谷。路人的"拍手大笑"流露出赞赏亲切之情，而这相知之意正是苏轼在"百姓笑我"中颇感自得的原因。对可笑之状、被笑之事的传神描摹，几乎让人感到苏轼享受这一被笑的过程，因为百姓和自己一起，深深喜爱着这可笑的性情。即使百姓们的理解偶尔不那么准确，他们善意的猜测也被苏轼忠实记录："我性喜临水，得颍意甚奇。到官十日来，九日河之湄。吏民笑相语，使君老而痴。使君实不痴，流水有令姿。"② 自己爱水成癖的文人性情使务实的吏民倍感疑惑，议论纷纷。对于"老而痴"的嘲谑，苏轼丝毫不以为忤，耐心辩解道：我哪里是老糊涂了呢，只是因为流水太美，不忍离去嘛。可是吏民们误解式的嘲谑并不能缺少于诗中，因为"老而痴"正是对爱水情状的最佳总结。同理，那些对醉态、痴态的善意嘲笑，都是印证作者天真性情的依据。通过肯定百姓之"笑"，苏轼借他人口眼，勾勒出生动可亲的自我形象。

与此相关，他人之笑也往往作为舆论的引证出现在诗中，借以支持自己的态度。元祐时期一心念归的苏轼，就曾以"人笑"证明自己与朝堂的格格不入："两翁留滞各幡然，人笑迂疏老更坚。"③ 自己不适宜朝堂的性情都已为人所嘲笑，若还继续滞留，未免太不自量力。"人笑"的表述仿佛制造了舆论的声势，逼迫作者做出归老的选择。而事实上"人"与"我"目标的一致，在"早晚渊明赋归去，浩歌长啸老斜川"④ 的愿望中显露无遗。除过性情"迂疏"堪被嘲笑，体

---

① 《登云龙山》，《苏轼诗集》卷17，第877页。
② 《泛颍》，《苏轼诗集》卷34，第1794页。
③ 《和林子中待制》，《苏轼诗集》卷33，第1763页。
④ 同上。

力不支而勉强应付，也可成为被嘲笑的理由。"乞郡三章字半斜，庙堂传笑眼昏花。上人问我迟留意，待赐头纲八饼茶。"① 借朝臣之笑，苏轼为自己力不从心的状况寻找人证，从而表明不归是荒谬之举。这与此期反复表白的"老病当归"契合，形成双管齐下的策略。援引他人的嘲笑态度，表面看来是声明舆论压力，实际却是以之为助力，强化自己言归的表达。"被笑"的内容，如迂疏、老病、不宜朝堂，正符合他的自我认识。

朝官、胥吏、百姓，各种身份阶层的人，都可将苏轼作为调笑的对象，意味着他并未在与他人的关系中筑起身份的壁垒。较之"被笑"的内容，这一现象本身揭示的自我定位或许更加明确。苏轼不介意以自身的滑稽为笑点"发民一乐"，自己也乐于其中，全不作官员姿态，这与北宋士大夫作郡时的"与民同乐"相比，更加淡化了阶层的区隔。从此举的动机来说，苏轼之亲爱民众不止于"夫宣上恩德，以与民共乐，刺史之事也"② 的职责自觉，也不完全由于"其志之在民"而有"以古人为师，使民不畏吏"③ 的追求，他的"发民一乐"中有性情的天真作为背景，是以触处逢春、充满生趣的眼光将"己"与"民"纳入同一个舞台，使二者并为自己的观照对象，而非仅仅以客位视角有距离地审视民众。他也愿意将普通百姓对自己行为的评判记录诗中，即使其中含有理解的隔阂。充满参与感的低位视角，使苏轼拥有其他士大夫难以比拟的真正的民间。"我来无时节，杖屦自推

---

① 《七年九月，自广陵召还，复馆于浴室东堂。八年六月，乞会稽，将去，汝公乞诗，乃复用前韵三首》其一，《苏轼诗集》卷36，第1974页。

② 《丰乐亭记》，（宋）欧阳修著，洪本健校笺：《欧阳修诗文集校笺》卷39，上海古籍出版社2009年标点本，第1018页。

③ 《题〈秧马歌〉后四首》其三，《苏轼文集》卷68，第2152—2153页。

扉。莫作使君看，外似中已非。"① 正因如此，他可以在贬谪地与原住民同醉同醒，欢喜于他们的推搡轻慢，可以在被酒独行时得到黎家儿童口吹葱叶相送迎的待遇。对"被笑"的自觉记述，尤其是对普通百姓之"笑"的肯定态度，很大程度归因于对民间的喜爱。苏轼将自己视为一个普通个体，来看待自我与其他个体的互动。

至此，对自嘲现象的分析有必要收束到诗人的表达动因和关于"自我"的表达内容上来。嘲谑是智慧者的游戏，首先赋予诗歌趣味和深意。自嘲因以自身形象、性情、心态等为处理对象，不免具有了与自我评价、自我剖析相关的作用，因而表现出对自己的认识和定位。而"被笑"是以认可他人之嘲谑为前提，以之代替自嘲。在自嘲以非严肃的形式婉曲揭示自我认识的功能之外，又加入一层视角的切换，使苏轼对自我的看法经由他人的看法道出。这一方式应用于不同的表述情境，发挥了揭示自我性格、印证自我认识的作用。

三 回归主体的视角：苏诗中的自嘲之于诗人个体研究的意义

在宋代诗人中，若论偏好以自我为嘲谑对象者，苏轼可谓罕有其匹。由于自嘲含有以自我为对象的反观视角，那么关于这一现象的思考便不能仅限于诗人的性情偏好，而必须更深入地联系到理性的内省精神。苏轼的个体研究向来是引人入胜的课题，而诗人内心状态的可

---

① 《与王郎昆仲及儿子迈，绕城观荷花，登岘山亭，晚入飞英寺，分韵得"月明星稀"四字》其四，《苏轼诗集》卷19，第986页。

望而不可即，往往是许多研究未达一间的原因。作为苏诗自我表达的形式之一，自嘲拥有丰富的语境和多层次的视角，对自嘲现象的关注，能够连缀起散在的自我认识和人生体验，进而成为诗人个体研究的切入点。

苏轼诗歌是宋诗整体风貌的重要构成者。无论其人其作，将其置于时代风尚的宏观背景下，是非常必要的研究思路。然而，宋诗整体视域下的每一个诗人，皆非面目模糊的分子，而是拥有丰富细节的独立个体。对时代特征和个体主要面貌的把握无疑有扼要之功，但人们也可能因此轻易止步于趋同的认识，而对那些旁逸斜出的个体及面相重视不足。为后人津津乐道的苏轼，他的被认识或许也曾遭遇这样的困境。

这很大程度上源于读者对苏轼形象的选择性接受，作者的完整面貌因此被渐渐离析。后世读者固然能够注意到苏轼性格与人生中低沉、苦难的一面，但更为关注的则是他"扫除情累、泯灭忧患、扬弃悲哀"[①] 的一面。必须承认，这是苏轼最令人叹服之处，"苏轼的歌唱中固然也如实地带有悲哀的声调，但最终却是悲哀的扬弃"[②]。他以独有的性情和智慧，为世人提供了消解困苦的良方。人们更倾慕于他"扬弃"之后的状态，千百年后的读者依然从中获取慰藉与力量，甚至以之为人格范式。然而在这选择性的视域下，诗人"扬弃"之前的漫长过程却被消弭了。那些"如实的悲哀的声调"，以及其他各种情绪的声调，并未得到足够的关注。而事实上，那些丰富而纠结的生命体验，正是苏轼步入澄明天地的来时路。对这一点的忽视，致使乐观、旷达、洒脱、诙谐等常常加诸苏轼的描述，其实并不能全面地涵

---

①　许总：《宋诗：以新变再造辉煌》，广西师范大学出版社 1999 年版，第 205 页。
②　王水照：《苏轼的人生思考和文化性格》，《王水照自选集》，上海教育出版社 2000 年版，第 307 页。

盖其人格特点，并与许多具体的人生经验隔阂甚深。进一步说，苏轼的自我表达出于每一具体情境中强烈的表达需求，并在客观上形成了有意义的记录。他对人生苦乐的敏锐感知，既然不曾因思想的开悟而弃绝，那么他的心理体验也就绝非后世印象中单一的"脸谱化"的旷达。苏诗中的自嘲，恰恰以其轻松的面貌和多样的情感内涵，有效地说明了这一点。

从形式上看，自嘲似乎是最切合诗人开朗性情的一种自我表达。然而回顾其细微语境，却会发现当中并非只蕴含单纯的欢乐与游戏心态。仕宦的束缚，命运的坎坷，都为自嘲糅合进许多无奈与悲感。而自嘲之举中蕴含的低姿态自我定位，也未尝不是深刻自省的结果。既然苦难时不妨调侃，忧患中常怀通达，那么戏谑背后的五味杂陈，轻快背后的生命之重，便同样是苏诗自嘲关于人生丰富性及个体丰富性的提示。对苏轼而言，自嘲中关于自我的具象描述和抽象思考，展现了他的自我体认；对后人而言，循着诗人风趣的记录，回溯他本可能如鸿爪般消融于雪泥的人生痕迹，亦未尝不是自我表达存在的意义。更重要的是，在高度凝练的人格定义之外，在具体情境的牵系之中，以苏轼为主体去梳理其自我认识，或能更接近那段"如人饮水，冷暖自知"的人生。当然，举重若轻的自嘲只是苏诗自我表达的形式之一，后者对于苏轼研究的意义，还须置于更完整的视域中加以系统探讨。

［本文原载于《中国苏轼研究》（第六辑），学苑出版社 2016 年版，有删改］

朝鲜文人重演"赤壁船游"考论

［韩］ 柳素真*

一　绪论

　　北宋大文豪苏轼（1036—1101）所作的无数文学作品对当时和后代文人产生了重大的影响，其中前、后《赤壁赋》在中国文学史上有着更为深远的影响。苏轼诗文集流入国外之后，前、后《赤壁赋》在国外也很受欢迎。就韩国的情况作比方，可以说苏轼的作品当中最受韩国文人欢迎的便是《赤壁赋》。朝鲜前期文人李荇（1478—1534）的《领相挽词三首》其三有注曰："公醉则令歌儿诵东坡《赤壁赋》，至'哀吾生之须臾，羡长江之无穷'等语，必自长咏慨叹。"还有朝鲜后期文人洪奭周（1774—1842）曾经说过："《赤壁》二赋，脍炙千古。童孺妇女，皆能传诵。"这就说明《赤壁赋》当时很受朝鲜人的欢迎。

　　进一步，《赤壁赋》对朝鲜文人的创作活动也起了很大的作用。

---
　　*　［韩］柳素真，女，北京大学中文系 2014 届博士毕业，现为韩国首尔大学中文系讲师。

一些文人不只吟诵《赤壁赋》，还以诗文表达自己的感想和意见。他们创作诗文时，有时以《赤壁赋》中的句子或"赤壁船游"作为典故，甚至也有以"赤壁船游"为御题的例子。不仅如此，一些文人还纷纷仿作《赤壁赋》，然而这种拟作现象在中国也并不多见，此事实更值得关注。这种喜爱《赤壁赋》的文化现象终于达到了把朝鲜的许多水涯命名为"赤壁"在那里重演"赤壁船游"的程度。现在韩国有很多称为"赤壁"的地方，如首尔汉江的"蚕头赤壁"，坡州临津江的"临津赤壁"，全南和顺的"和顺赤壁""勿染赤壁""二西赤壁""宝山赤壁"，全北边山半岛的"赤壁江"，这些都是非常典型的代表。因受《赤壁赋》的影响，在韩国各处出现了"赤壁"这一地名的事实非常有趣，同时这也能证明《赤壁赋》在朝鲜的影响多么深远。

更值得关注的是，很多朝鲜文人往往在这些名为"赤壁"的地方仿效苏轼重演"赤壁船游"。本文将要考察朝鲜文人之间广泛流行的"赤壁船游"重演。首先，通过考察朝鲜文人"赤壁船游"重演的实际情况，对他们重演"赤壁船游"的时间、地点、重演方式等进行概括性的介绍，以便了解当时"赤壁船游"的重演盛行到何等程度。其次，分析他们当时热烈重演"赤壁船游"的动机、原因以及这一重演行为的意义等。他们在重演"赤壁船游"时创作了不少诗歌，本文以这些诗歌作品为中心，同时参考其他相关文献，对笔者在上文中提出的几个问题进行解答。

二 朝鲜文人重演"赤壁船游"的实际情况

首先，通过一些文献记载，察看朝鲜文人重演"赤壁船游"的实际情况。

癸丑，先生七十九岁。十月，游嵋江赤壁。①

壬戌，体察副使南以恭，亦以从事辟公。……其七月既望，与疏庵诸公，仿苏仙赤壁故事，泛舟杨江，三夜而止。②

（二十七日）晴。长湍四十里临湍馆午炊（府使徐致辅），松京四十里太平馆宿（留守金炳朝）。……余于壬戌秋七月既望，与金士集续赤壁之游，舟中载酒壶一、洞箫一、琴一、诗轴一，放舟于梦鸥亭下，夜泊花石之间，沿江上下，跌宕终宵。士集乘醉鼓琴放歌，弄箫赋诗，白发萧飒，宛是风骚人也。于今复过此地，泉台难作，沧桑易地。③

十四年丙戌（先生四十九岁）：七月，游福川之赤壁。（时雪月堂金公，为同福倅，先生以暇日，来与之同游赏，为文以记其事)④

除了以上的记载，在很多文献中都可以发现有关朝鲜文人"赤壁船游"重演的记录，综合考察这些记录可以得到如下事实：一般来说，朝鲜文人每逢农历七月既望或十月望日，会在名为"赤壁"的地方或在附近的江河之中重演"赤壁船游"。他们重演"赤壁船游"的时间即七月既望和十月望日，与苏轼创作前、后《赤壁赋》的日子一致，这应当不是偶然的一致而是他们特意选择的日子。由此可见，他们为了与苏轼《赤壁赋》的时空背景保持一致，比较讲究"赤壁船游"重演的时点和地点。这很可能是因为他们觉得如此做的话更会了

---

① 许穆：《眉叟许先生年谱》，《记言年谱》卷1，韩国民族文化推进会1990年影印首尔大学奎章阁本，第354上页。

② 宋时烈：《泽堂李公谥状》，《宋子大全》卷203，韩国民族文化推进会1990年影印首尔大学奎章阁本，第508上页。

③ 朴思浩：《心田稿》第一卷《燕蓟纪程》，韩国民族文化推进会1990年影印首尔大学奎章阁本，第3页。

④ 金诚一：《年谱》，《鹤峰先生文集》附录卷1，韩国民族文化推进会1990年影印首尔大学奎章阁本，第288上页。

解苏轼举行"赤壁船游"时所看、所听、所感。进一步，在很多文献记载可以发现每到"壬戌年"朝鲜文人的"赤壁船游"重演更为盛行，这也许跟这种心理和意图有关。因为苏轼写《赤壁赋》时的干支是"壬戌"，朝鲜文人也许对此赋予了较大的意义。

在很多文献中能发现在"壬戌年"重演"赤壁船游"的实例。其中，《蚕头前后录》是值得注意的资料。朝鲜燕山君八年（1502），朴訚（1370—1422）、李荇、南衮（1471—1527）等朝鲜前期的著名文人，于七月既望、十月望日两次在首尔的蚕头赤壁之下船游，这时他们互相进行唱和活动，创作了不少诗篇。他们平时醉心于苏轼的"赤壁船游"故事，正逢"壬戌年"特意在蚕头赤壁之下船游，模仿苏轼的"赤壁船游"。后日南衮把当时他们唱和的诗歌整理而命名为《蚕头前后录》。朴訚和李荇两人分别写了《题蚕头录后》，其中对他们重演"赤壁船游"的动机、过程、具体情况等描述得比较详细。朴訚在《题蚕头录后》中说"今年幸值阉茂辰，胜事古今同一贯"，由此可见，朝鲜文人确实对"壬戌年"赋予了很大的意义。李荇在自己写的《题蚕头录后》后半部说："吾人百年纵不死，安能更待六十秋。相逢即醉醉即吟，赠以清篇非暗投。"在此也可以解读出他们的这种心理，由此可以推测他们不想错过每六十年才逢一次的好机会而成功完成"赤壁船游"的意志。

然而，与他们的意志无关，因恶劣的天气他们的重演计划终于落空的情况也不少。朝鲜前期文人徐居正（1420—1488）的情况就是一例。通过当时他所作的一首诗《七月既望，有雨不泛舟玩月，怅然有作》[①]，可见当时具体情况以及他的心理。在此，诗人表达了

① 徐居正：《续东文选》卷4，韩国民族文化推进会1990年影印首尔大学奎章阁本，第69页。

深切惋惜的情绪，其原因应当在于当年是"壬戌年"，诗人也许很久以前就开始等待此年此日，而且充分地准备了这场"赤壁船游"重演，不过因为下雨，诗人的指望落空了，这令诗人非常失望，惋惜的心情也就更为明显了。自此一百二十年后的朝鲜明宗十八年（1562），试图重演的李滉（1501—1570）也遇到类似的情况。在《退溪先生年谱》中有如下的记录："四十一年壬戌（先生六十二岁）：七月既望，将游风月潭，不果。（欲继赤壁故事，与知旧约游，值大雨未果，有二绝。）"① 此后又过六十年的朝鲜仁祖二年（1622）又出现了"赤壁船游"的重演。李植（1584—1647）的《杨江泛月唱和诗录后序》② 中更细致地描写了当时的情况，而且他还对前人的"赤壁船游"重演故事做了概括性的介绍，说明了因天气不能完成"赤壁船游"重演的各种情况，强调与这些情况相比自己能够遇到好天气是非常幸运的。在后序的后半部分，还说明了每六十年才逢一次的"壬戌年"顺利举行"赤壁船游"的概率非常低的各种原因。

因此，他们要重演"赤壁船游"非变通办不可，通过他们的诗歌可见发挥变通的具体情况。徐居正有如下的一首诗：《壬午秋七月既望，与辛敬叔、蔡子休、杨质夫、金子固，同游广津，相与言曰："壬戌之秋七月既望，乃苏子赤壁之游日也。吾辈年齿俱暮，欲复见壬戌，必不可得，今年适壬，时又七月既望，会合又在广津石壁之下，世间能有此日，亦难再得"，相与剧饮而罢。今日亦七月既望，我辈各因仕宦，分散东西，仆又缠疾病，杜门高卧，追思往日广津之

---

① 柳成龙：《退溪先生年谱》卷2，韩国民族文化推进会1990年影印首尔大学奎章阁本，第229上页。
② 李植：《泽堂先生集》卷9，韩国民族文化推进会1990年影印首尔大学奎章阁本，第145—146页。

会，怅然有作，寄子固》①，他在很长的诗题中明示了当年重演"赤壁船游"的动机。由此可以想象，诗人希望像苏轼一样壬戌年七月既望在赤壁重演"赤壁船游"的心情。很可惜，当年的干支是"壬午"，虽然不是"壬戌"，但两年的干支都有"壬"字，诗人把这一共同点作为纽带，对此赋予了某种意义。不想无可奈何地等待下一个"壬戌年"之到来，于是诗人如此变通而完成了"赤壁船游"。李荇的《七月既望之夜，泛舟汉江，玩月有作》② 诗中有"拟把汉江当赤壁，何妨壬戌作庚辰"的诗句。虽然诗人不在苏轼乘船游览的"长江赤壁"而在"汉江赤壁"，日期也不是"壬戌"而是"庚辰"，但他并不介意这些具体时空背景一致与否，这也是诗人灵活变通的例子。

要之，朝鲜文人的"赤壁船游"重演一般于七月既望或十月望日在名为"赤壁"的地方举行了，而且每到"壬戌年"，"赤壁船游"的重演更为盛行了。然而"壬戌年"是每六十年才逢一次的，因当天的天气或重演者的年龄等各种因素，趁"壬戌年"成功地举行"赤壁船游"的概率不高。所以若情况不如意，他们就发挥了灵活性。在笔者看来，他们虽然比较讲究时空背景的一致，但他们的焦点在于"赤壁船游"这一游戏本身，更重视了通过"赤壁船游"得到的快乐、自由等。因而若情况不如意亦不太依恋小小的问题，他们的心理可能以李荇的"拟把汉江当赤壁，何妨壬戌作庚辰"诗句为代言。

---

① 徐居正：《四佳诗集》卷 13，韩国民族文化推进会 1990 年影印首尔大学奎章阁本，第 408 上页—408 下页。

② 李荇：《容斋集》卷 3，韩国民族文化推进会 1990 年影印首尔大学奎章阁本，第51 页。

三　朝鲜文人重演"赤壁船游"的目的及其意义

通过上面所引的一些文献，可以确认许多朝鲜文人非常乐意重演"赤壁船游"的事实。那么，他们这么热烈重演"赤壁船游"的原因何在呢？这当然源于他们对苏轼的崇拜，但应当有更具体的目的和原因，他们到底为何重演"赤壁船游"呢？而且他们的这一重演有什么意义呢？他们重演"赤壁船游"时创作了不少诗歌，本文将要通过分析他们实际创作的这些作品进行解答。

（一）表达逃避现实的意识和追求自由的欲望

首先，在笔者来看，朝鲜文人的"赤壁船游"重演是一种逃避现实的意识和追求自由的欲望之表现。这可以联系当时混乱的社会背景来分析。朝鲜自其建国到国末，因王家内部的王权争夺和接连不断的士祸，无数高官大爵和士林文人都被流放或被杀戮。如此残酷的政变和士祸，使当时知识分子自然产生了超世隐遁、物外逍遥、吟风弄月等消极避世的意识。前、后《赤壁赋》是苏轼因"乌台诗案"被贬为黄州（今湖北黄冈）团练副使时所作，苏轼在此抒发了自己被贬后内心的苦闷和对宇宙、人生的感悟。通过"赤壁船游"，苏轼可以暂时忘却现实的苦闷，也能够暂时享受精神上的自由和愉悦，他在《赤壁赋》中生动地描述了这种情感，这很容易引起处于与苏轼颇为相似的很多朝鲜文人的共鸣。读完《赤壁赋》之后，他们也许内心产生了像《赤壁赋》中的苏轼一样想要暂时超越世俗、享受逍遥自在的欲望，因而他们将苏轼称为"苏仙"，表示对他的推崇和钦慕的心理，同时把自己视如苏轼，重演"赤壁船游"的情景。在他们的眼中苏轼的"赤壁船游"是一种理想的"风流"和值得钦慕的"游戏"，这种认识表现在他们的诗中，比如，李荇在《呼韵三首》[①] 其一前四句说："吾辈风流自一时，江山不与岁年移。俗间能几供兹事，世外相逢又此奇。"诗人把"赤壁船游"当作在俗间罕见的奇事，殷切地表达了想要远离世俗的心理。接着在其二最后两句又说："苏仙去后空千载，此日吾侪得更遭。"此日正是从苏轼"赤壁船游"以后过"千载"的时候（实际上从当年过了四百二十年，但诗人以夸张的说法表现为"千载"），而且此年刚好是"壬戌年"，因而诗人趁这么好的机会重演了"赤壁船游"。在其三的最后六句说："百年胜事能如许，一笑吾侪岂偶然。佳境向来唯赤壁，兹游傥亦继苏仙。酒杯相属聊乘快，后世何须二赋传。"表达了诗人希望通过"赤壁船游"的重演继承苏轼遗风的意图，但是诗人强调他要继承的对象不是与《赤壁赋》类似的文学作品，而是"赤壁船游"这一游戏本身。诗人重演"赤壁船游"的目的就在于"酒杯相属聊乘快"之类的追求快乐以及排遣郁闷。他可能希望至少在举行"赤壁船游"的时间之内逃避现实的各种苦闷和烦恼，享受悠闲和快乐的时间。这与《古诗十九首》的"生年不满百，常怀千岁忧。昼短苦夜长，何不秉烛游。为乐当及时，何能待来兹"中表现的"及时行乐"思想相通。

下面再举朴闾的《依灵通旧令》其三：

疏雨过江生急韵，小灯替月占孤明。

---

① 《后蚕头录》，《容斋集》卷4，第19页。

乾坤自笑蜉蝣寄，万顷真同一苇横。

此日偶逢聊举酒，古人不见只闻声。

风流千载还吾辈，鄙语粗言不复程。①

这首诗的风格和主题都跟《赤壁赋》十分相似。再具体考察，第三、四句与苏轼《赤壁赋》有关，第三句是从《赤壁赋》中"寄蜉蝣于天地"化用的典故，描述人生无常，第四句是从《赤壁赋》的"纵一苇之所如，凌万顷之茫然"化用而来的。通过最后两句，可见他们继承苏轼风流而重演"赤壁船游"的事实。然而诗人举行"赤壁船游"的目的亦在于"游戏"，诗句中反映着试图通过这场"游戏"得到快乐从而逃避现实烦恼的欲望。也许正因为如此，他们以"赤壁船游"为"胜事"，还重视重演"赤壁船游"时候的"兴"，即"赤壁船游"的焦点是享受"游戏"本身。

将上文所引的作品综合考察，可以得出如下结论：朝鲜文人把"赤壁船游"当作一种游戏和优雅的风流行为，他们希望通过这场游戏暂时忘却各种烦恼和苦闷，从而能得到精神上的自由和安宁，这反映了他们追求"及时行乐"的心理，也可以说，对他们而言"赤壁船游"是一种逃避现实的好手段。

（二）跟苏轼进行精神交流

朝鲜文人仿效苏轼而重演"赤壁船游"的事实基本上能证明他们对苏轼的推崇和钦慕心理。而且，重演"赤壁船游"这一行为反映朝鲜文人想跟苏轼进行精神交流的欲望。

---

① 朴闾：《挹翠轩遗稿》卷3，韩国民族文化推进会1990年影印首尔大学奎章阁本，第31页。

首先，看看徐居正的《次明远楼韵》：

> 未信愁肠日九回，百年怀抱向谁开。
>
> 江流不尽兼天去，山色平分捲地来。
>
> 二八佳人弹宝瑟，十千美酒凸金杯。
>
> 兴来欲唤苏仙起，赤壁前头醉共徊。①

通过第一、二句我们可以想象怀抱着烦恼和苦闷的诗人形象。很久以来他一直有着"百年怀抱"，但他不知到底"向谁开"。在这种心理状态下，诗人乘船面对着美丽的江山，一边听琵琶的优美旋律，一边品尝美酒，自然而然地发兴，"兴来欲唤苏仙起，赤壁前头醉共徊"。这种心理可能是在重演"赤壁船游"的过程中自然发生的，但从另一个角度来考虑，诗人事先抱着这种心理而积极地重演"赤壁船游"。换言之，这就是以诗人为中心的许多朝鲜文人模仿苏轼而重演"赤壁船游"的原因和动机。

此外，在其他诗人的诗歌中也能发现这种心理，其中，朝鲜中期文人尹善道（1587—1671）的《又用前韵》有如下的诗句："此地闻有小赤壁，千仞丹崖映秋浦。……地之大小何足较，我与坡老同心素。……九原可作论此诗，赤壁始知无今古。"② 尤其在"我与坡老同心素"这一诗句中表露出自己的心情也跟苏轼相同。这首诗是尹善道在流配地所作的，因而苏轼的诗文，尤其像《赤壁赋》一样在贬谪生活中所写的作品很容易引起他的共鸣。

如此，不少朝鲜文人处于与苏轼相似的处境，所以他们把自己视如苏轼而感到同病相怜，因此自然而然产生了想跟他沟通的心理。从

---

① 《四佳诗集补遗》卷2，第17页。

② 尹善道：《孤山遗稿》卷1，韩国民族文化推进会1990年影印首尔大学奎章阁本，第270上页。

这一角度来想，这与笔者在上文提过的"表现逃避现实的意识和追求自由的欲望"也有相通的一面。因为像苏轼一样内心存有"逃避现实的意识和追求自由的欲望"的朝鲜文人进一步想要跟苏轼进行精神交流。因此，想跟苏轼进行沟通的心理会激发朝鲜文人重演"赤壁船游"的热情。

（三）作为同时代文人之间进行文学交流的场地

朝鲜文人以"赤壁船游"活用为与同时代文人的交流之场。如上文考察，朝鲜文人把"赤壁船游"当作一种风流和游戏。因而，他们的最大目的就是趁"赤壁船游"及时行乐。虽然如此，他们的游戏不止于在船上赏月喝酒。因为他们还是文人的身份，所以重演"赤壁船游"时也创作诗文，而且像做游戏一般与同伴共同创作互相比肩诗才。约翰·赫伊津哈（Johan Huizinga）在《游戏的人》中说"诗作实际上是游戏"，① 如此，在古代文人来看，诗歌创作也是一种游戏。他们平时也常常互相往来诗文，偶尔向对方的诗歌唱和或对其诗文批评，进行比较活跃的文学交流。在笔者看来，朝鲜文人重演"赤壁船游"也是一个同时代文人之间进行文学交流的场地。他们重演"赤壁船游"时，以各种方式来创作诗歌。

先考察一下几位文人以"联句"方式一起创作的诗歌。朝鲜燕山君八年（1502），朴訚、李荇、南衮等在蚕头赤壁之下重演"赤壁船游"时，几次用"联句"的方式创作了诗歌，《游蚕头》是有代表性的例子。

---

① "Poiesis, in fact, is a play – function." J. Huizinga: Homo Ludens: A Study of The Play – element in Culture, Boston: The Beacon Press, 1964, p. 119.

其一

月转三更近，蚕头望未遥。

波平舟自动，（华）坐久酒频销。

云过山光失，风高雨响骄。（说）

只应无此兴，万古几今宵。（择）

······

其五

急滩声撼晓，（说）凉雨势兼秋。

觞咏修前事，江山即旧游。（择）

褰篷迎月入，下碇待潮收。

去去江湖大，（华）吾生得自由。（说）①

上文所标记的"华""说""择"是他们的字，分别指南衮（字士华）、朴訚（字仲说）、李荇（字择之）。当时一起船游的三位文人分别创作了两三句，后写的人承接前人的上句，如此几位文人一起完成了一篇完整的诗歌。那么，如同接力赛跑一样，几位文人轮流写作而完成一首"联句诗"有什么意义呢？第一，具有几个人一起享受"游戏"的意义。他们把船游时所看、所听、所感顺次描写为一篇完整的诗歌，这样写诗的过程中会得到快乐和一体感。第二，通过几位文人之间互相比肩诗才进行善意的竞争。"联句诗"是后写的人承接前人写的诗句，而且在现场即兴写作，因而需要相当的诗才。故而在现场的文人之间也许造成某种紧张感，同时这会使他们互相较量诗才而产生竞争心，从而会引导善意的竞争。

下面考察一下几位文人用同一个诗韵来创作的诗歌。朴訚的《七

---

① 《蚕头录》，《容斋集》卷4，第36页。

月既望，与士华、择之泛舟蚕头下，占语韵各赋》① 和李荇的《占韵得语》② 是他们重演"赤壁船游"时用同一诗韵所作的诗。还有朴闇的《壬戌七月既望，同士华、择之，泛舟蚕头下，续东坡故事。是岁十月之望，与择之，复游蚕头下，占"霁"韵各赋》③ 是从上次重演"赤壁船游"过三个月后，即十月望日再次重演"赤壁船游"时三位文人亦用同一韵所作的诗。对他们来说这也是一种游戏，而且用同一诗韵来作诗的方式非常适合比肩诗才，因而他们有意识地选用这种方式来写诗。

此外，有时他们把他人诗句中的字作为韵字。比如，朝鲜燕山君八年（1502）壬戌七月既望，朴闇与李荇、南衮等，共泛蚕头峰下仿效苏轼重演"赤壁船游"，此时同游人李永元有"今日蚕头饮，当年赤壁游"之句，各占韵。④ 他们每首分别用这两句中的一字一共写了十首诗。

还有他们以唱和的方式互相交流的例子，比如，《壬午秋七月既望，邀金子固、蔡子休、杨质夫，出游仆广津村墅，泛舟中流，饮酒乐甚，时广陵歌姬二人来佐欢，计今二十三年矣。子固用此事寄诗，予亦以此答之》四首⑤、《追忆壬戌之秋七月既望，与南止亭、朴翠轩，蚕头峰下泛舟之游，用〈读张湖南七月十五夜诗〉韵》⑥ 等，但上面的例子不是在"赤壁船游"的重演现场写的，而是日后回忆当年的游戏而唱和的作品。

综合来看，朝鲜文人重演"赤壁船游"时趁这个机会，或者创作

① 《挹翠轩遗稿》卷1，第20页。
② 《容斋集》卷4，第421页。
③ 《挹翠轩遗稿》卷1，第21页。
④ 参见《续东文选》卷5，第107页。
⑤ 参见《四佳诗集》卷46，第73下页—74上页。
⑥ 《和朱文公南岳唱酬集》，《容斋集》卷8，第502页。

联句诗，或者使用同一诗韵写诗，抑或把选定的诗句中的字分韵作诗，还有唱和对方的诗等，通过各种方式来创作诗歌，与同时代文人进行了频繁的文学交流。而且有时他们把这些诗歌收集起来刊行成诗集，其中最有代表性的例子便是前文已经提过的《蚕头前后录》。此外，类似的例子还有《杨江泛月唱和诗录》，朝鲜仁祖二年（1622）李植和几位文人在杨江重演"赤壁船游"时创作的诗歌便收录于此诗集。他在《杨江泛月唱和诗录序》的最后说道："噫！诸君皆颠于遭者，幸今独遭于此，其可无纪志以传后乎，前后唱酬古今诗若干篇。疏庵以文弁其首，辑成一轴，不腆之词，叨有荣焉，作后序。"这些关于"赤壁船游"的诗文集刊行向我们展示当时通过"赤壁船游"进行的诗文创作活动的盛况，可见重演"赤壁船游"过程中朝鲜文人互相进行交流的情形和沟通的方式。从这一角度来看，可以说当时"赤壁船游"重演为同时代文人之间进行文学交流提供了非常合适的场地。他们确实通过"赤壁船游"重演获得了互相比肩诗才，并且互相沟通、一同取乐的机会。

以上列举的各种创作行为能够帮助朝鲜文人进行文学交流，通过这些活动他们还会沟通彼此的想法，还会比肩诗才，他们把"赤壁船游"重演活用为有益的手段。

更有趣的是"赤壁船游"不但促进了朝鲜文人之间的交流，而且也为朝鲜文人与中国使臣的交流提供了很好的话题，徐居正所作的《临津渡，谩赋一篇，录奉求正》①就是有代表性的例子。诗题中的"临津渡"指的就是位于坡州的"临津赤壁"，而这首诗是他们在此一起船游时写的。诗人在诗中极力称赞中国使臣，尤其把两位使臣的风采比喻为神仙："长风吹吹泛楼船，两使风彩如神仙。豪吟已见蛟

---

① 《四佳诗集补遗》卷2《皇华集》，第10页。

龙惊，挥毫落纸云烟横。"徐居正的另一首诗《临津舟中二首》① 亦是类似的例子。诗人陪着中国使臣在"临津赤壁"之下船游，其二的中间说"两公天上列仙流，来泛东坡赤壁舟"，把"两公"比喻为"天上列仙"，又在其二的后半部说："平生祇觉耽清兴，今日还惭忝胜游。为问津头阗塞者，往时有似此时不。"极力称赞中国使臣，表露相晤之喜。通过这些诗歌，可以窥见朝鲜文人在迎接中国使臣时也举行过"赤壁船游"，并且以诗文互相进行交流。以笔者来想，他们很可能为了对中国使臣表示亲切友好，特意以"苏轼及其文学"为纽带，尤其通过"赤壁船游"跟他们一起享受高雅的风流，很自然地互相往来诗文，由此沟通彼此的想法。更进一步，通过互相比肩诗才也可以学习中国文人的作诗技巧。总之，可以说当时的"赤壁船游"重演为两国友好往来做出了一些贡献。

由此可见，朝鲜文人把"赤壁船游"不只当作单纯的游戏，而且将其活用为与同时代文人进行交流之场地，更进一步，也增进了与中国使臣的友好交流。

四　结论

苏轼的《赤壁赋》在朝鲜很受欢迎，朝鲜文人还仿效苏轼多次重演"赤壁船游"。朝鲜文人认为"赤壁船游"是一种风雅有致的行为，也是一种非常理想的游戏，在他们的眼里苏轼"赤壁船游"的空间便是一种安乐乡，所以这种习俗在朝鲜文坛一直非常流行。许多朝

---

① 《次皇华诗》，《容斋集》卷8，第7页。

鲜文人每到七月既望或十月望日便在名为"赤壁"的地方重演船游，尤其到"壬戌年"他们对此赋予更大的意义，重演活动非常盛大。重演"赤壁船游"的风流当然源于对苏轼的推崇和钦慕，但更具体地说应当有更重要的目的和原因，而且他们的"赤壁船游"重演应当包含着某种意义。因此，笔者通过考察朝鲜文人重演"赤壁船游"时创作的一些诗歌，得出了如下结论：第一，"赤壁船游"的重演是朝鲜文人逃避现实的意识和追求自由的欲望之表达；第二，"赤壁船游"的重演是朝鲜文人希望跟苏轼进行精神交流的心理之表现；第三，"赤壁船游"的重演作为同时代文人之间进行文学交流的场地。由于这些目的，朝鲜文人常常重演"赤壁船游"，在朝鲜"赤壁船游"的重演渐渐固定为一种文化现象。通过这一现象可以窥见当时文人对苏轼的推崇程度，而且通过他们重演"赤壁船游"时创作的诗歌，也可以推想当时他们的创作心理。

另外，这一重演能够启发文人的艺术灵感，促使他们创作很多相关的诗赋、绘画等艺术作品。除了在前文谈论的诗歌作品之外，在朝鲜前期还曾出现过以苏轼"赤壁船游"为题材的绘画作品和以其绘画为题材的题画诗。还有在《赤壁赋》书帖上的题跋，摘取《赤壁赋》的字而凑成的集字诗，把《赤壁赋》改成韩国民歌形式的西道杂歌等。如此，从对苏轼《赤壁赋》的喜爱发源的"赤壁船游"重演对朝鲜文坛产生了非常深远的影响。

中国古代自传文学在
北宋政治语境下的变异
——以苏辙《颍滨遗老传》为例

王萧依[*]

　　《颍滨遗老传》是苏辙晚年隐居颍川时所作的自传，他在这篇自传中不吝篇幅，大量摘录了自己昔年所上的奏议、劄子并回顾了亲身经历的若干政治事件，而关于个人生命历程和生活感悟的内容则相当缺乏，风格也甚是平淡，长期以来并未能在自传文学的研究领域内获得足够的关注。事实上，《颍滨遗老传》是中国古代自传文学发展历程中一篇相当重要的作品，其创作特点、内容构成、精神内涵相较以往的自传都发生了根本性的变化，通过解读这篇自传，我们可以发现很多被长期忽视的重要问题。

一 《颍滨遗老传》的创作方式与内容构成

　　《颍滨遗老传》给人的直观印象多是寡淡乏味、缺乏个性色彩，传主形象并不突出，甚至淹没在了连篇累牍的奏议、劄子中，这很大程

---

　　* 王萧依：女，北京大学中文系 2015 级研究生。

度上是因为苏辙有意采用了与我们熟知的自传典范作品背道而驰的创作方式。中国古代自传文学最常见的类型有三种：其一是将自传性的作品命名为"自叙"或"自序"作附于某书，如司马迁《太史公自叙》；其二是自撰墓志铭或挽歌回顾、评价自己的一生，如白居易《醉吟先生墓志铭》；其三就是最为人所熟悉的《五柳先生传》型的自传——以作者的别号或绰号为传主、将作者本人从中剥离出来进行虚构性和现实性叠加的传记散文创作。中唐陆羽的《陆文学自传》和刘禹锡的《子刘子自传》是为数不多于题目上直接自称"自传"的作品。不论以上哪一类，其写作动机往往都是作者本人感受到自己与整个社会、世俗的差异而要在这种差异中肯定自己的存在，其写作时又常常自觉不自觉地显示出个人与时代、社会的紧密联系。如果仅从题目上来看，《颍滨遗老传》应该是属于《五柳先生传》这一类型的自传，但事实却完全相反，苏辙采取了近乎正史人物传记的叙述方式，不是以"余"或"客"之类的互动者视角来回顾人生足迹、辨明思想感情，而是尽可能拉开作者与传主的距离，力图以客观的立场来叙述这位"颍滨遗老"的人生履历。《颍滨遗老传》也以自报家门的惯例开篇：

> 颍滨遗老姓苏氏，名辙，字子由。父曰眉山先生，隐居不出，老而以文名天下，天下所谓老苏者也。欧阳文忠公以文章独步当世，见先生而叹曰："予阅文士多矣，独喜尹师鲁、石守道，然意常有所未足。今见君之文，予意足矣。"先生既不用于世，有子轼、辙，以所学授之，曰："是庶几能明吾学者。"母成国太夫人程氏，亦好读书，明识过人，志节凛然，每语其家人："二子必不负吾志。"①

---

① （宋）苏辙著，曾枣庄、马德富点校：《栾城集》，上海古籍出版社 2009 年版，第1280 页。

　　川合康三在《中国的自传文学》中认为："对于过去的中国人来说，家世的记录与其说是炫宗耀祖，毋宁说是显示其人自我特征时必不可少的要素。记叙某人事迹时，总要先说'某人，字某，某地人'，名、字以及籍贯，这三者是确定一个人社会存在的最重要的基本因素。"① 这是自传提供给读者最基本的信息要素，而作者提供这些信息的方式有着显著的差异，或是直接承认传主即本人展开自我书写（如曹丕《典论·自叙》），或是采用"不知其何许人也"的陌生化处理（如《五柳先生传》），因而也就出现了前文所述的不同类型。《颍滨遗老传》不同于其中的任何一种，苏辙在开篇处就为"颍滨遗老"确立了清晰的社会坐标，他有姓名、字、号，有优良的家庭教育环境，是一个正常社会内的士大夫，而不是那些不知何许人也、被抛掷出社会之外或有意疏离于社会的异人，但作者又不声明此人即"我"，而是在接下来的绝大多数篇幅内都用第三者的旁观角度来讲述"颍滨遗老"的一生，一方面尽力突出了传主及其事迹的现实性，另一方面最大限度保证自我书写的客观立场，让读者尽可能地和作者处在同一视角来旁观。

　　这篇自传另一个显著的创作特点是其摘抄汇总式的写作方法，其大部分内容并非由崇宁五年这次创作直接产生，而是摘抄、汇总了苏辙昔年在朝时所上的若干奏议、劄子及元符二年（1099）谪居循州时所著的笔记《龙川略志》中的部分内容，按照时间顺序串联了政治生涯中最为关键的若干节点，用平实质朴的语言书写成文，其篇幅和创作方法都是前所未见。《颍滨遗老传》中所收的奏议、劄子包括：嘉祐六年（1061）八月二十五日的《御试制策》、元祐元年（1086）闰二月一日所上的《乞罢左右仆射蔡确韩缜状》、二月二十八日的《乞

————————

① ［日］川合康三：《中国的自传文学》，蔡毅译，中央编译出版社1999年版，第11—12页。

更支役钱雇人一年候修完差役法状》、四月初三的《言科场事状》、五月初六的《论明堂神位状》、六月二十八日的《论兰州等地状》、七月初七日《再论兰州等地状》、元祐三年（1088）五月初一日文德殿转对所上的《转对状》、十一月《请户部复三司诸案劄子》、元祐五年（1090）五月二十二日《再论分别邪正劄子》《三论分别邪正劄子》、元祐六年（1091）二月初四《辞尚书右丞札子四首》其二、元祐八年（1093）正月十二日的《论黄河软堰札子附申三省状》、元祐九年（1094）三月十四日哲宗御集英殿策试进士时上奏的《论御试策题劄子二首》其一。《颍滨遗老传》基本保留了这些文献中最关键的内容并对部分语言做出了若干不影响实质的删略。另一主要内容来源是《龙川略志》，苏辙使用的内容包括：卷三"与王介甫论青苗盐法铸钱利害""议遣八使搜访遗利"二条，卷五"议定吏额"条，卷六"西夏请和议定地界"条，卷七"议修河决"条以及卷九"议奏旧门客"条，具体的引用情况与前一种类似，只进行了少量的改动或缩略，总篇幅比照录奏议、劄子的部分少。《龙川略志》的写作动机是"杜门闭目，追思平昔，恍然如记所梦"①，这与他在自传中声称自己的"阅箧中旧书，得平生所为，惜其久而忘之也，乃作《颍滨遗老传》"颇为相似，对政治的回忆转化成了创作冲动。《龙川略志》成书于元符二年，刚刚离开海角蛮荒之地的苏辙对绍圣时期遭遇的巨大危机仍保持着高度忧惧和谨慎，他在贬所依靠微薄的土地过着躬耕自给的清贫生活，老衰昏眩难以读书，被限制行动场所，也没有人敢和这位远贬罪臣深交，这与崇宁时期"府县嫌吾旧党人，乡邻畏我昔黄门"②的情境如出一辙。苏辙在笔记中所记的大部分内容都与新法、

---

① （宋）苏辙著，俞宗宪点校：《龙川略志》，中华书局 1982 年标点本，第 3 页。
② 《栾城集》，第 1189 页。

边事、水患和党争有关，这些内容后来都转移到了他的自传中。

摘抄汇总式的写法令《颍滨遗老传》既缺乏灵动趣味，又没有突出的人物形象，全然不像此前那些典范作品。然而，苏辙写作这篇自传的动机很可能本就不在于创作出一篇优秀的文学性散文，描绘一个理想中的"我"之精神，或构建出一个与众不同的"我"之形貌，他可能更想以自传为容器来储存他经历过的北宋王朝最重大的政治事件，奏议、劄子恰好是他最方便取用的第一手材料，而《龙川略志》则是他针对那些事件所作的备忘录，这也就是苏辙在这篇自传中花费大量笔墨对这两部分内容进行摘抄和汇总的原因。

二 "颍滨遗老"形象的显与隐——政治 符号与个人色彩

《颍滨遗老传》的传主形象，充当了王朝变革时期的政治符号，个人色彩则从文字表层退出，构成了显与隐两个层面的自我。

"颍滨遗老"是一个带有浓厚政治色彩的别号。"颍滨"是苏辙晚年闲居的地方，以闲居地点给自己起别号的做法屡见不鲜，也并无深意，而"遗老"却不然。宋代用"遗老"形容自己的文人不少，尤其是经历过中原沦丧、王朝倾覆的南宋文人，常常有前朝遗老流落江南的个人、民族失落感。但是在社会、经济、文化一度达到巅峰的北宋中后期，很少有士大夫会这样自我定位。除了"颍滨遗老"，另一位这样做的人是"庆湖遗老"贺铸，他"自言唐谏议大夫知章之后，且推本其初，以庆为姓，居越之湖泽所谓镜湖者，本庆湖也……

故铸自号庆湖遗老"①。贺铸虽与苏辙为同时代人，但他并没有经历过苏辙那样漫长且沉浮不断的政治生涯，"庆湖遗老"更像是一种文化意义上的认祖归宗。苏辙则不同，《石林燕语》有言："子由岭外归许下，号颍滨遗老，亦自为传。家有遗老斋。盖元祐人至子由，存者无几矣。"②"颍滨遗老"兼具前朝旧臣和先帝老臣的双重身份，而这意味着要被新朝代、新政权抛弃。苏辙认同、归属的元祐之政在他写这篇自传的崇宁五年早已不复存在，相关人物纷纷谢世，甚至连"元祐党人碑"也已诏毁，除了这位"遗老"，元祐时期留下来的政治"遗物"所剩无几。苏辙大抵是唯一能够为元祐之政留下见证、辩白以及政治"遗言"的人，而他本身也怀有强烈的书写欲望，他不仅要告诉世人他认同、代表的时代是怎样的，也要说明导致他成为"遗老"的时代是怎样的。

《颍滨遗老传》的内容在不同时间段上明显分布不均，其中以熙丰变法和元祐时期为最主要的叙述重心，而其间的贬谪时期则相当简略。熙丰变法时期的叙述聚焦在了与王安石论"青苗法"和与陈升之论遣使搜访遗利两件事上。熙宁二年（1069），王安石创"青苗法"，时任直制置三司条例司检详文字的苏辙批评他"急于财利，而不知本"，加之"吕惠卿为之谋主"，几人"议事多牾"，常有分歧。苏辙虽力劝王安石勿急于推行"青苗法"且已被采纳，然而却因河北转运判官王广廉"私行青苗法，春散秋敛，与介甫意合"而最终失败。苏辙与枢密副使陈升之间的事件也是类似的结果，最终"知力不能救，以书抵介甫、阳叔，指陈其决不可者，且请补外"。这次争执最后的结果是苏辙人生中第一次外放而后又连坐远贬，从熙宁三年

---

① （元）脱脱等：《宋史》卷170，中华书局2000年标点本，第10199页。
② （宋）叶梦得著，宇文绍奕考异，侯忠义点校：《石林燕语》，中华书局1984年整理本，第152页。

（1070）任陈州教授一直到元丰八年（1085）神宗卒、哲宗即位，这十六年中苏辙经过了种种人生起落，其间还发生了苏轼"乌台诗案"导致自己在筠州一贬五年，他在这一时期的诗歌作品中反复强调自己压抑、郁闷、黯淡的情绪，又往往转向内在精神世界寻求解脱，通过学道、修佛来化解心结。这十六年（尤其是筠州时期）是苏辙人生经历中非常关键的一个阶段，也是文学创作的高产期，然而苏辙在他这篇一万七千余字的自传中仅用了一百九十四字轻描淡写地将其带过了。随之而来的元祐朝，是苏辙在政治舞台上大放异彩的仕途巅峰时期，也是他自传中着笔最多、最不能被"久而忘之"的人生阶段，而党争的主题贯穿了他对于元祐朝的全部叙述。元祐元年初，苏辙甫一回京，就乞罢蔡确、韩缜二相，其后接连上书弹劾蔡京、吕惠卿、章惇等人，而《颍滨遗老传》只选录了《乞罢左右仆射蔡确韩缜状》，并且引用只略去了原文的起首、贴黄及正文中间的三句话，其余内容几乎全部照搬进了《颍滨遗老传》，这既反映出了苏辙对新旧两党不可兼用这一原则的重视和坚持，也深刻体现了党争在北宋中后期对时局及士大夫个人的深刻影响。苏辙与东山再起的旧党也充满纠葛，他批评司马光"不达吏事"，分别上了《乞更支役钱雇人一年候修完差役法状》和《言科场事状》来阻止司马光短时间内尽废新法，然而"众皆以为便，而君实始不悦矣"。元祐后期，太皇太后高氏起用吕大防、刘挚，他们在人心思定、政局相对安稳的环境下，主动要求任用原来的新党大臣以维持局面稳定、维护既有利益，而高后一方面也意图利用党争来实现制衡，另一方面又对过去五年的既行政策开始犹豫、摇摆，元祐初期被苏辙竭力请求罢黜的新党官吏也趁势而起。苏辙针对局面接连上了《乞分别邪正劄子》《再论分别邪正劄子》《三论分别邪正劄子》，极力阻止宣仁后采用"调停"之说。元祐时期苏辙在边事和水患上都投入了大量精力，自传中也不同程度地叙及了这些内容，但他用了全文近两成的篇幅过录同属"分别邪正"这一主题的两道劄子原文，其叙述重心不言而喻。他锲而不舍地强调分别邪正、分别君子小人，而他笔下的"颍滨遗老"显然是属于"正"和"君子"这一方的，这便是他对元祐之政的认同感和归属感之所在。元祐八年九月初三，太皇太后高氏卒，次年哲宗亲政，改元绍圣，意在追复先帝之政，继承元丰之法，而李清臣、邓润甫等元丰时期的新党大臣也重新崛起。关于这一时期的政治活动，自传主要吸收了《龙川略志》中"议修河决""奏议旧门客"两条的主要内容及《论御试策题劄子二首》其一，这三件事上苏辙的主张基本上都落空了，失败的原因是多方面的，根据他自己的叙述来看，黄河改道之事是因为与事官员分歧较大，随后"辙亦以罪见逐"无力干预相关决策，奏议门客之事则是被李清臣阻挠，而论御试策题之事，则是直接导致皇帝不满而苏辙被责外放汝州的导火索。科举考试的试题一向是传达政治风向的敏感信号，苏辙本人对此更是深有体会，元祐时期他就曾竭力阻止司马光对科举考试政策进行剧烈变革。元祐九年（1094）三月十四日，哲宗御集英殿策试进士，"邦直撰策题，即为邪说，以扇惑群听"①，苏辙对李清臣借机诋毁元祐之政十分不满，上书力劝皇帝不要"轻变九年已行之事，擢任累岁不用之人"，结果是"奏入不报，再以劄子面论之，上不悦。李、邓从而媒蘗之，乃以本官出知汝州"②。苏辙在北宋王朝政权中心的政治生涯就此宣告结束，离开京师之后他很快就连遭弹劾、一路远贬，"遗老"自此诞生，而其贬谪生活则再一次被淡化为寥寥数语。

苏辙最不能忘却的这些政治事件，关系着文人士大夫的命运以及时人、后人对元祐之政的定性和评论，因而他愿意为此不惜笔墨，且有意选取了自己与新旧两党多位重臣交锋的若干事件，着力于借此凸显自己独立的政治人格，以期能在道德上获得强大的说服力来为元祐之政辩白。

自传从苏辙二十三岁举制科写到六十八岁退居颍滨，在这漫长的时间里"颍滨遗老"的形象始终是一个鲜明且稳固的政治符号——直言极谏、贤良方正、不私不党、恪守原则，其心理状态始终如一，这在现实中来说是不可能的，然而这又是中国古代文人自传中最常出现的现象，川合康三将其描述为"一幅须眉无改、衫履不易的肖像画式的固定了的自画像"①，这恰好是苏辙最想示人的自我形象，作为变革时代中政治符号的"颍滨遗老"被一再强调，而内在的个人生活经历、情感体验则隐匿其下，或是从政治事件的叙述中流露出其人格操守和精神信念，或是在简略描述谪居生活时展示其学术兴趣和生活状态。苏辙选择以如此复杂又隐晦的方式来完成自我形象的塑造，以至于几乎牺牲掉了自传直观的文学美感，其创作动机值得深究。

三 《颍滨遗老传》的精神内涵及所获反响

《颍滨遗老传》实质上相当于"颍滨遗老"的政治备忘录，而这一性质使得自传所记载的内容选择带有了明确的指向性和目的性，如何在崇宁五年的现实处境中，通过有限的文字完成急迫又存在风险的政治辩

---

① ［日］川合康三：《中国的自传文学》，蔡毅译，中央编译出版社1999年版，第53页。

白，是苏辙要考虑的最重要的问题。作为一个此时已经被宣判政治生命结束的边缘人，他要趁自己还有清醒的头脑和深刻的记忆时，保存下这四十六年里各种纷争的第一手史料，供时人及后人辨明是非。自传文学在苏辙手中发生了根本性的变异，不仅具备了史传的立场和叙述，还成了政治历史的遗迹和证明，甚至它本身就是历史。此时的苏辙是一个被刻上过奸党碑、被革除姓名不得在京差遣甚至被罢去祠宫的罪人，是一个永远丧失了政治话语的人，他所代表的"元祐党人"亦是如此。如果历史将由对立面的"胜利者"来书写，那他所践行、坚守的一切都将化为泡影，不仅自己，有关元祐之政的一代士大夫都可能从此身败名裂。政治失败的处境不允许他公然辩白，迫于自己人格原则及日渐衰病、可能来日无多的压力，他又不得不尽快辩白，在这样的挤压下这篇自传诞生了，他无暇顾及自己遭到了怎样严重的打击或经历了何种人生体验，他在自己所代表的士大夫群体翻身无望的时候留下了这份政治备忘录，作为供人判断当年是非黑白的直接证明，这便是"颍滨遗老"这个人化为政治符号而存在的意义，是其创作的动机和隐衷。

《颍滨遗老传》与刘禹锡的《子刘子自传》有很大程度的相似性。刘禹锡在永贞革新失败后也是一个被终结了政治生命的罪人，于七十一岁的风烛残年，在严峻的处境下曲笔婉言，对造成他人生大厦轰然坍塌的"二王事件"进行了详细的记述，关于对与自己息息相关的那些政治人物的评价，苏辙的自传也与刘禹锡颇为类似。刘禹锡要阐明自己的立场、态度，就不能回避"二王"，但他不仅没有明确支持过导致自己扶摇直上的"二王"，反而还评价王叔文"以善弈棋得通籍博望""自言猛之后，有远祖风""工言治道，能以口辩移人"①，这些字眼并不能算是正面的评价，从自传中也完全找不到他公然支持

---

① （唐）刘禹锡：《刘禹锡集》，上海人民出版社 1975 年版，第 393 页。

"二王"的证据。但对于自己跟随"二王"推行永贞革新，他的态度在最后的铭文中已经十分清楚："人或加讪，心无疵兮。"刘禹锡并不完全认同王叔文的为人，但对于自己在当时大势所趋下追随"二王"进行革新，他是无怨无悔的，因而才能在种种纠结、扭曲、压迫之下，产生这样一篇试图自我辩白又委曲难解的自传。绍圣之后的苏辙也处于同样的境地，他必须为元祐之政辩白，如此便绕不开新旧党争，更绕不开王安石和司马光，尤其是司马光，他尊敬这位极具"清德雅望"的前辈，但无法苟同他推行的一些政策，他对新旧两党中的任何一位官员都没有绝对的支持或反对，但根据时势的需要，他又毅然地站到了"元祐党人"的队伍里。刘禹锡和苏辙都是在生命的最后阶段，回顾着曾经导致自己政治生命走上巅峰又跌入谷底的重大事件，内心都显得错综复杂、扑朔迷离，都怀着急切的、不得不发出却又被外界压抑的呼喊，他们被剥夺了士大夫的政治生命，渴望寻回自我价值，但他们最大的不同在于刘禹锡更多的是想借为一个时代说话来为自己稳定不变的精神立场说话，而苏辙则更倾向于以一己之力来为一个群体、一个时代辩白。

后人不同程度地意识到了《颍滨遗老传》中的一些特殊之处。朱熹发现了苏辙在筛选自传内容时明显的倾向性和目的性："子由深，有物。作《颍滨遗老传》，自言件件做得是。"① 苏辙选取的都是对他的辩白极为有利的材料。金代文人王若虚对《颍滨遗老传》的文体特色和创作动机产生了质疑和批评："古人或自作传，大抵姑以托兴云尔。如《五柳》《醉吟》《六一》之类可也。子由著《颍滨遗老传》，历述平生出处言行之详，且诋訾众人之短以自见，始终万数千言，可谓好名而不知体矣。"② 他所列举的陶渊明、白居易、欧阳修的自传，

① 黎靖德编，王星贤点校：《朱子语类》，中华书局1986年整理本，第3118页。
② 王若虚著，胡传志、李定乾校注：《滹南遗老集校注》，辽海出版社2006年版，第419页。

正是最为人所熟知的自传典范作品，他对于苏辙这篇自传的特色与这些代表作背道而驰的认识是比较到位的，但他将其目的评价为"诋訾众人之短以自见"是颇为片面的。王若虚也是一位"遗老"，他在由金入元后隐居不仕，自号"滹南遗老"，但他经历的政权更迭与颍滨遗老经历的政治变革是有本质差别的，他并没有挖掘出所谓"好名"背后更深的动机和隐衷。相比这二人的批评，《宋史》给了《颍滨遗老传》另一种回响，元代史官完全接纳了苏辙有意为之的史体，将《颍滨遗老传》进行篇幅删减后吸收进《宋史》成了苏辙的本传，且通过对读就可以发现史传保留部分的文字内容与自传的重合程度相当之高。这当然受到《宋史》本身修撰方式的影响，但也切实给出了苏辙所渴望的、对他本人及元祐党人、元祐之政的承认，《颍滨遗老传》中所包含的以个人之力为政治群体和时代存史、辩白从而夺回其社会、政治价值的迫切愿望，最终得以实现。

从以上三个方面解读《颍滨遗老传》，可以看出这篇自传的特殊意义所在。苏辙在自传文学的创作历史上树立起了一个非常独特的标杆，他用极其隐晦、曲折的笔法为自己及所代表的士大夫群体和政治时代制作了一份备忘录。他的自传写得最长，却也最不像自传，他抛弃了前人在书序中显露家世、突出自我与世俗差异的创作意图，也偏离了"五柳先生"们塑造精神家园和理想人格的希冀，他在自传中隐蔽地扮演了历史的记录者，通过存史、备忘的方式，努力夺回在现实中丧失的话语权和政治价值。如果摆脱单纯考察自传文学性的局限，从思想内涵、历史意义等更多角度重新审视《颍滨遗老传》，或许可以更加深刻地认识到这篇自传的价值所在。

张耒诗典范化的启示

王建生*

张耒（1054—1114）是北宋中后期重要的文学家，"苏门四学士"之一。张耒的诗歌，虽不及苏轼诗众体兼备、汪洋恣肆，也不像黄庭坚诗那样具有开宗立派的影响力，却能在苏门文人圈中自具面目：自然奇逸、平易圆妥，体制敷腴、疏通秀朗。围绕张耒诗歌的特点或成就，南宋文人有广泛、深入的讨论：或取其自然平易，或推其乐府功力，或称道其作诗之法等。对张耒诗各取所需的接受，既体现了南宋诗坛不同的审美标准和创作倾向，又不同程度地推动张耒诗典范化的进程。本文拟以吕本中、周紫芝对张耒诗的接受为中心，意在探讨南宋诗坛对元祐诗学资源进行整合利用时，从哪些方面予以接受？接受背后的动机如何？又留下哪些经验和启示？

一

苏轼曾多次评及张耒文章，比如熙宁八年（1075），正知密州任的苏轼在写给张耒的信中，指出张耒文章酷似苏辙，有"汪洋澹泊，

---

* 王建生，男，北京大学中文系 2010 届博士毕业，现为郑州大学文学院副教授。

有一唱三叹之声，而其秀杰之气，终不可没"① 的特色、价值。苏轼之所以有此评价，主要因为张耒已追随苏辙四年之久，耳濡目染，连文风也酷似苏辙。据《宋史·张耒传》，熙宁四年（1071）十八岁的张耒在陈州游学，深得学官苏辙的赏识。由苏辙举荐，熙宁八年张耒才拜到苏轼门下。

张耒成为苏轼门生后，苏轼对其知之甚深，随着苏门核心成员的稳定化，苏轼多次评述以黄庭坚、晁补之、张耒、秦观为核心的文学同盟的道德及文学宗尚。元丰五年（1082）谪居黄州的苏轼，在《答李昭玘书》中说道："轼蒙庇粗遣，每念处世穷困，所向辄值墙谷，无一遂者。独于文人胜士，多获所欲，如黄庭坚鲁直、晁补之无咎、秦观太虚、张耒文潜之流，皆世未之知，而轼独先知。"② 苏轼甚至断言，"比年于稠人中，骤得张、秦、黄、晁及方叔、履常辈，意谓天不爱宝，其获盖未艾也。比来经涉世故，更欲求其似，邈不可得。以此知人决不徒出，不有益于今，必有觉于后，决不碌碌与草木同腐也"③。事实证明，四学士、六君子作为集体性存在，的确对后世的文章、道德产生了深远的影响。苏轼竭力称道的，正是张耒、秦观等人的君子风度。在《太息一章送秦少章秀才》中："张文潜、秦少游此两人者，士之超逸绝尘者也。非独吾云尔，二三子亦自以为莫及也。士骇于所未闻，不能无异同，故纷纷之言，常及吾与二子，吾策之审矣。士如良金美玉，市有定价，岂可以爱憎口舌贵贱之欤？"④ 从苏轼的自述中，可以看出他对张、秦"超逸绝尘"品格的欣赏。

值得注意的是，以上引述的苏轼对张耒的评价，对象不止张耒一

---

① 《答张文潜县丞书》，《苏轼文集》卷49，中华书局1986年点校本，第1427页。
② 《答李昭玘书》，同上书，卷49，第1439页。
③ 《答李方叔十七首》，《苏轼文集》卷53，第1581页。
④ 《苏轼文集》卷64，第1979页。

人，或连类及之，或多人共评。两宋之交的朱弁，在《曲洧旧闻》中记载了这样一段评述：

> 东坡尝语子过曰：秦少游、张文潜才识学问为当世第一，无能优劣二人者。少游下笔精悍，心所默识而口不能传者，能以笔传之。然而气韵雄拔、疏通秀朗当推文潜。二人皆辱与予游，同升而并黜，有自雷州来者，递至少游所惠书诗累幅。近居蛮夷得此，如在齐闻韶也。汝可记之，勿忘吾言。①

苏轼向儿子苏过品评秦观、张耒时，指出他们二人不分轩轾，文章也各有所长。在讲述这段话时，苏轼、苏过父子远在儋州；苏轼检点平生交游，秦观、张耒的才识、学问文章，以及与之"同升而并黜"的遭际，愈觉二人之可贵。因此，对于二人的类似定评式的评价更不能湮没无闻，故命苏过谨记在心，"汝可记之，勿忘吾言"，可看出他对这一评价极其重视，希望它能传世。在这段文字中，"气韵雄拔、疏通秀朗"是苏轼对张耒文章技法与成就的评价。何谓"气韵雄拔、疏通秀朗"？即格调立意高远、行文畅达俊爽。前者要求气度、修养迥乎时流，也就是超脱时俗，对苏门中人来讲，无论是心胸、眼界都要站在一定高度；后者则是诗歌艺术技巧的纯熟，从字句、篇章到韵律结构，流畅而无隔膜，蕴含着清爽的美。苏轼此番评价，与其重视君子风度的诉求密不可分。

张耒虽属苏轼门下"四学士"之一，但他最初结识的却是苏轼的弟弟苏辙。现存史料中，苏籀所记苏辙生平杂论——《栾城先生遗言》中，有几段文字是评价张耒诗文的：

---

① 朱弁：《曲洧旧闻》卷5，中华书局2002年点校本，第155页。

张十二之文，波澜有余，而出入整理骨骼不足。秦七波澜不及张，而出入径健简捷过之。要知二人，后来文士之冠冕也。

公言张文潜诗云："龙惊汉武英雄射，山笑秦皇烂漫游。"晚节作诗，似稍失其精处。

苏辙文集中，并未见直接评价张耒诗文的材料。《栾城先生遗言》虽然是苏籀所记，但可信度较高。上引《栾城先生遗言》中，苏辙对张耒诗文的评价，有以下值得注意之处：第一，"波澜有余"，即文章气势壮阔，这一点与苏轼所说的"气韵雄拔"相合；"出入整理骨骼不足"，则是指内在架构不完美，有些地方写得好，有些部分写得弱，并非有机整体。苏辙所指出这一缺憾，南宋时朱熹说得更清楚、更直接，就是"结末差弱"①。第二，张耒晚年诗失之粗率，不如青壮年时期精致讲究。从后者看，苏辙对张耒保持着持续关注，而且毫不隐讳地指出张诗的不足。

苏门文人集团中的黄庭坚、晁补之也对张耒诗文有所评价。黄庭坚坚信张耒"文字江河万古流"②；晁补之《题文潜诗册后》云："君诗容易不着意，忽似春风花自开。"强调的是张耒诗歌自然妥帖的一面。

12世纪的前十年，以苏轼为核心的元祐文人，先后辞世。秦观卒于元符三年（1100），苏轼卒于建中靖国元年（1101），陈师道亦卒于本年；黄庭坚卒于崇宁四年（1105）；晁补之卒于大观四年（1110）；苏辙卒于政和二年（1112）；张耒卒于政和四年（1114）。"时二苏及黄庭坚、晁补之辈相继没，耒独存，士人就学者众"③，两

---

① 黎靖德：《朱子语类》卷140，中华书局1986年点校本，第3330页。
② 《病起荆江亭即事十首》其九，《黄庭坚诗集注》，中华书局2003年点校本，第521页。
③ 《宋史》卷444《张耒传》，中华书局1985年版，第13114页。

宋之际不少文人如叶梦得、周紫芝、翟汝文、张表臣、何大圭、潘懃、杨道孚等，曾直接向张耒请教诗法，吕本中是其中突出的一位。

张耒年长吕本中（1084—1145）三十岁，当属师长辈。与吕本中有交往的苏门成员中，可考者仅张耒一人。吕本中与张耒的交往，应在崇宁五年至大观二年间（1106—1108）。《紫微诗话》："张文潜大观中归陈州，至南京，答余书云：'到宋冒雨，时见数花凄寒，重裘附火端坐，略不类于春气候也。'"① 崇宁元年，张耒因党论复起，贬房州别驾，黄州安置。崇宁五年（1106），归淮阴。大观二年（1108），居陈州（今河南淮阳）。在此期间，吕本中随侍祖父吕希哲居宿州（今安徽宿州）——汴河水运的要冲。张耒自淮阴沿水路到南京（今河南商丘），必经宿州，在此与吕希哲、吕本中祖孙相会。苏门中人与吕氏家族有交游，秦观写给吕公著的投卷，就收藏在吕本中那里。张、吕会晤期间，张耒曾为亡友秦观的投卷作题跋：

> 余见少游投卷多矣，《黄楼赋》《哀铹钟文》，卷卷有之，岂其得意之文欤？少游平生为文不多，而一一精好可传，在岭外亦时为文。此卷是投正献公者，今藏居仁处。居仁好其文，出予览之，令人怆恨。大观丁亥仲春，张耒书。②

《紫微诗话》所载略同，"好其文"下，为"出以示余，览之令人怆恨。时大观改元二月也"。今人王兆鹏据此推断吕、张会晤在大观元年（1107）二月③，较为可信。张耒离开宿州后，吕本中写诗赠别，《送文潜归因成一绝奉寄》诗云："水天空阔片帆开，野岸萧条送

---

① 何文焕：《历代诗话》，中华书局 1981 年标点本，第 371 页。
② 《张耒集》卷 54，第 825 页。
③ 王兆鹏：《吕本中年谱》，《两宋词人年谱》，台北文津出版社 1994 年版，第 321 页。

骑回。重到张公泊船处，小亭春在锁青苔。"① 送别张耒后，吕本中怅惘不已，重访张耒经行之处，愈觉意犹未尽。宿州分别后，吕本中又有《奉怀张公文潜舍人二首》，其一："颜子置身陋巷，屈原放迹江湖。何似我公归去，马羸不厌长途。"其二："胸中有万斛力，胸次乃千顷陂。字画颜行杨草，文章韩笔杜诗。"②

吕本中向张耒请教诗法的具体细节，今天已无从得知。不过，在吕本中的诗学批评和诗歌创作中，却保留了他对张耒诗歌深刻体悟的印迹。

二

两宋之际文人中，吕本中较早地总结了张耒诗风的特点是"自然奇逸"。《吕氏童蒙训》有这样一段评述："文潜诗自然奇逸，非他人可及。如'秋明树外天''客灯青映壁，城角冷吟霜''浅山寒带水，旱日白吹风''川鸣半夜雨，卧冷五更秋'之类，迥出时流，虽是天资，亦学可及。学者若能常玩味此等语，自然有变化处。"③ 吕本中以诗例的形式，说明张耒诗具有"自然奇逸"的特点。从所举的诗句来看，多为自然意象，营造了无挂碍的澄明之境。张耒确实讲究诗句、诗律的琢磨，他擅长的五言近体诗，精于创造极具动态化的意象组合，给人以新颖、明快之感。吕本中所举到的这些诗例，有这样的特

---

① 吕本中：《东莱先生诗集》卷1，《四部丛刊续编》，上海书店出版社1985年影印本，第3页。

② 《东莱先生诗集》卷2，第5页。

③ 魏庆之：《诗人玉屑》卷18"自然奇逸"条，上海古籍出版社1978年版，第574页。

点：第二或第三个字多用形容词或动词，将前后的名词性意象勾连起来，既有奇特的语言、音律效果，又使原本静态的意象拥有了个性、活力。他有时还将本身已具动态的意象再度活动起来，如"语莺知果熟，忙燕聚新泥"①"日动乌栖叶，云开雁去风"② 等，同一诗句中动词的连续使用，同样造成新颖律动的效果，但读来却无刻意雕琢之感。吕本中所说的自然奇逸，指的应是张耒诗的上述特质。

大观三年（1109）春，吕本中自真州（今江苏仪征）至扬州，作有《广陵》诗："往来六十里，各是一江郊。柳色团涡岸，春风杨子桥。好山当断岸，野鸟度空巢。一任雷塘路，暮天风雨号。"③ 据《元丰九域志》卷五载，扬州至真州三十里。吕本中到了扬州（即广陵）后，再返回真州，故诗中说"往来六十里"。这是首纪行诗，记述了真州至扬州途中风物、节候等，纯以描绘自然风光为主，深合"自然奇逸"的特质。

值得注意的是，《广陵》诗题下有吕本中的原注："借韵戏用文潜体。"吕本中借用的是张耒哪一首的韵呢？那便是张耒《岁暮书事十二首》的第一首，诗云："岁晏北风疾，山空万谷号。木枯随意折，鸿断不成高。深屋支蓬户，温炉暖缊袍。老夫原不寐，鸣竹鼓萧骚。"④ 无论用韵还是风格，《广陵》诗都在学张耒。只是张耒所写乃年终岁末景致，且诗中有"老夫原不寐"这种主观性意象；吕本中《广陵》去除了所有主观性的诗材，全力营造自然之境，从此也可看出吕本中对"自然奇逸"的理解。

除了总结张耒诗"自然奇逸"的特点外，吕本中还提出了"文潜

---

① 《暮春三首》其三，《张耒集》，第292页。
② 《冬日书事二首》其二，《张耒集》，第325页。
③ 《东莱先生诗集》卷3，第1页。
④ 《张耒集》卷17，第295页。

体"的说法。翻检《全宋诗》可以发现，南宋文人次韵、追和张耒诗的并不少，足见张耒对南宋诗坛的潜在影响。如翟汝文《次韵张文潜龙图鸣鸡赋》（《忠惠集》卷五）；陈长方《读张文潜黄鲁直中兴颂有作》（《唯室集》卷四）；王之道《九江解舟顺风追和张文潜》（《相山集》卷二）、《晓解槮潭追和张文潜白沙阻风》（《相山集》卷五）、《梅花十绝追和张文潜韵》（《相山集》卷十四）；张嵲《张文潜作淮阴侯诗，有"平生萧相真知己，何事还同女子谋"句，因为萧相代答一首》（《紫微集》卷九）；王洋写有《和张文潜输麦行寄滁守魏彦成》（《东牟集》卷二），女词人李清照也写有《浯溪中兴颂诗和张文潜》二首，借咏唐室来讽喻北宋末年朝政。上述诸人虽然都有和作，但都没有使用"文潜体"这一说法。遍查两宋之际的诗论资料，亦无"文潜体"说法的其他佐证。诗歌史上对那些艺术手法独特、影响深远的诗人，其诗歌往往用"××体"指称。南宋严羽《沧浪诗话》举到的宋代诗体有"东坡体""山谷体""后山体""王荆公体""邵康节体""陈简斋体""杨诚斋体"，并没有提到"文潜体"。吕本中所谓"文潜体"，究竟是吕本中归纳提炼的新概念，还是当时已被认可的苏、黄之外另一种诗歌体式？下面我们从吕本中与张耒的关系入手，对吕本中提出"文潜体"的动机、诗学目的予以分析。

上文已指出，吕本中的近体五律《广陵》，在精心模仿张耒诗。除了模仿张耒的五律，吕本中还"喜张文潜《七夕歌》，令人诵"①。《七夕歌》属古乐府（《张耒集》卷三）。不仅如此，他还追和过张耒的古体歌行《于湖曲》，诗题曰："晋大宁四年，王敦自武昌下屯于湖。明年六月，敦将举兵内向，明帝微行至于湖阴，察其营垒而去。唐温庭筠作《湖阴曲》，盖为此也。后汉王霸之孙改封芜湖，吴时此

---

① 曾季貍：《艇斋诗话》，丁福保：《历代诗话续编》，中华书局1983年版，第288页。

地称于湖，或称芜湖，察其营垒，则姑熟之西初无湖阴，又且于湖乃芜湖也。张文潜有《于湖曲》，广其意追和焉。"① 张耒诗歌中最有特色的近体律诗和乐府，吕本中都有意地潜心追拟，一方面可见他学习"文潜体"的自觉，同时也说明张耒诗在他心目中的地位——苏、黄之外另一个可以宗法和取径的对象。

吕本中之所以追慕"文潜体"，与其诗学宗尚有密切关系。他的《江西诗社宗派图》确立了以黄庭坚为宗主、重学问典实、讲究练字炼意的诗派，不过在后来的诗歌实践中，吕本中注意江西诗派末流艰涩瘦硬之弊。政和三年（1113）吕本中就已经意识到只学黄诗的流弊，认为应当以苏济黄，云："自古以来，语文章之妙，广备众体，出奇无穷者，唯东坡一人。极风雅之变，尽比兴之体，包括众作，本以新意者，唯豫章一人。此二者，当永以为法。"② 对于学诗者来讲，那就是要以苏、黄诗作为范式。在《童蒙诗训》中，吕本中主张将杜诗作为终极目标，要涉其之涯涘，则须研习苏、黄诗歌，知其"为"和"不为"，"学诗须熟看老杜、苏、黄，亦先见其体式，然后遍考他诗，自然工夫度越过人"③。吕本中提出了宋诗发展的卓见——苏、黄并重，为宋诗的良性发展指明了道路。既然有苏、黄诗歌作范式，为什么他还要研习张耒"文潜体"呢？这与吕本中"不主一门，不私一人，善则从之"④ 的文化态度有关，更与张耒诗的独特性有关——兼具苏轼、黄庭坚诗的特点。

南宋刘克庄总结了北宋后期受苏轼、黄庭坚影响而形成的两种诗风："元祐以后，诗人迭起，一种则波澜富而句律疏，一种则锻炼精

---

① 吕本中：《东莱先生诗外集》卷2，《宋集珍本丛刊》影宋庆元五年黄汝嘉江西诗派本，线装书局2004年版，第38册，第797页下栏。
② 陈鹄：《西塘集耆旧续闻》卷2，上海古籍出版社1993年版，第14页。
③ 郭绍虞：《宋诗话辑佚》，中华书局1980年版，第586、603页。
④ 《东莱吕紫微师友杂志》，《丛书集成初编》，中华书局1985年重印本，第11页。

而情性远，要之不出苏、黄二体而已。"① 张耒的诗，既有近似于苏体的"波澜富"，又具黄体的"锻炼精"。关于前者，苏辙曾评其文"波澜有余"（上文已引），苏轼曾说"张（耒）得吾易"②；叶梦得对张耒诗文有过这番评论："雍容而不迫，纡裕而有余，初若不甚经意，至于触物遇变，起伏敛纵，姿度百出，意有推之不得不前，鼓之不得不作者。而卒澹然而平，盎然而和，终不得窥其际也。"③ 后世文人注意到张耒诗平易自然、词浅意深的特色，认为这一特点与苏轼风格接近。进而认为张耒与黄庭坚属于截然相反的诗风，事实上并非如此。

张耒推崇黄庭坚的诗，"有学者问文潜模范，曰：'看《退听稿》。'"④ 还曾说："以声律作诗，其末流也，而唐至今诗人谨守之。独鲁直一扫古今，直出胸臆，破弃声律，作五七言，如金石未作，钟磬声和，浑然天成，有言外意。近来作诗者颇有此体，然自吾鲁直始也。"⑤ 张耒竭力推崇的，正是黄庭坚继承老杜拗体之风，打破声律束缚，在五七言诗歌方面的贡献。在诗学实践中，张耒非常注重格律句法，与黄庭坚实有相通之处，这一点学界很少有人提及。"作诗先严格律，然后及句法"⑥，这是张耒传授给后学的诗法，暗合了黄庭坚"无一字无来处""点铁成金"（《答洪驹父书》）的山谷诗法。张耒诗在格律、句法方面确实有"法"可依。对于吕本中来讲，张耒诗兼具苏轼式的自然流畅和黄庭坚式的句法韵律，要想不偏不倚，就要以苏

---

① 刘克庄：《后村诗话》前集卷2，中华书局1983年版，第26页。
② 王应麟：《困学纪闻》卷17《评文》，上海古籍出版社2008年版，第1865页。
③ 《石林叶氏集序》，马端临：《文献通考》卷237《经籍考》引，中华书局1986年版，第1885页上栏。
④ 《苕溪渔隐丛话》前集卷49，人民文学出版社1962年版，第334页。
⑤ 同上书，卷47，第319页。
⑥ 陈天麟：《太仓稊米集序》，《太仓稊米集》卷首，文渊阁《四库全书》，台北商务印书馆1986年影印本，第1141册，第3页。

济黄进而融合苏、黄，张耒诗恐怕是最就近、最切实的取径对象，他着意追模"文潜体"的动机，正在于此。

吕本中注意到张耒诗"自然奇逸"特点——不刻意锻炼、新颖自然，这一特点为南宋诗人提供了宝贵的艺术经验，直接影响了他们的诗歌创作。中兴诗人杨万里祖述吕本中的"自然奇逸"之说，吸其精华，进而形成师法自然的观念，写出诸多灵动活泼的"诚斋体"杰构。

三

周紫芝（1082—1155）早年曾师从张耒、李之仪学诗。孙觌《竹坡词序》指出："竹坡先生少慕张右史而师之，稍长，从李姑溪游，与之上下其议论，由是尽得前辈作文关纽。"① 孙觌所作序中，仅交代了周紫芝曾师承张耒，至于何时何地向张耒学诗，则语焉不详。周紫芝自述学诗经历的一段文字——《诗八珍序》，则补足了这些重要信息：

> 余年十二三岁时，已不喜儿曹嬉戏事，闻先子与客论书，常从傍窃听，往往终日不去。是时张文潜为宣守，时时得所为诗，诵之辄喜，自是见俗子诗必唾而去之不顾也。
>
> 逮今三十四年，不能仅窥作者门户，而心益嗜他人之作，略不少衰。绍兴元年春，避地山间，不能尽挈群书以行，携古今诸

① 周紫芝：《竹坡词》卷首，《宋六十名家词》，上海古籍出版社 1989 年影印本，第537 页。

人诗，唯柳子厚、刘梦得、杜牧之、黄鲁直、杜子美、张文潜、陈无已、陈去非，皆适有之，非择而取也。使小儿辈抄为小集，日诵于山中，行住坐卧必以相随，尝号为诗八珍。①

这段序文作于绍兴元年（1131）之后。建炎三年（1129）金兵渡江而南，追击宋高宗赵构，江南地区也陷入兵火扰攘之中。周紫芝避难山中，仓皇之中，不可能将所藏诗集全都带上，便携带杜甫、柳宗元、刘禹锡、杜牧、黄庭坚、张耒、陈师道、陈与义八家诗集，讽诵默识，行卧不离手。而周紫芝诗歌兴致之端倪，却肇始于张耒知宣州时。据邵祖寿《张文潜先生年谱》，绍圣元年（1094）秋，张耒知宣州，绍圣三年（1096）罢守宣城入京。周紫芝乃宣城人，张耒知宣州期间因缘得以拜会，因此耳闻口诵张耒诗歌，且视张诗为作诗门径。他当时只是十二三岁的孩童，已偏嗜张诗如此。童年记忆给周紫芝留下了难以磨灭的印象，张耒也成为他诗学道路中颇具影响力的启蒙者。以致他对童年时的从游经历念念不忘，这一经历也因此被不断强化。序文中"逮今三十四年"，而起始的日子，向前追溯，便是绍圣年间宣城受教于张耒时。由此可看出，尽管此时的周紫芝眼界不断拓宽，诗歌取径范围扩大到了唐宋大家，但在他的诗学视域中，从教张耒毋庸置疑地成为他诗歌活动的开端。因此，他对宣城受教张耒有如此清晰、深刻的记忆。周紫芝将唐宋名家诗称为"诗八珍"，可见他学诗、作诗取径是很宽的。就八家诗来言，他对张耒可谓情有独钟，甚至达到膜拜的程度，这也导致了他对张耒评价中出现虚夸不实之见。

在周紫芝眼中，张耒、晁补之、秦观等人迥乎流俗，乃不世出之

---

① 周紫芝：《诗八珍序》，《太仓稊米集》卷51，第364页。

英才。《抄宛丘先生集见和许贵州诗因以悼之》："平生交旧晁张辈，余子纷纷可作奴。"① 由此集体性的评述中，尚看不出周紫芝对张耒及其诗有何"异样"；他推崇的是"苏门四学士"这一集体，而张耒只是其中的一员。他推崇张耒，一来通过诗歌追和来体悟前辈风流；二来通过诗话、诗论、序跋等文学批评形式来表达他对张耒的"非常"态度。

通过诗歌追和来研摩张耒诗歌的韵味，已成为周紫芝极其自然的文学活动。周紫芝诗歌中，效法拟和张耒诗者，如《不睡效张文潜》② 《输粟行》③ 模仿张耒《输麦行》等。拟和、仿效发生时，周紫芝心中已确立目标或参照系，要在句法、音韵、主旨、风格等的一方面或多个方面，有意向目标靠近。与文学史上往复式的诗歌唱和不同，周紫芝追和张耒诗，并非为了交流、切磋诗艺，因为此时张耒早已辞世；他希望通过亦步亦趋的拟和仿作，用心揣摩、体悟张耒的诗法技艺。可以说，这种诗歌追和活动，依然是他童年情结的持续——希望自己成为张耒那样的诗人。

正因为周紫芝与张耒有宣城之风谊，所以在诗歌批评方面，他用极有好感的眼光审视、品评张耒。苏辙之孙苏籀曾指出张耒"大论尤宏博"④，即乐府长篇是张耒诗的重要创获。而到了周紫芝，竟毫不隐讳地夸赞张耒乐府乃本朝第一。《竹坡诗话》载："本朝乐府，当以张文潜为第一。"⑤ 又，在《古今诸家乐府序》也有相似之论："余尝评诸家之作，以谓李太白最高，而微短于韵。王建善讽，而未能脱俗。

---

① 周紫芝：《太仓稊米集》卷14，第95页。
② 同上书，卷24，第167页。
③ 同上书，卷1，第10页。
④ 苏籀：《题张公文潜诗卷一首》，《双溪集》卷2，文渊阁《四库全书》，台北商务印书馆1986年影印本，第1136册，第137页。
⑤ 何文焕：《历代诗话》，第354页。

孟东野近古而思浅，李长吉语奇而入怪。唯张文昌兼诸家之善，妙绝古今。近出张右史，酷嗜其作，亦颇逼真……则知其效籍之意盖甚笃，而乐府亦自是为之反魂矣。"①《竹坡诗话》称张耒乐府乃宋朝第一；《古今诸家乐府序》说张籍乐府妙绝古今，是唐朝第一。两段评述都指出：张耒在乐府方面效法张籍。在周紫芝看来，唐宋乐府诗发展史上，唐则推张籍，宋则非张耒莫属。张籍乐府即事名篇、关注社会民生的题材选择，以及惯用白描手法写常见事物，深合宋人所推崇的"发乎情止乎礼"的古诗之风。张耒是北宋致力于乐府诗创作的诗人之一，他的部分乐府学张籍，又能够凭借自身才情，不拘一格，自出机杼。但宋代诗人中，欧阳修、梅尧臣、苏轼、黄庭坚等亦有佳篇杰构，称张耒乐府第一，有过誉之嫌。

位于湖南祁阳浯溪的《大唐中兴颂》石刻，引起了宋代文人强烈回应。该颂乃唐代元结所撰，颜真卿所书。黄庭坚作有《书摩崖碑后》《浯溪图》等诗作；张耒也作有《读中兴颂碑》，《竹坡诗话》认为该诗"可谓妙绝今古"②，远在黄庭坚诗之上。

在《竹坡诗话》中，还记载了这样一段诗论：

> 林和靖赋《梅花诗》，有"疏影横斜水清浅，暗香浮动月黄昏"之语，脍炙天下殆二百年。东坡晚年在惠州，作《梅花诗》云："纷纷初疑月挂树，耿耿独与参横昏。"此语一出，和靖之气遂索然矣。张文潜云："调鼎当年终有实，论花天下更无香。"此虽未及东坡高妙，然犹可使和靖作衙官。③

林逋《山园小梅》中"疏影""暗香"一联，得梅之神韵，向之

---

① 周紫芝：《太仓稊米集》卷51，第360页。
② 何文焕：《历代诗话》，第347页。
③ 同上。

论者几无异辞。而周紫芝却认为张耒的梅诗远胜林和靖诗，真可谓有色眼镜在作祟。

"乐府第一""妙绝今古""使和靖作衙官"等评价，显然属于溢美不实之词，从中可看出周紫芝对张耒的顶礼膜拜。观《太仓稊米集》《竹坡诗话》等，知其识见不俗，学问渊源有自，四库馆臣指出："（周紫芝）学问渊源实出元祐，故于张耒柯山龙阁右史谯郡先生诸集，汲汲搜罗，如恐不及。叶梦得《石林诗话》所谓寇国宝诗自苏、黄门庭中来，故自不同者也。"[①] 周紫芝多次提到，他少时就仰慕张耒，《诗八珍序》已详述（上文已引），《竹坡诗话》也交代："某为儿时，先人以公真稿指示，某是时已能成诵。"周紫芝接触张耒时还很小，才十多岁，且记诵了大量张耒诗。可以说，张耒诗在他的记忆中深刻而熟稔。后来在成长过程中，虽然接触到杜甫、苏轼、黄庭坚、陈师道等人诗集，对张耒诗却情有独钟。南渡之后，周紫芝的少年崇拜非但不减退，反而得以强化，与当时的思想文化状况密不可分。伴随二苏、"四学士"等元祐名士在南宋后的热宠，与张耒宣城相从的经历，成为周紫芝南渡后最有分量的一张名片。沾丐张耒，可以获得诗学圈内更多的认同，"诗从元祐总名家"[②]，凡是沾丐元祐诗歌遗泽的诗人，总会"名家"的。周紫芝反复强调自己少时与张耒的宣城之缘，主要是为了建立与"元祐"的师承关系，标榜源流，以正脉嫡传自居。就周紫芝的诗歌来讲，他确如四库馆臣所说无黄庭坚"生硬之弊"，信笔写来，虽不及张耒"词浅意深"，却也不乏清浅可爱之作。如《病后二首》之二："病起身还健，凭高喜欲颠。乱山推不去，一水忽当前。远碧飞双鹭，平湍落钓船。自今如不死，余日尽

---

① 纪昀等：《钦定四库全书总目》卷 158，中华书局 1997 年版，第 2122 页。
② 郑天锡：《江西宗派》，《全宋诗》第 72 册，北京大学出版社 1998 年版，第 45188 页。

诗年。"① 《读涪翁黔南诗作》："阿香名字本无双，流落真成窜夜郎。早岁浪言肠是锦，只今空复鬓成霜。名传故国犹惊座，诗入浯川尚满囊。天为少陵增秀句，故教迁客上瞿塘。"② 《秋晚念归》："风寒黄叶未全落，露重流萤已不飞。惆怅西风秋欲老，旅巢无定客思归。"③ 以上短篇平淡自然，无板滞艰深之弊。

周紫芝具有如此深重的文潜情结，他看待其他人诗歌时，也不自觉以张耒作为标准，如评价韩驹诗歌时说："大抵子苍之诗，极似张文潜，淡泊而有思致，奇丽而不雕刻，未可以一言尽也。"④ 周紫芝希望借推崇张耒以提高自己的身价，故而有意拔高了张耒的诗歌成就。可以说，盲目崇拜遮蔽了周紫芝的批评视野，使他不能秉持客观公正的标准，所以，他对张耒算不上了解之同情。

小　结

吕本中具备诗论家的素养，他突出的概括绅绎能力及诗学悟性，使他提出的概念赢得后世的认同。他提出的江西宗派的概念，影响深远，从杨万里到方回，他们都不断地阐扬江西诗派理论。同样，吕本中精准地指出张耒诗"自然奇逸"，杨万里予以回应，《读张文潜诗》其一："晚爱肥仙诗自然，何曾绣绘更雕镌。春花秋月冬冰雪，不听陈玄只听天。"其二："山谷前头敢说诗？绝称漱井扫花词。后来全集

---

① 周紫芝：《太仓稊米集》卷3，第23页上栏。
② 同上书，卷6，第43页下栏。
③ 同上书，卷17，第115页上栏。
④ 同上书，卷67，《书陵阳集后》，第481页。

教渠见，别有天珍渠得知。"① 杨万里对自然的热爱，拓展了诗歌的写作空间，其诗艺渐入佳境，照他自己的话来讲，即"万象毕来，献予诗材。盖麾之不去，前者未仇而后者已迫，涣然未觉作诗之难也。"② 真正达到了"好诗排闼来寻我，一字何曾捻白须"③ 轻松自如的境地。可以说，对张耒诗的"自然"，杨万里沾丐甚深，受益良多。宋末方回在吕本中、杨万里的基础上，进而指出张耒诗"自然有唐风"，并再次标举"文潜体"的范式意义。关于方回与"文潜体"的关系，笔者拟另文撰述，此不赘论。

就张耒诗的成就而言，周紫芝的评价显得很特别。他少时与张耒有宣城相从之缘，这成为他深刻的诗学记忆，而且，随着最爱元祐文化的热潮，他从教于元祐名人的记忆被强化、凸显。以致他在评价张耒时，一味地膜拜，失却了应有的客观冷静。因此，周紫芝关于张耒乐府诗第一、中兴颂诗妙绝古今的评述等，也就不难理解。周紫芝对张耒诗膜拜式的接受充分说明：批评者的眼光和视野，自然会影响到批评的效果，但文学史最终会沙里淘金，采择比较符合事实的评判。

总之，张耒诗歌典范化的过程，呈现了复杂而生动的文学生成图景。在北宋，苏轼、苏辙等人已有了对张耒诗的初步评价，但这些评价还只是师友间的赏誉，并没有经过理论上的绅绎和提升。吕本中、杨万里、方回等人，不断从诗歌特点或成就方面予以解读、评述，并形成某些具有断语性质的定评，反映出对张耒诗认识、接受的动态历程。这些评价或接受，不仅对张耒诗的典范化起到了至关重要的作用，而且这些有选择的接受，更体现了南宋诗坛的风尚和走向。其中如周紫芝膜拜式的接受，其主观意愿何尝不想推动张耒诗的典范化，

① 《杨万里集笺校》卷40，中华书局2007年笺校本，第2111页。
② 《诚斋荆溪集序》，《杨万里集笺校》卷80，第3260页。
③ 《晓行东园》，《杨万里集笺校》卷37，第1922页。

但过犹不及，其评述终未获得广泛认同。如果说吕本中对张耒诗的接受属于正面建构的话，那么周紫芝的接受当属经典化过程中的反例；尤须强调的是，波折或插曲也是一种存在，它亦为我们展现了多样化的文学批评场域。检视这一正一反两个片段，对我们把握经典的特质、经典化的动态历程乃至重构经典理论，都有积极的意义。

[本文由《记忆、视野与文学典范化——以周紫芝对张耒诗的接受为中心》(《郑州大学学报》2014 年第 4 期) 和《宋代文人眼中的"文潜体"》(《武汉理工大学学报》2015 年第 5 期) 合并而成，有删减]

论周邦彦词中的"倦客"形象

李真雅[*]

周邦彦生于宋仁宗嘉祐元年（1056）①，卒于宋徽宗宣和三年（1121），经仁宗、英宗、神宗、哲宗、徽宗五代，担任过中央以及地方的诸多官职。在此先略叙他的仕宦经历如下②：他出生于钱塘（今浙江杭州），幼年的大部分时间都在故乡度过，神宗元丰元年（1078）初次入京③，约元丰五年（1082）进入太学，元丰七年（1084）献《汴都赋》而诏为太学正。之后，哲宗元祐三年（1088）赴任庐州（今安徽合肥）教授，元祐八年（1093）赴任溧水（今江苏溧水）县令。绍圣四年（1097），被哲宗召回汴京而任职国子主簿，从此他大部分时间在朝为官，历任数职，政和元年（1111）知河中府（今山西蒲州）。而政和二年（1112）至政和六年（1116）离开汴京辗转远地，知隆德府（今山西长治），徙知明州（今浙江鄞县）。政和七年（1117），回汴都任秘书监，此是第三次兼最后的回京。重和元年（1118）至宣和元年（1119），他出知真定（今河北正定）、顺昌（今

---

* ［韩］李真雅，女，北京大学中文系 2011 级博士研究生。

① 周邦彦的生月无法考证，若他生于当年九月以前，应当说是至和三年。

② 周邦彦的生平经历大致依据薛瑞生的说法。参见薛瑞生《周邦彦别传——周邦彦生平事迹新证》，三秦出版社 2008 年版。

③ 按陈思的说法，周邦彦元丰二年（1079）入京，亦比较可靠。参见陈思《清真居士年谱》，辽沈书社 1985 年影印本，第 2168 页。

安徽阜阳），宣和三年（1121）卒于赴任处州（今浙江丽水）途中。

　　纵观其生平事迹，周邦彦自从离开家乡，就一直宦游四方，平生大半寄于他乡。在如许漂泊异乡的人生当中感受到的苦愁浸透在其词作里，因此作品中有关羁旅者颇多。羁旅是指因各种缘故流浪在外、长期在异地生活，陶渊明曾在《庚子岁五月中从都还阻风于规林》诗第二首中咏叹"自古叹行役，我今始知之"①，可见吟咏在异地流浪的心事之作在他之前便已经成为一般性的诗歌主题。羁旅主题也进入了词的领域，诸多词人叹息羁旅之苦，而周邦彦在此方面尤其出色。周邦彦特意用"倦客"一词来指称自己，凝聚了身世之感，是北宋词人当中用该词语频率最高的。据《汉语大词典》，"倦客"解释为"客游他乡而对旅居生活感到厌倦的人"②，对周邦彦而言，贯穿其羁旅情怀的关键词即是"倦客"。下面将依据使用"倦客"一词的 4 首作品，探讨周邦彦塑造的"倦客"形象。

　　自从以京师为枢轴流浪各地做官，周邦彦开始大量创作羁旅行役词。暂看当时的政治情况，元丰八年（1085）强力推行王安石新法的神宗驾崩，哲宗即位，高太后以哲宗年幼为名垂帘听政，围绕她的反变法派官僚组织强势政治集团名为"元祐党人"，并摒黜变法派。周邦彦因在《汴都赋》中颂赞新法而被打成变法派，由此受到排斥，被逐到地方③。如上所述，周邦彦元祐三年（1088）初次离开汴京，历任庐州教授、溧水县令，而在高太后逝世后，哲宗开始亲政的绍圣四

---

　　① （东晋）陶渊明著，袁行霈笺注：《陶渊明集笺注》，中华书局 2003 年版，第 191 页。
　　② 罗竹风主编：《汉语大词典》卷 1，上海辞书出版社 1986 年版，第 1518 页。
　　③ 按，周邦彦以《汴都赋》为世人熟知，无论是改革派或是保守派，都纷纷阅读并知其人。《汴都赋》虽没有表明明显的政治立场，但从其内容可以看出支持新法的政治倾向，即称颂神宗的业绩，赞扬新法实施后的成果，就如同在敏感的政治斗争中公开表明了政治立场一样。因此，王安石变法失败后，周邦彦也被驱逐到外地，即使他本人并非新法党，《汴都赋》的内容也是旧法党不能容忍的。

年（1097）再还汴京，前后历时 10 年。该 10 年的时间给他造成的影响极为重大。政治上的苦闷、官职上的疏外，却激发了其思乡情感，促进了词风的成熟。《满庭芳》（风老莺雏）是这段时期的作品，按照其词题表明的地点，此首词应是周邦彦在溧水任县令时写作的，"倦客"一词于此首次出现。试看其全词：

满庭芳·夏日溧水无想山作

风老莺雏，雨肥梅子，午阴嘉树清圆。地卑山近，衣润费炉烟。人静乌鸢自乐，小桥外，新渌溅溅。凭阑久，黄芦苦竹，疑泛九江船。

年年。如社燕，飘流瀚海，来寄修椽。且莫思身外，长近尊前。憔悴江南倦客，不堪听，急管繁弦。歌筵畔，先安簟枕，容我醉时眠。[1]

此首词写宦情之苦。上片主要描绘了夏日溧水的闲适美丽的风景。"风老莺雏，雨肥梅子，午阴嘉树清圆"表现夏色渐浓。莺雏历风而老，梅子经雨而肥，它们都历经大自然的考验而逐渐成熟。人之成熟终将亦然。周邦彦借此道理，自慰自己所处的现实，认为虽然他目前在小村当小官，但经过风雨后必然有成得志。"午阴嘉树清圆"是风雨之后的景色，象征他向往的圆满结果。然而"地卑山近，衣润费炉烟"，溧水地方，地势低湿、负山阴多，衣服易受潮气，常须耗费炉火烘干。通过此两句可以窥见其居官失意而不平的情绪。"黄芦苦竹，疑泛九江船"，即用白居易左迁九江司马时写的《琵琶引》中"住近湓江地低湿，黄芦苦竹绕宅生"[2] 之意，写出与白居易颇为相

---

① （宋）周邦彦著，孙虹校注，薛瑞生订补：《清真集校注》上册，中华书局 2007 年版，第 99 页。

② 《白居易集》卷 12，中华书局 1979 年点校本，第 243 页。

似的处境，嗟叹在偏僻山沟为官的身世。此是由景生情，"倦客"的情怀，于此稍露端倪。下片则直写"倦客"之苦。周邦彦以"社燕"自比，叹息漂泊不定、寄于外地的身世。虽说"且莫思身外，长近尊前"，其实是反话，"憔悴江南倦客"不能真心享受酒宴。表面上是宣扬及时行乐，而实际上是不平牢骚。

这首词中的"倦客"含蓄地表现了对外放做小官、州县浮沉的苦衷以及不满。而周邦彦对感情赋予了艺术性的装饰，含蓄美妙地升华了不平之心。陈匪石在《宋词举》中所云的："盖全篇之骨，为'江南倦客'四字，只一点睛，而既无露骨语，亦不作尽头语也"①，其评语极为中肯。

而不仅在做地方官的时候，即使在朝为官时，周邦彦也怀着"倦客"之心。在周邦彦之前，使用"倦客"一词的词人有晏几道、苏轼等，但在京城自称"倦客"的词人十分罕见。他们一般都在旅居外地的时候用该词，晏几道《泛清波摘遍》（催花雨小）："倦客登临，暗惜光阴恨多少。……帝城杳。双凤旧约渐虚，孤鸿后期难到。"②《采桑子》（西楼月下当时见）："西楼月下当时见，泪粉偷匀。……倦客红尘。长记楼中粉泪人。"③《扑蝴蝶》（风梢雨叶）："风梢雨叶，绿遍江南岸。思归倦客，寻芳来最晚。"④ 晏几道以"思归倦客"自称，常怀向着汴京的归心。苏轼也使用过该词，《蝶恋花·自古涟漪佳绝地》云："倦客尘埃何处洗，真君堂下寒泉水。"⑤ 又《永遇乐·明月

---

① 陈匪石编著：《宋词举》，江苏古籍出版社 2002 年点校本，第 109—110 页。
② （宋）晏殊、晏几道著，张草纫笺注：《二晏词笺注》，上海古籍出版社 2008 年版，第 392 页。
③ 同上书，第 535 页。
④ 同上书，第 587 页。
⑤ （宋）苏轼著，邹同庆、王宗堂编：《苏轼词编年校注》中册，中华书局 2002 年版，第 576 页。

如霜》云：“天涯倦客，山中归路，望断故园心眼。”① 苏轼久别京城，宦游在外，自然牵动倦客之苦恼。而周邦彦摆脱了偏地小官的职位，回到繁华京都，何以还觉得厌倦，自称为“倦客”？试看《兰陵王》（柳阴直）：

兰陵王·柳

柳阴直。烟里丝丝弄碧。隋堤上、曾见几番，拂水飘绵送行色。

登临望故国。谁识。京华倦客。长亭路，年去岁来，应折柔条过千尺。

闲寻旧踪迹。又酒趁哀弦，灯照离席。梨花榆火催寒食。愁一箭风快，半篙波暖，回头迢递便数驿。望人在天北。

凄恻。恨堆积。渐别浦萦廻，津堠岑寂。斜阳冉冉春无极。念月榭携手，露桥闻笛。沉思前事，似梦里，泪暗滴。②

此首词的写作时间不清，而“隋堤”“京华”明指汴京。周邦彦在汴京作客整整 15 年，总共三次离开汴京，元丰元年（1078）初次入京，元祐三年（1088）赴任庐州而初次离京；绍圣四年（1097）再度回京，政和二年（1112）赴任隆德而二次别京；政和七年（1117）最终还京，重和元年（1118）出知真定。三次离京，是记录上的数字，他实际出入京师的次数有可能更多。周邦彦在汴京作客数年，送人的经验也不少，且因政治上的缘故，其本人曾几次离京，因此，第一叠咏叹为“曾见几番”。他借以“烟里丝丝弄碧”“拂水飘绵送行色”的描绘，表现了杨柳的挽留之神态以及送别之动态，显示

---

① （宋）苏轼著，邹同庆、王宗堂编：《苏轼词编年校注》上册，中华书局 2002 年版，第 247 页。

② 《清真集校注》上册，第 31 页。

出含蓄的别离伤情，并引起了第二叠的"登临望故国。谁识。京华倦客"之主题。游子踏上旅途而别离亲人，因此即使称作别离，也并非和羁旅无关，周邦彦出入汴都经过屡屡离别，于是倦厌其羁旅身世。第二叠铺叙了离别之前的感怀。"旧踪迹"和"又"字都暗示了周邦彦曾经几度经受离别。在这里，暂不清楚是送别还是留别，而事实上离别是由两人完成的，由此引发的悲伤或者思念也是送者和留者共同的感情，这就犹如硬币的两面。总之，周邦彦哀叹在他乡汴京经历了数次离别。"愁"字统领的几句，虚写了游子乘船后的心境以及对未来的想象，可说是设想自己的旅程，也可说是代行客假想。第三叠描绘目前临别的场景并插入过去美丽的回忆，将别离忧愁扩大到无以复加的程度。

在此首词中的"倦客"与《满庭芳》（风老莺雏）中的"倦客"不同，即别离愁心和对亲人的思念交织，含蓄着在异地离别之哀伤。周邦彦因《汴都赋》扬名、遭贬，再还京、再被贬，如此，政治上的苦闷、官职上的外放激发了其思想感情，周邦彦对汴京的感情必定是复杂的。对于周邦彦而言，汴京作为政治的起点，具有重要的意义，因此他身在外地仍然怀念立身扬名的象征——汴京。但是在政党间对立尖锐的时代，政治中心汴京的紧张感从未消退过，他只能"自叹劳生，经年何事，京华信漂泊"［《一寸金》（州夹苍崖)]①。加之刚一适应汴京就被贬至外地的经历反复不断，所以他即使身在汴京，也总是担心离开的那一天。因此，他在外地任职时虽然怀念汴京，但接到汴京传来的召唤时，首先想到的却是在汴京的苦衷，或者不敢过于喜悦，等真正回到汴京时，又产生了倦客心理。周邦彦在汴京时常遇到不测之别，感到异地生活的不确定性以及重复别离的痛苦与孤独，使

---

① 《清真集校注》下册，第 293 页。

他自称为"京华倦客"。

周邦彦写路途当中的疲倦以及寂寞。看其《绕佛阁》（暗尘四敛）：

绕佛阁·旅况

暗尘四敛。楼观迥出，高映孤馆。清漏将短。厌闻夜久，签声动书幔。桂华又满。闲步露草，偏爱幽远。花气清婉。望中迤逦，城阴度河岸。

倦客最萧索，醉倚斜桥穿柳线。还似汴堤，虹梁横水面。看浪飐春灯，舟下如箭。此行重见。叹故友难逢，羁思空乱。两眉愁、向谁舒展。①

此首词，正如词题所指出的，抒发的是旅情羁思。上片描写在客馆过夜的愁心。"暗尘四敛。楼观迥出，高映孤馆"的描写，营造了居住的客舍与世相隔的寂寞氛围。"清漏将短。厌闻夜久，签声动书幔"表现了一夜索然无味，签声无情引发的旅思。因此，他不禁从室内移步户外，接下来的 6 句都是描写室外风景的。因"闲步露草，偏爱幽远。花气清婉"，而暂时稍微散心，但归结到"望中迤逦，城阴度河岸"，又激发了身在外地的词人对城郭内家园的眷恋。下片直写倦客之孤独。靠着斜桥，柳线入眼，由此想起他在汴京时的离别场景。"还似汴堤，虹梁横水面。看浪飐春灯，舟下如箭"即是回想当时的风景，与《兰陵王》所云"隋堤上、曾见几番，拂水飘绵送行色"之意相合。接下来的"此行重见"，正是意味着周邦彦此番离开汴京时经历过离别。虽《清真集校注》考证此词是赴京途中所作的②，然而从其文脉上看，可以推定是在由京都向某地之路上写的。

---

① 《清真集校注》下册，第 273 页。
② 同上书，第 275—276 页。

归京的日期未定，故友难逢，故而愁心无穷。在此首词中的"倦客"
直接表达辗转各地的艰难苦衷，同时蕴蓄了离别哀愁、孤独寂寞
之情。

最后，看其《西平乐》（稚柳苏晴）：

西平乐

元丰初，予以布衣西上，过天长道中。后四十余年，辛丑正
月二十六日，避贼复游故地。感叹岁月，偶成此词。

稚柳苏晴，故溪渴雨，川迥未觉春赊。驼褐寒侵，正怜初
日，轻阴抵死须遮。叹事逐孤鸿去尽，身与塘蒲共晚，争知向此
征途，伫立尘沙。追念朱颜翠发，曾到处、故地使人嗟。

道连三楚，天低四野，乔木依前，临路欹斜。重慕想、东陵
晦迹，彭泽归来，左右琴书自乐，松菊相依，何况风流鬓未华。
多谢故人，亲驰郑驿，时倒融尊，劝此淹留，共过芳时，翻令倦
客思家。①

此首词是周邦彦最明确地表明了作词时间以及地点的作品。序言
言及的"辛丑"即徽宗宣和三年（1121），"元丰初"指神宗元丰元
年（1078）他离开钱塘初次入京之年，前后有约 42 年的时间间隔。
"天长"即是今日安徽天长，该首词是他去世当年正月二十六日重度
天长而作，《清真集》中最后的作品。周邦彦面对故地，心中浮现沧
桑往事，十分感伤。重游故地，令人有所触动，更何况韶华已逝，身
心渐老！周邦彦借此词回顾人生，抒发其感怀。上片描绘了早春微寒
的风景，并寄寓身世之感。"稚柳苏晴，故溪渴雨，川迥未觉春赊"

---

① 《清真集校注》下册，第 308 页。

反映了比较欢快的心情。回到阔别的故地感慨万千，虽然旧日嬉游的溪流水小声弱，但不觉得春日遥远。然而，随后立刻感觉到了凄凉的现实，"驼褐寒侵，正怜初日，轻阴抵死须遮"，即寒气逼人，可喜的旭日也被云彩遮掩。接下来的6句即是现在周邦彦的处境以及慨叹，陈年往事如"故溪"早已风吹云散，无法挽回，剩下的是冷落的一身，于是叹岁月流逝，又叹迍遭坎坷，更叹羁旅身世。下片回顾往事，思念家乡。先4句仍写旧地的景观，以"道连三楚，天低四野"描绘了旷阔苍茫的风景，即是象征着周邦彦之前路茫茫。以"乔木依前，临路欹斜"比喻词人自身的状态，人生之大半已过，而依旧在路上流浪，仍是一个羁游倦客。接下来的5句，词人露出了仿效召平、陶潜归隐自乐的愿望。故友挽留他，却令他更为思念家乡，渴望安宁的生活。

在此首词中的"倦客"是周邦彦通过反思而概括其羁旅生平的词语，带着归隐思乡的情绪。在其人生最后的作品中以"倦客"总括其人生，意味深长。

总而言之，周邦彦词中的"倦客"，很明显地反映出他在不同时期对自己的处境以及自我的认识。本文试探的四首词，即《满庭芳》（风老莺雏）、《兰陵王》（柳阴直）、《绕佛阁》（暗尘四敛）、《西平乐》（稚柳苏晴），分别代表周邦彦仕宦生涯的不同时期，即最初离开汴京、流浪于州县做小官的十年之间的"江南倦客"时期；然后归还汴京之后的仕宦生活的"京华倦客"时期；再次离开汴京而重新辗转外地的时期；最后在晚年想回家乡但因方腊起义而身处他乡的时期。周邦彦用"倦客"一词来概括，从颇有抱负的"朱颜翠发"到"塘蒲共晚"的晚年，在40余年的宦途之曲折与羁旅生活当中感到的各种复杂的心情。周邦彦继承了晏几道、苏轼等人用的"倦客"一词，将它升华为其独有的词语。其词中的"倦客"，挈领了其羁旅身世和心态，同时在不同时期的不同作品里呈现了各异的情绪和形象：或是含蓄在外地做小官的怀才不遇，或是形容在繁华的都城里也禁不住的伤感，即是对异地生活的厌烦以及对重复别离的痛苦，或是包含对持续旅程的艰难以及倦厌，或是概括他出仕之后一直漂泊的整个人生之苦愁。

市声：范成大诗歌声音描写的新开拓

姚华[*]

声音在中国古典诗歌中具有重要的艺术作用。诗句的节奏、音调、用韵甚至韵脚的疏密都会引起"声情"之变，故作诗者有"音情顿挫""四声流美"等听觉上的美学要求。形式美感之外，对声音的描写还有渲染情感、营造意境的作用。流传很广的"推敲"故事，正是一个极佳的例子。"推""敲"二字所体现的并不仅是动作之异，更是声音之别："敲字响，推字哑，故敲字优也。"[①]声音之别能够改变诗歌的整体意境，这个事实是被中国古代诗人所分享的。

当代学者在研读古典诗歌时，对这一点似乎注意得不够充分。已有研究虽也触及对古诗中声音描写艺术的讨论，但大多局限于一个维度——在唐诗抒情美学的统照下，讨论经典类型化意象所具有的情感内涵。

"意象"是中国古典诗歌的一个重要理论范畴，概指结合了诗人主观情感的物象。经由历代诗人的反复书写，某些声音意象与特定情感之间产生了较为固定的联系："于是，在浩如烟海的中国古典诗词

* 姚华，女，北京大学中文系 2015 届博士毕业，现为上海师范大学人文与传播学院讲师。

① 杨树达：《中国修辞学》，上海古籍出版社 2007 年版，第 17 页。

中，我们可以发现一些反复出现的听觉意象：箫声咽、寒猿啼、更漏残、鸣琴、笛怨、捣衣砧声、梧桐秋雨、画角边鼓、杜鹃声声、月下闻钟、衰柳鸣蝉、柴门犬吠以及鸡鸣蛙鼓、莺啼燕鸣、流泉飞瀑等等。"① 已有研究大多围绕这些类型化的声音意象展开，讨论它们的情感内涵、象征意义和美学色彩。②

这样一种对古典诗歌声音描写的认识，基于对唐诗抒情美学之典范性的认可，讨论的意象大多为自然之声，纳入研究视野的抒情范式亦多限于情景交融、借景抒情等经典命题。古诗中的声音描写是否仅此一种形态？在不同时代背景下，诗人是否会注意到类型化意象之外的其他声音，将它们写入诗中，形成新的经典？除了直接寄寓情感，声音描写是否还有其他的艺术可能与诗学意义？

有鉴于此，本文尝试以南宋诗人范成大为个案，讨论其诗在声音描写上的新开拓。这一选择基于以下两个考虑：首先，今人对范成大诗的研究多集中于两个内容：以《使金七十二绝句》为代表的记游纪行诗，以及以《四时田园杂兴六十首》为代表的记录田园生活、书写农事题材之作，视野较为有限。从"声音描写"这一较少为人所注意的角度出发，可以帮助我们探知范成大生活世界与艺术世界的丰富性，补充现有认识。其次，范诗的艺术特点能够体现宋人有别于前代的观照方式与美学逻辑。以此个案为切口，或可由点及面，带来对宋诗写作艺术的新的发现。

---

① 廖国伟：《试论古典诗词中的听觉意象》，《东岳论丛》1999 年第 6 期。

② 相关研究例如廖国伟《试论古典诗词中的听觉意象》，《东岳论丛》1999 年第 6 期；江建高《哀猿子规啼不住，一声一声似怨春风——唐诗声音意象初论》，《中国文学研究》2005 年 6 月；曹德宏、徐建华《浅析古典诗词中的声音意象》，《语文教育与研究》2008 年 1 月等文。

一 观照世俗生活：现实化的声音描写

调动起听觉的注意力，以声音为线索阅读石湖诗集，不难发现：范成大是个对声音的存在及变化非常敏感的诗人。在他的诗作中，一日的生活往往起于对声音的感知。清晨是动静最分明的时刻，枕上的诗人尚未睁眼，用听觉感受世界。许多以"晓枕""枕上""晓起"为题的诗作，便记录了在这特殊的时刻进入范成大耳里的声响。例如催促晚起的诗人赶去办公的铃声：

> 窗明惊起倒裳衣，铃索频摇定怪迟。
> 即入簿书丛里去，少留敧枕听黄鹂。①

诗中的"铃索"指的是公府阁中招呼官吏的绳铃。② 对起身已迟的诗人而言，频频响动的铃声仿佛带有一丝嗔怪之意，引得范成大辩称："我马上就要投入繁忙的官务之中了，就让我在枕边稍稍留恋一会儿，听一听黄鹂的鸣唱吧。"与紧促的铃声及其所代表的繁冗官务不同，黄鹂之鸣是自由、闲适生活的象征。诗人想在如此惬意的世界多停留一会儿。

但窗外的声音并不永远是春日黄鹂优雅的鸣唱。事实上，范成大很少在诗中描绘带有理想色彩的和美之声。他用更为现实化的笔触，将许多世俗生活的琐碎声响纳入诗中。例如，他以"陆续满城钟动，

---

① 范成大：《晓起》，《范石湖集》卷21，上海古籍出版社2006年版，第301页。
② 《太平御览》："盖公府阁有绳铃，以传呼铃下有吏者也。"（卷338 兵部69 "铃"条）因此州郡长官办事的地方亦可称为"铃斋"或"铃阁"。

须臾后巷鸡鸣"①之句描绘一天的开始，钟声与鸡鸣并无特殊的象征意义，它们普通、规律，日复一日地响起，是世俗生活的时间标记。对这些日常生活中的平凡之声，范成大分外敏感。春天来临的时候，寺里的击鼓声会因空气湿度的改变而显得较往日分明："想得春风连夜到，东禅粥鼓忽分明。"②而到了冬天的早晨，他又能察觉屋外动物的寻食之声不同于往日："竹响风成阵，窗明雪已花。柴扉吟冻犬，纸瓦啄饥鸦。"③从声音中，范成大能感受到动物在面对强大自然之力时的无助，而这无助之感，离他的生活是很近的，只隔着一道"柴扉"，一片"纸瓦"。

假如，"与日常世界中的那些杂乱、无序的真实声音相比，艺术作品中的声音意象是有序而优美的"④，那么，范成大对声音意象的选择，则有意违背了艺术的"优美"，体现出对"杂乱、无序的真实声音"的关注。这些书写常常是在传递现实生活的无奈与艰难。这也是因为，多病难眠使诗人敏感于声音，不由得"夜听蚊雷晓听鸦"⑤的主要原因。范成大自幼体弱，曾自书称："余幼而气弱，常慕同队儿之强壮，生十四年，大病濒死。至绍兴壬申，又十三年矣，疾痛疴痒，无时不有。"⑥这一体质影响了他对声音的感知。在病中无眠的长夜里，世界显得尤为安静，平日里不会注意到的细微声响，于静默处一一浮现。这些夜晚的声音现实到令人无奈。例如，家中老鼠的动静，频繁出现在范成大诗中：

---

① 《晓枕三首》，《范石湖集》卷23，第327页。
② 《立春枕上》，《范石湖集》卷29，第408页。
③ 《十一月十二日枕上晓作》，《范石湖集》卷4，第43页。
④ 廖国伟：《试论古典诗词中的听觉意象》，《东岳论丛》1999年第6期。
⑤ 《病中绝句八首》，《范石湖集》卷4，第46页。
⑥ 《问天医赋并序》，《范石湖集》卷34，第448页。

村巷秋春远，禅房夕磬深。饥蚊常绕鬓，暗鼠忽鸣琴。①

黠鼠缘铃索，饥鸦啄井栏。不眠秋漏近，多病晓屏寒。②

绕枕蚊相聒，翻缸鼠自忙。早衰秋梦乱，不寝晓更长。③

一枕经春似宿酲，三条投晓尚凄清。

残更未尽鸦先起，虚晃无声鼠自惊。

久病厌闻铜鼎沸，不眠唯望纸窗明。

摧颓岂是功名具，烧药炉边过此生。④

　　能够那么清晰地辨别老鼠所发出的不同声响，又能从这声响中体会到它们丰富的动作，或"黠"或"惊"的神态，这该源自多么彻底的无眠与多么孤独的心境。老鼠显然是夜世界的主人，它们从琴弦上跃过、翻缸找米、攀缘绳索、上天入地，"忙"得不可开交，缠绵病榻的诗人却对此无能为力，能够惊动这帮生物的只是"虚晃"，这又如此凄凉地显示出诗人"多病"的"摧颓"。再加上近有饥蚊之声环绕耳边，远有煎药的沸水之响作为病榻生活长久的"背景之音"——在这些"来自杂乱、无序的日常世界"的声音之上，范成大没有刻意附着鲜明的情感色彩，而是通过对声音本身的呈现，在诗中塑造一种强烈的现实感，让读者由之感受诗人的真实处境，体会病中人"化儿幻我知何用，只与人间试药方"⑤的无助无望。

　　无论"鼠声""蚊鸣"，还是铃声、鼓声、鸡鸣狗吠连同四处索食的饥鸦，这些意象并无崇高的美感，也不具有传统意义上的诗意。范成大将这些静静聆听的收获反复写入诗中，用声音还原他的生活世界。

---

① 《病中夜坐》，《范石湖集》卷4，第42页。

② 《晓起》，《范石湖集》卷17，第236页。

③ 《枕上作》，《范石湖集》卷14，第181页。

④ 《枕上》，《范石湖集》卷17，第243页。

⑤ 《病中绝句八首》，《范石湖集》卷4，第46页。

二 市声：新型意象的生成与深化

将这一观照世俗生活与现实世界的精神进一步推广，诗人聆听的对象便从屋内扩至墙外，由自我延及社会，触及生活中更为复杂的面相。"市声"这一概念即泛指这些与市井生活密切相关的声音。这是一个在宋诗中才开始得到关注的新型意象。范成大赋予"市声"的复杂内涵，则极大地丰富了外在现实与内心情感以声音为载体的交汇。

所谓"市声"，即"市井之声"，一般指街市、市场等商业场所的喧闹声。由此延伸，亦可象征普通人碌碌奔忙的世俗生活。狭义的市声则专指走街串巷的小商贩为推销商品而为的吟叫声。这是一个专属于宋诗的词汇——与唐诗相比，"市声"一词只有在宋诗中才得到固定的表达。① 明确注意到"市声"的存在并频繁写入诗中，这是宋代诗人对现实生活的如实回应和积极表达，与有宋一朝城市形态及商业文明的新发展密切相关。中国古代的城市格局在宋代发生了关键性的改变，"完成了由封闭式里坊制向开放式街巷制的转变"，"以前那种坊市分离的城市格局被打破，商品交易活动渗透到大街小巷"②。坊墙推倒，坊里结构因此而变得模糊，"开放式街巷制"使得城市居民

---

① 依据北京大学组织研发的《全唐诗》《全宋诗》检索系统，《全唐诗》中并无"市声"一词，《全宋诗》中的"市声"词组则出现了160次之多。唐诗中偶尔可见"市井喧"这样的表达，如王维《早入荥阳界》"秋野田畴盛，朝光市井喧"、韦应物《登高望洛城作》"平明四城开，稍见市井喧"等，意义与"市声"接近，但并不完全相同，没有商贩的吟叫声这层意思。且出现次数不多，并未得到专门的关注。

② 梁建国：《北宋东京街巷的空间特性》，《北京大学学报》（哲学社会科学版）2014年第2期。

的日常生活与发达的商业活动之间有着较前代更为紧密的联系，彼此交织融汇，市声成为市民生活无法忽视的背景式存在。因此，宋代诗人屡屡以市声鼎沸之状描述繁华的城市生活："近坊灯火如昼明，十里东风吹市声"①"水与天争一轮玉，市声人语两街灯"②。与此同时，这一意象也成了宋代诗人寄寓情感的新媒介："市声亦有关情处，买得秋花插小瓶"③——此处的市声取其狭义的叫卖之意，指卖花人的吆喝。城市生活的变迁，教会了宋代诗人从原本只具商业意味的声音中读出带有古典美感的秋思。

宋诗对市声的书写非常丰富，而就诗人个体而言，范成大对市声体现出明显高于他人的书写兴趣，并以其创作深化了这一意象的诗学内涵。无妨以《自晨至午，起居饮食皆以墙外人物之声为节，戏书四绝》这一组特殊经营的有趣诗作开始，听一听进入范成大耳里的市声都有哪些具体组成：

> 巷南敲板报残更，街北弹丝行诵经。已被两人惊梦断，谁家风鸽斗鸣铃。菜市喧时窗透明，饼师叫后药煎成。闲居日出都无事，唯有开门扫地声。北寨教回挝鼓远，东禅饭熟打钟频。小童三唤先生起，日满东窗煖似春。起傍东窗手把书，华颠种种不禁梳。朝餐欲到须巾裹，已有重来晚市鱼。④

这组诗作于范成大晚年退居故乡苏州石湖时期，写的是从拂晓之

① 陆游：《夜归砖街巷书事》，钱仲联校注：《剑南诗稿校注》卷21，上海古籍出版社1985年版，第1576页。

② 杨万里：《迓使客夜归》，辛更儒笺校：《杨万里集笺校》卷10，中华书局2007年版，第540页。

③ 陈起：《买花》，北京大学古文献研究所编：《全宋诗》卷3080，北京大学出版社1987年版，第58册，第36762页。

④ 《自晨至午，起居饮食皆以墙外人物之声为节，戏书四绝》，《范石湖集》卷27，第377页。

前到正午时分，不断从"墙外"进入"墙内"、构成诗人日常起居节奏的各种声响。诗中对市井声音的丰富表现饶具趣味。不过，更值得玩味的，则是范成大在诗题中以游戏之语描述的特殊关系："墙外人物之声"偶然成了诗人"饮食起居"的节奏，影响了他的日常生活，进而作为呈现情感的元素出现在诗句里。在这四首诗中，繁荣的市井生活于天未亮时便已展开，要早于诗人范成大的一日。打更声、诵经声、鸽铃声①、军鼓声、鸣钟声，连同菜市的喧哗、卖饼者的叫唤、鱼市重张的吆喝，一一从墙外传入，连续不断，生机勃勃。再看这组诗中诗人范成大的形象：徘徊床榻、缓缓晚起、闲居无事、因病烧药、华颠满头、发不禁梳……范成大将年衰与多病的感慨隐没于墙外的喧闹之声中，在纷纭的市声与自己的晚年生活形态间形成一种隐晦的对照。全诗以"朝餐欲到须巾裹，已有重来晚市鱼"结句。表面上看，晚市的重新开张与裹起头巾吃早餐的诗人之间并无直接的联系，诗句所描述的似乎只是一种时间上的巧合；然而，墙外之声从"早"到"晚"的频繁变化与快速流转，与墙内之人"三唤不起"的缓慢生活节奏之间暗成对比，隐含着诗人的流年之叹。闲居无事、体弱久病——在市声的参照与暗示下，这一传统抒情主题获得了一种极为新鲜的呈现方式。

上述诗中"饼师叫后药煎成"一句提及了市井小贩的叫卖声。宋代都市笔记中的大量记载告诉我们这一狭义的"市声"在城市生活中所扮演的重要角色。《东京梦华录》描绘每日五更时分的开封景象，

---

① 南宋叶绍翁在《四朝闻见录》中提道："东南之俗，以养鹁鸽为乐。……内侍畜之尤甚。粟之既，则寓金铃于尾，飞而飏空，风力振铃，铿如云间之珮。"（见叶绍翁《四朝闻见录》丙集"鹁鸽诗"条，中华书局1989年版，第97页）南宋人朱翌亦有诗《听鸽铃》称"天外鸽铃惊午枕"（《全宋诗》第33册，第1862卷，第20872页），可见鸽铃迎风鸣响，在苏州所在的东南地区是一种经常可闻的"地方性"声音。

称"趋朝卖药及饮食者，吟叫百端"①。"京师凡卖一物，必有声韵，其吟哦具不同"②，丰富多样的吟叫声无疑是一个城市商业繁荣、经济兴旺的表征，故《梦粱录》记录南宋杭州城，特意指出"吟叫百端，如汴京气象"③。"盘街叫卖"的好处是"以便小街狭巷主顾，尤为快便"④，走街串巷的商人通过声音将时与物的信息散布于深巷之中，这也意味着宋代的市声离普通市民的日常生活距离非常之近，确乎只有"一墙之隔"。

城市笔记以客观存在的商业艺术看待商贩的吟叫，记录中并未夹杂明显的主观情感。范成大采撷市声入诗，却是将之作为一种诗意对象来感受的。在丰富的书写中，范成大充分发掘了市声所具有的情感意义。

对"墙内之人"而言，墙外之声具有一定的召唤性，其特殊的意味等待着知音者的辨认。墙外小商贩叫卖"乌腻糖"的声音，便曾如许惊动过范成大的耳朵：

> 落梅秾李趁时新，枯木崖边一任春。
> 尚爱乡音醒病耳，隔墙时有卖饧人。⑤

诗人自注"卖饧人"为"谓唱卖'乌腻糖'者"。在《上元纪吴中节物俳谐体三十二韵》一诗中，范成大曾有"乌腻美饴饧"之句，

---

① （宋）孟元老撰，邓之诚注：《东京梦华录注》卷3，中华书局1982年版，第117—118页。
② （宋）高承撰，（明）李果订，金圆、许沛藻点校：《事物纪原》卷9，中华书局1989年版，第496页。
③ （宋）吴自牧《梦粱录》"天晓诸人出市"条，傅林祥注：《梦粱录·武林旧事》，山东友谊出版社2001年版，第180页。
④ 吴自牧：《梦粱录》"鲞铺"条，第223页。
⑤ 《元夕四首》，《范石湖集》卷25，第350页。

自注称："乌腻糖即白饧，俗言能去乌腻。"① 白饧是一种麦芽糖，苏州人以其能去除污垢而唤它"乌腻糖"，这一亲切、通俗的称呼恐怕只有本地人才懂。病中的范成大在墙外人的吴侬软语中所听见的"乌腻"之声，仿佛一把秘密的钥匙，在有形的"墙"上打开了一道通向故乡与童年回忆的无形之门。墙外之声弥合了过去与现在，带形如枯木的诗人暂时离开病床，回到墙外这个为"落梅秾李"所点缀的、充满鲜活生命力的春日世界之中。

然而，声音来自"墙外"，士大夫的生活追求与市井的商业气息之间毕竟有别，需要"墙"的区隔。墙的存在于一定程度上保持了诗人身份的独立性。尤其是当墙外的"市声"象征着流俗的价值观念时，一个由自我内在修养所支撑的独立精神空间便显得格外必要：

> 市声汹汹鼓催阵，日影骎骎潮涨痕。
> 消磨意气默数息，把玩光阴牢闭门。②

有了上述诗作的铺垫，出现在这首诗中的"市声汹汹"之语就不仅仅是一个抽象的表述，而是真实的生活经验。诗中的书斋也因此而具有象征意味。与"市声汹汹"的墙外世界相比，书斋是一个属于诗人自己的、不以"墙外人物之声为节"的空间。身处其中，范成大"把玩光阴牢闭门"，以内向静修的方式，倾听内在的声音，借此保持不同于俗的独立性。

事实上，在宋诗对"市声"的大量书写中，以其象征市井追求、尘世喧嚣的用法出现得非常频繁，而诗人多以"远市声"的姿态，保

---

① 《上元纪吴中节物俳谐体三十二韵》，《范石湖集》卷23，第325页。
② 《殊不恶斋秋晚闲吟五绝》，《范石湖集》卷25，第356页。

持个人修养与精神独立。① 范成大的独特性在于，他并没有将这些声音一一拒于墙外，而是以士大夫的责任感，有意识地关注墙外之声，将之视作民生的表现方式来倾听和理解。"墙"的存在限制了视野，使人无视他人的生活；声音则不受此束缚，将下层市民生存的苦难广泛地散播。然而只有有心者才能听而有所闻。范成大在诗中直面这无以回避的"墙外之声"，从中分外分明地听到了贩夫走卒谋生方式的艰难不易：

> 静夜家家闭户眠，满城风雨骤寒天。
>
> 号呼卖卜谁家子，想欠明朝籴米钱。②

夜深人静，骤然的降温带来狂风暴雨的肆虐。此时本应家家静眠，却有以占卜为生者的吆喝随风雨声而至，范成大从中听到的是为饱腹而挣扎的生存之艰。在《墙外卖药者九年无一日不过，吟唱之声甚适，雪中呼问之，家有十口，一日不出，即饥寒矣》一诗中，范成大同样对卖药者为生存而与风雪相抗衡的"长鸣大咤"③ 付诸了深深同情。

"市声"亦促成了范成大对士大夫的自我责任进行反思：

> 窗明似月晓光新，被爞如薰睡息匀。
>
> 冲雨贩夫墙外过，故应嗤我是何人。④

---

① 杨万里《宿徐元达小楼》便在"市声先晓动，窗月傍人斜"句后接以"役役名和利，憧憧马又车"之句。而表达"远市声"之意的诗句则有如"但令庭宇洁，颇与尘嚣隔。市声不至乱琴书，厨烟可免冲咽哑"（刘宰《用前五字韵趣刘圣与建第》）、"小楼面面著疏棂，静有蟾光绝市声"（赵孟坚《临安客中》）、"积雨远市声，幽居近芳物"（张耒《疏梅二首》）、"市声不向耳根来，蒙密中间深结屋"（王炎《又题巢林》）等。

② 《夜坐有感》，《范石湖集》卷25，第358页。

③ 全诗为："十日啼号责望深，宁容安稳坐毡针。长鸣大咤欺风雪，不是甘心是苦心。"《范石湖集》卷33，第440页。

④ 《枕上有感》，《范石湖集》卷25，第358页。

忧渴焦山业海深，贪渠刀蜜坐成禽。

一身冒雪浑家爨，汝不能诗替汝吟。①

28 岁中取进士的范成大曾任著作佐郎、礼部员外郎、起居舍人等职，累官至吏部尚书拜参知政事，在南宋政坛地位不低，却在诗中以冒雨谋生之贩夫的眼光，审视自己相对而言较为优裕的生活。"墙外之声"构成了反思的参照。在后一首诗中，范成大欲以代吟为方式，替墙外卖鱼者写尽生存之劳。这一"民胞物与"的关怀，亦是士大夫情怀的流露。

墙外的世界引起了墙内之人的共鸣、同情、质疑和反思。通过对声音的关注，范成大将一种扩大了的生活经验纳入诗歌的抒情表现之中，并以此丰富了"市声"这一新型意象的情感内涵与象征意义。

三　声与梦：对传统诗歌意境的挑战与开拓

本文在篇首处提到，对古典诗歌声音描写的既有研究多以唐诗为对象，讨论类型化意象在营造意境、表现情感上的功能。对这一抒情传统，范成大仍有所继承，并集中体现在其宦游诗作中。范成大一生北上汴京、南赴桂林、西行入蜀，留下许多纪行之诗。在诸如"悲风忽来木叶战，落日虎嗥枯叶丛"② "杜鹃无声猿叫断，唯有饥鸦迎客飞"③ "滩声悲壮夜蝉咽，并入小窗供不眠"④ 等句子中，"悲风"

---

① 《雪中闻墙外鬻鱼菜者，求售之声甚苦，有感三绝》，《范石湖集》卷 26，第 361 页。
② 《胡孙愁》，《范石湖集》卷 16，第 210 页。
③ 同上书，《巫山高》，第 215 页。
④ 《苏稽镇客舍》，《范石湖集》卷 18，第 256 页。

"虎嗥""杜鹃""猿叫""饥鸦""滩声""夜蝉"等声音意象的高密
度使用，将异乡客行者的旅途悲凉渲染得淋漓尽致。这些意象已随长
久的历史积淀与前代诗人的反复书写成为类型化的经典。范成大延续
了这些经典化的表达。

　　然而，这些诗句并不能体现范诗最为独特的品质。范诗声音描写
的新开拓正在于以其现实化的观照挑战了具有"想象性"和"虚拟
性"的诗歌意境①，通过描述个体当下的直接体验，将一些与理想意
境不符的现实"杂音"纳入诗境之中，探索它们的诗意化可能。

　　"市声"就是这样一些游离于传统诗意之外、尚未形成经典抒情
性的杂音。在古典诗歌传统中，"寂静"本身就是一种理想化的意境，
与道家思想及文人的出世之情有着深刻关联。然而世上并无绝对的
静。在此意义上，敏感于各种现实之声的范成大，其实是在诗歌中拒
绝了一个绝对纯粹、至清至静的出世之境。我们常常可以在他的诗中
读到这样的句子："十里山行杂市声，道旁无处濯尘缨"②，"市声"
从城市蔓延至了山林，破坏了山野间本应有的出世静谧。范诗打碎了
"自古云林远市朝"③ 这一将"朝市喧"与"山林静"对立起来的想
象方式。又如"鼓板钟鱼彻晓喧，谁云方外事萧然"④，耳闻鸣鼓击
钟等声，范成大感到方外世界亦非纯然出世之所。再如"爨婢请淘酒
米，园丁催算花钱。如许日生公事，谁云穷巷萧然"⑤，一再感叹

---

　　① 有研究者称，"中国古典诗词中的种种听觉意象更多的是属于想象性和符号性的心
理经验，而非真实的声音记录"，所表现的"并非时时是诗人的个体验和表达的当下直接
听到的自然声音"，而是"具有了某种深厚的文化意味和情感意味的情景性声音"，具有
"想象性"和"虚拟性"的性质。参见廖国伟《试论古典诗词中的听觉意象》，《东岳论丛》
1999 年第 6 期。

　　② 《题宝林寺可赋轩》，《范石湖集》卷9，第 115 页。

　　③ 杜牧：《送隐者一绝》，吴在庆校注：《杜牧集系年校注》，中华书局 2008 年版，第
610 页。

　　④ 《虎丘六绝句·方丈南窗》，《范石湖集》卷32，第 435 页。

　　⑤ 《书事三绝》，《范石湖集》卷29，第 403 页。

"谁云萧然"的范成大，其实是一再质疑传统的避世隐居图景的可能性。假若"寂静"本身是一种理想化的价值，那么"声音"及其所意味的"现实"，便是惊扰桃花源之静谧的不安隐喻。与其代表作《四时田园杂兴六十首》中的书写精神一致①，范成大笔下的田园世界并非唐人诗中"虽与人境接，闭门成隐居"②的孤立、隔断，总有无须叩门即可至的"墙外之声"时时出现，提醒诗人现实生活的复杂纷纭。声音描写所透露的反古典品质，正是范诗深刻性的体现。

那么，并不回避市井喧嚣的诗人又该如何面对不完美的现实，将世俗杂音转化为值得书写的诗意？对此，宋代诗人有着独特的探索，并发展出一种新的写作传统——利用"梦"的心理机制，以错觉描写为方式，呈现日常声音在梦境中的变形，以此暗示书写者内心深处的隐微情志。

范成大常在诗中写到由此及彼的声音联想：

> 饭后茶前困思生，水宽风稳信篙撑。
> 不知浪打船头响，听作凌波解佩声。③

诗人泛舟溪上，因困而眠。因为水面静谧，不曾预料会有风浪，遂在梦中将浪花击船的声音想象为水上仙子的降临。经由错觉式联想，浪打船头这一平凡普通的日常声响具有了一定的神话色彩，并因之产生了诗意。

诗意化的错觉之所以可能，除了听觉感受本身具有模糊性、不确

---

① 钱锺书称，由陶渊明所开启的田园诗传统"着重在'陇亩民'的安定闲适、乐天知命，内容从劳动过渡到隐逸"，而范成大则使"脱离现实的田园诗有了泥土和血汗的气息"，"真是当时一个大胆的创举"。见钱锺书《宋诗选注》，生活·读书·新知三联书店2001年版，第329—330页。

② 王维：《济州过赵叟家宴》，《王维集校注》卷1，中华书局1997年版，第55页。

③ 《立秋后二日泛舟越来溪三绝》，《范石湖集》卷20，第290页。

定性的特点之外，还与范成大有意设置的诗歌情境相关："饭后茶前困思生"，此时诗人正处在将睡未睡的朦胧状态之中，是自我意识最为薄弱的时刻。"凌波解佩"的联想可以视作一种梦境，现实世界的声音在"梦"的折射下发生了变形。也就是说，错觉的内容虽显得神秘、荒诞，但形成错觉的心理机制本身却极为合理、合情。

基于对"梦"的心理机制的理性认识，范成大多次在诗中利用了这一写作模式，以错觉的方式呈现听觉联想，描写现实声音在梦境中的奇异变幻。如这首《枕上闻蒲饼焦》：

> 晓寒燕雀噤春阴，珍重清簧度好音。
> 窗色熹微欹枕听，梦成舟櫼竹溪深。①

诗题中的"蒲饼焦"是一种常见于江淮之间的鸟，又作"婆饼焦"。在一般的燕雀都因畏惧春寒而噤声不啼时，这种鸟儿依然于寒冷的清晨发出清脆的叫声，有如笙簧，灵敏动人。朦胧半醒的诗人伴着这清灵之声入梦，梦中仿佛驾着小舟进入了沿岸皆是竹林的溪流深处……现实中的鸟鸣以梦为媒介化为竹溪间的水流，二者差别极大，唯一的相似处是声音的清灵。人在清醒的状态中很难产生这样的错觉，因此范成大有意以梦为情境，借鸟声描绘了一个清幽深远的动人之境。"梦里竹间喧雪急，觉来船底滚鸣沙"② ——这一清幽之境不止一次地在范成大诗中出现，可由鸟鸣唤来，亦可由浪滚沙鸣之声招致。

这一以梦写声的艺术手法，连同声音错觉在梦中呈现的出世景象，皆非范成大所独创。范成大其实是因循了一种宋诗中已成传统的

---

① 《枕上闻蒲饼焦》，《范石湖集》卷25，第355页。
② 《过江津县睡熟，不暇梢船》，《范石湖集》卷19，第267页。

写作模式，其原型来自北宋诗人黄庭坚《六月十七日昼寝》一诗：

> 红尘席帽乌靴里，想见沧州白鸟双。
>
> 马龁枯萁喧午枕，梦成风雨浪翻江。①

在这首描写"白日梦"的诗中，马咬食豆萁这一世俗世界的日常声响于午梦中化成了风雨激浪的声音。然而这一错觉的出现并非偶然。它是精心布置的结果，服务于深邃的立意。此诗首二句已说明产生这一"错觉"的内在心理原因：身在官场、为世俗事务缠绕的黄庭坚，始终心念萧然出世的江湖世界。沧州翩飞的白鸟意象正是江湖的象征。任渊注此诗称："以言江湖之念深，兼想与因，遂成此梦。""想"指内心之思，即诗人对江湖的思念，"因"为触动内心之想的外在感官诱因，即马龁枯萁的具体之声。正因诗人"潜意识"中对归隐江湖有着极深的执念，"马龁枯萁"之声才会有"风雨浪翻江"的幻化。因此，表面是写梦，诗人实际要表达的是内心深处隐微的情思。

黄诗的这一书写方式，在唐诗"情景交融"式抒情美学之外别开生面，开拓了一种借声音描写表现内心世界的新形式。繁杂多样的现实之声具有一种"中转性"的功能。它们并不直接营造意境或寄托感情，而是依靠梦对时空与虚实的转化，折射内心的理想。以错觉而为的声音描写其实质是一种心理描写，虽非直露的抒情，却能呈现诗人内心最深处的秘密，因而同样可以具有强烈的抒情、言志之效。南宋诗人陆游《十一月四日风雨大作》中"夜阑卧听风吹雨，铁马冰河入梦来"② 这一书写报国之愿的名句，亦从黄诗结构中化出。③ 风雨之

---

① 《六月十七日昼寝》，黄庭坚著，任渊、史容、史季温笺注，黄宝华点校：《山谷诗集注》内集卷11，上海古籍出版社2003年版，第277页。

② 《十一月四日风雨大作》，《剑南诗稿校注》卷26，第1830页。

③ 这一认识来自张鸣《宋诗选》，人民文学出版社2004年版，第265页。

鸣与诗人厮杀战场的报国热情之间本无直接的联系，但以梦的错觉为艺术，一切现实中的声响皆可成为内心之情的映照，二者在现实中的差异性越强，诗句所传达的诗人情志便越显执着和强烈。宋人在"梦"的无限可能中找到了将现实与虚幻、世俗与理想、经验与诗意调和融汇的艺术方式，开创了新的书写典范。

市声代表了市井世界的纷繁杂响，它们游离于传统诗意之外，尚未形成经典的抒情性，却为宋人的诗歌实践所包容，在艺术形式的探索中发展出新的诗意乃至形成新的传统，构成绵延持续的和声。本文以范成大为个案，展现宋诗有别于唐诗美学的自身特点，希冀能为更深入、细致地聆听古典诗歌之异响聊作试音之举。

（本文原刊于《浙江学刊》2015 年第 1 期，有删改）

"因地兴感"与"以诗纪行"

——以诚斋诗为中心谈宦游对宋代人文景观与诗歌观念的影响

岳娜 *

典型的宋代诗人"集政治家、学者（思想家）、文学艺术家于一身"①，这是其异于前代诗人的一大特点，"士大夫写作"因之成为宋诗与前代诗歌创作最大的不同。仕宦经历是宋代士人最主要的政治生活，在宋代文官制度下，士人的仕宦生涯变成在王朝版图上不断流动的过程。因而宦游成为宋代士大夫重要的生命形态，也成为宋代士大夫文学创作的一个重要背景。

"宦游"的实质是一种丰富的生命体验，而诗歌正是个人生命体验的表达。宦游作为宋代士人的主要生存方式，对宋诗形态产生深远的影响。士大夫的足迹随着宦游深入国土的每个角落，士人本身与他们对行经之处的吟咏，塑造并改变着山川的文化品格，也拓展了宋诗的内容和功能。

杨万里对宦游这一独特的生活状态对诗歌创作的影响有深刻的体会。他用"闭门觅句非诗法，只是征行自有诗"（《下横山滩头望金华山》）来申说征行为诗歌带来的灵感与新变。而杨万里一生中的征

---

* 岳娜，女，北京大学中文系 2012 届硕士毕业。

① 张鸣：《宋诗选》，人民文学出版社 2004 年版，第 3 页。

行经历，大部分都是仕宦期间的宦游。杨万里所历之处，受其体国经野的政治视角、因行访古的文化关怀、理学家的观物眼光等综合观照，被赋予了审美之外的诸多意义。士大夫三位一体的特点、因宦而游的特殊性，影响了杨万里看待风物的眼光，杨万里的吟咏也在塑造并影响着后人对风物的观照方式。以诗纪行的过程中，宋人的诗歌观念、宋诗的功能都在发生变化。

一　地灵见于人杰

"我国传统的地理文化中，包含着对自然景物的审美积累"，山水审美"促进了文学辞章的繁盛"，也"造就了山水林石的文化品格"。[①] 诗人为土地注入情感，地理情感又会影响后人的观物眼光，在后人不断追怀咏叹中加强了土地的道德、文化、政治、历史意义。

贬谪是特殊的宦游经历，制造了许多"地灵见于人杰"[②] 的文化现象。忠臣废放的经历、失意时的吟咏、谪居时的逸事，凡此种种，使土地与特殊的人生、情感相联系，成为士人文化的一部分。在后人的追怀和谈论中，这种文化意义不断被强化，普通的风物具有了文化象征，无名的小邦人文昌炽。

杨万里自身的贬谪经历和他在贬谪期间的吟咏，使得筠州山水得以扬名。淳熙十五年（1188）杨万里因上章指出高宗配飨之不妥，力

---

① 唐晓峰：《含咀山水之英华》，《人文地理随笔》，生活·读书·新知三联书店 2005 年版，第 63 页。

② 钱穆：《读书与游历》，《中国文学论丛》，生活·读书·新知三联书店 2010 年版，第 242—243 页。

陈张浚应配飨高庙，斥洪迈"欺""专""私"之罪，称其"指鹿为马"，触怒孝宗，因而出知筠州。筠州被宋人称作"江西道院"，被美称为"道院"的州县是"民淳俗静，狱讼稀少，政务清闲，有如道院一般清净的地方"①。筠州政务相对清简，杨万里在筠州期间的诗文，将是间生活形容得冲淡简远：

> 余山墅远城邑，复不近墟市，兼旬不识肉味，日汲山泉，煮汤饼，馔以寒斋，主以脱粟。纷不及目，嚣不及耳，余心裕如也。(《西溪先生和陶诗序》)②

诗中的生活远离纷嚣，纤尘不染，宛然林下风味。然而在寄给周必大诗的信中，杨万里自陈心曲：

> 吾人仕宦，有进便有退，有出便有处。……独世路风涛真可畏，近有《读邸报感事》诗："去国还家一岁阴，凤山锦水更登临。别来蛮触几百战，险尽山川多少心。何似闲人无藉在，不妨冷眼看升沉。荷花正闹莲蓬嫩，月下松醪且满斟。"(《与周子充少保书》)③

在信中，杨万里称"声利之场，轻就者固不为世所恕""不轻就者亦复不恕"，因觉"世路风涛可畏"，他深察官场之险恶，反感"声利之场"的蜗角相争，因此以"闲人"的姿态在筠州郡斋悠游郡圃，冷眼旁观。

杨万里从筠州召还临安后，自跋《江西道院集》云"若问个中何

---

① 程民生：《宋代地域文化》，河南大学出版社 1997 年版，第 37 页。
② (宋)杨万里著，辛更儒笺校：《杨万里集笺校》卷 80，中华书局 2007 年版，第 3246 页。
③ 同上书，卷 66，第 2812 页。

所有，一腔热血和诗裁"（《自跋江西道院集戏答客问》），在寄给张镃的诗中形容筠州为官的境况云"两岁千愁寡一欣"（《舟中追和张功父贺赴召之句》），冲淡的诗歌背后是对诤言谠论不被听用的忧愤。后人将杨万里和贬谪至此的余襄与苏辙同尊为"瑞州三贤"，并建立三贤祠。文天祥在《瑞州三贤堂记》中云：

> 瑞人矜而相语概曰："吾郡以三贤重，余公坐党范文正；苏公坐救其兄东坡先生，后又以执政坐元祐党；杨公坐争张魏公配享事，使此三贤者皆无所坐，安得辱临吾土。"……若杨公则肆意吟哦，笔墨淋漓，在郡自为一集，与畴昔道山群贤文字之乐无以异也。若三贤者岂以摈斥疏远累其心哉。夫摈斥疏远不以累其心者，其流或至于倏然远举超世遗俗，而三贤又不然。余公用于庆历，苏公用于元祐，蹇蹇匪躬，皆在困踬流落之后。杨公当权奸用事，屡召不起，报国丹心，竟以忧死，凛然古人尸谏之风。呜呼，此其所以为三贤欤。由前言之，吾知在瑞之时乐天安土；由后言之，吾知在瑞之时乃心罔不在王室。呜呼，此其所以为三贤欤。①

筠州是瑞州的旧称，筠州人认为三贤因贬谪才至此邦，三贤的人格和文章使瑞州生辉。杨万里性格超迈，又有着民胞物与的责任感，所以他与现实政治的疏离并非真正的"超世遗俗"，其行其诗背后蕴含着对现世深沉的关怀和忧思，这也是他得以跻身"三贤"之列的原因。杨万里在筠州"肆意吟哦，笔墨淋漓"，其吟咏影响和改变着此间风物的文化品格。

---

① （宋）文天祥：《文文山文集》卷下，《丛书集成初编》，中华书局1985年翻印本，第48—49页。

碧落堂中夕眺余，一声哀角裂晴虚。满城烟霭忽然合，隔水人家恰似无。坐看荷山沉半脊，急归道院了残书。意行花底寻灯处，失脚偏嗔小史扶。(《碧落堂暮景，辘轳体》)①

节里少公事，底忙起侵晨。望秋怯残暑，及此东未暾。登山俯平野，万壑皆白云。身在白云上，不知云绕身。(《中元日晓登碧落堂望南北山》)②

碧落堂在筠州郡圃内，位于筠州凤凰山山巅，登临可以俯瞰一郡的城郭和山水，是郡中视野最佳之处。杨万里经常在碧落堂眺望山川云霞，朝夕吟咏，为碧落堂赋诗八首。杨万里个人的志趣胸襟融入对碧落堂的描写中。坐看暮景，急了残书，写其耽味山水、沉酣翰墨的闲雅生活。"身在白云上，不知云绕身"，抒写他冲淡简远的心境，与"不畏浮云遮望眼，只缘身在最高层"（王安石《登飞来峰》）意思相类，但前者超脱无争，后者进取争强，出世与入世判然有别。

荷山非不高，城里自不见。一登碧落堂，山色正对面。如人卧平地，跃起立天半。指挥出伏兵，万骑横隔岸。后乘来未已，前驱瞻已远。晨光到岩壑，人物俱蒨绚。绿屏纷开阖，翠旗闪舒卷。安得垂天虹，桥虚度云巇。老铃偶报事，郡庭集宾赞。匆匆换山巾，默默下林坂。(《碧落堂晓望荷山》)③

仙人白日上青冥，千载如闻月下笙。南北万山俱在下，中间一水独穿城。江西个是绝奇处，天下几多虚得名。滕阁孤台非不好，只缘犹带市朝声。(《留题碧落堂》)④

---

① 《杨万里集笺校》卷25，第1299页。
② 同上书，第1312页。
③ 同上书，第1307页。
④ 同上书，第1317页。

碧落堂位于政治色彩极为浓厚的州衙之内，却被视作远离"市朝声"的避世之处，与其政治属性相悖；杨万里身为郡守，不着乌纱而戴隐士所佩的"山巾"，与其政治身份相违。不问世事的姿态显示出世事的诡谲险恶，碧落堂的超旷说明现实政治处境的屈抑，碧落堂寄托了杨万里的身世之感。相传仙人李八百曾在山间修炼，但杨万里其人其诗淡化了此间的仙道文化，赋予碧落堂士人的文化品格。

碧落堂在南宋末年毁于战火，文天祥知筠州时重建，并刻杨万里诗于其上，请欧阳守道作《碧落堂记》，记中云：

> 诚斋先生杨文节公在郡日诗，为此堂赋者凡八章，其状烟云吞吐晴阴变化，真若游汗漫而凌倒景。自昔太守山水之乐，如欧阳公守琅琊，苏公于西湖，皆以郡事余暇，晨往夕返，未有不出户庭坐得清赏如此者。吾不知李仙人何代，诚斋飘然乘风来此，高安山水，衣被云锦，而胜绝闻天下矣。景定庚申春，北兵奄至，焚郡，堂在山巅不得免焉。后四年，余友文君天祥宋瑞，自着庭出守，期月间，百废俱兴。甲子秋，堂成，复刻诚斋诗其上。[1]

欧阳守道强调高安山水胜绝闻名天下，是托杨万里其人其诗之功，而非凭借李八百成仙的传说。文天祥在堂中刻诚斋诗，是为山水点睛的方式，山水的审美意蕴和文化积淀由此彰显。杨万里本人和他的题咏，影响了碧落堂的文化意义。清代翁方纲在《碧落堂》诗中化用杨万里诗句云"滕阁郁孤台，比拟徒纷纷"，在后人眼中，碧落堂已成为远离市朝的象征，而这种象征意义是由杨万里赋予的。"描写即是一种选择性的，由于是选择，故是心灵化的。外界描写本身是心

---

① 正德《瑞州府志》卷13，北京大学图书馆藏明正德刻本。

灵化的，将外界逻辑化的山水诗也是表现内心世界的手段。"① 杨万里贬谪筠州的宦游经历，改变此间风物旧有的文化意义，使其成为士大夫精神品格的象征。

宋代的谪迁造就了许多人文景观和文化名城，黄州是最为典型的例子。陆游入蜀行至黄州时云："州最僻陋少事，杜牧之所谓'平生睡足处，云梦泽南州'。然自牧之、王元之出守，又东坡先生、张文潜谪居，遂为名邦。"② 陆游在黄州以王禹偁、苏轼、张耒的诗文为品味风物、寻访遗迹的指南。③ 陆游尝黄州酒，发现"酒味殊恶"，与张耒"最醇"的称赞相去甚远，"规模甚陋"的竹楼与王禹偁笔下的幽致大相径庭。"茅冈"不同于苏轼"江流有声，断岸千尺"的形容，接近范成大所说的"小赤土山"。④ 陆游、范成大是客观从"我"的角度观物，谪居的王禹偁、苏轼则将自己的情感投射于外物，甚至站在物的立场来观物，物我交融，写物其实是在写心。人在落寞时最容易视自己为人类社会中的"幽人"，以自然为伴侣，从自然中寻找慰藉。因为是伴侣，所以有很多欣赏和设身处地的思考，观物又体物。柳宗元笔下的愚溪、王禹偁的竹楼、苏轼的赤壁，也许都经过了

① ［日］高津孝：《中国的山水诗和外界认识》，《科举与诗艺——宋代文学与士人社会》，上海古籍出版社 2005 年版，第 128 页。

② （宋）陆游：《入蜀记》卷 4，《陆游集》，中华书局 1976 年标点本，第 2439 页。

③ 同上书，"早，游东坡。……正南有桥，榜曰小桥，以'莫忘小桥流水'之句得名。其下初无渠涧，遇雨则有涓流耳。旧片石布其上，近辄增广为木桥，覆以一屋，颇败人意。东一井曰暗井，取苏公诗中'走报暗井出'之句。泉寒熨齿，但不甚甘。……酒味殊恶，苏公盦汤蜜汁之戏不虚发。郡人何斯举诗亦云：'终年饮恶酒，谁敢憎督邮。'然文潜极称黄州酒，以为自京师之外无过者。故其诗云：'我初谪官时，帝问司酒神，曰此好饮徒，聊给酒养真。去国一千里，齐安酒最醇。失火而得雨，仰戴天公仁。'文潜谪黄时，适有佳匠乎？循小径缭州宅之后，至竹楼，规模甚陋，不知当王元之时，亦止此邪？楼下稍东，即赤壁矶，亦茅冈尔，略无草木。故韩子苍待制诗云：'岂有危巢与栖鹘，亦无陈迹但飞鸥。'"第 2439—2440 页。

④ （宋）范成大：《吴船录》："赤壁，小赤土山也。未见所谓'乱石穿空'及'蒙茸'、'巉岩'之境，东坡词赋微夸焉。"《范成大笔记六种》，中华书局 2008 年整理本，第 228 页。

"微夸"，无名的山水风物因而有了作者的性情，凝聚成情感意象、精神象征，化为后人追慕的遗迹。东坡诗词中的"小桥""暗井"被坐实，普通的事物因此有了历史文化意义。到了明代，定惠院也因苏轼咏定惠院海棠的诗而衍生出人文遗迹，明代人在定惠院筑亭曰"坡仙遗迹"，东为"扪腹轩"，西为"揩目轩"①。苏轼本人和他的诗文成为用之不竭的文化资源，小事物因而有了历史，无名的土地有了故事。

谪迁所造就的文化景观，需要靠后代士人的不断经营才能延续下来。杨万里在英州云"道是荒城斗来大，向来此地着东坡"（《小泊英州》），荒城僻壤因为"国士"的居留而扬名；过潮州时，感慨韩愈贬谪至此而使当地人文昌炽，"旧日潮州底处所，如今风物冠南方"（《揭阳道中》），"至今南斗无精彩，只放文星一点光"（《题韩亭韩木》）。在士人们的不断书写下，谪迁带给一地的人文色彩才得以不褪色。不独谪迁，人文遗迹主要依靠士大夫的不断寻访、题咏和经营才逐步成型并免于湮没。

淳熙六年，朱熹知南康军，"始至，访先贤遗迹，得故尚书屯田员外郎刘公凝之之墓于城西门外草棘中"②，朱熹重修刘涣墓，并作壮节亭，遍请知交为壮节亭赋诗扬名，杨万里、尤袤等均有题诗。刘涣与欧阳修是同年进士，刚直不合于世，五十岁即辞官归隐庐山，欧阳修有诗《庐山高赠同年刘中允归南康》，以"丈夫壮节似君少"赞美其人格。刘涣为世人所知，与欧阳修的诗大有关系。朱熹以欧阳修的诗为刘涣坟亭命名，增重刘涣之名，为其遗迹增色。用文学的方式将

---

① "定惠院在府治东南，苏子瞻尝居作海棠以自述，院废。弘治庚申得故址，其茂林修竹、园池风景宛如子瞻所言者，因筑亭以彰胜槩。扁曰'坡仙遗迹'，东曰'扪腹轩'，西曰'揩目轩'，用诗中语也。"弘治《黄州府志》卷4，北京大学图书馆藏明弘治刻本。

② 《壮节亭记》，正德《南康府志》卷8，明正德刻本。

人与地联系在一起，这是读书人追怀先贤的一种方式。于荒棘中寻得遗迹，加以修复，是许多宋代士大夫都有的经历。宋代士大夫每至一地，热衷于寻访和修复先贤遗迹，这既出于教化一方的政治需要，也与其丰厚的学养有关。宦游促进士人的流动，士人辗转各地的过程中，"复活"了一大批遗迹，制造了许多地灵见于人杰的文化现象。

二 "早书实历还山考"：宦游影响下的 纪行观念与纪行诗

"宋诗中，纪行一类题材占了相当大的比重，而且名篇佳作也相当多，这是宋诗比较值得注意的创作现象。"① 宋代纪行诗的繁荣，与士大夫的宦游经历密切相关。宦游为士大夫游历四方提供了契机。许多士人将宦游经历形诸笔墨，以诗文记录宦游经历在宋代士大夫中成为一种风尚。范成大有《吴船录》《揽辔录》等日记体行记，陆游有日记体游记《入蜀记》，排日记录宦游经历。较之于范、陆的宦游日记，杨万里仅有宦游诗，但其宦游诗的数量、纪行的详细程度均大于范、陆两家：

> 余随牒倦游，登九疑，探禹穴，航南海，望罗浮，渡鳄溪，盖太史公、韩退之、柳子厚、苏东坡之车辙马迹，余皆略至其地。观余诗，江湖岭海之山川风物多在焉。（《诚斋朝天续集序》)②

杨万里有明确的以诗纪行意识。他用诗歌细致呈现各地的山川风物

---

① 《宋诗选》，第191页。
② 《杨万里集笺校》卷80，第3266页。

和人文景观，张镃称其"南纪山川题欲遍，中朝文物写无遗"（《诚斋以〈南海〉〈朝天〉两集诗见惠因书卷末》）。同时，他以诗歌记录行程，云"到家失却行程历，只拣西归小集诗"（《舟中戏题》）。道途中的诗歌，往往以"晓发……""夜宿……""过……"为题，一些诗标明具体的时间，冠以出发、歇宿或经过的地点，有时添加小序或采用组诗，多篇诗连缀起来看，确实是完整的"行程历"。

> 自闰月十九日过宣城，入宁国、绩溪、新安、休宁、祁门、浮梁，至乐平，皆山行。三月四日，出乐平南二十里许过渡处，始得平地，江流甚阔，喜而赋之。

> 千重溪水万重山，半月深行井底天。井外还来天大在，江心一眼四无边。（《过薷山渡》）①

小序记录多日行程，诗歌写之前和当下的行走体验，既有客观行踪，又有主观心情。一首小诗就是数日行程的记录。

纪行观念下的诗歌创作，一方面使得大量日常生活细节进入杨万里诗；另一方面，民间和士人的地理知识不断进入其诗中，赋予诗歌地域性的色彩，同时也有助于文化的保存。不独杨万里，宋代许多士人具有以诗纪行的意识：

> 足下所至，诗但不择古律，以日月次之，异日观之，便是行记。②

视诗歌为"行记"，拓展了诗歌的功能和表现力，丰富了诗歌的题材。

---

① 《杨万里集笺校》卷35，第1778页，
② （宋）苏轼：《答陈师仲主簿书》，《苏轼文集》卷49，中华书局2004年点校本，第1428页。

在阅读诗作时，宋代士人也有突出的纪行意识：

> 杜自十月发秦州，十一月至同谷，十二月一日离同谷入蜀，诗中历历可考，盖未尝涉春也。①

诗歌可以用来考索行迹、印证风物，说明宋人在诗歌与地理之间建立起密切的联系。

> 范成大《桂海虞衡志序》："始予自紫微垣，出帅广右。姻亲故人张饮松江，皆以炎荒风土为戚。予取唐人诗，考桂林之地，少陵谓之宜人，乐天谓之无瘴，退之至以湘南江山胜于骖鸾仙去，则宦游之适，宁有逾此者乎！"②

> 范成大《重貂馆铭》并序："峤南风土常燠，唯桂林最善，唐人喜咏歌之。杜子美以谓宜人，白乐天以谓无瘴，然皆闻而知之者。戎昱实从事幕府，始有'重着貂裘'之句。乾道九年，余辱帅事，腊后大雪盈尺，苦寒如中州。一坐屡索衣，至尽用顷使朔廷时所服，乃掇昱语名西偏拥炉之室，且铭之。此独以御冬，非所常居，故谓之馆云。"③

岭南被大多数人视为"炎荒风土"，而这种印象的获得与文学作品对岭南的塑造有着密切的关系。出发之前，姻亲故人以广西为"炎荒风土"而忧戚，范成大考求唐人诗歌来了解桂林风土，用"宦游之适"来安慰亲友和自己。无论是亲故还是范成大，他们的一部分地理知识都是从诗歌中获得的。到达桂林之后，通过亲身体验，范成大对唐人诗有了新的理解。在其观念中，书写地域风土的诗作有了"闻而

---

① （宋）王得臣：《麈史》卷中，上海古籍出版社 1986 年点校本，第 64 页。
② 《范成大笔记六种》，第 81 页。
③ （宋）范成大著，孔凡礼辑：《范成大佚著辑存》，中华书局 1983 年整理本，第 128 页。

知之"和"实"之分。

宦游影响下士人游历的增加，影响到人们理解和评价诗歌的方式。一方面，重视诗歌的真实性；另一方面，意识到对诗歌的理解受到地域的制约，亲历实地才能真正理解诗歌。

> "姑苏城外寒山寺，夜半钟声到客船"，此唐张继《题城西枫桥寺》诗也。欧阳文忠公尝病其夜半非打钟时。盖公未尝至吴中。今吴中山寺，实以夜半打钟。①

> 东坡居吴中久，颇熟其风土。尝作诗云："荷尽已无擎雨盖，菊残犹有傲霜枝。一年好景君须记，正是橙黄橘绿时。"论者谓，非吴人不知其为佳也。②

宋人无论是阅读他人的宦游诗，还是自己在宦游中的诗歌创作，常常蕴含着"纪行"的诉求。宋代士大夫纪行诗的写作，与其宦游经历不无关系。《宋史·职官志》云："凡土地所产，风俗所尚，具古今兴废之因，州为之籍，遇闰岁造图以进。"③ 土产、风俗、兴废等内容，都被宋人纳入了纪行诗中。人们甚至将纪行诗视为"图经"，宋人有"杜陵诗卷是图经"④ 之说。杨万里也曾将自己的诗歌视为图经，云"早书实历还山考，便是中书九闰年"（《明发龙川》）。唐宋有诸道州府闰年修造图经送呈的规定，⑤ 郡县三年一造图经。杨万里

---

① （宋）叶梦得：《石林诗话》卷中，《丛书集成初编》，中华书局 1991 年翻印本，第 19 页。

② （宋）陈善：《扪虱新话》下集卷 3，《丛书集成初编》，中华书局 1985 年翻印本，第 72 页。

③ 《宋史》卷 163，《职官志》三，中华书局 1977 年标点本，第 3856 页。

④ （宋）刘克庄《诗话新集》中引林亦之《送蕲师》诗，《后村先生大全集》卷 182，四川大学出版社 2008 年版。

⑤ 参见潘晟《宋代地理学的观念、体系与知识兴趣》，博士学位论文，北京大学，2008 年，第 56—78 页。

视诗歌为"实历",可以作为图经来考索。

> 余夜宿栖贤,诘朝行散,同临川危科逢吉、南丰黄文皓世高、永嘉周寓寓泰叔、宣城郭仪令则、栖贤老如清、万杉大琏、开先师序、归宗道贤,遍观庐山。纪行示万杉。

> 肩舆小斑筇,地志古青册。初穿千长松,忽仰万绝壁。观山不知名,披志失山色。行行问不住,一一渐可识。何代五老人,登峰化为石。年龄今几春,齿牙谅无力。天赐五玉乳,与渠供朝食。渊明醉眠处,石上印耳迹。逸少养鹅池,藓花渍余墨。鹤鸣南天青,龟拜北斗白。栖贤缘不浅,月枕借云席。万杉与开先,弄泉碎珠璧。病眸贪穷眺,趼趾怯周历。同游多俊人,淡话半禅伯。兹来殆天假,不尔岂人及。归船载晓星,回首两相忆。(《遍游庐山示万杉长老大琏》)①

诗序明确标明以诗"纪行",诗序记游山的时间和同行之人,诗歌先写自己游山的情况,再一一介绍庐山的著名景观,最后写同游的感受。有叙有记,中间逐个罗列庐山名胜,宛如"地志"的写法。杨万里诗歌"江湖岭海之山川风物多在焉"的特点,一定程度上受到其视诗歌为"实历""图经"的观念的影响,而这种观念,又与其士大夫的政治责任有着千丝万缕的联系。

宋代士人步履所历之处,在政治、文化、文学等视角的综合观照下,被赋予了审美之外的诸多意义,人、地、诗之间构成微妙的互动。这一互动丰富了宋诗的内容,拓展了宋人对诗歌价值的体认,也加强并丰富了山川风物的文化品格。

---

① 《杨万里集笺校》卷35,第1087—1088页。

杨万里《锦绣策》考

程海伦[*]

科举与文学是一个大的议题，本文试图以《锦绣策》为中心来窥探南宋时文写作一个不太为人所关注的侧面。《锦绣策》是杨万里《诚斋集》所未收的二十五篇策文，现存最早的版本是明天顺三年（1459）刊本《新刊庐陵诚斋杨万里先生锦绣策》一卷，藏于北京大学图书馆。卷首有吴节《新刊庐陵诚斋杨先生锦绣策序》，卷末有劳钺《锦绣策后记》，均作于天顺三年。据此二文，可知《锦绣策》的刊刻是由于劳钺之父麻城司训劳志崇曾"以是编诲诸生"，劳钺登第之后为广其传，故而"重加校正"，并"捐俸刻梓以传"[①]。《锦绣策》共收策文二十五篇，每篇先列策题，次列"策评"和"主意"，最后列正文。"策评"与"主意"非策文本来所有，据吴节序，为"我朝文运隆兴，增重科目，好事者始取而加之论断"，但具体为何人何时所加，则已不可考。

另外胡思敬《豫章丛书》中收录《诚斋策问》两卷，据胡思敬所作后记，"此策问两卷，钞自南京图书局"[②]，但未言具体钞自何书。

---

[*] 程海伦，女，北京大学中文系 2016 级博士生。

① （明）吴节：《新刊庐陵诚斋杨先生锦绣策序》、劳钺《锦绣策后记》，北京大学图书馆藏天顺三年（1459）刊本。本文所引《锦绣策》均为此本，后不再注。

② （清）胡思敬：《豫章丛书》集部 6，江西教育出版社 2004 年版，第 366 页。

《诚斋策问》所收二十五篇策在顺序与内容上与《锦绣策》几乎完全相同，所不同者仅有两点，一是《诚斋策问》所收策题均以"问"字开头，而《锦绣策》天顺三年刊本无"问"字。二是《诚斋策问》未收"策评"，只有"主意"。此外，策文的具体字句有少许差异。由于《锦绣策》的刊刻时间较早，因此本文的讨论，以《锦绣策》而非《诚斋策问》为依据。

一 《锦绣策》之性质

《四库全书》收录永乐大典本《锦绣论》二卷，提要云："旧本题宋杨万里撰。考宋贡举条式第二场试论一道，限五百字以上。则此编盖当时应试程式也。"[①] 永乐大典本题为《锦绣论》，其名显误。此二十五篇策文多次自明其体制为"策"，如"方且以是策诸生，顾愚何言哉"（《古今文章》），"明策下询"（《诏禁臣僚苞苴请托》），可知其性质是策而非论。

宋代科举之策分为两种类型，一种是进策，另一种是对策。进策是应制科考试所投进之词业。绍兴元年，宋高宗所下之德音规定："命尚书两省谏议大夫以上、御史中丞、学士、待制各举一人，不拘已仕未仕，命官不拘有无出身，仍以不曾犯赃私罪人充，各具词业缴进（词业谓策论五十篇，分为十卷，随举状缴进入举词），送两省侍从参考。"[②] 这五十篇策论又被称为进卷，其中策即为进策。进策的内

---

① 《四库全书总目》卷174 "《锦绣策》二卷"提要，清乾隆武英殿刻本。
② 《宋会要辑稿》选举11之21，中华书局1957年版，第4436页。

容均关乎军国大事，题目虽为应试者自拟，但一般以两字为准。如秦观的《进策》包括《国论》《主术》《治势》《安都》《任臣》等篇。对策分子史策与实务策两种，与进策可以自由命题不同，对策必须严格围绕策题所问进行作答。《锦绣策》所收录的策文均是针对具体问题所作的回答，内容除时务外，也涉及进策所不包含的子史，因此不可能是进策之文。下面具体考察《锦绣策》与对策之间的关系。

南宋科举使用对策主要有以下几种情况，一是发解试、省试，试策三道；二是进士科殿试，试策一道；三是制举殿试，试策一道。不同场合下对策所要求的字数、答法均不相同。发解试、省试"对策字数不当立限"①，字数规定较为宽松。根据《绍兴重修御试贡举试》②，进士科殿试试策的字数要求在一千字以上。制科的殿试则规定："皇帝临轩，制策一道，限三千字以上成。"③ 另外，殿试试策时策文的写作必须采用一种与皇帝对话的语气，而省试、发解试试策时所采用的则是与考官对话的语气。考察《锦绣策》中的二十五篇策文，其字数基本上在一千字至一千五百字之间，且文中屡有"执事先生以二公之学，提训承学之士，使之言其所得"（《本朝欧苏二公文章》），"执事先生犹虑诏令之颁，恐守令不能悉意奉行，或为文具，绎为问目，下询诸生"（《迩臣请编次宽恤诏》），"执事方俾诸生稽古验今，推其所尚"（《三代两汉晋唐治体所尚》）等语句，可见这些策文并非殿试对策，而极有可能是发解试、省试对策或与此性质相类的私试策。

关于《锦绣策》的性质，前人已有论述。辛更儒先生认为："《诚斋策问》上卷即其登第后拟应博学宏词科而试写者"，其余部分

---

① 《宋会要辑稿》选举 3 之 53，中华书局 1957 年版，第 4288 页。
② 《附释文互注礼部韵略》附《贡举条式》，四部丛刊本。
③ 《宋会要辑稿》选举 11 之 22，中华书局 1957 年版，第 4437 页。

是为了"又欲习贤良方正"① 而写。但是词科不试策，《锦绣策》显非应词科而作。而辛更儒推测《锦绣策》的另一部分是应制科而写，其依据是《锦绣策》中《今日属贤良方正未有应举者》一文，则更有可议之处。因为对策的回答完全是依据策题所问而写，虽然对策内容涉及制举，但与作者本人是否曾应过制科完全无干。萧东海也认为《锦绣策》有一部分是应制举所作，其依据为："今考《高宗本纪》所载有云：绍兴三十二年三月'丙寅，诏举贤良'。笔者认为，杨万里这部分策问文字，就是为准备应选这次'诏举贤良'的制举而写作的。"② 且不论《锦绣策》的写作时代，通过上文的论述，可以确定《锦绣策》的性质与制举之进策完全不同，而制举考试除了先进词业之外，还包括阁试试论六首，殿试试策一道，都与《锦绣策》所收策文之性质不符，因此《锦绣策》的写作应该与应制举无干。周立志的《南宋高宗朝学生策对集的发现与研究——〈新刊庐陵诚斋杨万里先生锦绣策〉的再认识》从行文格式入手，认为《锦绣策》"正文部分并没有贡举格式中的'论曰、谨论''对、谨对''臣对、臣谨对'，而有着颇为独特的问与答体和行文模式"，因此，"《锦绣策》并非礼部试、殿试之贡举时文……性质应为学生应对老师策问之策对文"③。实际上，宋人文集在收录对策时常常省略"谨论""谨对"字样，而周文所谓"颇为独特的问与答体和行文模式"，亦即本文之前所论的"与考官对话的语气"，正是宋代发解试、省试对策的常见套语。如周必大《文忠集》收录的三道省试对策，均无"谨对"字样，且有"是以执事先生推天保报上之诚，作为问目，俾诸生兼举而毕陈之"

---

① （宋）杨万里著，辛更儒笺校：《杨万里集笺校》，中华书局 2007 年版，第 5176、5182 页。

② 萧东海：《杨万里〈诚斋策问〉年代背景考述》，《吉安师专学报》1999 年第 2 期。

③ 周立志：《南宋高宗朝学生策对集的发现与研究——〈新刊庐陵诚斋杨万里先生锦绣策〉的再认识》，《平顶山学院学报》2015 年第 6 期。

"执事先生，亲执文柄，发为问目"① 这样的语句，与《锦绣策》在行文格式上几无差别，可见周文的结论是有问题的。

二 《锦绣策》之作年

关于《锦绣策》的写作时间，萧东海在《杨万里〈诚斋策问〉年代背景考述》中推断，一部分是杨万里绍兴二十四年参加进士科时所作，一部分作于绍兴末年②。辛更儒则认为一部分作于杨万里登第后（绍兴二十四年）至绍兴二十六年，一部分作于绍兴三十一年及绍兴三十二年③。两位先生的考证给予笔者很大的启发，但其中尚有许多未发之覆，且两位先生的观点亦有笔者不能苟同之处，故而关于《锦绣策》的写作时间，还有进一步研究的必要。

对策或考子史，或考时务，相比于其他科举文体，与时事的关系是最紧密的。《锦绣策》中所收录的二十五篇策文就十分符合这个特点，除了少数几篇子史策无法考证其写作年代外，其余时务策往往能在史籍中明确找出与之相对应的史事。下面笔者将详细说明。

《锦绣策》中的对策写作时间最早的一篇应为《迩臣请编次宽恤诏》，其中有句云：

> 比因迩臣建议，请裒次即位以来爱民之诏，编为成书，镌于翠琰，以待守令陛辞门谢之日，人各赐焉。……执事先生犹虑诏

① （宋）周必大：《文忠集》卷 10《省试策三道》，《四库全书》本。
② 《杨万里〈诚斋策问〉年代背景考述》。
③ 《杨万里集笺校》，第 5176、5182 页。

令之颁，恐守令不能悉意奉行，或为文具，绎为问目，下询诸生。

据《建炎以来系年要录》记载：

丁丑，直秘阁知光州郑绸代还，乞令国子监裒集上即位以来惠民爱物手诏，编类刊印成书，守令陛辞门谢日，人赐一帙，从之……右正言巫伋论州县奉行诏条违戾，不称陛下爱养元元之意，望令以前后诏书编次成册，置之厅事，常切遵守。翌日上谓大臣曰："朕屡降宽恤指挥，而守令不能奉承，安得惠及百姓？可如伋奏，仍令监司按劾，以警慢吏。"①

可见《迩臣请编次宽恤诏》中的"迩臣"应该指郑绸和巫伋，而"执事先生犹虑诏令之颁，恐守令不能悉意奉行，或为文具"则是根据高宗"朕屡降宽恤指挥，而守令不能奉承，安得惠及百姓"一句所作的提问。因此这篇策文的写作时间应该在绍兴十七年之后不久。②

《宋史》记载："秦桧当国，科场尚谀佞，试题问中兴歌颂。庭筠叹曰：'今日岂歌颂时耶！'疏其未足为中兴者五，见者尤之。庭筠曰：'吾欲不妄语，而敢欺君乎？'"③ 但是如徐庭筠者毕竟是少数，想要通过科举进入仕途，就必须为"谀佞"之文。《锦绣策》中有一批策文，正是所谓"试题问中兴歌颂"者，主要包括以下几篇：《太平歌颂》《简册所纪祥瑞及今日祥瑞》《天文星象》《今日屡诏举贤良

---

① （宋）李心传：《建炎以来系年要录》（以下简称《要录》）卷156，绍兴十七年三月丁丑条、绍兴十七年十月癸卯条，中华书局1956年版，第2527、2542页。

② 其他写作时间较早的尚有《三代汉唐太学养士之法》（据《要录》卷162绍兴二十一年十月丁卯条，当作于绍兴二十一年左右，第2645页）、《简册所纪祥瑞及今日祥瑞》（据《要录》卷160绍兴十九年十一月甲辰条，当作于绍兴十九年左右，第2598页）、《柳子厚贞符及今日祥瑞》（文中提到"己巳郊祀之时"，应写于绍兴十九年之后）。

③ 《宋史》卷459《隐逸下》，中华书局1977年标点本，第13458页。

而未有应者》《柳子厚贞符及今日祥瑞》。文中对高宗、秦桧君臣的谀佞，对天下祥瑞、中兴盛世的歌颂如出一辙，略举数例如下（着重号为笔者所加）：

> 今日之盛，其何得而歌颂耶！一气默运，太虚无为，天下皆知吾君之圣，而不知所以圣；手扶日月，足履星汉，天下皆知吾相之贤，而不知所以贤。（《太平歌颂》）

> 恭维主上资挺至明，运抚熙洽，天宽地容而量包中外，皇步帝趋而跡躅古今。天下之匹夫匹妇，皆曰不图今日复有三五之君。委任真儒，咸有一德，斡旋乾坤而以炉以锤，运动枢机而以橐以钥。天下之匹夫匹妇，皆曰不图今日复有三五之臣。（《简册所纪祥瑞及今日祥瑞》）

> 今也六合澄清，四海波恬，高堂拱尧、舜之君，密席坐皋、尧之臣，刑措而日转棠阴，兵寝而风清榆塞。……天下之士，方且鼓舞皇风，餐饮化雨，不为圣主得贤臣颂，则为缙绅愿封禅书。（《今日屡诏举贤良而未有应者》）

> 恭维主上以尧、舜之资，而辅之以稷、契之臣，十数年间，美化大兴。（《柳子厚贞符及今日祥瑞》）

文中的"吾君""吾相"即是指高宗与秦桧，所谓"委任真儒，咸有一德""稷、契之臣"均是当时专用来歌颂秦桧的谀佞之语，如：

> 自桧擅权，凡投书启者以皋、夔、稷、契为不足比拟，必曰元圣，或曰圣相。①

> 既而秦桧用事……导谀成风，称之者以为圣人，尊之者以为

---

① 《要录》卷151，绍兴十四年六月辛巳条，第2438页。

恩父，凡投匦之章、造庭之策，不谋而同归美于一德元老。①

除了对于高宗、秦桧君臣的诏佞外，这些策文中另一个重要的主题就是歌颂祥瑞。据《宋会要辑稿·瑞异一》的记载，自绍兴十三年至绍兴二十五年，天下所进祥瑞几乎是史不绝书。歌颂祥瑞以归美高宗秦桧君臣也成为当时重要的粉饰太平之举，如：

> 刑部员外郎许兴祖面对言：仰唯陛下以至德要道临御天下，嘉与一德大臣，都俞一堂之上，至诚恻怛，仁民爱物，靡不用其至焉。故灵芝产于庙楹，瑞麦秀于留都，以彰至治。臣窃谓宜如汉齐房之歌，制为乐章，登歌郊庙，以答扬神贶。从之。②

这一场轰轰烈烈的进献祥瑞、歌颂祥瑞的运动伴随着秦桧权相生涯的结束而告终。秦桧去世的翌年，宋高宗即下诏终止了进献祥瑞之举：

> 绍兴二十六年四月二十二日，上谕辅臣曰：“比年以来，四方奏祥瑞，皆饰空文，取悦一时……朕以谓唯年谷丰登，可以为瑞。得真贤实能，可以为宝。若汉武作《芝房》《宝鼎》之歌，奏之郊庙，非不为美谈，然何益于事？可降指挥，今后不得奏祥瑞。”③

可知上举这一批策文均应作于秦桧去世即绍兴二十五年十月之前。

杨万里共参加过两次省试，第一次在绍兴二十一年，未第。第二

---

① （宋）汪应辰：《应诏言弭灾防盗事》，《文定集》卷1，《四库全书》本。
② 《要录》卷169，绍兴二十五年七月癸亥条。
③ 《宋会要辑稿》瑞异一之二六，第2077页。

次在绍兴二十四年，登进士丙科。这两次省试正是在绍兴十七年至绍兴二十五年的时间段内。那么，当时进士科省试对策的实际情况如何呢？幸运的是，周必大的《文忠集》收录了其在绍兴二十一年参加省试时所作的三道对策。比较《锦绣策》与周必大的这三道对策，其字数、格式都颇为相似。尤其值得注意的是周必大对策结尾部分对高宗秦桧君臣的颂美，其铺陈的写法与谀佞的语气与《锦绣策》上举诸策简直如出一辙。考生对策，免不了对于当朝君相的颂美，但罔顾事实，夸张到如此程度，也只有在秦桧当权时才能一见了。① 绍兴二十四年进士科因为有秦桧之孙秦埙参加，登甲乙科者皆为秦桧亲党，杨万里只中丙科。此科殿试对策的情况如下：

> 至是策问诸生，以师友之渊源，志念所欣慕，行何修而无伪，心何治而克诚。埙对策曰……举人张孝祥策曰：往者数厄阳九，国步艰棘，陛下宵衣旰食，思欲底定。上天佑之，畀以一德元老，志同气合，不动声色，致兹升平，四方协和，百度具举，虽尧舜三代无以过之矣。②

从《要录》所录殿试对策的片段来看，张孝祥对秦桧的谄谀比之前一科周必大的对策有过之而无不及。在这种特殊的政治高压下，杨万里于绍兴二十一年、绍兴二十四年参加的两次进士科考试，其对策的写法应该与周必大、张孝祥相差无几。据胡铨《诚斋记》记载，杨万里"战其艺场屋，中丙科，则喟曰：'时方味谄言，吾乃得志，得毋以谄求合乎？'"③ 可见杨万里深知其时科场文风以"谄言"为尚，

---

① 关于秦桧当权时期科举程文的写作情况，参见王曾瑜《绍兴和议与士人气节》，《中国史研究》2003 年第 1 期。

② 《要录》卷 166，绍兴二十四年三月辛酉条，第 2712 页。

③ （宋）胡铨：《诚斋记》，曾枣庄、刘琳主编：《全宋文》第 195 册，第 4320 卷，二海辞书出版社 2006 年版，第 375 页。

而对自己不得不"以谄求合",心中是不能无憾的。因此,假设《锦绣策》真为杨万里所作,以杨万里对于这些"以谄求合"之作的悔恨心态,其子杨长孺是不大可能将这些对策收入《诚斋集》之中的。

《锦绣策》另有一部分策文作于秦桧死后,包括《诸将用兵之法》《迩臣奏请选择将才》《汉文帝及今日用兵御敌事》《汉高帝袭夺信军文帝劳军细柳》诸篇。除《诏禁臣僚苟且请托》①外,这些策文有一个共同的特点,就是以绍兴三十一年金兵南侵之事为背景,策文的主旨也都与选将用兵相关。如《汉文帝及今日用兵御敌事》中的"辛巳之秋,背盟叛约,来犯吾国"指的就是绍兴三十一年秋完颜亮入侵之事,《汉高帝袭夺信军文帝劳军细柳》中的"主上亲驱銮舆,驾幸建康,而行劳军之制"则指绍兴三十一年冬宋高宗亲征建康之事。由此可知,这一批策文应该作于绍兴三十一年九月至绍兴三十二年六月高宗退位之前。在这段时间内,并没有省试或发解试举行,因此这些策文极有可能是模拟对策程文之作。

写于绍兴末年的这几篇对策与秦桧当权之时的对策相比有了很大的不同,内容多涉及边防急务,议论也都较为切实。这种变化产生的背景就是秦桧死后高宗对改变科场文风所作的引导:

> (绍兴二十七年)三月十四日,御笔宣示殿试官曰:"对策中有指陈时事,鲠亮切直者,并寘上列。无失忠谠、无尚谄谀,用称朕取士之意。"十六日,上宣谕宰臣曰:"今次策士,考校官编排处极详密,内有犯讳杂犯之人,亦令且与考校,并戒励有司抑谄谀,进忠亮,盖以临轩策士正欲闻切直之言也。"②

---

① 据《要录》卷182绍兴二十九年六月丁酉条,此篇当作于绍兴二十九年,第3025页。
② 《宋会要辑稿》选举8之43,第4395页。

　　高宗的御笔批示及戒励有司之言都明确表示了科场取士标准的变化，而此科的状元王十朋正是因其对策"辞语鲠切"①获得了高宗的青睐。在这样的背景下，《锦绣策》中的这一批策文以"指陈时事"为特点，也就是极为自然之事了。不过，在科举考试中，"指陈时事"仍然有一定的限度，这只要比较《锦绣策》中对于边事的议论与杨万里《千虑策》中直言时弊的文字，就很明显了。虽然如此，高宗有意识地改变秦桧当权时的科场文风，不能不说是一种进步，这为孝宗即位后进一步扫清谄谀之风奠定了基础。《锦绣策》中的策文，正是高宗朝科场文风演变的生动例证。

　　通过以上分析可以看出，《锦绣策》的写作从绍兴十七年一直持续到绍兴三十一年，而杨万里本人正是在这段时间内进士登第，若将《锦绣策》归于杨万里名下，确实有一定的可能性。而《锦绣策》与时事的紧密联系也证明这批策文不可能为后人伪托之作，尤其是其中大量涉及高宗、秦桧君臣之事，而当秦桧去世、高宗退位之后，政治环境随之改变，再写作这样的时文也就没有意义了。就杨万里本人的作品来看，《诚斋集》中收录有《程试论》十篇，那么假设杨万里曾创作过性质与之相似的"程试策"，也并非空穴来风。不过，如果说杨万里在未登第时会模拟科举程文作为应付考试之用，那么当杨万里已经进士及第之后，是否还会继续写作呢？杨万里在《送王才臣赴秋试序》中曾对即将应试的王才臣说："场屋之文，夸以贾惊，丽以媒欣，抑末矣。"②可见杨万里并非热衷于科场文字之人，因此其时文更可能创作于早年未登第之时。笔者认为，在没有确切证据表明《锦绣策》作者另有其人的情况下，不能否认《锦绣策》为杨万里创作的可

---

① 《要录》卷176，绍兴二十七年三月丙戌条，第2909页。
② 《杨万里集笺校》，第3171页。

能性。但《锦绣策》并没有被收入《诚斋集》中，考虑到杨万里本人对于场屋之文的态度，其是否会在持续十数年的时间段内创作如此大量的科举程文也是值得怀疑的。因此，在将《锦绣策》当作杨万里的作品来论述时，必须持审慎的态度。

三　结语

《锦绣策》现存最早的刊本在明代，但成书于宋末的《诚斋文脍》就已经收录了《锦绣策》中的大部分策文。《诚斋文脍》① 全名为《批点分类诚斋先生文脍》，卷首有开庆己未（1259）方逢辰的序，据此序可知《诚斋文脍》是建安李诚父所编的一种科举参考书。《锦绣策》的策文被收录在《诚斋文脍》中，这说明至迟在理宗朝，这一批对策就已经被认为是杨万里所作。由于李诚父在编纂《诚斋文脍》时使用的材料十分驳杂，因此无法据此断定《锦绣策》一定是杨万里所作。但值得注意的是，杨万里的文章经常被收录进南宋科场用书中，如《永嘉先生八面锋》中收录有杨万里的九段文字，基本出自《千虑策》，《十先生奥论》则收录了杨万里《心学论》中诸文。考虑到科举用书的商业价值，李诚父将托名杨万里的作品收入《诚斋文脍》中以寻求更好的销路，是极有可能的。

至明清两代，《锦绣策》的流传并不广泛，但其中部分篇目仍然被收入科举用书之中。如俞长城的《可仪堂一百二十名家制义稿》收录杨万里文三篇，除一篇出处未明外，其他两篇即是《锦绣策》中

---

① 《诚斋文脍》现存最早的刊本为元刻本，藏于国家图书馆，明清两代均有重刻。

《太平歌颂》与《今日屡诏举贤良而未有应者》二文。梁章钜的《制义丛话》据俞书所收①，评价此三文兼有"秦汉之雄劲，晋魏之藻丽"②，并特别重视其中偶句的使用。可见杨万里的这几篇对策之所以在清代仍广为流传，主要是在于其文辞之藻丽与气势之宏大，因此被作为科举程文中的典范。

科举参考书繁荣的出版市场必然会影响科场程文的写作，以及对于前代作品的阐释与传播。托名杨万里的这一批对策在南宋中后期的流行以及在明清两代的反复重印，不能排除杨万里本人文名所带来的影响，而《锦绣策》与举子对于时文范本的需求恰相契合，当是更为重要的原因。当《锦绣策》在后代被当作杨万里的作品反复谈说之时，已经逐渐偏离了其产生之初的原貌。本文即试图将《锦绣策》还原到高宗朝时文写作的真实情境中，以此来研究其时科举程文的体制与文辞，并进一步探讨背后复杂的政治环境以及士子的写作心态。笔者认为，《锦绣策》的意义也许不仅仅在于作者可能是杨万里，而且也在于其本身作为保存完好的高宗朝对策作品所具有的丰富的历史与文学价值。而揭示出这一点，正是本文的写作目的之所在。

---

① 祝尚书在《宋代科举与文学》（中华书局 2008 年版，第 341—342 页）中将杨万里的这三篇文章当作经义来讨论，实际上是受到了《制义丛话》的误导。

② （清）梁章钜：《制义丛话》卷三，《续修四库全书》第 1718 册，上海古籍出版社 2002 年版，第 550 页。

由私人空间到公共话题的文学途径：
《雪巢记》与雪巢书写

谭清洋*

淳熙二年（1175），尤袤以承议郎知台州，结识了居住在天台寺庙中的诗人林宪，尽管为政事所困，他还是常常抽身前往林宪的居所——雪巢。离任后，尤袤每当思念林宪，总会回想到两人在雪巢交谈的情境，于是在淳熙五年（1178）为林宪和雪巢写下了《雪巢记》。记文的生动优美、尤袤在中兴文坛的巨大影响力、林宪高古的品格与杰出的诗歌创作才能、雪巢超脱尘俗的寓意、题壁文的特殊魅力等，共同促使了《雪巢记》的迅速传播。经由《雪巢记》，林宪和雪巢声名大振，雪巢不仅成了林宪的代称，而且变成了他个体人格的象征，林宪和雪巢也成了中兴文坛的一个公共话题。

一 雪巢主人林宪生平考

林宪，字景思，生卒年不详，其事迹散见于尤袤《雪巢记》《雪巢小集序》、杨万里《雪巢小集后序》、楼钥《雪巢诗集序》等，清

---

* 谭清洋，女，北京大学中文系 2016 届博士毕业，现为北京市八一学校教师。

代陆心源《宋史翼》曾整合相关文献为林宪作传云:

> 林宪,字景思,吴兴人。少从侍郎徐度游,度得句法于魏
> 衍,实后山嫡派也。卓荦有大志。参政贺子忱奇其才,以孙女妻
> 之,临终复遗以米数百斛,谢不取。贺既亡,挈其孥居萧寺,屡
> 濒于馁而不悔。读书著文,不改其乐。喜哦诗,落笔立就,浑然
> 天成。一时名流皆愿交之,若徐敦立、芮国器、莫子及、毛平
> 仲,相与为莫逆。杨诚斋、楼攻媿皆称其诗似唐人,其人高尚清
> 谈,五言四韵,古句殆逼陶谢。淳熙五年,尤袤为作《雪巢记》,
> 又为《雪巢小集序》。①

这是唯一一篇专门记述林宪个人经历的文章,以此为线索,便可
大致勾勒出林宪的生平。不过,鉴于有关林宪事迹的材料比较零散、
他的经历从未有人做过考证,而有关雪巢的书写又与此密切相关,本
文在讨论雪巢书写之前,需要依据现有文献详细梳理林宪的生平经历
和雪巢的实际情况。

据《宋史翼》,林宪的家乡为吴兴,在今浙江湖州。关于林宪出
生的年份,文献中没有明确的记载。楼钥在淳熙四年(1177)写成的
《雪巢诗集序》中记述林宪之言说"吾行于世五六十年",由此可以
推断出他出生的时间应当在 1117—1127 年。林宪少年时曾从徐度游,
徐度,生卒年不详,字仲立,一字敦立,睢阳(今河南商丘东南)
人,绍兴末年官至吏部侍郎,著有《却扫编》三卷,周必大称其"词
章为学者之宗,德业系国人之望"②。徐度的老师魏衍(?—1127),
字昌世,彭城(今江苏徐州)人,他自认为不能为王安石新学,不习

---

① (清)陆心源辑撰:《宋史翼》卷 36,中华书局 1991 年标点本,第 391—392 页。
② (宋)周必大:《贺徐漕度除江东启》,曾枣庄、刘琳主编《全宋文》卷 5076,上
海辞书出版社 2006 年版,第 228 册,第 309 页。

举业，唯以经籍自娱，自号曲肱居士。魏衍曾从陈师道学，于师道殁后为其作行状、编诗文集并为之作序。陈师道为苏门六君子之一，也是苏门六君子中日常生活最为拮据困窘的一位。简言之，林宪的师承关系为：

苏轼→陈师道→魏衍→徐度→林宪

此外，据尤袤《雪巢记》，他"少尝从高僧问祖师西来意，又于方士得养生术"，可见他对释、道也有所钻研。

较早发现林宪才能的"参政贺子忱"即贺允中（1090—1168），字子忱，眉州青神（今四川眉州）人，徽宗政和五年进士及第，绍兴二十九年（1159）与隆兴二年（1164）两度短暂拜相。绍兴二年（1132），贺允中因喜爱天台之幽深，在天台山万年禅院之西卜居，死后也葬在了天台。方回《瀛奎律髓》云："初贺参政允中奇其才（按，指林宪），妻以女孙，而不取奁出，贫甚。"①贺允中以举贤荐能著称，他明知林宪十分贫穷，却不惜免去林宪的彩礼而将孙女嫁给他，显然，贺允中眼中的林宪不同凡响，两人之亲厚也非同一般。尤袤《雪巢小集序》载林宪"尝随贺使虏"②，据韩元吉《资政殿大学生左通议大夫致仕贺公墓志铭》，贺允中两次出使金国，一次是在北宋徽宗年间，一次是在南宋高宗绍兴二十九年奉高宗生母显仁太后的遗物出使金国，林宪随贺允中出使，当为绍兴末年之事。

据陈耆卿《嘉定赤城志》，林宪曾"中特科，监西岳庙"，《宋诗

---

① （元）方回撰评，李庆甲集评校点：《瀛奎律髓汇评》卷24，上海古籍出版社1986年版，第1096页。

② （宋）尤袤著，（清）朱彝尊辑：《梁溪遗稿文钞》，见四川大学古籍整理研究所编《宋集珍本丛刊》，线装书局2004年版，第46册，第492页。

纪事》《宋登科记考》等书均提到林宪中特科是在乾道年间①。特科进士的身份无法与常科进士比肩，林宪中特科之后被任命的监庙官也只是祠禄官中最低的一种，无须赴任，仅挂名领取微薄的俸禄。贺允中于乾道四年（1168）三月底去世，林宪谢绝了贺允中生前赠予的钱物，此后全家寓居在天台城西的寺庙中，再度过上了家徒四壁的清苦生活。②《雪巢小集序》称其"屡濒于馁而不悔""无屋可居，无田可耕"③，林宪亦自述道："平淡固可嘉，饥来欲谁诉。"④ 可见饥肠辘辘的情况在他的生活中时常存在。考虑到徐度在绍兴末年官至吏部侍郎，贺允中为官期间曾向朝廷举荐过大量人才，即便以监庙官作为仕途的起点，如果想在官场继续发展，林宪也拥有足够丰富的资源。在食不果腹的处境下仍旧对富贵利禄保持淡然的心态，"读书著文，不改其乐"（尤袤《雪巢小集序》），这样的精神的确令人钦佩。正是这样的品格，令当时许多著名文人为之倾倒。除去《宋史翼》中提到的徐敦立（徐度）、芮国器（芮烨）等人外，从现存作品来看，与林宪来往密切的尚有尤袤、杨万里、范成大、楼钥、戴复古、沈揆、赵蕃、李兼、徐似道、释道全等。中兴四大诗人中，与他熟识的有三位，身居偏僻破败的寺庙中的林宪，坐拥一个众星闪耀的文人朋友圈。

---

① （清）厉鹗辑撰：《宋诗纪事》卷54，上海古籍出版社1981年版，第1374页。傅璇琮、祖慧撰：《宋登科记考》附录，江苏教育出版社2005年版，第1998页。笔者所见南宋文献中均未提及林宪中特科的具体年份，但尤袤《雪巢小集序》云，林宪在使金回朝后曾到都城"赴大比试"，因此他中特科的时间很可能是在此次科举考试之后的乾道年间。

② 关于林宪寓居天台寺庙的时间，《瀛奎律髓》称林宪"少从其父宦游天台，因留萧寺寓焉"，然尤袤《雪巢记》中记述林宪之语云："自吾来居天台……今未二十年……回视二十年间……"可见当时林宪在天台已定居将近二十年。《雪巢记》作于淳熙五年（1178），林宪至天台居住当在绍兴三十年（1160）及之后几年间，《瀛奎律髓》所云或有误。

③ 参见《梁溪遗稿文钞》第46册，第492页。

④ 北京大学古文献研究所编：《全宋诗》卷2054，北京大学出版社1998年版，第23102页。

高洁的品格是林宪身居萧寺而高朋满座的重要因素，精彩的诗篇则是他另外一个闪光点。杨万里《林景思寄赠五言，以长句谢之》诗云："华亭沈虞卿，惠山尤延之。每见无杂语，只说林景思。试问景思有何好，佳句惊人人绝倒。"① 对于诗人杨万里而言，林宪最大的优点就在于作诗佳句频出，林宪和他的诗作，是杨万里、尤袤、沈揆等人会面时必谈的话题，是他们一致赞叹称赏的对象。林宪的诗集《雪巢小集》在南宋便有家集与刻本流传于世，② 《直斋书录解题》《宋史·艺文志》《文献通考》均著录有林宪《雪巢小集》二卷，《全宋诗》编者据《天台集续集别编》等书录林宪诗 52 首，编为一卷。从现存诗作来看，林宪诗中的意象大多来源于自己的山居生活，但他的诗歌少有冷涩孤僻之气，风格清新自然，其中的佳句的确值得杨万里、尤袤等人称赏。淳熙七年，沈揆跋《颜氏家训》记述共同校书者有"乡贡士州学正林宪"③，可见在结识众多友人的同时，林宪又做过台州州学的学正，他的经济条件应当也随之有一定的改善。④

关于林宪去世的时间，钱文子《次韵李使君追悼雪巢先生》诗后的自注给出了提示，他说："予为台州，雪巢屡从予饮池上，未几病不能起，比予罢官，别之牖下。"⑤ 钱文子于嘉泰四年（1204）十二

---

① （宋）杨万里撰，辛更儒笺校：《杨万里集笺校》卷 22，中华书局 2007 年版，第 1146 页。

② 陈振孙在《直斋书录解题》中记载他与《雪巢小集》的因缘云："余为南城，其子游谒至邑，以家集见示，爱而录之，及守天台，则板行久矣，视所录本稍多。"见《直斋书录解题》卷 20，上海古籍出版社 1987 年版，第 604 页。

③ 王利器撰：《颜氏家训集解》（增补本）附录一，中华书局 1993 年版，第 610 页。

④ 《宋史·职官志二》还提到"乾道七年林宪以宗卿入经筵，亦兼侍讲者"，不过，龚延明《宋史职官志补正》已指出，此处的"林宪"当为"林机"。参见龚延明《宋史职官志补正》（增订本），中华书局 2009 年版，第 85—86 页。

⑤ （宋）李庚等编：《天台续集别编》卷 3，见浙江省地方志编纂委员会编《宋元浙江方志集成》，杭州出版社 2009 年版，第 6880 页。

月知台州，开禧元年（1205）四月改常州①。由此来看，林宪与钱文子一同饮酒，当是嘉泰四年末至嘉泰五年初之事。钱文子在诗中回忆"凄怆床前永诀时"，可见开禧元年他与林宪告别时，林宪已经病重到卧床不起，他去世的时间应当在这次告别之后不久，很可能在开禧元年下半年或者之后的一两年之内。

综上所述，以《宋史翼》为基础，林宪的小传可以进一步完善如下：

> 林宪，字景思，号雪巢，北宋末年生于吴兴，约开禧年间卒于天台。少从侍郎徐度游，度得句法于魏衍，实后山嫡派也。尝从高僧问祖师西来意，又于方士得养生术。卓荦有大志。参政贺子忱奇其才，以孙女妻之，而不取奁出。绍兴二十九年，尝随贺使虏。贺临终复遗以米数百斛，谢不取。贺既亡，挈其孥居萧寺，破屋数椽，不庇风雨，屡濒于馁而不悔。榜其燕坐之室为雪巢，日哦诗于其间，读书著文，不改其乐。乾道间，中特奏名进士，监西岳庙。淳熙中，为台州州学正。喜哦诗，落笔立就，浑然天成。一时名流皆愿交之，若徐敦立、芮国器、莫子及、毛平仲、范至能（范成大）、戴式之（戴复古）、沈虞卿（沈揆）、赵昌父（赵蕃）、李孟达（李兼）、徐渊子（徐似道）、释道全，相与为莫逆。尤延之（尤袤）、杨诚斋、楼攻媿皆称其诗似唐人，其人高尚清谈，五言四韵，古句殆逼陶谢。有《雪巢小集》二卷，已佚。淳熙五年，尤袤为作《雪巢记》，其后，杨万里作《雪巢赋》，尤袤、杨万里、楼钥又为《雪巢小集序》。

---

① （宋）陈耆卿编：《嘉定赤城志》卷9，中国文史出版社2008年版，第107页。

二 《雪巢记》：尤袤的慷慨歌颂与雪巢
　　文化意义的彰显

　　贺允中于乾道四年（1168）去世后，林宪一家借住在破败的寺庙中，日子贫苦却清静。直到淳熙二年（1175）尤袤出知台州，林宪和雪巢才逐渐为同时期的文人所知，而林宪的声名鹊起，在很大程度上要首先归功于《雪巢记》。这篇文章写道：

　　吴兴林君景思寓居天台城西之萧寺，破屋数椽，不庇风雨。榜其燕坐之室曰"雪巢"，日哦诗于其间。客有问君所以名巢之意，君曰："天下四时之佳景，宜莫如雪。而幻化变灭之速，亦无甚于雪者。方其凝寒立水，夜气飙飙，纷纷皓皓，万里一色，瑶台银阙，亦现于俄顷间。然朝阳熹晖，则向之所睹，荡然没灭而不留矣。自吾来居天台，时王公贵人比里而相望，朱门甲第击钟而鼎食，童颜稚齿群聚而嬉戏。今未二十年，其昔之贵者则已死，向之富者或已贫，而往之少者悉已耄。回视二十年，直俄顷尔。其幻化变灭之速，不犹愈于雪乎？知其非坚实也，于其俄顷起灭之中，乃复颠冥于利害，交战于宠辱，汩汩至于老死而不自知，非惑欤！今吾以是名吾巢，且将视其虚以存吾心，视其白以见吾性，视其清以励吾节，视其幻以观吾生，则知少壮之不足恃，富贵之不足慕，贫与贱者不足以为戚。非特以此自警，而且以警夫世之人。使凡游吾之巢者，躁者可使静，险者可使平，而污者可使之洁，不亦休乎。"

余闻而叹曰：浩哉斯巢，虽方丈之地，其视广厦万间而不与易也。夫乐莫乐于富贵，忧莫忧于贫贱。然有马千驷，不如西山之饿夫；纡朱怀金，不如陋巷之瓢饮！孰知乎匹夫之乐，有贤于王公大人之忧畏也哉！世之附炎之徒，方思炙手权门，焦头烂额而不悔，求而不得则躁，得而患失则戚，戚与躁相乘，则心火内焚，日夜焦灼。闻君之风，亦可少愧矣。

君少尝从高僧问祖师西来意，又于方士得养生术，其清玉洁，其真行烈，其穷不堪忍，而其乐侃侃然。余来天台，始识君，一见如平生欢。时方困郡事，卒卒无须臾间。每从君语，辄爽然自失。顾视鞭扑满前，牒诉盈几，便欲舍去。今得归休林泉之下，每一思君，发于梦想，则雪巢之境，恍然在吾目围中矣。因述君之说，使书于其壁，以为之记。①

虽然是为雪巢作记，文章却没有详细交代雪巢的情况，而是只在首句用简单的几个字交代了包括雪巢在内的林宪居所的整体状况，即"天台城西之萧寺，破屋数椽，不庇风雨"。此处对真实存在的雪巢的"匆匆一瞥"，显示出作者对雪巢之物质属性的弱化，在他眼中，雪巢的形貌并不重要。与此同时，日日在陋室中吟哦诗句的雪巢主人林宪已经高调出场。

接下来，作者通过林宪之口阐述了雪巢命名的原因。世间人事的幻化变灭，从本质来看与雪的形貌变化非常相似，表面上，它们是"佳景""乐事"，实际却难以长久地存在、无法让人依恃，因此并不值得羡慕，更不值得苦苦追求。雪以其谦虚、洁白、清雅与变幻莫测，为林宪修养心性、磨炼品格提供了榜样。其实，林宪居住在天台

---

① 见《梁溪遗稿文钞》第 46 册，第 491—492 页。

的二十年已经是徽宗末年以来政局最稳定、百姓生活最安定的一段时间，经历了南渡初年政权的风雨飘摇，文人的幻灭感自然分外敏锐。陆游《对云堂记》亦曾谈道："仆行年五十，阅世故多矣，所谓朝夕百变者，奚独云山哉！"① 江南的雪比朔雪松软、融化得快，偏安江南的文人们也更容易感受到世事的无常。文中引述林宪的话时说，这是"客有问君所以名巢之意"时林宪的答复，这位"客"或许真有其人，或许是尤袤自己，也或许只是尤袤的虚构，不过，这一段叙述的内容则切合林宪的实际经历，从语气来看应当与林宪的原话相去不远。这种主客问答体一方面可以阐释雪巢的命名原因，另一方面也凸显了雪巢主人的形象。

记述完雪巢得名的缘起后，尤袤感叹，雪巢虽小，却比广厦万间还要珍贵。他将林宪提出的幻化变灭的外延缩小到富贵与贫贱之间，认为趋炎附势妄图富贵之人往往会患得患失，内心无法平和安宁，远不如林宪安于贫穷，自得其乐。林宪所讲到的幻化变灭只是他在漫长的时间长河中得到的感触，只要有类似的时间积累，他人也可以从中体会到类似的无常感。但是，尤袤将林宪的复杂感想直接简化为富贵利禄之空幻，进而将林宪树立为不贪求富贵、安贫乐道的典范，这是对雪巢精神意义的高度提炼，也是对自己心目中林宪最突出特点的强调。简化雪巢的精神寓意并将它与林宪的个人特质紧密结合在一起，使雪巢与林宪原本复杂多面的形象变得单一、简洁，也更加鲜明，令人印象深刻。在这一段的开始，尤袤感叹"浩哉斯巢"，然而整段只有第一句是在讲雪巢，之后都不涉及雪巢而是专门赞扬林宪，与其说是"浩哉斯巢"，毋宁说是"浩哉斯人"。雪巢之妙的根本在于林宪，

---

① （宋）陆游著，涂小马校注：《渭南文集校注》卷17，见钱仲联、马亚中主编《陆游全集校注》，浙江教育出版社2011年版，第9册，第443页。

只有林宪的存在，才能让雪巢成其为雪巢。

最后一段中，尤袤介绍了自己与林宪的交往，以"其清玉洁，其真行烈，其穷不堪忍，而其乐侃侃然"总结自己认识的林宪，并与前文中林宪自我勉励的话相呼应，表达了自己对林宪的钦佩和对雪巢的怀想。尤袤在台州知州任上政务繁剧，他以"爽然自失"来形容自己当时与林宪交谈的状态，并且每当念及林宪总会联想到雪巢，更可见林宪与雪巢的巨大魅力。结合自己与林宪接触的真实感受来评价林宪和雪巢，与文章一开始对雪巢境况的叙述遥相呼应，令记文真实可感，林宪在雪巢以诗会客的景象也跃然纸上。

从"居陋巷，人不堪其忧，回也不改其乐"（《论语·雍也》）到"斯是陋室，唯吾德馨"（刘禹锡《陋室铭》），以居住条件的简陋衬托主人的高洁品格是赞美安贫乐道者最常用的方式之一，在《雪巢记》中也得到了应用。比起这些陋巷、陋室，林宪的雪巢还另有其独特之处：一是它的所有权并不在林宪手中，林宪只是借住于此，从这一点来看，他的贫穷比颜回、刘禹锡更甚；二是林宪为他的陋室取了一个极为别致的名字，命名这一行为令雪巢拥有了自己的精神内涵，在安贫乐道的背后，雪巢之名还包含了林宪对世事无常的深刻体悟。以"雪"命名自己的居室并不是林宪首创，秦观《淮海集》中有《雪斋记》（元丰三年，1080）一篇，其中的雪斋，是"杭州法会院言师所居室之东轩"。熙宁五年（1072）七月，时任杭州通判的苏轼为其取名"雪斋"①。元丰五年（1082），苏轼在黄州东坡的旁边筑雪堂而居之，并为其写作了《雪堂记》。此外，北宋时期的佛教典籍中也曾出现"雪巢"之名，如成书于真宗年间的

---

① （宋）秦观撰，徐培均笺注：《淮海集笺注》卷38，上海古籍出版社1994年版，第1219—1220页。

《景德传灯录》记录澧州乐普山元安禅师之言云："鹭倚雪巢犹可辨，乌投漆立事难分。"① 但此处的雪巢只是一个虚构的意象，并非确指某人的居所。林宪的雪巢虽然没有明确指出与苏轼喜欢过的雪斋或苏轼自筑的雪堂有关联，但是，考虑到苏文在中兴时期备受朝野追捧，且林宪的师承脉络可以上溯至苏轼，林宪为雪巢命名、尤袤为雪巢作记，很可能对雪斋、雪堂与《雪斋记》《雪堂记》等有过一定的参考。苏轼"非取雪之势，而取雪之意"② 的命名方式、雪堂"凄凛其肌肤，洗涤其烦郁"的精神，同林宪雪巢的命名、尤袤《雪巢记》写作的主旨都是相通的。

《雪巢记》的末尾，尤袤提道，"因述君之说，使书于其壁"，从现有文献中，已经很难找到相关的线索断定林宪是否遵从尤袤之说、将这篇记文写在了雪巢的墙壁上。但是，《雪巢记》在之后频频被提到：杨万里《雪巢赋》提到"天台林君景思之庐，字以'雪巢'，尤延之为作记"③，尤袤《雪巢小集序》云"君所居室名曰雪巢，尝属余记之"④，《瀛奎律髓》《直斋书录解题》《文献通考》《吴兴备志》等书也都记载了尤袤曾为林宪写作《雪巢记》一事。由此可见，林宪与尤袤均十分看重此文并努力促进文章的传播，《雪巢记》写成之后很快便得到了广泛的流传。淳熙四年（1177）尤袤离任时作诗告别林宪，提道："二年无德及斯民，独喜从游得此君。"⑤ 所谓"无德及斯民"，只是尤袤自谦之语，事实上，尤袤知台州期间，"民诵其善政不

① （宋）道元辑，朱俊红点校：《景德传灯录》（上），海南出版社 2011 年版，第484 页。
② （宋）苏轼著，孔凡礼点校：《苏轼文集》卷 12，中华书局 1986 年版，第 412 页。
③ 参见《杨万里集笺校》卷 81，第 3282 页。
④ 参见《梁溪遗稿文钞》，第 46 册，第 493 页。
⑤ 同上书，第 483 页。

绝口"①，尤袤此诗全然不为自己在当地所做的事情感到满足，而是将林宪作为他在台州的最大收获，尤可见他对林宪的赏识。尤袤的慧眼识人，使林宪在台州当地声望陡增。继尤袤之后，到台州做官的楼钥、沈揆、钱文子等人均与林宪有过密切的来往。现存的林宪与他人交游唱和的作品中，凡是能够判定写作年份的，绝大多数都在淳熙五年之后写成，亦可见林宪在寓居雪巢之初与其他文人来往不多。尤袤的青睐，尤其是《雪巢记》的写成，将林宪和雪巢引入了中兴文坛的中央。

三　雪巢书写的多维度延伸

继《雪巢记》后，"庐陵杨某复为赋之"，杨万里为林宪写下了《雪巢赋》②。或许是由于主客问答体在《雪巢记》中已经出现，杨万里写作《雪巢赋》时特意避开了赋体常用的主客问答，转而记述自己想象中雪巢的营造经过和建成后的雪景。《雪巢赋》通篇由作者的想象构成，包含着许多脱离实际的大胆夸张与铺排，通过描写理想中的雪巢的外在形貌去触及林宪与雪巢的精神内核，将林宪与雪巢双双远离尘俗的特点加以浓重的渲染，营造了一个缥缈而澄澈的仙境。

在《雪巢记》与《雪巢赋》之后，林宪顺理成章地将自己的诗集命名为《雪巢小集》，并再次请尤袤、杨万里先后为其写作序文。尤袤《雪巢小集序》在介绍林宪的经历和林宪诗歌名句后，赞扬林宪

---

① 《宋史》卷389，中华书局1977年版，第11924页。
② 参见《杨万里集笺校》卷44，第2280—2281页。

"其贫益甚，其节益固，而其诗益工"①。《雪巢记》只是将雪巢的贫穷、林宪生活处境的穷困与林宪的高洁品格联系在一起，而《雪巢小集序》则进一步将处境之穷困与品格之高洁作为林宪诗歌才华横溢的重要成因。怀才不遇通常是令人郁闷、泄气的，尤袤却宽慰林宪道："抑尝谓富与贵人之所可得，而才者天之所甚靳。景思取天之所甚靳者多，则不能兼人之所可得固宜。"他的解释一方面为林宪之穷困找到了"借口"，另一方面也暗中赞扬了林宪的诗才，为林宪继续维持原有的生活方式提供了有力的精神支持。杨万里《雪巢小集序》则记述了自己与林宪就尤袤《雪巢小集序》的结论而展开的一段对话。其中，林宪将王涯、贾餗、王鏻、蔡京与贾岛、姚合、黄庭坚、秦观进行对比，表述了自己甘于困穷的思想。② 此后，林宪又请楼钥写作了《雪巢诗集序》。为避免与前面两篇序文的重复，楼钥在序文中就诗论诗，专门讨论了林宪在诗歌写作方面的理想与成就。他描写自己读林宪诗集的感受说，"读其诗，恍然自失，愈叩愈无穷"，又谈到二人"相与论诗家事，不知更仆之久"③。林宪能够与楼钥尽兴地谈论诗歌，他的诗作能够让楼钥读得恍然自失、读出无尽的意味，可见在诗歌方面的造诣与当时最优秀的诗人们相去不远。林宪之所以能与中兴时期最著名的文人们成为知交好友，正与他在诗歌方面的才能有直接的关系。读《雪巢记》与《雪巢赋》，可以知道林宪品格之美；读《雪巢小集》的三篇序文，则可以进一步认识林宪诗才之茂。从《雪巢记》中，我们已经得知，视富贵如浮云的林宪用心追求的就是自身的品格与诗歌才能。他的品格在《雪巢记》与《雪巢赋》中早已得

---

① 参见《梁溪遗稿文钞》，第46册，第492页。

② 据《杨万里集笺校》，此文写作年份不可考，从杨万里文集的编次顺序来看，当作于绍熙二三年间。

③ （宋）楼钥撰，顾大朋点校：《楼钥集》卷49，浙江古籍出版社2010年版，第952页。

到了盛赞，通过《雪巢小集》的三篇记文则可以看出，他的诗歌才能在当时也受到了中兴时期一流诗人们的高度认可。

像雪巢这样富于诗意的题材，自然不会被诗人们轻易放过。现存中兴时期仅题咏雪巢的作品，就有楼钥《林景思雪巢》、范成大《寄题林景思雪巢六言三首》、赵蕃《寄题林景思雪巢》、释道全《题林景思雪巢二首》、徐似道《题雪巢》等，林宪本人亦有《雪巢即事》《雪巢三首》等。其中，范成大笔下"捻髭冻吟"的林宪形象，与尤袤《雪巢小集序》、楼钥《林景思雪巢》中所记述的"落笔立就，浑然天成""落笔句惊人，不复寻推敲"有些出入。范成大未曾去过天台，自然也不曾亲眼见过雪巢，诗中所写的雪巢，是他想象中的存在，而他展开想象的根据，一方面是林宪本人及其诗作，另一方面则是与雪巢相关的作品，特别是尤袤的《雪巢记》。

经过频繁歌咏，作为文学意象的雪巢逐渐成了林宪的代称。从现存作品来看，谈到林宪者几乎必谈雪巢，林宪去世后，他的朋友写诗怀念他，也常常同时怀念雪巢。陈耆卿《梦林雪巢》云："雪亦本幻尔，巢今安在哉。"[1] 梦见林宪其人，在诗中却不直言对林宪的思念，而是表达对雪巢的怀想，雪巢完全成了林宪精神世界的象征。从雪巢的命名到《雪巢记》的写作、林宪的自号、林宪诗集的命名，"雪巢"二字逐渐成为象征林宪人格特质的抽象标签，高度概括地呈现了林宪的内心世界。

雪巢之名在林宪身后流传久远，从南宋后期开始，陆续有人效仿林宪，以"雪巢"自号并命名自己的居所。刘克庄《跋周天益诗》中云："昔天台林景思，诗家前辈，号雪巢，近有同人刘某亦号雪巢；建阳刘叔通，考亭高弟，号溪翁，君亦号溪翁。余尝戏刘君与景思争

---

① 《陈耆卿集》卷10，浙江大学出版社 2010 年版，第 102 页。

巢,今君又欲叔通争溪耶!然景思、叔通诗皆行世,君其勉之。"① 刘克庄调侃说刘君是要与林宪争巢,并以林宪的诗歌成就勉励后学,可见刘克庄对林宪其人其诗的高度认可。元、明、清三代,分别有多位文人自号雪巢或以雪巢为居室命名,对林宪的景仰与追怀,都在雪巢之名的延续中体现出来。

在南宋中兴时期的私人居所记文中,《雪巢记》不过是略微出色的一篇,在尤袤现存为数不多的作品中,它也很难称得上是最好的一篇,对于宏观文学史而言,《雪巢记》和雪巢都是微不足道的。然而,文学史是由动态的文学活动与静态的文学作品共同构成的,对于林宪本人而言,这篇记文将他带入了当时文坛的中心,为他与当时最著名的文人们交游唱和提供了难得的契机,他的生命轨迹也因此发生了巨大的转变。在某种层面上,记体文可以被视作微观社会生态、文学生态的真实记录,刻印在纸上的文字固然是值得探究的,但是,文字背后有血有肉的人生才是文学研究真正的重点。

---

① (宋)刘克庄著,辛更儒校注:《刘克庄集笺校》卷108,中华书局2011年版,第4499页。

王安石诗李壁注引朱熹说小考

董岑仕*

在宋人注宋诗中，王安石诗的李壁注是一部独具风貌、凸显注家意识的注本。李壁（1159—1222），为南宋史学家李焘之子。从开禧三年（1207）谪居临川，李壁一直生活在临川这座王安石故家所在的城市，潜心搜讨王安石在临川的遗泽笔墨，广泛搜罗各种书籍材料，为王安石的诗歌作注。李壁注的刊行，经历了从嘉定七年（1214）初刊，到补注、庚寅增注的加入，版本层次中保留了注释者在历时的编纂过程中所进行的修正与补充，前人已有所讨论[①]。值得注意的是，李壁注中有暗引朱熹《四书章句集注》及朱熹弟子所记录汇纂而成的《朱子语类》的例子，这可以补充论证现存《王荆文公诗笺注》中注、补注、增注的作者均为李壁。通过梳理李壁注引朱熹说的面貌，也可以由此管窥南宋印刷书籍的流通与理学思想的传播间的关系。

---

* 董岑仕，女，北京大学中文系 2013 级博士生。

① 王水照《记蓬左文库所藏〈王荆文公诗李壁注〉》（《文献》1992 年 4 月刊）中，讨论了从注到补注中，李壁的修订和个人履历的关系。巩本栋《论〈王荆文公诗李壁注〉》（《文学遗产》2009 年 4 月），进一步论证了庚寅增注中与注、补注的相互照应，认为庚寅增注亦为李壁所作。王水照《补记》（收入高克勤点校本《王荆文公诗笺注》卷首，2010 年 12 月），进一步认同了李壁注、补注、庚寅增注"随笔疏于其下"到"命史纂辑"的层累形成的过程。

一 从李壁注、《朱子语类》中的"元丰官制"说起

《王荆文公诗笺注》卷二十六《送许觉之奉使东川》"一代官仪新藻拂，得瞻宸宇想留连"句下，李壁注：

> 元丰三年初改官制，至五年始行之。公时奉祠家居。①

此卷卷末，又有补注，引元晦（朱熹）的说法，并加案语：

> 元晦云："介甫居金陵，见新改官制颁行，大惊曰：'主上平日许多事无不商量，只有此一大事，却不曾说过。'盖神宗因见《唐六典》，遂断自圣意改之耳。"

> 按：公时居钟山，距京师远矣，安得事事语之耶？元晦所云必有据，姑附此。②

黎靖德于咸淳六年（1270）所编《朱子语类》卷一百二十八中录：

> 神宗用《唐六典》改官制颁行之，介甫时居金陵，见之大惊曰："上平日许多事无不商量来，只有此一大事，却不曾商量。"盖神宗因见《唐六典》，遂断自宸衷，锐意改之。（偈）③

朱熹之言，凸显了从曾经"上（宋神宗）与安石如一人，此乃天

---

① 王安石著，李壁注，刘辰翁评，高克勤点校：《王荆文公诗笺注》，上海古籍出版社 2010 年版，第 645 页。

② 《王荆文公诗笺注》，第 652 页。

③ 黎靖德编，王星贤点校：《朱子语类》，中华书局 2004 年版，第 3070 页。

也"① 般君臣相知的情形的陡变。朱熹（1130—1200）长李壁二十余岁，据《南宋馆阁续录》卷七至卷十《官联》所载，绍熙五年（1194），李壁与朱熹同在史馆②。朱熹与李壁曾有书信往来，今《朱子文集》录朱熹《答李季章》书九通，而李壁注卷十四《示平甫弟》"岂无他忧能老我，付与天地从今始"句下，李壁还记录了一则朱熹为自己吟诗的往事：

> 邵康节诗："唯须以命听于天，此外谁能闲计较"，皆公诗"付与天地"之意也。公所造至是益高，他人不足与及此，故独以语平父。朱晦翁在史院，酒半，尝为予颂此二句，意气甚伟云。③

罗大经《鹤林玉露》"付与天地"条，也说朱熹好吟王安石此句。④ 曾同在史馆，而又有书信往来，在"元丰官制"的补注中，李壁所引的"元晦云"，究竟是得于亲自谛听，还是从文献中转引，两者的先后关系，值得一考。

李壁所注王安石诗，今存版本系统较为复杂。李壁注的宋刊本初刊由李壁门人李西美于嘉定七年（1214）刊行于眉州，其后有补注本，刊刻时间不详，当为抚州刊本，早于绍定三年（1230），随后又有通过剜补、插入庚寅增注的方式补充注释的刊于抚州的庚寅增注

---

① 曾公亮语，引自李焘《续资治通鉴长编》卷215"熙宁三年九月庚子"条，中华书局 2004 年标点本，第 5238 页。

② 《南宋馆阁续录》载朱熹、李壁同在馆阁经历，"实录院同撰修，绍熙以后八人：朱熹。五年（绍熙五年，1194）十月，以焕章阁待制兼侍讲兼。实录院检讨官，绍熙以后十七人：李壁。五年（绍熙五年，1194）十月以校书郎兼；庆元元年（1195）四月为著作佐郎，仍兼。"陈骙：《南宋馆阁录》佚名《续录》，中华书局 1998 年版，第 381、390 页。

③ 《王荆文公诗笺注》，第 341 页。点校本误将"为予"点为"为子"，形近而误，据王常本作"余"可知为朱熹为李壁诵读，"予"与"子"语义迥别，特识于此。

④ "荆公诗云：'岂无它忧能老我，付与天地从今始。'朱文公每喜诵之。"罗大经、王瑞来点校：《鹤林玉露》甲编卷6，中华书局 1983 年版，第 109 页。

本，此本刊刻时间为绍定三年庚寅年（1230），庚寅增注本刊刻于李壁去世之后，但其中增注的内容，应当仍然为李壁所作①，此本存残宋本于台北故宫博物院。补注与增注都是李壁在初版之后不断补充修订原先注本的成果。宋末元初，刘辰翁对有补注（而无庚寅增注）的抚州刊本进行了评点，并删去不少冗杂的文字，其后由门人王常在大德五年（1301）刊行。大德十年（1306）毋逢辰得王常本，改动了王常本的注释位置，并用阴文"评曰"来保留刘辰翁的评点，此本王安石诗歌正文亦间有改易。随后，有庚寅增注的抚州刊本与毋逢辰刊本一并传入朝鲜，遂有铜活字本。在朝鲜铜活字本中，将毋逢辰本中有的刘辰翁评点以阴文"评曰"的形式排版插入增注刊本的底本中，成为内容较为完整的注评合刊本。清代乾隆六年（1741）的清绮斋本以毋逢辰本为底本刊刻，王安石诗部分参校了嘉靖刊本的《临川先生文集》，而删去刘辰翁评，影响较大。②

今本《朱子语类》为咸淳六年（1270）黎靖德整理当时诸多朱子语录、语类刊本合定编排而成。宋代最早朱熹语录的刊本为嘉定八年（1215）李道传池州刊本《朱子语录》，其后，嘉定十二年（1219）黄士毅（子洪）在眉州增广李道传池州已刊朱子语录，并"类分而考之"，为眉州本《朱子语类》。李壁在世之时，仅有这两部朱熹的语录、语类问世。而上引的黎靖德《朱子语类》，记录人

① 庚寅年为绍定三年（1230），李壁去世于嘉定十五年（1222），故关于"庚寅增注"的署名权，学界曾有过争议。巩本栋《论王荆文公诗李壁注》（《文学遗产》2009年第一期）及王水照《补记》（《王荆文公诗笺注》，第16页），从增注所叙述的经历和李壁注的成书方式来考察，都认同庚寅增注亦为李壁所作。

② 关于王安石诗李壁注的版本系统和整理，参考了王水照《记蓬左文库所藏〈王荆文公诗李壁注〉》（《文献》1992年4月刊），巩本栋《论〈王荆文公诗李壁注〉》（《文学遗产》2009年4月），以及王水照《补记》（《王荆文公诗笺注》，第14页）；笔者曾在中国台湾大学交换学习，在台北故宫博物院校阅残宋本，并综合校勘了上述诸本，对于版本系统中个别版本的叙述有所补充。

"偭"，据《朱子语类》前《朱子语录姓氏》知为沈偭，沈偭记录的是"戊午（淳熙十五年，1888）以后所闻，池录三八、三九、四十、四一"①。"池录"，指沈偭语录收入李道传池州刊本《朱子语录》。

李壁注在嘉定七年的初刊本里，不载此条，是因为当时朱子语录的最早刊本尚未面世。李壁补注文字与《朱子语类》所引的"池录"的文字几同，则李壁引的"元晦云"或许并非亲身听自朱熹，而是注释中征引了新刊书籍，而细考朱熹语录的史源，或许为邵博的《邵氏闻见后录》：

> 安石在金陵，见元丰官制行，变色自言曰："许大事，安石略不得与闻。"安石渐有畏惧上意，则作《前、后元丰行》以诮谀求保全也。②

邵氏所载"许大事，安石略不得与闻"与朱熹的"上平日许多事无不商量来，只有此一大事，却不曾商量"略近，但朱熹增添的首句，表达了神宗与王安石仍然有往还交流，而邵博从旧党门下叙述视角出发，强调了神宗对王安石的弃置不用与随后的王安石"渐有畏惧"之意，两者在叙述上的主观预设差别甚大。李壁补注时，提出的按语与疑惑，抓住的正是朱熹语录所增的首句细节。从《邵氏闻见后录》到《朱子语类》，其核心着眼点，都是元丰官制的更革，而李壁援入补注，也正是王安石诗句中"一代官仪新藻拂，得瞻宸宇想留连"触及的当时史事的回顾。

---

① 《朱子语类》，第15页。
② 邵博著，刘德权、李剑雄点校：《邵氏闻见后录》卷24，中华书局1983年版，第190页。

二 李壁注中他处所见《朱子语类》

李壁注王安石诗，在补注与庚寅增注里，还有不少角落里，能窥出《朱子语类》的影子来。

王安石诗《杨刘》"厉王昔监谤，变雅今尚载。……疑似已如此，况欲谆谆诲。事变故不同，杨刘可为戒。""变雅今尚载"句下，李壁注："监谤事，见《国语》。然召穆公、凡伯、卫武公、芮伯，皆作诗刺之，今《民劳》《板荡》《抑》《桑柔》等篇，尚载于《大雅》。""况欲谆谆诲"下，李壁注："《抑》：'诲尔谆谆，听我藐藐。'此似言前'变雅'事。"①卷后有庚寅增注：

> 先儒又谓：《抑》止是武公自警之诗，非戒厉王也。寻考武公之时，厉王已死矣。如《宾之初筵》，亦称刺诗。凡诗所以以致规讽者，无追刺之理。观此，则武公自警为得。此两存之。②

而《朱子语类》卷二三《论语五·为政篇上》"诗三百章"下：

> 又如说《宾之初筵》，"卫武公刺时也"，《韩诗》说是卫武公自悔之诗。看来只是武公自悔。《国语》说武公年九十犹箴警于国曰："群臣无以我老耄而舍我，必朝夕端恪以交戒我！"看这意思，只是悔过之诗。如《抑》之诗序，谓"卫武公刺厉王，亦

---

① 《王荆文公诗笺注》，第 303 页。"《抑》：'诲尔谆谆，听我藐藐。'"句点校原误作"抑诲尔谆谆，听我藐藐。""抑"为诗名，今改。
② 《王荆文公诗笺注》，第 312 页。

以自警也"。后来又考见武公时，厉王已死。又为之说是追刺。凡《诗》说美恶，是要那人知，如何追刺？以意度之，只是自警。他要篇篇有美刺，故如此说，又说道"亦以自警"。(贺孙)①

贺孙指的是叶贺孙，《朱子语类》中叶贺孙录为"叶贺孙字味道，括苍人，居永嘉。辛亥以后所闻。池录七、八、九、十、十一"②。则这条《朱子语类》，源出池州本《朱子语录》。

细绎《杨刘》一诗的庚寅增注，涉及《杨刘》诗注中的《抑》诗，还讨论了诗意无关的《宾之初筵》诗，其实，应当是从当时的"池录"中摘出，故而注释显得十分跳跃。比照《朱子语类》与《杨刘》诗的庚寅增注，可以发现"庚寅增注"中不具名的"先儒"，便是朱熹。③

卷四十五《书汜水关寺壁》庚寅增注：

> 朱元晦云："郑之虎牢，即汉之成皋也。虎牢之下，即溱洧之水，后又名为汜水关，子产以乘舆济人之所也。"当考。④

与《朱子语类》卷五十七《孟子七·离娄下》"子产听郑国之政章"同⑤，而此条亦是沈僴所录。

另外，卷二四《送董传》"悠悠陇头水，日夜向西流"卷末补注：

---

① 《朱子语类》，第541页。
② 同上书，第13页。
③ 李壁注中不时隐没"先儒"姓名，多为宋代道学家。卷17《省兵》注中"先儒"为程颢，卷18《九鼎》中"先儒"为杨时，卷20《潭州》诗注下云"揆之以圣人规模"，出自《龟山先生语录》。
④ 《王荆文公诗笺注》，第1224页。
⑤ 《朱子语类》，第1338页。

朱晦庵尝和人《题分水岭》云："水流无彼此，地势有西东。若识分时异，方知合处同。"分以地势，言为得其害也。①

《朱子语类》卷七九《尚书二·泰誓》有：

> 尝有一人题分水岭，谓水不曾分。某和其诗曰："水流无彼此，地势有西东。若识分时异，方知合处同。"（文蔚）②

"陈文蔚，戊申（1878）以后所闻。池录四"③，则此诗亦见于"池录"。从补注引用诗题作"题分水岭"来看，更似出自池州本《朱子语录》而非别集。注语最末，李壁加入的"分以地势，言为得其害也"，又转而肯定了朱熹诗中的理趣。

李壁注本初刊时《朱子语录》尚未行世，而在补注、庚寅增注中，即将新刊的池州本《朱子语录》纳入注语之中，一方面可以看出南宋时期书籍的流通速度；另一方面，李壁"息游之余，遇与意会，往往随笔疏于其下，涉日既久，命史纂辑"④的作注方式，亦可见一斑。

三　李壁注中的《四书章句集注》

李壁注在补助、增注中援引新出的池州刊《朱子语录》入注，恰恰和李壁初刊本注中引《二程语录》《龟山先生语录》《四书章句集

---

① 《王荆文公诗笺注》，第598页。
② 《朱子语类》，第2039页。
③ 《朱子语类》卷首《朱子语类姓氏》，第13页。
④ 魏了翁：《临川诗注叙》，《鹤山先生大全文集》卷51，《四部丛刊初编本》影乌程刘氏嘉业堂藏宋刊本。

注》等道学语录的逻辑一脉相承。《四书章句集注》最早刊本为绍熙元年（1190）所刊，故李壁初刊本中即有征引，卷十二《臧仓》句"命也固有在"句李壁注：

> 伊川云："虽公伯寮之愬行，亦命也，其实寮无如之何。"①

《四书章句集注》中《论语·宪问》"子曰：道之将行也与？命也，道之将废也与？命也。公伯寮其如命何？"②句注正同。

卷二六《次韵酬朱昌叔五首（其一）》"点也自殊由与求，既成春服更何忧"句李壁注：

> 伊川曰：孔子"与点"，盖与圣人之志同，便是尧舜气象也，诚异三子者之撰，特行有不掩焉耳，此所谓狂也。子路等所见小，只为不达为国以礼道理，是以哂之，若达，却是这气象。③

《四书章句集注·先进第十一》"子路曾晳冉有公西华侍坐"章下朱熹集注所引"程子曰"④正同。而《二程遗书》卷十二"戊冬见伯淳先生洛中所闻"⑤亦载类似之语，然而通过比勘不同系统，可见李壁此条所引出自《四书章句集注》，而非《二程遗书》⑥。

另外，此卷庚寅增注，继续补充：

---

① 《王荆文公诗笺注》，第 304 页。
② 按，此句《四书章句集注》中题作"谢氏"注，谢为谢良佐，而李壁注题为"程伊川（程颢）"，或有混淆。
③ 《王荆文公诗笺注》，第 639 页。
④ 朱熹编：《四书章句集注》，中华书局 1983 年版，第 131 页。
⑤ 程颢、程颐：《二程集·遗书》卷 12，中华书局 2004 年标点本，第 136 页。
⑥ 此例并非意味着李壁注中所有伊川、明道曰均出自《四书章句集注》，相反，此为难得之例，大部分注中的"伊川""明道""程子"之言，都与今本《二程集》类，而不少二程之说，也未必纳入《四书章句集注》中的《论语集注》《孟子集注》。

君子谓曾点之对有以见其学，随处充裕，无少欠阙，故其动静之际，从容如此，而其言志，则又不过即其所居之位，乐其日用之常，初无舍己为人之意，而其胸次悠然，直与天地万物上下同流，各得其所之妙，隐然自见于言外。视三子规规于事，为之末者，其气象不侔矣。①

这条增注，除了首句略有差别以外，下面均与《四书章句集注·先进第十一》"子路曾皙冉有公西华侍坐"② 章朱熹注语同，而首句增注用"君子"，又隐去了其出处。

卷四三《忆金陵》（其三）下"闻说精庐今更好，好随残汴理归艎"，李壁注引朱元晦考证之语：

朱元晦尝言："据《禹贡》及今水，而唯③汉水入江耳，汝泗④则入淮，而淮自入海。或非《孟子》谓'四水皆入于江'，亦不以文废词耳。"⑤

与《四书章句集注》中《孟子集注》"决汝汉，排淮泗而注之江"⑥ 条略同，而此卷的庚寅增注，则对《四书章句集注》中朱熹的说法提出质疑和补充，言"元晦亦未尝深考也"⑦，指出了朱熹的历史考辨亦未尽善尽美。

---

① 《王荆文公诗笺注》，第 653 页。
② 《四书章句集注》，第 130 页。
③ "唯"，朝鲜铜活字本、高克勤点校本误作"淮"，据朱熹《孟子集注》《朱子语类》改。
④ "泗"，朝鲜铜活字本、高克勤点校本误作"洄"，据朱熹《孟子集注》《朱子语类》改。
⑤ 《王荆文公诗笺注》，第 1134 页。
⑥ 《四书章句集注》，第 259 页。
⑦ 《王荆文公诗笺注》，第 1164 页。

四 李壁注的诗学阐释方式

传统的诗学注释中，讲求训释的准确，力图探明诗歌的意义和旨趣，梳理典章的历史流变，而很少会引用作者身后的作品、著述。李壁注旁征博引，保留了大量的宋代文献，其中，除了诗话、笔记这种还原文学创作场景的著述以外，或因为辞章的相似，或因为诗意的关联，或因为议论的延伸，还引用了不少晚于王安石的诗人作品进行讨论，甚至纳入了从北宋中期往后的邵雍、张载、程颢、程颐、杨时、尹焞、朱熹等道学语录，并在注释中阐发自身的议论与想法。

诗话中记载王安石的诗艺，"荆公尝云：诗家病使事太多，盖皆取其与题合者类之，如此乃是编事，虽工何益。若能自出己意，借事以相发明，情态毕出，则用事虽多，亦何所妨"①。在笺释诗歌的过程中，其实，李壁也在触类旁通地以"自出己意，借事以相发明"的态度旁征博引，这样的援引、阐发，逾越了传统注释讲求的"以意逆志"的界限，在探得作者本义的同时思绪驰骋，将自己所得的阅读经验和议论掺杂交错在注释之中。可以说，"自出己意，借事以相发明"，不仅仅是王安石在创作诗歌时对阅读与用典的经验之谈，同样也可以用来概括李壁注释的特点，而这种在诗歌注释方法层面的创新之处，正是《李壁注》对宋代诗学阐释的独特贡献。

李壁与朱熹相识的经历被言之凿凿地纳入了诗注之中，甚为推

① 胡仔：《苕溪渔隐丛话后集》卷 25 引《蔡宽夫诗话》，人民文学出版社 1962 年标点本，第 179 页。

崇。从"元晦所云必有据"的信誓旦旦来看，其尊崇朱子之意自然毋庸置疑。而这种引用，一方面，是因为注释王安石诗时的触类旁通，时或涉及经史问题，便引出诸儒之说；另一方面，道学家对于经典的理解，与王安石或有异同，李壁援引考证，务为详备；此外，朱熹对于有宋之时国朝典故的谙熟，曾经编纂《三朝名臣言行录》《五朝名臣言行录》，这也是李壁资信的重要原因。但传统的诗注范式，限制着注者的任意驰骋，一般也鲜有掺杂的议论。诗注家也往往对注释的目的有着清晰的定位，解释诗人本末，揭示创作背景，梳理诗艺，目的也往往在于指出学诗的方式。李壁的注本是他随笔条疏而成，后来整理而成，故而在底本之上，往往包含了作者的读诗体会。这样的自得之见，到最终形成注本时展现出来的"自出己意，借事以相发明"的姿态，就等于将自己自得的阅读感受与注本的所有读者分享了。

在李壁注释王安石诗中，绍熙元年（1190）出版的《四书章句集注》，嘉定七年（1214）初版的李壁注便已引用，而嘉定八年（1215）方才面世的池州本《朱子语录》，迅速地进入了李壁修订的补注和庚寅增注之中，并有驳正与详细的讨论，从另一个方面，证明了南宋印刷书籍的流通速度之快，同时，理学新解，通过雕版印刷快速得以流通。

不少在李壁注、补注、庚寅增注中出现过的朱子及诸多宋代理学家，在刘辰翁删节后的王常本中都难觅踪迹了，除了记录朱熹在"史馆"中吟哦王安石诗，本文其他朝鲜铜活字本注中涉及朱熹的说法与辩驳均不见于王常本，这一方面更证明了今存的残宋本、朝鲜铜活字本之可贵，另一方面，也与刘辰翁删节时的看法密切相关。其子刘将孙作序曾转述："李笺比注家异者，间及诗意。不能尽脱窠臼者，尚袭常眩博，每句字附会肤引，常言常语亦跋涉经史。"① "常言常语跋涉经史"的批评，有切中肯綮的一面。作为文学文本的注释，依附于某一作家的作品之下，展衍而出的议论，是对诗注原本应有的功能的拓展，但却未必能为人所接受。刘辰翁在卷三六末的评价"尝见引同时或后人诗注，意不知荆公尝见如此等否，本不用看，亦不能忘言"。②便突出了"得意忘言"的主张，"同时或后人诗"的"本不用看"，而将李壁注中的驰骋议论与后人看法一笔抹杀。在刘辰翁看来，诗歌的注本，是为了学习和了解某位特定作家的作品而设，了解了作品中用典的源头，是诗注的价值所在，而其他的"一己之见"，辗转附加的新评论，则鲜有存在的意义。而到后世再度兴起注诗之风，莫过于清代，但随着文体分类的意识渐渐厘析，议论当属诗话，注释当为解诂，就更难有对于注释的"自出己意"的认可了。如杭世骏为王琦注李太白诗序言中所指出的，"为之笺与疏者，必语语核其指归，而意象乃明；必字字还其根据，而证佐乃确"③。虽然强调的是注者的阅书要多，翻检要精，另一个侧面，也是对于"注解"的体认："核其指归"与"还其根据"，而"借事以相发明"的诗学阐释，就消失在了主流的诗注观念里。

[本文原发表于《励耘学刊》（文学卷）第 19 期，略有删改]

---

① 刘将孙《叙》，见影印王常本卷首，《北京图书馆古籍珍本丛刊》第 87 册《王荆文公诗》，书目文献出版社 1988 年版，第 1 页。

② 刘辰翁评，见影印王常本《北京图书馆古籍珍本丛刊》第 87 册《王荆文公诗》卷 36，书目文献出版社 1988 年版，第 12 页。

③ 李白著，王琦注：《李太白全集》，中华书局 1977 年版，第 1683 页。

真德秀文章选本体例的变革及深层诱因

马建平[*]

诗文选本是选家在其文学思想的指导下对诗文作品进行挑选、评论、排序，所以一方面选本体现了编选者的文学思想和文学鉴赏能力；另一方面，从文学活动看，选本又是选家通过选本对当时文坛或社会文化产生现实影响的凭借。《文章正宗》《续文章正宗》是真德秀的两部文章选本，它们的编选贯穿了真德秀在朱熹思想指导下重建文统以与道统合一的现实意图，因此《文章正宗》不仅是一部诗文选本，还是在理学文化影响下的一部理学教育文本，是真德秀努力推进理学成为正统思想的产物。从文学角度看，真德秀的《文章正宗》并不能说是一部好的诗文选本，未能客观地展现诗文的发展和演变，存在一定的缺陷。

真德秀编选《文章正宗》和《续文章正宗》采用与之前的诗文选本不同的编选体例，将诗文作品分为辞命、议论、叙事、诗歌四类，这在诗文编选史上是一项创举，对后代的诗文编选也产生了一定的影响。吴承学《宋代文章总集的文体学意义》认为《文章正宗》的体例："以简驭繁，打破了《文选》以来总集文体分类的传统模式，反映出全新的文章分类观念，这在文体学史上是非常值得

---

* 马建平，男，北京大学中文系 2011 届博士毕业，现为内蒙古民族大学文学院讲师。

重视的现象。"① 诚然，从晋挚虞的《文章流别论》、曹丕的《典论·论文》到陆机的《文赋》以及《文选》，文体分类都逐渐趋向繁多，如《文章流别论》中将文分为诗、颂、铭、诔、辞、箴六体。魏文帝曹丕《典论·论文》中有"四科八体"之说，其文曰："夫文本同而末异。盖奏议宜雅，书论宜理，铭诔尚实，诗赋欲丽，此四科不同，故能之者偏也，唯通才能备其体。"② 曹丕将文分为奏议、书论、铭诔、诗赋四科八体，比之挚虞所分又有不同。陆机《文赋》分诗、赋、碑、诔、铭、箴、颂、论、奏、说共十体③，《文选》则分三十七类，即赋、诗、骚、七、诏、册、令、教、策文、表、上书、启、弹事、笺、奏记、书、檄、对问、设问、辞、颂、赞、符命、史论、史述赞、论、连珠、箴、铭、诔、哀、碑文、墓志、行状、吊文、祭文。④ 宋代所编的《唐文粹》《宋文鉴》的文体划分更为细致，前面提到的吴承学《宋代文章总集的文体学意义》一文中就指出《宋文鉴》的文体共有 61 类之多。那么真德秀为什么不按文体来分类编选，而是以简驭繁将文体分为四类，真德秀以何为据来分类呢？

一　真德秀《文章正宗》的文体分类根据

真德秀编选《文章正宗》并名之为"正宗"，显然是要使之有别于一般的诗文选本，首先就是要在文体分类上有别于一般的诗文选

---

① 吴承学：《宋代文章总集的文体学意义》，《中国社会科学》2009 年第 2 期。
② 萧统：《文选》卷 52，中华书局 1977 年版，第 720 页。
③ 陆机：《文赋集释》，人民文学出版社 2002 年版，第 99 页。
④ 胡大雷：《文选编纂研究》，广西师范大学出版社 2009 年版，第 146 页。

本，而分类以何为据，则是一个重大问题。前面提到吴承学的文章中认为真德秀是以文体的功能为划分依据，那么果真如此吗？现代散文从功能上说可以分为议论文、记叙文、抒情文和说明文，但真德秀如果以文体功能为分类依据，那么辞命类和诗歌类与议论类和叙事类放在一起就不好解释。前者是从文章承担的政治功用着眼，后者是从文学形式上讲，和议论类、叙事类放在一起显得很不协调。宋代的理学家提出的"文以载道"的说法也影响了真德秀的编选。《文章正宗》的编选目的就是以道来规范文，有建立文统之意，更不可能认为文有独立的功能。① 真德秀在总序中已经说得很明白："故今所辑以明义理、切世用为主，其体本乎古、其指近乎经者然后取焉，否则辞虽工亦不录。"也就是说，真德秀划分文体类别兼顾到两个方面：一是编选目的，穷理和致用就是编选的目的；二是文体"本乎古"，即以六经中的文体为依据，总为四类。第二个方面即文章的体制"本乎古"就是真德秀划分文类的根本依据。

（一） 四类文体的划分依据

真德秀在辞命类序言中说："按《周官》，太祝作六辞以通上下亲疏远近，曰辞、曰命、曰诰、曰会、曰祷、曰诔，内史凡命诸侯及孤卿大夫则策命之，御史掌赞书。质诸先儒注释之说，则辞命以下皆王言也。"接着提到《尚书》中的诰、誓、命三类是王言的主要文体，并揣测说："故圣人录之以示训乎？"并说："文章之施于朝廷、布之天下者莫此为重，故今以为编之首。《书》之诸篇，圣人笔之为经，不当与后世文辞同录，独取春秋内外传所载周天子谕告诸侯之辞、列

---

① 祝尚书：《论宋代理学家的"新文统"》，沈松勤主编：《第四届宋代文学国际研讨会论文集》，浙江大学出版社 2006 年版。

国往来应对之辞，下至两汉诏册而止。盖魏晋以降，文辞猥下，无复深纯温厚之指，至偶俪之文兴而去古益远矣。学者欲知王言之体，当以《书》之诰誓命为祖而参之此编，则所谓正宗者庶乎其可识矣。"真德秀所引《周官》之语，出自《周礼》卷六《春官宗伯下》，他认为《周礼》中所列的六类文体可见于《尚书》中的仅为三类，这三类总称为"辞"，代表王言之体，这是辞命类的由来。《尚书》是儒家经典，不必选也不能选，因此真德秀接着从《左传》《国语》及两汉诏册中选取了三类作为学习王言之体的补充，一为"周天子告谕诸侯之辞，凡六事"（卷一），辞命二为"春秋列国往来应对之辞，凡三十七事"（卷一），辞命三为"两汉诏册，凡一百首"（卷二至卷三）。总体来说，真德秀划分辞命类的根本依据是来源于《周礼》。那么议论类呢？议论类的划分也是源自儒家经典，《文章正宗》议论类序言称：

> 按议论之文，初无定体。都俞吁咈，发于君臣会聚之间，语言问答，见于师友切磋之际，与凡秉笔而书，缔思而作者皆是也。大抵以六经、《语》《孟》为祖，而《书》之《大禹》《皋陶谟》《益稷》《仲虺之诰》……《立政》，则正告君之体，学者所当取法。然圣贤大训，不当与后之作者同录，今独取《春秋》内外传所载谏争论说之辞、先汉以后诸臣所上书疏封事之属，以为议论之首。他所纂述或发明义理，或专析治道，或褒贬人物，以次而列焉。书记往来，虽不关大体，而其文卓然为世脍炙者，亦缀其末。学者之议论，一以圣贤为准的，则反正之评、诡道之辨不得而惑。其文辞之法度，又必本之此编。①

---

① 叶盛：《水东日记》卷28，清康熙刻本。

从上引序文中可以看出，真德秀认为议论类文章以《六经》《语》《孟》为祖，以《尚书》中的几篇文章为议论类文章的范本，因此真德秀划分议论类的依据还是来源于儒家经典。叙事类的划分依据也是源自于《尚书》中的《尧典》《舜典》和司马迁的史传，真德秀说："按叙事起于古史官，其体有二：有纪一代之始终者，《书》之《尧典》《舜典》与春秋之经是也，后世本纪似之；有纪一事之始终者，《禹贡》《武成》《金滕》《顾命》是也。又有纪一人之始终者，则先秦盖未之有，而昉于汉司马氏后之碑志事状之属似之。今于《书》之诸篇与史之纪传皆不复录，独取《左氏》《史》《汉》叙事之尤可喜者与后世记序传志之典则简严者以为作文之式。"诗赋类序言则称："按古者有诗，自虞《赓歌》、夏《五子之歌》始，而备于孔子所定三百五篇。"可以看出真德秀是根据先秦时就已存在的文体将先秦及以后的诗文重新划分，对先秦之后出现的各种文体或归入这四类中，或忽略不计，这就是真德秀对文体的划分依据和态度。前面列举过，自先秦以后文体的分类日趋繁多，而《文选》和《宋文鉴》正是本着反映诗文发展演变的态度来选文，而真德秀则反其道而行之，将文体分类追溯到先秦时代，体现出真德秀独特的文体观。

（二）四类文体的次序

真德秀在辞命类的序言中说明了以辞命类为首的原因，即圣人所笔之王言是儒家经典，三代是后世儒家所梦想的行道之世，"王言之体"是学习圣人之道的重要途径，所谓王言是圣人治世的记录。真德秀指出："东莱吕舍人曰：'文章不分明指切而从容委曲，辞不迫切而意亦独至，唯左传为然。'如当时诸国往来之辞与当时君臣相告相让之语，盖可见矣。亦是当时圣人余泽未远，涵养自别，故辞气不迫如此，非后世人专学言语者比也。"这里所说的君臣相告相让之语，正是三代时礼乐文化的体现，是圣人之道行世的遗泽，真德秀引用了吕祖谦的话正说明了编选辞命类文章的目的并非为后世人学习言语词章或诏令提供撰写方法，而是要体悟和了解圣人遗泽的气象和风范。以帝王之作为篇首，在古代典籍中是很常见的，但在《文章正宗》一书中则有特殊的意义，真德秀要读者通过选文来让读者认识"王言之体"。这是真德秀以辞命类为首的原因。

真德秀将议论类列为第二类，因为这部分是"告君之体"，要阐明义理，为社会治理提供借鉴，其重要性仅次于辞命类。《文章正宗》中议论类主要分十个部分，其中议论类六为"先汉以后诸臣论谏之辞，凡一百二事"，汉九十七，三国一，唐四，共分论时政大体（卷七）、论时令（卷八）、论灾异（卷八）、论戒游畋淫侈（卷八）、论宗室（卷八）、论女宠佞幸（卷八）、论食货（卷八）、论边备（卷十）、论兵器（卷十）、论刑罚论救（卷十）、论道术（卷十一）、论都邑（卷十一）、论陵庙（卷十一）、论封圣人后（卷十一）、论褒表师儒（卷十一）、论治河（卷十一）、二出师表（卷十一）共十七个小类，基本上涉及古代社会政治治理的各个方面，所以真德秀以议论类为第二。第三类则为叙事类，其序言中说："独取《左氏》《史》《汉》叙事之尤可喜者与后世记序传志之典则简严者以为作文之式。若夫有志于史笔者，自当深求《春秋》大义，而参之以迁、固诸书，非此所能该也。"真德秀编选这部分的目的是为学作文者提供作文之式，相比前两类而言就显得不那么重要了。诗歌类中真德秀认为即使《诗经》也是"正言义理者盖无己"，文人所作诗歌更需要严加挑选，所以将诗歌类放在最后，仅因为诗歌中也有"为性情心术之助"者，所以才占了相当的篇幅。

二 《续文章正宗》的文体分类

《续文章正宗》分论理、叙事、论事三类。论理类（卷一至卷二）主要是选入一些北宋名臣的奏议及论撰。叙事类分元老大臣事迹（卷三至卷六），名儒文人事迹、贤士大夫事迹（卷七），武臣事迹（卷十），处士铭（卷十），妇人铭（卷十），传（卷十一），学记、斋记（卷十二）、堂宇等记（卷十二），堂斋、厅壁、亭、轩记（卷十三）、楼台、园门、城池、湖、井、堤、山水石等记（卷十四），画记（卷十四），寺观（卷十五），祠庙（卷十六）共十四小类，论事分谏诤、论列指切时病（卷十七、卷十八）、从容讽喻泛陈治道（卷十九）三小类。《续文章正宗》的分类总的来说还是贯穿了真德秀明义理、切世用的编选目的，但是在分类上与《文章正宗》有所不同，没有辞命和诗歌两类，《文章正宗》选诗三卷。《续文章正宗》则未选诗歌类。祝尚书《宋人总集叙录》称《续文章正宗》"且阙辞命、诗歌两类"①。但从《续文章正宗》梁椅及倪澄的序文中看，并未言阙辞命、诗歌两类，似乎真德秀原书未有此两类。梁椅的序文称："椅囊从事江闽，真文忠公之子令度支少监为参议官，公余扣异闻，得《国朝文章正宗》，盖公晚年所纂辑也。甫受笔，少监别去，仅录篇目与公批点评论处。"可见，真德秀的原书篇目中应未有辞命、诗歌两类，否则梁氏应该照录，梁氏所未录应为真德秀所选文章的原文，故梁椅又称："携归山中，友朋争传写，郡博士

---

① 祝尚书：《宋人总集叙录》卷6，中华书局2004年版，第268页。

倪君渊道见而悦之，乃谋诸郑君瑞卿衷全文刊之学官，字字钩校，几无毫发遗恨。"倪澄序也说："梁公亲见公手泽本而录其目及文之经标识者。……梁公出示此编，如获拱璧，遂定议索诸集类入之，门目次叙，间有未的，必反覆绎公初意，稍加整比，皆取正于梁公。"可见，倪澄、梁椅和郑圭是从他人的别集中录入文章以完成此书的，对各个小类的编排次序有所调整。郑圭序也称："故其所次，论理为先，叙事继之，论事又继之。夫叙事论事而不先于理，则舍本根而事枝叶，非我朝诸儒之所谓文也，非先生名书之本旨也。惜未脱稿，天弗憗遗，然大纲则备矣。"郑圭也只谈及三类，并未提及辞命及诗歌两类，并说"大纲备矣"，可见真德秀并未列辞命及诗歌两类。

真德秀是宋人，对本朝的诏令不敢置喙，而对北宋先贤著作的态度为述而不论，只是将他们的文章加以分类编排，不愿妄自评论，只是记述而已。总览《续文章正宗》全书，只有一处真德秀加以评论，即对王安石《推命对》加以批评。《续文章正宗》卷二："按公以性命道德自名者也，而论理之文可取者仅如此。盖其论性曰'性可以为恶也'，又曰'性不可以善恶言也'，其论高明、中庸曰'高明所以处己也，中庸所以处人也'，至论杨、墨则曰'杨氏之学为己而近于儒，墨氏之学为人而远于道'，论伊尹、夷、惠则曰'伯夷之清所以救伊尹之弊，柳下惠之和又以救伯夷之弊'，论杨雄之事莽则以为'是合于孔子之无不可也'。公之立论如此，则公之学从可知矣。……然于濂溪周子盖尝接其余论，退而思之，至忘寝食，则亦不可不谓其尝亲有道者也，而考其平生之言，无一与周子合者，亦独何哉？若其他文章则盖有卓然与欧、曾并驰而争先者，各见之别卷云云。"文中所指"然于濂溪周子盖尝接其余论"也见于《周敦颐集》："王荆公为江东提点刑狱时，已号为通儒。茂叔遇之，与语连日夜。荆公退而精思，至忘寝食。"① 真德秀所说王安石请教周敦颐之事即源于此。真德秀和魏了翁对王安石变法都持反对态度，并认为北宋士大夫风气败坏的转折点就是王安石变法，而他们反对王安石却重点针对新学，从学理上批判王安石的学术。如魏了翁《鹤山集》卷一百五《周礼折衷》上"以法掌祭祀朝觐会同宾客之戒，具军旅田役丧荒如之"条："荆公常以道揆自居，而元不晓道与法不可离，如舜为法于天下，可传于后世，以其有道也，法不本于道，何足以为法，道不施于法，亦不见其为道，荆公以法不豫道揆，故其新法皆商君之法，而非帝王之道，所见一偏为害不小。"真德秀的《续文章正宗》中仅此一条评论，对北宋其他学术流派则不予评论，因此可以看出真德秀对北宋学术的态度在于记录而不在于评论。

三　真德秀《文章正宗》《续文章正宗》的编选体例变革的深层诱因

《文章正宗》和《续文章正宗》编排体例的出现有着十分重要的意义。在此之前的总集编纂基本是沿用了《文选》的编排体例，即以文体来分类，真德秀这两部诗文选本主要根据其编选目的并结合六经中的文体为依据来分类，具有重要的选本史的意义和文体学的意义。所以四库提要称："至宋真德秀《文章正宗》，始别出谈理一派，而总集遂判为两途。"② 四库馆臣十分明确地指出了《文章正宗》在

---

① 《周敦颐集》，中华书局 1990 年版，第 83 页。
② 永瑢编：《四库全书总目提要》卷 186，中华书局 1965 年版，第 1685 页。

总集编纂史上具有重要的地位，开创了以理学为准绳的编选流派，如此后的南宋金覆祥的《濂洛风雅》、元代刘覆《风雅翼》等都是如此。《文选》以赋、诗等各种文体为分类依据，《唐文粹》基本延续了《文选》的分类方法，以赋、诗、文、赞、颂等文体分类，《宋文鉴》也是如此。《文章正宗》的分类方法则以谈理、致用为学文的目的，对诗文进行分类编选。为何真德秀要对《文选》的编选体例加以变革呢？

　　真德秀《文章正宗》序："正宗云者，以后世文之多变，欲学者识其源流之正也。……今行于世者唯梁《昭明文选》、姚铉《文粹》而已，繇今视之，二书所录果皆得源流之正乎？夫士之于学，所以穷理而致用也，文虽学之一事，要亦不外乎此。故今所辑以明义理、切世用为主，其体本乎古、其指近乎经者然后取焉，否则辞虽工亦不录。"由此可见，真德秀编选这两部选本的目的可以概括为"穷理""致用"两个方面。在真德秀看来"学"的目的是"穷理"和"致用"，文是"学之一事"，学文的目的自然也不外乎此。什么是文呢？真德秀《问文章性与天道》（《西山集》卷三一）一文指出："文章二字，非止于言语词章而已，圣人盛德蕴于中而辉光发于外，知威仪之中度，语言之当理，皆文也。"他的《跋南轩先生永州双凤亭记》（《西山集》卷三六）中说："古之所谓文者，将以治其身使合于礼，在内者粹然而在外彬彬焉，其本不出于修身，其极可施之天下，此之谓至文。"在真德秀看来文就是儒家所说的礼乐文教的外显。文章写作在真德秀看来只是一种技艺，只是文的一个部分，真正的"至文"是自身修养达到一定境界，与儒家所称道的礼乐文化形成内在的融合，形诸语言文字，自然就成为至文了，言语文辞则是外在表露，如果过多追求写作技巧则会陷溺其中，之前文章总集的编选体例划分过细就显得过分注重文体的独立性，过分强调文之多变，忽视了文的本质，因此他才变革编选体例，以简驭繁，重新确立编选标准。清代学者章学诚也对《文选》划分文体过细提出批评，在《文史通义·诗教下》中称："论文拘形貌之弊，至后世文集而极矣。盖编次者之无识，亦缘不知古人之流别，作者之意指，不得不拘貌而论文也。……若夫《封禅》《美新》《典引》，皆颂也。称符命以颂功德，而别类其体为符命，则王子渊以圣主得贤臣而颂嘉会，亦当别类其体为主臣矣。"①真德秀重新划分文体类别的考虑与章学诚有相同之处，都是不满于文体的繁多和对文章内容的忽视。

真德秀对《文选》去取标准的不满也是他变革编选体例的重要原因。首先，真德秀认为《文选》选文注重文章的文采，因此去取不当。真德秀《文章正宗》卷十二选徐幹《法象论》，文末曰：

> 南丰曾氏序曰："幹字伟长，北海人，生于汉魏之间……幹能独考六艺，唯仲尼、孟轲之旨述而论之，求其辞时若有小失者，要其归，不合于道者少矣。其所得于内者又能信而充之，逡巡浊世，有去就显晦之大节……"愚按：幹《中论》二十篇，《文选》以其澹泊无华，皆不之取，故世不复知有此书，今取而读之，信乎如曾氏之评也。《治学篇》曰："民之初载，其曚未祛，譬如宵在玄室，所求不获，白日照焉，则群物斯辩，学者，心之白日也。"……盖秦汉以后，儒者论著少有及之者，故录其全文于此云。②

真德秀认为徐幹《中论》如曾巩而言以儒道为依归，是言之有物的，而《文选》因为其"澹泊无华"而未能收入。真德秀不满《文

---

① 章学诚：《文史通义校注》，中华书局 1985 年版，第 80—81 页。
② 真德秀：《文章正宗》卷 12，清文渊阁《四库全书》本。

选》偏于收入有文采藻饰的诗文，因此而对质实澹泊之文"皆不之取"。其次真德秀认为《文选》所取之文不合义理，忽视作者的创作思想是否符合儒家正统，如《文选》选入曹操的作品《短歌行》，真德秀认为不当，《文章正宗》卷二二选入曹操《苦寒行》并称：

> 魏武之诗见于《选》者有《短歌行》及此篇，短歌之辞，无敢贬之者，以愚观之，杜康，始酿者也，今曰"唯有杜康"，则几于谑矣。周公吐哺，为王室致士，若操之致士，特为倾汉计尔。操又有《碣石》篇云："老骥伏枥，志在千里。烈士暮年，壮心不已。"王处仲每醉歌此辞，以铁如意击唾壶为之缺，岂非二人之心事每若合契，故向慕若是之深耶？今皆不取，独此篇犹有悯劳恤下之意，故录之。①

真德秀认为《短歌行》表露出曹操所谓招贤之心其实就是叛汉之心，而东晋王敦醉歌此诗，也是因怀有叛乱之心才如此向慕曹操。最后，真德秀还认为《文选》选入之文有的境界不高，思想志趣低下。真德秀《文章正宗》卷二二选魏文帝曹丕的《善哉行》篇末评："文帝诗之入《选》者，《芙蓉池》居其首，末章云：'寿命非松乔，安能得神仙。遨游快心意，保己终百年。'其言何以异于秦二世，陈寿讥其不能迈志存道，克广德心，信矣。"曹丕诗《芙蓉池》见于《文选》卷二十二，真德秀认为曹丕作为帝王，不能修道爱民，只图自己享乐，《文选》选入此诗失当。清代王鸣盛认为："陆机、陆云，吴之世臣，不宜仕晋，潘岳品尤卑，世称潘江陆海，然二子但有丽词，苦无风骨，而《文选》取之，亦颇多，盖彼所谓略其芜秽，集其清英者，原但论其文词之美，而不论其事，亦不论其人也。《文选》之体

---

① 真德秀：《文章正宗》卷22，清文渊阁《四库全书》本。

固如此。"鹤寿按："宋末陈仁子本讲学家，故以真德秀《文章正宗》之法评论《文选》，则《封禅书》《剧秦美新》等篇在所必删矣。"①《文选》选文确实有不论作者人品和行事的特点，这在真德秀看来，既不符合儒家正统也有过分注重辞采之嫌，而《文选》的流传散播必然会影响读者，所以真德秀不满《文选》的编选而重新以儒家义理为根据对宋前的诗文作品重新加以筛选，因此也在体例安排上就不能延续《文选》的体例，而是以六经为依据结合明理实用的编选目的来重新安排体例。

在南宋中后期，理学逐渐成为社会的正统思想，经历了元、明、清，直到 19 世纪末期，理学文化一直占有主导地位，成为近世中国社会维系其统治的思想武器。儒学从汉代之后，受到道家思想和佛学的不断冲击，宋代理学家吸纳佛、老思想，重新改造儒学，最终使理学成为元明清各代王朝赖以稳定其制度的思想工具。理学观念通过影响统治阶层和士人阶层，最终以社会文化形态沉淀下来，对社会的方方面面产生巨大的影响。当代学者祝尚书在《论宋代理学家的"新文统"》② 一文中提出朱熹之后的理学家欲建立"新文统"，与道统相配合，其中代表如真德秀、王柏、金覆祥、元代刘覆等。道统文统合一的理论由朱熹提出，真德秀等人相继以编选诗文的形式来实现朱熹的这一观念，所编诗文选本有《文章正宗》《诗准·诗翼》《濂洛风雅》《风雅翼》等，其中真德秀编选《文章正宗》为开风气之先。真德秀的学术以程朱道学为核心，他的最大功绩就是以文学选本为传播道学的工具为道学影响的扩大做出了贡献，为建立文统树立了开端。真德秀的选本又是在南宋中后期特定政治条件下产生的，他结合这一时期

---

① 王鸣盛著，迮鹤寿校：《蛾术编》卷80"文选体"一条，清世楷堂刻本。
② 祝尚书：《论宋代理学家的"新文统"》，《第四届宋代文学国际研讨会论文集》，沈松勤主编，浙江大学出版社 2006 年版。

的政治环境，编选了一部以宣扬君德、反对权臣政治为核心政治理念的选本。

真德秀编选《文章正宗》和《续文章正宗》对于非儒家学说的各种思想，包括佛、老之学，都予以排斥和批判，以此来达到正本清源的作用。对于先秦非儒家的各种学术流派，真德秀都加以否定，高扬儒学大纛。真德秀《文章正宗》卷十二选入了《董仲舒论春秋》一文并在文末评：

> 按仲舒此论见于太史公自叙，其学粹矣。太史公曰"余闻之董生"，则迁与仲舒盖尝游从而讲论也。六家要指，史谈实论之，而迁述焉，其说曰："太史公仕于建元、元封之间，愍学者之不达其意而师悖，乃论六家之要指云。"然其所论乃列儒者于阴阳、墨者、名、法、道家之间，是谓儒者特六家之一尔，而不知儒者之道无所不该，五者之所长，儒者皆有之，而其短者则吾道所弃也。盖谈之学本于黄老，故其论如此。班固讥之曰"论大道则先黄老而后六经"，讵不信夫。其后刘歆又序诸子于六家之外，益纵横、杂、农三家而为九焉，且谓："其言虽殊，譬如水火相灭亦相生，仁义相反而皆相成也，若能修六艺之术而观此九家之言，舍短取长则可以通万方略矣。"夫仁义本非二道，未有薄于仁而厚于义，未有厚于义而薄于仁者，何相反之有。若黄老之清净寂灭，法之惨刻，名之苛绕，墨之二本，纵横之谲诳，其于儒者之道，犹白黑异色南北殊途也，又何相成之？歆之失其源，盖自谈始，故今黜之不使与于正宗之列，而独剟取仲舒之论云。①

对于先秦儒家之外的各家学说，真德秀一概视为敝屣，他认为

---

① 真德秀：《文章正宗》卷12，清文渊阁《四库全书》本。

"儒者之道无所不该，五者之所长，儒者皆有之，而其短者则吾道所弃也"，还指出"黄老之清净寂灭，法之惨刻，名之苛绕，墨之二本，纵横之谲诳"，儒道是兼有众长的，其他各家学说则各有其短，不能与儒道并论。独尊儒学，这是真德秀编选的主旨思想。真德秀《送张宗昌序》（《西山集》卷二九）："大道隐而百家之学兴，人各以其所长争骛于世。太史谈、刘歆所叙，至与儒者并列，夫儒道之犹天地也，百家众技之流，则穹壤间一物尔，可侪而论之邪？谈、歆所叙，盖失之矣。"真德秀强调儒道的唯一性，否认其他各家学说合于大道。

对于佛教，真德秀也加以批判，《文章正宗》卷十一选了韩愈的《论佛骨表》并在文末评："故取佛骨一表，以见公扶正道、辟异端之功云。"称佛教为异端，并且认为辟佛不只是一种行动，还需要深湛的理学修养，知天理，知全体大用。真德秀《文章正宗》卷十四选了韩愈《与孟简书》并在文中评："盖韩公之学，见于《原道》者虽有以识夫大用之流行，而于本然之全体则疑其有所未睹，且于日用之间亦未见其有以存养省察而体之于身也。是以虽其所以自任者不为不重，而其平生用力深处终不离乎文字言语之工。至其好乐之私，则又未能卓然有以自拔于流俗，所与游者不过一时之文士，其于僧道则亦仅得毛干、畅观、灵惠之流耳。是其身心内外所立所资不越乎此，亦何所据以为息邪距诐之本，而充其所以自任之心乎？是以一旦放逐，憔悴无聊之中，无复平日饮博过从之乐，方且郁郁不能自遣，而卒然见夫瘴海之滨，异端之学，乃有能以义理自胜，不为事物侵乱之人。"

真德秀编选《文章正宗》，在思想上是以理学为宗，排斥其他异端思想，并对所选之诗文中的不合乎礼教和儒家忠孝观的地方都加以说明和批驳。正是由于这个原因，在明、清两代皇家的提倡下，《文章正宗》被视为标准的士人学习诗文的科举用书，并得以广泛流传。元代理学家程端礼就以《文章正宗》为学韩文及汉代文章的教材。明初仁宗就非常赏识《文章正宗》。因为得到帝王的嘉许，《文章正宗》与真德秀所著的《大学衍义》一样，共同成为学习诗文和治道的范本。明确将《文章正宗》列为教育文本之一。清代也延续了明代的学政思想以《文章正宗》为儒生学习作文和理学的课本。真德秀顺应理学发展的要求，以理学为准绳批判异端，对古代诗文作品进行筛选，因此《文章正宗》的编选不仅是一部选本，也成为推动理学影响社会文化的重要工具。

张枢倚声改字考论

李飞跃[*]

张炎《词源》"音谱"篇关于其父张枢倚声填词、审音改字的记载，生动再现了南宋雅词创作的具体情形，常为研究词体和词史者所关注、称引，并有各种不同的解释。据载，张枢曾赋《瑞鹤仙》一词，"按之歌谱，声字皆协，唯'扑'字稍不协，遂改为'守'字，乃协。始知雅词协音，虽一字亦不放过，信乎协音之不易也。又作《惜花春起早》云'琐窗深'，'深'字音不协，改为'幽'字；又不协，再改为'明'字，歌之始协"。[①]从文学层面来看，"扑"改为"守"是从瞬间行为到持续行为的改变；"深"到"幽"再到"明"，从幽暗到明亮，意思反转，"历来被视为为追求音律的协调而完全不顾意思的改变甚至颠倒的忽视内容之举"。那么，当词句与音谱发生冲突，是否只有改字才能声字相协？什么原因促使"雅词协音，虽一字亦不放过"？张枢倚声改字是个别行为，还是意味着当时文人词的创作方式发生了根本改变？通过对张枢改字原因的探究，以及当时文人倚声改字案例的比较分析，将有助于我们对倚声变法、律词形成及诗词曲辨体等问题形成新的认知。

---

  * 李飞跃，男，北京大学中文系 2012 届博士毕业，现为清华大学中文系副教授。
  ① 张炎撰，蔡桢疏证：《词源疏证》，中国书店 1985 年版，第 8 页。

一 张枢审音改字的声律因素

据张炎记述，张枢"每作一词，必使歌者按之，稍有不协，随即改正"。对"扑定花心""琐窗深"之句的反复修改，是因为"五音有唇齿喉舌鼻，所以有轻清重浊之分，故平声者可为上入者此也。听者不知宛转迁就之声，以为合律，不详一定不易之谱，则曰失律"。①从声字与音谱关系来看，人们对张枢审音改字原因的考察主要基于三个方面，即字声本身的差异、发音部位的不同和词乐的配合问题。

就文本层面而言，"声"指字声，填词不仅要辨平仄，还须辨四声、阴阳及清浊轻重。在《惜花春起早》"琐窗深"一句中，"深""幽"阴平属清音，而"明"字阳平属浊音。"琐窗深"三字都是阴声，唱起来拗口，"阴间一阳"才是字声的理想组合。因此，第三字不能用"深""幽"等阴平字，而要用属浊音的阳平字才能相协。"幽""明"虽然都是平声，但有轻清重浊之别。音声和美需通过字声组合来表现，"琐窗深"不仅皆为阴声，还都是齿音，"幽"字虽属喉音，但仍为阴声，故不协。"明"字既是唇音，又属阳平，符合"阴间一阳"的组合规律。那么，在《瑞鹤仙》"扑定花心"一句中，"扑"与"守"都是阴平、仄声，何以一谐一不谐呢？一般认为四声不同，其音声效果亦不同："扑"字入声，音哑，不响亮，而"守"字上声，音紧，敞亮②。张枢所改之字，"深"字式针切，"幽"字于

---

① 参见张炎撰，蔡桢疏证：《词源疏证》，中国书店 1985 年版，第 9 页。
② 参见蒋兆兰《词说》，《历代词话续编》，大象出版社 2005 年版，第 540—541 页。

尤切，"明"字眉兵切。"式"属审母，全清，"于"属影母，全清，切出的"深"与"幽"为阴平；"眉"属明母，半浊，切出的"明"字为阳平。此声位用阳平协，阴平则不协。按宋代乐曲分配四声之法，"扑"字不协，改为"守"字始协，体现了四声中平入与上去界限分明，音声效果迥异。

就发音部位而言，"声"指声腔，唇、齿、喉等发音部位的改变会产生不同的音声效果。改"幽"为"明"，与语音中的收音字母密切相关。"琐窗深"一句中，"深"字无法延长而只能瞬间归前鼻音；"幽"字需合口呼，亦无法延长；而"明"字可延长且不必改变原来的字声。"明"字唇音，"深"字齿音，"幽"字喉音，发音部位不同。张枢改字，正是审于阴阳，认识到"深为闭口音，幽为敛唇音，明为穿鼻音，消息亦别"①。江顺诒曾指出："张氏苟知何字为宫，何字为商，即深字误用，一改而得明字，即不用明字，亦必用唇音之字矣。何以改幽字不协，而始改明字，足见以喉舌唇齿分清浊，古人知之，以喉舌唇齿配宫商，古人未言也。"② 不同发音部位配合不同的声字，因其难以把握，所以"必成词后，先歌以审之，复管笛以参之，不合者改字以协之"。"深"闭口韵，"幽"撮口韵，与"明"字穿鼻开口不同，因此张炎"言唇齿喉舌鼻，而不言唇齿喉舌牙，意当是述歌者之言。缘此故而平声可为上入，则又知乐家喜轻清，不利重浊也"③。

就词乐关系而言，"声"指声律，改字是为了协音合律。沈括《梦溪笔谈》曾提出："凡曲，止是一声清浊高下如萦缕耳，字则有喉、唇、齿、舌等音不同，当使字字举本皆轻圆，悉融入声中，令转

---

① 刘熙载：《词概》，唐圭璋编：《词话丛编》，中华书局1986年版，第3702—3703页。
② 江顺诒：《词学集成》，同上书，第3247页。
③ 沈曾植：《菌阁琐谈》，同上书，第3620页。

换处无磊块,此谓'声中无字',古人谓之'如贯珠',今人谓之'善过度'是也。"① 张炎也主张讴曲要做到"举本轻圆无磊块,清浊高下萦缕比",反对"若无含韵强抑扬"。"扑"字入声,不协音谱,改为上声"守"字才协。"深""幽""明"三字皆平声,但"深""幽"是阴平,"明"是阳平。声音向上始协,说明此处乐句音程是由低趋高。在这一声位用阳平协而阴平不协,是因为字声与音程走向相符,不但"清浊高下如萦缕""举本皆轻圆,悉融入声中",而且"转换处无磊块",避免了违拗声字"强抑扬"。

不仅平仄、阴阳、四声要协律,字声的头、腹、尾也要均匀协调,才能腔律谐美,即《讴曲旨要》所谓"腔平字侧莫参商,先须道字后还腔"。可见,倚声填词不仅要兼顾字声、发音特点,还需注意字句协调,与乐句音程趋向一致。当然,填词协音细到这种地步,实非易事,因此连张炎也感叹"信乎协音之不易"。张枢再三改字,除了倚声技术层面的原因,也与这种改字方式是否合理和必要有关。

二 改字协音的必要性与合理性

对于张枢倚声填词、审音改字的方式,以往人们都是基于技术原因进行合理化阐释,而很少对其行为本身是否符合乐理与传统提出质疑。如果我们分别从词乐、声腔、声字关系等角度重新考察,就会发现这种改字协音不仅违拗词意,且与歌词乐理、倚声传统乃至时人的理论主张和创作实践相矛盾,有着诸多令人费解和值得商榷之处。

---

① 沈括:《梦溪笔谈》,上海书店出版社 2003 年版,第 37 页。

就词乐关系而言，改字的必要性不大。单为协乐改易字词，在宋代歌词创作中并不多见。相反，为唱词而转调换腔、改变唱法的情况倒很常见。文词的重要性远大于曲腔，歌者很少会为追求歌唱谐美而擅改字词。尤其大家名作流播甚广，可以有不同的曲调和唱法，但很少呈现不同的文本。张枢填词中遇到词乐不协现象甚为普遍，在音乐层面亦不难处理，只需要加一个滑音或歌唱时稍加转腔即可，不必非得违拗词意而硬去改字。"扑"字处在上行腔，与入声字调不合，故改用上声字"守"；"深"字处于上行（或带上滑）腔，与阴平的"深""幽"字调不合，故改用阳平字"明"。"琐窗深"一处只要把"深""幽"字的上行或上滑腔改为一音直唱即可，不必改用"明"字。"扑定花心"一句也是如此。"改一个字就能消除字腔间的抵牾"，"动一两个音就能把一个将'倒'的字'扶正'"[①]，且歌唱时更为顺口，谱上甚至无须记出。音谱、歌法不是对所有词句或字声都有严格要求，而只是对关键乐句、字词才有严格要求。字声稍不协，作曲或歌唱者都有相应技术或方法处理。或调整腔格，或者增减衬字（词），在板密字疏处于不妨害音律的前提下增添字词。就文本而言是一调多体，从歌唱角度来看则是协音便歌。

就声腔关系而言，改字方式也不尽合理。谢桃坊认为张枢填词改字应属真实，但张炎的解释却显得故弄玄虚："如果张枢知道这个地方必须用阳声字，为何他第一次修改时不用阳声'明'字，而又用了一个阴声字？五音、清浊、轻重，这些概念，若非精通等韵学的学者是不能准确把握的。宋人精通等韵学的并不多，以此要求词人是根本不可能的。"[②] 是否如此，我们可与柳永词的改字情况作一比较。柳永

① 路应昆：《文词格律与词曲音乐兴衰》，《中国诗歌与音乐关系研究》，学苑出版社2005年版，第380页。

② 谢桃坊：《中国词学史》，巴蜀书社2002年版，第129页。

《醉蓬莱》曾因"太液波翻"之"翻"字而传为宋仁宗所指责，后人亦每从微言大义角度进行解释，焦循则从词乐相协的角度作了分析：

> 词所以被管弦，首用"渐"字起调，与下"亭皋落叶，陇首云飞"，字字响亮。尝欲以他字易之，不可得也。至"太液波翻"，仁宗谓不云波澄，无论澄字，前已用过。而太为徵音，液为宫音，波为羽音，若用澄字商音，则不能协，故仍用羽音之翻字。两羽相属，盖宫下于徵，羽承于商，而徵下于羽。太液二字，由出而入，波字由入而出，再用澄字而入，则一出一入，又一出一入，无复节奏矣。且由波字接澄字，不能相生。此定用翻字。波翻二字，同是羽音，而一轩一轻，以为俯仰，此柳氏深于音调也。①

从词乐相协及按谱填词的要求来看，柳词之用"翻"而不用"澄"，除了词意，还同字声与音谱的对应相关。宋仁宗曾制曲填词，未尝不明晓音调与字声对应之理，之所以还对柳词用字进行指责，是因为改字便宜可行。在宋仁宗和时人看来，能否改字不是由音乐字声而是由语境词意决定的。如果填词拘束于音谱字声的一一对应，不能随便改字易声，宋仁宗自不会发此谬论，后人也不会没有质疑而竞相沿传。词韵可以通押，平仄甚至三声通协亦常见现象。可歌与否，效果好坏，要看采用什么样的歌唱方式，如果以腔行字，难免会有声字不协；以字行腔，则通押无妨。

平仄、四声、阴阳不是影响唱词的决定性因素。单个字词易于分辨平仄、四声，但在语句篇章中，字声一般受制于语调、句式、声情、唱法、内容等因素，会发生一定程度的改变，其间字声是可通融

---

① 焦循：《雕菰楼词话》，《词话丛编》，第 1495 页。

的。语句、词乐关系不协调，会出现音变甚至倒字，但不会影响歌曲的顺利进行。歌唱追求字正腔圆，也不乏"字不正腔圆""字正腔不圆"等现象，不能一概视为倒字。因此，顾易生认为"扑"与"守"姿态不同，"深""幽"与"明"情景迥异，"竟为协音之故，随便更替。这些例子，自非创作的成功经验"①。这种规定也不合乐理，字调在歌唱中要唱得清楚，要将字之头、腹、尾唱得饱满，需通过多个音阶表达，除了"音位在正格乐句中的相对音高，演唱者在这个音高上还要唱出腔格，从而正确表达这个字调，把这个字唱饱满，唱清晰"②。字声音素的构成影响了歌唱及其字音，而不仅是停留在平仄、四声、阴阳等层面。

张炎《讴曲旨要》云："腔平字侧莫参商，先须道字后还腔。字少声多难过去，助以余音始绕梁。"说明曲调与字声冲突时，一定先要把字"正"过来才能接腔，即在字前加装饰音以矫正字调。在拖腔较长的情况下可加装饰音使行腔婉转，余音绕梁。燕南芝庵《唱论》中有"声要圆熟，腔要彻满"之说，指的就是歌声转折圆活灵巧，声腔饱满，不漏字，不失音，才能字声相协。强调在正字基础上追求声腔圆转与声字谐调，与张枢为协音而改字正相矛盾。张炎说："述词之人，若只依旧本之不可歌者一字填一字，而不知以讹传讹，徒费思索。"③ 他反对按照不能歌唱的词作模拟填写，但"一字一音"其实也是变相的"一字填一字"。张枢、杨缵等人按音谱一字填一音，方千里、陈允平等按照周邦彦旧作一字填一字，本质上是相通的，结果都是从音谱本位转向了以字声为本位。

严辨字声，一字一音，与传统的唱词习惯及当时通行的倚声方式

① 顾易生：《关于李清照〈词论〉的几点思考》，《文学遗产》2001 年第 3 期。
② 张玉奇：《词曲文字谱与音乐谱关系考探》，《上饶师范学院学报》2012 年第 5 期。
③ 《词源疏证》，第 9 页。

并不相符。如陈旸《乐书》说"辞少声，则虚声以足曲"①，王灼也认为古人因事作歌，歌无定句，句无定声，"今音节皆有辖束，而一字一拍，不敢辄增损，何与古相戾欤"?② 可见这种新的倚声方式不同于古法，且未被当时人们广泛接受，故张炎说："今词人才说音律，便以为难。"杨缵也指出："自古作词，能依句者已少，依谱用字者百无一二。"③ 雅词注重协律，融化声字，就是根据字的声调在相应音高处加以微调，以将该字的声调清晰准确地唱出。若有不协律之处，善歌者可以融化其字来弥补，但是精通音律、善于融化其字的歌伎毕竟是少数，填词者不能都指望善歌者来弥补失律之缺陷。

影响倚声改字的首要因素是词意，其次是语境，即字声与词句关系，最后才是乐曲与歌法。不调换某字，还可通过调整字词、语句或音符等多种手段来协调词乐关系。结合同时代词人关于倚声填词的实践探索与理论主张，以及当时的音乐文化形态，或许会有助于我们理解倚声改字的深层动机与背景原因。

三　雅词派的审音改字及其倚声新法

文人雅士追求高雅的审美情趣和艺术化的生活态度，在倚声填词上崇尚雅正，力避俚俗，甚至主张用大晟雅乐来配词歌唱，是为雅词派。雅词派重视声字与音谱相协，赋予了倚声填词以新的规范与含义。姜夔曾填写平声韵《满江红》，在歌女演唱旧谱《满江红》时，

---

① 陈旸：《乐书》卷157，《文渊阁四库全书》本。
② 王灼：《碧鸡漫志》，《词话丛编》，第80页。
③ 《词源疏证》，第51、72页。

发现上阕末句"无心扑"的"心"本是平声字，唱成去声方谐音律，"歌者将'心'字融入去声，方谐音律"。为此，他将《满江红》"仙姥来时"一词上阕末句倒数第二字改为去声字："向夜深，风定悄无人，闻佩环。""佩"字即去声，然后始协。当时文人填词审音辨声，极重去声，沈义父《论作词之法》云：

> 腔律，岂必人人皆能按箫填谱，但看句中用去声字最为紧要。然后，更将古知音人曲，一腔三两只参订，如都用去声，亦必用去声。其次如平声，却用得入声字替，上声字最不可用去声字替。不可以上去入，尽道是侧声，便用得，更须调停参订用之。古曲亦有拗音，盖被句法中字面所拘牵，今歌者亦以为碍。如《尾犯》之用"金玉珠珍博"，"金"字当用去声字；如《绛都春》之用"游人月下归来"，"游"字合用去声字之类是也。①

根据该句音程变化与走向，用去声字很吻合，若用平声或上声字则不谐调。音律决定了字词的声律，因此有些词人严格按照声字序列填词，不敢丝毫逾矩。吴文英词中的一些四言词句，甚至把平上去入四声全都用上了。方千里、杨泽民、陈允平等不仅原韵步和周邦彦词，连每首词中每一字的四声安排全都依从。这体现了雅乐一字一音、声字对应观念，也反映出词体创作机制的新变。

雅词派订谱制律，追求字声与音谱的对应统一，不仅在唱词也在填词上为倚声建立了新的规范。张炎早年曾听杨守斋、毛敏仲、徐南溪等人商榷音律，其中杨缵曾花数月时间精心修改周密所作的十首

---

① 沈义父：《乐府指迷》，《词话丛编》，第 277 页。

《木兰花慢》词,以使其音律和谐。杨缵、毛敏仲、徐理等人细心研讨音律,为词人创作提供了可供遵循的音谱、词式。他们有共同尊崇的对象,即姜夔和周邦彦;形成了共同奉守的音谱、词谱,如杨缵的《紫霞洞谱》《圈法美成词》;有鲜明的倚声理念与方法,如杨缵《作词五要》、张炎《词源》和《乐笑翁要诀四则》;有代表性的词集、词选,如姜夔《白石道人歌曲》、张枢《寄闲集》、周密《绝妙好词》等。可以说,雅词派从理论到实践、从填词到唱词,已形成了一套以声字对应为核心的新的倚声规范。

从两宋之交到宋元之际,尤其李清照主张作词要严辨五音四声、清浊轻重以来,词人就已普遍重视声字关系。他们根据汉字本身的特点,在长期实践中总结出了"四呼""五音""十三辙"等咬字规律,将字音划分为头、腹、尾等部分。他们用雅乐来改造本为俗乐的词乐,确立了倚声填词、一字一音的原则。在音谱既定的情况下,他们只好在遣词用字上下功夫,寻找与音律最为契合的字词,于是才有了张枢再三改字,以及杨缵花数月时间的订词之举。

严辨字声以协音律,在曲唱中也有沿用。据《中原音韵后序》记载,有次周德清与友人琐非复初、罗宗信携妓宴饮。复初举杯,命歌者唱《四块玉》,唱至"彩扇歌,青楼饮"时,罗宗信止住歌者说:"'彩'字对'青'字,而歌'青'字为'晴'。吾揣其音,此字合用平声,必欲扬其音,而'青'字乃抑之,非也。"[1] "青"字阴平,声音压抑,"晴"字阳平,声音上扬,将阴平唱成阳平是因为此处音程走向由低趋高,只有阳平字才能协律。琐非复初即刻自唱了另一首

---

① 周德清:《中原音韵》,《历代曲话汇编·唐宋元编》,黄山书社 2006 年版,第311 页。

《四块玉》"买笑金，缠头锦"，其中"缠"字阳平，不会错成阴平。周德清又举《点绛唇》《寄生草》为例，说明《点绛唇》首句韵脚应用阴声字，如以"天地玄黄"为句歌之，"黄"字易唱成"荒"字，换成"宇宙洪荒"为句歌之始协。因为"荒"字阴声，"黄"字阳声。《寄生草》末句第五字应用阳声，以"归来饱饭黄昏后"为句歌之则协，以"昏黄后"歌之则"昏"必唱成"浑"字，亦因"黄"字阳声，"昏"字阴声①。

罗宗信所说的歌"青"为"晴"，本应作阳平字，其腔则为上扬，合乎"欲扬其音"的要求，但歌词用了"青"这个阴平字，"乃抑之"，歌非其字。北曲采用依字传腔的方式，要按律填词作曲，平仄搭配合律，演唱者才能按曲文字声来定腔演唱，达到字正腔圆的效果。这与姜夔、张枢、沈义父等人按音谱填词、审音改字的情形类似。周德清撰《中原音韵》就是要纠正当时平仄不合律的弊病，"以为正语之本，变雅之端"。后来，词韵、词谱、词律、词格、词式等著作的出现，其用意无不如此。

随着南宋市井俗乐的繁荣，瓦舍里巷中唱赚、覆赚、鼓子词、诸宫调、陶真、涯词、合生、商谜、小唱、嘌唱、叫声、耍令、唱京词、唱拨不断等以唱为主的新兴曲艺流行，这些新的歌曲种类正是在唱词基础上发展起来的，可谓词之变体。这些俗乐因易唱易作，受到当时人们的广泛欢迎，代表了当时文艺的主流形态和发展趋势，但因不合雅词派文人的审美和倚声观念而被归为俗词俚曲。与此同时，雅词派的倚声填词，因标准悬置过高，不易唱作，超出了一般民众的接受能力，渐趋案头化和去音乐化。

---

① 沈曾植：《菌阁琐谈》，《词话丛编》，第3608—3609页。

四 一字一音与南宋词体的格律化

宋朝统治者十分重视宫廷雅乐，文人雅士也多主张继承和发扬雅乐的"歌永言"传统。宋徽宗倡导复兴雅乐，将多种民间通俗唱法列为"倡优淫哇之声"而下令禁止。北宋杨杰等议乐，对"今歌者或咏一言而滥及数律，或章句已阙而乐音未终"等词曲歌法提出了批评，主张"请节其烦声，以一声歌一言"①。"一声歌一言"即"一字一音"，此外还有"一字一声""一言一声""一字一律""一字一拍"等记载，表明了声字与音谱符号的一一对应关系。姜夔曾上书乞正雅乐，其歌曲《越九歌》十首每字旁注黄钟律吕等，标明采用了雅乐唱法。《白石道人歌曲》旁注工尺简字谱，皆一字一音，与宋代燕乐唱法不同，"均是雅乐唱法，含有矫正时俗之意味"②。张炎《词源》所载张枢倚声之音谱，与《白石道人歌曲》旁谱和《乐府混成集》中的《娘声谱》《小品谱》相似，亦即"一字一音"，皆雅乐之唱法。《娘声谱》有谱无词，《小品谱》词谱俱全，如果排除延长或音高变化记号，《小品谱》的四十个唱字，以及姜夔《醉吟商小品》上下片各十五个唱字，甚至十七首《白石道人歌曲》的一千四百四十九个唱字，基本遵循了一唱字对应一谱字的规范③。雅乐以一字配一音为准则，"只于一句之数字内，分抑扬高下，不得于一字一音之内参以曼声"，而俗乐为"取悦听者之耳，多有一字而曼引至数声"，被讥为

---

① 《宋史》，中华书局 1985 年版，第 2981—2982 页。
② 许之衡：《中国音乐小史》，上海书店出版社 2011 年版，第 127 页。
③ 于韵菲：《宋代俗字谱"一字一音"记谱法研究》上，《音乐艺术》2015 年第 2 期。

"时俗伶优所为"①。

早期燕乐范畴下的填词唱词是"倚曲拍为句"，有虚声、和声、泛声，或衬字、减字、添字等，实为一字多音。沈义父《乐府指迷》说："古曲谱多有异同，至一腔有两三字多少者，或句法长短不等者，盖被教师改换。亦有嘌唱一家，多添了字。吾辈只当以古雅为主，如有嘌唱之腔不必作。"② 他认为同一词调出现字句小有不同的情况，非本来面目，而是"盖被教师改换"。以姜夔、张枢、杨缵等为代表的南宋雅词派，按照雅乐"一字一音"方式填词、唱词，限定了调体内音声句法发生较大变化的可能，在字句层面为填词作了规范。早期词体乐无定句，句无定声，而"今音节皆有辖束，而一字一拍，不敢辄增损"。雅词派确立的这种声字对应、一字一音的填词或歌词之法，与唐五代北宋时期令慢之词以"曲拍为句"的做法与"曼衍其声"的唱法迥异。前者以声腔谱为准，声字对应，对每一字声都有严格规定；后者是以乐曲谱为主，乐句文词对应，不仅有曼声，还有一字多音，以及添加衬字、衬腔、虚声、和声等。

从两宋之交到宋元之际，倚声填词、声字对应、一字一音迅即成为文人填词的主流方式。沈括、李清照、王灼、沈义父、朱熹、姜夔、杨缵、张枢、周密、张炎、陆辅之、陈元靓，以及元代周德清、燕南芝庵等，几乎当时主要的词曲理论家，都对这种雅乐式填词与唱词有所论述。他们强调词之协律可歌，追求"句琢字炼，归于醇雅"，但在具体歌法上也不乏变通以求美听。许多歌者正是通过"融化其字"来协调腔字关系，尤其是一字多音、板密字疏之处，"使用'腔格'，或者上倚音、下倚音、上滑音、下滑音、顿音、豁音、断音，

---

① 永瑢等：《诗经乐谱》，中华书局 1985 年版，第 1 页。
② 沈义父：《乐府指迷》，《词话丛编》，第 238 页。

来微调唱腔，既能将字音唱得字正腔圆，字头字腹字尾饱满，又能衔接原有的旋律，而不至犯宫串调"①。杨缵之所以强调坚持声字对应，不能失律，是担心"详制转折，用或不当"。不是每个歌者、词人都能做到融化其字，因而他们主张声字对应，一字一音，以避免"转折怪异，成不祥之音"。一字一音唱起来较为单调，不如一字多音婉转动听，因而嘌唱、唱赚、叫声等运用曼声、虚声、泛声等技巧，以获得优美动听的效果。一方面，一字一音的协音方式使雅词与俗词俚曲渐行渐远，改变了南宋词体的演进方向，客观上维护了词体的独立性；另一方面，如果声腔谱过于拘泥，限制了填词、唱词自由，就难以推广普及。他们也意识到了这个问题，如沈义父说腔律不是人人都能按箫填谱，杨缵说依谱用字者百无一二，周密认为"词不难作，而难于改；语不难工，而难于协"②，张炎也说"词欲协音，未易言也"，"今词人才说音律，便以为难"，可见当时文人雅士所倡导的声腔谱、腔律，并不代表当时的主流趋势。

任半塘曾批评姜夔、张炎所倡导的音谱"皆封建时代正统文人博雅好古者典型之专业，并非大众生活中所有"："此乃姜氏个人之摹古创奇，自高其赏而已，绝不足代表两宋社会声谱之现实，更非唐代传统之影响。而辨姜谱者，竟以宋喻唐，认为宋既尔尔，唐必先焉，因而肯定燕乐歌唱自来即一字一声。"③ 任半塘指出以雅乐作词乐的转变，关键在于采用了"一字一声"的倚声新法。事实上，一字一声并非姜夔"个人之摹古创奇"，而是当时文人雅士的普遍主张，代表了南宋上层社会倚声填词的通行做法。与其说这是摹古复古，不如说是以雅乐改造词乐，甚或用歌词来复兴雅乐。出于音谱规范，一字一声

---

① 张玉奇：《词曲文字谱与音乐谱关系再论》，《上饶师范学院学报》2013年第1期。
② 唐圭璋编纂：《全宋词》，中华书局1965年版，第4477页。
③ 任中敏：《唐声诗》下编，凤凰出版社2013年版，第3—4页。

使词摒弃了曼声衬腔，没有与当时"慢曲、曲破、大曲、嘌唱、耍令、番曲、叫声诸家腔谱"混同，而成为一种独特的文艺样式。随着音谱失传、词乐失坠，后人填词主要有两种方式：一是知乐派按乐谱填词或自度，一字一声；一是按照旧作模拟，"一字填一字"。这两种方式，客观上促进了词体的规范与统一。可以说，雅词派词人，无论是姜夔、张枢、杨缵等人的"一字一声"，还是方千里、杨泽民、陈允平等人的"一字填一字"，都为南宋及后来的填词确立了新的标准，实现了从字声层面对词体的规范，为词体的格律化奠定了基础。因此，词体文本在南宋时进一步规范，一调一体或一调数体基本稳定，很少再出现新体新调。

沈括的唐人填词不复用和声、李清照的词分五音六律、朱熹的词是泛声逐一填实等说法，与姜夔、杨缵、张炎等人的主张本质上都是相通的，就是主张声字对应，一字一音，进而引导人们填词、唱词都遵循这种标准，从而最大程度上规范和统一词之乐体、文体及其唱法，"倚声填词"也因之获得了新的含义。从"依曲拍为句""由乐以定词"到一字一声、声字相应，倚声新法讲究选字择音，将乐曲、声字通过歌法结合、对应与固定下来，客观上促进了声腔谱向文字谱的转变。随着明清词谱的确立，填词代替了倚声，格律渐趋形成，词最终走上了律的道路。

可以说，从沈括、李清照到王灼、姜夔、沈义父、朱熹、张枢、杨缵、张炎等，都是从声字层面严诗词之辨，对词体作了重新界定，突出了词之"上不似诗，下不类曲"的本质特征，维护了词体的独立与历史地位。一字一音，字分平仄四声、阴阳清浊，也为明清词谱归纳文本、建构格律奠定了基础。张枢等人审音改字及相关探索，虽然从理论和实践层面不尽合理，且不乏矛盾之处，但其结果则是从创作机制上维护了词体的独立性，改变了词体演进的轨道，亦即在俗词俚曲交侵局面下实现了词体的重建，促进了律词的兴起。词之文本格律的定型，事实上奠定了中国诗歌发展史上诗、词、曲三峰并峙的格局。

（节选自《倚声改字与词体的律化》，《文艺研究》2017 年第 2 期）

地方祠祀规范化背景中的文人化写作

——宋代祠祀乐歌研究

罗旻*

宋代，政府对地方祠祀加以认可与重视，将之广泛纳入祀典体系，成为不乏政治性的活动。除了山川土地之神，乃至著名的古代圣贤英杰之外，更多的忠臣义士，甚至当代事迹卓著者，都获得了官方的立庙祭祀，这一以礼制教化为目的的政治行为，推动了宋代祠祀乐歌的独立发展与兴盛。

在总结宋前乐府的《乐府诗集》之分类中，并未列出祠祀乐歌一类。而随着宋代的地方祠祀被纳入封建王朝的全面控制之下，祠祀乐歌的写作才开始受到文人士大夫的关注，形成一定的规模。本文在宋代乐府的范畴下提出祠祀乐歌的命名，既与从属于中央政权政治活动的郊庙乐章相区别，也顾及这类乐府诗的地方性、地域性，以及一定的政治色彩。

---

* 罗旻，女，北京大学中文系 2013 届博士毕业，现为北京航空航天大学人文与社会科学高等研究院讲师。

一 王朝对地方祠祀的控制与祠祀乐歌的兴盛

宋代之前，郊庙与民间所奉祀的神灵，其间一向壁垒森严。自汉代至南朝，用于祭祀仪式的郊庙歌辞，大多是配合祭祀典礼的乐歌；而相对地，民间祠祀乐歌如《神弦歌》的祭祀对象，只是"杂鬼神"，属于丛祠甚至淫祠的范畴。

直至唐代，郊庙乐章中方出现《祀风师乐章》《祀雨师乐章》《享孔子庙乐章》之类篇目，将涉及民生的神灵和古代圣贤纳入视野。然而这类作品仍旧极少，仅作为郊庙乐歌的附属而存在。

到了宋代，在官方的认可与控制下，地方祠祀达到了前所未有的繁兴。如《宋史》卷一百五《礼志八》所载："其新立庙：若何承矩、李允则守雄州，曹玮帅秦州，李继和节度镇戎军，则以有功一方者也；韩琦在中山，范仲淹在庆州，孙冕在海州，则以政有威惠者也……各以功业建庙。寇准死雷州，人怜其忠，而赵普祠中山、韩琦祠相州，则以乡里，皆载祀典焉。其他州县岳渎、城隍、仙佛、山神、龙神、水泉江河之神及诸小祠，皆由祷祈感应，而封赐之多，不能尽录云。"在地方祠祀的兴盛这一背景之下，与之相应的祠祀乐歌创作，也就较为广泛地进入宋代文人士大夫的视野之中。

如崔敦礼《楚州龙庙迎享送神辞》，其序即叙述了一次出自敕令的地方祠祀发生的全过程：

> 绍兴辛巳，金人来寇，尝以锐师楼船蔽海而下，欲以奇袭我。将臣李宝受命迎拒，既下海，即沉牲醮酒祷龙神而行。事

还，具上神之诡异，以请于朝。天子既推功不居，报礼上下，则唯有神之功厥尤彰灼。下其事淮南漕司，择傅海地建庙。乙丑三月，楚州盐城县告庙成，漕当以上命往祭。某既以漕檄为文，又私自作《迎享送神辞》三章遗县令，使岁时歌以祀之。

其事在绍兴三十一年，金主完颜亮以海军南下，宋高宗命李宝迎敌。"宝将启行，军士争言西北风力尚劲，迎之非利。宝下令，敢沮大计者斩。遂发苏州，大洋行三日，风甚恶，舟散不可收。宝忧慨顾左右曰：'天以是试李宝邪？宝心如铁石，不变矣。'酹酒自誓，风即止。明日，散舟复集。"① 此事应该就是崔敦礼序中所言"神之诡异"。而那场持续三日的风暴亦被附会成为龙神以坚军心之功，因而朝廷下令立庙祭祀，这无疑会成为当地的一件大事。

然而，在祭奠山川，庙祀圣贤，旌表忠义的同时，宋朝政府也对民间淫祠加以严格的控制，或因擅立祠庙，或因所祀不当之故，禁毁神祠无数。仅大观中，即"诏开封府毁神祠一千三十八区，迁其像入寺观及本庙，仍禁军民擅立大小祠。"② 据迁移神像的记载看，是由于民间擅立祠庙之故。对于所祀不符礼义传统，容易滋生乱局，毁易风俗的"杂鬼神"之祠，更多有毁弃。如南宋刘宰为泰兴令时，"有杀人狱具，谓：'祷于丛祠，以杀一人，刃忽三跃，乃杀三人，是神实教我也。'为请之州，毁其庙，斩首以徇"③ 等。

一方面禁止淫祠巫风，另一方面又以官方列入祀典的方式，对特定的地方神灵加以崇祀。其中，尊崇天地山川之神是出于对社稷民生的关怀，而祭祀古代圣贤、时之忠良，则有推崇教化之功。这样的趋

---

① 《宋史》卷370《李宝传》，中华书局1985年标点本，第33册，第11500页。
② 同上书，第8册，第2561页。
③ 同上书，第35册，第12167页。

势反映在乐府诗的发展中，就是以叙述功业、推崇德性为主旨的祠祀乐歌的独立成型。

宋代祠祀乐歌中涉及的民间祠祀，绝大多数是获得官方承认的祠庙，其神灵主要分为自然神和人格神两类，祠祀乐歌在数量上也较前代有了显著增长。涉及自然神的篇目共计35题，68首；涉及人格神的篇目共计50题，73首。

以地域划分，祠祀乐歌更多地出现在南方。全宋祠祀乐歌中，祀自然神者，仅苏轼《太白词》作于凤翔任上，《河复》作于徐州任上，苏辙《太白山祈雨诗》作于京师，且实为写凤翔之事，《舜泉诗》则作于齐州任上，孔平仲《常山四诗》作于密州任上，皆可明确为北方之事；李复居官辗转南北，《乐章五曲》无序无记，不能定论；鲜于侁《九诵》、张载《虞帝庙乐歌辞》为一般拟作，不涉及真正祠庙之外，其余都可据小序或内容考证，为在南方之作。一方面，南渡之后，文人士大夫的活动区域基本局限在江淮以南；另一方面，南方地区神祠遍地，祠祀之风较北方更隆。如诸葛兴《会稽颂》九章，除《二相》一章之外，都是敬拜和当地有关的神灵。

在时间排布上，祠祀乐歌大体呈现出北宋作品较少，南宋作品较多的趋势。细加分类，涉及自然神的部分，两宋各34首，可谓平分秋色；而涉及人格神的部分，则除范仲淹、鲜于侁、苏辙、张载、郑昂五人共计12首作品外，其余61首均在南宋之时。究其原因，一方面理学在南宋愈发兴盛，敬祀古人，张扬其德，正是儒家教化之风的体现；此外，南渡之后，对历史的深刻反思与对节义之士的格外尊崇，也使得祠祀乐歌中对人格神的关注度明显上升。

通观宋代祠祀乐歌，自然神皆被赋予人格，而许多历史人物又获得神化。神与人、历史与现实的界限在某种意义上模糊，而祭祀，尤其是广泛的民间祠祀，则将他们的距离越发拉近。原本高高在上的神灵和已经逝去的历史，在文人士大夫的叙述描绘中，获得了一种真切而庄重的现世感。

二　宋代祠祀乐歌文人化写作的分类概况

宋代之前，承担祭祀功能的乐府诗，其有记载者，一是历代郊庙乐章，二是南朝清商乐中的《神弦歌》一系。前者是歌于宗庙，荐之上天的典重庄严之辞；后者则属于民间巫祀，无关天地山川。这两者都在宋代祠祀乐歌的发展中留下了印记。

在章法结构方面，宋代祠祀乐歌吸纳了上述两者的仪式性。《晋书·乐志》："武帝泰始二年，诏傅玄造郊祀明堂歌辞。其祠天地五郊，有《夕牲歌》《迎送神歌》及《飨神歌》。"已经明确了迎、享、送神的仪式。而《神弦歌》在清商曲中的性质和风格，正仿佛《楚辞》中的《九歌》，也具备端整的仪式性：《宿阿》居最前，为迎神之曲，《同生》居最末，为送神之曲，其间九曲则皆为享神之用。由于这些长久的传统，宋代文人的祠祀乐章，许多都以此为规模。

在辞句风格方面，宋代的祠祀乐歌通常追求高古雅致之风，这一特点主要源自郊庙歌辞。郊庙歌辞对乐歌本身及其仪式性的重视胜过文辞，力求字句古雅端严，以示庄敬之意，而祠祀乐歌敬神崇古的主旨，正与此庄肃典重的风格相近。此外，《神弦歌》一系的民间祠祀乐歌，至唐多流为骚体①，这一变化也深深影响到宋代祠祀

---

① 曾智安：《中晚唐人对吴越神弦歌的接受与楚骚精神的复苏》，《乐府学》第二辑，学苑出版社 2007 年版，第 177 页。

乐歌的风格。

《神弦歌》作为民间乐歌，其内容和郊庙歌辞迥异："第一，民间所祀之神，无关天地山川之大，只是一些'杂鬼'。第二，南方风俗，夙尚淫祀，每用巫觋作乐歌舞以娱神。第三，朝廷视郊祀为最严重之典礼，而一般民众对之，则无异于一种娱乐之集会。"① 作为乐府旧题，《神弦歌》一系至宋尚有传承摹写，而其描摹民间巫祀的传统，在宋代文人笔下，便转为以写实笔触描摹民生。

根据其内容侧重，兼及是否入乐歌唱、有无旧题传承等方面，大致可将宋代祠祀乐歌分为如下四类。

其一，可歌的祠祀乐章。通常是用于地方祠祀仪式的诗篇，通常都配合祭祀乐歌，在仪式上演唱，在章节安排上具有明显的形式感。

祠祀乐歌的缘起是祀神乐歌，其创作理应与祭祀仪式紧密结合。这类敬享神灵之作，很多时候都会在小序中写明，创作目的是"使岁时歌以侑神"②，"俾祝巫歌以侑觞"③ 等。而创作可歌的诗篇，也是对祭祀仪式的进一步推崇，如马之纯所言："吾闻岁时来祀者，有牲酒而无歌舞之乐章，阙陋已甚。荆楚之人祀神者，有辞曰竹枝，余为制《竹枝》八首，使歌以侑之。"④

无论是郊庙之礼还是民间之祠，不外乎迎、享、送神三个阶段。为了配合祭典而作的祠祀乐歌，通常在篇幅安排上也依循这样的格局。文人祠祀乐歌通常是以三章为主的组诗，分别描绘迎神、享神、

---

① 萧涤非：《汉魏六朝乐府文学史》，人民文学出版社 1984 年版，第 224—225 页。

② 李洪：《迎送神辞》序，《全宋诗》，北京大学出版社 1998 年版，第 43 册，第 27140 页。

③ 游九言：《义灵庙迎享送神曲》序，《全宋诗》，北京大学出版社 1998 年版，第 48 册，第 30127 页。

④ 马之纯：《祀马将军竹枝辞》序，《全宋诗》，北京大学出版社 1998 年版，第 49 册，第 30982 页。

送神的主题。如李常《解雨送神曲》、崔敦礼《楚州龙庙迎享送神曲》、龚颐正《陈山龙君祠迎享送神曲》、游九言《义灵庙迎享送神曲》、马廷鸾《饶娥庙祀神歌》等，都属此类。

以《陈山龙君祠迎享送神曲》为例，首章为迎神之章，描绘想象中"海波渊沦兮海山巃嵸，其下潜通兮君之宫"的龙君居所，祈求龙君来降，行云布雨，以解民困；次章为享神之章，以"君祝驾兮芬阳斯陈，鼓钟广享兮列鼎重茵"，铺陈迎神典礼器物之盛，酒肴之美，期望龙君体贴民心，欣然受祭；终章为送神之章，描绘龙君受祭后，"君之归兮云在下土"，并再作祝祷，期望龙君"千秋万岁兮为民所怙"。三章首尾呼应，展示了完整的祭祀过程，诗中海波渊沦，雷声隆隆等细节，也十分切合龙神的身份。

另一种常见的格局是承唐人之体，在一题下分列《迎神》《送神》二章，着重迎送两祭的描写。如张耒《龟山祭淮词》、李新《普州铁山福济庙祀神曲》、李洪《迎送神辞》等。而如朱熹《虞帝庙迎送神乐歌辞》，虽下列迎、送神各三章，但整体格局未变，也属此类。

而如李复《乐章五曲》序云："乡民岁秋修祀以报神惠，乐五奏皆有歌，其辞鄙陋，不可以格神。予因其迎神、送神与夫三奠为曲云"[①]，写明"三奠"之仪；孔平仲《常山四诗》则分为迎神、酌神、祷神、送神四章，苏轼《太白词》五章自序为"迎送神辞"，将迎神与送神都分为两章来详细描写。在每章中，分别以"神将驾""神在涂""神既至""神欲还""神之去"的叙述形成明显的时间感，展现祭祀仪式的过程，也都具有鲜明的祭祀乐歌印记。

其二，虽不入乐，但内容涉及祠祀，体裁亦仿效古乐府的诗篇。

---

① 李复：《乐章五曲》序，《全宋诗》，北京大学出版社 1998 年版，第 19 册，第 12496 页。

其题材通常与祠神、招仙相关，又或是敬慕所祀古人之类，诗风亦追求古雅，可以视作第一类祠祀乐歌的延伸，即文人创作的乐府徒诗。

以苏辙《太白山祈雨诗》为例，乃是作为祠祀乐歌的《太白词》的和作。虽然两组诗在章法、句法方面完全一致，其内容主旨却大有不同。

《太白词》序："岐下频年大旱，祷于太白山辄应，故作迎送神辞一篇五章。"① 苏轼时任凤翔通判，太白山求雨祭祀于他乃是身临其境，他作这组诗也和祭奠仪式相关。故而《太白词》通篇着眼在神，多发挥想象力以描绘神灵之行，如"飞赤篆，诉闾阖。走阴符，行羽檄，万灵集兮"，写神降之时风云变幻、万灵来集之态；篇中涉及自然现象之描写也着重于"雷阗阗，山昼晦""风为幄，云为盖"等，着力渲染降神之氛围。通篇文辞简练却广为铺叙，颇有古之祭歌风格，即"晓岚谓仿汉《郊祀》诸歌之作"②。

而苏辙和作时在京师，并未身临其境，也未如苏轼般注重诗篇作为祠祀乐歌的功能。通观全篇，其主要着眼点不在祭祀神灵，而在民生困苦，以及求得霖雨后的欢悦。"人功尽，雨则违。苗不穗，荂不米，哀将饥兮"，"嗟我民，匪神依。伐山木，蓻稷黍"等，都是对尘世而非神灵的描绘。其对自然环境的遥想与铺陈也多是渲染旱情，如"山为灰，石为炭。水泉沸，百草烂"等。全篇风格简易平实，时而可见作者由衷而发的叹悯，虽具祠祀乐歌之题，确实是温厚的君子之诗。

再如郑昂《刚显庙》序"乃为诗以贻来者，俾歌以祀公"③；高似孙《嵎台神弦曲》序云"似孙甲戌春奉先公绋车过台下，酹江有祈

---

① 苏轼：《太白词》序，《苏轼诗集》，中华书局 1982 年标点本，第 1 册，第 152 页。
② 同上。
③ 《全宋诗》，北京大学出版社 1998 年版，第 29 册，第 18616 页。

风反，须臾一帆脱矢，直捣山步，滩碛不惊。……乃依楚辞章句，度《迎神》《送神》辞，刻诸山中"① 等，虽都和祠祀传统不无相关，然而诗篇的形式感并不如一般祠祀乐歌般严整；作为文人有感而发的诗篇，其内容也往往涉及抒怀、览古等方面，并非单纯的祠祀乐歌可比。文人以仿效祠祀乐歌的高古风格，来表达对受到立庙敬享之荣的古圣名贤的追崇，也成为宋代的风习之一。

其三，对《神弦歌》一系乐府旧题的承袭之作。这类诗歌在宋代祠祀乐歌中，为数既少，风格亦颇沿袭唐人，但由于体现了《神弦歌》旧题的传写流变，也可列而一观。

《神弦歌》一题，前代旧题诗作本就寥寥，同题者仅有李贺的三首作品传世，且一扫吴越民歌之音，变为文人拟古的七言诗篇，更着意于渲染绮艳凄迷的氛围。而宋人拟乐府旧题时，较重视有本事源流的汉晋古题，对清商乐旧题的拟作本就不多；另外，宋代儒学之风兴盛，易重视乐府的教化之义、美刺之功，于此剑走偏锋，以鬼才之笔写鬼神的一途，便涉及极少。通观《全宋诗》，仅刘才邵《神弦曲》、范成大《神弦》、周密《神弦》寥寥数篇，皆仿效李贺之作，以七言古诗成篇，或刻画民间巫风祠祀之况，极力渲染鬼神之氛；或以富于想象之笔触，描绘鬼神幽微流艳之态。

如周密《神弦》，开篇即以"棘栎丛祠昼凄楚，隐画廊深山鬼语。香火千年古像昏，十围老木藏飞鼠。芳兰藉地罗蕙蒸，阴风窸窣吹神灯"②，尽写南方林间丛祠昏暗幽渺之实景，又以"舞蛮姣服炫红纬"，"鼓声坎坎酒频酾"，写祭祀时奏乐歌舞之态，全是一派巫风。而终以"神来不来巫自醉"，更觉恍惚缭乱。

---

① 《全宋诗》，北京大学出版社 1998 年版，第 51 册，第 31994 页。
② 同上书，第 67 册，第 42554 页。

此外，也有以清商乐《神弦歌》所属乐曲为旧题，因其本事生发感慨的拟作。如周文璞《吊青溪姑词》：

> 投余兮绿波，彼土偶兮奈何。余魂兮无依，依余兄兮山阿。兄姿兮甚雄，青骨兮朱弓。称天兮诉余冤，令谗夫兮不终。①

便可谓一篇旧题翻新之作。诗中细节，如"依余兄兮山阿""兄姿兮甚雄"等，写其兄蒋子侯之勇武，虽上承旧题本事，却是以当时"癸酉岁，或言有妖据之，郡太守毁三像于溪中，而犁其庙"之事为因，视角已截然不同。故全诗为代言体，借小姑魂魄之口以诉不平，起句"投余兮绿波，彼土偶兮奈何"，既点明其事，又渲染出一派幽微凄凉之态。又，《青溪小姑》为《神弦歌》第六曲，本属南朝清商乐，然而这篇拟作的章句、风格，却并非吴越民歌，而是受到楚辞传统的深刻影响。《青溪小姑曲》古辞云"开门白水，侧近桥梁。小姑所居，独处无郎"，是一派清新自然的诗风，而周作则一变而为缠绵凄迷的骚体，抒情深沉而不失激烈。其中"兄姿兮甚雄，青骨兮朱弓"二句，色彩鲜明，其反差亦达到极致，雄姿之中蕴有森然鬼气，深得楚歌之风致。

宋代文人颇有袭乐府旧题之风，然而历览两宋乐府，《神弦》旧题仅三首，而古辞《神弦歌》十一题中，独此一首拟作。由此可见当时风气，普遍对巫风"杂鬼神"之题材并不重视，《神弦》一脉，可谓宋代祠祀乐歌之异类。

其四，直接描绘民间祠祀场景的新题乐府。这类诗篇大多为七言为主的古体诗，其内容也多是对祠祀场景的直接描述，展现了宋代文人对民俗民生的关注，同时亦兼具乐府的叙事特质，可视作唐代新题

---

① 《全宋诗》，北京大学出版社 1998 年版，第 54 册，第 33754 页。

乐府的继承与发扬。

宋代民间巫风盛行，各地村镇丛祠无数，年节祭享不绝，文人诗文中对此多有提及。如欧阳修诗云"野巫歌舞岁年丰"，自注"夷陵俗朴陋，唯岁暮祭鬼，则男女数百，相从而乐饮。妇女竞为野服以相游嬉"①；张嵲诗云"土人事神何敢侮，桂酒春秋荐椒糈。衎衎巫歌神降时，森森庙树来风雨"② 等。这类乐府诗有王士元《龙子祠农人享神》、沈辽《乐神》《踏盘曲》、陆游《赛神曲》《秋赛》、范成大《乐神曲》、周弼《冬赛行》等，一望而知皆是以切近的笔触，描绘民间丛祠巫祀、祭神赛会。如沈辽《踏盘曲》其一：

> 湘江东西踏盘去，青烟白雾将军树。
>
> 社中饮食不要钱，乐神打起长腰鼓。
>
> 女儿带镮着缦布，欢笑捉郎神作主。
>
> 明年二月近社时，载酒牵牛看父母。③

由《踏盘曲》之名判断，诗中所述当是湘南瑶族祭祀盘瓠的风俗。所提及的女儿捉郎，在神前结为夫妇之习俗，可参见周去非《岭外代答·蛮俗》，"瑶人每岁十月旦，举峒祭都贝大王。于其庙前，会男女之无夫家者。男女各群，连袂而舞，谓之踏摇"。所载虽地理有异，然而瑶民于南方分布较广，祀盘王风俗当不仅限于岭南。而诗以踏盘为名，亦合踏摇之称。诗中描绘青年男女歌舞娱神之笔，饱满鲜活，渲染出一派不受羁缚，欢乐活泼的气象。

---

① 欧阳修：《夷陵岁暮书事呈元珍表臣》，《欧阳修诗文集校笺》，上海古籍出版社2009年版，上册，第319页。

② 张嵲：《入峡诗》，《全宋诗》，北京大学出版社1998年版，第32册，第20489页。

③ 《全宋诗》，北京大学出版社1998年版，第12册，第8298页。

三 士大夫自发写作中的社会关怀

民间祠祀之风古有传统，非独盛于两宋，但唯有宋代文人对此关注颇多。这是因为，宋前的朝野祭祀，分别由郊庙乐章和民间巫歌承担，上下泾渭分明，介于其间的地方神祠并未受到关注，多成为文人发游历怀古之思的寄托。唐代虽出现了由文人创作的，用于祠祀场合的乐府诗，然而一则十分罕见，二则是为应酬而作①，仍游离在主流创作视野的边缘。文人士大夫乐于写作祠祀乐歌，便是宋代与前代的一个重要不同。

宋代文人士大夫主动创作祠祀乐歌，很多时候是因为旧的乐歌"其辞鄙陋，不可以格神"②，或者原本的祭祀活动"有牲酒而无歌舞之乐章，阙陋已甚"③。这样的态度，出自文人对古乐府传统，包括祠祀仪式的自觉模仿与重视。此外，他们时常作为地方官参与当地祭祀活动，作为身遇其事者，或有职责所在，义不容辞之感。如崔敦礼作《楚州龙庙迎享送神辞》，自称"某既以漕檄为文，又私自作《迎享送神辞》三章遗县令，使岁时歌以祀之"④，又如朱熹作《虞帝庙迎送神乐歌辞》序云，"熹既为太守张侯栻纪其新宫之绩，又作此歌以

---

① 曾智安：《中晚唐人对吴越神弦歌的接受与楚骚精神的复苏》，《乐府学》第二辑，学苑出版社 2007 年版，第 179 页。

② 李复：《乐章五曲》序，《全宋诗》，北京大学出版社 1998 年版，第 19 册，第 12496 页。

③ 马之纯：《祀马将军竹枝歌》序，《全宋诗》，北京大学出版社 1998 年版，第 49 册，第 30982 页。

④ 崔敦礼：《楚州龙庙迎享送神辞》序，《全宋诗》，第 38 册，第 23781 页。

遗桂人，使声于庙庭，侑牲璧焉"①，都反映了文人对祠祀活动的一定参与度。

文人祠祀乐歌通常也易于被民间所接受。如《湘山野录》所载："范文正公谪睦州，过严陵祠下，会吴俗岁祀，里巫迎神，但歌《满江红》，有'桐江好，烟漠漠，波似染，山如削，绕严陵滩畔，鹭飞鱼跃'之句。公曰：'吾不善音律，撰一绝送神。'曰：'汉包六合网英豪，一个冥鸿惜羽毛。世祖功臣三十六，云台争似钓台高。'吴俗至今歌之。"② 按此记载中的《满江红》，是柳永居睦州推官一职时所作，而被用为严陵祠迎神乐歌，或可见当时风气：具有地方官或名人身份的文人之作品，时而被民间用于祠祀。而范仲淹所作之诗，则明确为送神乐歌，以补全其仪式。虽只短短一首绝句，亦传唱不衰，可见其民间接受度之高。

宋代文人对自身士大夫身份的体认，以及随之而兴的责任意识，令他们对于民间祠祀的态度较前朝有了极大的转变，创作祠祀乐歌的主动性较唐人有明显提升。身为地方官员，他们对任职之地的许多祠祀仪式负有主持、引导之责；而作为一般的文人，面对人格神的事迹，也会油然而生敬德之心，怀古之思；此外，也不乏对民生日常的关注与书写。

首先，宋代文人关注祠祀，很多时候出于居其位而谋其事的责任担当。比如祈雨是宋代地方官员的重要职责，所谓"旱禳请祷年年事，瓦鼓巫歌奠一卮"③，宋人诗文中记载诸多。因而，宋代祠祀乐歌

---

① 朱熹：《虞帝庙迎送神乐歌辞》序，《全宋诗》，北京大学出版社 1998 年版，第 44 册，第 27462 页。

② 文莹：《湘山野录》卷中，《湘山野录续录玉壶清话》，中华书局 1984 年标点本，第 35 页。

③ 郭祥正：《寄题罗浮庙》，《全宋诗》，北京大学出版社 1998 年版，第 13 册，第 8957 页。

中多有祈雨之作，如陈之方《祠南海神》，据《广东通志·敕祠南海神记》云："熙宁七年，神宗皇帝忧旱，敕祠南海神。时右谏议大夫程师孟设案具礼拜之，命陈之方撰文记其实，又次之以诗"；孔平仲《常山四诗》自序云："熙宁六年之仲冬，太守以旱有事于常山。平仲职在学校，不预祭祀。太守以常山密迩之望，而太守出城为非常，故帅以往。平仲既不辞，又不敢无言以助所请也，作迎神、酌神、祷神、送神四诗以畀祠官。"诗篇不长，内容亦十分平实，除描述灾情，祷告神灵之外，别无雕饰，唯辞句端敬从容，颇有古意。

也有不少祠祀乐歌是在灾害消弭的情况下写作的，以表达对神灵的敬谢之心。如《河复》序所载，"熙宁十年秋，河决澶渊，注巨野，入淮泗。自澶、魏以北皆绝流而济。楚大被其害，彭门城下水二丈八尺，七十余日不退，吏民疲于守御。十月十三日，澶州大风终日，既止，而河流一枝已复故道，闻之喜甚，庶几可塞乎。乃作《河复》诗，歌之道路，以致民愿而迎神休，盖守土者之志也。"① 而诗篇中更有"吾君盛德如唐尧，百神受职河神骄。帝遣风师下约束，北流夜起澶州桥"的致意于神灵之笔。苏轼所谓"歌之道路"，未必是真的入乐歌唱，但当有赞颂神灵赐福，并广为传诵的目的。这类诗篇，一方面是为了感谢神灵，"致民愿而迎神休"，同时也反映了"守土者之志"，充分表现出身为地方官员的责任感，也不乏民生疾苦得以缓解后发自内心的喜悦。

再者，为古今名臣贤士作祠祀乐章，彰显其事迹，也与宋代士大夫气秉清刚之操守与经世济民的志向相合。这类诗作通常涉及史事的议论与书写，是宋代崇古重史思想的体现，同时也和宋代重视教化意义的创作倾向紧密相关。

---

① 苏轼：《河复》序，《苏轼诗集》，中华书局 1982 年标点本，第 3 册，第 765 页。

如孙应时《斗南竹林祠歌》，便是为本朝名臣寇准所作。寇准归葬之时，"道出荆南公安，县人皆设祭哭于路，折竹植地，挂纸钱，逾月视之，枯竹尽生笋。众因为立庙，岁时享之。"① 其诗卒章云："公安插竹南迁时，手回造化理不疑。云车风驭今来否，迎神送神姑尔为。萧萧寒绿泣江雨，长似襄阳堕泪碑。"以公安插竹的旧事，表达对寇准的怀思。全诗既有对"用公不尽天所惜"的深沉感慨，而"当时事势在国史，莱公之功不其伟。幽燕可还敌可臣，西顾宁论夏州李"等对寇准功绩的描绘铺陈，也透露出宋代士大夫经世情怀的共鸣。

而如郑昂《刚显庙》，更是借对前朝义士周朴的咏叹，观照历史，发古今一脉之感慨。"公昔隐居乌石冈，老观禅师同道场。……摆脱利欲心清凉，是以能全此至刚。黄巢兵乱来福唐，公力抗之不肯降。欣然引颈齿剑芒，白乳上涌如雪霜。……我作铭诗刻其旁，千万亿载死不亡。"先写周朴隐逸的经历，以明其无欲则刚的气节，而后描绘其临难不降，从容就戮之风，能垂千古。此外，更在小序中论道："东溪之衰，陈蕃、李固、孔融之徒相与标榜，以节义名世，故虽以曹公之阴贼，终身睥睨汉室不敢取。唐末名节扫地，君子在野，小人在位，朱温以斗筲穿窬之才，谈笑而攘神器，士大夫亦欣然与之，莫敢正议。使公得志，其肯以国与人乎？"② 认为文人若秉气节，当可为一朝之本，不致以国与人。可谓以史为鉴，臧否人物的同时，也表达了修身行己的立场。

最后，一些祠祀乐歌或体察民情，或追溯民俗，表达了士大夫对民生的格外关注。如黎廷瑞《送鹤神》云："玄裳兮缟衣，纷尔乘兮

---

① 《宋史》卷281《寇准传》，中华书局1985年标点本，第27册，第9534页。
② 郑昂：《刚显庙》序，《全宋诗》，北京大学出版社1998年版，第29册，第18616页。

遄归。嗟我畎兮苦复苦，谷悬于天兮麦在土。尔之族兮类且多，蚕尔食兮如畎何。畎之忧兮来年视尔天尔田。天崇崇兮有廪，皇之浆兮可饮。乐莫乐兮尔还，勿复来兮人间。"① 其序云："农夫相传，鹤神之属三千，若登天度岁，则民有粮，在地则否。故作此以送之。"既是对民俗传言的记录，又表达了对农人疾苦的叹息，送鹤上天之祷，即是对国富民丰的期冀。

此外，前述水旱禳祭之举及祠祀乐歌创作，也同样涉及宋代士大夫对民生的关怀，此处不再重复论及。

综上所述，宋代的祠祀乐歌，除了在地方祠祀仪式上入乐演唱的歌辞之外，在广义上也包含那些以祠祀为题材，风格模拟骚体的徒诗。这些祠祀乐歌多出于宋士大夫的手笔，他们或者直接参与地方祭祀活动，或者作为旁观者实写其事，或者仅以其题材、体例、风格为效法对象，抒发对古圣名贤的尊崇，以化育民风。在淑世情怀的影响和推动下，他们的祠祀乐歌创作或追求雅正，或刺世疾邪，令宋人注重教化意义的乐府观得到深刻的凸显。

---

① 黎廷瑞：《送鹤神》序，《全宋诗》，北京大学出版社 1998 年版，第 70 册，第 44517 页。

论古典诗学中的"事境说"

周剑之*

中国古典诗学中，有许多可资借鉴的资源。一些概念术语，在经过现代学理阐释之后，可能被激发出鲜活的生命力。"意境"便是一个典型的例子，历经古典诗学的长期酝酿，又经由王国维、朱光潜、宗白华及众多学者的现代建构，遂成为20世纪文学研究中极为重要的概念。不过，正所谓"深刻的片面"。对于看上去越是深刻的那些认识，我们越是应当抱有一种警醒：在这深刻的背后，是否存在被遮蔽的事物？就拿古典诗歌研究来说，当"意境"一词被无限制地复制，被用于各种场合——无论恰当与否，这种现象本身足以让我们反思：我们是否过度依赖"意境说"，不经意间简化了古典诗学的发展脉络、简化了古典诗歌所涵容的丰富而复杂的文学现象[1]？

已有学者指出，"意境"并非"中国古代诗学的核心范畴"[2]。在古典诗学中，它远没有我们今天想象的那么重要，"意境"实为诗境

---

* 周剑之，女，北京大学中文系2011届博士毕业，现为北京师范大学文学院副教授。

[1] 不少学者已对"意境说"进行反思，如陶文鹏《意象与意境关系之我见》（《文学评论》1991年第5期）、蒋寅《原始与会通——"意境"概念的古与今》（《北京大学学报》2007年第3期）等论文，皆有高见。然而在短时间内，仍难以扭转整个局面。

[2] 对于这一点，蒋寅《原始与会通——"意境"概念的古与今》、罗钢《学说的神话——评"中国古代意境说"》（《文史哲》2012年第1期）、《意境说是德国美学的中国变体》（《南京大学学报》2011年第5期）等论文中有详细精彩的论述。

之一种，既无法覆盖所有的诗歌类型，也难以包容诗歌的所有特质。即便是经由现代阐释后的"意境"概念，仍然无法做到这一点。其中一个重要原因是，在 20 世纪学界的论述中，"意境"几乎始终与"抒情传统"绑在一起。关于"意境"的各种定义，大都离不开对诗歌抒情的本质认定。对抒情传统、对"意境"的强大认同，使得古典诗歌的其他许多特质在无意间被遮蔽了。尤其有代表性的，是注重记录情境、记述事实、忠实呈现外在世界的这一脉络①：《诗经》中的赋法，汉乐府的"缘事而发"，白居易的"歌诗合为事而作"，"诗史"的"善陈时事"，以至宋诗中对纪事的追求②，清诗中对个人生活史和心灵史的呈现等③。这些内容，在围绕"意境"建构起来的诗学体系中，是失位的。而这样一条时间悠久且影响深远的脉络，如若忽视，将是古典诗学的重大缺失。

为了纠正这片面的深刻，我们需要朝两方面努力：一方面，有必要让"意境"走下神坛，还原为诗境的一种类型；另一方面，则应进一步探求诗境的其他类型，寻找堪与"意境"并行且符合古代诗歌传统的有效阐释方式。前者破，后者立。前者目前已有一些成果，而后者，仍需要艰难的摸索。

当我们从"意境"中跳脱出来，重新审视古典诗歌与诗学，关注记录情境、记述事实、忠实呈现外在世界的这一脉络时，"事境"一词走入了我们的视野。清代方东树《昭昧詹言》有这样一条论述：

---

① 张晖《中国"诗史"传统》指出了这一点，并认为"传统诗学中强调作品对于外部世界忠实的模仿很有可能突破抒情传统。"（生活·读书·新知三联书店2012 年版，第270 页）

② 参见拙文《宋诗纪事的发达与宋代诗学的叙事性转向》，《文学遗产》2012 年第5 期。

③ 参见张剑《情境诗学：理解近世诗歌的另一种路径》，《上海大学学报》2015 年第1 期。

凡诗写事境宜近，写意境宜远。近则亲切不泛，远则想味不尽。①

把"事境"与"意境"并提，并对二者的特点做出了简明而精当的叙述。"事境""意境"的具体含义，方东树语焉不详。但二者的并行，却为我们提供了一种可能。当我们考察与"意境"相区别、注重纪实与叙事的这条诗歌传统时，我们能否以"事境"为基点，来构筑一条新的诗学阐释的路径？

一　"事境"的历史渊源

从古典诗学中借鉴资源固然是一条颇为理想的路径，但如何从丰富的古典资源中选择适用的概念、对其发展演变进行合乎实际的梳理，并进行现代学理的合理转化、使之真正能为当下所用，则又是非常不易解决的问题。比较理想的情况，是在具体的研究过程中，依据研究对象与切实需要，吸纳一些关键的、已在历代学人手中经过一定积累，并且具备应用潜力的语词和概念。"事境"一词就是如此。"事境"之说，绝非无源之水，而是拥有时间与学理的积淀。

"境"在古代诗论中颇为常见。唐代即有王昌龄《诗格》中的"诗有三境"之说，即物境、情境、意境。诗学中的"境"固然有着中国自有的含义，但在发展中也受到了佛家思想的影响②。"事""境"连用，唐以来的佛家典籍已频繁出现，但往往是两个词而非一

---

① 方东树：《昭昧詹言》卷21，人民文学出版社1961年标点本，第504页。
② 萧驰《佛法与诗境》（中华书局2005年版）对此有系统论述。

个完整的概念，如《五灯会元》载西余拱辰禅师语："理因事有，心逐境生，事境俱忘，千山万水。"① 不过，佛家的"境"有着专门的含义，与诗学多无直接关涉，可暂不列入考察范围。

就目前所见材料看来，宋人已使用"事境"的说法来表示身处的境遇和状况。如许景衡《与吕守》中所言："京居久客，事境纷乱，讫贻不早之愧，尚倚神明有以谅之耳。"② 叙述自己客居京城、诸事纷繁的处境，这是未能及时拜访吕守的原因。许景衡又有《祭刘元修文》，中有："事境纷然，错节盘根。至于元修，一扫剧烦。"③ 意为刘元修善于处事，能将繁杂事务处理得当。两处"事境"意思相似。相比于具体的"事情"或"事件"，"事境"显得更为复杂，往往含有"境况"和"遭遇"的意思，是人所处的各种具体情状、各类事项的总和。

在使用中，"事境"偏重于客观的实际存在，而与偏重主观的心、理等相区别。如王夫之《读四书大全说·里仁篇》："事境分明，入目不乱，亦可谓之审。心境泰定，顺物无逆，亦可谓之安。"④ 又如明代袁黄《游艺塾文规》："遇理境则忘理以观妙也，涉事境则因事以冥心也。"⑤《说文解字句读》在解释"忼慨：壮士不得志于心，情愤恚也"一句时说："不得志者，事境也；于心者，心境也；愤恚者，忼慨之未发者也。"⑥ "不得志"属于具体的事实，心有所感，方属心境。由此可见，"事境"在使用过程中，侧重于客观具体的事实情状。

将"事境"直接用于诗学，比较早并且比较典型的，是明代张

---

① 普济：《五灯会元》卷12"西余拱辰禅师"条，中华书局1984年标点本，第754页。
② 许景衡：《横塘集》卷16，北京图书馆藏，清乾隆翰林院抄本。
③ 同上书，卷18。
④ 王夫之：《读四书大全说》卷4《里仁篇》，中华书局1975年标点本，第237页。
⑤ 袁黄：《游艺塾文规》卷4，武汉大学出版社2009年标点本，第70页。
⑥ 王筠：《说文解字句读》卷20，中华书局1988年标点本，第401页。

弸。在《题孙叔倩百花屿稿叙》一文中，张弸提到了"事境"对于诗人的意义：

> 苏长公喜和渊明诗，其弟子由称其精深华妙，直与渊明比。今读其和篇，只坡老本色语耳。非不能肖，政不必肖也。秦汉间歌谣不必尽合三百篇，曹刘鲍谢不必尽秦汉歌谣也。少陵而下，抑可知已。古之人得于中，而口不能喻，乃借事境以达之。其达之也，与委巷妇女同其口，而不必与古作者同其解。乃后人读之者，悠然穆然，其旦暮遇之也。所谓不能肖，亦不必肖，政肖其人耳。①

在这篇文章中，张弸的主要观点是，每一时代之诗、每一诗人之诗，都有自己的面貌。后人之诗不必与古人尽同。秦汉歌谣不必与《诗经》同，鲍照、谢灵运也不必与秦汉歌谣同。关键在于，将"得于中"的内容"借事境以达之"，使后来读者能够感同身受，有"旦暮遇之"之感。因此，苏轼《和陶诗》仍是苏轼本色，"非不能肖，政不必肖也"。基于这样的观念，张弸继而认为，孙叔倩之诗虽有杜甫之风调，但仍是"叔倩所自得者"。"夫人各有本，各自肖焉。"因此"少陵自肖少陵，叔倩亦宁不自肖叔倩哉"②，从而肯定孙叔倩诗歌的成就。

从张弸的叙述脉络中，我们可以总结出这样几点认识：一是古人借"事境"来传达内心之所得；二是每个诗人都有属于自己的"事境"，通过"事境"所传达出来的东西，不必与前人相同；三是后人读到这些包含独特"事境"的作品时，会产生"悠然穆然""旦暮遇

---

① 张弸：《宝日堂初集》卷12，北京图书馆藏明崇祯二年刻本。
② 同上。

之"的感受，由此可见"事境"对读者而言具有切实的感染力。

在这样的理论基础上，张萧才会最后得出"夫人各有本，各自肖焉"的结论。这一结论的意义，在于对诗人个性化体验的充分肯定。这种肯定，与张萧对于"事境"的体认是相关联的。尽管"事境"在这篇文章中并非论述的核心，却是张萧理论建构的一块重要柱石。

"事境"作为一个概念，至此已进入诗学范畴。

二　清代诗学中的"事境说"

"事境"得到相对系统的应用、真正可视为一"说"，是到了清代翁方纲手中才得以实现。翁方纲的诗学固然以"肌理说"最为著名，但在翁氏诗学理论的建构过程中，"事境"是颇为重要的关节。翁方纲多次提及"事境"，视"事境"为诗歌的要素之一，使之具备了相当丰富的诗学内涵。在对翁方纲诗学的研究中，一些学者已关注到"事境"的特殊价值。如张健《清代诗学研究》第十五章"从虚到实"一节中，专设一个部分"理味与事境：唐诗的虚境以实为基础"加以讨论，认为对"事境"的强调，是翁方纲从"实"的角度来认识诗歌本质的结果。① 叶倬玮则在《翁方纲诗学研究》中指出，翁氏重视"事境"，"认为这是诗人自成一格的必要条件"②。这些研究多以翁方纲诗学整体为研究对象，在这一大框架下观照"事境"。本文则在前人研究基础上，以"事境"为核心进行再度梳理，考察翁

① 参见张健《清代诗学研究》，北京大学出版社 1999 年版。
② 叶倬玮：《翁方纲诗学研究》，中国社会科学出版社 2013 年版，第 112—121 页。

方纲对"事境"的认识及其理论建树。

翁方纲的"事境"有着比较明晰的内涵。尽管翁氏并未专门对"事境"一词进行解释，但他使用"事境"的语境基本相似，"事境"的意义也基本一致。翁氏所谓的"事境"，其实是诗人所身处的具体时空、具体境遇。"事境"的重要特点，是具体性和独特性。它是每个诗人在写作每一首诗的当下所面对的那一特定时空、特定境遇的总和，因此既是具体的，又是独一无二的。诗歌应写出这样一种独一无二，不可移为他人，不可移至他时、他地。

翁方纲认为，"事境"是诗歌达成"温柔敦厚"、是诗之所以为诗的必要条件之一。《石洲诗话》卷八云：

> 若以诗论，则诗教温柔敦厚之旨，自必以理味事境为节制。即使以神兴空旷为至，亦必于实际出之也。风人最初为送别之祖，其曰"瞻望弗及，泣涕如雨"，必衷之以"其心塞渊"，"淑慎其身"也。《雅》什至《东山》，曰"零雨其濛"，"我心西悲"，亦必实之以"鹳鸣于垤"，"有敦瓜苦"也。况至唐右丞、少陵，事境益实，理味益至。后有作者，岂得复空举弦外之音，以为高挹群言者乎？①

翁方纲在探寻诗之本质的过程中，对于神韵说有深刻的反思。他发现以空寂谈神韵，容易陷入空言，"神韵说"需要"以肌理之说实之"（《神韵论上》）。在他看来，诗就本质来说，应当是"实"的。即便神兴空旷，也"必于实际出之"。自《诗经》以来就是如此。"温柔敦厚"的达成，需要有"理味"、有"事境"。"理味"即"肌理说"所看重的"理"，"事境"则是具体的情境。故又列举《邶

———————

① 翁方纲：《石洲诗话》卷8，人民文学出版社1981年标点本，第241—242页。

风·燕燕》《豳风·东山》为例，前一例用于说明诗歌应忠之以理味，后一例说明诗歌当实之以事境。并认为后来名家如王维、杜甫，无不如此。如此一来，在翁氏诗学体系中，"事境"就成了不可或缺的一环。

《延晖阁集序》同样体现了翁氏对"事境"的重视：

> 泥于言法者，或为绳墨所窘；矜言才藻者，或外绳墨而驰。是皆不知文词与事境合而一之者也。①

空谈诗"法"的人，最后不过困窘于规矩，而追求辞采的人，则又失了规矩。其实"事境"与"文词"是统一的，从具体"事境"中孕育而出的诗歌，才能有自己的面貌。如果只懂得模拟前人，就会成为"为诗文徒袭格调，而不得其真际者"（《延晖阁集序》）。看重"真际"、反对袭仿，有"事境"，才能有所谓的"真"诗。

基于这样的认识，"不切事境"就成为诗歌的一大弊端。《神韵论下》：

> 渔洋之诗……如《咏焦山鼎》，只知铺陈钟鼎款识之料；如《咏汉碑》，只知叙说汉末事，此皆习作套语。所以事境偶有未能深切者，则未知铺陈排比之即连城玉璞也。……若赵秋谷之议渔洋，谓其不切事境，则亦何尝不中其弊乎？②

这一段举出王士禛诗作的具体例子来说明"不切事境"之弊。翁氏认为，钟鼎款识之料、汉末故事，都不过是"习作套语"，其实未能"深切""事境"，这正是王士禛诗的弊端所在，也是赵执信（秋

---

① 翁方纲：《延晖阁集序》，《复初斋文集》卷4，《清代诗文集汇编》，上海古籍出版社2010年影印本，第382册，第52页。

② 《复初斋文集》卷8，第87页。

谷）批评的地方。

切于"事境"，具体来说，就是要"切人、切时、切地"。若不能"切"，就只是对前人的单纯模仿，即便能做到工，却缺少了诗的内核。因此，翁方纲在归结王士禛诗缺陷的基础上，提出了明确的要求：

> ……其失何也？曰：不切也。诗必切人、切时、切地，然后性情出焉、事境合焉。渔洋之诗所以未能餍惬于人心者，实在于此。①

"性情出焉""事境合焉"，是作诗的基本要求。想要做到这一点，就必须"切人、切时、切地"，也就是要充分凸显每一事境的独特性，由此凸显每一诗的独特性。

综合来看，翁方纲对"事境说"的贡献至少有这样几点：一是基本明确"事境"的内涵；二是在诗学建构中赋予"事境"极其重要的地位；三是提出了切于"事境"的具体方法。可以说，"事境"说在翁方纲手里基本成型。

比翁方纲稍晚的方东树，则是另一位对"事境说"有重要贡献的论者。他对"事境"的直接论述虽不多，但却提出了非常重要的观点，即本文开头所引的几句："凡诗写事境宜近，写意境宜远。近则亲切不泛，远则想味不尽。"在方东树看来，诗歌中存在着"事境"与"意境"两种类型的"境"。它们具有不同的审美旨趣，前者要"亲切不泛"，后者要"想味不尽"。因而在营造这两种"境"时，前者宜"近"，要具体而仔细地叙写、摹画，让人看得清、看得真；后者宜"远"，要拉开一定的距离，让人去联想、去体悟。我们可以参

---

① 《苏斋笔记》卷11，《复初斋文集》，第8725页。

看方东树对谢灵运《七里濑》的分析:

> 中间以"遭物"二句,由上事境引入,横锁为章法,以逼出
> 己情。①

《七里濑》原诗云:

> 羁心积秋晨,晨积展游眺。孤客伤逝湍,徒旅苦奔峭。石浅
> 水潺湲,日落山照曜。荒林纷沃若,哀禽相叫啸。遭物悼迁斥,
> 存期得要妙。既秉上皇心,岂屑末代诮。目睹严子濑,想属任公
> 钓。谁谓古今殊,异代可同调。

首四句叙写作为"孤客"途经七里濑。接下来的四句,是对景物
的细致描画。再往下即方东树所谓"遭物"二句。按方东树分析,此
诗"遭物"两句以前,有"事境"。这一"事境",其实正是谢灵运
当时境遇的整体,既包含了前往外地赴任、旅途孤苦的境遇,也包含
了行旅间的所见所闻所感。其中对山石、水流、落日、荒林的描画,
极其细腻。从谢灵运此诗可以看出,"事境"的呈现,确实是比较具
体的、亲切不泛的。由这一事境"逼出己情",则是"遭物"两句之
后的重点。由"遭物"引发慨叹,抒写内心。末四句从眼前的严子
濑,联系严子陵与任公子的典故,引出自己的志趣。方氏评云:"后
半心目中借一严陵,与己作指点比照。兴象情文涌见,栩栩然蝶也,
而已化为周矣,是为神到之作。"据方氏的理论可推断,诗的后半部
分属于"意境",能令人"想味不尽"。

方氏所论之"事境""意境",对于诗歌研究来说,极有参考价
值。在此论述框架下,"意境"亦不过是诗境之一种类型,"事境"

---

① 《昭昧詹言》卷5,第155页。

恰可以与之形成对照和映衬。若再进一步推论，那么"事境"的旨趣在于"实"，"意境"的旨趣在于"虚"。如此一来，有"实"有"虚"，虚实相生。方东树的这一归纳，概括了虚、实两种典型诗境，其实是对古典诗歌颇为全面的认识。

明清诗论家对于"事境"的开掘，其实并非偶然，而是有特定的诗学背景。明清时期逐渐兴起一种诗学倾向：越来越看重诗歌的独特性、看重诗歌与诗人个人经历的密切程度。在诗歌创作领域，日常化与私域化的倾向日益突出，在诗歌中对时间、地名、事件的交代都更加明晰，今典和自注现象增多，诗集后还常附入年谱等，使诗歌带上了私人心灵史和生活史的意味①。与此同时，诗论家评判诗歌时，也往往强调个人经历、个人境遇对于诗歌的必要性。

如方东树评《七里濑》还引申出这样的论述：

> 古人作诗，自己有事，因题发兴，故脱手欲活。后人自己胸次本无诗，偶值一题，先已忙乱，没奈他何，因苦向题索故事，支给发付，敷衍成诗。其能者只了题而已，于己无涉。试掩作者名氏，则一部姓族谱中人人皆可承冒为其所作。其不能者，则并题不能了。且如此题，亦古今之恒题耳，唯此诗乃是谢公过此而作也。此时康乐若非真遭迁斥，则虽能为此二句，亦属陈言泛剩语矣。②

假如掩去作者姓名后，人人皆可承冒，又如何能算是"诗"。诗应当是每个人自己的诗，不能是对一个题目的刻意敷衍，也不能是对前人诗作的刻板因袭。在这一点上，方东树与翁方纲、赵执信论王士

---

① 张剑《情境诗学：理解近世诗歌的另一种路径》对明清诗歌"日常化与私域化"的问题有详细论述。
② 《昭昧詹言》卷5，第155页。

禛诗的观点可谓不谋而合。

在这样的诗学倾向影响下，"事境说"的凸显也就不足为奇，而"事境说"之意义也昭然若揭。"事境"可以使每一首诗成为"唯一的诗"。诗人的所思所感，原本就产生于特定的语境之内。他们从某一个时空境遇的总和中获得了独特的感悟，而这独特的感悟，也试图通过在诗歌中表现这个"事境"来传达。因此，每一首诗的"事境"都是不同的。诗歌切于"事境"，有助于诗人传达在特定语境中所产生的复杂内心。也只有切于"事境"，才能使诗歌具备独一无二的价值，超越因袭模仿的层次。诗法可授，"事境"却不可授。在写作中保有独特的事境以及在独特事境中生发的情志，才是令人自成一家的重要准则。[①]

三 "事境说"的学术潜力与现代价值

通过对"事境说"的梳理，我们会发现，"事境说"反映着古典诗学中的一条重要思路，即对"事"的重视和思考。"事境说"的本质，可以理解为古典诗学对"事"这一要素的正面应对。

在古典诗学中，"事"向来是诗歌的要素之一。在许多情况下，古人是将"事"与"情"并列的。旧题贾岛所撰的《二南密旨》提出的"诗有三格"，其中就包括"情格""意格""事格"。唐代《本事诗》分七个部分，其中两部分别是"情感"和"事感"。叶燮《原诗》则云："于以发为文章、形为诗赋，其道万千余，得以三语蔽之：曰理，曰事，曰情，不出乎此而已。"也许"诗言志"的理念确实对

---

① 参见《翁方纲诗学研究》，第 150 页。

古代诗学有着高屋建瓴的影响，但从未消解诗人对"事"的思索。诗论家们在许多场合都显露了对"事"的热情。《本事诗·序目》虽有"诗者，情动于中而形于言"的传统论调，随即又说"触事兴咏，尤所钟情"①，由具体的事引发的诗，最是凝聚着深刻的情感，由此引发写作此书的目的："不有发挥，孰明厥义？"因而有必要对那些"事"有所解释和发挥。"事"的重要，可见一斑。更不用说"缘事而发""歌诗合为事而作""诗史""善陈时事"等诗歌史上影响颇深的提法。

对事境的强调，也并非明清才有。前人早已看到诗歌中事件情境的重要性，只是表述中未必使用"事境"的表述。钟嵘《诗品序》中曾提及引发诗歌创作的各种因素：

> 至于楚臣去境，汉妾辞宫。或骨横朔野，魂逐飞蓬。或负戈外戍，杀气雄边。塞客衣单，孀闺泪尽。或士有解佩出朝，一去忘反。女有扬蛾入宠，再盼倾国。凡斯种种，感荡心灵，非陈诗何以展其义？非长歌何以骋其情？

这些内容，都可以说是某种类型的事境，故董乃斌先生将这段表述总结为"事感说"②。宋代则有"事贵详，情贵隐"的观点。魏泰《临汉隐居诗话》：

> 诗者述事以寄情，事贵详，情贵隐，及乎感会于心，则情见于词，此所以入人深也。如将盛气直述，更无余味，则感人也浅，乌能使其不知手舞足蹈；又况能厚人伦，美教化，动天地，感鬼神乎？③

---

① 孟棨：《本事诗·序目》，《历代诗话续编》，中华书局1983年版，第2页。
② 董乃斌：《古典诗词研究的叙事视角》，《文学评论》2010年第1期。
③ 魏泰：《临汉隐居诗话》，《历代诗话》，中华书局1981年版，第322页。

要实现诗歌的感人，需要以事来承载情感。理想的做法，是"述事以寄情"，将情感隐含在诗中，让人"缘事以审情"①，才能感人至深。魏泰虽未使用"事境"一词，但这一论断反映了古人作诗的一种倾向，即充分凸显"述事"在诗歌中的作用，力求将读者带入事境之中，使人"感会于心"。

明清时期对"事"的认识则更为深入。除了翁方纲、方东树等注重"事境"的学者，即便一些看重抒情的诗论家，也无法忽视"事"对于诗歌的重要性。王夫之主张"情景交融"，但在对诗歌的具体分析中，却也有"情、景、事合成一片，无不奇丽绝世"的判断②。又如推崇比兴的陈沆，也有"俾情与事附，则志随词显"③ 等观点。

古人对诗中之"事"的思考成果其实相当丰富。近年来抒情诗学的大行其道，在一定程度上遮蔽了古典诗歌关于"事"的这条传统脉络。现代学术中的"抒情""叙事"等提法，又往往有浓厚的西学影响，假如未经仔细辨析便用于衡量古代诗歌和诗论，容易出现许多问题。比如，从西方的叙事理念来看，中国古代诗歌叙事性并不发达。但若从古典诗学对"事"的理解来看，古人何曾忽视过"事"的意义？古代诗歌又何曾缺少叙事性？中国古典诗学不过是拥有不同于西方的另一种"叙事"罢了。

在中国古人眼中，"叙事"不等于讲故事、说过程，而"事境"也明显不等同于"事件"。"事件"不过是一件特定的事情，有头有尾有过程。"事境"远比"事件"复杂。其所提及的"事"，指的是事实性的存在。其内涵和外延都相当泛化，既包含"事件"，也包含

---

① 魏泰：《临汉隐居诗话》，《历代诗话》，中华书局1981年版，第322页。
② 王夫之：《唐诗评选》卷1，岑参《青门歌送东台张判官》评语，《船山全书》，岳麓书社1999年版，第14册，第902页。
③ 陈沆：《诗比兴笺》卷2，庾信《咏怀二十七首》笺释，上海古籍出版社1981年版，第89页。

非"事件"的许多其他内容。而"境"强调立体、多层次、复合的空间。当"事"与"境"相结合，其所指涉的就是特定的事实性的时空，是诗人当下所遇、所为、所知、所感的总和。

当我们面对古典诗歌注重纪实与叙事的这条传统时，我们应当拥有与"意境"不同的另一套阐释工具。这套阐释工具应该是与古典诗学相契合的。与其生搬硬套一个异域的概念，抑或生造一个未必恰当的新概念，倒不如合理利用那些既有的概念。"意境"原本就脱胎于古典诗学资源，既然如此，同样从古典诗学中孕育而出的"事境"，理应能在现代学术视野中焕发新的生机。在此基础上回思"事境说"，可以更清楚地发现其价值所在。"事境"适合于分析这样一类诗歌，它们注重对现实境遇的呈现，能够给人以具体真实、亲切可感的印象，有利于还原诗人当时所处的整体情境，让人从具体的情境中去体会作者的所思所感。"事境"可与"意境"并行，作为诗境的两种类型，分别展示古典诗歌多方面的面貌和成就。许多无法用"意境"解释的诗歌现象，可以从"事境"的视角得到解决。

当然，将"事境"引入诗学研究，并非一朝一夕之事。两方面基础工作是必需的：一方面，须对古典诗学中关于"事境"的论说做系统的梳理，从中发掘"事境"的历史内涵，这正是本文努力的目标之一；另一方面，须从具体的作家作品出发，探寻"事境"在古典诗歌中的阐释效力。二者结合，互动互促，是为建构"事境"阐释体系的基石。而欲建构"事境"体系，至少需在如下三个环节做出努力：

第一，应给"事境"以恰当的定义，这是首要的一步。定义既要符合古典诗歌发展的实际，又要具备现代学理的规范性。基于对古典诗学与古典诗歌的双重考察，"事境"可初步定义为：古典诗歌所创造的一种诗境；它包含着鲜明的事的因素，基于某一时刻、某一地点的特殊情境而产生，包括了背景、境遇、见闻、事件过程乃至诗人的所思所感等多种内容；它强调对现实存在的各种要素的具体呈现。随着研究的深入，"事境"的定义还将进一步修正和完善。

第二，应为"事境"的运用探寻一套可践行的方法。想要援用"事境"对诗歌进行分析，必然要找到一条可反复操作并具有阐释效力的路径。"事境"作为一种诗境，是由诗人创造出来的。诗人在创造过程中需要使用相应的素材，对这些素材的选择和处理，是构成不同"事境"的关键所在。为此，我们可以引入另一个概念——"事象"，以与"事境"相配合。之所以选择这一概念，并非出自对于"意象"一词的仿制，而出自学理上的考虑。古典诗歌在表现"事"时，很少采用完整而详细的叙述，多以片段的形式出现，体现为对事的要素的提取和捕捉，并且在诗性提炼后呈现出许多"象"的形象性特点。但这类"象"与"意象"又是不同的，它们凝聚着"事"的要素，可以呈现动态的、历时的行为和现象。因此，以"事象"来指称这类诗歌的表现形态，有其合理性和便利性。诗人通过对不同"事象"的选择、组合、表现，形成"事境"。因此，对诗歌"事境"的深入剖析，可以通过对"事象"的考察得以实现。

第三，在明确定义、探寻方法之外，还应当确立以"事境"为中心的审美评价体系。对诗歌的认识和评价应当是多元的。从"意境"角度进入诗歌，可以产生以之为基础的审美评价，而从"事境"角度进入诗歌，自然也应有与之相应的审美理想和评价标准。诗人们追求的是怎样的"事境"？何种"事境"是好的"事境"？这些问题应在"事境"研究中得到相应回答。若能以"事境"为核心，充分开掘古典诗学中一些颇为常见、却未曾被理论化的术语，建构一套以"事境"为中心的评价体系，才能真正为认识古代诗歌提供一个全新的视角。

定义、方法、评价，若能将这几方面问题贯通处理，当可获得

"事境"的现代再生。

诚然，以古典诗学中的"事境说"为基础，进而实现"事境说"的现代学术建构，并非一个轻松的工作，恐怕也无法在短期内完成。然而"事境说"所拥有的学术潜力，定会为古典诗歌研究带来良性的影响；对于打破"意境"过度滥用的局面、重拾古典诗歌纪实叙事的发展脉络，也必能有所贡献。

（原文发表于《上海大学学报》2015 年第 1 期，略有删改）

宋元话本小说"酒楼茶肆"叙事简论

袁苗苗[*]

两宋商业贸易的发达带来了繁华的城市生活，催生了市民阶层的崛起。酒楼茶肆的大量出现成为都市文化最具有代表性的产物，更是千姿百态的市民生活的见证。大量的市井故事在这里上演，酒楼茶肆作为宋代社会的一个微缩模型，自然而然地成为宋元话本小说中最重要的叙事空间之一，提供了解读宋代市民阶层情感性格的一把钥匙。

一　酒楼茶肆叙事的日常性

如果将《宋四公大闹禁魂张》[①]以宋四公等盗贼为线索，将故事情节和空间做简单罗列，会发现酒楼茶肆既可以是关键情节的发生地，也可能只是作者随口一提，与主干情节并无太大关系。似乎离开了这个空间，小说人物的活动便无处安放。相比于唐代小说更多地注重宅第、客店等空间，酒楼茶肆融入宋元话本小说叙事的各种细节处，成为宋元

＊　袁苗苗，女，北京大学中文系 2016 级硕士。
①　本文所引宋元话本均出自程毅中编《宋元小说家话本集》，齐鲁书社 2000 年版。限于篇幅，下不出注。

话本小说在空间上的一大发现。绿天馆主人《古今小说序》中指出："大抵唐人选言，入乎文心；宋人通俗，谐于里耳。"程毅中先生对此有所辩正，认为宋元话本更重要的特色在于贴近生活，描摹逼真①。宋元话本力求描摹生活的真实面貌，以这样的小说观念来解读宋元话本中的酒楼茶肆叙事，就会发现它突出具有日常性的特征。所谓日常性，即以日常生活的本来面貌作为描写对象，注重对日常琐事和细节的刻画。酒楼茶肆作为日常空间而得到话本的关注，又反过来促进了话本叙事的日常性。

在宋元话本中，酒楼茶肆或是作为一种日常营生方式被描写的，商人成了首先被选择的人物形象。《金鳗记》和《错认尸》中都提到了普通市民主营或者兼营酒家的身份。《山亭儿》通过茶博士偷钱被开除的日常小事，塑造了重利轻义的茶坊主人和依附于商业的茶博士两类人物。再看《杨温拦路虎传》，小说无意写杨玉对茶坊的经营和获得的财富，却着重刻画了杨玉与商业活动不相干的日常生活。写他在与杨温切磋时不愿胜之不武；写他看到杨温选好棍棒之后暗暗喝彩；写他希望杨温使出真本事打中他一棍。在细腻的心理描写中，展现的是一个普通市民的兴趣爱好和爽快性子，并不见作为商人的特殊之处。如果将万三员外和杨玉与唐五代小说中的商人进行对照，其形象的日常性便十分明显。典型的唐代商人形象往往充满宗教色彩和异域特色，或有发迹变泰的传奇经历。而宋元话本中的商人形象则"正常"了许多，行动不出家长里短的范围。当杨玉离开茶坊前往北侃旧庄时，小说逐渐揭示了他作为强盗的另一重身份。北侃旧庄的杨玉和茶坊中的杨玉体现了商人的双重行为，作者将日常性的行为放置到茶坊中，就有其在叙事空间上的考量了。酒楼茶肆叙事的日常性在这里

---

① 程毅中：《宋元小说研究》，江苏古籍出版社 1998 年版，第 414 页。

体现为传奇性的减弱，不再刻意追求小说的浪漫色彩。

其次，酒楼茶肆叙事或是作为一种日常消遣被描写的。《郑节使立功神臂弓》写几个员外到郊外酒店赏春团社，不料偏有落魄户夏扯驴前来敲诈。此一则酒楼茶肆叙事与文人士大夫的宴饮大有不同。同样的环境、同样的事件，却充满滑稽打趣的味道。夏扯驴娴熟的敲诈功夫更是市井大俗，胸有成竹的样子又与张小员外的暗暗叫苦形成对照，引人发笑。此处酒楼茶肆叙事的日常性体现为非诗意化的叙事情调，不是吟诗作对的精神性消遣，而是市井纯粹的物质性享乐。《俞仲举题诗遇上皇》写丰乐楼富丽奢华，真是一个"好富贵去处"，以称赞和欣羡的口吻表达了对物质性享乐的肯定和追求。《赵旭遇仁宗传》中，作为"京师酒肆之甲"的樊楼甚至吸引了来自皇宫大内的赵家天子，以皇帝的视角凸显了樊楼的富丽堂皇。小说中仁宗瞧见茶坊，就有了"可吃杯茶去"的消费欲望，等赵旭不着便吩咐茶博士"再点茶来"，同赵旭对话时说的是"着人送你同去投他，讨了名分，叫你发迹如何"，一个深居宫中的皇帝竟然对市井用语如此熟悉，说着市民说的话，吃着市民吃的酒食。此处，酒楼茶肆叙事的日常性则体现为对崇高事物的祛魅。将高高在上的皇帝同化为芸芸众生，皇帝权威消解，具有日常的喜怒哀乐和欲望，完成了市民对统治阶层的想象性建构。

再次，酒楼茶肆叙事可以说是被作为一种日常情感进行描写的。日常情感即去除了道德外壳的情感，是本真欲望的流露，以情欲为代表。且看《闹樊楼多情周胜仙》，周胜仙对范二郎一见钟情，便通过卖水人作为中介向范二郎说明自己的情况。"我是不曾嫁的女孩儿"是说"你可以追求我"；"你待算我喉咙，却恨我爹爹不在家里。我爹若在家，与你打官司"，表面上是斥责卖水人，潜意思却是说"趁着我爹爹不在家，可以私会"；得到范二郎的回应后，又以"你敢随我去"发出邀请,简直是赤裸裸的挑逗。在这篇话本中,酒楼茶肆叙事的日常性毋宁说是一种情感的真实性。酒楼茶肆中传统士大夫的道德约束力减弱,代之以市民的价值评判标准,往往成为欲望滋长的场所。不同于深闺中"父母之言"的待嫁故事,体现了自由追求爱情、男女相对平等的婚姻关系。女性不再是被动的被选择者,而是可以直接坦露情感。在茶肆里,范二郎和周胜仙跟随内心的欲望发出和回应爱情的信号。而当空间转换到闺房中,周胜仙便为父母之言所束缚,不再拥有自主追求爱情的权利。酒楼茶肆叙事里的欲望,既可能是富于抗争精神的,也可能是非法的、黑暗的。酒楼茶肆可以成为掩人耳目的幌子,将骗子和强盗伪装成正当行业的从业者,便于灵活地掌握街谈巷议的小道消息。《杨温拦路虎传》里的茶坊主人杨玉实际是剪径的强人,时刻留意过往客人中是否"有买卖"。《宋四大闹禁魂张》里宋四公经营小茶坊目的也在于此。《简帖和尚》则讲述了非法的情欲在茶肆中滋长并最终演变为犯罪的故事。一个淫僧对一个有夫之妇产生了情欲,这自然是非法的。洪大官人没有以道德和佛理克制情感,反而由情欲生出恶心。他伪装成在茶肆等人,利用赶趁的僧儿探听皇甫殿直家中的情况,从而策划了拆散他人家庭的阴谋。

二　酒楼茶肆叙事的公共性

　　如果说酒楼茶肆叙事关注了普通市民的日常生活和情感,在内容上带有日常性的倾向,那么在另一方面,它又同时呈现出了公共性的特征。所谓"公共",汉娜·阿伦特认为首先意味着任何在公共场合出现的东西能被所有人看到和听到，有最大限度的公开性①。"公共"同时表明，接受公众关心的事务意味着足够的分量。哈贝马斯将"公共领域"表述为一种对话性的空间，在共享性的空间中以面对面为交流形式的实现。

酒楼茶肆叙事的公共性特征是建立在其社会现实的基础之上的。作为宋代城市中最普遍的公共空间形式，酒楼茶肆还是商业买卖、文化娱乐与社会交往的重要场所。在小说里，它成为城市里家庭、谋生地点之外最重要的第三场所，容纳了前两个场所之外的绝大部分行为、情感和时间，是城市里的剩余空间，从腰缠万贯的员外到寒酸穷苦的破落户都被悉数纳入其中。宋代酒楼茶肆由此具有搭建社会关系的功能，是勾连社会不同阶层的中介，实现社会阶层的互动。它同时满足了"为公众所听到、看到"和"对话性"的空间要求，因而为叙事的公共性提供了天然的条件。

从"为公众所听到、看到"的角度出发，酒楼茶肆叙事的公共性体现在城市中各种信息的自由交流，和由此构成的叙事动力。酒肆茶坊提供重要信息而最终改变个人命运的例子在宋元话本中十分常见，常常成为小说叙事的转折点。《杨温拦路虎传》中的杨温在茶坊中得到茶博士的招待，教导他可以向茶坊主人唱喏求助，从而有了三贯钱作为回家的盘缠。此是第一则有用消息。接着杨温通过杨玉得知东岳帝生辰时会有擂台赛，赢了有一千贯利物，由此主动提出要去应战。此是第二则有用消息。紧随其后，马都头来茶肆寻访杨玉，与杨温交手后甘拜下风，将杨温的厉害散播出去，使他得以入社参赛，此乃第三则有用消息。茶肆不断地以新信息推动小说的发展，空间的公共性

---

① ［美］汉娜·阿伦特：《人的境况》，王寅丽译，上海人民出版社 2009 年版，第 32 页。

成为小说叙事的有机动力。再则，酒肆茶坊叙事的公共性体现在，它往往将个人的私事演变为公共事件，体现了市民阶层对他人生活的参与，成了市民凸显城市主体意识的舞台。《闹樊楼多情周胜仙》一篇，范二郎慌乱中不慎将周胜仙砸死，一时之间观者如堵，先是有人去报告官府前来捉拿，后来又一致同意让周胜仙爹爹前来认尸后再作商议，在事情的发展过程中起着重要的作用。市民以一种主人公的姿态介入城市发生的事情中，市民舆论也对个体生活、官府力量起到了制约的作用。

文学叙事的公共性更重要地意味着，它是涉及国家政治、历史的文学叙事，它对时代、对阶级、对民族作出回应，而不仅仅局限于个人生活的意义。《赵旭遇仁宗传》是极富典型意义的作品。这则茶肆叙事是围绕赵旭和宋仁宗展开的，但展现的却绝不仅仅是一个士人"发迹变泰"的故事，而是两个社会阶级的"交流"。一方面它体现了市民阶层对统治阶层的向往心态——赵旭从此脱离了市民阶层，上升至统治阶层。按照宋代任免官员的制度，这在现实中几乎是不可能的，只能是补偿性的民间想象。另一方面，这则故事也可以看作市民对统治阶层的胜利：在皇宫里，未中举的赵旭作为市民阶层的代表，只能对皇帝唯命是从；而在茶坊里，微服私访的赵大官人为了遇见赵旭，几次寻找不着还要"且再坐一会，再点茶来"，十分耐心地等候，并最终修正了自己先前过于偏激的人事任免。可见在茶坊叙事中，市民是占据着事情发展的主导力量的。皇帝必须按着市民的想法"说话行动"，体现市民的价值判断和情感愿望，完成了民间对统治阶层的想象。而在另一则小说《宋四公大闹禁魂张》中，市民阶层甚至还在茶肆挑战和戏弄统治阶层。赵正以迷药将负责追捕自己的马观察迷晕在茶肆中，还剪下一半衫裰作为战利品。小说中赵正丝毫不畏惧官吏，反倒为自己盗窃的高妙手法得意扬扬，有意要显露名声。而马观察听得赵正的大名，"脊背汗流"，反倒怕起他来。说话人对赵正的行为讲述采用的是戏谑甚至带着称赞的口吻，小说中屡次通过官员的口吻夸赞赵正和宋四公"直恁地手高"，而并不将统治阶层制定的社会秩序放在眼里。酒楼茶肆叙事上是对城市政治性空间、宗教性空间和私人性空间的补充，在矛盾冲突中体现市民阶层的道德观念和愿望诉求，初步显示了市民阶层的力量与影响，集中地显示了民间和庙堂互动的愿望。市民难以进入皇宫大内，于是小说选择让皇帝走入酒楼茶肆来。市民与统治阶层的相遇充满了传奇色彩，又由于酒楼茶肆的社会功能而天然地具有了可信度。在互动的过程中，小说表现了市民既向往、畏惧又挑战统治阶层的心理，充分反映了酒楼茶肆叙事的民间色彩。

　　除却以上的互动，酒楼茶肆的公共性还在于它超越个人的喜怒哀乐，表达公共性的情感。宋元话本关于东京和临安酒楼茶肆的描写，同时还是地域文化的再现。尤其是樊楼，已经超越了日常的物质性享受而上升为繁华盛世的见证，成为南宋追忆北宋故国的象征物。《燕山逢故人郑意娘传》一篇，胡士莹认为"《醉翁谈录》烟粉类有《灰骨匣》名目，当即此故事"，但将其简单理解为坚贞女子负心汉的"烟粉故事"，恐怕是有失偏颇的。郑意娘坚守的不仅是爱情和妇道，更是不为异族所辱的民族气节。作者要表达的并不是一个妇女的悲惨经历，而是熔铸了作为"遗民"的沉痛心理。因靖康之乱而流落燕山的杨思温睹见秦楼"便似东京白樊楼一般"，酒楼里雇用的过卖又仍是东京酒楼的过卖，国破家亡的遗民心态油然而生。将杨思温与郑意娘的相遇安排在颇似樊楼的秦楼，既有追悼繁华逝去的感伤，也有对"故人"郑意娘的同情和赞扬。秦楼这一空间的内在意蕴与故事内容紧密结合，完整呈现出小说的主题。酒楼中个人的悲欢际遇成了民族创伤的缩影，在更大的范围内引起公众的共鸣。《碾玉观音》里穿插了一个游离于主要情节之外的细节，写抗金名将刘锜"时常到村店中吃酒。店中人不识刘两府，欢呼罗唣"。小说用村中酒店拉近了刘锜与普通群众的距离，表达对刘锜的亲切感情。而在对抗击金兵将领刘锜的爱戴背后，又隐藏着特定时代背景下朴实的爱国情怀与民族意识。话本讲述的是日常性的喝酒，但表达的却是公共性的民族情感。

三 酒楼茶肆的空间叙事意义

酒楼茶肆不只是小说人物活动的空间背景，它还具有丰富的叙事学意义。在小说的叙事结构上，酒楼茶肆通常具有黏合人物、汇集叙事线索、转换叙事节奏、收束上一事件同时开启新事件等功能。此外，酒楼茶肆还通过门、窗、帘幕与街道、住宅等空间相分割和结合，共同为小说的发展提供叙事动力。

酒楼茶肆黏合人物的叙事功能，多是通过"赶趁人"和茶博士、酒博士来具体实现的。"赶趁人"是酒楼茶肆中重要的谋生者。他们或是依傍酒肆茶坊做边角生意，或是混迹于客人间求名干谒；既是对酒楼茶肆服务的补充，同时也是另一种市民生活形态，在小说中承担不可或缺的角色。上文所论周胜仙与范二郎相遇的一段，周胜仙与卖水赶趁人的矛盾，范二郎与卖水赶趁人的矛盾，实际上是统摄于周胜仙与范二郎的矛盾中。周胜仙一语双关，语表是面向卖水人而说的，语里却是面向范二郎和读者的。但如果没有语表作为桥梁，语里便无从谈起。再看《简帖和尚》，洪大官人在巷口茶肆中叫住赶趁卖鹌鹑馉饳儿的僧儿，令他将简帖送到皇甫家中。皇甫殿直大怒下寻到茶坊里来，虽然寻洪大官人不得，但实际上已经搭建起了洪大官人与皇甫殷直一家的潜在联系。还有《金鳗记》一篇，庆奴与张彬杀人后出逃在外，迫于生计在镇江店中唱曲儿赶趁。正是赶趁人的身份令庆奴得以在酒店中和周三相遇，旧情复燃。又正是在另一个赶趁的日子里，庆奴与李子由家中当值的相遇，接续上此前杀人的情节，才终于了结了身上背负的命案。茶酒博士小说中往往还起着转移叙事空间的功能。宋代茶酒博士不仅负责在店中点茶倒酒，同时还要帮客人走出酒肆茶坊去请人。《张主管至诚脱奇祸》一篇，正走在路上的张主管便是被酒博士叫住，请到酒楼里去的。故事由此进入双人镜头。叙事空间从张员外家的巷口转入酒肆，叙事节奏由被"那喝的人大踏步赶将来"的快节奏转入张胜与小夫人一问一答、自叙经历的慢节奏。人物黏合和叙事空间转移总是意味着故事情节的转折，收束前文的情节，开启新的事件和矛盾。

宋代酒楼茶肆的内在空间结构与前代相比又有所不同，空间的结构影响着人物活动的方式和矛盾冲突的方式，小说中的酒楼茶肆叙事便依傍其内部空间结构的特点而展开。要言之，酒楼茶肆的空间结构特点主要有三个：一曰分割，二曰开放，三曰个性化。

其一，酒楼茶肆空间的分割特点。宋代城市突破厢坊制，酒楼茶肆散布于大街小巷，与居民区相杂。商业区与居民区的混杂带来了酒楼茶肆新的空间形态，即前店后宅。店面与住宅依靠帘子和墙壁分割，形成前后截然不同的两个小空间。处于两个空间里的人物互相对立，为矛盾冲突蓄势。且看《山亭儿》，万三员外躲在茶坊布帘后静观陶铁僧偷钱，再"慢腾腾地掀开布帘出来"，质问陶铁僧将钱财藏到何处。这段情节的发展是以茶肆的空间结构为前提的。布帘分割了茶肆空间，但不完全隔断。布帘前的柜台以陶铁僧为中心，是被窥伺的空间，是动态的、正在进行的空间；布帘后的住家以万员外为中心，是窥伺者的空间，是相对静止的、掌握事态发展主动权的空间。

在"看与被看"中，矛盾逐渐酝酿成熟。待万员外掀起布帘，两个空间便实现了连通，窥伺与被窥伺的关系消失，矛盾冲突明朗化。另有《宋四公大闹禁魂张》一例，众做公的在宋四公家的茶坊喝茶时，宋四公在里间摸清情况后乔装打扮成茶博士外出买粥，从而顺利从被围堵的处境中逃脱。住宅是属于茶坊主人的私密空间，将茶客隔绝在外，限制了"众做公的"视角，也限制了从"众做公的"视角出发的读者的视角，形成了叙事悬念。而宋四公听凭声音和"悄地打一望"掌握了店面空间的情况，才能及时做出应对。没有隔断则没有叙事包袱，没有连通则难以解决矛盾冲突。茶肆叙事主要通过"前店后宅"来构建矛盾冲突，酒肆叙事则更多利用"阁儿"的空间特点。宋代酒楼的阁儿提供给上等宾客，关上门来是客人的私密空间，打开门来又是公共空间。《俞仲举题诗遇上皇》中俞良进入丰乐楼阁儿后向酒保借了笔墨来写题壁诗，写完心中酸楚几欲跳湖，幸而被酒保从窗眼中瞧见，及时拦住。酒保没有俞良的吩咐不得随意进入阁儿，因此俞良才能违反酒楼规定，在墙上作诗却不被阻拦，完成整篇小说最为关键的一环。关上门来，阁儿里尽是失意的苦楚，与阁儿外丰乐楼里的靡靡富贵形成对照，充满了主人公的主观色彩。打开门来，阁儿又迅速地融入丰乐楼的大空间，俞良才能为酒保所救，故事得以继续。

其二，酒楼茶肆空间的开放性。酒楼茶肆既是独立的空间，又因为具有开放性而与街道、闺房等空间产生互动，构成小说叙事的动力。《碾玉观音》中崔待诏在酒肆喝酒时听到了街上有人在报说火灾，慌忙下楼来。街上的动静"闯入"酒肆，打破酒肆空间原有的稳定状态，生发新的叙事点，诱导崔待诏急忙离开酒肆，推动故事向下一个情节进展。《杨温拦路虎传》亦是如此。"那杨三官人得员外三贯钱，将梨花袋子袋着了这钱，却待要辞了杨员外与茶博士，忽然远远地看见一伙人……滴滴答答走到茶坊前过，一直奔上岳庙中去朝岳帝生辰"。小说写到杨温得了回家的钱财就告一段落了。如何引出新的事件催促叙事继续进行呢？杨温与杨玉初相识，杨玉只把杨温当作普通的流浪者，所以不会无缘无故地聊起东岳庙岳帝生辰的事情。茶博士尚不知道杨温有使棍棒的本事，也不可能为他谋划上东岳庙去打擂台赛。这就需要新的信息补入，通过街道空间影响茶肆空间，一波未平一波又起，使故事的转折自然合理，叙事流畅而无突兀之感。《赵旭遇仁宗传》中，"王正盛夏，天道炎热。仁宗手执一把月样白梨玉柄扇，倚着栏杆看街。将扇柄敲楹，不觉失手，堕扇楼下。急下去寻时，无有"。掉落的扇子正好砸到了赵旭，为这个传奇故事再添一重巧合，也加强了赵旭的功名富贵是命里注定的色彩。

其三，酒楼茶肆空间的个性化。宋代题壁成风，酒楼茶肆正是市民尤其是市井文人最喜爱的题壁场所，因而也就带有了浓厚的个性化色彩。一旦将自己的作品书写于墙上，借助酒楼茶肆的公共性，便可以广为人知，获得名气。而酒楼和茶肆因为保存了题壁，这个空间便烙印上书写者的印记，固化为他的"分身"，成为小说叙事的重要线索。《赵旭遇仁宗传》和《俞仲举题诗遇上皇》都是典型的例子。赵旭作词于茶肆的粉壁上，仁宗皇帝微服私访到了赵旭题词的茶坊，便进入了带有赵旭个性化色彩的空间里，空间复活了赵旭的形象，即使他当时并不在场，但皇帝已经实现了与赵旭的第一次"相遇"。而《燕山逢故人郑意娘》一篇也将酒楼题词运用得十分巧妙。杨思温再次来到秦楼，抬头看见了韩思厚题在墙上的《御街行》和小序。韩思厚的题词一来是表达了对靖康逃难、夫妻生死离别的哀恸，二来也为杨思温提供了嫂嫂已经忘去的信息，三来还促使杨思温到驿馆下榻处寻找哥哥韩思厚。酒楼空间已经不只是空间，某种意义上成了本篇小说叙事中的"物象"。

四　结语

　　酒楼茶肆是市井文化的缩影，代表着与传统士大夫截然不同的空间，折射着宋代市民心态。宋元话本小说中，酒楼茶肆叙事体现了市民的物质享乐和消遣心态，是对传统道德的突破和对人情感欲望的肯定。它是对唐代小说"传奇性"的反驳，在描摹逼真的现实手法中体现独特的艺术价值。更为重要的是，酒楼茶肆叙事注重于日常性，又能实现对日常性的超越，具备公共性的特征。在注重本真个体的同时，保持了对时代、家国的关注，在更广泛的意义上实现说话人与听者、读者的共鸣，使酒楼茶肆空间具有了更宏大的感情容量，在更高层次上完成了宋元话本的"写实"特征。通过酒楼茶肆叙事展现出的这种充分根植于现实生活、面向现实社会的艺术趋向，深刻地影响了后世明清小说的创作，不可轻忽。而从叙事学意义入手分析，酒楼茶肆又具有黏合人物与叙事线索、分割空间以酝酿矛盾、开放空间以形成新的叙事动力、被赋予个性化而成为叙事物件等不同向度的意义。宋小说已经注意到了利用空间特点形成叙事动力，但这一手法是否是有意识的运用，它对明清小说的空间化叙事有没有影响，都可以进一步探讨。

论元明杂剧对前代"文学事件"的
阐释和演绎

王琰琰*

宇文所安在《追忆——中国古典文学中的往事再现》一书中指出:"如果说,在西方传统里,人们的注意力集中在意义和真实上,那么,在中国传统里,与它们大致相等的,是往事所起的作用和拥有的力量。"①在传统的诗文中是如此,在戏剧创作中也是如此,我们总是能看到一些"往事"、一些母题的重复出现。如果说传统文人的追思追忆更多地局限在正统诗文笔记的范围之内,其影响也局限在文人阶层内部的话,杂剧兴起之后,这种种追慕、审视又有了新的视角和内容,其影响也通过戏曲的传播遍及村氓野老,愚妇愚夫。

本文拟探讨元明杂剧对前代"文学事件"的阐释和演绎。所谓"文学事件",在笔者的定义中,首先是要与中国文学史上的名著名篇的创作密切相关,其次是一种文人活动或文学创作的情境,最后是作为一种原型和经典得到后世文人的不断模仿、描绘、追思,体现了中国文化和文学中的相互追慕、"往事再现"的特色和传统。以这样的

---

　　* 王琰琰,女,北京大学中文系 2006 届硕士毕业,现在国家新闻出版广电总局工作。
　　① 宇文所安:《追忆——中国古典文学中的往事再现》,郑学勤译,生活·读书·新知三联书店 2004 年版,第 2 页。

定义审视现存的元明杂剧，我们可以找到描写王粲登楼、渊明赏菊、兰亭会、游赤壁等"文学事件"的诸多剧作。

一　文学意象的积淀传承：以《王粲登楼》《东篱赏菊》为例①

在漫长的中国文学史中，总有一些文学家的偶然的、个人性的活动通过他们的文学作品为世人所知，又以超越时空的哲理和诗情积淀在民族的情感心理之中成为后人展开审美联想时的原型。杂剧作为一种后起的文体形式，同样参与了这些"文学意象"的积淀和传承过程。

作为文学史上第一篇登楼怀乡之作，王粲的《登楼赋》以深刻的人生体验和卓越的艺术表现，对诗骚以来的传统怀乡母题进行了深入的开拓，其情感结构包含了历代文人士子远游他乡、飘零不遇的典型情绪，对后世怀乡文学情感模式的建构有重要意义。"王粲登楼"也由此成为一个蕴蓄着特定的情感意绪的文学意象，历代以"王粲登楼""仲宣楼"等意象入诗的作品很多，如"自守陈藩榻，尝登王粲楼"，"登楼王粲望，落帽孟嘉情"，"一句黄河千载事，麦城王粲谩登楼"，"戎马相逢更何日，春风回首仲宣楼"等，都是使用王粲登楼的意象来抒写失意他乡的情怀。而以杂剧的形式来表现这一题材和意象的则有元代郑光祖的《醉思乡王粲登楼》。

---

① 两剧分别见王季思主编《全元戏曲》卷 4、卷 8，人民文学出版社 1999 年版，第 486—517、2—32 页。

　　和元杂剧中众多的"遭困遇厄"剧一样,《王粲登楼》描写的是才华出众的士子王粲履遭坎坷、终得显贵的故事,其"万言策诗书夺第一,五言诗作上天梯"的命运转折、"故辱穷交,逼令进取"的情节架构、翁婿之间"瞒杀""傲杀"的误解与和解,以及全剧所表现的怀才不遇、愤世嫉俗的情绪都是元杂剧中常见的。

　　《王粲登楼》剧的第三折是全剧情节和人物情绪的高潮、顶点和转折。此折描写王粲投奔刘表、不得重用、淹留荆州,到好友许达的溪山风月楼中饮酒,抒发心中的一腔愁闷。他登高远望,对秋伤怀①,苦苦思念家乡和老母②,因年华老去、壮志未酬而痛苦不堪③。美丽的异乡沉醉不了漂泊者执着的归心,坎坷不遇的感叹中依然不改恃才傲物的本色④。剧中虽然没有直接引用《登楼赋》中的文句,但是深入理解和再现了其中的怀土思归的强烈愿望、有家难归的深切痛苦、怀才不遇的一己之悲和河清未极的家国之痛等种种情绪和精神。全剧虽然描写的是遭困遇厄、终得富贵的传统主题,但由于对《登楼赋》情感和意境的细致体认和层层展开,对登楼情境的着力表现和精彩刻画而在同类作品之中显得更加沉郁不平、深邃动人,同时也在"王粲登楼"的文学意象的传承史上写下了浓墨重彩的一笔。

　　在中国文学的语境中,菊花与陶渊明可谓二位一体,"采菊东篱

---

　　①　【普天乐】:"楚天秋,山叠翠,对无穷景色,总是伤悲。好叫我动旅怀,难成醉,枉了也壮志如虹英雄辈,都做助江天景物凄其。"

　　②　【红绣鞋】:"眼泪盼秋水长天远际,归心似落霞孤鹜齐飞。则我这襄阳倦客苦思归,我这里凭栏望,母亲那里倚门悲。"

　　③　【斗鹌鹑】:"又不在麇鹿群里,又不入麒麟画里。自死了吐哺周公,枉饿杀采薇伯夷。自洛下飘零到这里,划的无所归栖。(带云)小生当初投奔刘表的意呵,(唱)指望待末尾三梢,越闪的我前程万里。"【满庭芳】:"我如今羞归故里,则为我昂昂而出,因此上怏怏而归。空学成补天才,却无度饥寒计。几曾道展愁舒眉,则被你误了人儒冠布衣,絮煞人淡饭黄齑。有路在青霄内,又被那浮云塞闭,老兄也百忙里寻不见上天梯。"

　　④　【上小楼】:"我怎肯与鸟兽同群,豺狼作伴,儿曹同辈,兀的不屈杀五陵豪气!"【尧民歌】:"真乃是鹤长凫短不能齐,从来着乌鸦彩凤不同栖。挽盐车骐骥陷淤泥,不逢他伯乐不应嘶,只争个迟也么疾。英雄志不灰,有一日登鳌背。"

下，悠然见南山"（《饮酒》其五）仅仅十个字，却因后人的不断诠释、追慕和模仿而成为一个流传久远的文学意象。元稹"秋丛绕舍似陶家，遍绕篱边日渐斜"（《菊花》）以屋庐周围菊丛环绕、酷似陶家而自豪，杜牧"篱东菊径深，折得自孤吟"（《折菊》）描写采摘菊花，孤吟诗句，可以想见其对陶渊明的向往，苏轼"故山今何有？秋雨荒篱菊"（《御史台榆槐竹柏四首·竹》）则是在苦难之时心中响起的"归去来兮"的呼唤①。

元代有许多文人绝意仕途归隐山林，陶渊明东篱赏菊的意象在元代散曲中被反复吟唱，如关汉卿《碧玉箫·失题》、吴弘道《南吕·金字经》等，而杂剧中以此为内容的作品则有元明间无名氏的《陶渊明东篱赏菊》。

该剧描写了躬耕田园、任彭泽令、辞官归隐等陶渊明人生的经典片断，剧中所写陶氏事迹，"皆本晋书本传及陶集所记载"，而又插入《责子》《饮酒》《五柳先生传》《归去来兮辞》等陶渊明的著名篇章，可谓"无一语无来历"。王季烈先生称该剧"通体曲文顺适，其典雅隽永之旨，比《独乐园》虽稍逊一筹，而较之《孟母三移》，则远胜矣。允能称此好题目也"②。剧中第三、四两折描写陶氏弃官归隐之后的闲适生活，而"东篱赏菊"就是这种闲情雅趣的代表。

第三折中，陶渊明与友人共饮菊花酒，畅论菊之妙处："（正末把菊置酒中科，云）你看这砌边黄菊，我采得这一枝，散于酒中。我与颜大人奉一杯，仁兄满饮此杯。（正末唱）【红绣鞋】花也，则为你不与那繁花争媚。花也，则为你不同他桃李争辉。花也，你端的有君子之心淡淡若寒灰，花也，我和你心相爱，我和你似陈、雷。花也，

---

① 参见李剑锋《元前陶渊明接受史》第三编第三章，齐鲁书社 2002 年版，第 272—322 页。

② 王季烈：《孤本元明杂剧提要》，商务印书馆 1971 年版，第 35 页。

我和你意相合鱼共水。【快活三】入药饵费品题。清人目，最当宜。当年甘谷作服食，致令的入圣境，超凡世。"在这些唱词中，我们能够看到陶潜"秋菊有佳色，裛露掇其英。汎此忘忧物，远我遗世情"（《饮酒》二十首第七）的清雅举动，也能够听到他对菊花的"怀此贞秀姿，卓为霜下杰"（《和郭主簿二首》其二）、"酒能祛百虑，菊解制颓龄"（《九日闲居》）① 等品格和佳用的由衷赞叹。剧作第四折中敷衍王弘之"白衣送酒意非轻"②，众人"同赏黄花乐岁登"的场景，陶潜在东篱盛开的菊花之下再次表白了他与花之间"心同胶漆"、融为一体的深情：则他便秉中央正气而生，戊己精华，后土威灵。另巍巍傲露迎霜，独芳孤操，吐萼含英。则你便助诗狂东篱暮景，益仙翁服饵延龄。只因你玉洁冰清，因此与尔同情。则被你牵了我肝肠，引了我魂灵。

剧作者化用陶诗中有关菊花的诗歌来铺展"东篱赏菊"的情景，深得原作意趣，也使得诗人远离世俗、卓然独立的境界在对菊花的咏唱欣赏中显现无遗。东篱赏菊的情景可以称得上是"一从陶令评章后，千古高风说到今"，《东篱赏菊》杂剧虽与众多作品的形式不同，但在风格意境、精神实质上却是相同的，也是这一文学意象的积淀传承中的一环。

从文学史上看，作品和意象的典范地位的确立，在一定程度上应归功于后世读者的模仿、唱和、用典等。作为一种流传广泛的场上表演形式，杂剧中对经典文学意象的重现和铺展对于文学意象经典地位的确立起到了一定的作用。

---

① 袁行霈：《陶渊明集笺注》，中华书局 2003 年版，第 252、148、72 页。
② 萧统《陶渊明传》："尝九月九日出宅边菊丛中坐，久之，满手把菊，忽值弘送酒至，即便就酌，醉而归。"转引自袁行霈《陶渊明集笺注》，中华书局 2003 年版，第 612 页。

二 雅集游赏的搬演再现：以《兰亭会》《赤壁游》为例①

作为文人雅集的代表，王羲之兰亭会式的名士集会在后世有众多仿效者，例如宋代驸马王诜延请苏东坡等人集会于西园，有《西园雅集图》传世。而苏轼著名的赤壁之游不但在中国，甚至在国外历代都有追仿之人。南宋周密曾"偕同志放舟邀凉于三汇之交，远修太白采石、坡仙赤壁数百年故事"（【齐天乐】（清溪数点芙蓉雨）序），我们的邻国日本的文人则是自江户时代起就开始模拟赤壁之游的情景，称为"赤壁会"②。作为文人雅集游赏的典范性事件，兰亭会和赤壁游在历代多被效仿、吟咏，而明代许潮的《泰和记》则将这两件盛事搬演于舞台之上。

吕天成《曲品》称《泰和记》③"每出一事，似剧体，按岁月，选佳事，裁制新异，词调充雅，可谓满志"④。所谓"按岁月，选佳事"，即谱写前人与岁时节令有关的轶闻韵事。其中曲白俱全⑤，

---

① 二剧分别见《盛明杂剧二集》卷4、卷8，民国十四年董氏诵芬室刻本。
② 参见池泽滋子《日本的赤壁会和寿苏会》，上海人民出版社2006年版。
③ 《泰和记》究竟是许潮作品还是杨慎作品，共由多少出短剧组成，学术界向有争论。曾永义先生认为《盛明杂剧》所收《太和记》八种当为许潮原作，杨慎篡改（《明杂剧概论》，第262页），徐子方指出《太和记》一向有杨作和许作两种不同的记载，但自己未下结论（《明杂剧史》，第230页），刘奇玉论证《泰和记》为许作，认为其共由二十四本单折杂剧组成，现存十七本（《许潮及其〈泰和记〉》，《贵州民族学院学报》2003年第1期），张正学认为杨作《太和记》在前，许作《泰和记》在后，《泰和记》由十二出单本短剧组成（《〈泰和记〉与〈太和记〉考辨》，《重庆师院学报》1999年第2期）。
④ （明）吕天成撰，吴书荫校注：《曲品校注》，中华书局1990年版，第308页。
⑤ 《泰和记》没有完整留存，只在《盛明杂剧》《群音类选》等戏曲选集中保留了一些剧作。

并且以"文学事件"为描写内容的作品有《兰亭会》和《赤壁游》。

《兰亭会》写晋代王羲之同友人雅集兰亭,寻古人修禊事,事出《晋书》本传。剧作将《兰亭序》中"群贤毕至,少长咸集","一觞一咏,畅叙幽情"的情境敷衍铺陈为几个环节:首先是王羲之春思无聊①,招友赴兰亭,一路见暮春佳致。所谓"玉骢款款出城阃,绿水平桥花满川","秋千墙内佳人笑,墙外游人驻锦鞯","杏花村里鼓喧阗,摇曳晴风酒幔襄",款步的骏马、佳人的轻笑、招客的酒旗,使得这一片融融春色更加醉人,也衬托出主人公慵懒闲适的春日心情。接着是众人会集兰亭,饮酒开宴,"各说一个上巳故事侑酒",谢安言周公事,愿"莫使周人独擅芳",殷浩言秦昭王事,愿"莫使秦人独擅名",褚裒言石崇事,叹"今日金谷比昔日何如,只落得残日蝉声送客愁",在吊古咏怀中重现了《兰亭序》"后之视今,亦犹今之视昔"的主题。最后是羲之大展才艺,琴棋书画文样样俱佳,众人赞不绝口,奉之为"五绝"。剧本结尾诗曰:"右军潇洒出风尘,会集兰亭赏暮春。曲艺文章俱冠绝,须知东晋有全人。"

该剧描写"文学事件",笔墨酣畅淋漓。原作《兰亭序》旨在表达一种"向之所欣,俯仰之间,已为陈迹,犹不能不以之兴怀,况修短随化,终期于尽"的情怀,既有"人生天地间,忽如远行客"的悲哀,又有"后之览者,亦将有感于斯文"的期待,《兰亭会》则重在一种表现"及时行乐休空废,长安诸妙多风味"的乐趣。无论是春色如酒、佳人蜜酿,还是宾客咸集、咏唱酬和,让读者更多地感受到的

---

① 【一枝花】:"新烟生远峤,旭日鸣叫娇鸟,绿树已藏,鸦红将少。春思悠悠,何处开怀抱,唯有兰亭好。约友趁时,向翠微深处芳樽倒。"

是一种闲适畅快的氛围，尤其增加了羲之大展才艺的情节，更让人神往这位"东晋全人"的飘逸风采和风雅生活。我们或许可以说，《兰亭会》的作者许潮在敷衍兰亭故事的同时，悄悄地将《兰亭序》中的深长感叹置换为了一种对前代文学家的理想人格和风流盛事的追慕和向往，其感情基调也由《兰亭序》中的感慨唏嘘一变为愉快和自豪①。《盛明杂剧》编者沈泰评此剧曰："右军琴棋书画，毕见其奇，十分畅快，觉天地间至此始无缺陷。"

苏轼《自题金山画像》诗云："问汝平生功业，黄州惠州儋州。"当代学者研究认为："苏东坡被贬黄州的四年，是他文艺创作的高峰时期。"②而苏轼游赤壁，做前后《赤壁赋》和《念奴娇·赤壁怀古》则又是黄州四年的最顶点。赤壁之游，随着这些一洗万古的佳篇的流传而成为文学史上一个极重要的事件，也为历代文人神往不已。元代杂剧中有《苏子瞻醉写赤壁赋》，明初无名氏的《四节记》有赤壁一折，许潮《泰和记》中有《赤壁游》，清代杂剧中尚有车江英《游赤壁》一剧敷衍此事。

《赤壁赋》一剧完整地表现了苏轼从被贬到召回的全过程，许潮的《赤壁游》则忽略前因后果，把笔力全部放在赤壁之游上，《赤壁赋》剧中苏轼原作只在第三折被引用照搬，而《赤壁游》则刻意将前后《赤壁赋》的文辞意境融汇在剧作之中，全剧诗情充溢、意境高妙。

如【画眉序】："（生）柔橹荡沧浪，缥缈孤鸿去影茫。喜的是山高月小，水绿萍香。怀故国银汉何方？望美人碧霄之上。（合）一航，

①【折桂令】："（褚）（可正是）文章巨擘，典诰之仪，雅颂之匹。压倒曹刘，陵轶班马，晁董争驰。峰若高山水若深，江山增美，禽改名，树改色，花鸟生辉。誉播华夷，事布东西，一会兰亭，千古芳遗。"
②饶学刚：《苏东坡在黄州》，京华出版社1999年版，第185页。

操向中流放，恍疑是羽化飞扬。"【前腔】："（末）青嶂吐蟾光，云汉澄江一练长。那更凄凄荻韵，脉脉蘅香，对皓彩人在冰壶，溯流光船行天上。"写苏轼等人月夜泛舟赤壁所见胜景和畅快心情，于闲适中见淡淡思绪，似出世而未出世，蕴含着对世事若有若无的寄托，其意境韵致足与苏轼《赤壁赋》相媲美，黄嘉惠评道："写景色似胜《赤壁赋》。"

又如【祝英台】："把古今愁，庙廊闷，聊付与沧浪。（你看江上清风与波间明月呵，只见）风荐新凉，月借清光，若相期侑此壶觞。"【前腔】："豪宕，放形骸秋水长天，凉露湿衣裳。（只见）群鹗空孤鹤横江，月落不堪长往。"化用《赤壁赋》中文句，写众人咏史吊古之后随缘自适、安时处顺的心情，诗人胸襟翛然、境界澄明，已与整个自然融为一体。

与《兰亭会》相同，《赤壁游》也写到了苏轼等人吊古咏怀、相互唱和的情景，以此展开关目。较有新意的是，为凑够三教之数，许潮展开想象的翅膀，将唐代诗人张志和也拉入这场盛游之中，他"朝为黄鹤，夜托渔翁"，因慕苏、黄、佛印"三人殊有仙风道骨，未免托个渔人献鱼，与他清话一番"。他扣舷而歌："秋风清兮秋月明，秋月明兮秋江平，秋江平兮秋航横，秋航横兮秋箫鸣，美人咫尺兮不获见，箫声呜咽兮含情含情。"黄嘉惠评曰："扣船一歌清而逸，女娲炼石足补天缺。"元杂剧《赤壁赋》中陪伴苏轼游玩赤壁的是黄庭坚、佛印二人，《赤壁游》也沿袭了这一虚构，但是与民间故事和元代杂剧中常见的放荡戏谑的苏佛故事不同，《赤壁游》中的黄庭坚和佛印典雅蕴藉，再加上一个飘逸出尘的羽衣张志和，全剧中人人皆雅，正是"这丛谈哪有凡庸参讲"。

《赤壁游》将前后《赤壁赋》的文辞情境融合，但又没有《赤壁赋》中那样直抒胸臆的说理①,一切都止于意犹未尽之处,余韵悠长,写景空灵飘逸,抒情潇洒蕴藉,堪称诗剧。

许潮两剧有一些共同的特点。首先是典雅的风格和诗意的境界,《兰亭会》和《赤壁游》分别将《兰亭序》和《赤壁赋》隐栝于曲辞之中②,读罢顿觉余香满口。两剧写文人雅集,真是"谈笑有鸿儒,往来无白丁",即便是剧中的奴仆,也常常是出口成章,如《兰亭会》中的仆人王才上场云"谢却红英园浅深,舒开绿叶院幽沉。昼长人困无他事,唯有吟诗与操琴",俨然文士。《赤壁游》中苏轼的手下上场云:"云母屏开风阁午,水晶帘控雪堂朝。兔寒枫落秋江冷,欲与蛟龙伴寂寥。"对比《苏子瞻醉写赤壁赋》中艄公的滑稽诨语③,可见人物的身份口吻和场上的冷热调剂已经不再为许潮等明代杂剧作家所重视,而浑然无隙的高雅情致才是他们的追求。文辞雅、人物雅、曲律谐,作者把传统诗论文论中追求的含蓄蕴藉的神韵境界带入了剧本的创作之中。

其次,许潮诸剧常常以众人的吊古咏史来展开情节,这一方面是源自原作中的记载;另一方面是以众人的叠相唱和来支撑本就较为单一平淡的戏剧情节。而笔者认为更重要的是,这种吊古伤今体现了一种对追忆的追忆,一条连接千百年来中国文人内心世界的链索。《兰

---

① 苏子曰:"客亦知夫水与月乎?逝者如斯,而未尝往也;盈虚者如彼,而卒莫消长也。盖将自其变者而观之,而天地曾不能一瞬;自其不变者而观之,则物与我皆无尽也。而又何羡乎?且夫天地之间,物各有主。苟非吾之所有,虽一毫而莫取。唯江上之清风,与山间之明月,耳得之而为声,目遇之而成色。取之无尽,用之不竭。是造物者之无尽藏也,而吾与子之所共适。"(《赤壁赋》)

② 如《兰亭会》中【北调新水令】【驻马听】【沉醉东风】,《赤壁游》中的【画眉序】【黄莺儿】【祝英台】等几支曲子。

③ 《赤壁赋》第三折:"(外扮艄公上嘲歌):'秋风飐飐响重重,乡里阿姐嫁了个村老公。村老公立地似弯弓,存地似弹弓。立地似掬弓,头笼重,脚笼重,两管鼻涕拖一桶,污阿姐如干抹胸。我道村野牛,村野牛,不如早死了,那竹鹧雕空占了画眉笼。阿外,阿外,自家艄公便是。今有苏东坡夜游赤壁,叫俺撑着这只船在此等着。'"

亭会》中众人在吊古咏怀中重现了《兰亭序》"后之视今，亦犹今之视昔"的主题，而《赤壁游》中众人咏叹着"何处觅曹郎""何处觅孙郎""何处觅周郎""何处觅刘郎"也延展了《赤壁赋》中"（孟德）固一世之雄也，而今安在哉"的感叹。宇文所安指出："每一个时代都念念不忘在它以前的、已经成为过去的时代，纵然是后起的时代，也渴望它的后代能记住它，给它以公正的评价，这是文化史上一种常见的现象。如果后起的时代同时又牵涉在对更早时代的回忆中——面向遗物故迹，两者同条共贯，那么，就会出现有趣的叠影。……当我们发现和纪念生活在过去的回忆者时，不难得出这样的结论：通过回忆我们自己也成了回忆的对象，成了值得为后人记起的对象。"[1] 在《兰亭会》《赤壁游》这样的剧作中，我们就看到了这种"有趣的叠影"，王羲之、苏轼在追怀着前人，许潮又在追怀着他们的追怀，时光悄然流走，兰亭、赤壁不改，在永恒的江山面前凭吊唏嘘的时候，中国古代的文人心灵就跨越时间联系在了一起。

最后，两剧的剧中人、剧作者和评论者都显示出对于"文学事件"的自觉意识和津津玩赏。剧中人物往往自负文才、风流自赏，并且对于今日盛事流传后世的意义十分自信。《兰亭会》中的褚裒唱道："誉播华夷，事布东西，一会兰亭，千古芳遗。"《赤壁游》中黄庭坚也颇感自豪地言道："今吾辈俱是诗人词客，正是座上有鸿儒，往来无白丁，此夕之谈，堪入野史。"而沈泰、黄嘉惠等人的评语显示出时人对这些"文学事件"的兴趣盎然的追慕和玩味，如沈泰评《兰亭会》云："羲之既去官，与东土人尽山水之游，弋钓为娱，尝叹曰：'我卒当以乐死。'阅此剧，犹可想见风流。"黄嘉惠评《赤壁游》中

---

① 宇文所安：《追忆——中国古典文学中的往事再现》，郑学勤译，生活·读书·新知三联书店 2004 年版，第 21 页。

众人咏唱三国一段曰："昔人谓少陵为诗史，此处凭吊三分，似撮陈寿之胜，即谓诗史，何愧少陵。"无论是"想见风流"还是"可谓诗史"，可以说是后世文人对前代盛事的"心有戚戚焉"。剧中人物相信自己今日所为"可入野史"，剧外读者面对"野史"追怀感叹。"不觉吟髭笑捻"（《午日吟》黄嘉惠评语）的玩味已经和对诗文的品评没有本质上的区别，都体现出了中国文学中的"往事再现"的巨大力量。

三　余论

以上我们分析了元明杂剧中以"文学事件"为描写对象的作品。可以看出，元代杂剧往往意在表现文学家们曲折的人生经历，"文学事件"只是作为全剧高潮和典型场景出现在剧作的第三、四折（《王粲登楼》《赤壁赋》《东篱赏菊》），而明代杂剧往往花费全力来描摹"文学事件"。其次，在元代杂剧中，"文学事件"的描写往往是人物情绪的顶点，是塑造完整人物形象的不可或缺的组成部分，但是其作为"事件"的流传后世的意义并不被注意和强调，而在明代杂剧中，剧作家们已经有了明确而强烈的重现文学情境、追怀前人风流的意识。但是元明两代的此类剧作都会化用原作的文辞语句，承袭原事的境界氛围，表现出典雅蕴藉、诗意盎然的境界。虽然杂剧的文体样式与传统的诗文很不相同，但是其在文学意象的积淀和传承、文人雅集的追慕和搬演中体现出的中国文学史上的往事再现的精神传统却是一致的。

处于"文学事件"核心的，多是中国文学史上第一流的大家，是中华文化传统和文学传统的创造者、传承者，他们不朽的篇章是一切追忆、模仿的起点，历代文人或追和他们的作品，或追寻他们的足迹，或追慕他们的雅事，或津津乐道他们的逸闻韵事、翩翩风采，不断地溯源而添流，追古而思今，将一条条起源于独特个人的作品、事件、风神、境界的河流不断拓宽，成为中国文人乃至整个中华民族的共同精神财富。元代杂剧作家们站在民间看精英、用经典，明代杂剧作家们以己之心写古人、怀古事。无论是哪种类型，前代文学资源都在他们的杂剧创作中发挥着重要的作用，而中国文学的那些核心人物与事件也在文人和民间这两条各自延展又互相影响的线索中更迭延续、传之久远。

《豆棚闲话》 与话本小说的革新

姜华[*]

继冯梦龙《三言》、凌濛初《二拍》之后，拟话本小说的创作蔚然成风，形成了白话短篇小说的一派繁荣景象。仅在明末清初，就有金木散人的《鼓掌绝尘》、东鲁古狂生的《醉醒石》、华阳散人的《鸳鸯针》、陆人龙的《型世言》、酌元亭主人的《照世杯》、笔炼阁主人的《五色石》《八洞天》等四五十种，而艾衲居士所作的《豆棚闲话》无论从题材、内容还是艺术表现方面看都是其中的佼佼者，并且以别具一格、特色鲜明见长。话本小说发展到清初，比之宋元话本已具有了许多不同的个性特征，呈现出独特的风貌，话本小说的发展进入了一个崭新的阶段。《十二楼》《照世杯》《豆棚闲话》等小说集正是这一发展的力证。本文拟就对《豆棚闲话》的深入分析来探讨清初话本小说的革新局面。

---

* 姜华，女，北京大学中文系 2003 届硕士毕业，现为阿里巴巴文化娱乐集团大优酷事业群副总编辑。

一

　　《豆棚闲话》共收白话短篇小说十二篇，据孙楷第先生的《中国通俗小说书目》著录，其主要版本有：清乾隆辛丑（四十六年，1781）书业堂刊本、乾隆乙卯（六十年，1795）三德堂刊本、嘉庆戊午（三年，1798）宝宁堂刊本和嘉庆乙丑（十年，1805）致和堂刊本，共四种，题"圣水艾衲居士编"，"鸳湖紫髯狂客评"卷首有序，署"天空啸鹤漫题"。

　　根据《闲话》的内容基本上可以推断出它成书于清朝初年、明代亡国后不久。作者艾衲居士的真实姓名和生平事迹已无可考。胡士莹先生认为"或云为范希哲作"①，尚难以定论，天空啸鹤在《闲话》叙中曾有一段关于艾衲居士的描述："有艾衲先生者，当今之韵人，在古曰狂士。七步八叉，真擅万身之才；一短二长，妙通三耳之智。""卖不去一肚诗云子曰，无妨别显神通；算将来许多社弟盟兄，何苦随人鬼诨。况这猢狲队子，断难寻别弄之蛇，兼之狼狈生涯，岂还待守株之兔。"可知艾衲仕途并不得意，空有一肚诗才，只能转而为小说，以抒发其抑郁不平之气。关于此书的成书过程，评者鸳湖紫髯狂客写道："迩当盛夏、谋所以销之者，于是《豆棚闲话》不数日而成，烁石流金，人人雨汗，道人独北窗高枕，挥笔构思。忆一闻，出一见，纵横创辟，议论生风，获心而肌骨俱凉，鲜颐而蕴隆不虚。"② 可

---

　　① 胡士莹：《话本小说概论》，中华书局1980年版，第649页。
　　② （清）艾衲居士：《豆棚闲话》，张敏标点，人民文学出版社1984年版，第142页。

见作者是在较短的时间内根据自己的见闻而创作出这十二则小说的。这十二则小说或辛辣地讽刺，或冷漠地揭露，或善意地嘲笑，或温情地劝诫，无一不透出作者的精神、思想、修养和用心，"无一邪词，无一波说"，每一篇读来都能让人有所触动和恍悟。

（一）妙作翻案文章

明崇祯年间，朝政日非、党争迭起，东北有建州女真边患，内部又民不聊生、怨声四起，明王朝已走到了末路，清代统治者以少数民族而入主中原，在统一全国的过程中，对各种反清势力进行了残酷的镇压，社会生产遭到极大破坏，人民流离失所。清朝建立初年，统治者在政治上借鉴明代统治经验，实行高度集权的封建专制制度。思想文化方面，一面招降纳叛，一面开科取士，以功名利禄笼络知识分子，思想统治尚不很严厉。

这一时期的文人学士，亲身经历了明清易代这一巨大的历史变故，他们的生活和心理都受到深刻影响。眷念故国、不愿屈节事清、悲愤失落成为当时文人较为普遍的心态。他们的作品多为抒愤之作。如陈忱的《水浒后传》就是为了书写其"秉志忠贞，不甘阿附"的胸怀志向，李渔的《十二楼》之《生我楼》卷首亦云："千年劫，偏自我生逢。国破家亡身又辱，不教一事不成空，极恨天公！"艾衲居士虽未在作品中谈及自己的身世遭遇，然而从小说中我们可以很明确地洞见他的思想。《首阳山叔齐变节》是非常典型的例子。历史上的伯夷、叔齐兄弟是以互相让贤、又共同反对武王代纣，最后不食周粟终饿死在首阳山而著称的。孔子赞其为"求仁得仁""隐居以求其志，行义以达其道"。司马迁《史记》以之为"列传第一"，并称他们为"积仁洁行"的"善人"。二人以不食周粟的气节流芳百世，历来成为仁人志士的楷模。艾衲居士却在这则故事中把叔齐写成个投降变节的小人，他意志不坚定，且耐不住饥饿，弃兄下首阳山去向周王朝谋取功名利禄，还说什么"人生世间，所图不过'名''利'二字。我大兄有人称他是圣的、贤的、清的、仁的、隘的，这也不枉了丈夫豪杰。或有人兼着我说，也不过是顺口带契的。若是我趁着他的面皮，随着他的跟脚，即使成得名来，也要做个趁闹帮闲的饿鬼"。并以所谓"古人云：'与其身后享那空名，不若生前一杯热酒。'"来为自己的卑劣行径作开脱。顾公燮的《丹午笔记》叙及这类事时就载录了一首清初的滑稽诗："天开文运举贤良，一阵夷齐下首阳。家里安排新雀顶，腹中打点旧文章。昔年曾耻食周粟，今日翻思吃国粮。岂是一朝顿改节，西山薇蕨已精光。"[①] 王应奎《柳南笔记》记叙清初社会现象时，也载录了"一队夷齐下首阳，几年观望好凄凉"等两首诗，可见，对经典的嘲讽并非艾衲一人的专利，早在元散曲中我们就常常可见文人对权威、经典的戏谑与反讽。明末清初的贾凫西，同样以嬉笑怒骂为能事，在他的"木皮散客鼓词"中连经史中的帝王将相，他都"别有评驳，与儒生不同"。[②] 艾衲居士把翻案文章做到了小说里，而且写得贴切自然，没有牵强突兀之感。

艾衲写这篇小说，显然含有讽刺那些贪生怕死、投降事清的官僚的寓意。这还可以从叔齐与百兽的对话以及叔齐下山后的所见所闻看出来。叔齐说通百兽不要盲目屈守、而应待时而动之后，放心下山，"到一市镇人烟凑集之处，只见人家门首俱供着香花灯烛，门上都写贴'顺民'二字。又见路上行人有骑骡马的，有乘小轿

---

① 独逸窝退士编《笑笑录》也曾引此诗。
② （清）孔尚任：《孔尚任诗文集》，汪蔚林编，中华书局 1962 年版，第 495 页。

的，有挑行李的，意气扬扬……都是要往西方朝见新天子的……纷纷奔走，络绎不绝"。更是写出了一群趋炎附势、骗官骗禄的小人形象。无怪紫髯狂客在末尾评道："把世上假高尚与狗彘行的，委曲波澜，层层写出。"然艾衲居士毕竟又高一筹，他在最后虚设了叔齐的一个梦境，虚构了尊神齐物主的形象，让他点破："众生们见得天下有商周新旧之分，在我视之，一兴一亡，就是人家生的儿子一样，有何分别？譬如春夏之花谢了，便谈秋冬之花开了，只要应着时令，便是不逆天条。"道出作者对历史变迁、朝代兴亡的见解。虽然作者不甘愿做一故国的遗民，也痛恨那些无骨气无节操的小人，但他却能从一个更高的角度理解这一朝代的更替。所以作者又在小说中安排了可以说话、可通人性的百兽。让豺狼虎豹等也参与故事，又安排叔齐与百兽的对话，虚构齐物主来了结恩怨，这些都增加了故事的虚幻性。艾衲居士虽然在这里是把叔齐当作讽刺与揭露的靶子，然意图并非对历史上的叔齐不满，而是借此批判那些没有民族气节、屈节事清的士人。弄清这一点就不难明白紫髯狂客所说的："其中有说尽处，又有余地处"，"必须体贴他幻中之真，真中之幻"了。

第二则《范少伯水葬西施》写的是战国时期范蠡与西施的故事。这更是一篇充满奇思妙想，让人读来颇感瞠目结舌的文章。千古美人西施被作者描绘成没有教养，不守闺范的放荡之妇，说"未室"之时，"就晓得与人说话"，还乱赠"表记"，以致害了相思病。人们心目中所景仰的范大夫在作者笔下成了一个沽名钓誉的卑鄙之徒和心怀叵测的阴谋家。他无比贪婪，"平时做官的时节，处处藏下些金银宝贝"，以为个人日后之计；他之所以助越灭吴，是因为出身于"楚之三户"；他无情无义，极端自私，由于害怕西施把他那"不光不明"的"勾当"泄露出去，而竟至杀人灭口。范蠡、西施被传为千古佳话的爱情故事也被写成居心不良、互相利用。作者如此唐突古人、嘲讽经典，一方面显示了作者的叛逆精神；另一方面也反映了当时社会与资本主义萌芽相适应的初步民主主义思想的新因素。艾衲居士以这种调侃诙谐的方式，写出世道不平、人心叵测，写出那些假清高、真污浊的小人。"收燕苓鸡壅于药裹，化嬉笑怒骂为文章，莽将二十一史掀翻，另数芝麻账目。"① 可见作者深意。

（二）独特的精神风貌

明末其他拟话本主要是继承"三言二拍"现实主义传统的，虽在农村题材、批判科举等方面有所开拓，但在总体上不越"三言二拍"的规范。"二拍"与"三言"相比，说教色彩更重，色情描写增多。明末拟话本正是继承"二拍"而从这两方面加以发展，主流的一面虽严肃面对生活，反映现实，却以劝诫为主旨构思作品，歌颂忠孝节烈教化，揭露贪淫奸恶；另一方面，又有一些作品以写"色""欲"为主，多淫秽描写，反映出明末淫风的炽烈和社会风气的败坏。

艾衲居士生活于明末清初，亲身经历了从明朝的灭亡到清朝的建立这一历史变迁。明朝末年，统治者骄奢淫逸，腐朽糜烂，对百姓大肆掠夺，人民生活十分悲惨。一时间，盗匪群起，社会一片混乱，并最终引起了人民的反抗和斗争。而战争带给人民的又是更加深重的灾难。清初，满族统治者为巩固自己的政权，大肆屠杀异己，并且极力加强中央集权的统治，贫苦百姓在异族的统治下依然没有自由的保障。他们对过去的苦难和在战争中遭受的创伤记忆犹新，而对自己将

---

① 《豆棚闲话》，第143页。

来的命运依旧是一片迷惘。动荡的岁月使小说作者们失落了尊崇迷信"三言""二拍"传统的时代氛围，却获得了放纵个性、展示风格的机会。《豆棚闲话》的创作目的仍然含有劝诫世人之意，在许多篇章中我们都可以看见作者对社会中丑恶、虚假的现象和人物的揭露和鞭笞。然而，《豆棚闲话》既不像《西湖二集》那样在小说的字里行间充溢着一股愤恨之情，彰显着强烈的用世之心，也不似《型世言》那样注重封建伦理道德宣扬，劝忠劝孝，满口婆心，谆谆说教，令人生厌。艾衲居士想劝人向善，但却不刻板严肃，笔调也常常轻松自如。

第九则《渔阳道刘健儿试马》被紫髯狂客称为"一篇饵盗古论"，本篇揭露了"官盗一家""兵匪一体"的社会现实。锦衣卫的"伙长当头"和京营捕盗衙门的"番子"们，所谓"捕盗""拿贼"统统都是虚应故事。他们缉获的"盗贼"，实际上"都是日常间种就现有的"，而真正的盗贼"每月每季只要寻些分例进贡他们"，便可以任意为非作歹，在家中安然享乐，那些总督团体衙门的"兵勇"，"只要臂上弯着一张弓，腰胯里插着几条箭，一马跑去，随你金珠财宝都有，任你浪费，只要投在营里，依傍着将官的声势，就没有人来稽查了"。因此，作者不免慨然写道："如今眼前穿红着绿，乘舆跨马的，那个不是从此道中来？"《藩伯子破产兴家》中写到阎显的父亲阎光斗怎样敛财时又是绝妙的一笔："每日纠集许多游手好闲之徒，逐家打算。早早起身到那田头地脑，查理牛羊马匹、地土工程。拿了一把小伞，立于要路所在，见有乡间财主，放荡儿郎，慌忙堆落笑容，温存问候，邀人庄上吃顿小饭，就要送些银子生防利息，或连疆接界的田地就要送价与他。"真是把一个尖酸刻薄、巧取豪夺的乡绅写得活灵活现。难怪当时的百姓谈起都"恨不在地下挖那做官的起来，象伍子胥把那楚平王鞭尸三百才快心满意哩"。

然而这两篇小说的立足点并不在于控诉与揭露。作者不再相信自己有力挽狂澜的能力，也不再希冀能够让"顽石点头""惊回顽薄"，以救世"医国"。① 在作者的叙述文字中只有他的不满而没有愤恨，甚至连"不满"也是分量较轻的。作者自觉地站在了一个与现世社会相对隔离的位置，正如作者借众人之口道出："我们坐在豆棚之下，却像立在圈子外头，冷眼看那世情，不减桃源另一洞天也！"

作者价值取向的变化使得小说风格变凝重、板滞为生动、灵活。作者把一个个富有意味的故事展现在读者眼前，让读者自己去体会。然而也忘不了时常在读者耳边敲敲警钟。作者不止一次地告诫大家有因必有果，当初种下了恶因就必然会自食恶果。《藩伯子破产兴家》说的就是因果报应的故事。艾衲居士说得明白："那天地鬼神按着算子，压着定盘星，分分厘厘，全然不爽，或于人身，或于子孙，一代享用不尽的再及一代，十代享用不尽的再及生生世世，不断头的。"在《渔阳道刘健儿试马》中作者又告诫世人："天道报施之巧，真如芥子落在针孔，毫忽不差。可见人处于困穷之时，不可听信歹人言语。一念之差，终身只在那条线上，任你乖巧伶俐，躲闪不过，只争在迟早之间。天上算人，好似傀儡套子，撮弄得好不花簌哩。"

从宋元开始的话本小说中，爱情婚姻一直是最主要的题材之一。明清两代的拟话本集，多以爱情小说为主体，如在"三言""二拍"中，涉及爱情生活的作品，差不多占三分之一以上；而《闲话》则侧重于反映爱情以外的社会问题，全书 12 则故事，几乎没有一则是专写爱情的，更没有其他拟话本习见的色情描写，全书读来清新自然。作者似乎有意超脱污浊的人情事物，这样才能与"豆棚"这个环境相

---

① （清）天然痴叟：《石点头》序，王鸿芦点校，中州古籍出版社 1985 年版，第 9 页；（清）醉月主人编次，薇园主人述：《清夜钟》序，《古本小说集成：三国因清夜钟》，上海古籍出版社 1994 年版；（清）华阳散人编：《鸳鸯针》序，李昭恂点校，春风文艺出版社 1985 年版。

应，才能做到"获心而肌骨俱凉，解颐而蕴隆不虐"，从而展示作者独特的精神品格。

二

艾衲居士因为"卖不去一肚子诗云子曰"，所以"别显神通"写出了《豆棚闲话》这本短篇小说集。它与以往的话本小说不同，另辟蹊径，形成了独特的艺术风貌。

（一）嬉笑怒骂皆成文章

读完这十二篇小说，不难发现艾衲确实是位讽刺高手，也是一位幽默大师。在许多篇章中都可得见他那种挥洒自如、涉笔成趣的本领。读者往往在赞叹作者的讽刺技法高明的同时又对艾衲的所见所识报以赞同的会心一笑。《空青石蔚子开盲》是一篇富有奇趣的寓言故事。作者没有直接让世态丑行登场亮相，而是借故事中两个瞎子的名字作了一番文章，让人拍案叫绝。其中一个叫迟先，为什么叫迟先呢？"如今的人眼明手快，捷足高才，遇着世事，如顺风行船，不劳余力；较之别人，受了千辛万苦，撑持不来，他却三脚两步，早已走在人先，占了许多便宜。哪知老天自有方寸，不肯偏怙曲庇着人，唯是那脚轻手健的偏要平地上吃跌，毕竟到了那狼狈地位，许久挣挫不起。倒不如我们，慢慢的按着尺寸平平走去，人自看我蹭蹬步滞，不在心上。那知我倒走在人先头，因此叫做迟先。"另一个叫孔明，这又有一番说法："如今的人，胡乱眼睛里读得几行书，识得几个字，

就自负为才子。及至行的世事，或是下贱卑污，或是逆伦丧理，明不
畏王章国法，暗不怕天地鬼神，竟如无知无识的禽兽一类。倒不如我
们一字不识，循着天理，依着人心……却比孔夫子也还明白些，故叫
做孔明。"作者在《范少伯水葬西施》中歪解"陶朱""鸱夷"、注西
湖诗更是曲尽其妙。范蠡隐居时自号"陶朱公"，艾衲却解释为"陶
朱者，'逃'其'诛'也"。在解释范蠡为何叫"鸱夷子"时说："鸱
者，枭也。夷者，害也。西施一名夷光，害了西施，故名鸱夷"。为
了贬斥西施，作者连风光秀美的西湖也不放过，东坡先生为什么在诗
中要把西湖比作西子？在艾衲看来是由于西湖繁华，耗费了商宦、浪
子的许多花酒之资，致使许多人倾家荡产，就如西施那具倾国倾城之
貌有害吴国意思一样。

　　明末拟话本作家从张扬道德典范以救末世、换回世道人心出发，
多在小说中歌颂忠孝节义的典范，赤裸裸地暴露社会的阴暗面，并常
常大发议论，义正词严。如《西湖二集》的作者周清源就经常在书中
直抒怨气，愤怒指斥。相比之下，艾衲则显得更洒脱风趣，嬉笑怒
骂，信口道出，不受拘束。例如，在《虎丘山贾清客联盟》中说到豆
荚："这也是照着地土风气长就来的。天下人俱存厚道，所以长来的
豆荚亦厚实有味。唯有苏州风气浇薄，人生的眉毛尚且说他空心，地
上长的豆荚越发该空虚了。"写苏州风气浇薄，又道："俗语说得好：
翰林院文章，武库内刀枪，太医院药方，都是有名无实的。"下文解
释"老白赏""篾片""忽板"名称的由来更加让人忍俊不禁。与明
末拟话本作家满怀热情张扬道德典范以救末世、挽回世道人心不同，
清初拟话本作家失去了崇拜的偶像，失去了传统穷达追求的价值目
标，也丧失了"修齐治平"的自信，不再有崇高感。所以，他们常常
以游戏笔墨写人写事，文字间充满了戏谑与嘲讽。另一方面也是为了
适应通俗阅读的需要。

（二）酣畅飘洒的散文风格

在明末清初的拟话本小说中，《豆棚闲话》是格调较高的一种。自宋元开始，说话艺人以赢利为目的，把我国的小说创作引向了通俗化的道路。他们在情节设计、人物布置、内容安排、语言运用上尽可能迎合听众的需求，有的甚至带有不少低级趣味。而《闲话》不仅没有明清小说中习见的淫秽描写，也没有庸俗无聊的插科打诨，全书在轻松融洽中蕴含着庄重文雅的风格，而且语言清新流畅，行文挥洒自如，作者似乎在漫不经心地谈古论今，实则暗含讥讽，意味隽永，引人深思。

大段的景物描写在以往的话本小说中是较少出现的。《闲话》围绕豆棚展开了许多有声有色的描写，让人读来有耳目一新之感。且作者又不仅仅停留在单纯的景物描写之中，而是由此及彼，引譬连类，生发出许多人生感悟来。第九则的篇首写道："金风一夕，绕地皆秋，万木梢头萧萧作响，各色草木临着秋时，一种勃发生机俱已收敛。譬如天下人成过名、得过利的，到此时候也要退听谢事了。只有扁豆一种，交到秋时，西风发起，那豆花越觉开得热闹，结的豆荚俱鼓钉相似，圆湛起来……"第二则用棚上枝叶尚有许多空隙比喻说故事的说到紧要处却未说完终是不爽快；第四则先描写种豆的讲究，首先要得一块好地，然后要除杂草，要有雨露滋养，再由此引发到人的成长也是如此，要有良好的环境，有正气的父母教训，正气的弟兄扶持，才能成家立业，显亲扬名。第八则由羊眼豆的生长需要搭棚扶持，引申到世上的人生下来若有好的资质就应从小悉心培养，给他创造一切条件，长大自然能够出类拔萃。作者就在对豆棚景致的随意描画中畅谈对人情物态的见解，情理兼具，自然贴切，毫无斧凿牵强之感。

　　艾衲居士饱读诗书，胸藏万卷，下笔也有如神助，语言文字运用纯熟浑圆，令人读来爱不释手。且不说那文中的警言妙句层出不穷，也不说在内容表达上自然体现出来的亲切感，全书的语言往往自平淡中见高雅，且能够体现作者的思想境界、知识层次和审美情趣。第五则《小乞儿真心孝义》中作者借吴定之口说出了一句骇人听闻之言："人生天地间，上不做玉皇大帝，下情愿做卑田乞儿。若做个世上不沉不浮，可有可无之人有何用处？不如死归地府，另类托生，到也得了爽利！"这是作者对平庸委顿的生存状态的反抗和叛逆，也是下层文人迫切想实现自己的人生价值的呼喊。《空青石蔚子开盲》中迟先、孔明历尽千辛终于得以重见光明，二人立在山顶从空一望，世上红尘碌碌，万径千溪都在目前。这时他们却出人意料地哭了起来，原来是："向来合着双眼，只道世界上不知多少受用。如今开眼一看，方悟得都是空花阳焰，一些把促不来。只乐得许多孽海冤山，劫中寻劫，到添入眼中无穷芒刺，反不如闭着眼的时节，到也得了清闲自在。"这般大彻大悟的言语自然不是两个无知瞎子说得出来的，也不应是重见光明之人的第一反应。社会对人的异化只有通过无社会经验之人的眼光才能被感觉出来，这就是为什么作家经常利用原始人、无文化的愚人、天真未凿的儿童的眼光看待世界的原因。艾衲居士此处借两个瞎子复明前后的不同感觉道出了世界的混乱与污浊、虚假与伪善。所以作者后面又虚构了一个类似陶渊明桃花源的境界，这里民风淳厚，互相礼让，每个人都生活得自由自在，无拘无束，更不存在人与人之间的剥削与压迫。这是作者的美好理想，但同时他也明白这是不可能在现世社会中实现的。所以小说从罗汉、燃灯古佛写到蔚蓝大仙、华山老祖，借助神话来抒发自己的美好愿望。

（三）独具匠心的结构布局

杜贵晨在《论豆棚闲话》里称它是"中国古代短篇小说形式的变种"。《闲话》确已褪去了话本小说许多外在的特征，它的结构和形式在明末清初众多话本小说中新颖别致，独树一帜。

十二则故事虽然亦如一般拟话本集那样，独立成篇，但作者有意识地把豆棚作为讲述故事的固定地点，每则故事均从有关豆的话题说起，然后进入故事，最后再以人们在豆棚中的议论作结。时间从初夏写到深秋，从豆棚的搭建、豆子的生长写到豆荚成熟和豆棚倒塌。中间再串以一个个新奇鲜活的故事。例如在第一则《介之推火封妒妇》的开篇就写道："不半月间，那豆藤在地上长将起来，弯弯曲曲依傍竹木随着棚子牵缠满了，却比造的凉亭反透气凉快。"就在这样一个亭子里，聚集着男女老少，一边摇着扇子纳凉，一边说新闻讲故事。接下来便引出了介之推与石氏的一段故事。第二则又先说："昨日新搭的豆棚虽有些根苗枝叶长将起来，那豆藤还未延得满，棚上尚有许多空处，日色晒将下来，就如说故事的，说到要紧处中间尚未说完，剩了许多空隙，终不爽快。"随后又从先前那位老者嘴里道出了范少伯水葬西施的故事。到最后一则竟让陈斋长到处找一位姓"窦"的朋友，想听他说书（实乃"豆棚"之误）。随后陈斋长也成了豆棚的主角，畅谈了一番混沌沧桑、物情道理。最后写到老者对豆棚主人的肺腑之言，并说："今时当秋杪，霜气逼人，豆梗亦将槁也。"豆棚柱脚一松，连棚带柱一齐倒下。大家笑了一阵，主人折去竹木竿子，抱蔓而归。整部《豆棚闲话》至此而结束。这样的结构布局比起有固定的篇首、入话、头回、正话、篇尾的宋元话本小说显然自由得多。

在每一则小说中，作者又往往极为珍惜时机，不肯只讲一个故事，而是把以往话本中的"头回"扩大成独立的、完整的、不大受另外的故事制约的故事。这样，《豆棚闲话》形成了一环套一环，一环连一环的故事网络。作品篇幅虽小，但容量因此而加大，使作品呈现出凝练而丰富的特点。

由于作者采用了这样一个巧妙的连环式结构，使各则故事都串联在了一起，下一则故事中往往又有对上一则故事的评论，再加上在豆棚中说闲话这样一个大的叙事背景，作品显示出了短篇小说向中篇小说过渡的趋势。

三

传统的话本小说是以说书人叙事的方式来讲故事的。说书人并不隐于幕后的描摹故事，让故事呈现出来。他把故事讲述出来，他明确地意识到并且明确地告诉接受者，他在讲故事。他不但描述而且任意评论人物的行为与动机、事件的前因后果，并且表达他自己对人生的一般看法，提出警戒。他控制着作品的生成与接受。所以话本小说往往利用的是第三人称的、全知的、连贯叙述的叙事模式，而《豆棚闲话》在叙事方式上对这一模式有很大突破。

首先，打破以往小说单一叙述的局面，呈现出三个不同的叙述世界。作者以在豆棚下讲故事的形式，将独立的各篇串接在一起。在豆棚中参与讲故事的除了作者（作品里的"在下"，而实际并非作者本人）之外，还有老者、少年、后生、陈斋长等五人。他们都分别讲述了或是亲身经历或是自己听来的故事。这样实际上造成了小说的三个层次的世界：一个是全书叙述人的叙述世界，一个是被他所讲述的

"豆棚世界"，一个是被豆棚中的讲故事者所叙述的世界，这三个世界互相比较产生了强烈的艺术效果。

全书叙述人艾衲在"弁言"中说，这种记叙乃是为了补他"乡先辈诗人徐菊潭"的《豆棚吟》诗之意。艾衲明确告诉读者他所做的不过是记录而已。真实讲述故事的是老者等具体故事叙述人，而他们讲述的故事又常常是听另外一人所讲。也就是说，这个故事被转述了三次。例如第一则《介之推火封妒妇》的故事，实际是由山西太原的一个驴夫对这位老者说的，老者听来后转述给豆棚下听故事的人，而他们的这些闲话又被艾衲居士记录下来供给读者观看。

其次，由职业说书转入平等的闲话。话本小说由于最初是说话人演说故事的底本，所以它存在一整套特有的叙述交际套语和程式。如"看官你说……""却说……""话说……""再说……"等。叙述人叙述故事的情节构思、发展包括叙述人的神态语气都是直接指向听众的，叙述人不留痕迹地侵入故事内部，引导接受者进入人物的活动与命运，无距离地运行情节；其间叙述人又不时跳离故事核心，以惊人警语道出情节隐含的人生道理。《豆棚闲话》中，全书叙述人已不再是在拟想的说书场中对着拟想的听众（"看官"）讲述故事，而是对江南某地人们在豆棚下的几次聚会和闲话的记叙。所以故事的叙述人与听众的地位是平等的。他们不过是在交流而已。以前"看官"等一系列套语，在这里一概没有，或者代之以"列位尊兄""在下"等平等的温和的语词，并且时常采用叙述者与听众对话的形式，如话家常，别开生面，而且有时把双方的神态也写得活灵活现。例如第四则故事讲完后，众人道："我们豆棚之下说故事，提起银子就陋相了。"说书的那人道："不为要钱说的，只要众人听了该摹仿的就该摹仿，该惩创的就惩创，不要虚度我这番佳话便是了。"众人谢道："尊兄说的是！尊兄说的是！"完全不同于以前说书者控制一切的格局。

最后，叙述视角的转变。叙述视角一般可以划分为三种：一是全知的视角，无所不见，无所不闻，无所不知；二是旁观式的视角，可谓全不知式；三是限制的人物视角，也就是选择某个人物能够感知的范围中的材料，用这个人物的意识过滤整个叙述。以往的话本小说常常是采用第三人物的全知视角。《闲话》中具体的故事叙述人是整部小说中的一个看得见摸得着的人物，所以他就不可能什么事都先知先觉，而要受到一个普通人的局限，因而作者在此采用的是一个限知性视角。经过了具体故事叙述人这层视角的过滤，故事的一切就并非那么确定、真实可信了。例如第二则那教书的老者在讲述《范少伯水葬西施》故事的过程中，就不断受到听众中一些年轻子弟的诘难。讲述大和尚假意超升故事的那位后生也被别人批评说他太刻毒。这样一来，连小说中的听众都有了相对独立性，那么现实的读者更不会被叙述人牵着鼻子走了。这有助于读者将讲故事和听故事的人作为一种客观存在来欣赏和理解，为读者对作品的再创造留下了广阔的空间。

基督教小说在近代韩国的历史演进

［韩］ 林惠彬*

　　目前韩国学界对基督教小说的研究，根据小说所用语言大致在两大领域中进行：汉文小说主要由中文系学者研究，韩文小说由国文系学者研究。在中文系，崇实大学吴淳邦教授（Pf. Oh Soon – bang）首先关注到韩国收藏的基督教汉文小说及其韩文译本，他对崇实大学韩国基督教博物馆所藏的《张远两友相论》《喻道要旨》《引家归道》等汉文小说和根据汉文翻译的韩文小说进行版本、译文方面的研究。在韩国国文系，研究近现代韩国文学的学者广泛关注到《禽兽会议录》（*Geumsuhoeuirok*)、《银世界》（*Eunsegye*)、《多情多恨》（*Dajeongdahan*)、《警世钟》（*Kyungsejong*) 等早期基督教韩文小说，其所关注的译著者仅限于韩国本土作家群。前者基于中文系的特性，从中国文学作品传播的角度谈基督教汉文小说在韩国的传播问题，而后者把研究视角放在近现代由韩国人创作、翻译的基督教韩文小说，把这批作品列入韩国现代文学的范畴之内。①为了全面考察韩国基督教小说的本土化问题，需要将这两个不同阶段的基督教小说放在同一脉络中进行研究。为此，笔者调查了 1884 年第一位基督教传教士安莲

　　* ［韩］林惠彬，女，北京大学中文系 2013 届博士毕业，现为上海师范大学人文与传播学院讲师。
　　① LeeSang – seol，*Hanguk Gidokgyo Soseolsa*，Yangmungak，1999，p. 23.

(H. N. Allen，1858—1932）入韩以来，一直到 1945 年出版的基督教小说，并就调查所得的 35 种汉文和韩文小说作如下探讨。

一　基督教汉文小说的传入与早期韩国基督教小说的出版

　　研究者对韩国早期流传的基督教小说尚未进行全面整理，笔者通过多种检索方式，初步调查出 35 种曾经在韩国出版或流传的基督教汉文与韩文小说（同一部小说的再版本、重印本算一种）。这些小说按出版时间、语言、创作方式，可分为三种类型：第一种是在华传教士从中国带入韩国的基督教汉文小说；第二种为由西方传教士创作、翻译的基督教韩文小说；第三种是由韩国本土作者创作、翻译和改写的基督教韩文小说。

　　这里重点谈第一类。自从 1884 年以后，一直到 1890 年朝鲜圣教书会创办之前，来韩传教士利用汉文的通用性，从中国布道站带来一些他们所需的基督教汉文小说。今天找到的存世本有 8 种，分别是：《张远两友相论》《天路历程》《约瑟传》《浪子悔改》《譬喻要旨》《喻道要旨》《安仁车》《女训喻说》。其中，《张远两友相论》和《天路历程》堪称是基督教汉文小说史上刊印次数最多、影响最大的作品，1892 年在华传教士 169 人票选出"十种最佳基督教中文刊物"，这两部小说分别列在第二和第五。[①] 可见，当时西方传教士引进

---

　　① Kenmure Alex，"The Ten Best Christian Books in Chinese"，*Chinese Recorder*，Vol. 24，1893，7，24：340，"Conference，National Christian"，*The Chinese Church As Revealed in the National Christian Conference Held in Shanghai*，Editorial Committee 1922，Reprint London：Forgotten Books，2013.

这些小说时也考虑到了其成功因素。在版本方面,《约瑟传》《譬喻要旨》《女训喻说》除了韩国之外,尚未找到其他传世本,这三种小说有较高的文献价值。

从小说题材看,寓言小说数量居多,有《譬喻要旨》《喻道要旨》《安仁车》《女训喻说》等4部,占50%。当时传教对象主要是文化水平不高的下层民众,因此在华传教士为了迅速有效地传达《圣经》中所讲的教义,选择了"或据实直陈,或罕譬曲喻,或援引故事,或撷拾近闻"① 的方式,其中比喻手法是最能通俗易晓、言简意赅地讲解教理的手法之一。早在明末清初,在华天主教传教士出版布道书籍时,他们就出版过一批譬喻、寓言类书籍,可见无论是天主教还是新教,为了中国读者"易于会悟"基督教义,都不约而同地选择了寓言小说。

检阅上述诸种小说,还有一些改编自《圣经》的基督教小说,有《约瑟传》《浪子悔改》等2部,占25%。这些小说的特点在于:故事梗概不超出《圣经》,但是叙述过程中把西洋化的内容进行了本土化处理,可视作是基督教本土化的一种尝试。这里以《约瑟传》为例,该书是由英国伦敦会传教士施白珩(C. G. Sparham,1860—1931)于1889年问世的一部小说。② 今天韩国基督教博物馆收藏本为1892年的再版本。《约瑟传》全书共十章,用官话写成,这是笔者在韩国所见到的基督教汉文小说中,唯一采用官话写作的。小说主要讲述了《圣经·旧约》中《创世记》第37章至第50章中,约瑟被兄长们卖到埃及商人之手,历经诸多磨难,最后家人重聚的故事。《约瑟传》把重点放在唯有上帝为真神的基督教"一神论"上,强调约瑟的

---

① Young J. Allen:《安仁车》"序",上海:广学会,1902年,第1页。
② Clayton A. George:《基督教出版书目汇纂》,汉口:圣教书局,1917年,第19页。

一生见证了上帝的全知全能。

作者为了传达主旨，小说的开头也进行了一些改编。原来《圣经·创世记》37 章中约瑟故事是从雅各（约瑟父亲）定居迦南后、约瑟 17 岁开始讲起，而小说删掉了这些内容，以讲故事的语气介绍迦南国的地理位置及雅各家庭的基本情况，如小说第一段云："中华西边约二万里有犹太国，古时叫作迦南。国虽小，却是个好住的地方。山里头有草木，可牧牛羊；有溪河，可润田地。而且平原土肥地阔，耕种均极相宜。中华夏朝时，在迦南地方，有几个小国百姓都拜偶像；还有从东方来的人住在那里，他们是拜上帝的。家长叫作雅各，雅各共有十二个儿子，第十一个名叫约瑟。"① 这明显是迎合本土读者的阅读习惯，以"中华"和"夏朝"作为空间与时间的参照坐标，娓娓叙来，极大地增加了小说的叙事意味。

这些汉文小说究竟如何传入韩国，至今未找到相关记载。但对于当时在韩国从事文字事业的西方教士来讲，这些汉文小说除了供韩国读者阅读之外，很大程度上是作为基督教韩文小说的底本。裴纬良（Rev. William M. Baird，D. D.）在他的韩译本证道书《天路指明序》中曾经提到杨格非汉文本《圣经》的有用性，认为这些书"用处颇多，其中最大的好处是翻译朝鲜语《圣经》时帮助甚大"②。可见，在韩国本土尚未形成基督教小说之际，这些用通俗汉文写成的小说有助于基督教小说的韩译工作，为后来出现的基督教韩文小说奠定了基础。

---

① C. G. Sparham：《约瑟传》，汉口：圣教书局，1892 年，第 1 页。
② William M. Baird：《天路指明序》，大韩基督教书会，1922 年，第 1 页。

二　基督教韩文小说的形成与发展

在基督教汉文小说的基础上，韩国开始了基督教韩文小说的翻译和创作。这方面主要有以下三种情况：

（一）由西人翻译的基督教韩文小说

根据笔者初步统计，由西方传教士翻译的基督教韩文小说有：《张远两友相论》（*Jangwonryangusangron*）、《赎罪之道》（*Sokjoejido*）、《引家归道》（*Yingagwido*）、《天路历程》（*Cheonroyeokjeong*）、《第四博士》（*Je4baksa*）等 5 种。至今学界公认的最早译成韩文的基督教汉文小说是 1889 年元杜尤（H. J. Underwood）翻译的《赎罪之道》。假如基督教汉文小说的翻译活动不以出版物为标准，而是以"认识"时间为标准的话，则还可以追溯到 1887 年尹致昊（YunChi－ho，1865—1945）留学中西书院（Anglo－ChineseCollege）时受托于林乐知开始翻译杨格非（Griffith John，1831—1912）的《引家当道》，他在日记中云：

> 1887 年（高宗二十四年丁亥正月十五日）
>
> （阴慎，初七日，M.）阴寒，看书消日。左胁有肿，颇苦。晚译林师所托《引家当道》到夜。

《引家当道》是《引家归道》的初名，是官话本出现之前的浅近文言本。后来杨格非和中国教徒沈子星一起合作翻译成官话后，改名为《引家归道》。虽然尹致昊在日记中没有再写有关该翻译工作的进展情况，但是由此可见尹致昊是一位最早接触翻译基督教汉文小说的韩国人。《引家归道》于 1894 年由美国传教士武林吉（FranklinOhlinger，1845—1919）译成韩文，但值得注意的是，武林吉在韩译本序文最后写着"武林吉重译"（Mulimgil Gedeupbunyeok），对此吴淳邦教授的解释是，武林吉牧师是以官话为底本转译成韩文，因此使用了"重译"二字。① 但是笔者认为，该"重译"也可能指的就是武林吉在尹致昊的译文基础上再进行翻译。如果这一种推测成立的话，那么最早把基督教汉文小说译成韩文的译者不是西方传教士，而是韩国人尹致昊。

另外，需要补充的一点是，当译者把一部译自西方的基督教汉文小说再翻译成韩文时，不能排除他们参考西方原著的可能性，而且往往会在韩译本中添加了一些当年汉译本中没有的内容。以《天路历程》和《第四博士传》为例，这两部小说都续用中文译本的题目，可是对照汉文本《第四博士传》和韩文本《第四博士》后发现，韩文本是美国传教士密义斗（E. H. Miller）和韩国人金东极（Kim Dong - geuk）在英文本的基础上合作翻译的小说，跟汉文本关系不大。《天路历程》的情况比较复杂，奇一续用了宾为霖（William Burns）所译的汉译本中大量的汉字词，而且在译文中也看不出奇一参考西方原著的痕迹，可是小说的图像则是奇一委托韩国著名的通俗画家金俊根（Kim Jun - geun）为《天路历程》绘制的，这些图像的风格跟 1871 年英文原著的插图十分相似，只是金俊根已经将图像中的人物、背景改成韩国题材。详见下图。

① Oh Soon - bang, "Franklin Ohlinger 的韩译本《引家归道》和《依经问答》研究"，《中语中文学》第 47 辑，2010 年 12 月，第 226—227 页。

e Pilgrim's Progress, illustrations by A. F. Lydon.

London: Groombridge and Sons, 1871.

　　在金俊根的插图中，同恶魔打仗的主人公手持圆形盾牌，而宾为霖的汉文本插图中则没有这幅图像，1871 年俾士（George Piercy）译成广东话的《天路历程土话》中虽有这幅图，但是其盾牌为旗帜形，和韩文本插图风格不一。可见，韩文本《天路历程》并不是完全按照汉文本进行翻译的。在中国基督教汉文小说史上也有类似的现象，1855 年在福建的传教士卢公明（Justus Doolittle，1824—1880）出版过翻译小说《钟表匠论》，实际上这是 1829 年修德（Samue lKidd，1799—1843）首次翻译的汉译本《时钟表匠言行略论》的改译本，对照《钟表匠论》和《时钟表匠言行略论》译文后发现，卢公明在重译过程中大部分内容直接引自修德译本，同时还参考英文本添加了修德本没有的内容。由此可见，传教士所译的基督教汉文、韩文小说的底本问题比较复杂，需要谨慎分析不同语言版本之间的相互关系。

俾士（George Piercy）《天路历程土话》（1871）

　　尤其值得一提的是，《天路历程》《第四博士》《张远两友相论》《引家归道》等小说都采用纯韩文体，并且词语中间采用现代式空格写法，这与1910年之前大部分出版物情况不一样。鉴于此，一些学者认为基督教韩文小说在韩国语言史上开创了现代写作风格。①

（二）由西人创作的基督教韩文小说

　　基督教韩文小说的创作始自西方传教士，其中具有代表性的作家是裴爱丽女士（Annie L. A. Baird，1864—1916）。裴爱丽堪称是来韩传教

　　① Oh Soon‐bang，"19 世纪 90 年代中国基督教小说"，台北：《东华人文学报》9，2006 年，第 199 页；Jeon Gwang‐hyun，"对初期翻译圣经的各写方式的提要"，《崇实史学》第 6 辑，1990 年 12 月，第 197—208 页。

金俊根插图韩文《天路历程》（1895）

士中文造诣最高的作者之一，① 先后创作了《新星传》（*Story of SaitPyel*）、《高永规传》（*Goyeonggyujeon*）、《夫妇的模本》（*Bubuui Mobon*）等多篇小说，而且她还用英文写了一部以韩国为素材的基督教小说，题为《韩国的黎明》（*Daybreak in Korea*）。裴爱丽的小说特点是：主人公常常是社会地位最低、命运最悲惨的女性，以主人公的视角来揭示韩国传统的童婚、童媳、男尊女卑等问题。这也反映了裴爱丽作为女性作家，以女性特有的视角去关注韩国的社会问题，并尝试用基督教来提示解决这些问题的方法。这里以《新星传》和《高永规传》为例。《新星传》是裴爱丽小说中情节性最强的一部，小说主要讲述

① 韩国教会史学者白乐濬博士（Baek Nak‑jun）指出"在韩国近代基督教文学史上没有人像裴伟亮夫人留下来这么优秀的文学成果"。转引自 Yeon yo‑han，Soong‑sil vision，2011. 6. 2. http：//blog. daum. net/johann/15935512。

了孤儿新星（Sait Pyel）搬迁到叔父家后，遭受各种苦楚和虐待，但她从不抱怨自己的处境，还努力把自己小时候在外国学堂中所学到的基督教教理传授给周围的妇女。有一天新星因病离世，她的亲人和村庄人依依不舍新星，怀念她生前对他们所讲的那些话语。最终大家都皈依基督教，并为了纪念新星共同建造了一所教堂，新星代表了当时韩国传统社会中弱小的少年女孤儿形象。《高永规传》中的女主人公宝贝也是生活在男尊女卑社会的一位妇女，她的丈夫高永规是一个典型的传统韩国男性，结婚时年纪只有 13 岁，他对婚姻、家庭根本没有任何想法，而且毫无意识地因袭社会陋习。而宝贝是一个长女，从小照顾家里的弟弟和妹妹，并且协助父母养家糊口。考虑到自己的家境，宝贝本来不想嫁给永规，但是父母担心女儿如果到了年龄不嫁人会被别人嘲笑，于是接到永规家聘礼后就把宝贝强行送到永规家。宝贝连生三女后，永规根本不把妻子当人来对待，在永规的虐待和暴行下，宝贝只好天天含泪忍受。当宝贝被伤害并处于绝望时，她认识了基督教福音，内心得到治疗和平安。从此宝贝开始理解和怜悯永规，当永规喝醉酒后卧床不起时，宝贝天天在他身边读《圣经》，细心照料永规并为他祷告。后来宝贝的爱心感化了永规，最终两人双双奉教，感情和睦。裴爱丽在《高永规传》中以基督教式的伦理价值观来解决包办婚姻、重男轻女等社会问题。

实际上，《新星传》的新星与《高永规传》中的女主人公宝贝，以及英文小说《韩国的黎明》的主人公（POBAI，译名"宝贝"），形象都非常相似。这些人物正是裴爱丽在韩国生活过程中接触到的韩国女性形象，裴在《韩国的黎明》（*Daybreak in Korea*）序中云：

> 这本书中的故事是我们在韩国亲眼所见、感受到的事情进行改编、润色后，编写出来的小说。不懂基督的人生有多么悲惨，

已经在《罗马书》第一章中有所叙述。可是我们夫妇和其他所有传教士与这个国家的人们真心相处后发现：创造主不停地赐福于这个民族，而且他们拥有丰富的高贵理想和自我牺牲的精神。①

有趣的是，《韩国的黎明》中的女主人公也叫宝贝。比较两部小说中的宝贝及其丈夫，虽然丈夫们的性格有别，但是两个宝贝的处境基本相似，她们都是社会最底层的受害者，而且入教后用自己的行动感化了社会。从文学角度讲，裴爱丽小说中的宝贝可谓是韩国基督教女性的箭垛式人物。

像裴爱丽一样，西方传教士所创作的韩文小说都从第三者的角度阐释韩国传统社会中存在的普遍问题，对违背基督教价值观的现象进行极端的描写，并用基督教式的和谐来解决问题。1910 年以后直到 1945 年，大韩帝国（1897 年 10 月 12 日至 1910 年 8 月 29 日朝鲜王朝的国名）灭亡，韩国成为日本的殖民地，其间由韩国人所创作的基督教小说，则都是站在民族主义立场，视基督教为能够拯救韩国走出苦难的唯一出路。

（三）由韩国人创作、翻译和改写的基督教韩文小说

据笔者调查，由韩国人创作的基督教韩文小说有 17 种，它们分别是：《多情多恨》（*Dajeongdahan*）、《春梦》（*Chunmong*）、《月下的自白》（*Wolhauijabaek*）、《魔窟》（*Magul*）、《自由钟》（*Jayujong*）、《枯木花》（*Gomokhwa*）、《银世界》（*Eunsegye*）、《警世钟》（*Kyungsejong*）、《圣山明镜》（Seongsanmyeonggyeong）、《朴渊瀑布》（*Bakyeonpokpo*）、《眼泪》（*Nunmul*）、《浮碧楼》（*Bubyeokru*）、《B 舍

---

① Annie L. A. Baird, *Daybreak in Korea*, Fleming H. Revel Company, 1909, p. 5.

监与情书》（*B - sagamgwaloveletter*）、《梦潮》（*Mongjo*）、《争道不攻说》（*Jaengdobulgongseol*）、《禽兽会议录》（*Geumsuhoeuirok*）、《再逢春》（*Jaebongchun*）等，这些小说的出版时间集中在 1907 年至 1945 年。韩国本土作者的创作小说中经常出现介绍西方世界的内容，比如在《梦潮》中，把西洋表述为"世界各国"或"新世界"，并介绍了英国和伦敦、美国和华盛顿等主要西方国家及其首都；基督教寓言小说《警世钟》介绍了"美利坚合众国"；这些内容对读者起到扩展西方文化知识的作用，同时也告诉读者基督教是来自这些文明国家的宗教，信奉耶稣就可以克服家庭与民族危机。① 其他如《多情多恨》《春梦》《月下的自白》《圣山明镜》等创作小说主题大体相似。

本时期还出现了一批由韩国人翻译和改写的基督教小说，其中代表性的作品有 1908 年安国善译述的《禽兽会议录》。该小说译自日本佐藤藏太郎（SatoKurataro，1855—1942）的政治小说《禽兽会议人类攻击》，小说的背景、题材改写成韩国的内容，同时在翻译过程中多处融入了创作因素。小说类似《伊索寓言》，原作一共有 44 种动物，而译作中只出现乌鸦、狐狸、青蛙、蜜蜂、螃蟹、苍蝇、老虎、鸳鸯等 8 种动物。该小说在基督教世界观和传统伦理背景之下，借这些动物的口吻来讽刺社会，堪称是韩国开化期新小说中批判现实最强烈的作品之一。② 值得注意的是，原作中并没有基督教内容，安国善在翻译过程中添加基督教内容，在小说最后借蜜蜂的话语赞美基督教总结全文："听耶稣氏的话，上帝至今还在爱世人，虽然世人做了如此恶毒的事情，但是悔罪改过，都有一条赎罪之道，世上的兄弟、姊妹请

---

① 檀国大学东洋学研究所：《开化期韩国和世界的相互理解》，韩国国学资料院 2003 年版，第 280 页。

② AnGuk - seon，SinChae - ho，Geumsuhoeuirok oe. Seoul：Jisikui sup publishing house，p. 1.

深思考虑。"这部小说虽然译自日本小说，但是由于讽刺人世和官僚社会，该书在 1909 年被日本政府列入禁书目录。①

20 世纪初由韩国人创作、翻译和改写的基督教小说，除了单行本之外，还出现了大量的连载本。当时由韩国人创办的报刊主要有两种类型：一种是私人出资的报刊，一种是官方创办的报刊。私人出资的报刊与官方报刊不同，它为了确保商业运作的稳定，需要拥有固定的读者群，因此报刊中的小说既可以表现其办刊宗旨，又可以成为吸引读者的特色栏目。韩国被并入日本之前的 1907 年至 1910 年是社会动荡尤其激烈的时代，追求民族独立的知识人如雨后春笋般创办各种纯韩文报刊，本文中搜集到的基督教连载小说大抵在这些报刊中连载。它们通过"纯韩文"的强力媒体，将基督教背景的开化思想广泛地传播到韩国社会。

1945 年韩国摆脱日本殖民统治之后，基督教成为韩国人信奉的主要宗教之一，而基督教小说也成为当代韩国文学的一部分。1983 年出版的郑然喜作品《主啊，我的杯子都满溢出来了》，在初版时就售出 100 多万部，而安利淑、梁恩顺、金成一等三位作者的基督教小说成为 20 世纪 90 年代韩国出版界公认的"不变的畅销书"②。因此，从某种意义上讲，从中国传播过来的基督教汉文小说是韩国基督教小说的滥觞，这批小说因种种原因在中国未能延续下来，而在韩国不但保存了中国尚未发现的版本，而且将基督教小说演变成了本土小说样式中颇具特色的类型之一。

---

① 《韩国独立运动史资料·4 卷·临政编四》，"6. 集会及结社言论出版的禁止"，原文用汉字和韩文混用体写成。资料出处：韩国史数据库：http：//db. history. go. kr/item/level. do？itemId = kd&setId = 12658&position = 0。

② OMyeong – cheol. "宗教人所写的" Stedy seller"，Dong – A Ilbo（1991. 10. 8）.

三　近代韩国基督教汉文小说的阶段性特点

总结以上内容，从晚清基督教汉文小说的传入到韩国本土基督教小说的产生，韩国基督教小说大致可分成三个阶段。

第一阶段：1876—1895 年。该时期主要把晚清基督教汉文小说直接用于韩国传教事业中，即使是用韩文翻译的基督教小说，也都来自晚清基督教汉文小说。

第二阶段：1896—1906 年。该时期一些基督教汉文小说的韩译本陆续再版，同时出现了一批由西方传教士创作的基督教韩文小说。

第三阶段：1907—1945 年 8 月。韩国本土作家成为写作的主体，同时出现创作小说和翻译、改写的小说。其中翻译小说不再译自基督教汉文小说，而是把西方文学作品以及日本小说作为翻译底本。1910 年大韩帝国灭亡后，韩国的基督教事业也进入黑暗期，该时期没有找到公开出版的基督教小说。

要之，韩国基督教小说并不是从西方直接传入韩国，而是通过中国这一中介传到韩国。在韩国尚未形成"基督教小说"的背景下，基督教汉文小说为其奠定了基础，韩国本土作家则在此基础上实现了基督教小说的本土化。本文只是就目前已经找到的资料对韩国基督教小说作一初步的勾勒，许多问题还有待进一步探讨。